Auf der Insel Pate, vor der Küste Kenias, lebt die eigensinnige Ayaana mit ihrer Mutter Munira. Als ein Matrose namens Muhidin in ihr Leben tritt, findet Ayaana etwas, wonach sie sich immer gesehnt hat: einen Vater. Doch als Ayaana erwachsen wird, muss sie mit einschneidenden Ereignissen zurechtkommen, die nicht nur sie selbst, sondern auch das Leben auf Pate tiefgreifend verändern: Fremde mit zweifelhafter Vergangenheit tauchen auf, religiöse Extremisten suchen Zuflucht auf der Insel, China streckt seine Fühler nach Afrika aus und mit einem Tsunami fordert die Natur ihren Tribut. So beschließt Ayaana, in der Ferne ihr Glück zu suchen und ein Studium in China zu beginnen. Sie begibt sich auf eine gefährliche Schiffsreise, die letztlich vor allem eines ist – eine Reise zu sich selbst.

Nach ihrem gefeierten Debütroman ›Der Ort, an dem die Reise endet‹ legt Yvonne Adhiambo Owuor einen kraftvoll erzählten Roman über eine junge Frau vor, die darum kämpft, ihren Platz in der Welt zu finden – eine ergreifende Geschichte über Schicksal, Tod, Liebe und Verlust.

Yvonne Adhiambo Owuor wurde 1968 in Kenia geboren. Ihre Kurzgeschichten erschienen in internationalen Literaturmagazinen. 2003 wurde sie mit dem Caine Prize for African Writing ausgezeichnet. Ihr Debütroman ›Der Ort, an dem die Reise endet‹ (DuMont 2016) stand auf der Shortlist für den Folio Prize, außerdem erhielt sie dafür den Jomo Kenyatta Prize for Literature. ›Das Meer der Libellen‹ ist ihr zweiter Roman. Yvonne Adhiambo Owuor lebt in Nairobi.

Yvonne Adhiambo Owuor

DAS MEER
DER LIBELLEN

Roman

Aus dem Englischen
von Simone Jakob

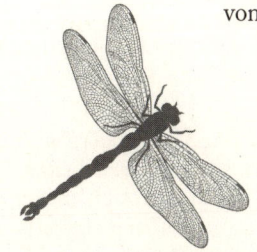

DUMONT

Für dich, La Soledad.

&

Wie immer,
für die Matriarchin
der Familie, Mary Sero Owuor

&

den Vater, der uns so schmerzlich fehlt.

&

Für meine Geschwister

&

die strahlendsten Lichter von allen:
Hera, Hawi, Gweth, Sungu, Diju, Detta und Sero.

Anmerkung der Autorin

Im Jahr 2005, in dem das sechshundertste Jubiläum der ersten Reise über den Indischen Ozean des großen Admiral (Haddschi Mahmud Schams) Zheng He (1371 – 1435) gefeiert wurde, der in der Ming-Dynastie lebte, erhielt eine junge Frau von der kenianischen Insel Pate ein Stipendium für ein Studium in China. Familienüberlieferungen und DNA-Tests belegten, dass sie die Nachfahrin eines Seefahrers aus der Ming-Dynastie war, der, zusammen mit einigen anderen Männern, einen Schiffbruch überlebt und auf Pate Zuflucht und eine neue Heimat gefunden hatte. »Das Meer der Libellen« ist zwar von dieser historischen Begebenheit inspiriert, es muss jedoch betont werden, dass es sich bei dem vorliegenden Roman *nicht* um die Geschichte dieser jungen Frau handelt, damit ihr Leben nicht mit der fiktiven Erzählung verwechselt wird. Obwohl im vorliegenden Buch aktuelle Nachrichten und wahre Begebenheiten vorkommen, handelt es sich um ein Werk der Fiktion. Die Chronologie des Geschehens wurde in mehreren Fällen verändert. Namen, Figuren, Orte und Ereignisse entspringen entweder der Fantasie der Autorin oder wurden fiktionalisiert. Ähnlichkeiten mit tatsächlichen Ereignissen und noch lebenden oder verstorbenen Personen sind somit rein zufällig.

Nimm dies Amulett, Kind,
Sichere es mit Band und Ehre.
Ich schenke dir eine Kette
Aus glänzenden Perlen und Korallen.
Dazu eine Schließe, schön und makellos,
Damit du sie um den Hals tragen kannst …
Reinige und parfümier dich, flechte dein Haar;
Pflücke Jasmin und lege ihn auf dein Bett.
Schmücke dich wie eine Braut,
Mit Fußkettchen und Armbändern …
Besprenkle dich mit Rosenwasser.
Habe stets Ringe an den Fingern
und Henna auf den Händen …

Mwana Kupona binti Msham
»Gedicht für ihre Tochter«,
aus dem Swahili von J. W. Allen,
ins Deutsche übertragen von Simone Jakob

Robo ni mgeni.

Die Seele ist nur ein Besucher,
ein Fremder.

1

Die Vorfahren der Libellen, die über das Wasser jagten, stammten aus Nordindien und hatten sich von einem milden frühmorgendlichen Wind, dem *Matlai* – ein Vorbote des Monsuns – über den riesigen Ozean im Süden tragen lassen. Heute, vier Generationen später, an einem Tag des Jahres 1992, ließen sich diese unbeständigen Wesen unter einem mit dunkelvioletten Wolken verhangenen Himmel an der mangrovengesäumten Südwestküste der Insel nieder, auf der ein kleines Mädchen lebte. Der *Matlai* hatte sich mit dem schimmernden Vollmond verschworen, um die Insel und ihre Bewohner – Fischer, Propheten, Händler, Seemänner, Heiler, Schiffsbauer, Träumer, Schneider, Verrückte, Lehrer, Mütter und Väter – mit einer Unrast zu plagen, die sich in der des aufgewühlten türkisblauen Meeres widerspiegelte.

Die Abenddämmerung pirschte sich an die größte und trübsinnigste Insel des Lamu-Archipels heran, wanderte über Siyu an der Nordküste über die Fangflotten von Kizingitini nach Südwesten und erreichte schließlich Pate Town, das in unerfüllter Sehnsucht dahinsiechte. Von endlosen Hinterhalten, Belagerungen, Kriegen und Verlockungen zermürbt, zeigte die Stadt – ebenso wie die Insel, auf der sie sich befand – alle Anzeichen von Melancholie. Stumpfrotes Licht ergoss sich durch die dunkle Wolkendecke auf ihre launischen Geister, ihre schwelenden Fehden, ihre verlorenen Ehren, ihre unsichtbaren Pfade und ihre sich im Laufe der Jahrtausende verfestigten Verschwörungen. Blasse Lichtstrahlen fielen in uralte Felsspalten, auf Gräber und Ruinen, die den Bewohnern der Insel, die schicksalergeben Tür an Tür mit Tragödien lebten, die Hoffnung gaben, man könne darauf bauen, dass die

Zeit selbst die größten Katastrophen in ferne Echos zu verwandeln vermochte.

Im Landesinneren von Pate krähte ein Hahn, und aus dem Herzen des Landes erklang, lauter und lauter, der *Adhan*, der Gebetsruf des Muezzins. Meereswinde zupften am limettengrünen Kopftuch eines kleinen Mädchens und befreiten dichte schwarze Locken, die ihr in die Augen fielen. In ihrem Mangrovenversteck beobachtete die magere Siebenjährige, die ein übergroßes Kleid mit Blumenmuster trug, wie sich eine Gewitterfront landeinwärts schob. Das Wolkengebilde erinnerte sie an ein Ungeheuer, das mit Riesenschritten über den Himmel wanderte und rosafarbene Lichtspuren hinterließ. Meerwasser brandete um ihre Knie, ihre nackten Füße sanken im schwarzen Sand ein, und sie drückte ein ebenso mageres Wesen, ein schnurrendes schmutzig weißes Kätzchen an sich. Vermutlich würde der Gewittersturm – ihr Ungeheuer – noch vor der mit Passagieren überladenen *Dau*, die gerade langsam auf den ramponierten Anlegesteg zu ihrer Rechten zusteuerte, das Festland erreichen. Sie hielt den Atem an. Die *Wajio* – die Heimkehrer –, wie sie die Passagiere nannte, würden, wie sie aus Erfahrung wusste, schon beim geringsten bisschen Regen durchgeschüttelt werden wie Marionetten. Sie kicherte schadenfroh, während die *Dau*, auf der in abblätternder gelber Farbe der Name *Bi Kidude* geschrieben stand, langsam in die kleine Bucht manövrierte.

Einzelne sanfte Regentropfen fielen.

Ein markerschütternder Donnerschlag sorgte dafür, dass die Heimkehrer erschrocken den Blick gen Himmel richteten und kreischten wie Nashornvögel. Vor Vergnügen zwickte das Mädchen das Kätzchen unwillkürlich ins Fell, das empört maunzte. »Pst«, flüsterte das Mädchen und spähte zwischen den Mangrovenblättern hindurch, um die im Nieselregen nur verschwommen erkennbaren Gesichter der Heimkehrer besser sehen zu können. Es nahm Worte, Bilder, Geräusche, Stimmungen, Farben, Gespräche und Formen in sich auf, verstaute sie in den Schubladen seiner Erinnerung, damit es sie später wieder hervorholen und darüber nachdenken konnte.

Tag für Tag schlich das Kind zu den Pforten des Meeres, *seines* Meeres. Wartete auf jemanden.

Das Kind setzte sich das Kätzchen, dessen große blaue Augen wie gebannt den Tanz von acht schwebenden goldenen Libellen verfolgten, auf die Schulter. Wieder donnerte es. Die *Dau* befand sich jetzt parallel zu dem Mädchen, und es sah, wie ein Mann in einem cremefarbenen Anzug sich über den Schiffsrand beugte, um sich zu übergeben. Sie wollte ihn gerade auslachen, als eine hohe, gehetzt klingende Stimme rief:

»Ay*aaaa*na!«

Ein Blitz, der den Himmel zerriss, lenkte sie von dem Mann ab.

»Ay*aaaa*na!«

Es war ihre Mutter.

»Ay*aaaa*na!«

Das kleine Mädchen erstarrte. Dann duckte es sich so tief, dass es fast im Wasser kniete, streichelte das Kätzchen und flüsterte: »*Haidhuru*« – Hör nicht hin. »Sie kann uns nicht sehen.«

Ayaana hatte am Vormittag einen Asthmaanfall gehabt und sollte sich eigentlich ausruhen. Bi Munira, ihre Mutter, hatte ihr die Brust mit Nelkenöl eingerieben und ihr *Kalonji*, Schwarzkümmelsamen, eingeflößt, die als Allheilmittel galten. Dann hatten sie zusammen nackt unter einem Laken gesessen und Dampf aus einem Topf mit Kräutersud eingeatmet, der unter anderem Eukalyptus und Minze enthielt und die Lungen frei machen sollte. Danach musste Ayaana die Luft anhalten, um sechs Löffel voll Dorschlebertran zu schlucken, gurgelte mit einem bitteren Gebräu und ließ sich vom »Do-do-do« ihrer Mutter einlullen. Als sie wieder erwachte, hörte sie das Klirren der Glas-, Messing- und Keramikgefäße und den melodischen Singsang der Frauenstimmen in dem rudimentären Schönheitssalon, den ihre Mutter zu Hause führte, und roch den Duft von Gewürznelken, Ylang-Ylang und Mondblumen.

Ayaana hatte sich wirklich bemüht. Hatte gedöst, bis ein pfeifender Seewind in ihre Träume drang und diese zerstreute. Als sie den noch weit entfernten Donner hörte, zwang sie sich, im Bett zu bleiben, bis sie der Versuchung nicht mehr widerstehen konnte. Sie verließ das Bett und arrangierte die Kissen so, als würde jemand unter den Laken liegen. Dann zwängte sie sich durch ein schmales, hoch gelegenes Fenster und kletterte an einer Regenrinne die zerbröckelnde Mauer aus Korallenkalk hinunter. Vor der Tür entdeckte sie das Kätzchen, das sie vor ein paar Tagen aus einem schlammigen Abflussrohr gerettet hatte, und setzte es auf ihre rechte Schulter. Dann rannte sie Richtung Norden zu einer von Mangroven gesäumten Bucht, aus der sie die Welt ungesehen bespitzeln konnte.

»Ayaaaana!«

Der Wind, der ihr ins Gesicht blies, war angenehm kühl. Das Kätzchen schnurrte. Sie richtete den Blick wieder auf die *Dau*. Der fremde ältere Mann im cremefarbenen Anzug hob den Kopf, und ihre Blicke begegneten sich. Sie duckte sich tiefer und zog sich mit klopfendem Herzen in den Schatten zwischen den Mangroven zurück.

»Ayaaaana!« Die Stimme ihrer Mutter kam immer näher. »Wo steckt das Kind bloß wieder? Ayaaaana?«

Erneut ließ Ayaana ihren Blick vom Schiff zu dem sich zunehmend dunkler färbenden Himmel wandern. Jetzt würde sie nie erfahren, wer das Festland zuerst erreichte – das Gewitter oder das Schiff. Ihr fiel der Mann ein, der sie angesehen hatte. Würde er sie verraten? Sie suchte die Umgebung nach ihm ab. Das Kätzchen auf ihrer Schulter rieb den Kopf an ihren Hals.

»Ayaaaana! *Haki ya Mungu … aiee!*« Die Stimme drang jetzt links von ihr aus den Büschen und klang bedrohlich nah. »*Aii, mwanangu, mbona wanitesa?*« Ayaana verließ ihr Versteck, watete durch das flache Wasser, um den Sandstrand zu erreichen, balancierte von Stein zu Stein, während sich das Kätzchen an ihren Hals klammerte, und rannte davon.

Der Fremde, der aus Nanjing stammte, sah, wie sich vor dem Hintergrund des schwarzen Himmels eine kleine Gestalt erhob, kurz verharrte und dann schlagartig wieder verschwand; er gluckste. Seine Mitreisenden, die ihn wegen seiner ständigen Übelkeit bemitleideten, warfen ihm unbehagliche Blicke zu. Es kam vor, dass selbst geistig gesunde Menschen von Seekrankheit in den Wahnsinn getrieben wurden. Der Mann spähte angestrengt zum Festland hinüber, und seine Augen waren das einzig Bewegliche in seinem reglosen Gesicht. Eine Linsentrübung in seinem rechten Auge ließ es aus der Entfernung wie einen hellen Fleck erscheinen; der kahle Kopf saß auf einem sehnigen Hals. Als er eine Frauenstimme »Ayaaana!« rufen hörte, drehte er den Kopf. Erneut wurde ihm übel. Er sehnte sich danach, endlich wieder festen Boden unter den Füßen zu haben, und versuchte abzuschätzen, wie weit der Anlegesteg noch entfernt war.

Eine Viertelstunde später ging der Besucher in dem schlecht sitzenden Anzug, der um seinen Körper schlotterte, von Bord und watete durch das flache Wasser zu dem schwarzen Sandstrand. Trotz Unterstützung durch fremde Hände strauchelte er. Er fiel hin, griff in den Sand, holte tief Luft. Glaubte, das Raunen einsamer Geister zu vernehmen, das Wispern derer, die fern der Heimat gestorben waren und an die sich zu lange niemand erinnert hatte, nach denen niemand suchte. Eine braune Hand tauchte in seinem Blickfeld auf, und er ergriff sie. Einer der Seemänner half ihm auf, ehe er ihm seine graue Tasche reichte. Der Mann stimmte ein Lied an, dann lachte er wie über einen geheimen Scherz.

Blinzelnd stand der Reisende in der von Wohlgerüchen gesättigten Abendluft. Er roch bittere Orange, süßen Balsam, den Odem der See und atmete tief ein. Dann senkte er den Kopf und lauschte dem

Stimmengewirr der Neuankömmlinge und der Melodie der Brandung. Betrachtete den Gewittersturm, der sich am Horizont zusammenbraute. *Was für ein Ort ist das?* Abrupt marschierte er los, die Fußspitzen auswärts gedreht, als hätten sie Augen und wollten möglichst viel von der Umgebung in sich aufnehmen. Plötzlich fiel ein blasser Lichtstrahl auf ein rosafarbenes Blütenblatt, das von einem einsamen zierlichen Wildrosenbusch fiel, und ließ es aufleuchten. Der Mann blieb stehen, wartete, bis es schwebend zu Boden fiel. Dann hob er es auf, führte es an die Lippen und umschloss es mit einer Hand, während er mit der anderen die Leinentasche zurechtrückte, die er über der Schulter trug und die ein kondensiertes Leben enthielt.

Mwenda Pate harudi,
Kijacho ni kilio.

Wer nach Pate kommt, kehrt nie zurück,
nur ein Klageruf hallt wider.

2

An dem Tag, als ein Mann aus China zum ersten Mal einen Fuß auf kenianischen Boden setzte, träumte – im geräumigen weiß getünchten Schlafzimmer eines zweistöckigen Hauses aus Korallenkalk und Holz, das Teil eines aus zwölf Häusern bestehenden Labyrinths in Pate Town war, die fortwährend von Passatwinden namens *Kusi*, *Matlai*, *Malelezi* und *Kaskazi* geformt wurden – ein alternder Seemann namens Muhidin Khamis Mlingoti wa Baadawi zum wiederholten Mal, er würde auf einem Schiff einen riesigen saphirblauen Berg mitten im Meer umfahren. Im Traum konsultierte er eine Seekarte in einem dunkelbraunen Buch mit obskuren Schriftzeichen, die aufleuchteten wie von einem inneren Feuer erhellt. Die reale Version dieser Karte bewahrte er, eingewickelt in dunkelgrünes Tuch, in einer kunstvoll verzierten Lamu-Truhe aus Mahagoni unter seinem Bett auf.

Fünf Jahre zuvor hatte Muhidin, ein von Sonne und Salzwasser gegerbter, glupschäugiger, sehniger Nachkomme einheimischer Fischer und Schiffsbauer, ein Buch aus der Tausende von Bänden umfassenden Privatbibliothek eines Kriegs- und Seebeute-Sammlers aus Dubai gestohlen, dem er manchmal geschmuggelte Artefakte verkaufte. Zwischen den Buchseiten hatte er ein faszinierendes vergilbtes Pergament mit kartenähnlichen Abbildungen, kryptischen Schriftzeichen und der symbolischen Darstellung eines archaischen Kompasses entdeckt, in dem der Osten als Ausgangspunkt einer Reise markiert war. Anfangs glaubte er, es handle sich um Notenschrift. Später, als er es im Licht der Abenddämmerung eingehender betrachtete, entdeckte er, dass von dem Pergament ein moschusartiger, sandelholzähnlicher Geruch ausging. Handelte es sich um die olfaktorische Abbildung einer Hymne auf Passatwinde, Häfen und Reisende? Oder gar um ein aromatisiertes Fragment jenes närrischen Märchens *Alfa Lela Ulela – Tausendundeine Nacht? Es ist nichts*, sagte sich Muhidin in dem Versuch, seinen Wissensdurst zu zügeln. Doch immer, wenn er in die gequälten Winkel seines Herzens vordrang, griff er unwillkürlich nach dem Buch unter seinem Bett und strich über das Pergament, um sich zu beruhigen.

Vor vielen Jahren, als Muhidin noch ein kleiner Junge gewesen war, hatte ihn eine wilde Musik heimgesucht wie ein auf Erden gestrandetes Gespenst, und sie verfolgte ihn bis in seine Träume, aus denen er voller Sehnsucht nach unnennbaren Dingen erwachte. Ein geheimnisvolles Lied, das aus dem unwissenden Inseljungen einen Suchenden, einen Reisenden, einen Leser, einen Detektiv und einen Wahrheitsjäger gemacht hatte. Als Muhidin noch ein Kind war, kamen seine Eltern und seine fünf Geschwister bei einem Fährunglück ums Leben. Diese Tragödie verschaffte seinen kinderlosen Verwandten – dem Onkel Hamid, der die *Zumari*-Flöte spielte und ein meisterhafter Bootsführer war, und dessen Frau Zainab – einen Prügelknaben und Schuldknecht. Doch dann, bei einem Angelausflug mit seinem Onkel, mitten in einem kräftezehrenden, erbitterten Kampf mit einem riesigen Schwarzen Marlin, eingeschüchtert von den unheilvollen Drohungen seines Onkels – »Wag es ja nicht, meinen Fisch zu verlieren« –, war der völlig verängstigte Vierzehnjährige unvermittelt in einen Zustand höchster Konzentration eingetaucht, in dem er die Quelle des Lebens zu vernehmen glaubte, das zeitlose Lied des Meeres, das von seiner Seele Besitz ergriff. Es durchdrang sein Herz, das in tausend Stücke zersprang, die wie die Splitter einer unendlichen Sonne auf eisige Welten regnete. Von da an wurde Muhidin von Heimweh nach einem unbekannten Ort verzehrt.

Im selben Moment gab der Marlin, plötzlich fügsam, den Kampf und sein Leben auf.

Es war totenstill an Bord. Dann taumelte Muhidin umher, und ein lauter, lang gezogener Klagelaut entfuhr ihm. Onkel Hamid erstarrte und musterte ihn mit sehr alten, sehr dunklen, sehr freudlosen Augen. »Es ist nichts«, knurrte der Onkel. »Nur ein verwirrter Wind.« Doch von diesem Moment an legten weder sein Onkel noch seine Tante je wieder Hand an Muhidin.

Die Gefühle, die der Vorfall in Muhidin freigesetzt hatte, trieben ihn aufs Meer hinaus, zum Dienst an der See, und er schuftete ununterbrochen, wie ein Leibeigener unter einem Zauberbann. Wenn es ihn aufs Festland verschlug, jagte er Illusionen nach, als seien es Glühwürmchen, durchkämmte die dunklen Winkel der Hafenstädte, kaufte, tauschte, stahl und ergaunerte Seekarten und Rätsel. Er durchforstete geheimnisvolle Aufzeichnungen, in der Hoffnung, Wegweiser zum Leben zu finden. Sein Reiseziel: Sicherheit. Auf seiner Suche geriet Muhidin mit Mensch und Materie aneinander, und am Ende waren sie es, die das Gewebe seines Lebens zerrissen, nicht das Meer.

Viele Jahre auf See später sollte der Nachhall jenes merkwürdigen Tages den von der Welt gezeichneten, unendlich einsamen Muhidin einholen. Er war an Bord seines Handelsschiffes auf dem eisigen, übellaunigen nachtschwarzen Atlantik unterwegs und hatte wie üblich die Sturmwache übernommen, als plötzlich aus der schäumenden Tiefe des Meeres blaue Lichtkugeln aufstiegen, die auf dem Wasser tanzten. Er blinzelte, als sie sich auflösten und zu Fragmenten des geisterhaften Liedes wurden, das er am Tag des Angelausflugs vernommen hatte. Er beugte sich über die Reling und rief: »Wer bist du?« Eine Welle, groß wie ein zweistöckiges Haus, überschwemmte das Deck und durchnässte ihn bis auf die Knochen. Unvermittelt wurde er von Sehnsucht nach der Heimatinsel überfallen, die er hinter sich gelassen hatte. Bis jetzt hatte er überall nur Hinweise darauf gefunden, was das formlose Lied des Ozeans *nicht* war. Er hatte auch das Vertrauen verloren, im Glauben Zuflucht zu finden. Bei einem Landgang in Ägypten, in einem Suk in Alexandria, war er vom Glauben abgefallen, als ein alabasterhäutiger, hakennasiger Verkäufer, der mit allem handelte, jeglichen Kontakt mit Muhidins schwarzer Haut tunlichst vermied.

Der Suk.

Der Gebetsruf hallte durch die Stadt, eine warmherzige Einladung an die Menschen, sich zu versammeln, die im völligen Widerspruch zu der engherzigen, abweisenden Haltung der Menschen stand. Ein Händler, dessen Waren Muhidin verschmähte, hatte ihm das Wort »Abd« – *Sklave* – nachgerufen. Daraufhin war etwas in seinem Inneren explodiert, Muhidin knirschte mit den Zähnen und zischte: »Blutrünstiger Dschinn! Henker! Seelenfresser!«

Der Händler lächelte mit glasigem Blick und stotterte erschrocken: »Abd … aber mein Freund, mein Bruder, du weißt doch, das bedeutet nur: Ich bin dein Sklave, ich bin dir zu Diensten …«

Muhidin hatte gebrüllt: »Schweig, du Dieb! Büßen sollst du! Du Verwesungsgestank in weißen Roben, du wandelnder Friedhof! *Mtu mwovu*! Reptil! Blutsauger … Büße! Parasit! Du weigerst dich, meine Hand zu berühren? Meine schwarze Haut widert dich an? Büßen sollst du, du Dieb von Land und Seelen! Büße!«

Das Gesicht des Händlers war angstverzerrt. Er leckte sich über die Lippen, deutete in die andere Richtung und sagte hektisch: »Sieh nur! Dort drüben!« Dann zog er sich hastig zurück, ohne sich die Mühe zu machen, seinen Stand zu schließen. Alle Umstehenden stellten sich blind und taub, senkten die Köpfe, um Muhidins vor Zorn sprühendem Blick auszuweichen. Dann war er davongestapft, und sein zitternder Körper hatte die letzten Überreste seines Glaubens abgeschüttelt, an die er sich bis jetzt geklammert hatte.

Abd.

Ein Name, der ihm seit seiner Kindheit auf der Insel vertraut war. So hatte Muhidins Onkel ihn vor dem Tag des Angelausflugs ständig genannt. Auf der Insel galten gesprochene Worte und Namen als Schwur, Verpflichtung und Verheißung. Auch »Kafir« – *Ungläubiger* –

hatte sein Onkel ihn genannt. Seine Stimme war auch dann sanft geblieben, wenn er Muhidin verprügelte, bis er blutete, während Tante Zainab zuschaute und überzuckerten Ingwerkaffee trank. Dies war das Gesicht seiner damaligen Einsamkeit und der Grund für seine gegenwärtige Unrast: Onkel Hamid, der musisch begabte Fischer mit dem Gebetsfleck auf der Stirn, der sich – in dem Versuch, seine Grausamkeit zu verschleiern – in weißen Gewändern auf den Boden warf und betete.

Abd.

Muhidin war durch den Suk davongestapft, einen Schwur auf den Lippen: *Von heute an soll zwischen meiner schwarzen Haut und dem Glauben ein himmelweiter Abstand liegen, bis ich den Ruf nach Buße vernehme.* Danach fühlte er sich seltsam schwerelos. Rastlos begann er, auf- und abzugehen wie der schwarze Leopard im Privatzoo eines katarischen Ölmagnaten, den er einmal gesehen hatte. Er war weder glücklich noch traurig. Ob ein Schiff entlud oder den Anker lichtete, er beobachtete sich wie aus weiter Ferne und fragte sich, warum er tat, was er tat. Beladen, sichern, verstauen, entladen. Er versuchte seine Gedanken im Zaum zu halten und weigerte sich, über den Sinn der Dinge nachzudenken. Entfesselt berauschte er seine Sinne mit unbegrenzten Genüssen: Wein, Frauen, Worte, Drogen in allen Geschmacksrichtungen und endlose politische Diskussionen. Er entwickelte eine Meinung zu allem und jedem. So bemühte er sich, sein Unbehagen zu überspielen, bis zu jenem ganz gewöhnlichen schwülen Junimorgen im Jahr 1992, als er nach achtundzwanzig Jahren, drei Monaten, acht Tagen und sieben Stunden treuem Lehensdienst an der See, auf einem in Panama registrierten Schiff in den Hafen von Sansibar einfuhr.

Die goldene Morgensonne über Unguja brannte unerbittlich, sodass Muhidin gezwungen war, die Hand über die Augen zu legen. Als er schließlich den Blick auf die Insel richtete, war es, als würde er sie mit neuen Augen sehen. Auf den Docks unter ihm stromerten an die zwanzig ausgemergelte Hafenkatzen herum, während die hauchfeinen Schleier zwischen den Welten die Zeit durchlässig machten. Krähenkolonien, Winde, Wärme und Stimmen. Muhidin erhaschte einen Blick auf ein vergessenes Ich unter all jenen, die er in seinem Leben verkörpert hatte: Fischer, Hafenarbeiter, Matrose, Aushilfsmaschinist, zeitweiliger Ehemann, Heimatloser ohne Zuflucht. Er spürte das Salz auf seinem Gesicht, atmete die ostafrikanische Luft ein. Vor ihm jagten zwei durchscheinende Insekten dem Licht nach, und ein namenloser Händler, in dessen Gesicht sich die Geschichten unzähliger Welten eingegraben hatten, deutete auf ihn und winkte.

Tränen flossen über Muhidins bärtige Wangen und tropften in das ölschlierige Wasser des Hafens von Sansibar. Er umklammerte die Reling, und eine unerklärliche Trostlosigkeit machte sich in ihm breit. Eine Sekunde später schepperte irgendein Maschinenteil. Seine Mannschaftskameraden riefen nach ihm. Der Erste Offizier brüllte ihm von oben etwas zu. Muhidin drehte sich um und griff nach dem nächstbesten Gegenstand, einem halb leeren Wasserbehälter, um sein Gesicht dahinter zu verstecken.

Doch später, in der obsidianschwarzen Nacht, traf Muhidin heimlich Vorkehrungen, um sein Leben auf See hinter sich zu lassen. Er bestach zwei »Hafenratten« –, Jungen unbestimmten Alters, die sich durchs Leben schnorrten und den Hafen heimsuchten wie an einen bestimmten Ort gebannte Dschinn – die ihm helfen sollten, die fünf Jutesäcke, die die Sammelsurien seines Meeres-Exils enthielten, von Bord zu schaffen: Bücher, Karten, Flaschen mit Blütenessenzen, Kalligraphie-Tinten und -Pinsel, Räucherstäbchen, getrocknetes parfümiertes Blut, getrocknete Kräuter, Baumharze, darunter Weihrauch, zwei Hemden, eine kurze Hose, ein Hut und ein weiter Mantel. Sein Geld befand sich in einem Portemonnaie aus dickem Leder, das er sich an den Körper gebunden hatte. Muhidin und seine Helfer krochen durch ein Loch im Zaun des neuen Hafens und begaben sich nach Stone Town. Sie schlichen an Korallenkalkwänden entlang und betraten Labyrinthe aus Zwischenwelten, in denen algerische *Raï*-Musik erklang. Er erinnerte sich an die parfümierten, großäugigen Frauen in schwarzen *Buibuis*. Sie glitten mit flüchtigen Blicken, klirrenden Armreifen und ihren hier besonders perfektionierten Verführungskünsten an ihm vorbei. Es roch nach Biryani, Pilau, Kokosnuss, Chutney, Essiggurken, Joghurt, Chilischoten, *Mbaazi* und *Mahamri*; ein milchgesichtiger Händler bot Netzannonen und Avocadosaft feil. »*Shikamoo*«, grüßte ein Mädchen mit Pferdeschwanz einen älteren rundlichen Herrn in einer leuchtend weißen *Kanzu*; Muhidin hörte Brocken von Kiswahili, das allgegenwärtige Flüstern, Reggae von Bob Marley und Peter Tosh, sah halbdunkle Türeingänge, die von dem Labyrinth abzweigten. Unvermittelt lachte er auf; es klang wie ein Bellen. Sie erreichten den alten *Dau*-Hafen und blieben vor einer uralten schiefen Steinmauer stehen, die das Land vom Meer trennte.

Unweit der Docks lag ein von Laternen erleuchtetes mittelgroßes Schiff vor Anker – ein trister, verbeulter Kahn, der aussah, als hätte man ihn besser schon vor hundert Jahren in einem Akt der Gnade versenkt, und doch trug er den glückverheißenden Namen der ägyptischen Sängerin und Musikerin *Umm Kulthum*. Der *Nahodha* – der Kapitän – stand an Deck, als wäre er mit seinem Schiff verwachsen. »*Masalkheri!*« – Guten Abend, rief Muhidin, und seine Stimme klang rau, als hätte er sie lange nicht benutzt.

Der *Nahodha*, ein wahrer Hüne, löste sich von seinem Schiff, sprang ins Wasser, das ihm bis zu den Oberschenkeln reichte, watete zu Muhidin hinüber und fragte in wohlklingendem Singsang: »*Nani mwenzangu?*« – Wer ist mein Gefährte?

»Muhidin Khamis Mlingoti wa Baadawi.«

»Welch ein Name! Was ist dein Begehr?«

»Na, unter dem Sternenzelt Gedichte mit dir zu rezitieren. Was glaubst du denn, Mann? Ich will abhauen.«

»Was ist dein Problem? Wohin?«

Pate. Ein Name, der Geister heraufbeschwor. Erinnerungen überfielen Muhidin wie Spinnen, die aus einem vergessenen Grab krochen. »Nach Pate.« Er schauderte. Wellen brandeten ans Ufer, Wasser füllte Löcher voll uralter Stille, weißfleckige Gischt leuchtete in der Dunkelheit.

»Nur Verrückte oder Kriminelle überqueren in dieser Jahreszeit das Meer«, grummelte der Kapitän.

Der Steuermann knurrte: »Stimmt. Welchen Preis zahlst du?«

»Jeden.«

»Ausweis?«

»Brauchst du einen?«, entgegnete Muhidin.

»Nein.«

»Ich auch nicht.«

»Was hast du bei dir?«

»Nur das Nötigste.«

»Ich will keinen Ärger.«

»Mit mir kriegst du keinen.«

»Bei Sonnenaufgang legen wir ab.« Der Kapitän drehte sich wieder um und watete auf die schaukelnde *Umm Kulthum* zu.

Muhidin rief: »Warte auf mich. Ich komme mit.«

»Du bist verrückt, Mann.«

»Kann sein.«

Muhidin und die Straßenjungen hievten seine Besitztümer auf die *Dau*. Vor Sonnenaufgang gesellten sich noch sechs weitere Reisende und drei Deckarbeiter zu ihnen. Mit der morgendlichen Flut liefen sie aus.

***

Einige Passagiere gingen in kleinen, kaum noch belebten Häfen – wie Tumbatu, Pemba, Kilifi und Shimoni – von Bord, aber in den sechs Tagen, die es brauchte, durch wechselhafte Strömungen und Gezeiten zu manövrieren und, auf die Winde vertrauend, nordkenianische

Gewässer zu erreichen, halfen sie der Mannschaft dabei, das Schiff auszubalancieren und auszubessern oder Wasser zu schöpfen. Am sechsten Tag gegen vierzehn Uhr ließ der *Nahodha* die *Umm Kulthum* auf ein altes Schild zusteuern, das auf einem vorstehenden Felsen stand und ihnen den Weg nach Pate wies. Es markierte auch die Wasserstraße, die die Elefanten früher genutzt hatten, um bei Ebbe von einer Insel zur nächsten zu gelangen. Das Schiff fuhr in den Mkanda-Kanal ein, um die riskantere Hochseeroute zu vermeiden. Als sie das mächtige Mangrovendickicht erreichten, verspürte Muhidin ein Ziehen im Herzen. Weiße Sandbänke ragten aus dem Wasser. Faza, eine vom Feuer geformte Siedlung, Ndau und bald darauf, die schwarze Sandküste von Ras Mtangawanda. Kurze Zeit später war Muhidin einer der wenigen, die in Pate an Land gingen. *Eine Rückkehr, aber wohin?* Er hatte weiche Knie, als er die unsichtbare Grenze zur Vergangenheit überschritt – seiner und die der Insel. Dann lachte er unbekümmert: Wie relativ die Zeit doch war. Er ging, sah eingefasste, zerfallende Grabmale, Schreine der Gelehrsamkeit, Überreste von Werften, Heiligengräber, die synkretistischen Zeichen vormals stolzer Götter; eine robuste Moschee, die sich den Platz mit allen möglichen anderen Orten der Gottesverehrung teilte. Diese Leute waren seine Leute. Ein vertrautes Gesicht, ein alter Bekannter lief ihm über den Weg. Sein Herz drohte zu bersten, und er schrie vor Freude auf. Kinder, die in der Nähe spielten, hielten inne. Drei tapfere Jungen rannten zu ihm, um nach dem Rechten zu sehen, und entdeckten einen Mann auf Knien, dem gerade bewusst geworden war, dass seine lange, über viele Umwege führende Reise in weit entfernte Welten ihn geradewegs zurück nach Hause geführt hatte.

So war es gewesen.

Heute gab es nur zwei Dinge, die er über das vergilbte Pergament unter seinem Bett mit Gewissheit sagen konnte: Er konnte nicht mehr damit anfangen, als es zu besitzen, und wie alles andere, was er berührte, würde es zerfallen – ehe er es entschlüsseln konnte.

***

»*Allahu Akbar* …«

Ein weiterer Tag brach an. Der Gebetsruf, ein Bote der Verheißung, der eine uralte brütende Insel wieder zum Leben erweckte.

»*Allahu Akbar* …«

Der Gesang schwoll an.

»*Al-salaatu khayrun min al-nawm* …«

Ein heulender Meereswind wirbelte Sandkörner auf. Hähne krähten. Die morgendlichen Geräusche rissen Muhidin aus seinem wiederkehrenden Traum von der Rückkehr nach Pate, der immer damit endete, dass er eine Frage stellen musste, die ihm nicht über die Lippen kommen wollte. Doch obwohl Muhidin Gott entsagt hatte, reagierte er auf den Ruf an das Leben immer noch mit dem Vergnügen des Ästheten.

»*Allahu Akbar* …«

Von der Galerie im obersten Stockwerk seines Korallenkalkhauses beobachtete Muhidin eine Flotte von *Ngarawas*. Frühe Fischer bückten sich und richteten sich auf, bückten sich und richteten sich auf, als sie im flirrenden Morgenlicht, das sich wie geschmolzenes Silber über das Wasser ergoss, lange Mangrovenholzstecken ins Meer tauchten. Muhidin rückte die bestickte *Barghashia* auf seinem Kopf zurecht und fragte sich, ob er die Fensterläden in seinem Geschäft »Vitabu na Kadhalika« – Bücher und mehr – öffnen sollte. Die Morgensonne auf seinen Händen, die das verblichene Balkongeländer umklammerten, fühlte sich an wie eine intime Berührung. Er lauschte dem tiefen, widerhallenden Tremolo der Sonnenaufgangshymne des Muezzins. Der Salzgeruch des Meeres war mit Gewürzen, Algen und unbekannten Meereskräutern durchsetzt.

»*Allahu Akbar* …«

Der *Adhan* wurde auf der Insel von zwei Männern ausgerufen – genauer gesagt, von Omar Abdulrauf und Abasi Rashid. Rivalen, die beide felsenfest von ihren stimmlichen Talenten überzeugt waren, während sie für die Bemühungen des jeweils anderen nur lauwarmes Lob übrig hatten. Hier auf der Insel wollte man von den abspielbaren präzisen, formelhaften Anrufungen nichts wissen, die man im strengen Saudi-Arabien benutzte und denen das Timbre der Wahrheit abging, das nur einer echten menschlichen Stimme zu eigen ist.

»*Ash-hadu an-la ilaha illa llah* …«

Als Muhidin die breite Treppe hinunterstieg, hatte er immer noch Omar Abdulraufs Aufruf in den Ohren: »*As-salatu Khayrun Minan-nawm* …«

Muhidin erwog, dem Ausrufer einen heilenden Honig-Nelken-Ingwer-Balsam zu schenken, denn dessen unheilschwangerer Countertenor erinnerte ihn mittlerweile an die Paarungsgesänge der Wale. Er eilte über den Innenhof, mit der Hand schirmte er die Augen vor der Sonne ab.

Er wartete.

Da war es wieder.

Schritte hinter dem Haus. Ein paar Augenblicke später sang eine Kinderstimme: »*Kereng'ende … mavuvu na kereng'ende* …«

Kereng'ende – die Jahreszeit der Libellen? Muhidin kratzte sich den Bart und schaute zum Himmel hinauf. Es stimmte, bald würden die kurzen Regenschauer kommen, es war stickig und schwül, die Wolken standen hoch am Himmel und die großen Fischschwärme kehrten aus ihren Laichgewässern zurück. Es gab neue Strömungen und Unterströmungen. Muhidin schaute zum Meer.

Platsch!

Das Kind prustete und lachte. Er lauschte eine Weile, dann kratzte er sich die Koteletten, begab sich in die Küche im Erdgeschoss und setzte den Wasserkessel auf. Er legte ein paar Stücke Honig-*Halva* und *Mahamri* auf ein verrostetes rundes Tablett, auf dem früher Bilder von Kätzchen geprangt hatten. Dann schüttete er heiße Milch in einen großen Becher, fügte einen Löffel Masala hinzu und hoffte, dass die Abend-*Dau* aus Lamu *Mkate-wa-mofa*-Brot an Bord haben würde, denn er brauchte dringend neues. Wieder hörte er das Lachen des Kindes, das im Meer badete. Es brachte ihn zum Lächeln, denn es erinnerte ihn an ihre Begegnungen, daran, dass man Geheimnisse allein durch Blicke teilen konnte. Ein Geheimnis entstand, wenn man Zeuge eines Freudentanzes wurde, den der Rest der Welt nie zu Gesicht bekam. Man entdeckte es im Anflug eines Lächelns, das kaum mehr war als ein Zucken der Lippen, oder im schimmernden Sternenlicht, das sich in den Augen eines kleinen Bastards spiegelte. Einmal hatte er dem Mädchen unbemerkt zugesehen, während es im flachen Meerwasser herumwirbelte und lauthals ein Kinderlied sang:

>*»Ukuti, Ukuti*
>*Wa mnazi, wa mnazi*
>*Ukipata Upepo*
>*Watete … watete … watetemeka …«*

Ein anderes Mal hatte er beobachtet, wie das Mädchen den Strand absuchte und Treibholz, tote Aale, tote Vögel, tote Seesterne, eine noch ungeöffnete Packung Nudeln, einen Hockeyschläger, einen Puppenkopf und eine blaue Plastikschildkröte zusammentrug. Eines Tages hatte das Mädchen bemerkt, dass er bei Sonnenaufgang auf dem Balkon stand. Und so sang es leiser, aber die Morgenbrise trug ihre Worte trotzdem zu ihm hinauf.

>*»Sisimizi mwaenda wapi?*
>*Twaenda msibani*
>*Aliyekufa ni nani?«*

Sie war ihm schon aufgefallen, bevor ihre Abenteuer in der Morgendämmerung zu einem Teil seines Lebens geworden waren. Eines Tages hatte ein Fischer namens Yusuf Juma eine Tran absondernde lappige, schuppige Kreatur, mannsgroß und mit vier beinartigen Flossen, gefangen und auf den Anlegesteg gewuchtet. Rasch hatte sich eine Menschentraube um sie gebildet. Auch das kleine Mädchen war unter den Schaulustigen. Es schlüpfte zwischen den Beinen der Erwachsenen hindurch und hockte sich vor die Kreatur, die Arme um die Knie geschlungen. Dann kündigte sich Muhidin durch das Klapp-Klapp der verstärkten Absätze seiner Halbschuhe mit den stählernen Spitzen an. Er machte gerade seinen Abendspaziergang. »*Ni kisukuku. Alieishi tangu enzi za dinasaria*«, merkte er an – eine Kreatur so alt wie das Leben selbst – und zitierte damit eine Inschrift, die er einmal auf dem Poster von einem Quastenflosser gelesen hatte. »Hab auch mal einen gefangen, als ich noch zur See fuhr«, fügte er hinzu. »Die kann man nicht essen. Werft ihn zurück ins Meer. Die Haie werden sich freuen.« Sein Blick fiel auf das Mädchen in der zerlumpten, übergroßen Kleidung, das ihn mit großen Augen und offenem Mund anstarrte. Schließlich war er weitergegangen.

Der Kessel pfiff, bespuckte ihn mit Wassertropfen, und wieder hörte er die Stimme des Kindes:

»*Sisimizi mwaenda wapi?*
Twaenda msibani …«

Er gab dem Kessel einen Klaps, als wäre er ein ungehorsames Haustier, und schüttete dunklen, bitteren Kaffee in seinen Becher. Er kaute auf dem mit Kardamom, Nelken und Zimt gemischten Kaffeesatz herum, trug das Tablett in sein Schlafzimmer und trat auf den Balkon hinaus. Von dort blickte er aufs Meer und studierte die rot geränderten Wolken und das ungleichmäßige Blau der Wellen. *Heute gewittert es über dem Meer*, prophezeite er. Das Mädchen planschte im gischtweißen Wasser. Tauchte unter. *Die Strömung*, dachte Muhidin besorgt. Er zählte seine Herzschläge, suchte nach den verräterischen dunklen Anzeichen für Unterströmungen. Schließlich tauchte das Kind wieder auf. Es hatte seinen Zwei-Minuten-Rekord unter Wasser um siebzehn Sekunden verbessert. Muhidin fuhr sich mit dem Ärmel über die Nase. Nicht, dass es für ihn irgendeine Rolle gespielt hätte, wenn ihr etwas zustieß. Nicht sein Problem. Seine Lippen zuckten. Zwei Minuten und siebzehn Sekunden!

Vor mehr als einem Jahr war Muhidin in den frühen Morgenstunden von einem Knarzen und Rascheln aus dem Schlaf gerissen worden. Im Dunkeln griff er nach der Uhr, die er aus alten Einzelteilen zusammengesetzt hatte. Sie zirpte wie eine Grille und gab alle drei Stunden ein »Ping« von sich. Dann ging er auf den Balkon, um auf den Sonnenaufgang zu warten. Ein flimmernder Lichtstreifen färbte den Horizont magentarot. Im schwachen Licht der Morgendämmerung erspähte er eine kleine Gestalt, die im Meer herumtollte, untertauchte und mehrere Meter entfernt wieder auftauchte wie ein *Pomboo*, ein Babydelfin. Nicht, dass Muhidin unbedingt an die Existenz von Dschinn *glaubte*, doch es wäre zumindest eine Erklärung für die Erscheinung im Meer gewesen, die zu dieser frühen Stunde wie ein Schatten auf der Leinwand seines Geistes aufgetaucht war. Er eilte nach unten durch einen Innenhof und seine Ladenräume und ging durch die Diele nach draußen und über den Pfad zum Strand. Und aus der Nähe erkannte er die kleine Streunerin.

Seine Enttäuschung überraschte ihn. *Verzweifelt auf der Suche nach Geistern, Muhidin?*, schalt er sich. *Kweli avumaye baharini papa kumbe wengi wapo* – Es gibt viele Arten von Fischen im Meer. Er runzelte die Stirn, während er mit sich rang. Sollte er das Kind aus dem Meer holen? Es gab unausgesprochene Regeln, wer im Meer schwimmen durfte und wer nicht. Ein Kind: nicht ohne Aufsicht. Ein Mädchen: eigentlich nie. *Aber*: Er wusste auch, welche Wirkung das Meer auf manche Menschen hatte, wusste, dass sie es brauchten und umgekehrt. So wie bei ihm, auch wenn es in seinem Fall nicht anders zu erwarten gewesen war. Sein verstorbener Vater und dessen Vater waren beide Seegänger gewesen – das heißt, sie konnten das Verhalten des Meeres zu jeder Jahreszeit vorhersagen und zelebrierten seine Riten und Rituale. Und obwohl beide gestorben waren, ehe sie ihr Wissen an ihn weitergeben konnten, folgte er instinktiv seiner Bestimmung. In seiner Jugend war er einer von nur sieben Männern gewesen, die, mit den Laternen auf den Booten als einziger Beleuchtung, mitten in der Nacht im Meer nach Fischen, Austern und Krabben tauchen konnten. Er war von Quallen gestochen worden, hatte von Zitteraalen elektrische Schläge bekommen und beides überlebt. Er konnte Dünungen, Gezeiten und Strömungen unterscheiden und benennen. Als er einmal von einer Brandungsrückströmung in die Tiefe gerissen worden war, hatte er keine Angst, sondern nur Neugier verspürt. Seit seiner Rückkehr nach Pate war er drei Mal nachts im flachen Wasser aufgewacht, ohne sich zu erinnern, wie er dorthin gelangt war.

3

Das schmutzig weiße Kätzchen schmiegte sich an die schmale Schulter des Mädchens, das wieder einmal beobachtete, wie die Passagierschiffe anlegten. Ayaana wartete auf ihren Vater, den sie noch nie gesehen hatte und von dem sie nicht wusste, wie er aussah. Alles, was sie über ihn zu wissen glaubte, entsprang ihrer Fantasie. Trotzdem verlangte sie in Gedanken von ihm, dass er sich ihr an diesem Tag endlich in Fleisch und Blut zeigen sollte.

Genau wie am Tag zuvor.

Und davor.

Rauschende Winde, das Murmeln der Gezeiten.

Doch ihr Vater war weder an diesem Morgen unter den Passagieren gewesen, die von Bord gingen, noch unter den Heimkehrern, die am Abend von der *Dau* taumelten. Er war auch keinem der beiden *Matatus* entstiegen, die über die gesamte Insel fuhren. Ayaana wartete, bis die Grillen zu zirpen begannen und abrupt Stille eintrat, als würde die Welt den Atem anhalten und darauf warten, dass sie etwas sagte. Dann flüsterte sie ihrem Kätzchen zu, dass sie ihrem Vater noch eine Chance geben würde. Am nächsten Tag würde er seine letzte Chance bekommen. Das Kätzchen spielte mit den Haaren des Mädchens und schnurrte.

4

Sie driftete dahin, und jegliches Zeitgefühl löste sich auf. Einsamkeit, Stille; alles strebte auf unbekannte Verlockungen zu. Auch sie. Unter Wasser brauchte sie die Dinge nicht zu benennen, um sie zu kontrollieren. Spüren, empfinden, erfahren – das war Wissen genug. Das Meer hatte viele Augen, zu denen auch ihre jetzt gehörten. Ein vorbeischwimmender Fisch glotzte. Ein Mensch starrte zurück. Sie ließ sich mit der Strömung treiben, weiter und immer weiter, bis sie auftauchen musste, um Luft zu holen.

Ihr Lachen schallte durch die Luft.

Muhidin beugte sich über die Balkonbrüstung, um dem Mädchen und auch dem Meer zu lauschen. Wann würde sie lernen, dass das Meer, ebenso wie die Welt, unberechenbar war? Wie auch immer: nicht sein Problem. Und doch hielt er jeden Morgen Ausschau nach ihr. An einigen Tagen blieb sie fern. An anderen erschien sie noch vor dem ersten Hahnenschrei schimmernd in der Morgendämmerung, schlich zum Meer, sprang bei Ebbe durch das flache Wasser oder stürzte sich bei Flut in die Wellen. Einmal hatte sie auf dem Heimweg mit schräg gelegtem Kopf zu ihm aufgesehen, als wüsste sie, dass er da war, und er war von der Brüstung zurückgetreten. Nach einem weiteren Monat verlangsamte sie ihre Schritte, wenn sie an seinem Balkon vorbeiging, und senkte den Kopf. Tage später blieb sie stehen und schnappte nach Luft, erwiderte seinen Blick, zog an ihren Ohren, schielte und streckte die Zunge aus. Dann war sie fort, hinterließ nur kleine Spuren im Sand, die wie die einer winzigen Schopfantilope aussahen.

Als sie in der folgenden Woche wieder auftauchte, erwiderte Muhidin ihren Gruß und schnitt ebenfalls eine Grimasse. Sie machte große Augen, dann prustete sie los, hielt sich vor Lachen den Bauch, bevor sie die Hand auf ihren Mund legte. Sie schlug vor überschäumender Freude drei Räder und ließ sich erschöpft auf den Sandstrand fallen. Ihre Fröhlichkeit hatte Muhidin angesteckt, der sich an dem Balkongeländer festklammerte und ebenfalls schallend lachte. Dann war sie verschwunden, und nur ihre winzigen Spuren im dunkelbraunen Sand blieben zurück.

Ayaana.

Der Name des Kindes war auf Pate nicht allzu verbreitet. Ayaana bedeutete »Geschenk Gottes«. Muhidin kannte ihre Geschichte natürlich. Jeder kannte sie. Das Kind war vor sieben Jahren mit der Flut auf die Insel gekommen, in den Armen ihrer bis auf die Knochen abgemagerten skandalumwitterten Mutter Munira, Tochter einer angesehenen Familie. Munira hatte blasse Haut, mandelförmige Augen und war zierlich wie ein Vogelfuß. Ihre zuvor hochmütige, vorlaute, kantige, wilde Schönheit war von dem, was sie in den zweieinhalb Jahren fern der Heimat durchgemacht hatte, getrübt und abgeschliffen worden. Etwas hatte sie zurück nach Hause gezogen wie ein zerstörter rostiger Anker. »Ayaana«, war Muniras einzige Erklärung für das kleine Wesen mit der geröteten Haut in ihren Armen. Es schrie unablässig, als die Mutter vor dem Hintergrund eines feurig-gestreiften Sonnenuntergangs das undichte *Ngarawa* eines Fischers verließ, den sie auf Lamu mit ihren letzten beiden goldenen Armspangen angeheuert hatte, um sie herzubringen. »Ayaana«, wiederholte sie, ein ständiges Flehen um Gnade. Diejenigen, die ihrer Ankunft beiwohnten wie einem Trauerzug, ließen sich von diesem »Geschenk Gottes«, dem jammernden Beweis für die gescheiterten Träume dieser Frau, nicht erweichen.

»Wer ist der Vater?«

»...«

»Der Vater, Munira.«

»Der Wind!«, rief sie mit tonloser Stimme. »Der Schatten des Windes.«

Ihre Antwort hatte etwas Unheimliches, und so schmiedete die Familie Pläne, um das Problem aus der Welt zu schaffen. Schnell hatten sie einen Bräutigam für Munira ausfindig gemacht: einen strengen Gelehrten mit dünnem Bart, der ihm bis auf die eingesunkene Brust reichte. Seine Versuche, diverse Ehen zu schließen, waren allesamt gescheitert – alle angehenden Bräute waren geflohen und nie wieder gesehen worden. Seine erste und einzige Frau war durch schiere Willenskraft verstummt. Doch der Mann war fest entschlossen, in Muniras noble Familie einzuheiraten, um in den Genuss ihrer uralten, weitverzweigten Geschäftskontakte zu kommen, die in fast jeden Hafen der Welt reichten. Er wollte sogar ihren Namen annehmen, was Teil des Tauschhandels war.

Daraufhin war Munira, das Kind an ihre Brust gepresst, zu einem Felsvorsprung gegangen und hatte gedroht, zu springen. Der Vorfall verursachte einen noch größeren Skandal und zementierte die Gewissheit, dass sie vollkommen verrückt, verflucht sein müsse. Viele Jahre später erzählte Munira Muhidin in einer ruhigen Minute von dieser Zeit: dass sie sich damals dem Nichts verschrieben, kein Vertrauen mehr zu den Menschen gehabt und nur dem Vollmond ihre Hoffnungen offenbart habe; dass sie ihre Tage anhand der Anzahl der Beleidigungen beurteilte, die man ihr an den Kopf geworfen hatte. »Aber seinem Schatten kann man nicht entkommen«, sagte sie dann

zu Muhidin, der erwiderte: »Nein, aber ignorieren kann man ihn.«
Sie höhnte: »Ach, hör doch auf. Wir beide kennen die Wahrheit, auch
wenn wir lügen. Wir sprechen eher über den Tod als über unsere Einsamkeit.« Und sie fuhr fort: »*Dua la kuku halimpati mwewe?* – Was
kümmert den Falken das Gebet eines Huhns? Aber immerhin bin
ich noch am Leben. Nicht schlecht, oder?« Und sie lachte über sich
selbst.

Nachdem Munira gedroht hatte, sich umzubringen, erklärte ihr
über alles geliebter Vater sie zur *Maharimu* – zur Ausgestoßenen. Darüber hinaus stellte er ihrem Namen das Wort *Mahua* – die Verstorbene – voran und sagte ihr mit vor Trauer geröteten Augen: »Du, meine Erstgeborene, der ich alles gab, was dein Herz begehrte, hast meine
heiligsten Träume entehrt. Du hast das Recht verwirkt, unseren Namen zu tragen.« Danach hatte Muniras Vater, sehr zum Verdruss der
Inselbevölkerung, sein lukratives Geschäft mit Herbergen ins fünfhundert Kilometer entfernte Sansibar verlegt. Muniras verschmähter
Bräutigam und seine Familie begleiteten ihn dorthin. »Tu uns allen
einen Gefallen und stirb«, sagte ihre Stiefmutter beim Abschied zu
Munira, »aber warte damit, bis wir weg sind.«

Munira blieb mit ihrem Kind auf Pate zurück.

Sie trauerte um ihre Familie. Sie mochte zwar noch am Leben sein,
doch ihr Name wurde zu einem Synonym für Schande, zu einer Warnung an alle kühnen, rebellischen Mädchen, zu einem Anlass, sich
daran zu erinnern, warum es auf der Insel kaum noch Arbeit gab. Sie
war zu *Kidonda* geworden – einem wandelnden Geschwür, einer schwä-
renden Wunde.

Trotz seines Kummers hatte Muniras Vater – angeblich aus Versehen – den Schlüssel für eines der kleineren Häuser der Familie zurückgelassen. Munira zog versuchsweise ein und wartete ständig auf
eine Zwangsräumung, die nie kam. Das Haus wurde für sie und ihre
Tochter zur Zuflucht. Bei Tagesanbruch band sie sich das Kind auf
den Rücken, um für einen Hungerlohn zu putzen, zu kochen, zu wa-

schen und Haare zu flechten. Außerdem legte sie einen Garten mit Blumen, Gewürzen und Kräutern an, den sie, Pflanze für Pflanze, kultivierte. Sie erspürte die Bedürfnisse des schwierigen Lehmbodens und mischte ihn mit Dung, bis er fruchtbar wurde. Dort wuchsen nach und nach die Zutaten für ihre Schönheitsbehandlungen heran.

Munira war auf ihrer Insel gestrandet. Aber zweimal im Monat begab sie sich nachts in eine Bucht oder suchte einen der vier großen Felsen am Meer auf, um den dunklen Horizont nach einem Ort abzusuchen, an dem sie ihre geheimen Träume anpflanzen konnte und der sie vor der Grausamkeit und Unerbittlichkeit einer nicht zu beschwichtigenden Welt beschützen sollte. Dort hatte Muhidin zwei Jahre nach seiner Rückkehr im Schutz der Nacht hin und wieder einen Blick auf sie erhascht. Einmal hatte er bei einem nächtlichen Spaziergang im silbernen Mondlicht einen dahinhuschenden Schatten erblickt. Das Blut gefror ihm in den Adern, bis er zu seiner Erleichterung feststellte, dass dem Schatten ein menschlicher Körper folgte, eine unverschleierte Frau, wie aus Mondstein gemacht. In einem anderen Monat eines anderen Jahres kreuzten sich zu ähnlich später Stunde Muhidins und Muniras gischtgefleckte Schatten, vereinten und trennten sich wieder: zwei Vereinsamte, die an der Schwelle des Meeres wandelten, um sich von geheimnisvollen Schemen und alten Verheißungen in innere Welten locken zu lassen, in denen sie Frieden fanden. Später begegnete Muhidin ihr erneut in einer onyxdunklen Senke in der Nähe des Meeres. Keiner nahm die Gegenwart des anderen zur Kenntnis. Am letzten Neujahrstag, als Muhidin wieder im Wasser aufgewacht war und versucht hatte, den Bann des Meeres abzuschütteln, war er ganz ohne Grund zu Muniras Haus gerannt und hatte den Kopf gegen den Türpfosten gelehnt. Seitdem vermied er es, auch nur an sie zu denken.

5

An mehreren Abenden in der Woche trafen sich die Männer von Pate, um zu plaudern. In Ermangelung eines zuverlässigen Fernsehempfangs wurden diese Versammlungen oder *Mabaraza* zu Muhidins Ersatz für Nachrichtensendungen. Die Männer – hauptsächlich Beamte im Ruhestand mit aufgerollten, zwei Tage alten Zeitungen unter dem Arm, die sie praktisch auswendig kannten, Händler, diverse Arbeiter und Gelehrte – versammelten sich auf dem Marktplatz, um sich zu unterhalten. Die Kinder spielten in der Nähe, die Frauen murmelten und kicherten, und man diskutierte mit vom Tagesausklang gedämpften Stimmen über die Irrungen und Wirrungen der kenianischen Politik, in der es zuging wie im Bordell, oder über die Ergebnisse der englischen Premier League. Es gab drei ungleich große Gruppierungen, die jeweils Arsenal, Manchester United oder Chelsea unterstützten. Ein paar hielten aus vielfach belächelter Nostalgie weiterhin zu Liverpool. Die Menschen sprachen ständig von Kenia, als würden sie dem Land etwas bedeuten, als hätte es nicht vergessen, dass die Insel existierte.

Muhidin und seine Gesprächspartner labten sich an Süßigkeiten, tranken heißen, bitteren Kaffee, spielten Domino und spotteten über die aufgeblasenen Einwohner des benachbarten Lamu; früher war Pate eine maritime Metropole gewesen, die die umgebenden Gewässer dominiert und Kriegsschiffe an Seemächte verkauft hatte. Die Männer überboten sich gegenseitig mit Seemannsgarn über Seeungeheuer und Meerjungfrauen oder zerrissen sich das Maul über Besucher wie den alten Chinesen, der eine Fischerhütte gekauft und einen Gemüsegarten angelegt hatte. Sie schnalzten missbilligend mit der Zunge, wenn das Gespräch auf die habgierigen *Watu wa bara* – die Leute vom Festland – oder die einheimischen *Nyang'au* kam, die in der kenianischen Politik mitmischten. Hinter vorgehaltener Hand tuschelten sie über geheime Öl-, Gas- und Goldfunde auf der Insel. Oder sie schwelgten in Erinnerungen an Pate vor dem Fall, sammelten die Scherben vergangener, einstmals mächtiger Zeiten auf. Oder sie tauschten Geschichten über Vorfälle an den Häfen aus, während sich unter einem Himmel mit Milliarden lauschenden Sternen der Duft weißer Blüten – Brunfelsien, Orangeblüten, Lilien, Jasmin – ausbreitete. Diese abendlichen Gesprächsrunden linderten die Qualen in den verborgenen Winkeln seiner Seele. Die Männer neckten Muhidin oft wegen seines Liebäugelns mit der Häresie und seines kühnen Fernbleibens von öffentlichen Gebeten und religiösen Festen und gaben ihm den Spitznamen »der Abtrünnige«. Und doch wurde Muhidin mit vorsichtiger Ehrfurcht behandelt. Nicht nur, weil er ein Wahrsager war, der geheime Ängste mit magischen Tinkturen behandelte, sondern auch, weil die Männer von Pate, die immer von imaginären Welten jenseits des Horizonts träumten, in Muhidin einen Mann sahen, der jeden ihrer unerfüllten Träume gelebt hatte.

Wenn die Klatschmäuler die Politiker durch die Mangel gedreht hatten – die, da war man sich einig, mit vielen Träumen und Versprechungen nach Nairobi gegangen und als Gestaltwandler, als hinterhältige, verlogene, gierige Dschinn nach Pate zurückgekehrt waren –, nahmen sie meist einen Inselbewohner aufs Korn, um ihn in der Luft zu zerreißen. Und zu seinem wachsenden Unmut bemerkte Muhidin, wie oft Munira, die Mutter des kleinen Mädchens, zum gefundenen Fressen wurde. *Kidonda* vereinte alle größeren menschlichen Torheiten, vor allem Fleischeslust, Respektlosigkeit, Faulheit und Eitelkeit in einer Person. »*Kambare mzuri kwa mwili, ndani machafu*« – Schöne Hülle, schmutziger Kern, verkündete ein Händler mittleren Alters mit einer Vorliebe für Wassermelonen und Anzüglichkeiten: »Habt ihr gesehen, wie sie den Kopf hält?«

»Wie?«, fuhr Muhidin ihn an, gereizt über seine Gereiztheit. *Nicht mein Problem*, schalt er sich.

Der Händler schaute in die Runde und sagte: »Immer reckt sie die

Nase in die Luft. Und wie das dreiste Luder gestikuliert, sie spricht mit den Händen.« Er senkte die Stimme. »Habt ihr die Lücke zwischen ihren Schneidezähnen gesehen? Es heißt, sie betört Männer mit Liebestränken.« Er deutete mit dem Kopf gen Norden.

Denn Munira war dabei beobachtet worden, wie sie in diese Richtung gegangen war. Dort lebte Fundi Almazi Mehdi, ein fast verstummter Schiffsbauer und ehemaliger Windflüsterer – einer der wenigen, die die Seewinde nur mithilfe von Willenskraft und gepfiffenen Melodien herbeirufen konnten. Sein Großvater war aus Kiwayu nach Siyu gezogen. Mehdi reparierte beschädigte Schiffe. Seine Frau, seine Söhne und Töchter lebten im Mittleren Osten, wo Mehdi ebenfalls gewohnt hatte, bis er allein nach Pate zurückgekehrt war. Manchmal hörte man, wie er nach den Meereswinden pfiff. Sein Radio war ständig auf den Wetterkanal eingestellt, der ihn über die Gezeiten auf dem Laufenden hielt.

»Fundi Mehdi?« Muhidin musste sich ein Lachen verkneifen.

»Ja, Gott schütze uns«, seufzte der Händler.

Muhidin gluckste. »Du klingst verstimmt, mein Bester. Hattest du gehofft, sie würde *dich* betören?« Die anderen lachten den Mann aus, und Muhidin fügte hinzu: »Aber ihr Garten ist wirklich ein Wunder. Die Erde liebt die Berührung ihrer Hände. Was für Blumen, Kräuter und Gewürze!«

Der örtliche Handy-Service-Leister und -Lieferant wandte ein: »Welche Art Mensch legt in der Nähe eines Friedhofs einen Garten an, eh? Ich schwör dir, sie ist mit den Dschinn im Bunde, eh?«

Dschinn? »Verwesendes Fleisch ist auch Dünger, Bruder!«, entgegnete Muhidin.

Der Mann rümpfte die Nase.

Eine Woche später erkannte Muhidin, dass diese abendlichen Gespräche ihm immer mehr gegen den Strich gingen. Er hatte sich gerade an einer Debatte über Arsenal gegen Manchester United zugunsten von Manchester beteiligen wollen, als er bemerkte, dass ihn all das nicht mehr berührte. Drei Abende später passierte dasselbe. Als der älteste Schneider der Insel wieder einmal mit seiner Frau prahlte und sie »die Blume aller Blumen« nannte, streckte sich Muhidin gespielt beiläufig und schlenderte davon, als suchte er nach einem Gebüsch, um sich zu erleichtern. Doch sobald er außer Sicht war, rannte er den ganzen Weg nach Hause.

Er tastete sich die Treppe hoch in sein Schlafzimmer, dann duschte er und fiel ins Bett, wo ihn ein seltsames, wie elektrisch aufgeladenes Gefühl überkam. *Was mache ich hier eigentlich?* Er wälzte sich in den immer feuchter werdenden Laken. »Wo ist deine Frau?«, hatten die Männer auf dem Marktplatz ihn einmal gefragt, und er hatte sie angelogen. Mit verwegener Miene hatte er geantwortet, er habe *Misyar* – vorübergehende, einvernehmliche Ehen auf Zeit – voll ausgekostet. »Es waren viele, viele *Mut'a*-Ehen«, hatte er verkündet. Die Männer hatten ihn verblüfft angestarrt, und er hatte die Lüge ausgeschmückt, um Mitleid zu erregen: »Die Frau, die ich über alles liebte … Sie wurde krank. Um mir den Schmerz zu ersparen, hat sie mich verlassen« – er ließ den Kopf hängen und schluchzte – »und dann ist sie gestorben.«
Die Männer gaben mitfühlende Geräusche von sich.
»Gut, dass du jetzt hier bist. Unsere Frauen sind die schönsten«, bemerkte einer.
Jetzt, im Bett, ließ er die Frauen, die tatsächlich seine intimen Gefährtinnen gewesen waren, Revue passieren. Nach seiner ersten Frau hatte er noch drei weitere, vorübergehende Ehefrauen gehabt – allesamt üppige, sinnliche Geschöpfe, die er am Ende verlassen hatte. Eine in Pondicherry, eine in Mocha, eine dritte in … War es in Beira? Zu viele Gedächtnislücken. Er hatte den Überblick über all die Lügen verloren, mit denen er sich Zugang zu weichen, parfümierten, verführerischen Frauenkörpern erschlichen hatte und mit denen er sich ihrer wieder entledigt hatte. Plötzlich von Gewissensbissen geplagt, fragte er sich, was aus seinen Kindern geworden war – die, von denen

er wusste und die er verlassen hatte. Er schauderte. »Werde ich allein sterben?«, murmelte er in die Dunkelheit. Er hatte sein ungebundenes Leben voll ausgekostet. Ein Weg, den er sich selbst ausgesucht hatte – er zog ihn dem Besitzdenken, den Eifersüchteleien und überzogenen Ansprüchen vor, die man für Liebe hielt. Er hatte sich nie mit erstickender Häuslichkeit zufriedengegeben. Zu seinem Glück hatten ihn immer neue Horizonte gelockt. Er war am meisten er selbst, wenn er den Rätseln des Lebens nachspüren konnte. Aber die Zeit hatte sich gegen ihn gewandt, hatte ihn seinen Geistern überlassen, die aus dem Stoff jener Leben gemacht waren, die er verschmäht hatte.

Und jetzt? »Worauf warte ich noch?« Oder alternativ: »Auf *wen* warte ich noch?« Ruhelos wälzte er sich im Bett herum und versuchte erfolglos, die Erinnerungen abzuwehren, die ihn verfolgten.

Raziya, seine erste Frau, von der er sich scheiden ließ, als er neunzehn und sie achtzehn gewesen war. Raziya war ein liebes, naives, überbehütetes Mädchen von der Insel gewesen, empfänglich für vertrauliche Kosenamen wie *Mndani* und *Mpenzi Wangu*, mit denen Muhidin nur so um sich warf. Sie waren zusammen nach Malindi durchgebrannt und als Ehepaar nach Pate zurückgekehrt. Sieben Monate später gebar sie Zwillingssöhne, Tawfiq und Ziriyab.

Drei Tage später holte das noch junge Kenia den Union Jack ein und hisste die neue, rot-grün-schwarz-weiße Flagge. Raziyas Vater Haroun, ein gebildeter, um Toleranz bemühter Mann, der fast in Oxford studiert hätte, versuchte, diesen raubeinigen Fischer als Schwiegersohn zu akzeptieren. Er überschrieb seiner Tochter eins seiner Häuser, in der Hoffnung, die kultivierte Umgebung werde eine läuternde, aufklärerische Wirkung auf den Mann haben, mit dem er sich stets auf Englisch unterhielt. Das Haus verfügte sogar über ein eingebautes Bad. »Gehört alles zur Mitgift«, hatte der Schwiegervater ihm erklärt.

Muhidin hatte sich von der eleganten Architektur, den vielen Bücherregalen und dem alten, edlen Porzellan eingeschüchtert gefühlt; bei seinem ersten Besuch im Haus war er über eine zweihundert Jahre alte persische Vase gestolpert und hatte sie zerbrochen. Er fing an, seine Tage und Nächte auf See zu verbringen, um nicht zu Hause bleiben zu müssen. Er nahm jeden Umweg in Kauf, um seinem Schwiegervater aus dem Weg zu gehen, der sich stets bemühte, ihm Bildung zu vermitteln. »Jetzt sind wir Kenianer«, hatte der Schwiegervater eines Tages zu Muhidin gesagt, als die neue Flagge am Mast vor dem frisch gestrichenen Verwaltungsgebäude, einem Schuppen, flatterte.

»Und? Wird das die Fangquoten verbessern?«, fragte Muhidin auf Kibajuni. Nicht weil er unhöflich sein wollte, sondern weil er verstehen wollte, was es bedeutete, »Kenianer« zu sein.

Zwei Jahre bemühte der Schwiegervater sich redlich, dann gab er auf und arrangierte eine angemessenere Eheschließung mit einem entfernten Verwandten für seine Tochter, einem verwitweten, respektablen Händler aus dem Jemen. Daraufhin kampierte er mitten in der Nacht bei Muhidins Fischerboot und wartete auf ihn. »Fahren wir hinaus aufs Meer«, sagte er, als Muhidin gegen Morgen auftauchte. Auf See überreichte Haroun ihm einen Umschlag mit achttausend Schillingen und ein Empfehlungsschreiben für einen Kapitän in Mombasa und bekniete ihn, sich von seiner Tochter scheiden zu lassen – »Bitte, in Gottes Namen sei gnädig! Du weißt doch, dass du meiner Tochter und ihrer Kinder unwürdig bist« – und sich nie wieder an der ostkenianischen Küste blicken zu lassen. Muhidin wollte protestieren, wollte Haroun erklären, dass er täglich ein englisches Wörterbuch studierte, dass er sogar auf See über Kurzwellenradio BBC hörte, doch dann besann er sich eines Besseren. Nichts, was er tat, würde für die Familie seiner Frau je gut genug sein. Und so verkündete Muhidin, die Insel öde ihn ohnehin an und er habe genug von den hochfliegenden Plänen, die alle für ihn schmiedeten. Er nahm das Geld, verließ die Insel und verfluchte sie und ihre Bewohner. Dem dürren Bootsführer, der ihn nach Lamu ruderte, erzählte er, er werde sich eher in einen Oktopus verwandeln, als je wieder einen Fuß auf seine Heimatinsel zu setzen.

Und doch hatte es Muhidin Jahre später wieder nach Pate verschlagen, das noch kleiner, schäbiger, verfallener, isolierter und mit Nebensächlichkeiten beschäftigt war als in seiner Erinnerung. Ein halbes Jahrhundert der Vernachlässigung durch die kenianische Regierung hatte die Seele des Landes ebenso zerstört wie die Meeresgrund-Fangflotten vieler anderer Nationen die Fischgründe Pates, die unkontrolliert die Gelbflossenthunfisch- und Marlin-Schwärme plünderten, sodass den einheimischen Fischern nur die mageren Überreste der erschöpften Bestände blieben. In den meisten Gesprächen ging es nur noch um Abreisen – beabsichtigte, erhoffte, geplante und ausgeführte. Die Geister von Pate dagegen, die mit den Einheimischen um das Wohnrecht wetteiferten, gediehen weiterhin prächtig, ebenso wie die Vergangenheit der Insel, ihre Zwischenwelten, Erinnerungen und Geschichten – und sie waren es, zu denen die meisten Menschen zurückkehrten, die es wieder nach Pate zog.

Muhidin jedoch blieb rastlos.

In jener Nacht kam ihm bei seiner Grübelei in seinem Bett in der zerfallenden Pracht eines Korallenkalkhauses, das er früher gemieden hatte, eine unvorhergesehene Erkenntnis: Trotz all seiner Fluchten, seines Suchens, seiner Tricksereien, seiner Verhandlungen, seiner Berufe, seiner Hurerei, seiner Reisen, seiner Ausbrüche, seines Staunens, seiner Lügen, seiner Kämpfe, seiner Zweifel, trotz allem, was er gelesen, gelernt, gesehen, geschmeckt und gehört hatte, hatte nie etwas eine Vision von Heimat oder Zugehörigkeit in ihm ausgelöst, bis zu dem Moment, als er bei Sonnenaufgang ein kleines Mädchen im glitzernden Meer von Pate tanzen sah.

6

Wochen später wurde Muhidin in jenem geheimnisvoll violett-orangefarbenen Augenblick vor Sonnenaufgang abrupt aus dem Schlaf gerissen, als eine durchdringende Stimme »Ayaana!« rief. Sie gehörte Abasi, einem der beiden Muezzins.

Abasi hielt sich, nach dem Vorbild der saudischen Religionspolizei, der *Mutawwi,* für eine Art Moralhüter und hätte sich mit Haut und Haaren dem Wahabitentum verschrieben, wenn er nicht so sehr an den Heiligen der Insel gehangen hätte. Heute hatte er anscheinend die morgendlichen Meeresbesuche des kleinen Mädchens entdeckt. Muhidin zog sich einen alten grauen *Kikoi* über und stolperte die Treppe hinunter nach draußen, wo er Abasi brüllen hörte: »*Eiii! Mtoooto wa nyoka ni … ni nyokaa!*« – Das Kind einer Schlange ist ebenfalls eine Schlange! Muhidin griff nach dem Türknauf der geschnitzten Tür. »*Nazi mbovu haribu ya nzima, weeee mwanaharamu!*«, krächzte Abasi. Muhidin hörte federleichte Schritte auf dem Gehweg und riss die Tür auf. Dort stand Ayaana. Ein kleines, dünnes, zitterndes, stupsnasiges Geschöpf mit eindringlich dreinblickenden Rehaugen. Ihr eingelaufenes rosafarbenes T-Shirt troff vor Nässe ebenso wie die ausgeblichenen blauen Leggings. Der feuchte Pony hing ihr tief ins Gesicht. Ihre Augen waren vom Salzwasser gerötet, in ihrem Blick mischten sich Furcht und Mutwille. Sie öffnete den Mund und schloss ihn wieder wie ein gestrandeter Fisch.

»*Mwanaharamuuu!*« Heraneilende Schritte. Das Kind duckte sich.

Muhidin bugsierte sie ins Haus und zeigte auf einen geräumigen Hartholzschrank, der in Bombay gefertigt worden war, ehe es in Mumbai umbenannt wurde, und der ihm hauptsächlich als Versteck diente. In einem der Fächer bewahrte Muhidin seine kostbarsten Bücher, seine Blumenessenzen und getrockneten Blüten auf. In den Schubladen lagerten ordentlich aufgereiht seine Räucherwerk-Experimente. Vier weitere verborgene Fächer hüteten seine sonstigen Geheimnisse. Eines davon war mit einer ausklappbaren Bank mit rotem Samtpolster ausgestattet und bot zwei Personen vorübergehend eine komfortable Zuflucht. Ayaana verschwand im Inneren des Schranks, und Muhidin schloss die Tür ab. Dann hob er seine *Kofia* an, legte den langen Schlüssel mitten auf seinen Kopf und setzte sie wieder auf. Draußen hörte er jemanden »Diesmal erwische ich dich auf frischer Tat!« schimpfen, dann ein Rascheln und ein ungeduldiges Klopfen. Muhidin ließ sich Zeit damit, die Tür zu öffnen, und versuchte das Flattern in seiner Magengegend zu ignorieren. Da stand der Muezzin: ein gedrungener, schielender Mann mit großen Zähnen. »Sie war hier«, sagte er und stocherte mit seinem gedrehten Stock im Boden herum. Muhidin beugte sich vor und sah winzige verwehende Fußspuren im Sand, die vom Meer geradewegs zu seiner Veranda führten.

»Ma'alim Abasi! *Salaam aleikum, Mzee!* Ein schöner, sonniger Tag heute! Wer war hier?«, fragte Muhidin. Verstohlen fegte er einen Stapel Karten, Zeitschriften und Bücher von einem Regal neben der Tür, sodass der Zugang zum Haus halb versperrt war. »Verdammte Bücher!«, schnaubte er. Er hob eins auf, dann verzog er das Gesicht und hielt sich das Kreuz. »Ah, mein Rücken! Ein Segen, dass Sie da sind. Bitte, helfen Sie mir, meine vielen, vielen Vagabunden wieder an ihren Platz zu stellen. Danach können wir uns unterhalten …«

Abasi hob die sauberen Hände und versuchte, an Muhidin vorbei in den Raum zu spähen. »Ich habe mich nur gefragt … äh … Ich habe gesehen, wie … Haben Sie jemanden gesehen? Verzeihen Sie, Babu, ich würde Ihnen gern helfen, aber … Haben Sie eine freche Göre gesehen, ungefähr so groß?« Er hob die Hand, um Ayaanas Größe anzudeuten. »Die Bücher, Sie verstehen … Es wäre nicht … Nun ja … Sie kennen doch Farouk, den Landwirtschaftslieferanten … nicht gut. Sein Tumor hat gestreut. Nicht gut.« Jetzt war er wieder auf sicherem Boden. »Ich muss weiter.«

Muhidin blies Abasi den Staub vom Schutzumschlag eines Buchs ins Gesicht und sagte mit schmeichlerischer Stimme: »Wollen Sie nicht noch ein bisschen bleiben?«

Abasi nieste, rieb sich die Augen, trat mehrere Schritte zurück und sagte bestimmt: »Sie werden verstehen …« Dann eilte er die gewundene Straße hinunter.

Es wurde wieder still.

Eine Meeresbrise wehte ins Haus wie ein Hauch von Erleuchtung. Ein Vogelruf punktierte die Morgenluft wie ein Ausrufezeichen – *tong, fii!* Muhidin schloss den Bombay-Schrank wieder auf. »Du kannst jetzt rauskommen, Abeerah«, sagte er. »Ein faules Kamel hat sich beim Anblick von Arbeit in Luft aufgelöst.«

Es herrschte mehrere Minuten Stille, dann schwang die Schranktür auf, das kleine Mädchen sprang heraus und prallte gegen Muhidin. Es fiel auf die Knie und schlang die Arme um seine Beine. »Ich bin Ayaana«, hauchte sie.

»Ich weiß, Abeerah.«

Fünf Sekunden später.

»*Nitakupenda!*« – Ich werde dich lieben!, rief das kleine Geschöpf, hüpfte über den Bücherberg an der Schwelle nach draußen und verschmolz in einer Seitengasse mit dem Schatten.

7

Vom Hintergrundrauschen geheimer Gedanken abgelenkt, bekam Munira nicht mit, wie Ayaana sich die kleinen rosafarbenen Blütenblätter einer Damaszener-Rose in den Mund stopfte. Sie vergewisserte sich, dass der Blick ihrer Mutter immer noch in die Ferne gerichtet war, dann probierte sie auch die stacheligen Hagebutten und leckte sich den Saft von den Fingern. Geruch und Geschmack waren für sie ein- und dasselbe, und sie erinnerte sich daran, wie ihre Mutter manchmal zwölf vollkommene Tropfen Rosenöl in den Tee, in die Milch oder in die *Halva* gab, die sie zubereitete. Ein Schatten legte sich über Ayaanas Geist, als ihre Gedanken eine andere Richtung einschlugen. In den Nächten, in denen ihre Mutter mit Ängsten vor unbekannten Dingen rang, holte sie ihr Kind zu sich ins Bett. Dann nahm sie eine langhalsige blaue *Mrashi* aus Metall, die sie unter ihrem Kissen aufbewahrte, besprühte sie beide mit Rosenwasser, und die feinen Tröpfchen legten sich über sie wie ein Gebetsschleier.

Ein paar Augenblicke zuvor hatte Ayaana noch geweint. Eigentlich hatte sie ihr makelbehaftetes Leben endlich in den Griff kriegen wollen. Doch an diesem Tag war alles schiefgelaufen. Am Vormittag, während des islamischen Religionsunterrichts, hatte sie sich bei der Rezitation der religiösen Texte so sehr von ihren Gefühlen hinreißen lassen, dass sie das Schweigen nicht bemerkte, das sich nach und nach um sie ausgebreitet hatte. Sie bekam auch nicht mit, wie der sonst so unbewegte, einsilbige Lehrer Mwalimu Idris sich mit dem Stoßseufzer »*Subhan Allah!*« erhob wie ein flammenumkränzter Phönix.

Und so war sie völlig überrascht, als er ihr mit dem Stock auf den Kopf schlug, um sie aus ihrer Trance zu reißen.

Mwalimu Idris senkte den Kopf, um sie besser sehen zu können, rückte die runde Brille auf seiner Nase zurecht, die seine Augen riesig wirken ließen, und fragte: »Bist du ein Dschinn?«

Sie erstarrte, ohne zu begreifen. Er drückte ihr den Stock gegen die Stirn. »Nur gottlose Geister heulen so wie du. Nur die Verdammten würden diese herrlichen Worte mit einem solchen Gejaule besudeln.« Dann verkündete er sein Urteil: »Du verlässt jetzt das Klassenzimmer und kommst erst wieder, wenn ich beschließe, dass ich mich von dieser Attacke auf meine Ohren erholt habe.«

Unter dem Gekicher der anderen war Ayaana aus dem Raum geflüchtet. Anfangs hatte sie laut geschluchzt, aber dann beschloss sie, nicht zu weinen.

Immer diese Großen!

Später an diesem Tag hatte sie sich besonders angestrengt, um alles genau so zu machen wie die anderen Kinder: Sie ging wie Khadija, lächelte wie Maimouna, jagte Krabben in den Mangroven und gab die schönsten Exemplare Suleiman. Aber an jenem Nachmittag war Atiyas Vater, der auf dem Festland arbeitete, auf die Insel zurückgekehrt und fand die Kinder spielend auf einem nahe gelegenen Feld.

Während Farah, Mwanajuma, Rehema und Ruquiya Samen zählten, sprang Ayaana Seilchen. Das Seil gehörte Atiya, die sich beschwerte, weil sie es selbst benutzen wollte. Daraufhin hatte ihr Vater Ayaana angebrüllt wie einen streunenden Hund. »*Wee? Mwana Kidonda!*« – Du Kind eines Geschwürs! Dann brach er von einem Busch einen Zweig ab und drohte ihr damit.

Anfangs kicherten Ayaanas Spielgefährten nur, doch als zwei der Mädchen in Tränen ausbrachen, weil sie nicht wussten, was gerade Schlimmes passiert war, flüchtete Ayaana und rannte über uralte Pfade nach Hause. Zitternd stürzte sie durch die halb offene Tür, am Boden zerstört, weil sie den unsichtbaren Makel, der ihr offenbar anhaftete und der andere Menschen so erzürnte, einfach nicht loswurde.

Am frühen Abend kam Munira mit zwei Fischen, einem neuen Paar *Kanga*-Tüchern und einer wohlriechenden Pflanze nach Hause. »Ayaana!«, rief sie, als sie über die Schwelle trat.

Keine Antwort.

Munira schnalzte mit der Zunge. Sie ging durch das Wohnzimmer ins Schlafzimmer, wo sie ihre Tochter zusammengesunken auf einem verblichenen blauen Stuhl kauern sah, den Kopf auf ein schäbiges Fotoalbum mit grünem und goldenem Einband gelegt; sie biss sich auf die Lippe und wischte sich von Zeit zu Zeit die Tränen ab. Muniras Blick fiel auf das Album, und sie erinnerte sich mit dem vertrauten Stich im Herzen an die Menschen darin, die, vom Licht für die Ewigkeit gebannt, nicht mehr Teil ihrer Gegenwart, vielleicht auch nicht ihrer Zukunft waren. Sie hatte ihrer Tochter nicht erzählt, wer sie waren. Später würde Munira das Album wieder in einer dunklen, feuchten Ecke ihres Schranks verstauen, unfähig, es wegzuwerfen, obwohl sie darum betete, dass die Zeit oder die Termiten es für sie vernichteten. Jetzt kniete Munira sich vor Ayaana hin und nahm ihr das Fotoalbum vorsichtig aus den Händen. Ayaana hob den Kopf und sah ihrer Mutter in die Augen. Munira erschrak, als sie den hohläugigen Blick ihrer Tochter und die tiefe Trauer in ihrem Gesicht sah, die es ganz spitz wirken ließ – als hätte sie der Pesthauch ihrer Ahnen gestreift, das Vermächtnis von Verletzungen und Abwesenheiten. Verzweifelt suchte sie nach den richtigen Worten.

Ayaana krächzte: »*Ma-e, mababu wetu walienda wapi?*« – Wo sind unsere Leute?

Munira legte den Kopf schief.

»*Ma-e*, unser Name ... unser Familienname, wie heißen wir?«, flüsterte Ayaana.

Munira schloss die Augen und glaubte wieder den Fluch zu hören, mit dem ihr zutiefst enttäuschter und verletzter Vater sie belegt hatte: »Du hast das Recht verwirkt, unseren Namen zu tragen.« Sie hatte seinen Schmerz und sein Urteil respektiert, hatte ihre Amputation vom weitverzweigten Familienstammbaum, der ihrer Familie seit Jahrhunderten Zugang zu geheimen Orten in der ganzen Welt verschafft hatte, akzeptiert. Munira und Ayaana waren für immer davon abgeschnitten.

Ayaana deutete zur Tür, auf die Welt draußen: »Die ... die wollen mich nicht.«

»Wer?«, fragte Munira, obwohl sie die Antwort kannte.

»Die Großen.«

»Wie meinst du das?«

Vor dem inneren Auge sah das Kind Szenen voller abrupter Abbrüche: Seil hüpfen – *Schluss damit.* Kaulquappen jagen – *mach, dass du wegkommst.* Mit Murmeln spielen – *lass das.* Muscheln sammeln – *geh nach Hause.* Würmer ausbuddeln – *fort mit dir.* In den Mangroven verstecken spielen ... Aber in den schützenden Mangroven hatten die Großen sie nie entdeckt. Ayaana sah ihre Mutter an und wagte es, die Frage zu stellen, vor der sie sich am meisten fürchtete: »Ist Ayaana böse?« Sie kniff die Augen zusammen, um nicht zu weinen, doch die Tränen ließen sich nicht aufhalten. Sie fuhr fort: »*Bi Amina, Ma-e* ... *Bi Amina* ... Sie sagt immer: *Kidonda*, Ayaana! *Kidonda*.«

Munira verzog das Gesicht.

Kidonda: Geschwür. Ein Schimpfname wie ein Fluch, der wiederholt wurde, bis er zur Wirklichkeit wurde. Die Tentakel, die sie nur zu gut kannte, streckten sich jetzt auch nach ihrer Tochter aus. Als sie sah, wie das Licht in den Augen ihres Kindes erlosch, spürte Munira, wie es in ihr kochte. In dem Moment hätte sie ihre Seele dem nächstbesten graugefiederten Dschinn verkauft, der ihr verriet, wie sie ihrer Tochter die Tortur ererbter Ächtung ersparen konnte. Doch Munira schluckte ihren Zorn hinunter, entspannte die zu Fäusten geballten Hände und hob trotzig das Kinn. Die Macht der Worte stand auch ihr zur Verfügung. Sie würde einfach einen Namen erfinden, einen außergewöhnlichen, einen machtvollen Namen. Muniras Stimme klang hart. »Wir *haben* einen Namen«, sagte sie schließlich mit harter Stimme. Sie schwieg kurz, dann fuhr sie zögernd fort: »Wir haben ihn … vom Mond bekommen.« Sie flüsterte: »Es ist ein Himmelsname, aber wir sprechen ihn nicht laut aus, außer in der Nacht, damit *die* da«, sie deutete mit dem Kinn zur Tür, »nicht neidisch auf uns werden.«

Ayaanas Augen weiteten sich, als sie begriff, und begannen wieder zu leuchten. »Ein Himmelsname?«, flüsterte sie. »Wer sind wir? Wie heißen wir?«

Munira kämpfte mit dem salzigen Klumpen in ihrer Kehle. Sie schaute ihrer Tochter in die Augen und log: »*Wa Jauza*.« Sie wiederholte die Worte, pflanzte sie ihrer Tochter durch das rechte Ohr in die Seele ein: »*Wa Jauza*.« *Jauza*. Orion, eine Sternenkonstellation. »Das ist unser Name, unser Geheimnis«, murmelte Munira.

Ayaana presste die Handflächen gegeneinander, dachte darüber nach und staunte. Ein Gefühl stieg in ihr auf, wuchs und wuchs und erfüllte ihr Herz mit Feuer. Sie schaute nach oben, dort wo der Himmel sein musste. Von diesem Tag an sollte sie nie aufhören, den Blick gen Himmel zu richten.

Munira nahm Ayaanas rechte Hand, zog sie auf ihre Beine und rief gezwungen fröhlich: »Komm, *Lulu*. Gehen wir Rosenblätter ernten.«

Mit einem Schaudern atmete Ayaana auf.

Rosen sammeln, duftende Rosen, die ihren zarten Wohlgeruch verströmten. Muniras Augen dürstete es nach Schönheit wie eine ausgedörrte Kehle nach Wasser. Dieses Bedürfnis nach Liebreiz veranlasste sie dazu, ihre Pflanzen zu kultivieren, bis sie jenen satten, vollendeten Grünton annahmen, der für sie bestimmt war. Dabei vertraute sie auf ihren Geruchssinn, denn er war ungefiltert und zeigte ihr immer die Wahrheit. Sie liebkoste, umhegte und umschmeichelte Pflanzen und Kräuter, bis sie ihr Innerstes preisgaben und vollkommene Düfte freisetzten. Das gehörte auch zu Ayaanas Lieblingsbeschäftigungen, wenn sie nicht gerade die kleinen Wellen auf den Teichen zählte, die Dünungen im Meer vorherzusehen versuchte, zuschaute, wie die Felsen im Meer bei Sonnenuntergang zu Schatten wurden oder sich mit den streunenden Inselkatzen mit den großen, hellsichtigen Augen anfreundete. Da die Katzen dazu neigten, mit der nächsten Neumondflut wieder zu verschwinden, war Ayaana in einem endlosen Kreislauf aus Liebe und gebrochenem Herzen gefangen.

Jetzt pflückten Munira und Ayaana Blütenblätter von einem auf uralten Gräbern wuchernden Wildrosenbusch. Seine Blüten fielen jedes Jahr anders aus – mal hell wie die Anmut, mal dunkelrot wie die Sühne. Bei der Ernte träumten sie von Rosenwasser. Es spülte die Scham fort, wusch den Kummer weg, befreite von Schuldgefühlen, milderte Ängste und Sehnsüchte. Bald eilten Munira und Ayaana mit ihrer Ausbeute zurück in ihr kühles Haus, und Munira füllte eine Pfanne mit Wasser für die Hälfte der Rosenblätter und stellte sie auf den Herd. Als das Wasser zu kochen begann, machte Ayaana große Augen. Jetzt, da sie dabei war, etwas zu kreieren, verdrängte Freude ihren Kummer. Munira beugte sich vor und schmiegte die Stirn an Ayaanas, bis ihre Wimpern sich sanft berührten, so sanft wie ihre Seelen. Das Wasser kühlte langsam ab, und Munira seufzte. »*Lulu*, gib eine Hälfte der Blütenblätter hinein. Aber immer schön eins nach dem anderen.«

Ayaana tat es. Als sie bemerkte, dass ihre Mutter in Gedanken wieder weit fort war, den Blick aufs Meer gerichtet, steckte sich Ayaana verstohlen ein Blütenblatt in den Mund. Dabei verbrühte sie sich die Finger. Ayaana schaute kurz zu ihrer Mutter, dann stibitzte sie noch eins. Aus der anderen Hälfte der Blüten wurde später mithilfe von erhitztem Kokosöl ein teures Elixier gewonnen. Munira benutzte es für ihre Arbeit, die darin bestand, Frauen in Schönheit erstrahlen zu lassen – selbst jene, die Munira eine *parfümierte Hure* nannten.

8

An einem Sonntagnachmittag kehrte Muhidin pfeifend von einem Spaziergang an der Küste zurück, bei dem er vier Springflutfische erstanden hatte, und entdeckte Ayaana unter einem alten, knorrigen Ylang-Ylang-Baum. Sie hockte vor einer kleinen Kuhle im Sand und hielt eine bläuliche gesprungene Murmel in der Hand. Lächelnd wollte er weitergehen, doch dann hörte er, wie sie sich schniefend tröstete: »Nein! Nicht weinen, Ayaana, ist doch egal.«

Aus der Ferne hallten die Jubelschreie einiger spielender Kinder wider. Vorsichtig legte Muhidin die Fische beiseite, dann ließ er sich neben ihr nieder, ohne sie zu beachten, und hob nach kurzer Suche einen runden schwarzen Kieselstein auf.

Ihre Augen.

Ihr Blick, klar und unverwandt.

Schließlich nahm sie ihm den schwarzen Kiesel aus der Hand, steckte ihn in die Tasche und reichte ihm dafür eine glänzende rote Murmel. Muhidin brachte sie in Position, krümmte den Finger, kniff die Augen zusammen, biss sich auf die Zunge und schnippte die Murmel, die in einiger Entfernung der Kuhle liegen blieb. Langsam breitete sich ein strahlendes Lächeln auf Ayaanas Gesicht aus, und ihr Kummer war wie weggeblasen. Sie spielten über eine Stunde lang, kicherten über alles und nichts. Durch diskrete Fragen fand Muhidin heraus, dass ein paar Kinder Ayaana vom Spiel ausgeschlossen hat-

ten. Dura habe gesagt, sie seien zu viele, und jemand müsse aussetzen. Maimouna hatte Ayaana vorgeschlagen. Fatuma hatte protes-
tiert, das sei unfair, sie könnten doch alle zwischendurch aussetzen.
Doch dann hatte Suleiman Ayaana geschubst, sie war hingefallen,
und die anderen Kinder hatten über ihre löchrige Unterhose gelacht.
Die Demütigung hatte Ayaana mehr geschmerzt als alles andere. Sie
hatte ihre drei Murmeln aufgehoben und war davongerannt.

~

In den frühen Morgenstunden riss ein hartnäckiges *Tong, Tong, Tong*
Muhidin aus dem Schlaf. Es dauerte ein paar Minuten, bis er begriff,
dass jemand an seine Tür hämmerte. Er riss die Augen auf. *Tong, tong,
tong. Tong, tong, tong.* Benommen und aufgebracht grummelte er vor
sich hin, wickelte sich einen *Kikoi* um die Taille, ging nach unten,
stolperte und stieß sich den großen Zeh. »*Makende!*«, fluchte er. Als
er sich beim Zurückziehen des Türriegels auch noch den Daumen
klemmte, war er bereit, einen Mord zu begehen. Er riss die Tür auf.

Vor ihm stand unter einem abnehmenden Mond das kleine Mädchen, trat von einem Fuß auf den anderen und sah ihn mit großen,
glänzenden Augen flehend an. »*Kuja uone*« – Komm mit, ich muss
dir was zeigen. Sie zerrte an seinem Arm.

Verwirrt folgte er ihr.

»Mach schnell«, befahl sie.

War etwas passiert? Sie eilte ihm voraus und drehte sich hin und
wieder um. Er folgte ihr hastig. Sie bedeutete ihm, sich zu beeilen.
Vielleicht ist ihrer Mutter etwas passiert. Hätte er Verbandszeug mitnehmen sollen?

Sie erreichten einen Felsvorsprung und setzten sich. Unter ihnen
schäumte das Meer. Ein kühler, heulender Wind untermalte die näch-
lichen Geräusche. Das monotone Quaken eines Reptils. Es duftete

nach Nachtjasmin; Lichter sprenkelten den endlosen Nachthimmel, weiße, blaue, gelbe und rote Funken, die vom schwarzen Spiegel des Wassers reflektiert wurden, schossen über den Himmel. Das Kind zupfte Muhidin am Arm, deutete auf den Sichelmond und flüsterte besorgt: »Wer hat den Mond kaputt gemacht?« Sie sah ihn an, als *müsste* er es wissen, als glaubte sie, *er* könnte etwas gegen diesen Himmelsvandalismus unternehmen. Für Muhidin, der die ganze Welt bereist hatte, war es, als würde er den Nachthimmel mit neuen Augen sehen. »Wer war das?«, fragte Ayaana. Sie starrte ihn an, als würde ihr Leben von seiner Antwort abhängen.

Und so log Muhidin. Er log, weil er angesichts des Wissensdurstes in ihren großen Augen nicht gewöhnlich wirken wollte und weil er nicht gläubig war. »Der unendliche Poet«, sagte er schließlich. »Du weißt schon, der Allmächtige«, fügte er in vertraulichem Ton hinzu, als stünde er mit dem Mondzerstörer auf Du und Du. »Er zerstört, um zu erneuern.« Er wiederholte: »Der Allmächtige«, nur um das Staunen in ihrem Gesicht noch einmal zu sehen.

Sie schauten zum Himmel auf, sahen verstreute Nachtwolken, den fragmentierten Mond und wandernde Sterne. »Deute die Sterne!«, befahl sie und wies mit beiden Händen Richtung Himmel. Er schwieg, denn er hatte vergessen, wie das geht. Und so betrachteten sie weiter den Himmel. Ayaana legte den Kopf zurück, kniff die Augen zu und öffnete sie wieder. »Was sagt das Meer?«

Muhidin lauschte. »Wer bist du?«, übersetzte er für sie. »Wer bist du?«

Sie beugte sich vor. »Ich bin Ayaana!«, rief sie dem Meer zu ihren Füßen zu. »Jetzt du.«

»Ich bin Muhidin«, murmelte er.

»Lauter!«, schrie sie.

»Ich bin Muhidin!«, brüllte er Wind und Wellen zu.

Sie kicherten. Betrachteten den Himmel. Sie hörten das Meer »Wer bist du?« fragen, während der fragmentierte Mond auf sie hinabschaute. Ayaana drehte sich zu ihm um, wollte etwas sagen, doch als sie ihm ins Gesicht sah, vergaß sie es. »Da sind Sternsplitter in deinen Augen.« Sie streckte den Finger aus und fragte: »Darf ich?« Ohne seine Antwort abzuwarten, berührte sie die Sternensplitter, seine Tränen. So saßen sie auf einem Felsvorsprung, ein alternder Mann und ein kleines Mädchen, spähten zu den Sternen hinauf und beobachteten die heranrollenden Wellen. Sie zeigte mit dem Finger hierhin und dorthin, und plötzlich konnte auch er ganze Länder zwischen den Sternen sehen und die Stille zwischen Ebbe und Flut hören. So saßen sie am Abgrund, lauschten dem Wind, während ein kleiner Zweig an einem Baum mit einem gelegentlichen »Knack« die Zeit maß. Am weit entfernten Horizont fuhr ein riesiges Schiff vorbei wie ein gigantischer lichtgefleckter Schatten.

»Wo fährt es hin?«, flüsterte Ayaana.

Ohne es zu merken, drückte Muhidin sie an sich. »Nach Hause«, antwortete er.

»Und wo ist das?«, murmelte sie.

»*Mahali fulani*« – irgendwo –, erwiderte Muhidin.

An seine Seite geschmiegt, den Kopf in die Hände gestützt, schlief sie ein. Er lauschte ihrem Atem und betrachtete die Sterne; ein Vogel sang ihm etwas vor. So saßen sie lange Zeit, ehe ihm einfiel, dass Ayaana längst im Bett sein sollte. Zögerlich, als fürchtete er, sie und ihre Träume könnten ihm in den Händen zerfallen, beugte er sich vor und hob sie hoch. Dann trug er sie langsam nach Hause. Vor ihrer Tür blieb er stirnrunzelnd stehen. Wenn er anklopfte, würde sie Ärger bekommen. So flüsterte er nur: »*Mwanangu*« – mein Kind. Ein ungebetener Gedanke drängte sich ihm auf. Er blendete ihn aus. »Abeerah!«, sagte er etwas lauter.

Sie streckte sich gähnend, sah ihn an und murmelte: »Du hast mich nach Hause gebracht?«

»Ja.«

Wieder musterte sie ihn eindringlich. »Ich geh schon«, sagte sie schließlich. »Keine Angst.« Er setzte sie auf den Boden. »Warte, bis ich drin bin«, befahl sie.

Muhidin sah zu, wie sie sich erst auf ein Fenstersims, dann auf ein anderes schwang. Ein Sprung, und sie erwischte die Regenrinne. Sie kletterte nach oben, bis sie eines der oberen Fenster erreichte, und zwängte sich hindurch. Kurz darauf tauchte eine winzige Hand auf, die ihm zum Abschied winkte. Dann war sie verschwunden. Irgendwo in der Ferne krähte ein Hahn. Außer Muhidin, der vor Verblüffung nach Luft schnappte, war nur das unablässige Rauschen der Wellen zu vernehmen. Kurz darauf war alles wieder still.

9

Sie war ungefähr so lang wie ihr Mittelfinger und dünn wie die größte Nähnadel ihrer Mutter. Ihr Kopf war rot und gelbgold gesprenkelt, ihre Augen rötlich. Sie hatte einen olivgrünen Bauch und feine, durchscheinende Flügel, die aus blass-orangefarbenem Licht zu bestehen schienen und durch die man die Tischplatte sehen konnte. Muhidin bat Ayaana, ihren Namen, *Kereng'ende*, in vier Sprachen aufzuzählen: »*Matapiojos, Libélula, Naaldekoker*, Libelle.«

»*Matapiojos. Libélula. Naaldekoker*, Libelle«, wiederholte sie und faltete die Hände. »Warum?«, fragte sie.

Muhidin flüsterte: »Um die Essenz ihres Wesens zu begreifen, muss man ihren Namen in mindestens drei Sprachen auf der Zunge schmecken.« Er machte ein ernstes Gesicht.

Ayaana tat es ihm gleich.

***

Sie hatte fast den ganzen Nachmittag in der Nähe der Mangroven auf dem Bauch gelegen, bis die richtige Libelle auftauchte, statt wie sonst zu dem provisorischen Anlegesteg zu gehen, um nach Heimkehrern Ausschau zu halten. Als die Libelle auf einem Zweig gelandet war, hatte Ayaana sich angepirscht und sie eingefangen. Obwohl die Libelle ihren Hinterleib einrollte und sie in den Finger biss, gelang es ihr, sie in eins der kleinen Gefäße mit Deckel zu sperren, die ihre Mutter benutzte. Dann hatte sie das Gefäß an sich gepresst und es zu Muhidin gebracht. Der las gerade in einem seiner Bücher, als sie eine Stunde vor Sonnenuntergang bei ihm aufkreuzte und rief: »*Shika-moo*, Babu.«

»*Marahaba*«, hatte er voller Unbehagen geantwortet. Sie war ungebeten und ungewollt in sein Leben getreten, mit ihrem zerbrechlichen Herzen und den großen Augen.

»Ich hab sie für dich gefangen«, sagte sie. Ihre Augen blitzten vor Vergnügen.

Er legte das Buch beiseite und seufzte. »Oh?«

»Siehst du?«

Widerstrebend nahm Muhidin das Gefäß entgegen, öffnete es und fand darin eine benommene Libelle. Sie war immer noch desorientiert, als er sie auf den niedrigen Tisch setzte und sich davor hinkniete, um sie aus der Nähe zu betrachten. Ayaana legte die Hand auf Muhidins Schulter und beugte sich ebenfalls vor. Sie stellte den rechten Fuß, der in einem geflickten roten Bata-Flipflop steckte, auf seinen linken. »Gefällt sie dir?«, fragte sie.

»Dieses durchscheinende Wesen? Und ob. Ich danke dir.«

Ayaana wippte auf den Zehenspitzen. »Hab sie ganz allein gefangen.« Sie beobachteten das Tier. »Sie hat mich gebissen. Da.« Sie zeigte Muhidin ihren Finger.

Muhidin berührte ihn und schürzte die Lippen. »Sie hatte bestimmt Angst.«

»Warum?«

»Weil sie so klein und Abeerah so riesig groß ist. Verstehst du?«

Sofort traten Ayaana Tränen in die Augen, und sie flüsterte: »Ich wollte dir doch nur was Hübsches schenken.« Sie schwieg kurz. »Ayaana ist nicht böse. Ich wollte nicht, dass sie Angst kriegt.« Sie schüttelte den Kopf.

Ein weiches, warmes Ziehen in Muhidins Brust. *Abeerah.* Verwirrt bat er sie, das Wort »Libelle« in vier Sprachen zu wiederholen. Danach wollte sie ihm ein Geheimnis verraten, fand aber nicht die richtigen Worte. Sie seufzte. Biss sich auf die Lippe. Hielt sich den Bauch. Seufzte erneut. Die Großen wollten nie hören, was sie zu sagen hatte, schnalzten immer missbilligend mit der Zunge. Sagten: »*Debe shinda haliachi kusukasuka*« – Leere Dosen klappern am lautesten.

Muhidin sah die wechselnden Stimmungen in Ayaanas Gesicht, sah, wie sie sich freudig aufrichtete und dann wieder in sich zusammensank, eine unausgesprochene Frage auf den Lippen. Sie schluckte sie runter, legte den Kopf auf den Tisch, bis ihre Augen fast auf gleicher Höhe mit denen der Libelle waren, in die langsam wieder Leben kam. Dann sah sie Muhidin mit großen Augen an. *Sag's nicht,* wollte Muhidin sie plötzlich anflehen. *Verschwinde von hier.* Doch eine andere Stimme in ihm rief: *Was, Abeerah?*

Ayaana hielt es noch ein paar Sekunden aus. Dann stand sie abrupt auf, ihr Körper versteifte sich entschlossen, und sie verkündete mit fester Stimme: »Du bist jetzt mein Vater.« Dann brach sie, vor lauter Schreck darüber, die Worte laut ausgesprochen zu hören, in Tränen aus.

»Uff!«, entfuhr es Muhidin, als hätte sie ihm einen Magenschwinger verpasst. Er wich ein paar Schritte zurück, dann blieb er wie angewurzelt stehen. Es rauschte ihm in den Ohren, seine Gedanken rasten. Lange Zeit war er ein Alleinreisender gewesen, hatte an nichts festgehalten. Er war es gewöhnt, andere zu verlassen. Noch nie hatte jemand so sehr Anspruch auf sein Leben erhoben. Sie weinte jetzt, ihre Schultern zitterten. Er beugte sich vor. Dieses Kind mit seiner Libelle, seinen Worten. Sie schluchzte, als hätte sie alles verloren. Und so griff Muhidin nach Ayaanas winziger Hand, obwohl in seinem Inneren sämtliche Alarmglocken schrillten. Ineinander verschlungene Finger. Seine Hände waren riesig und faltig. Raue, haarige, knotige Pranken, in die sich die Erinnerung an all die ruchlosen, unzüchtigen Dinge eingegraben hatten, die er getan hatte. Er zog die Hand zurück. *Dieses Kind und seine Tränen.* Er strich dem weinenden Mädchen über den Kopf. »*Haya basi, haya, Abeerah*«, murmelte er.

Ihre Tränen versiegten. Sie schluckte und sah ihn an.

Er legte den Kopf schief.

Sie warf sich mit ihrem ganzen Dasein auf ihn, umklammerte seinen Hals, legte die Hände auf sein Gesicht.

Ein Teil von Muhidin staunte, wartete.

Sie plauderte über dies und das, kicherte, und ihr Atem auf seinem Hals fühlte sich warm an.

Wieder rauschte es in seinen Ohren, er bekam kaum Luft. Sie veränderte ihn. Er konnte es spüren. Dann sagte sie etwas, das wie eine Frage klang, und verstummte.

Dieses Kind.

In seinen Armen.

Seufzte einfach und döste ein.

Er seufzte ebenfalls und drehte gerade noch rechtzeitig den Kopf, um zu sehen, wie die rotäugige Libelle zum Rand des Tisches krabbelte. Sie entfaltete ihre hauchzarten Flügel, flog durch das offene Fenster davon und verschmolz mit dem rötlichen Abendhimmel.

Mit der Zeit lernte er, sich zu ihr hinunterzubeugen. Denn das erwartete sie von ihm: Gespräche auf Augenhöhe. Sie wollte alles mitbekommen, was in ihm vorging. Und sie hielt ihren Schwur: Sie liebte ihn so, wie er war. Und sie erzählte allen, außer ihrer Mutter, dass Muhidin jetzt ihr Vater war.

10

Bei Tagesanbruch stand Ayaana in ihrer Schuluniform mit einer ramponierten Schultasche aus Segeltuch vor Muhidins Tür.

»Du musst mich unterrichten«, verlangte sie von ihm.

»Fort mit dir«, sagte Muhidin. »Ab in die Schule.« Er machte ihr die Tür vor der Nase zu.

Als er zwei Stunden später das Haus verlassen wollte, stand sie immer noch da.

»Was willst du?«, knurrte er.

»Du musst mich unterrichten.« Ihr Blick war klar.

»Geh zur Schule.«

»Nein! Die Schule ist doof.«

»Ich muss nach Lamu fahren.«

»Ich komm mit.«

»Nein, auf gar keinen Fall.«

»Bring mir was bei.«

»Nein. Hör zu … Ich verpasse mein Schiff.« Er humpelte, gefolgt von Ayaana, zu der *Matatu*-Haltestelle und rief den anderen Wartenden zu, sie sollten den Kleinbus aufhalten. »*Dereva!* Ich bin spät dran.«

~

Als Muhidin an jenem Abend nach Hause kam, sah er, dass Ayaana mit Kohle Linien, Kurven und Mathematikaufgaben auf die Treppe zu seinem Haus gemalt hatte. Am nächsten Tag wartete Muhidin mit einem Lappen und einem Eimer Seifenwasser auf sie. Sie tauchte mit einem mageren, schmutzigen, schnurrenden Kätzchen auf der Schulter auf, sah seinen strengen Gesichtsausdruck und fragte mit zitternder Stimme: »Ayaana böse?«

Muhidins Miene wurde weicher. »Nein. Aber du hast das falsche Medium benutzt.«

Sie setzte die Katze auf den Boden. »Was ist ›Medium‹?«

»Das zeige ich dir, wenn die Treppe wieder sauber ist.«

Nachdem sie die Steinstufen geschrubbt hatten, holte Muhidin ein zusammengestückeltes Kalligraphie-Set. Er hatte sich vorgenommen, die Unterschiede zwischen der Thuluth- und der Naschi-Schrift zu erkunden, war aber nie dazu gekommen. Außerdem gab er ihr Bücher und große Papierbögen. Ayaana drückte sie an sich. »Meins?«, rief sie.

Muhidin schaute finster. »Jetzt kannst du in den Worten schwelgen, die du so liebst. Aber dann sorg auch dafür, dass sie schön aussehen«, sagte er im Insel-Dialekt zu ihr.

Kujiingiza – Schwelgen: ein Wort, das man sich merken musste.

Und so begann Muhidin beinahe versehentlich damit, den Schwall aus Wies, Wos und Wanns, der ständig aus ihrem Mund quoll, in geordnete Bahnen zu lenken. Er riet ihr, Antworten auf ihre Warums in Büchern zu suchen, und gab ihr das eine oder andere aus seinem chaotischen Bestand. Dann las er ihr etwas von Hafiz vor.

»Was bedeutet das?«, fragte Ayaana. »In drei Sprachen.«

Er sagte ihr, sie solle die Antworten in ihren eigenen Worten finden, was besser sei, als drei Sprachen zu können. »Bücher sind Botschafter aus anderen Welten.«

»*Atoka wapi*?«

»Wenn du über diese Schwelle trittst«, sagte er, seine neue Rolle in vollen Zügen genießend, »wird nur noch Englisch gesprochen, verstanden?«

»Warum?«, fragte Ayaana.

Muhidin seufzte. »Schulregeln.« Sie nickte, und er fuhr fort: »Mit Englisch erreicht man auf dieser Welt die meisten Ohren.«

Dann erklärte Muhidin ihr, er sammle alle Wörter dieser Welt und plane, daraus ein einziges perfektes Wort zu kreieren, dass den Sinn des Lebens erkläre.

Ayaana glaubte ihm. »Ist dein Wort schon gefertigt?«

»Fertig«, korrigierte sie Muhidin.

»Wirklich?«

»Nein«, sagte Muhidin. »Es heißt: Ist es schon *fertig*?«

»Fertig«, wiederholte sie, als sie in das Zimmer mit den Büchern schlich.

Muhidin neigte den Kopf, um zu lauschen, dann schüttelte er den Kopf.

»*Lini?*« – Wann? –, flüsterte sie.

Muhidin erklärte Ayaana, sie solle ihre Wanns mit in die Stille nehmen.

Am nächsten Tag kam sie wieder und auch am übernächsten. Nach zwei Monaten kam sie schon bei Sonnenaufgang in sein Haus gerannt, um ihm von den Personen aus den Büchern zu erzählen, die sie eines nach dem anderen verschlang. Sie berichtete ihm haarklein, was sie taten, dachten und sagten, als wären sie gute Freunde.

Ayaana saugte alles in sich auf, was Muhidin ihr beibrachte.

»Weißt du, wo du bist?«, fragte er sie eines Tages und zeigte ihr eine zerknitterte Landkarte.

»Keine Ahnung.«

»Hier«, zeigte er ihr. Sie starrte erst seinen Finger an, dann den Punkt, auf den er deutete.

»Hier«, wiederholte sie.

»Pate: Faza, Pate, Siyu, Kzingitini … Shanga«, rezitierte Muhidin.

Ayaana starrte weiterhin wie gebannt auf seinen Finger. Ihre Gedanken wirbelten durcheinander. Die Vorstellung, dass eine ganze Insel und all ihre Bewohner auf einem winzigen Punkt auf einem Stück Papier Platz haben sollten, ging über ihren Verstand.

Angespornt von Ayaanas Wissensdurst bereitete sich Muhidin akribisch auf den Unterricht vor und entdeckte selbst ein paar Dinge wieder: die Grundlagen der klassischen Mathematik, Erdkunde, Geschichte, Poesie, Astronomie, und das alles auf Kiswahili, Englisch,

Seefahrer-Portugiesisch, Arabisch, Altpersisch und etwas Gujarati. Ayaana wollte alles über das Meer wissen. Jeden Tag fragte sie: »Hast du wieder in den Wellen gelesen?« An einem Freitag nahm sie einen Atlas zur Hand, um sich noch einmal anzusehen, wo genau auf der Welt sie sich befanden. Doch auf der Karte, die sie anschaute, war die Insel Pate nicht abgebildet. Es gab keinen grünbraunen Fleck, der ihre Existenz im Meer markierte. Das weckte ihre Neugier auf die unsichtbaren Orte dieser Welt.

Muhidin erklärte ihr, dass die mächtigsten, größten Berge der Erde unter der Meeresoberfläche verborgen lagen. Ayaana dachte darüber nach, und ihre Augen weiteten sich, als sie begriff. »Und wo war ich, bevor ich geboren wurde? Auch unten im Meer?«

Muhidins Mundwinkel zuckten, doch er antwortete: »Irgendwo.«

»Wo ›irgendwo‹?«

Muhidin legte einen Finger an die Lippen.

»Schweigen?«, flüsterte sie.

Muhidin verkniff sich ein Schmunzeln.

»Wo …?«, insistierte sie.

»Pschschscht«, machte er.

Sie wartete, und Muhidin erklärte ihr, dass das Wo immer am schwierigsten in Erfahrung zu bringen war. Man konnte es nicht erklären, nur erfahren.

Wenn sie nicht gerade in Büchern lasen, beschäftigten sie sich mit Musik aus aller Herren Länder. Algerischer *Raï*, *Bangla*, *Kora*, afrikanische Harfenlautenmusik, die Symphonien von Gholam Hossein Minbashian und Mehdi Hosseini und jede *Taarab*-Aufnahme, die sie in die Finger bekamen. Nichts von diesem modernen Geschrei, das Muhidin, wie er Ayaana erklärte, an das geisteskranke Kreischen des Ibilisi, des Teufels, erinnerte. Und so durchstreiften sie gemeinsam die unterschiedlichsten Klanglandschaften. Wenn Ayaana ein Lied hörte, rief sie oft: »Was singen die da?« oder »Erklär mir das«. Und sie presste sich eine Hand aufs Herz, in dem das sehnsüchtige Lied eines Fremden ein Ziehen ausgelöst hatte. An einem Dienstagnachmittag las Muhidin ihr wieder einmal die Gedichte des Hafiz vor. Zuerst in gebrochenem Farsi, dann in der Kiswahili-Übersetzung: »O Herz, wenn du nur einmal das reine Licht erfahren hast / Wie eine lachende Kerze, kannst du das Leben in deinem Kopf hinter dir lassen.««

»Was heißt das?«, fragte sie.

»Eines Tages wirst du es verstehen. Aber im Moment brauchst du einfach nur zuzuhören.«

Ayaana redete mit den Büchern, die sie las. Einige bewahrte sie unter ihrem Kissen auf. »Hier kannst du bleiben. Schnell, versteck dich, sie kommt.« Nachdem Ayaana ihrer Mutter eine gute Nacht gewünscht hatte, las sie noch lange mit einer Taschenlampe unter der Bettdecke.

***

Da Ayaana viele Stunden am Tag in Muhidins Laden verbrachte, bekam sie mit, wie Muhidin unter der Ladentheke Heilmittel an Kunden verkaufte, die ihm ihre Leiden verstohlen durch geschlossene Fensterläden zuraunten und darauf hofften, mit seiner Hilfe Liebe, Hoffnung, Fruchtbarkeit, Frieden, Akzeptanz, Gnade, Exorzismus, Wohlstand und Gesundheit zu finden.

»Bring mir bei, wie man das macht«, sagte Ayaana.

»Nein.«

»Doch, doch, doch.«

»Schau einfach zu«, seufzte er.

Ayaana beobachtete, wie Muhidin Samen, Früchte, Wurzeln, Rinde, Beeren, zermahlene Blätter und Blüten vorsichtig von ihrem Innenleben befreite. Sie sah, wie er Anis, Basilikum, Kamille, Kurkuma, *Kalpasi*, Zimt, schwarzen Pfeffer, Paprika, *Tangawizi, Cafarani*, Minze, Ylang-Ylang, *Lavani, Kiluwa* und Nelken mischte. Und sie erzählte ihm, dass ihre Mutter mit Blumen, Wasser und Öl arbeitete und dass auf ihrem Dach winzige weiße Nachtjasminblüten – in der Nacht gesammelt und in destilliertem Wasser eingelegt – ihre Essenz im Sonnenlicht aushauchten. Sie fragte ihn, ob er schon einmal Rosenblütenblätter gegessen habe, und am nächsten Tag brachte sie ihm welche mit. Er erklärte ihr, die Rose sei die Prophetin unter den Blumen, und es sei ihre Aufgabe, das Herz der Menschen zu Gott zu führen. Dann zeigte er ihr, wie man welkende Kräuter mit ein paar Tropfen Rosenöl wieder auffrischen konnte.

~

Muhidin beschloss, seinen Beinahe-Farbfernseher wieder in Betrieb zu nehmen und auch den uralten VHS-Rekorder anzuschließen, da er ihn für Ayaanas Unterricht benutzen wollte. Er wühlte sich durch einen Haufen Bücher, die genug Staub angesetzt hatten, um einen Kräutergarten anzulegen, und suchte nach seinen Lieblingsvideos. Dank dieser neuen Unterrichtsstrategie entdeckte Ayaana, ähnlich wie Muhidin vor dreiundzwanzig Jahren, Bollywood.

Haathi Mere Saathi.

Ayaana bekam nicht genug von dem indischen Film. Muhidin musste die Kassette immer wieder zurückspulen. Sie sangen lauthals mit, wenn Kishore Kumar »*Chal chal chal mere haathi, o mere saathi*« sang. Muhidin klang wie ein Ochsenfrosch in einem verstopften Abfluss, aber das hielt ihn nicht davon ab. Sie tanzten und sangen: »*Hai hai oho ho.*«

***

Einige Wochen später erklärte sich Muhidin, zermürbt von Ayaanas endloser Fragerei, schließlich bereit, ihr alles beizubringen, was er über das Meer wusste. Bei Sonnenaufgang zogen sie los, um mit den Sinnen die Dimensionen von Wasser, Ort, Raum und Zeitlosigkeit zu erkunden, um zu lernen, wie man die Stimmungen des Meeres vorausahnte, wie man mithilfe des inneren Auges intuitiv Dinge erfasste, Strömungen auf der Haut erspürte. Sie lernte die Gepflogenheiten der Gezeiten kennen, erfuhr, wie man verborgene Routen aufspürte und sein Ziel erreichte, indem man sich am Vogelflug orientierte. Sie lauschte den vielstimmigen Gesängen des Windes und erfuhr ein wenig von dem, was es Almazi Mehdi ermöglichte, sie herbeizurufen.

»Das Meer und ich sind eins / Wie könnte ich ertrinken?«, sang Muhidin eines Morgens.

Ayaana stimmte in sein Lied ein. Später erzählte sie Muhidin, wie sie einmal in einer Vollmondnacht die Anziehungskraft des Mondes auf der Haut gespürt habe.

Unter einem sternenklaren Himmel setzte sich Muhidin mit ihr auf die Vortreppe seines Hauses. »Unser Blut enthält Eisen«, erklärte er ihr. »Der Mond wirkt manchmal wie ein Magnet.«

Verebben, verschwinden, zu einem Teil des Meeres werden. Fließen, an den Strand branden, zum Festland zurückkehren. Ayaana begriff, dass der Himmel ein Spiegel des Meeres war, dass man auch im Dunkeln an sein Ziel gelangen konnte, wenn man die Zeichen der Nacht zu deuten verstand, und dass das Wetter des nächsten Tages in den Sternen geschrieben stand: *Kilimia kikizama kwa jua huzuka kwa mvua, kikizama kwa mvua huzuka kwa jua* – Gehen die Plejaden an einem klarem Himmel unter, gehen sie im Regen wieder auf; gehen die Plejaden im Regen unter, gehen sie an einem klaren Himmel auf. Sie beobachteten, wie Schiffe zu diversen Häfen aufbrachen, und Muhidin erklärte: »Ein Schiff ist wie eine Brücke.«

Ayaana dachte tagelang über seine Worte nach.

Doch obwohl sie ihn wieder und wieder bekniete, ihr zu zeigen, wie man nachts im Licht der Laternen Tiefseefische fing, ließ er sich nie erweichen.

»Wenn deine Mutter davon erfährt …«

»Sie kriegt es gar nicht mit.«

»Es ist noch zu früh, Abeerah.«

Sie schmollte.

Er zuckte mit den Schultern.

»Fundi Mehdi wird es mir zeigen«, drohte sie.

»Nein, wird er nicht«, entgegnete Muhidin.

Sie wusste, dass das wahrscheinlich stimmte. »Kannst du mir denn ein Boot bauen?«

»Nein.«

»Fundi Mehdi schon.«

»Dann geh halt zu Fundi Mehdi.«

»Nein!«, rief sie.

Doch später am Nachmittag schlenderten sie – gefolgt von Ayaanas Kätzchen – zu jenem Ort, an dem die Schiffsbau-Vergangenheit der Insel lebendig war. Inmitten des von der Zeit und dem Schicksal verursachten Verfalls lag Almazi Mehdis Bucht. Es roch nach dem Holz der Boote, die nach uraltem Vorbild gebaut wurden und noch gebaut werden sollten. Hammerschläge hallten wider. Überall lag angesengtes Mangrovenholz, das mithilfe von Feuer auf seine Bestimmung vorbereitet wurde. Im Radio lief die Gezeitenvorhersage. Ayaana sah einen einsamen Mann, der an einem ausgehöhlten Bug eines *Mtungwi* arbeitete, indem er Kokosnussöl hineingoss und ein Feuer darin entzündete. Sie rannte zu Fundi Mehdi.

Muhidin gesellte sich zu ihnen, doch bevor er den Handwerker begrüßen konnte, rief Ayaana: »Ein Schiff ist eine Brücke!« Sie beobachtete, wie die Flammen den Stamm aushöhlten. »Warum Feuer?« Sie beugte sich darüber.

Mehdi scheuchte sie weg.

Muhidin hob Ayaana in die Überreste eines gestrandeten, von Seepocken übersäten, ehemals seetüchtigen Boots. Das Kätzchen sprang ebenfalls hinein. Aus dem Boot heraus rief Ayaana Mehdi zu: »Wieso Öl? Wieso Feuer?«

Fundi Mehdi seufzte.

»Wieso Öl? Wieso Feuer?«, sang Ayaana.

Muhidin setzte sich auf einen Holzklotz und sagte: »Sei gegrüßt, Bruder. Verzeih die Störung, aber ich habe keinerlei Skrupel, mein Leid und meinen Quälgeist mit dir zu teilen. Von nun an wird sie dich verfolgen, dich ins Kreuzverhör nehmen. Und wenn du die Antworten auf ihre Fragen weißt, gib sie ihr lieber, bevor du am Ende vor lauter Verzweiflung noch größere Geheimnisse ausplauderst.«

Mehdi sah Muhidin düster an. Der zuckte nur mit den Schultern. Dann schaute Mehdi zu Ayaana hinüber, die bäuchlings auf dem Rand des gestrandeten Bootes lag und die Arme gehoben hatte, als wollte sie gleich losfliegen. »Wieso Feuer? Wieso Öl?«, sang sie.

Mehdi wandte sich wieder seiner Arbeit zu, und die Andeutung eines Lächelns umspielte seine Mundwinkel. Er sagte: »Na schön, hör zu. Wenn … dieses Boot irgendwann … auf dem Wasser zu brennen anfängt … dann weiß es … was zu tun ist.«

Stille.

Ayaanas Stimme überschlug sich vor Staunen. »Ich hab gesehen, wie du Boote ertränkt hast. Viele, viele, viele Male.« Sie hatte Mehdi dabei beobachtet, wie er die Boote alterte, indem er sie wochenlang unter Wasser tauchte. »Du ertränkst die Boote … und wenn Wasser reinkommt« – sie schüttelte den Kopf – »dann wissen sie, wie man nicht ertrinkt?«

Mehdi schnaubte entnervt durch die haarigen Nasenlöcher, räusperte sich geräuschvoll und sah Muhidin panisch an. Der schaute zum Meer hinüber, schloss die Augen und presste die Lippen aufeinander, um nicht laut loszulachen, während Ayaana in dem Boot hin- und herschaukelte. »Baust du eine *Jabazi*?«, fragte sie.

»Nein«, knurrte Mehdi.

Krähen krächzten. Es roch nach geöltem Holz. Späne wehten über den Sand. Ayaana bohrte mit einem Zweig Löcher in den Sand und störte den Verkehr auf einer Ameisenstraße. »Baust du ein *Mtungwi*?«, beharrte sie.

Mehdi starrte auf seine runzligen Hände, die das Boot mit Feuer imprägnierten. »Das, ja«, murmelte er.

Das Kätzchen kletterte auf ihren Kopf. Ayaana stieg aus dem Boot und kraulte das Kätzchen, während Muhidin die Wellen beobachtete. »Baust du auch ein *Mashua*?«

»Hm«, antwortete Mehdi.

»Ein *Ngalawa* ist klein, nicht?«

»Hm.«

»Wie viele *Mtumbwi* hast du gebaut?«

Mehdi schwieg lange, dann sagte er: »Drei.«

»Und wie viele *Dau*?«

Er knirschte mit den Zähnen und griff nach einem kleinen bräunlich-weißen Segel, um es zu flicken. »Viele.«

»Und *Mtepe*?«

Eine Pause entstand. Wehmut überkam Mehdi. Mit dem *Mtepe*, einem Bootstyp der Bajuni, hatte seine Familie ihr Vermögen gemacht. »*Kila chombo kwa wimblile*« – Jedes Boot macht eigene Wellen. »*Mtepe* … liegen uns im Blut.« Er tippte sich an den Kopf. »Sehr, sehr viele …«

»Liegen sie mir auch im Blut?« Ayaana tippte sich ebenfalls an den Kopf.

Muhidin mischte sich ein: »Abeerah, du ertränkst Fundi Mehdi in Worten. Boote werden lieber in Stille geboren. Genug jetzt, Mädchen!«

Das Kätzchen maunzte und schnurrte, sprang von Ayaanas Schulter, schlich zu Mehdi und strich an seinen Beinen vorbei. Mehdi hielt inne und fuhr ihm mit einem Finger über den Kopf. »Name?«, fragte Mehdi sanft.«

»*Yaaa*kuti«, flüsterte Ayaana.

»Guter Name«, sagte er, und dann: »Irgendwann baue ich dir ein *Mashua*.«

Ayaana wirbelte herum. »Für mich?« Ihre Augen wurden rund wie Monde. »Bauen wir es zusammen, du und ich?«

Mehdi zog die Augenbrauen zusammen, kratzte sich am Kinn. »Ja.«

Sie klopfte sich auf die Brust. »Und dann fahren und fahren und fahren wir, du und ich, Babu, Yakuti und … und … ich … ich lenke es. Babu, hast du gehört, Mehdi und ich, wir bauen ein Boot, und dann fahren wir damit, und du darfst mitfahren und … Yakuti auch.«

Mehdis Mundwinkel zuckten.

Kurz bevor Muhidin und Ayaana Mehdi wieder seiner Einsamkeit überließen, ging der in seinen Arbeitsschuppen und kam mit einem Gegenstand in der Hand wieder heraus, den er Ayaana reichte. Es war ein grünlich verfärbter Messingkompass, der von Schiff zu Schiff weitergereicht worden war.

»*Dira!*«, rief sie aus.

»Ja«, sagte Mehdi. »Fang mit ›Nirgendwo‹ an.« Er deutete auf den Kompass. »Diese Linie da, das ist Norden.« Er zeigte ihr, wie man den Kompass auf die flache Hand legt. »Frag dich immer: *Wo will ich hin?* Und wenn du es weißt, mach dich auf den Weg.«

Ayaana konnte den Blick nicht von dem Kompass wenden. Muhidin schmunzelte.

***

Ayaana ging im Zickzackkurs, versuchte, mithilfe des Kompasses Richtung Norden zu gehen. Muhidin streichelte das Kätzchen, das auf seiner Schulter saß. Sie fragte ihn: »Als du auf Schiffen mitgefahren bist, bist du da mal ins Wasser gefallen?«

Er schnaubte. »Die Schiffe, auf denen ich gearbeitet habe, sind *nicht* gekentert.«

»Was ist ›kentern‹?«

»Wenn ein Schiff untergeht.«

»Kentern« – noch ein Wort für ihre Sammlung.

Sie machten sich auf den Heimweg; der Abendhimmel färbte ihre Gesichter und das Wasser orangerot.

»Hat Mehdi dir auch mal ein Boot gebaut?«, fragte Ayaana.

»Nein.«

»Jemand anders?«

»Ja.«

»Kann ich auch ein Boot bauen?«

»Wenn du willst.«

Irgendwo in der immer dunkler werdenden Ferne erhob sich die Stimme einer Frau über Wind und Wellen. »Ay*aaaa*na!« Bevor Muhidin etwas sagen konnte, sprintete Ayaana wie ein Zebra in die Richtung, aus der die Stimme gekommen war.

Als Ayaana hastig das Haus betrat, sagte ihre Mutter müde: »Du bist spät dran. Und wie siehst du wieder aus? Was hast du mit deiner Schuluniform angestellt? Wer soll die wieder sauber kriegen? Glaubst du, Geld für Seife wächst auf Bäumen? Und jetzt geh und wasch dich.« Munira seufzte. »Was für ein Tag. Diese Frau! Ist mit allem unzufrieden. Sie wollte unbedingt eine *Singo*-Behandlung, kannst du dir das vorstellen? Als wäre sie eine Braut! Zieh dich um, Ayaana, hörst du? Auf dem Feuer ist noch Fisch. Und misch mir bitte Henna an, aber nimm diesmal weniger Limette. Wie oft soll ich dir das noch sagen? Das Jasminwasser ist verdorben. Braun. Diese Frau! Sie muss irgendetwas hineingetan haben, als ich draußen war.« Wieder seufzte Munira. »Schnell, *Lulu*, zieh dich um. Wir müssen noch *Ylang-Ylang* pflücken gehen, bevor die Sonne untergeht. Hörst du mir eigentlich zu, Ayaana, oder rede ich gegen eine Wand?«

11

Abeerah. Ein unerwarteter Lichtstrahl in einem dahindämmernden Leben. Ohne sich dessen bewusst zu sein, wartete Muhidin jeden Morgen auf den Moment, an dem das Mädchen vor seiner Tür stand, dem manchmal das Auftauchen eines fast weißen, unablässig schnurrenden Kätzchens vorausging, das an seiner Tür kratzte, um hereingelassen zu werden. Eines Abends im Bett musste Muhidin plötzlich schallend lachen, was klang, als würde ein rostiger alter Lastwagen zum ersten Mal seit Jahren wieder anspringen. Er lachte lauter und lauter, hielt sich den Bauch, warf den Kopf in den Nacken. Ihm war etwas wieder eingefallen, was das Mädchen am Tag gesagt hatte. Er konnte sich nicht an die genauen Worte erinnern, nur an das Gefühl. Er lachte und lachte, bis er spürte, wie ihm Tränen über die Wangen liefen und auf sein Kissen tropften. In jener schlaflosen Nacht wurde ihm klar, wie sehr er die Macht der Liebe, ihre schreckliche Hartnäckigkeit und den Schmerz, den sie mit sich brachte, unterschätzt hatte – und wie ähnlich sie im Grunde der Angst war.

12

Munira, die im Laufe der Jahre die Fähigkeit perfektioniert hatte, Spitzen und Beleidigungen zu ignorieren, erfuhr erst drei Monate später von den Gerüchten über Ayaana und Muhidin. An einem Freitagnachmittag nach dem Gebet, erschöpft von der Hitze und den beiden Kundinnen, die sie am Vormittag mit ihrem Gefeilsche fast in den Wahnsinn getrieben hatten, ging sie einkaufen. Als sie Ayaanas Lehrer Mwalimu Juma Hamid sah, eilte sie zu ihm. Das Schuljahr war bald zu Ende, und sie wollte ihn nach Ayaanas Zeugnis fragen, das sie noch nicht zu Gesicht bekommen hatte. Als sie ihn fast erreicht hatte, fragte Mwalimu Juma ohne sich umzudrehen Hudhaifa, den Shirazi, einen Stoffhändler und leidenschaftlichen Leser, ob er wisse, auf welche Schule für ungehobelte Faulpelze Ayaana neuerdings ginge.

Munira blieb wie angewurzelt stehen.

Angst machte sich in ihrem Herzen breit.

Sie sah von einem Mann zum anderen und lauschte.

Mwalimu fuhr fort: »Letzte Woche hat das freche Ding bei dem Bootsbauer herumgelungert. Mutterseelenallein. Unverantwortlich, so etwas. Heute Morgen ist das Mädchen über den Strand gekrochen wie eine *Schnecke*, und Mlingoti, der Abtrünnige, halbnackt und unrasiert wie immer, ist ihr nicht von der Seite gewichen. Schamlos, sage ich dir. Was für Sitten. Unanständig. Was anderes lässt sich dazu nicht sagen.«

Hudhaifa, dessen makellos glatte schwarze Haut in der Sonne glänzte, schnappte empört nach Luft. Mwalimu Juma strich über seine ergrauenden Haare und fuhr fort: »Geld verführt zur Sünde, wie ich immer sage. Arm zu sein ist keine Schande. Aber sein Kind zu benutzen, um der Armut zu entkommen …« Er hob vielsagend die Augenbrauen und verdrehte in gespielter Entrüstung die Augen.

Hudhaifa liebte Geschichten, gleichgültig, ob sie ausgedacht waren oder nicht. Er hob die Hand, um Muniras Aufmerksamkeit zu erregen. »Bist du das, Mama Ayaana? Mwalimu hat sich gerade gefragt, wieso du die kleine Ayaana aus der Schule genommen hast. Hast du …?« Er brach ab. Munira war verschwunden. Hudhaifa warf einen Blick auf seine fetten, beringten Finger, deren Spitzen mit Henna gefärbt waren und die immer noch Julius Nyereres Übersetzung von *Der Kaufmann von Venedig* hielten, in dem er gerade gelesen hatte. »Das gibt Ärger.« Seine vor Schadenfreude funkelnden Augen begegneten Mwalimu Jumas höhnischem Blick.

~

In Muhidins Laden war Ayaana gerade damit beschäftigt, ein Schriftzeichen nachzumalen, das die Form eines Vogels hatte. Muhidin, der eine uralte Seekarte studierte, trug – als Hommage an Hussein Fahmy in dem ägyptischen Film *Khalli Balak Min ZouZou*, den er mit Ayaana angeschaut hatte – immer noch ein ausgeblichenes rosafarbenes Tuch um die Hüfte. Ayaana hatte einen Partner für ihre Darstellung der bauchtanzenden Schauspielerin Soad Hosny gebraucht.

»Ayaaaana!« Die Stimme ihrer Mutter klang, als wäre sie außer sich vor Wut. Ayaana sprang auf, duckte sich unter Muhidins Armen hindurch, riss die Tür des Bombay-Schranks auf und kroch hinein. Aus dem Inneren gab sie Muhidin Anweisungen: »Versuch nicht, die Tür abzuschließen, sonst macht sie sie kaputt. Kann sein, dass sie dir die Ohren langzieht, aber es tut nicht besonders weh. Wenn du sie fest reibst, vergeht der Schmerz schnell.«

Immer noch verwirrt, fragte Muhidin: »Wer ist das?«

»*Mamangu*« – meine Mutter –, sagte sie. »Aber du musst sie ›Bi Munira‹ nennen.«

»In Ordnung«, antwortete Muhidin. Ein kurzes Schweigen, dann: »Abeerah?«

»Ja?«, antwortete sie aus dem Schrank.

»Warum sollte Bi Munira mir die Ohren langziehen?«

»Hmmm … vielleicht, weil sie nicht weiß, dass du mein Vater bist. Ähhhmmmm … vielleicht auch, weil ich nicht mehr in die Schule gehe. Die mögen mich da nicht. Vielleicht hab ich ihr auch nicht erzählt, dass ich hier wohne, aber es ist ja nur tagsüber, also ist es vielleicht egal.«

Muhidin nickte. »Sonst noch was?«

Die Schranktür schloss sich mit einem Klicken.

Muhidin setzte sich und wartete.

Wie ein Blitzschlag aus den Wolken tauchte Munira im Türrahmen auf, trat in den Geschäftsraum, streifte sich den Niqab vom Gesicht, und ihr zorniger Blick traf Muhidin wie eine urtümliche Naturgewalt. In dem Versuch, ihr den Wind aus den Segeln zu nehmen, sagte er: »*Hujavuka mto, simtukane mamba*« – Wenn du einen Fluss überqueren willst, beleidige nicht das Krokodil.

Muniras Zorn verwandelte sich in tödlichen Hass. Mit roten Augen funkelte sie ihn an und zischte mit plötzlich ruhiger, eisiger Stimme: »Du, ein Krokodil?« Sie trat näher.

Draußen hörte man das weit entfernte Raunen der zurückweichenden Flut. Drinnen ließ Munira Muhidin an ihren umfassenden Kenntnissen archaischer und zeitgenössischer Flüche teilhaben. Muhidin senkte den Kopf und stellte sich vor, er wäre ein Fels in der Brandung. Zehn Minuten später endete die verbale Tracht Prügel. Munira zischte: »Wo ist mein Kind, du Dreckskerl?«

Wer mit dem Finger auf andere zeigt, fängt einen Streit an. Muhidin seufzte. Er war zu alt und zu müde, sehnte sich nur nach Ruhe und Frieden. Er humpelte zu dem Schrank und riss die Türen auf. »Raus«, knurrte er Ayaana an, die sich duckte und die Hände vor das Gesicht schlug. »Raus!«, schrie Muhidin. »Dein unflätiger Dämon von Mutter ist gekommen, um dich abzuholen.«

Zitternd kroch Ayaana aus dem Schrank. Muhidin hatte sie noch nie angeschrien.

»Mein Baby!«, rief Munira.

»Neiiin!«, schrie Ayaana.

»Ayaana!«, fuhr Munira sie an.

Ayaana packte Muhidins Hand und hielt sie fest. Er schüttelte sie ab. Sie klammerte sich erneut an ihn und schrie ihre Mutter an: »Er ist mein Vater! Mein Vater!«

Muhidin befreite seine Hand. »Geh!«, sagte er und schob sie zur Tür.

Ayaana erstarrte. »Los, geh!« Muhidin hob die Hand. Munira stürzte auf ihn zu. »Wag es ja nicht, sie anzurühren.« Muhidin quollen fast die Augen aus dem Kopf. »Fort mit dir, du Hexe«, sagte er. »Raus mit euch, alle beide. Lasst euch hier nie wieder blicken!«

Munira packte Ayaana und zerrte sie hinaus. Ayaana war reglos wie ein Vogel in den Fängen einer Katze. Doch an der Tür hielt sie sich am Rahmen fest und starrte Muhidin mit riesigen Augen an. »Du … du wirfst mich *weg*.«

~

Muhidin hörte die schrille Stimme des Kindes und die verwirrte ihrer Mutter.

Munira: Was ist mit dir los?

Ich. Geh. Hier. Nicht. Weg.

Munira: Wer?

Er *ist* mein *Vater*.

Munira: Was?

Er ist mein Lehrer.

Munira: Wie?

Ich liebe ihn.

Munira: Warum?

Ich bleib für immer bei ihm.

Munira: Was?

Geh weg. Du bist böse. Böse!

Munira: Warum?

Das Weinen eines Kindes.

Munira: Ayaana! Hör sofort auf. Schluss jetzt!

Neeeiiin!

Das Geräusch einer Ohrfeige.

Muhidin zuckte zusammen.

Und noch eine.

Er zuckte.

Noch eine.

Zucken.

Dann: Stille.

In Muhidins Haus war es zu ruhig. »Abeerah«, murmelte er. Es zerriss ihm das Herz, als sein Blick auf das unvollendete vogelartige Schriftzeichen fiel. Ein Gefühl, als würde ihm ein spitzes, kaltes Messer in die Eingeweide gerammt. Er krümmte sich vor Schmerz. »Abeerah«, murmelte er.

Drei Tage lang wütete ein grausamer Ostwind, der das Meer auf-peitschte, bis das Heulen leiser wurde und er unter Muhidins unver-wandtem Blick aus einem hohen Balkonfenster erstarb.

Dann, mitten in der Nacht, ein hartnäckiges Klopfen an seiner Tür. Muhidin, der unter Schlafproblemen litt, quälte sich aus dem Bett, wickelte sich einen blassblauen *Kikoi* um die Taille und ging die Trep-pe hinunter. Das Hämmern wurde lauter, als er durch den Hof in den Vorraum ging. Er entriegelte die Tür, spähte hinaus und trat einen Schritt zurück.

Munira sah besorgt und erschöpft aus.

Ayaana blickte Muhidin aus verquollenen Augen an. Er schauder-te, als er den nackten Schmerz in ihrem Blick sah. Er kniete sich hin, sodass er mit ihr auf Augenhöhe war. »Nein«, sagte er. »Nein, Ayaana.« Ihr Mund zitterte, und eine Träne lief ihr über das Kinn. Sie schniefte. Er strich ihr über den Kopf und sagte: »Ein Vater, der sein Kind weg-wirft? Niemals.«

Die Tränen in Ayaanas Augen versiegten. Sie schniefte, schluckte die übrigen hinunter und beugte sich vor, bis ihre Stirn und Muhidins sich berührten. Ohne zu lächeln fragte sie: »Nie?«

»Nie.«

»Nie und nimmer?«

»Nie und nimmer.«

Sie stellte sich auf die Zehenspitzen. »Versprochen?«

Muhidin zögerte, dann nickte er.

Ayaana knabberte an ihrem Daumen und sah ihn an: »Und du ge-hörst mir?«

Muhidin blinzelte; er hatte einen Kloß im Hals, sodass er kaum atmen konnte. Panik überfiel ihn, dann ein Hochgefühl, weil er end-lich wusste, was es bedeutete, von einem anderen Menschen ganz und gar gesehen zu werden. Er dachte nur an den Moment, nicht an die Zukunft oder die Folgen, und nickte. Mit gerunzelter Stirn nahm

Ayaana sein Gesicht in beide Hände und schaute ihm in die Augen. Sie strich über seinen Hals, prüfte die Vibrationen seines Kehlkopfes auf ihren Wahrheitsgehalt, als er »Ja« sagte und zur Bekräftigung nickte.

Ayaana nickte ebenfalls, schlüpfte unter seinem Arm hindurch, setzte sich an den Schreibtisch und nahm die Arbeit an ihrer Kalligraphie wieder auf.

Munira trat von einem Bein auf das andere, als wisse sie nicht recht, wo sie anfangen sollte. Sie deutete auf Ayaana und sagte: »Sie wollte nicht mehr essen.« Muhidin antwortete nicht. »Sie hat regelrecht um dich getrauert«, fügte sie mit rauer Stimme hinzu und senkte den Kopf. Muhidin sagte immer noch nichts. Sie fuhr fort: »Sie hat nicht mehr mit mir gesprochen.« Muhidin beobachtete sie schweigend. »Sag mir, was ich tun soll.« Sie trat näher an ihn heran.

Er hörte, wie rau, wie flehentlich ihre Stimme klang. Sah ihren unverwandten Blick, roch ihr Parfüm. Doch er traute ihrer neuempfundenen Demut nicht. Seine Augen wurden schmal.

»Bitte verzeih mir. Ich habe einen Fehler gemacht«, sagte Munira.

Er sah sie nur an.

»Wie ist das passiert?«, fragte Munira.

Muhidin wich ihrem Blick nicht aus.

»Das mit dir … und ihr?«

Er lauschte.

»Es geht nicht, du musst das irgendwie in Ordnung bringen«, sagte sie verzweifelt.

Muhidin lachte.

Über sich selbst.

Über sie.

Er lachte, bis ihm die Tränen kamen.

»Was wird aus ihr, wenn du sie im Stich lässt?«, fragte sie.

Er seufzte.

Sie senkte den Blick. »Darf ich mich setzen?« Sie ließ sich auf einen Holzstuhl vor einem überladenen Bücheregal sinken, das jeden Moment zusammenzubrechen drohte. Erschöpft ließ sie ihren Blick mit einem Ausdruck völliger Verwirrung durch den Raum schweifen. Muhidin nahm ihr gegenüber in einem Sessel Platz, aus dem die vergilbte Polsterfüllung quoll. Er musterte sie; die Tatsache, dass ihr Hochmut einen Dämpfer erhalten hatte und dass ihr sonst so gepflegtes Äußeres heute etwas vernachlässigt wirkte, befriedigte den verbitterten Fischer in ihm. Ihr schlanker, kurviger Körper spiegelte die mäandernde Gestalt der Insel wider, und ihre Aura der Entfremdung, der ständigen Einsamkeit passte zum Duft des Nachtjasmins, den sie verströmte. Sie umschlang ihren Oberkörper mit beiden Armen, in diesem Raum, der mit Krimskrams aus aller Welt angefüllt war wie mit verblichenen Erinnerungen. Muhidin beugte sich vor, nahm jedes Detail ihrer äußeren Erscheinung in sich auf. Ihr Schatten war ihm bereits vertraut, doch jetzt sah er auch die Lücke zwischen ihren Schneidezähnen. Ohne Vorwarnung überkam ihn das Gefühl, als würde er von den Trümmern eines unbekannten Lebens begraben.

»Wenn du dich für *uns* entscheidest«, sagte Munira, wobei sie das »uns« besonders betonte, »dann verlierst du deinen guten Namen, dein *Ansehen*.« Das letzte Wort troff vor Sarkasmus.

Er unterdrückte ein Lachen, sodass seine Lippen zitterten.

»Ist dir das gleichgültig?«, fragte sie.

Muhidin grinste. Sich um sein »Ansehen« zu sorgen war ihm gar nicht in den Sinn gekommen.

Sie missdeutete seinen Blick. »Du findest uns erheiternd.«

Endlich sprach Muhidin. »Hör zu, Frau, du kannst tun, was immer du willst. Aber das Mädchen, nun, da wir einander *erwählt* haben«, mit Genugtuung bemerkte er, dass sie bei dem Wort zusammenzuckte, »und da ich nicht vorhabe, fortzugehen, müssen wir sie uns ganz einfach teilen. Damit musst du leben, ich muss es ja schließlich auch.«

Ein Rascheln. Beide drehten sich zu ihr um. Ayaana stand auf den Zehenspitzen und malte mit einem roten Filzstift und vollem Körpereinsatz das vogelähnliche Schriftzeichen aus.

Muhidin beschloss, nicht zur Kenntnis zu nehmen, dass Munira sein Angebot weder angenommen noch abgelehnt hatte.

»Wie hat sie dich gefunden?«, fragte Munira.

Bei der Erinnerung an Ayaanas frühmorgendliche Badeausflüge lächelte Muhidin schief. »Wir haben uns gegenseitig gefunden. Durch das Meer.«

Das Meer?, wunderte sich Munira. Sie erkannte, dass vieles ungesagt blieb, und war sich bewusst, dass Ayaana sie belauschte. Der Gedanke, dass es Teile von Ayaanas Leben gab, die ihr nicht zugänglich waren, versetzte Munira einen Stich, und sie verspürte einen Anflug von Zorn auf diesen Fremden, der Dinge wusste, die ihr vorbehalten sein sollten. Aber sie musste vorsichtig sein. Ayaana konnte sieben Stunden am Stück durchweinen. Das wollte sie so schnell nicht noch einmal erleben. »Sie nennt dich ›Vater‹, und das in aller Öffentlichkeit«, sagte sie kühl. »Wusstest du das?«

Ayaanas Stift verharrte über dem Papier. Muhidin zuckte die Achseln. »Dann bin ich es eben.«

Ayaana schlang die Arme um sich.

»Du verstehst das nicht«, sagte Munira.

»Dann erklär's mir.«

»Die Leute halten mich für eine lüsterne Zauberin, die darauf aus ist, nun ja«, Munira zögerte, musterte Muhidin mit gerümpfter Nase, »alte Männer wie dich zu verführen.«

Muhidin schüttete sich aus vor Lachen. Ayaana lachte fröhlich mit ihm, ohne zu ahnen, dass ihre Mutter mit Abscheu und Schaudern daran dachte, dieser faltige, zottelige Kerl von niederer Herkunft könnte glauben, sie sei unter seiner Würde. Sie verschränkte die Arme und wartete, bis das Lachen verebbt war, dann sagte sie beleidigt: »Ich würde dich nie heiraten. Nicht einmal um ihretwillen.«

»Ich würde dich auch nie bitten, meine Frau zu werden«, gab er zurück.

Munira konterte: »Und wie nenne ich dich jetzt? Babu? Du bist alt, aber nicht alt genug, um mein Großvater zu sein.«

»Wie wär's mit *Mpenzi*?«, schlug Muhidin scherzhaft vor und zog vielsagend die Augenbrauen hoch, in der Hoffnung, sie würde an ihrer Empörung über seinen Vorschlag, ihn »Geliebter« zu nennen, ersticken.

Munira entgegnete seelenruhig: »Ich könnte dich natürlich auch *Nyumbu* nennen.«

Mit seinem Ziegenbart, dem kräftigen Oberkörper und den schmächtigen Beinen hatte Muhidin tatsächlich etwas von einem Gnu. Er verzog das Gesicht. So ein Spitzname ließ sich nur schwer wieder abschütteln. »Vielleicht doch lieber etwas anderes?«, sagte er, um ihr einen Waffenstillstand anzubieten.

»Ich denke darüber nach«, erwiderte Munira. Sie lächelte zum ersten Mal, seit sie sich kannten, was ein unerwartetes Ziehen in seiner Herzgegend auslöste. Er wandte den Blick von ihr ab und sah stattdessen Ayaana an, die ihn beobachtete. Sie schenkte ihm ein zahnloses Grinsen. Er wackelte im Gegenzug mit den Ohren, und sie kicherte. Dann suchte sie sich einen grünen Buntstift aus, um die Flügel des Vogels auszumalen.

»Was bringst du ihr bei?«, fragte Munira.

»Das Leben.«

»Du hast sie aus der Schule genommen.«

»Sie hat sich selbst aus der Schule genommen.«

Munira nickte. Das war durchaus möglich. Nach Ayaanas anfänglicher Begeisterung für die Schule und ihre neuen Freunde war sie immer öfter in sich gekehrt und bedrückt nach Hause gekommen. Ihr Asthma war wieder aufgeflackert, ihre Augen tränten oft. Munira hatte sich nicht getraut, das Thema anzusprechen, und auch nicht gewagt, sich in der Schule darüber zu beschweren. Sie wusste, dass das alles noch schlimmer machen konnte, und es gab keine anderen Schulen in der Umgebung, die sie sich leisten konnte. Sie sah sich in dem mit Büchern gefüllten Raum um. »Weißt du viel?«, fragte sie Muhidin und knabberte am Nagel ihres Mittelfingers.

Muhidin zuckte mit den Schultern. »Genug.«

»Ja?«

»Hm.«

»Ich bezahle dich natürlich«, sagte Munira.

»Ach, Unsinn!«, fuhr Muhidin sie an.

Munira hob die Hände. »Bitte, sei nachsichtig mit mir. Ich … ich weiß einfach nicht, was ich von all dem halten soll.«

»Wovon?«, knurrte Muhidin.

»Von dir … von der ganzen Situation.«

Muhidin schwieg.

»Betest du?«, fragte Munira.

»Nein.«

»Nein?«

Ein Achselzucken. »Manchmal schicke ich einen kleinen Gruß an den Schöpfer der Stürme.«

»Gott?«

»Wer weiß?«

»Du weißt es nicht?«

»Weißt du es etwa?«

Munira beugte sich vor und starrte schwermütig ihre hennabemalten Füße an. »Man sagt, du wärst ein Abtrünniger.«

»Ja, das sagt man.«

Munira legte Muhidin die Hand aufs Knie. »Aber *sie* ist gläubig. Ich kann ihr nicht alles bieten, was ich möchte, aber ich kann ihr den Traum von etwas grenzenlos Gutem schenken. Verstehst du?«

Muhidin neigte den Kopf und nickte knapp; der Nachtjasminduft schwebte zwischen ihnen.

»Ich danke dir.« Munira ließ sich wieder auf ihren Stuhl sinken.

Eine Uhr tickte. Ayaana malte immer noch. Munira sah sich in dem Raum um, betrachtete die Bücher. Muhidin betrachtete sie. »Wie ich höre, hast du die ganze Welt bereist«, sagte sie schließlich.

»Fast.«

»Als ich noch klein war, wollte ich auch immer reisen. In jedem Land der Welt eine Woche leben.« Ihr Gesicht war gerötet. »Wie ist es?« Sie beugte sich vor.

»Menschen sind Menschen, überall«, erwiderte Muhidin. Er wunderte sich über die seltsame Wendung, die die Nacht genommen hatte, und über die brennende Neugier in den Augen einer Ausgestoßenen.

Munira senkte den Blick und verschleierte ihre Haare wieder. »Es ist sehr spät. Vergib mir, aber ich konnte ihre Trauer einfach nicht mehr ertragen …«

Muhidin unterdrückte ein Grinsen.

Ein unsicheres Lächeln ließ Muniras Züge weicher wirken. »Nun, da mein einziges Kind dich für das Licht in den Augen eines heiligen Mannes hält und du dein Schicksal mit *unserem*« – Munira zog eine Augenbraue hoch – »verknüpft hast, sollten wir nicht mal etwas Ordnung und Sauberkeit in deine staubige Festung bringen?«

Muhidin sah sich mit neu erwachtem Besitzerstolz um. Das war *sein* Staub. Er sah Munira kühl an, und ihr Putzeifer erlosch augenblicklich. Es gab Grenzen. Ihre asthmakranke Tochter würde damit zurechtkommen müssen. Der Staub war *seine* Angelegenheit.

13

Zwölf Tage später ertönte bei Sonnenaufgang ein markerschütterndes Heulen. Türen flogen auf. Schritte näherten sich zögernd der Verursacherin des Aufruhrs. Eine Mutter mit zerzausten Haaren in einem fließenden cremefarbenen Gewand eilte mit bloßen Füßen zum

Ort des Geschehens und fiel fast über ihre dürre kleine Tochter, die den Körper eines schmutzig weißen Kätzchens mit eingeschlagenem Schädel und nassem, struppigem Fell in den Armen hielt. Das Mädchen weinte laut mit laufender Nase, das Gesicht blutverschmiert und schmutzig. Die Mutter legte ihr die Hand auf den Kopf und schluchzte ebenfalls. »Wie kann man ein hilfloses Tier verletzen? Wem hat es je etwas getan?« Schaulustige starrten sie an, ein paar wandten den Blick ab. Andere kicherten. Wieder andere, die wussten oder gesehen hatten, welche Kinder an dem Vorfall beteiligt gewesen waren, entfernten sich rasch. Es würde zwar ein paar Ohrfeigen geben, aber keine ernsthaften Konsequenzen.

Muhidin kam. Nahm die Szene in sich auf. Sah einen erstickenden, zu erwachsenen Schmerz, der für ein Kind kaum erträglich war. Und so schloss er das Kind mitsamt seiner toten Katze in die Arme, in dem Versuch, ihm etwas von seinem Leid abzunehmen. Beide Körper fühlten sich leblos, kalt und steif an.

»Warum?«, wimmerte Ayaana, in dem Glauben, dass Muhidin es wissen müsse. »Es hat doch niemandem etwas Böses getan. Warum?«

Muhidin drückte sie an sich. Er warf einen Blick auf Muniras tränenüberströmtes Gesicht. »Mach es wieder gesund. Sag ihm, es soll sich bewegen«, befahl ihm Ayaana. In ihren Augen lag die unerschütterliche Gewissheit, dass er Macht über Leben und Tod besaß.

Muhidin fuhr herum und funkelte die sich zerstreuenden Schaulustigen an. »Irgendwer muss doch etwas gesehen haben.« Er hatte die Hände zu Fäusten geballt. Niemand antwortete. Er brüllte: »Wer ist dafür verantwortlich? Raus damit!«

Alle senkten den Blick und schlichen davon, bis nur noch drei Menschen und ein totes Kätzchen zurückblieben.

An jenem Abend wuschen Muhidin und Munira das Kätzchen, wickelten es in rosa Seide ein und betteten es in eine große Parfümschachtel, die sie in Muniras Garten brachten. Muhidin grub in der

Nähe des hellen Rosenstrauchs bei den Gräbern ein Loch. Ayaana sah Muhidin unverwandt an, als der die Seiten des Gedichtbandes von Hafiz umblätterte und seine Hilflosigkeit hinter den Worten eines anderen verbarg. »Abeerah«, sagte er, als er eine bestimmte Seite gefunden hatte, »lies das hier vor.«

Ayaana schloss die Augen.

Muhidin sagte: »Dein Kätzchen muss deine Stimme hören, bevor es … äh … zu den Sternen hinaufspringen kann.«

»Nein!«, schrie Ayaana.

Muhidin hockte sich neben sie. »Warum nicht?«

Sie deutete auf den Boden. »Es bewegt sich nicht mehr. Siehst du?«

Und so, den Blick fest auf das Loch im Boden gerichtet, erzählte Muhidin ihr Lügen. Sagte, das Kätzchen werde zu einer Welle, einem Stern oder einem von Ayaanas Herzschlägen, aber um das tun zu können, habe es seinen Körper ablegen müssen. Vielleicht werde das Kätzchen sogar zu einem Baum.

»Und ich, kann ich auch ein Baum werden?«, flüsterte Ayaana ihm ins Ohr.

Es zerriss ihm das Herz. »Noch nicht, Abeerah.« Er legte ihr den Arm um die Schultern.

Ernst stand Ayaana da, gebeugt von der Last der fehlenden Antworten. Muhidin betrachtete stirnrunzelnd die Grabsteine und wartete. Schließlich fragte sie: »Ist das ›tot‹?«

Er suchte so angestrengt nach der richtigen Antwort, dass sich sein Gesicht zu einer Grimasse verzog. »Ja«, presste er schließlich hervor.

»›Tot‹ ist, wenn man sich nicht mehr bewegt?«

Er räusperte sich. »Ja.«

Es war, als hätte ein Gespenst aus erschöpfter Traurigkeit, neugeborener Furcht und Einsamkeit von ihr Besitz ergriffen und blickte jetzt mit ihren Augen auf die Welt. Sie senkte den Kopf.

»Lies du«, flüsterte Ayaana schließlich.

Und so stand Muhidin vor einem kleinen Loch im Boden, das später zu einem Hügel werden würde, rezitierte Hafiz und tat etwas, was er sich nie hätte vorstellen können – er trauerte um eine Katze.

»Begrüße dich
In deinen tausend anderen Formen,
Wenn du dich dem verborgenen Strom anschließt und
Nach Hause reist …«

Er brach ab. Ayaanas kleine Hand schob sich in seine. Schweigend standen sie da. Munira, die aus einiger Entfernung zusah, kämpfte mit widerstreitenden Gefühlen. Es war ungewohnt, eine Schlacht zur Abwechslung nicht allein schlagen zu müssen und zu sehen, wie jemand die Ängste ihrer Tochter zu lindern und sie zu trösten versuchte. Und doch senkte sie den Kopf und wartete auf den unausweichlichen Tiefschlag, der darauf folgen musste. Abgelenkt, wie sie waren, bekamen die drei nicht mit, dass sie einen Zuschauer hatten – ein Fremder, der abends oft die uralten Gräber besuchte, um Zwiesprache mit ihren Bewohnern zu halten. Aufmerksam studierte er das Gesicht des Mädchens, dessen Augen ebenso mandelförmig waren wie seine eigenen.

***

Muhidin kehrte mitten in der Nacht in den Garten zurück, um einen Papaya-Setzling auf dem noch frischen Grab zu pflanzen. Als Ayaana bei Sonnenaufgang zum Grab kam, entdeckte sie staunend, dass ihr Kätzchen sich anscheinend über Nacht in eine kleine grüne Pflanze verwandelt hatte. Bei diesem Anblick begann sich die schwere, erstickende Trostlosigkeit, die auf ihrem Herzen gelastet hatte, allmählich zu verflüchtigen.

Eines Morgens mietete Muhidin ein Boot für sie. Hier draußen, weit entfernt vom Festland, löste die Insel sich in einzelne Formen und Schemen auf, die Ayaana benennen und sich einprägen konnte; das Mangrovendickicht, Muhidins Kopf, ein tanzender Vogel. Und sie wurde Zeuge, wie Wind und Wasser sich an ihre Insel heranpirschten, schwindelerregende Manöver vollführten und sich schließlich auf sie stürzten. Ayaana nahm alles in sich auf, beobachtete den Strom des Lebens. Am frühen Abend kehrten sie mit der Flut zur Insel zurück. Ayaana döste, während Muhidin ruderte, und die Tränen, die sie gequält hatten, trockneten allmählich.

Ein paar Wochen später fuhr Muhidin nach Lamu, um ein Paket abzuholen, und überließ Munira seinen Haustürschlüssel. Als er einen Tag später mit einem Karton frischer Vorräte und neuen Lehrbüchern zurückkehrte, entdeckte er, dass leuchtende Rosa-, Orange-, Violett-, Rot-, Gelb- und Grüntöne ebenso in seinem Heim Einzug gehalten hatten wie duftende Baumwoll-, Seiden-, Satin- und Spitzenstoffe. Vorhänge aus goldenen Glasperlen hingen in den Türen, und das Polster seines Sessels war gereinigt und ausgebessert worden. Seine Kleidung war blitzsauber und roch nach Weihrauch. Munira hatte Ordnung in sein Chaos gebracht.

Als Muhidin sie danach wiedertraf, wollte sie mit abgewandtem Blick an ihm vorbeigehen, doch er hielt sie am Arm fest. »Danke«, sagte er.

Sie schüttelte den Kopf, den Tränen nahe. »Nein. *Ich* danke *dir*.«

Er ließ ihren Arm los.

Sie ging davon.

***

Ermutigt von der neuen Sauberkeit machte Muhidin sich daran, weiter aufzuräumen und seine Bücher alphabetisch zu ordnen, so wie er es immer vorgehabt hatte. Als Munira zwei Tage später vorbeikam, um ihm dabei zur Hand zu gehen, erstarrte er. Sie verstand, warum, als sie versehentlich einen Stapel Taschenbücher von einem Regal stieß und dahinter an die dreißig dunkel- und hellgrüne, farblose und bernsteinfarbene Fläschchen mit diversen alkoholischen Inhalten zum Vorschein kamen. Sie fragte nicht nach, und er gab auch keine Erklärung ab.

~

Pate, die Insel der ständigen Veränderung, war schon bald gelangweilt von den Gerüchten, dass Munira, die Hure, offenbar Muhidin, den Abtrünnigen, bezirzt hatte, und fügte sich dem Arrangement. Doch an einem Donnerstagmorgen legte ein Unbekannter Munira ein violett-weißes *Kanga*-Tuch vor die Tür. Das Cashewnuss-Muster des Stoffs war hübsch, der eingestickte Spruch, eine Botschaft an Munira, hässlich: »*Huyo kibuzi mwarika mtizame anavyojitingisha*« – Da geht sie, die dumme Ziege, seht, wie sie mit dem Hinterteil wackelt. Munira zeigte es Muhidin. »Und, bist du immer noch sicher, dass du mit uns zu tun haben willst?«

Muhidin las die Aufschrift. »Wenn ich eine Frau wäre« – er deutete übertriebene Hüftbewegungen an – »ich wüsste, wie es es denen auf gleichem Wege heimzahlen würde.«

Munira kniff die ohnehin schmalen Augen zusammen und eilte auf direktem Weg in das Geschäft von Hudhaifa, dem Shirazi. Sie durchsuchte die Regale, bis sie eine ganz bestimmte *Kanga* fand, und kaufte in einem Anfall von Extravaganz gleich zwei Paar. Hudhaifa, begeistert von der Aussicht, Teil einer Geschichte zu sein, gab Munira fünfzig Prozent Rabatt, weil er unbedingt wissen wollte, wie sie ausging.

Munira brauchte drei Tage, um den Stoff zuzuschneiden und zu besticken. Am vierten Tag sah man sie mit graziösem Hüftschwung nach Siyu stolzieren, in ein leuchtendes blau-weißes Gewand gehüllt, auf dem ihre Antwort an die Klatschmäuler eingestickt war: »*Fitina yako faida yangu*« – Eure Feindschaft, mein Wohlgefallen. Am folgenden Tag schlenderte sie in einem braun-weißen Ensemble zu den Gemüseständen. In das Cashewnuss-Muster war in weißer Schrift ihr neuer Lieblingsspruch eingestickt: »*Mie langu jicho*« – Kümmert euch um eure eigenen Angelegenheiten.

~

Muhidin nahm zu seinen Abendspaziergängen neuerdings einen glänzenden *Bakora* mit, einen Spazierstock aus Ebenholz, in dessen Griff ein Dolch verborgen war. Hand in Hand schlenderte er mit Ayaana an der Küste entlang. Ayaana prahlte mit ihrem neuen Vater und hielt Ausschau nach ihren Peinigern aus der Schule. Zwar hatte sie tief im Inneren die Suche nach ihrem anderen, abwesenden Vater noch nicht aufgegeben, doch Muhidins imposante Gestalt hatte ihn ein Stück weit verdrängt.

»Ayaana!« Sie fuhr herum. Vor ihr stand Suleiman, ihr Erzfeind. Sie behandelte ihn wie Luft und erzählte Muhidin, wie Suleiman einmal eine Schulbank weggezogen hatte, auf die sie sich gerade hatte setzen wollen. Muhidin blieb kurz stehen, um ihr zu zeigen, wie sie beim nächsten Mal auf so etwas reagieren sollte. Er demonstrierte einen flachen Tritt, einen Schlag ins Gesicht und einen auf die Nase: *Zack, zack* und *Zack!* Dann richtete er den Ebenholzspazierstock auf Suleiman und funkelte ihn an. Der trollte sich.

Sie gingen weiter und blieben an einem kleineren Anlegesteg stehen, um die einlaufende Fangflotte zu beobachten. Sie hörten die Schreie der Männer, die mit dem Fang des Tages zufrieden zu sein schienen, und blickten zusammen auf das Wasser hinaus. Sie fragte ihn: »Was gefällt dir am Meer am besten?«

»Die Stürme.«

»Und was gefällt dir am wenigsten?«

»Die Stürme.«

Schweigen.

Sie gingen weiter.

Unterwegs trafen sie den chinesischen Besucher, der mit einem kleinen Fischernetz hantierte, eine dünne Zigarette im Mundwinkel, das Gesicht im Profil. Wegen der Sonne und der hohen Luftfeuchtigkeit war seine Haut mit einem schmutzig braunen Schweißfilm überzogen. *Mchina Nihao* hatten ihn die Bewohner von Pate anfangs genannt, weil er immer, wenn man ihn traf, breit lächelnd winkte und »Ni hao« – hallo – rief. Doch als er es sich zur Gewohnheit machte, frühmorgens joggen zu gehen, hatte Hudhaifa ihm den Spitznamen *Mzee Kitwana Kipifit* verliehen, der hängengeblieben war. Sogar der Besucher selbst hörte mittlerweile darauf.

Muhidin und Ayaana gingen weiter zu einer gewundenen Straße, die zum schwarzen Sandstrand von Mtangawana zurückführte, von wo sie die Ankunft der *Dau* beobachtet hatten. Im goldenen Sonnenuntergang sah das Wasser aus wie glitzerndes orangefarbenes Glas. Muhidin schaute Ayaana an, die von Licht umflossen wurde. Für dieses »Vater-Sein« brauchte man eine Landkarte, dachte er. Nichts war vorhersehbar. Am liebsten hätte er sie »Tochter« genannt. Stattdessen rief er sie »Abeerah«.

»J-a-h-a!«, antwortete sie.

Er genoss die salzige Luft und den Anblick des roten, gehörnten Mondes am Horizont und seines Spiegelbildes im Wasser.

»Wie heißt er?«, fragte Ayaana.

»Wer?«

»Der Mond im Wasser.«

Muhidin zermarterte sich das Hirn. Mond im Wasser. Mond im Wasser. »Mahtabi«, schlug er vor. Oder »Akmar.«

»Mahtabi. Akmar«, wiederholte Ayaana.

Der rote Mond im Wasser war auch ein Vorzeichen. Mzee Kitwana stand mit seinem Netz unbemerkt in der Nähe. Er hatte den Mond im Wasser sehen wollen, war aber vom Anblick Ayaanas abgelenkt worden, die jetzt auf Zehenspitzen stand und von Muhidin verlangte, Winde herbeizurufen, die sie beide davontragen sollten. Das Kind erinnerte ihn an ein Leben, das er vergessen wollte, und wenn sie den Kopf drehte, gestikulierte oder in Gegenwart des Meeres ganz still wurde, beschwor sie das Bild eines anderen Kindes in einem anderen China herauf.

Penye shwari na pepo upo.

Wo Ruhe ist,
ist auch Sturm.

14

Vorboten neuer Jahreszeiten: Die auf dem *Matlai* dahingleitenden Vögel, die sonnengefleckten Libellen, die unter dem Mond tanzenden Schwertfische, die an Korallenriffen knabbernden Papageienfische, sie alle kündeten von der Veränderlichkeit der Erde, von sterbenden Sternen und dahinschmelzender Zeit. Während des Monsuns sammelte sich ein aus Menschen, Dingen, Schicksalen, Tragödien und Geschichten bestehendes Treibgut auf der Insel. Bisweilen spülte die neue Jahreszeit auch Fremde an Pates schwarze Küste. Nach dem Mondkalender festgelegte Feiertage wie *Maulidi* und *Eid al-Fitr* führten die Menschen aus den Randgebieten zueinander. Jedes Jahr kamen mindestens drei Neuankömmlinge auf die Insel, die ihrer Gastfreundschaft verfielen und sie nie wieder verließen. Es gab jene, die, ohne es zu ahnen, zur Insel gehörten und nicht von ihr loskamen, und jene, die die Insel verlassen wollten, es aber nicht konnten. Und manche gingen fort, nur um Jahre später zurückzukehren. Manche kamen nackt auf die Insel, manche allein, manche nackt und allein und wieder andere tot. Ihnen gab die Insel neue Namen. Einige gaben falsche Namen an; Pate hatte kein Problem damit. Namen waren nichts als Platzhalter. Allein das Verhalten der Neuankömmlinge verriet ihren Charakter, der den Ausschlag gab, ob sie bleiben durften oder nicht. Wieder andere gelangten nach Pate und setzten sich über seine ewigen Gesetze hinweg. Diese Möchtegern-Reformer kamen, sahen, runzelten die Stirn und verlangten schimpfend und zeternd, dass die Insel sich für sie ändern sollte. Zu ihnen kam unweigerlich der passende Wind und wehte sie davon.

Und dann gab es noch jene Männer – es waren immer Männer –, an deren gehetztem Gesichtsausdruck man ablesen konnte, dass sie ihre

Vergangenheit bei Nacht und Nebel hinter sich lassen mussten und nach Pate kamen, um unterzutauchen. Die Gastfreundschaftsmaschinerie der Insel setzte sich in Gang, und unter dem Schutz eines festen Dachs über dem Kopf wurden ihnen bei einem gemeinsamen Essen Geheimnisse entlockt. Man prüfte, ob sie über sorgfältig platzierte Witze lachten, denn ein entwaffneter Mann entblößte seine Seele, seine Essenz. Die Essenz war der Wesenskern eines Menschen. Manchmal wurden die Männer von der spirituellen Unterströmung einer Familie oder eines Ortes mitgerissen. Transzendente Erwartungen synchronisierten sich, und der Gast fand jemanden, der bereit war, ihn in den Zugehörigkeitskodex von Pate einzuführen. An irgendeinem Punkt legte dieser Mensch, der mit einer Familie eine Verbindung eingegangen war und dementsprechend behandelt wurde, öffentlich die *Schahada*, das Glaubensbekenntnis, ab: *La ilaha illa 'llah …* Danach nahm der neue Inselbewohner ein läuterndes Bad, um seine Vergangenheit abzuwaschen, legte ein sauberes weißes Gewand an und war von diesem Moment an auf der Insel zu Hause. Vielleicht heiratete er eine einheimische Frau. Dann eröffnete der Neuankömmling vielleicht ein Geschäft, um seinen Haushalt zu finanzieren, und fand sich in das Palimpsest von Pate eingefügt.

Gegen Ende des Jahres 1995 kam ein solcher Neuankömmling mit einem Schiff auf die Insel, ein penibler, blasser, nie lächelnder Mann, der sagte, er stamme von den Komoren, obwohl er nicht so klang wie ein Mann von den Komoren. Er presste pikiert die Lippen aufeinander, als er die roten Schnüre sah, die vom Schiffsmast baumelten, und betete während der gesamten Überfahrt. Als seine Mitpassagiere ihre Gebete hastig herunterleierten, schnalzte er angesichts ihres Schlendrians missbilligend mit der Zunge. Höflich hielt er drei Frauen auf dem Schiff auf Arabisch dazu an, sich zu verhüllen. Sie seien wunderschön, sagte er, und eine solche Schönheit müsse Gott und ihren Ehemännern vorbehalten sein.

Drei Gesichter starrten ihn an. Eine der Frauen zischte: »*Huenda-po waishipo vyura huishi kama vyura waishivyo*« – Wenn du Frösche besuchst, dann lebe wie die Frösche. Die anderen kicherten.

Die Männer warteten auf die Reaktion des verdrießlichen Fremden: Nichts.

Für den Moment.

Die Frauen tauschten weiterhin Klatsch und Tratsch über eine andere Frau aus, die anscheinend nicht nur in aller Öffentlichkeit Unzucht trieb, sondern auch mit Selbstmord gedroht hatte, als man sie drängte, sich zu bessern. Stattdessen bestand sie darauf, ihren unkeuschen Lebenswandel weiterzuführen, und hatte zu allem Überfluss vor Kurzem auch noch einen Abtrünnigen betört und ihn in ihren sittlichen Verfall mit hineingezogen. Der lauschende Mann spürte schmerzlich das Opfer, das er auf sich nehmen musste, um eine neue Ordnung zu etablieren: Anscheinend war er dazu verdammt, liederliche Ketzer, Ungläubige und Synkretisten erdulden zu müssen. Sein Gesicht verfinsterte sich, als eine der unzüchtigen Frauen ein Lied der Ungläubigen anstimmte und mit dem Kapitän schäkerte. Bräuchte er nicht dringend ein Versteck, wäre er gar nicht hier.

Der Flüchtling schlug auf Pate ein wie ein Blitz, der einen imposanten alten Baum bis zu den Wurzeln spaltete. Er nahm die Insel-Gastfreundschaft in Anspruch, als sei sie sein gutes Recht. Innerhalb eines Jahres verliebte er sich in ein schüchternes, folgsames einheimisches Mädchen, das wie vernarrt in seine strenge Güte war, und sie heirateten. Im Laufe der Zeit scharte er junge Männer in einem Fußballteam um sich, das er Kabul nannte, ohne den Inselbewohnern zu erklären, dass er dort gelebt und gekämpft hatte. Er verwandelte jede sportliche Übung in eine religiöse Lektion; er taufte seine Spieler *Mudschaheddin* und das Tor »Paradies«. Er unterbrach das Spiel für Gebete.

Fazul besaß eine honigsüße Stimme mit ägyptisch angehauchtem Akzent. Deshalb nannte die Insel ihn hinter seinem Rücken Fazul wa

Misri – Fazul, der Ägypter. Er betete ohne Unterlass. Sein gebündeltes religiöses Wissen verblüffte selbst die Sheikhs. In Gesprächen gab er sich stets vernünftig, auch wenn er die Inselbewohner wegen ihrer häretischen Sitten kritisierte. Er bot an, die Gräber der Heiligen zu zerstören, denn Heiligenverehrung war Götzendienst. Die meisten taten Fazul ab wie alle anderen durchreisenden Verrückten. Denn gelegentlich wurden ultrafromme Pseudo-Propheten in die Stadt geweht, die diesem geheimnisvollen, weisen und unbekümmerten Land ihren erbarmungslosen Gott aufzwingen wollten. Das gastfreundliche Pate lauschte ihnen mit halbem Ohr und wartete, bis die Pate-Zeit den Fanatiker einholte und er sich ihr entweder ergab oder flüchtete.

Fazul, der Ägypter, blieb drei Jahre. Dann verschwand er eines Nachts mitten in der Regenzeit. Doch zweieinhalb Monate später, am 7. August 1998, gab es um 10:35 Uhr in Nairobi und um 10:39 Uhr in Daressalam zwei Bombenexplosionen, bei denen mehr als zweihundert Menschen ums Leben kamen. Ein noch unbekannter Extremist fragte damals: »Was gibt's da zu betrauern? Das waren doch nur Kafir.«

Nach Fazuls spurlosem Verschwinden wurde Pate von einer Plage heimgesucht, und zwar in Form einer ausländischen Streitmacht. Zweihundert Paar Armeestiefel wirbelten schwarzen Staub auf. Bewaffnete suchten nach Fazul, dem Ägypter, brüllten Fragen wie: »Was wissen Sie? Wen kennen Sie? Wo sind sie?« Die Schreihälse brachen uralte Türen auf, stellten uralte Lebensweisen auf den Kopf, zerstörten Dinge und das Vertrauen der Bevölkerung. Auf diesem Wege erfuhr die Insel, dass das Land, dem sie angehörte, sie an die Mächte der Dunkelheit verkauft hatte. So beschuldigten, verurteilten und misshandelten diese jüngsten Invasoren unter anderem Almazi Mehdi, weil er ihre bizarren englischen Fragen nicht schnell genug beantwortet hatte. Sie zerrissen seine blaue Weste und schlugen ihm die Lippe blutig. Die bulligen, übernervösen, seelenlosen Söldner entrissen den Marktfrauen auf der Suche nach Massenvernichtungswaffen ihre Körbe, steckten den frisch gefangenen Fischen die Finger ins Maul, um verborgene Codes zu finden, kreischten den ganzen Tag wie Ibisse und zückten beim kleinsten unerwarteten Geräusch die Waffen. Und auf einer Insel, in deren Stoff die Geister der Ewigkeit eingewoben sind, gibt es Unmengen solcher Geräusche. Später sollten die Marodeure zwei Trostpreise finden: den Bruder von Fazuls Frau und ihren alten Vater, beide Fischer. Sie wurden gefesselt abgeführt und in ein Gefängnis im fernen Mombasa gebracht. Ein brutales Verhör folgte, denn als man ihnen vorwarf, dass sie »Terroristen« seien, und sie zu zweieinhalb Jahren Gefängnis verurteilte, begriffen sie nicht, was das bedeutete. Die Ankläger wiederum waren unfähig, die einfache menschliche Wahrheit zu begreifen, dass Fazul sich einfach in die Schwester und Tochter eines Pate-Fischers verliebt hatte. Fazuls Jäger waren nicht die ersten Ghuls, die der Insel ihren Willen aufzuzwingen hofften, und sie waren auch nicht die letzten, die sie desillusioniert wieder verließen. *Maji yakija hupwa* – Die Flut kommt, die Flut geht.

Wie auch immer.

Bis auf den heutigen Tag kursieren auf der Insel Geschichten über das abrupte Verschwinden dieses oder jenes Bewohners. Hier ist eine: Sie beginnt damit, dass ein hochgeschossenes achtdreiviertel Jahre altes Mädchen, dürr wie eine Gottesanbeterin, in den Gezeitentümpeln nach Krabben suchte. Geistesabwesend bemerkte das Kind den strengen Fremden in der weißen *Kanzu* nicht, der es nicht aus den Augen ließ. Dann drehte es sich um. Da es sich der möglichen Gefahren durch Fremde nicht bewusst war, grüßte es ihn auf die höfliche, gastfreundliche Art, die es mit der Muttermilch eingesogen hatte.

Sie neigte den Kopf. »*Shikamoo*.«

»*Marahaba*«, erwiderte er.

Seine Augen strahlten eine magnetische, fast greifbare Leere aus.

Sie wandte sich wieder den Krabben zu und hätte fast ein großes orangefarbenes Exemplar gefangen, das sie mit ihren Scheren zu kneifen versuchte.

»Krabben?«, fragte der Fremde.

»Eine ganz große«, flüsterte Ayaana.

»Süße Illusionen«, flüsterte der Fremde, bückte sich und gab ihr die Hand, dann drehte er sie so, dass er ihre Handfläche sehen konnte. Mit unendlich sanfter Stimme sagte er: »Das ist sie also«, murmelte er. »Die Auserwählte. Ein hübsches, braves, warmherziges, kluges kleines Mädchen, das Gott besonders lieb und teuer ist. Gottes kleine Märtyrerin.«

Ayaana starrte ihn mit offenem Mund an. Eine unbekannte Traurigkeit überkam sie, und sie war wie in Trance. Erst als ihr ein aufkommender Wind kühle Gischt ins Gesicht spritzte, erwachte sie aus ihrer Erstarrung, und sie streckte die Arme aus, doch der Mann war wie vom Erdboden verschluckt.

Doch von da an gelang es ihm immer wieder, sie allein anzutreffen. Dann redete er mit sanftem Lächeln auf sie ein. »Gottes kleine Märtyrerin«, begrüßte er sie einmal. »Ich bedaure dich.«

»Warum?«, fragte sie.

»Du bist ein Juwel in einem Nest aus Abtrünnigen, Ehebrechern und Ungläubigen.« Wie betäubt lauschte sie ihm, ohne zu wissen, was all das bedeutet. »Aber das ewige Leben ist dir sicher, auserwähltes Kind.« Seine vagen Worte verfolgten sie bis in ihre Träume, drängten sich in ihren Schlaf, hallten in ihrem Inneren wider wie die Fetzen eines Liedes. Sie dachte oft an den Mann mit der samtweichen Stimme, deren Sanftheit nie seine Augen erreichte.

Am nächsten Abend kam er erneut. »Du weißt, dass du das Richtige tun wirst.« Sie schwieg. »Kleine Märtyrerin, Wohlgeruch des Paradieses, Soldatin der Ewigkeit.« Ayaana antwortete nicht. »Du bist gut, du bist rechtschaffen. Und du bist tapfer.« Keine Antwort. »Du wirst die Welt vom Schmutz reinigen. Deine Mutter wird keine Ausgestoßene mehr sein. Denk nur, wie glücklich sie sein wird. Befreit durch den Mut ihrer Tochter, ebenso wie der Abtrünnige, der seinen Irrweg endlich einsehen wird.« Der Schatten eines Lächelns auf seinem Gesicht. »Das möchtest du doch, nicht wahr?«

»Ja.« Ayaana nickte.

Seine Stimme umschmeichelte, umgarnte sie, ergriff von ihrem Körper Besitz, bis sie nur noch ihn hörte. »Ich werde dir helfen«, sagte er.

Sie starrte den dunklen Gebetsfleck auf seiner Stirn an. »Ich weiß, du fühlst dich allein«, sagte er. »Ich verstehe dich.« Sie zitterte. »Niemand sucht nach dir, wenn du dich versteckst. Unerwünscht. Ungewollt. Armes kleines Mädchen.« Dicke Tränen liefen ihr über die Wangen. »Armes Kind.«

Tränen tropften auf Ayaanas Kleid.

»Ist schon gut. Du wirst über alle triumphieren, kleine Schönheit. Du wirst die, die dich hassen, besiegen. Als Märtyrerin betrittst du das Paradies vor allen anderen. Sie werden dich ehren, dich lobpreisen.«

Ayaana seufzte.

Die Augen des Mannes glänzten. »Armes, gutes Kind.« Er beugte sich vor, um ihr mit einem weißen Taschentuch die Tränen abzuwischen, und fügte hinzu: »Aber du bist auserwählt, warme Blume des Paradieses.«

Wärme breitete sich unter Ayaanas Haut aus, und die kalten Worte hallten in ihrem Inneren wider. Worte wurden zu Beschwörungsformeln, die ihr, Silbe für Silbe, den Willen raubten. Hypnotische Worte, die sie wie in Trance nachplapperte. Nach den Begegnungen erinnerte sie sich oft nicht mehr, wie sie nach Hause gekommen war. Obwohl sie noch jung war und es auf der Insel niemand von ihr erwartete, verhüllte sie sich bald mit einem *Buibui* ihrer Mutter. Sie betete ständig, die Stirn auf die Erde, gegen einen Felsen oder den Boden gepresst, und begann noch einmal von vorn, wenn sie fürchtete, sich nicht korrekt nach Osten ausgerichtet zu haben. Sie ging Muhidin aus dem

Weg, redete kaum noch mit ihrer Mutter, und das alles ohne zu begreifen, warum.

Bei ihrem nächsten Treffen verströmte der Mann eine Aura der Schwermut. »Die Einsamkeit des Allmächtigen ist die Einsamkeit der Heiligen«, sagte er.

»Muhidin kennt den Allmächtigen«, sagte Ayaana.

Der Mann sah sie durchdringend an, dann sagte er sanft: »*Ich* bin dein Lehrer. Du darfst deine Stimme erst erheben, wenn ich es dir erlaube.« Sein Lächeln wurde breiter; er seufzte. »Der Allmächtige braucht eine tapfere Soldatin, um die Gaben seines Zorns unter das Volk zu bringen.« Er lachte kurz auf.

»Was ist ›Zorn‹?«

Er tippte auf ihr Handgelenk, packte ihren Oberarm. »Sieg.« Wieder lachte der Fremde leise, doch in Ayaanas Ohren klang es schrill. Er neigte den Kopf, sein Gesicht füllte ihr gesamtes Blickfeld aus, und etwas in seinen Augen ließ sie an Ertrinken denken – doch dann machte er einen Fehler. »Du musst dich von Muhidin, diesem Kafir, diesem Abtrünnigen, abwenden. Du bist Gottes Sklavin, auserkoren für das Paradies …«

Eine Art elektrischer Schlag durchzuckte ihr Herz und riss sie aus ihrer Lethargie. Ihre Augen blitzten. Er streckte die Hände nach ihr aus, doch sie wich zurück. »Nein!«, rief sie. »Er ist mein Vater! Mein Vater!« Als sie davonrannte, so schnell die Füße sie trugen, hörte sie noch das geflüsterte Lachen, die gezischten Worte: »Heiliges Geheimnis.« Sein Flüstern drang in ihre Gedanken, als sie später erschöpft einschlief.

Muhidin hatte bemerkt, dass Ayaana in den letzten drei Monaten immer blasser geworden war, dunkle Ringe unter den Augen bekommen hatte und manchmal in eine düstere Apathie verfiel. Sie war neuerdings einsilbig, nervös und missmutig, was ihm Sorge machte. Manchmal steigerte sie sich in fieberhafte Gebete hinein, von denen sie mit gesenktem Kopf zurückkehrte, als wäre sie getadelt worden. Muhidin hatte Munira schon darauf ansprechen wollen. Dann, eines Tages, platzte Ayaana gegen Mittag wortlos in sein Haus, riss sich den *Buibui* vom Kopf, kletterte in den Bombay-Schrank und warf die Tür hinter sich zu. Eine Dreiviertelstunde lang war kein Laut zu hören. Als Muhidin einen Blick in den Schrank warf, sah er, dass sie sich zusammengerollt hatte und tief und fest schlief. Mit gerunzelter Stirn schloss er sie wieder. Gegen halb fünf öffnete sich die Tür, und sie fragte zerknirscht: »Kann ich bitte meine Matheaufgaben kriegen?«

Beim nächsten Gebetsruf erstarrte Ayaana, sah sich panisch im Raum um und hielt sich die Ohren zu. »Hör nicht hin«, sagte sie zu Muhidin.

Zwei Tage später kam Munira abends zu ihm, ging rastlos auf und ab und knabberte an den Fingernägeln. »Irgendetwas stimmt nicht, alter Mann.«

Muhidin verzog das Gesicht. Er konnte es nicht leiden, wenn sie ihn so nannte. Sie umfasste seinen Arm. »Wenn sie glaubt, dass ich schlafe, kriecht sie zu mir ins Bett und klammert sich an mich.«

Muhidin knurrte.

»Hat sie zu dir irgendetwas gesagt? Mit mir redet sie nicht.«

Muhidin seufzte. »Nein.« Munira brach in Tränen aus, und er ließ sich erweichen. »Schon gut, ich gehe der Sache auf den Grund. Nicht weinen.«

Munira nickte.

***

Am nächsten Nachmittag, als der Gebetsruf erneut ertönte, rannte Ayaana wieder zum Bombay-Schrank. »Ayaana!«, rief Muhidin. »Komm zu mir.«

Sie hielt sich an der Schranktür fest. »Nein!«, schrie sie wild.

Muhidin ging zu ihr und wollte sie aus dem Schrank holen.

Sie schlug nach ihm. »Du darfst m-mich nicht anfassen. Ich bin schmutzig, aber ich bin auserwählt, ich werde r-reingewaschen werden, ebenso wie die Sünderin und der Abtrünnige. A-Aber zuerst muss er Besitz von mir ergreifen, damit ich sein Feuer verbreiten kann.« Sie schlug sich die Hände vor das Gesicht. »Ich-lerne-heiligen-M-M-Mut-indem-ich-mich-einem-höheren-Willen-füge.« Ayaana fing an zu weinen. »Aber ich *kaaaaann* das nicht. Ich hab mich vor dem Allmächtigen versteckt, aber wenn ich bete, kann er mich sehen, oder?«

Muhidin fiel die Kinnlade herunter.

»*Was?*«, krächzte er. Dann entfuhr ihm ein Fluch, den er nicht mehr benutzt hatte, seit er als junger Mann zur See gefahren war. »Was in Gottes Namen?«

»Na, der Allmächtige«, sagte Ayaana schluchzend.

»Was ist mit ihm?«

»Er sucht nach mir«, flüsterte sie.

»Was?«

Sie ließ den Kopf hängen und errötete vor Scham. Muhidin legte die raue Hand an ihr Kinn und hob es an. Sie entdeckte nichts Anklagendes in seinem Blick. Sie hatte versprochen, ihre Geheimnisse mit ihm zu teilen – eine Hälfte für sie, die andere für ihn. Muhidin wischte ihr die Tränen ab. »Du versteckst dich also«, sagte er schließlich, mehr zu sich selbst.

Sie nickte.

»Weil jemand nach dir sucht?«

Sie nickte eifrig, dann streckte sie die Unterlippe vor. Stille.

Muhidin ließ ihr Kinn los und rieb sich die Hände. »Abeerah?«, sagte er. Weitere Tränen tropften auf ihr langes Kleid mit dem orangefarbenen Blumenmuster.

Sie hob den Kopf. Muhidin hatte sich aufgerichtet und sah plötzlich noch schwärzer, wilder und pockennarbiger aus als zuvor. Die Augen quollen ihm fast aus dem Kopf, er hatte die Hände zu Fäusten geballt, ihm schwoll die Brust. Der Anblick gab ihr Hoffnung und neuen Mut. »Aber hier findet der Allmächtige mich schon nicht.«

Muhidin sprach langsam und deutlich: »Noch mal von vorn, Abeerah. Erzähl mir alles, eins nach dem anderen. Warum sucht der Allmächtige nach dir?«

»*Er* hat gesagt, ich darf es niemandem sagen.«

»Wer?«, knurrte Muhidin.

Sie geriet ins Wanken. Mit gehetzt klingender Stimme sprudelte sie hervor: »Der Allmächtige hat einen Mann geschickt, um mich zu finden.«

»Einen Mann«, wiederholte Muhidin perplex.

Ayaana holte tief Luft: »Der Mann *saaagt* …« Dann sprudelte alles aus ihr heraus: »Der Allmächtige braucht *Mudschahidat.*« Ayaana knetete ihre Hände. »Aber ich finde, das soll der Allmächtige mir doch besser selbst sagen, oder?« Mit blitzenden Augen starrte sie Muhidin an und fuhr empört fort: »Der Mann sagt, ich soll dich verlassen. Aber ich hab Nein gesagt.« Sie hielt kurz inne. »Und dann bin ich weggelaufen.«

Muhidin überlief es eiskalt, sodass seine Zähne klapperten. Er wusste nicht, was er sagen sollte. Ayaana ging langsam auf ihn zu, blieb vor ihm stehen und nahm sein Gesicht in beide Hände: »Wenn du den Allmächtigen siehst, sag ihm, Leute umzubringen ist nicht nett.«

»Mach ich«, brachte Muhidin heraus. Dann fragte er sie: »Wer war es, Abeerah? Welcher Mann?«

»Du weißt schon.« Sie gestikulierte. »Fazul wa Misri.«

Muhidin sprang auf.

»Babu«, begann Ayaana und legte den Kopf schief. »Ist der Allmächtige jetzt böse auf mich?«

Muhidin, der in seinen Regalen und Schränken gewühlt hatte, kam mit einem Knüppel zurück. »Nicht auf dich, Abeerah. Er ist *nur* böse auf *Fazul*.« Muhidin holte auch den Spazierstock mit dem versteckten Dolch, legte ihn neben den Knüppel und murmelte: »Dieses verdorbene Pack. Sind Menschen für die nichts als ein Ersatzteillager?« Er schlug mit der Faust auf den Tisch. »Du bleibst hier. Geh in mein Zimmer. Schlaf dich aus«, sagte er. »Warte auf mich. Und öffne nur mir die Tür.«

Sie ging auf ihn zu, blieb stehen, machte den Mund auf und wieder zu.

»Was?«, fragte Muhidin.

Ayaana fragte mit zitternder Stimme: »Aber der Allmächtige ist dein Freund?«

»Ja.«

»Und Fazul?«

»Niemals!«, knurrte er.

Ayaana nickte, atmete auf, und ein erleichtertes Lächeln breitete sich auf ihrem Gesicht aus.

~

An einem späten Abend im Mai 1998 glaubte ein Schneider, der mit der Singer-Nähmaschine auf der Schulter auf dem Weg nach Hause war, sieben Seemänner sehr ernst und schweigend in eine bestimmte Richtung eilen gesehen zu haben. Obwohl es ein seltsamer Anblick war, hatte er sich nichts dabei gedacht. Doch zwei Tage später entdeckte man, dass Fazul, der Ägypter, verschwunden war, ohne sich von irgendjemandem verabschiedet zu haben – nicht einmal von seiner geliebten Frau oder der Fußballmannschaft, die er ins Leben gerufen hatte. Monate später sagte seine Frau bei einer Vernehmung, er sei an jenem Abend mit jemandem verabredet gewesen, aber nie nach Hause zurückgekehrt.

~

Muhidin haderte mit sich. Die Fingerknöchel seiner rechten Hand schmerzten, und er hatte Blut an der Hand und im Gesicht. Außerdem war er schlechter Laune, weil er an jenem Vormittag einen Streit mit Munira gehabt und verloren hatte, kaum dass er begonnen hatte. Vor sich hin grummelnd ging er durch den Raum, während Ayaana, die ein leuchtend rotes Kleid trug, die Siebenerreihe des kleinen Einmaleins abschrieb. Zuvor hatte er Ayaana zu Munira und dann ins Bett gebracht. Schließlich hatte er sich zu Munira gesetzt, um ihr alles zu erklären. »Tut mir leid, dass ich nicht schon früher etwas gemerkt habe. Dann hätte ich das schneller in Ordnung bringen können«, sagte er.

Munira ließ für einen Augenblick ihre Maske fallen, sodass Muhidin einen Blick auf eine ungezähmte, nackte, weibliche Urkraft erhaschte, die sie sonst hinter einer unbewegten Miene versteckt hielt. Sie lauschte Muhidin schweigend, den Kopf unnatürlich in die Höhe gereckt, und zupfte am Saum ihres kimonoähnlichen Gewands. Ihre sich bewegenden Lippen waren das einzige Anzeichen für ihre Gefühle. Aber dann ließ ihre Selbstbeherrschung sie erneut im Stich, und ein kurzer gutturaler Laut entfuhr ihr, als Muhidin mit rauer Stimme wiedergab, was Ayaana ihm erzählt hatte.

Als er geendet hatte, sah ihr Gesicht fast verhärmt aus. »Ist Gott der Allmächtige jetzt unter die Metzger gegangen, dass er aus der Welt ein Schlachthaus machen will?«, fragte sie. Dann ergriff sie Muhidins Hände und sah ihm in die Augen. Ihn ihrem Blick lag ein solcher Kummer, dass Muhidin nicht wegschauen konnte. »Ich muss dir danken, jetzt schon zum zweiten Mal«, stieß sie hervor. Dann wischte sie sich das Gesicht mit einem kleinen weißen Tuch ab, nahm seine verletzte Hand in ihre und griff mit der anderen nach einem Krug. Sie goss etwas von dem Inhalt, eine Mischung aus Rosenwasser und Nelkenöl, auf die blutende Haut, dann rieb sie sie mit einer Schwarzkümmelsalbe ein. »Deine Augen sind auch geschwollen«, sagte sie.

»Ich hab ihn zuerst erwischt«, murmelte Muhidin.

Als Munira die Salbe auftrug, war Ayaanas leises Schnarchen das einzige Geräusch in der angespannten Stille. Kurz darauf servierte Munira ihm mit Zimt gewürzten Rosenknospentee, dazu eine kleine Portion *Mbaazi* und *Mahamri* mit Kokosnussflocken. Ihr *Mkate wa mofa* war unvergleichlich. »Und was machen wir jetzt?«, fragte Munira ihn. Beide starrten aufs Meer hinaus, genossen ihren Tee und vermieden es, nach Antworten zu suchen.

»Was ist nur aus der Welt geworden?«, fragte Munira. Tränen schimmerten in ihren Augen.

Sie schwiegen.

Dann erzählte er ihr, den Blick in die Ferne gerichtet, von den Dingen, die er erlebt hatte. Im Jahr 1985 war er, zwei Wochen vor dem Ramadan, im libyschen Misrata auf der Straße nach Tripolis unterwegs, um zur smaragdgrünen Küste von Tawurga zu gelangen, wo sein Schiff vor Anker lag. Aus einer Seitenstraße hatte ihm eine hasserfüllte Stimme nachgebrüllt: »Schwarzer Hund, ewiger Sklave, schwärzer als die Hässlichkeit selbst.«

»Das war die Stimme des Bösen«, sagte Muhidin, »die ihrem Opfer die Schuld dafür gibt, am Leben zu sein.«

Munira hörte ihm aufmerksam zu.

»Ein Mensch zu sein ist eine seltene Kunst«, fuhr Muhidin fort. »Sie ist nicht jedem im gleichen Maße gegeben.« Er zupfte an seinem Hemd, das ihm an der Haut klebte. »Sind wir denn nicht auch Menschen?«, sagte er schließlich barsch. »Kennen wir etwa keine Ehre?« Seine linke Hand öffnete und schloss sich.

Eine Weile lauschten sie nur den Geräuschen, die von draußen in den Raum drangen: Vogelschreie, der Gesang einer Frau, das Kichern spielender Kinder und das Rauschen der Gezeiten. Schließlich sagte er: »Ist dir auch schon aufgefallen, dass die Ameisen ihre Vorräte in ihre Nester tragen?«

»Ein Sturm?«, fragte Munira.

»Wahrscheinlich.«

»Soll er kommen«, sagte sie. »Möge er uns von allem Bösen reinwaschen.« Dann: »Ich mag deine Stimme. Selbst in der Wut klingt sie freundlich.«

Er sah sie erstaunt an. Sie lächelte. Er erstarrte. Die schwüle Hitze verleitete zu Trägheit, verlangsamte ihre sinnlose Suche nach Antworten auf existenzielle Fragen. Der Wind trug den Geruch verfaulender Mangos ins Haus – die Essenz des Verfalls. Munira erhob sich. »Ich muss Kräuter sammeln gehen.« Sie stöhnte erneut auf und schlug sich die Hände vors Gesicht. »Warum schlachten sie sich nicht einfach gegenseitig ab in ihren Dreckslöchern?«

Muhidin wollte ihr versichern, dass auch das vorbeigehen würde, streckte die Hand aus, zog sie jedoch sofort wieder zurück und kratzte sich stattdessen am Bart. Er trommelte mit den Fingern auf den Tisch, räusperte sich und sagte: »Wir werden Ayaana beschützen.«

»Wie?«

»Indem wir sie von der Bürde Gottes befreien.«

Muniras Stimme klang hart und kalt. »Muhidin Mlingoti, wag es ja nicht, ihr die unbegrenzte Welt des Glaubens zu nehmen. Sie ist nicht für Begrenzungen geboren.«

»Ja, aber das Risiko …«, begann er, um sich zu verteidigen.

»Sprich mit ihr«, fiel Munira ihm ins Wort, und ihre Nasenflügel bebten. »Dafür sind Väter schließlich da.«

Verwirrt, verärgert und zugleich seltsam aufgeheitert durch ihre Verwendung des Wortes »Vater« antwortete Muhidin fügsam: »Ich versuch's.« Er stürzte den Kaffee hinunter, verbrannte sich die Zunge und erhob sich, um sich zu strecken und das Gefühl der Beklemmung loszuwerden, das das Gespräch in ihm ausgelöst hatte. »Ich gehe mich jetzt ausruhen«, sagte er und seufzte.

Munira brachte ihn zur Tür. Als er in den diesigen Tag hinaustreten wollte, hatte sie ihn am Unterarm gepackt. Ein Riss in ihrer Fassade. »Was, wenn es nichts mehr gibt, woran man sich festhalten kann?«, fragte sie.

Er war selbst überrascht, als er ihr eine Haarsträhne hinter das Ohr gestrichen und ihre Augenbrauen berührte. Schweigend, denn er hatte keine Garantien zu vergeben.

15

Später, in den dämmrigen Stunden eines tristen Spätnachmittags, saßen Muhidin und Ayaana sich am Tisch gegenüber; sie presste ein wasserfleckiges dunkelgrünes Buch an sich. Seine Augenbrauen trafen sich fast, als er sie betrachtete. Sie beobachtete, das Kinn auf die Hand gestützt, wie er den Mund öffnete und wieder schloss.

Sie prustete. »Du siehst aus ... wie ein dicker Fisch!«

»Abeerah?«

»Hm?«

Muhidin trommelte mit den Fingern auf den Tisch. »Abeerah, es gibt verfluchte, feige Blutsauger, die uns das Leben aussaugen, wenn wir sie lassen. Sie sind besessen.« Er deutete auf seinen Kopf.

Ayaana hielt sich den Kopf. Ein Moskito summte. Er beugte sich vor und fügte hinzu: »Und sie sind Götzendiener. Eiskalte Ungläubige.«

»Und Abtrü... Abtrünnigere.«

»Abtrünnige.«

Ayaana nickte.

»Richtig«, sagte Muhidin.

Da dieses Wort auch noch in Bezug auf andere verwendet worden war, flüsterte sie: »Und was bist du?«

»Ich? Nur ein bescheidener Häretiker.«

»Ich auch«, sagte sie mit Nachdruck. »So wie du.«

Muhidin hielt sich an der Tischplatte fest. Da hörte der Spaß auf. Wenn Munira davon erfuhr ... »Äh ... das können nur ungebundene ... äh ... *Männer* werden«, beeilte er sich, sie zu korrigieren.

Ayaana beschloss, dass auch sie ungebunden sein wollte, was auch immer das heißen mochte. Muhidin versuchte es erneut. »Du kennst doch Malariamücken? Sie beißen, übertragen Krankheiten und Leiden. Und ein paar Menschen tun das auch.«

Ayaana musterte Muhidin verständnislos. »Warum?«, fragte sie. Draußen krächzte eine Krähe. Das Licht der Sonne versah alles im Raum mit einem Heiligenschein.

Muhidin dachte angestrengt nach und stützte ebenfalls das Kinn in die Hand. »Menschen kann man nicht erklären.« Er brach ab, und ihm wurde klar, dass er nicht verhindern konnte, dass irgendein schrecklicher, unvorhersehbarer, tragischer Vorfall Ayaana die Freude raubte oder das Leben kostete. Er ballte die Hände zu Fäusten und verabscheute sich für seine Ohnmacht. Sie malte mit den Fingern Kreise auf die Tischplatte, wartete darauf, dass er ihr Weltbild wieder zurechtrückte, und flüsterte: »*Atarudi?*« – Kommt er wieder?

»Nein«, antwortete Muhidin, ohne zu ahnen, dass eine ausländische Armee sich bereits auf dem Weg nach Pate befand und dass die Folgen dieser Ereignisse ihr Schicksal aus der vorgezeichneten Bahn werfen würden. Er überlegte kurz. »Wenn noch einmal jemand so mit dir redet wie dieser Mann, renn weg. Lauf einfach davon.« Seine Augen röteten sich. »Versprochen?«, fragte er mit brüchiger Stimme.

Muhidins Tränen berührten Ayaana. Sie beugte sich vor, um sie ihm abzuwischen. »Ich bin froh, dass der böse Mann nicht wiederkommt.«

Muhidin nahm Ayaanas Gesicht in beide Hände. Zitternd fragte er: »Warum liebst du das Meer?«

Sie runzelte leicht die Stirn.

Er kam ihr zuvor. »Weil du das Gefühl hast, dass das Meer auch in dir drin ist?«

Sie nickte.

»Dieses Gefühl … *das* ist die Wahrheit, die Stimme des Allmächtigen.« Er nahm Ayaanas Hände in seine. »*Basmallah!*«, rief er.

Sie erinnerte sich und stimmte es an: »*Bismillah ir-Rahman ir-Rahim* …«

Sie sagte den Segensspruch auf.

»Das ist es! Genau so!«, sagte Muhidin, als sie geendet hatte. Dann strich er ihr über die Haare und band ihre nicht zueinander passenden Haarbänder neu. Sie brauchte noch nicht zu erfahren, wie viele abscheuliche Seelenfänger es gab, die darauf aus waren, ihr ihren Körper, ihren Geist, ihr Herz zu rauben und sich von ihren Erinnerungen, ihrem Blut, ihrer Seele, ihrem Willen, ihren Träumen und Wünschen zu ernähren. Noch nicht. Und so blies Muhidin Ayaana auf den Kopf und wünschte sich inständig, dass sie für immer sicher war. Am liebsten hätte er höchstpersönlich alle Fazuls dieser Welt aufgespürt und ihnen den Hals umgedreht, doch stattdessen sagte er nur: »Abeerah, schreib die Basmallah in allen Farben ab: in Blau, Grün, Gelb und Rot. In Rosa und Orange.«

»Und Lila«, fügte Ayaana hinzu.

»Und Lila.«

»Dieses Buch, Abeerah«, fuhr Muhidin fort und deutete auf das wellige Buch in ihrer Hand, »enthält *Die Gedichte der Rabi'a al-Adawiyya*. Ich habe ein paar Verse für dich markiert. Behalte Rabi'a immer im Herzen. Sie wird dich beschützen.«

Er sprach ein Gebet.

In den folgenden Tagen, Wochen, Monaten und Jahren saß Ayaana an dem hölzernen Schreibtisch – den Muhidin aus seinem Haus geholt und in ihr Zimmer gestellt hatte und der zu einem unordentlichen Schrein für ihre gesammelten Schätze, einschließlich ihrer Kalligraphiefedern und -bücher wurde – und perfektionierte ihre Basmallah-Kalligraphie. Im Verlauf der Jahreszeiten wandte sie sich immer wieder dem modrig riechenden Buch zu, suchte am Ende des Tages ein Wort, eine Wendung oder einen Vers Rabi'as heraus, über den sie nachsann. Nach und nach begann Ayaana, wieder Gebete zu sprechen –

einfache Gebete, in denen sie um Schutz für ihre Mutter und Muhidin bat, der ihren immer noch abwesenden Vater vertrat. Sie stellte ein altes Foto ihrer Mutter auf ihren Schreibtisch. Dann ging sie zu Muhidin und bat ihn auch um ein Bild. Er gab ihr ein Foto, auf dem er an Deck eines Schiffs stand und aufs Meer hinaussah. Dann klebte sie beide mit Klarsichtfolie auf die Tischplatte, damit sie über sie und ihren Seelenfrieden wachten. Trotzdem wurde sie manchmal immer noch von Fazuls rasenden Einflüsterungen heimgesucht, die sie bis in ihre Träume verfolgten. Wenn sie aufwachte, versteckte sie sich manchmal unter dem Bett. Manchmal erinnerte sie sich aber auch daran, dass sie Muhidin hatte, der stärker war als Fazul. Dann ging sie beruhigt zurück ins Bett und schlief weiter.

~

Nach der Sache mit Fazul hätte Munira Ayaana am liebsten nicht mehr aus den Augen gelassen. Als dann auch noch die fremden Soldaten kamen – grässliche, verschwitzte, ungehobelte Kerle, die sie bei der Arbeit störten und ihre Kundinnen vergraulten –, bestand sie darauf, dass ihre Tochter immer in der Nähe blieb. Ayaana half ihrer Mutter bei der Arbeit und lauschte neidisch dem Geschrei der anderen Kinder, die draußen spielen durften. An den Wochenenden war das Haus ihrer Mutter von dem Geplauder unzähliger Frauen erfüllt, die unter Muniras Aufsicht mit Massagen, Reinigungs- und Entschlackungsmitteln, Henna, Öl, Weihrauch und anderen Kurmitteln behandelt wurden. Gelangweilt lauschte Ayaana den Gesprächen über ihre Gefühle und Erfahrungen.

Sie half ihrer Mutter, das Henna mit Limettensaft, Melasse und schwarzem Tee zu mischen, und beobachtete dann, wie Munira die Hennapaste in unterschiedlich große kegelförmige Tüten füllte und die zuvor gereinigte Haut der Frauen mit filigranen Mustern verzierte.

Bald durfte Ayaana den Kräutermischungen Lavendel und Nelken beimischen, um sie haltbar zu machen und in einem lichtundurchlässigen Gefäß zu lagern. Unter der Aufsicht ihrer Mutter durfte sie zum ersten Mal stolz das *Singo*-Ritual, ein reinigendes Peeling, für eine Braut namens Asha vorbereiten; genau abgemessene Mengen von Ylang-Ylang, Jasmin, *Mkilua*, Rosenblüten, Nelken, Sandelholz und Muniras Parfümessenzen, einschließlich ihres Rosenwassers, das so unverwechselbar war, dass Frauen sogar aus Tanga in Tansania anreisten, um es zu kaufen. Die Frauen versammelten sich im Haus, um Ashas Haut mit dem Peeling zu behandeln, und flüsterten der Braut dabei die Geheimnisse des Frauseins zu. Sie schickten Ayaana auf sinnlose Botengänge, damit diese nicht zu früh zu viel erfuhr. Ayaana versuchte trotzdem bei jeder sich bietenden Gelegenheit zu lauschen. Was bedeuteten all die blumigen Worte, die Doppeldeutigkeiten? Warum brachen die faltigen Schönheiten, die immer zu den eifrigsten Besuchern von *Singo*-Ritualen zählten, dabei regelmäßig in schrilles Gelächter aus? Als Munira Ayaana dabei erwischte, wie sie die Erwachsenen belauschte, sagte sie: »*Lulu*, geh einen Eimer Wasser aus der *Djabia* holen. Und wenn die ausländischen Soldaten sich wieder herumtreiben, komm sofort nach Hause. Danach kannst du dich um den Jasmin auf dem Dach kümmern. Schmollst du etwa? *Eh*. Mach nur so weiter, dann gebe ich dir Grund zum Schmollen. An dem Tag, an dem dir Brüste wachsen, kannst du bleiben und zuhören. Und jetzt geh! Trödel nicht rum. Wenn mein Elixier in der Sonne verdunstet, kriegst du es mit mir zu tun!«

Und Ayaana ging davon, malte sich den Tag aus, an dem auch sie mit Schönheitsbehandlungen und Düften verwöhnt wurde und an dem man ihr unter Gelächter jene Geheimnisse anvertraute, die ihr Zutritt zur Gemeinschaft der Frauen verschafften. Sie warf einen Blick auf ihren Oberkörper, um nachzusehen, ob ihr schon Brüste wuchsen. Noch war nichts zu sehen.

16

Die Erde drehte sich weiter. Wieder ging ein weißer Sichelmond auf, und ein Schiff näherte sich der Insel. An Bord befand sich ein Mann, ein überlebender Zwilling, der im Alter von sechs Jahren mit seinem Bruder Tawfiq die Insel verlassen hatte. Wie alle Seefahrerkinder hatten er und sein Bruder oft aufs Meer hinausgeschaut und auf die Rückkehr ihres Vaters Muhidin gewartet. Doch im Februar 1969 hatten die Jungen mit einer ihnen unbekannten Tante auf demselben Anlegesteg auf ein Schiff gewartet, das sie in den Jemen zu ihrer Mutter bringen sollte. Dort lernten sie noch weitere neue Familienmitglieder kennen: eine Schwester, ihren neuen Vater und einen Hauslehrer, der ihnen die Köpfe mit neuen Erinnerungen vollstopfte. An diesem warmen Novembertag eines Jahres, in dem der Hass zwei weit entfernte Türme zum Einsturz gebracht hatte, baumelten rote Schnüre vom Mast einer *Dau*, die den ausgemergelten, bebrillten, achtunddreißigjährigen Ziriyab Raamis an die Küste von Pate zurückbringen sollte. Seine Kleider stanken nach abgestandenem Rauch, seine zotteligen weichen Haare waren ungekämmt und seine Augen wie offene Gräber. »Der Ozean ist ein uraltes Land«, murmelte er vor sich hin. In seinem neuen Leben hätte alles gut ausgehen sollen. War es aber nicht.

Ziriyab rückte seine Brille zurecht, und der goldene Ring mit dem Rubinstreifen an seinem Finger blitzte auf. Eine feurige Heimsuchung. Dann nur Asche, Dunkelheit, Nichts. *Der Ozean ist ein uraltes Land*. Seit Ziriyab, blutend und voller blauer Flecken, aus der Erde gekrochen war, die versucht hatte, ihn lebendig zu begraben, lebte er nur von Adrenalin und brauchte dringend ein Versteck. *Der Ozean ist ein uraltes Land*. Zuerst hatte er, wie die meisten Flüchtlinge, in verborgenen Winkeln, Kuhlen und Löchern Schutz gesucht, im Gebüsch herumgelungert, sich in Abflussrohren versteckt und eine Burka gestohlen, die er über der Kleidung trug, um sich wieder unter Menschen wagen zu können. Sein Instinkt führte ihn zu unbekannteren Häfen, improvisierten Anlegestegen an jener Küste, die den meisten Hochseereisenden vertraut ist. So hatte er es, ein Schiff nach dem anderen, bis nach Mokka geschafft, das südlich von al-Hudaida lag. Dort versteckte er sich, bis er ein nicht registriertes, motorisiertes Fischerboot fand, das nachts Richtung Süden fuhr. Dessen *Nahodha* hatte nur mit den Schultern gezuckt: Er jagte die Winde. Ziriyab würde in Kismaayo von Bord gehen. Glücklicherweise war er in dieser Hafenstadt auf vertrautem Terrain – wären die Haie nicht gewesen, hätte er sein Ziel schwimmend erreichen können. *Der Ozean ist ein uraltes Land.* Ziriyab belauschte die Gespräche an Bord. Die Seeleute machten sich gerade über »Stiefeltypen« lustig, von denen es auf der Insel im Moment anscheinend nur so wimmelte. Männer, die ständig herumbrüllten, dies und jenes befahlen.

»Die Terrorisierten« – so hatten die Inselbewohner sie getauft – waren aus Hubschraubern gesprungen, deren Propeller das Dach von einer Moschee gefegt hatte. Dann durchsuchten sie Schiffe und verhafteten Menschen allein aufgrund ihres Namens oder der Form ihres Bartes. Sie schnüffelten überall herum wie Frettchen und durchstöberten auf der Jagd nach Phantomen sogar die Schränke der Frauen. Anscheinend hatten die Terrorisierten erfahren, dass ihr Übereifer Feindseligkeit erzeugte, wo es vorher keine gab, sodass sie es jetzt mit Schmeicheleien versuchten. »Wie Warane, die sich als verführerische Sirenen ausgeben«, bemerkte der Steuermann, und alle lachten. Jetzt bemühten sich die Stiefeltypen, die Herzen und Seelen der Menschen für sich zu gewinnen, und verkündeten, dass sie eigentlich nur gekommen seien, um den Inselbewohnern zu helfen. Sie hatten sich unter anderem erboten, einen Brunnen zu bohren.

Alle bis auf Ziriyab lachten Tränen, denn sie kannten die Pointe. Er hüllte sich fester in seinen Mantel, dann beugte er sich vor und flüsterte dem Seemann, der ihm am nächsten saß, zu: »Was ist daran so lustig?«

»Bist du etwa ein Besucher?«

»Ja ... äh ... aus der Türkei«, improvisierte er.

»Uturuki? Wie geht es unseren Brüdern dort? Wie auch immer ...«
Unter Gelächter und Gejohle erklärte der Mann Ziriyab, wie die Stiefeltypen einen Brunnen gegraben hatten, ohne um Erlaubnis zu fragen oder darum gebeten worden zu sein. Sie brauchten dafür sechs
Monate – anderswo baute man besser geplante Brunnen innerhalb
von acht Tagen – und zogen einen hohen Metallzaun um die Baustelle, die von vier bulligen, bis an die Zähne bewaffneten Kerlen mit grimmigem Blick bewacht wurde. Als der Brunnen vor acht Monaten dann
fertig gewesen war, hatten sie ihn mit halbherzigen Reden und Gesängen vor Delegationen aus aller Welt eingeweiht. Ein geschwätziger ranghoher Militär, dessen Uniformjacke über und über mit Orden
gespickt war, hatte den Botschafter zu einem Band mit einer großen
roten Schleife geführt, die dieser zur Eröffnung mit einer stumpfen
Schere durchschneiden sollte. Und als das erste Wasser aus dem Brunnen geholt wurde und der Botschafter es kostete, verriet sein gequältes Lächeln den Inselbewohnern, dass er gerade erkannt hatte, was sie
schon seit Jahrhunderten wussten: dass das Grundwasser auf Pate zu
salzig war, um genießbar zu sein. Seitdem war der neue Brunnen nie
wieder erwähnt worden. Trotzdem planten die Stiefeltypen bereits ihr
nächstes Projekt, um den Inselbewohnern dabei zu helfen, sich selbst
zu helfen. Sie bauten eine Grubenlatrine, wo noch nie zuvor ein Mensch
eine Grubenlatrine gebaut hatte, und das auf einer Insel, die mit den
Ruinen von siebenhundert Jahre alten Abwasserkanälen und -gruben
übersät war. Der Kapitän schnaubte. So bald hatte man die barbarischen Horden nicht zurückerwartet. Es war Generationen her, dass
ein Volk, das den Kodex menschlicher Gastfreundschaft so komplett
missachtet hatte, den Weg nach Pate gefunden hatte. Es wurde still
auf dem Schiff, bis jemand murmelte: »Als Nächstes wollen sie uns
noch beibringen, wie man Fischernetze knüpft.«

Das Schiff geriet vor lauter Erheiterung ins Schaukeln.

»Oder wie man unsere Gewänder näht.«

Schallendes Gelächter.

Mit schwacher Stimme fragte Ziriyab Raamis: »Und wo sind sie jetzt?«

»Die Kafir in Nairobi haben ihnen Manda überlassen«, knurrte eine missmutige Stimme. Wieder Schweigen, doch diesmal aus Bestürzung: über den Verrat von Fazul, dem Ägypter, und den noch gravierenderen durch den Staat Kenia, der die Insel den brutalen fremdländischen Horden schutzlos ausgeliefert hatte. Doch insgeheim war Ziriyab erleichtert. *Manda. Nicht hier.* Mehr brauchte er nicht zu wissen. Jetzt konnte er dem Hunger, der Furcht, der Trauer und Erschöpfung gestatten, ihn zu übermannen. Das Schiff fuhr in den Mangrovenkanal ein, der lange Schatten auf Ziriyabs gequältes Herz warf. Die See war unruhig, unter der Wasseroberfläche lauerten Felsen und gesunkene Schiffe aus zehn Jahrhunderten, die auf dem Meeresgrund verrotteten. Er erinnerte sich an die Geschichten, die man sich abends erzählte; sie handelten von Schiffbrüchen und Geisterschiffen, die bei Sturm wieder auftauchten, um ihre jäh unterbrochene Reise zu Ende zu führen. Dann sah er Kinder zwischen den Mangroven nach Krebsen jagen. Er schauderte. Dies war der entlegenste Ort, den er kannte. Hier konnte er sich unsichtbar machen.

~

Muhidin Mlingoti konnte Heiltränke brauen und Bittgebete sprechen; er konnte das Essen für seinen zurückgekehrten Sohn vorkauen und die Gedichte des Hafiz für ihn rezitieren. Er konnte ihm sogar sein Bett überlassen. Doch trotz all seiner Bemühungen gelang es ihm nicht, seinen Sohn aus der quälenden, unsichtbaren Welt zu holen, in die Ziriyab Raamis sich seit seiner Rückkehr zurückgezogen hatte. Sein Sohn weigerte sich, zu sprechen, und starrte seinen Vater nur mit leeren Augen an; wenn er einnickte, zwang ihn kurz darauf

ein grausamer Alptraum, sich schreiend in den Wachzustand zurückzukämpfen.

Muhidin wachte über Ziriyab wie ein Mutter-Vogelstrauß über seine Jungen, betupfte die Akupunkturpunkte und Seelenportale seines
Sohnes mit Duftölen, strich ihm über die Stirn, bekniete und tröstete
ihn und gab ihm Kosenamen – *Lala, Mwanangu, Lala* –, als wäre er
ein Kleinkind. Für jedes Leiden im Leben gibt es ein Heilmittel. Doch
Muhidin fand einfach nicht das richtige.

Ayaana und Munira hatten sich nach der Rückkehr seines Sohnes von
Muhidin ferngehalten. Ziriyab war, als das Schiff am Steg anlegte,
ohnmächtig von Bord gefallen. Muhidin war zu den Männern gegangen, die den Fremden aus dem Wasser hievten. Ein Mann entdeckte
einen durchnässten Pass bei ihm. Als Muhidin den Namen des Fremden hörte, eilte er zu seinem Sohn, hob ihn auf, trug ihn nach Hause
und schlug jedes Hilfsangebot aus: »Lasst mir meinen Sohn, lasst mir
meinen Sohn.« Später hatte Muhidin Munira und Ayaana eine Nachricht gesandt: »Er braucht Zeit. Ich brauche Zeit. Wir melden uns,
wenn wir so weit sind.«

Ayaana wartete einen Tag, eine Woche. Versuchte aus allen möglichen Winkeln einen Blick in Muhidins Haus zu werfen. Sie lungerte
unter den Fenstern herum und versuchte aus dem, was sie hörte, schlau
zu werden. Munira tat, als würde es sie nicht kümmern. Aber eines
Tages sagte sie zu Ayaana: »Was hast du gesehen? Hat er etwas gesagt?«

Nach drei Wochen zerrte Ayaana Munira abends zu Muhidins
Haus. Munira hatte ihre berühmte *Halwaridi* – Rosenessenz – dabei.
Sobald Muhidin ihnen öffnete, rief Ayaana: »Und ich, bin ich nicht
dein Kind?«

Muhidin hob sie auf, drückte sie an sich und erinnerte sich plötzlich wieder an die schönen Dinge des Lebens – wie das Lied des Meeres –, während Muniras Augen für ihn tanzten. Er weinte fast, als Mu-

nira ihm die Blütenessenz hinhielt, und legte seine Hände über ihre. »Endlich seid ihr da«, sagte er. »Kommt herein.«

Im Haus machte sich Munira gleich daran, zu putzen, Staub zu wischen, aufzuräumen und Möbel zu rücken. »Ayaana, hol Wasser!«, rief sie.

»Setzt euch doch, lasst uns plaudern«, widersprach Muhidin. »Wie kommt die Welt ohne mich zurecht?«

»Besser als mit dir«, sagte Munira und kicherte. Dann staubte sie dasselbe Regal zum zweiten Mal ab, um sich von ihrem klopfenden Herzen und ihren schwankenden Gefühlen für diesen unansehnlichen, haarigen Kerl abzulenken, den sie unbedingt hatte sehen müssen.

Ayaana nahm einen Gedichtband von Hafiz aus Muhidins Regal. »Lies vor«, sagte sie.

Er strich ihr über den Kopf. »Sag ›bitte‹.«

»Nö«, erwiderte sie.

»Nö?«, wiederholte Muhidin und zog die Augenbrauen hoch.

Ayaana sah ihn durchdringend an. Muhidin nahm das Buch: »Mal sehen … Am besten etwas über gute Manieren.«

»Nö«, gab Ayaana zurück, »etwas über *Verschwinden.*« Trotzig fügte sie hinzu: »Und … und über *Vergessen.*« Ihre Stimme zitterte beim letzten Wort.

Muhidin beugte sich vor, um ihr in die Augen zu sehen. Er berührte ihre Wange. »Ich bin doch hier.« Er suchte eine Passage zum Vorlesen aus:

»*Wir wollen Rosenwasser*
In Weingeschirre gießen,
Und Zucker in das Rauchfass …«

Draußen krähte ein Hahn, der Muezzin rief die Menschheit zum Gebet, Esel schrien, Kinder kicherten. Das Meeresrauschen kündete von einem weiterziehenden Unwetter. Plätschernder Regen. Muhidin machte das Fenster zu und schloss sie ein in ihrer Welt aus Liebe, Worten und Hafiz.

»Wie geht es ihm?«, flüsterte Munira.

»Sein Leben ist wie ein Wildfeuer, die Seelenasche rinnt mir durch die Finger«, erwiderte Muhidin verzweifelt. »Mein Junge liegt im Sterben.« Ayaana rannte zu ihm und schlang ihm die Arme um die Taille. Er strich ihr über den Kopf. »Setzen wir uns … nur für eine Weile. Erzählt mir von schöneren Dingen. Wie geht es meinen Mädchen?«, fragte er schroff.

Ein Stockwerk über ihnen kam Ziriyab Raamis langsam wieder zu sich. Leise Stimmen drangen zu ihm hinauf. Er hatte noch nicht genug Kraft, um die Augen aufzuschlagen, aber er roch das Salz des Meeres, einen Hauch von Jasmin und Rosen. Hörte Geräusche, die er einordnen konnte. Eine hohe, staunende Kinderstimme: »Das Meer hat ihn dir gebringt … äh … gebracht?« Eine tiefe, vertraute Stimme antwortete: »Mein Sohn.« Eine Frau, die hauchte: »Er ist hübscher als du.« Die tiefe Stimme sagte: »Mein Junge.« Ziriyab klammerte sich an sie, als er sich unendlich langsam einen Weg aus seinen klebrigzähen, nachtschwarzen Träumen bahnte.

Fünf Tage später fegte ein Sturm über Pate hinweg. Warmer Regen prasselte auf die Insel, überschwemmte das Land und peitschte das Meer auf. Munira, Ayaana und Muhidin saßen auf Schildrohrmatten auf Muhidins Balkon und schauten aufs Meer hinaus. Sie aßen *Halwa* und tranken mit Ingwer und Rosenwasser aromatisierten Kaffee. Muhidin erzählte ihnen Geschichten über seine Zeit auf See, in denen es um Meeresungeheuer ging und um haushohe Wellen, die er herausforderte, ihn vom Deck seines Schiffs zu reißen, und die ihn in letzter Sekunde verschont hatten. Und er erzählte vom Flehen der Dschinn, die sich in ihn verliebt hatten und bereit waren, ihm jeden

Wunsch zu erfüllen, wenn er ihnen nur einen kurzen Blick auf sein Antlitz gewährte. In seinem Seemannsgarn zögerte und zauderte Muhidin nie, verlor nicht einen Kampf. In seinen Begegnungen mit starken, tapferen Männern war er stets der Stärkere, Tapferere und wurde von diversen Schönheiten begehrt. In seinem Überschwang ging er sogar das Buch mit der vergilbten Papyrusseekarte holen.

Sie sahen: ein Traumgedicht in kufischer Schrift.

نَجْمَة. Ein Stern. Eine Karte. Ein Weg. Eine Reise. Ein Ziel. Er erzählte ihnen, wo er sie gefunden hatte: in einer Schublade in einer Truhe in einem schwarzen Schrank in einem einstürzenden Haus mitten in einem verschlungenen Labyrinth aus Straßen. Sie starrten das Papyrusfragment an, als wollten sie es mithilfe von Gedankenkraft dazu bringen, seine Geheimnisse preiszugeben. Dann gestand Munira ihnen flüsternd ihre Angst, für immer an diesem Ort zu bleiben, hier zu versauern, zu stagnieren und nie die Welt zu bereisen. Sie strich über die Karte; draußen heulte der Wind. Das Meer antwortet ihm, und als die Nacht anbrach, merkten sie, dass sie sich noch nicht voneinander trennen konnten.

»Noch nicht!«, rief Ayaana.

Und so raffte Muhidin sich auf und drapierte ein blaues Tuch um seinen Körper. Dann schwang er augenrollend die steifen Hüften und brummte schief eine Melodie, die von seinem hysterisch lachenden Publikum bald als Amr Diabs »Habibi« identifizierte:

»*Habibi ya nour el-ain*
Ya sakin khayali
A'ashek bakali sneen wala ghayrak bibali …«

Sie tanzten ausgelassen. Munira, die seit neunzehn Jahren nicht mehr so glücklich gewesen war, reckte die Arme gen Himmel wie ein Kind, das zu den Sternen aufschaut, und trällerte *Taarab*-Melodien. Dann griff sie Muhidins Lied auf und sang es mit der speziellen Technik der sansibarischen Sänger, die dafür bekannt waren, die Vokale so extrem in die Länge zu ziehen, dass sie zitterten, bebten und vibrierten. Sie sang:

> *»Ua langu silioni nani alolichukuwa?*
> *Ua langu lileteni moyo upate kupowa*
> *Ua langu la zamani ua lililo muruwa …«*

Muniras Altstimme hatte die Macht, verborgene Türen aufzustoßen, längst vergessene Tragödien zu enthüllen, Gewissheiten zu erschüttern. Es war, als würde etwas Weißglühendes explodieren, um verschüttetes Leben zu befreien. Muhidin hörte auf zu singen, und Ayaana hörte auf zu lachen. Sie lauschten, während sie durch die Nebelschwaden auf die silberblauen Wellen des schäumenden Meeres hinabspähten, auf der Suche nach etwas, das sie nicht benennen konnten.

Ziriyab Raamis, der immer noch in Muhidins Himmelbett lag und sich ein Buch mit Tagore-Gedichten auf das schweißüberströmte Gesicht gelegt hatte, lauschte ebenfalls. Sein Körper zitterte, wegen seines Schüttelfrosts, aber auch vor Zorn. Erst später würde er zugeben, dass er neidisch gewesen war und sich ausgeschlossen gefühlt hatte, weil er im Nichts gestrandet war, während das Leben ohne ihn weiterging. Er roch Kaffee, hörte das Lachen, die ausgelassenen Stimmen. Dann sang eine Frau, und ihre Stimme schnitt ihm mitten ins Herz; er hasste sie. Stöhnend warf er sich im Bett herum, hielt sich die Ohren zu und röchelte. Dann trieb der Zorn ihn aus dem Bett.

***

Scheinbar aus dem Nichts erschien Ziriyab Ramis im Türrahmen. Mit seinen eingefallenen Wangen und dem langen gelblichen Gesicht sah er aus wie ein Gespenst; er hatte lange Wimpern, blutunterlaufene, fast haselnussbraune Augen und schmale Hände. Sein plötzliches Auftauchen brachte Munira aus dem Konzept, und sie verstummte. *Mit ein paar Kilo mehr auf den Rippen*, dachte sie, *würde er bezaubernd aussehen.*

Ziriyabs Gesicht war zu einer Grimasse verzerrt. Draußen donnerte es. Ziriyab musterte die drei Anwesenden, dann blieb sein Blick an Munira hängen. »Parasiten. Verderbte Huren!«

Es blitzte.

Munira versteckte sich eilig hinter ihrem Schleier wie ein Einsiedlerkrebs in seiner Muschel. Wie hatte sie sich nur so vergessen und sich erlauben können, glücklich zu sein? Warum hatte sie ihre unguten Vorahnungen ignoriert, die sie stets wachsam sein ließen? Wie hatte sie ihre Peiniger vergessen können, die ihr – wie dieser Mann – selbst die kleinsten Freuden missgönnten?

»Sind wir hier im Bordell?« Ziriyab deutete auf die Szene vor seinen Augen. »Wenn du mit dem da fertig bist« – er deutete mit dem Kinn auf Muhidin – »kannst du dich gern um mich kümmern. Wie viel verlangst du für deine Dienste?« Er zog eine ausländische Banknote aus der Hemdtasche. »Oder willst du noch mehr?« Die Scheine schwebten zu Boden. Ziriyab ließ den Blick anzüglich über Muniras Körper wandern.

Munira griff nach ihrer leeren Kaffeetasse und warf sie ihm an den Kopf. Kaffeereste spritzten auf seinen *Kikoi*. Dann stürzte sie sich auf ihn, packte ihn an der Kehle, biss ihn in die Hand und schrie mit vor Tränen rauer Stimme: »Ich bin schon einmal gestorben.« Sie griff nach seinen Haaren. »Du kannst mich gern beleidigen, aber nicht vor meinem Kind, du verkommene *Made*!« Es gab ein Handgemenge.

»Munira!« Muhidin hielt sie zurück.

»*Ma-e!*« Ayaana stieß die Kaffeekanne um, als sie Munira beispringen wollte.

Gemeinsam trennten sie Munira von Ziriyab. Es war, als hätte der Sturm auch im Haus gewütet; Ziriyabs Augen blitzten, und er hatte einen Bluterguss am Kinn; Munira atmete schwer, ihre Haare waren zerzaust. Muhidin legte ihr einen Arm um die Schultern, mit dem anderen zog er Ayaana an sich. Seine Entscheidung war gefallen: Muhidin starrte Ziriyab an, bis der den Blick senkte. »*Mtupie Mungu kilio, sio binadamu mwenzi*«, knurrte er – Mein Gott, wozu sind Menschen imstande? Alle belauerten sich, warteten.

Munira fuhr sich mit der Hand über das verschwitzte Gesicht. »*Ba* ... wir gehen«, sagte sie mit zitternder Stimme. »Wir leihen uns deinen Schirm aus. Besuch uns, wenn du magst. Komm, *Lulu.*«

Mit hochgezogenen Schultern und panischem Blick beäugte Ayaana Ziriyab.

Draußen blitzte es erneut. »Ich begleite euch«, sagte Muhidin.

Niemand rührte sich. Blitz. Donner. Der Sturm im Außen wurde zum Sturm im Inneren, dann schlug in zwei Herzen unerwartet der Blitz ein.

Glühende Sinne. Innere Tore, die sich aus freien Stücken öffneten. Eine Ahnung durchzuckte Muhidin wie ein funkelnder Diamant. Benommen sah er Ziriyab an, durchschaute seine Seele. Aufblitzende Einsichten, Schock, Überraschung. Muhidin fuhr herum und sah Munira an, so verblüfft, dass ihm die Luft wegblieb und sein Herz raste. Er streckte die Hand nach ihr aus, berührte sie jedoch nicht. Ein leichter Schweißfilm bildete sich auf seiner Stirn, er hatte trockene Lippen, das Blut rauschte in seinen Ohren. Blitz. Donner. Muhidin legte die Arme um Munira und Ayaana, er wollte sie wegbringen.

Und doch.

Im aufleuchtenden Licht verharrte sein Fuß über der Schwelle.

Munira, Munira, Munira.

Sein Herz klopfte. *Munira.*

Ziriyab war schwindelig, keuchend stützte er sich an einer Säule ab. Dann lachte er, bis seine Stimme brach. Er runzelte die Stirn. Seine Glieder zitterten, und sein Herz schlug im Rhythmus seines Zwei-

Wort-Gedankens. *Diese. Frau. Diese. Frau.* Nichts konnte ihm mehr etwas anhaben, nicht einmal seine Trauer. Euphorie breitete sich in ihm aus wie ein schwelendes Feuer. »Danke«, brachte er heraus, für die Stimme, das Lied, den Duft, das Temperament, die Haut und die Augen einer Frau, *dieser* Frau.

Als Ziriyab den Raum betreten hatte, sah er als Erstes Munira, deren Gesicht von einer Art Licht umgeben zu sein schien. Ihr Gesicht: dreiundfünfzig Sommersprossen. Zwar hatte er sie angeschrien, doch seine Gefühle überschlugen sich. Neben der Bestürzung über die Zurechtweisung seines Vaters empfand er Sehnsucht. Ziriyabs neu erstrahlende Welt war erfüllt von Düften und Gefühlen. Rose, Jasmin, Vanille, Erde, Wasser, Salz, Schmerz, Wut und Verzweiflung. Er hatte einen Kummer in ihrem Gesicht gesehen, der ihm selbst nur zu vertraut war. Am liebsten hätte er ihr zugerufen: *Lass uns zusammen von vorne anfangen.* Er beschloss, ihr Sündenbock, ihr Narr zu werden, wenn es sein musste. Er würde sich ihre Vergebung erarbeiten, um Gnade flehen, bis sie erkannte, dass er ihr Neubeginn sein konnte. Während das Haus im Sturm ächzte, quietschte und knarrte, kniete Ziriyab sich hin, um die Geldscheine aufzuheben, die er ihr vor die Füße geworfen hatte. Er humpelte auf den Balkon, ließ sie über die Balustrade fallen, und ein Windstoß trug sie davon. Dann holte er einen Lappen, kniete sich wieder hin und wischte den Kaffee weg.

Schwere Schritte auf der Treppe.

Ziriyab wartete.

Muhidin trat mit vor Wut hervorquellenden Augen in den Raum und riss den Mund auf. Doch bevor er ein Wort sagen konnte, warf Ziriyab sich ihm zu Füßen, die Arme flehend ausgestreckt. Er stotterte, brach ab, fing von vorne an und brachte schließlich heraus: »Ich habe dich beschämt … Ich habe deine Freunde beleidigt … Ich bitte dich … verzeih mir. Bitte, lass mich bleiben. Ich werde mich ändern, das verspreche ich dir. Vergib mir.«

Das nahm Muhidins Zorn den Wind aus den Segeln.

Sie schwiegen kurz, dann nickte Muhidin knapp und half ihm, aufzustehen. Ein Blick ins Gesicht seines Sohnes, und er wusste Bescheid. Einen Wimpernschlag lang hatte er das Gefühl, den Stachel des Verlusts in seinem Herzen zu spüren, und strauchelte. Er konnte es nicht mehr leugnen. Der neue Lebenswille in den Augen seines Sohnes sagte ihm alles.

Nach und nach verschwand der düstere Schatten, der sich über Ziriyab gelegt hatte, wurde von der leise vorgetragenen Bitte »Erzähl mir von ihr« verdrängt, die seine Augen aufleuchten ließ. »Letzte Nacht habe ich geträumt, wir würden zusammen tanzen«, vertraute Ziriyab ihm an, während er Milch, Saft und Kräutertränke in sich hineinschüttete. »Erzähl mir, was sie heute anhatte.« Muhidin bemühte sich, Muniras Haltung, ihre Ursprünglichkeit, ihr Parfüm, ihren Garten und ihr perlendes, seidiges, leises Lachen zu vergessen. Doch jedes Detail, das er seinem Sohn beschrieb, geriet zu einer Lobeshymne. Verbale Amputationen von einer unerwarteten Liebe, die die Geografie seiner Seele für immer verändert hatte, weit mehr, als die See es je vermocht hatte. Muhidin hatte das Gefühl, zu sterben. Und doch gab er wieder neues Leben.

17

Sobald Ziriyab wieder halbwegs sicher auf den Beinen war, schleppte er sich, in Muhidins beste *Kanzu* gekleidet, zu Muniras Haus und klopfte nach einigem Zögern an. Sie öffnete die Tür und schlug sie sofort wieder zu.

Er wartete.

Eine Stunde später öffnete Ayaana die Tür und sah ihn mit großen Augen an. »Bist du nicht der böse Mann?«, fragte sie.

»Ja.«

»Was hast du da?«

»Etwas zu essen und eine Entschuldigung.«

»Darf ich mal sehen?«

»Das ist für deine wunderschöne Mutter, die himmlisch duftende Königin, Betörerin meines Herzens. Ich bin ein hilfloser Gefangener ihres Gesangs und werfe ihr mein gequältes Herz zu Füßen.«

Ayaana kicherte.

Munira tauchte im Türrahmen auf, funkelte ihn an, zerrte ihre Tochter ins Haus und knallte die Tür zu.

Im gedämpften orangefarbenen Licht des Sonnenuntergangs saß er immer noch da wie ein Buddha, den Korb mit Geschenken zu seinen Füßen, den Blick gedankenverloren auf Muniras Tür gerichtet. Von Zeit zu Zeit spähte Ayaana durch das Fenster und streckte ihm die Zunge heraus.

Bi Amina Mahmoud, Suleimans Mutter, die Stoffe und Nudeln kaufen gehen wollte, fuhr Ziriyab an: »Jetzt hör endlich auf, dich zum Narren zu machen. Warum um etwas betteln, was jeder umsonst haben kann? Lass dir ein Paar Eier wachsen!«

Ziriyab reagierte nicht, sinnierte stattdessen über das friedliche Geräusch der Wellen und die geheimnisvolle Stille, die auf Pate herrschte. Nachts hörte er das Rascheln der Blätter, roch Dill, Rosmarin, Minze und Salbei, bis Munira ihm kurz vor Mitternacht ein Glas Kokoswasser mit Rosenduft vor die Tür stellte.

Er griff mit beiden Händen danach und umfasste ihre. »Ich war eifersüchtig …«, begann er. Sie entzog ihm ihre Hände.

»Ich nehme deine Entschuldigung an«, sagte sie. »Und jetzt geh.«

Er sprang auf, streckte seine eingeschlafenen Beine. »Bitte, nimm dies, meine *Huma*, mein Paradiesvogel, und …«

Sie wandte sich ab.

»Heirate mich!«, rief er ihr nach.

Munira flüchtete ins Haus. Ziriyab hörte, wie die Tür zugeschlagen wurde, nippte an dem Kokoswasser und dachte: *Meine Munira, meine*

Buthayna, du zarte Schönheit, *meine Ghazal,* meine Gazelle, *meine zum Himmel emporschwebende Huma.* Dann ließ er den Korb stehen, machte sich auf den Heimweg und sah grinsend zum nächtlichen Sternenhimmel auf, das Glas in den Händen haltend wie ein kostbares Juwel.

Wochen später erklärte Munira Ziriyab, der ihr nachgelaufen war, als sie bei den Fischern einkaufen wollte, mit liebenswürdiger Stimme: »Du bist ein Ochse, ein geduldeter Esel.« Sie fügte hinzu: »Deine Ohren stehen ab wie Haifischflossen, du bist unhöflich, unansehnlich und unwissend. Und wenn du Kaugummi kaust, siehst du aus wie eine wiederkäuende Kuh.« Ziriyab stimmte ihr zu und zählte ihr seine weiteren Schwächen auf: Er schnarche wie ein Ochsenfrosch, schlafe mit offenem Mund und sabbere, und obwohl er sich jetzt als Fischer durchzuschlagen versuche, könne er den Anblick der im Netz zappelnden Fische nicht ertragen, die aussähen, als würden sie das Maul zu einem stummen Schrei aufreißen, und deren goldene Augen um Gnade flehten, sodass er sie wieder freilassen müsse. Dann nannte er sie *seine Munira, seine Buthayna, seine Ghazal, seine zum Himmel emporschwebende Huma.*

Munira durchbohrte ihn mit Blicken. »Soll das bedeuten, mein Kind und ich bekommen dank dir zukünftig keinen Fisch mehr?« Sie stolzierte davon.

Ziriyab ließ den Kopf hängen, wusste nicht, ob er lachen oder weinen sollte. Sein Gesicht wurde dunkelrot.

Am nächsten Nachmittag tauchte er mit einer Kiste voll Fisch bei Munira auf. Er entschuldigte sich noch einmal für jedes verletzende Wort, das sie von ihm hatte erdulden müssen, und versicherte ihr, er habe jeden Fisch eigenhändig erschlagen, und das mit dem größten Vergnügen.

Munira funkelte ihn an. »Du hast diese armen, hilflosen Kreaturen zum Vergnügen getötet? Was haben sie dir getan?« Sie schlug die Tür zu.

Ziriyab starrte ihr mit großen Augen und aufgerissenem Mund nach, den Fischen, die er mitgebracht hatte, nicht unähnlich. Er versetzte der Kiste einen Tritt.

Von da an bombardierte Ziriyab Munira hartnäckig mit Meerestieren, zuckersüßen Gedichten und Liedern im Stil indischer, türkischer und ägyptischer Filme. Einmal heuerte er einen preisgünstigen Teilzeit-Barden an, der ihr zwei Lieder vortrug, die – wie er hoffte – an die Poesie Tagores erinnerten. In den grässlich unrhythmischen Machwerken verglich er Munira mit Hibiskus und erklärte, Letzterer sei ihr himmelweit unterlegen.

Wenn es regnete, erbot sich Ziriyab, Munira mit einem Schirm überallhin zu begleiten. Wenn sie Besorgungen machte, trug er ihre Einkäufe. Wenn sie sich um ihre Kundinnen kümmerte, lungerte er auf der Treppe herum und atmete die mannigfaltigen Düfte ein.

Nachts, in stillen Momenten am Meer, sann Munira über die Wendung nach, die ihr Leben genommen hatte: Jetzt war sie gesucht, begehrt, wurde als unendlich kostbar angesehen, und das von jemandem, der selbst ihre Beleidigungen für Poesie hielt. Sie hatte sich zurückzuhalten versucht, aber insgeheim sog ihr Herz alles gierig in sich auf wie Nektar, auch wenn sie nur darauf wartete, dass alles wieder in Kälte und Schmerz endete.

Dann waren da noch die Gewissensbisse.

Mit einem Wort: Muhidin.

Jetzt.

Seine Gegenwart. Sein Schweigen.

Ein Rätsel.

Mit schweißfeuchten Handflächen und zitternden Knien ging sie über verschlungene Pfade zu Muhidins Haus.

»*Hujambo?*«

»*Sijambo.*«

Ein sekundenbruchteilkurzer Einblick in die Wahrheit, eine flüchtige Enthüllung. Sie standen dicht beieinander, ohne sich anzusehen.

»Bist du einverstanden?«, fragte Munira.

»Es macht den Jungen wieder lebendig.«

»Bist du einverstanden?«

Muhidin sah sie an.

Reglos, unsicher stand sie da.

Etwas, das sich schmerzlich nach Ausdruck sehnte, stand zwischen ihnen.

»Bevor er dich gesehen hat, wollte er sterben«, sagte Muhidin schließlich.

»Und?«, fragte sie.

»Er ist mein Sohn«, sagte er traurig.

»Bist du einverstanden?«, fragte sie wieder.

Er drehte sich um und gab vor, auf seinem überladenen Tisch nach etwas zu suchen. »Er braucht dich ... zum Leben ... Er ist noch so jung ... Er ist mein Sohn.«

Schweigen.

Dann murmelte sie: »*Mpenzi*« – Geliebter, nur um auszuprobieren, wie das klang. Für sich, nicht für ihn. Muhidin hätte sie fragen sollen, wen sie meinte, doch er tat es nicht. Munira verschleierte sich wieder und verließ Muhidins Korallenkalkhaus.

An einem nebligen Tag, vier Tage nach *Eid al-Fitr*, dem Fest des Fastenbrechens, lenkte Munira schließlich ein. Ziriyab hatte es sich angewöhnt, nachts schlaflos vor ihrer Tür zu wachen. Er sah, wie sie das Haus verließ, und folgte ihr auf einer ihrer nächtlichen Wanderungen. Aus sicherer Entfernung beobachtete er, wie sie an der Küste entlangschlenderte. Als er sie schluchzen hörte, näherte er sich ihr, wagte jedoch nicht, sie anzusprechen. Sie weinte. Er streckte die Hand aus, um ihr aufzuhelfen. Sie wirkte nicht beschämt, weil er gesehen hatte, wie sie ihre Maske fallen ließ, obwohl er einer der Gründe für ihre Tränen war. Doch zu ihrer Überraschung machte es ihr nichts aus, dass Ziriyab Zeuge ihres Kummers geworden war.

Schulter an Schulter standen sie da, warteten auf den Sonnenaufgang. Anfangs war es nicht mehr als ein leuchtend golden-violetter, glänzender Lichtstreifen am Himmel. Dann brach Ziriyab das Schweigen: »Am liebsten würde ich mir die Haut abziehen. Mich vor mir selbst verstecken.« Dann erzählte er Munira, was vor fast einem Jahr im Oktober geschehen war. In der Nähe seiner Heimatstadt war auf einen ausländischen Flugzeugträger ein Bombenattentat verübt worden.

»Einer von … denen … die es getan haben … ist jemand, den ich kenne. Sein Name ist … war … Tawfiq.« Er schwieg kurz. »Mein Bruder. Mein anderes Ich.«

Stille. Eisige Splitter des Grauens. Munira schauderte.

Ziriyab fuhr fort: »Er war Gelehrter, Munira. Ein guter Mann. Der Bessere von uns beiden.« Seine Stimme klang rau. »Ich habe die Veränderung nicht bemerkt.« Ein Schluchzen schüttelte seinen Körper. »Er war ein guter Bruder. Professor. Mikrobiologie. Klüger als ich.«

Die nutzlosen, hilflosen, unerwünschten, verachtenswerten Tränen eines Mannes. Seine Nase lief, sein Gesicht war verzerrt. Er deutete gen Himmel, flüsterte: »Warum?«

Der Morgenhimmel färbte sich hellblau, und um sie herum legte sich der Tau.

Munira und Ziriyab lauschten dem fröhlichen Krakeelen der Vögel. »Tawfiq hat sogar die Kakerlaken in Schutz genommen«, erzählte Ziriyab. »»Allah hat das Leben erschaffen, um ihn zu lobpreisen‹, hat er immer gesagt. ›Und diese kleinen Kerlchen vervollständigen unser Lied.‹« Ziriyab hustete, würgte. Munira schmiegte sich an ihn, lauschte seinem lautlosen Weinen. Kurz darauf fuhr er fort: »Nachdem Tawfiq und die anderen tot waren und wir alles herausgefunden hatten, konnten wir nicht bleiben … Wir mussten unsere Heimat verlassen.«

Seine Familie war, um der Fahndung zu entgehen, in einem aus vier Autos bestehenden Konvoi nach Süden aufgebrochen. Ziriyab fuhr einen Kombi, in dem seine Frau, seine reiche Schwiegermutter, seine Schwägerin – Tawfiqs Frau – und sechs Kinder saßen. Sie fuhren Tag und Nacht, ohne Pause. Zwei Tage später hielt Ziriyab an, weniger als anderthalb Stunden von dem Dorf entfernt, in dem sie Zuflucht suchen wollten. Er behauptete, pinkeln zu müssen.

Tatsächlich hatte er Abstand von seiner Schwiegermutter gebraucht, die ihn ständig schikanierte und stets besser wusste, wie man zu fahren hatte. Ihre Schimpfkanonaden waren mit diversen beleidigenden Bemerkungen über Tawfiq, seine Schande, seine Ehrlosigkeit und Unwürdigkeit gespickt. Wäre Ziriyab nicht aus dem Wagen geflohen, hätte er sich umgedreht und sie vor den Augen der Kinder erwürgt, erklärte er Munira. In der frischen, kühlen Abendbrise versteckte Ziriyab sich hinter einem wuchernden Wildkaffeebusch und atmete tief durch. Die Fahrer der anderen Wagen ließen ungeduldig die Motoren aufheulen. Als er gerade seinen Reißverschluss öffnen wollte, hörte er etwas, das wie ein Schwarm Bienen klang.

»Man hörte nur: summ, summ, summ. Dann explodierte die Luft.« Laut zischend fiel etwas Zorniges, Feuriges vom Himmel und löschte in einem Umkreis von zwölf Metern alles Leben aus.

»Oh nein!«, rief Munira.

»Es war ein Inferno. Dann herrschte Totenstille. Und ich fragte mich nur, ob meine Schwiegermutter, dieser *Schaitan*, sich endlich in Luft aufgelöst hatte.«

Sie lachten. »Meine Schande«, sagte er. Sie hielten sich lachend die Bäuche. Dann klammerten sie sich aneinander. »Meine Schande«, wiederholte Ziriyab. Dann schluchzten sie, die Wangen aneinandergelegt. Er murmelte die Namen seiner Kinder: Noor, Jibril, Issa; die ihrer Cousins und Cousinen: Atiya, Seif, Umi; den seiner Frau: Durriyah. »Ihr wärt Freundinnen gewesen«, sagt Ziriyab. »Beste Freundinnen.«

Und Munira sagte in Ziriyabs Armen: »Ich werde dich heiraten.«

18

Sie siebten Orangenblütenwasser, um die Blüten herauszufiltern, und enthärteten das Wasser, mit dem später der Körper einer Frau besprengt werden würde, und Munira erklärte Ayaana: »Ich werde Ziriyab heiraten.«

Ayaana war nicht überrascht. Sie hatte gewusst, was Muhidins Schweigen, der gesenkte Blick, die Falte über seinem Mund, seine Zerstreutheit und seine Weigerung, den Namen ihrer Mutter auszusprechen, zu bedeuteten hatten. Sie sah auf ihre Hände in dem parfümierten Wasser.

Munira warf Ayaana einen Blick zu. »Jetzt bekommst du einen richtigen Vater.«

»Nein«, sagte Ayaana.

»Was?«, fragte Munira.

Ayaana ließ die Hände durch das Wasser gleiten und sagte sachlich: »Ich hab schon einen Vater.«

Es gab das eine oder andere, das Munira ihr am liebsten an den Kopf geworfen hätte. Worte wirbelten in ihrem Kopf durcheinander. »Versuch's doch wenigstens, *Lulu*«, flüsterte sie.

»Nein«, erwiderte Ayaana.

Parfümiertes Schweigen.

Zwei Wochen später, an einem Donnerstag, vermählte ein kleiner, lispelnder, bebrillter *Qadi* Munira und Ziriyab in einer kleinen, bescheidenen *Nikah*-Zeremonie in einer Ecke der Riyadah-al-Jana-Moschee in Lamu. Ein sehr entfernter Verwandter von Munira, ein Fernfahrer von zweifelhaftem Ruf, hatte die Rolle des *Wakil* übernommen und die Erlaubnis für die Eheschließung gegeben, weil er die Vorstellung amüsant fand. Vor der Zeremonie hatten Munira, Ziriyab, Ayaana und Muhidin den Schrein des Heiligen Habib Swalih besucht, um seinen Segen einzuholen. Später hatten ein Moscheebediensteter, Ayaana und Muhidin als Trauzeugen fungiert. Geschichten sind etwas Plastisches: Sie lassen sich so ummodeln und gestalten, dass sie irgendwann die Form der Wahrheit annehmen. Und so waren Ayaana und Muhidin, als sie mit dem freudestrahlenden Paar über die Insel flanierten, fast davon überzeugt, ebenfalls glücklich zu sein.

Geschichten über Ziriyab Raamis' kühne Brautwerbung erreichten in Form von Spottgedichten über den Liebeskranken schließlich sogar die See-Enklaven von Kismayo.

Ayaana nannte Ziriyab weiterhin »Ziriyab.«

Muhidin blieb für sie *Babangu* – mein Vater.

Manchmal zeigte sie Muhidin absichtlich Dinge, die er schon gesehen hatte, nur um ihn *Babangu* nennen zu können.

Munira presste die Lippen zusammen.

Ziriyab schien es nicht zu bemerkten.

Muhidin verbiss sich ein Lachen, obwohl er beunruhigt wirkte.

»Du hast also vor, dich mir weiterhin zu widersetzen«, sagte Munira eines Tages in der Küche zu ihrer Tochter.

Ayaana, die das Geschirr spülte, ließ das Klappern der Pfannen für sich sprechen.

»Wieso?«, wollte Munira wissen.

»Weil ich schon einen Vater habe«, entgegnete Ayaana.

Yapitayo hayageukani; yajayo hayaelimiki.

Die Vergangenheit kann man nicht ändern,
die Zukunft nicht vorhersehen.

19

Auf einmal zog sich das Wasser mit rasender Geschwindigkeit zurück. Stille. Sein Boot, das sich gerade noch auf dem offenen Meer befunden hatte, war auf einer schwarzbraunen Sandbank gestrandet. Glitzernde, prachtvolle Fische zappelten eine Armeslänge von ihm entfernt auf dem Trockenen. Wäre er ein erfahrenerer Fischer gewesen, hätte er sie nicht so fasziniert angestarrt. Die Geheimnisse des Meeres, die sich ihm offenbarten, hätten ihn nicht abgelenkt. Und er hätte das Verhalten der Fische, die an jenem Tag ihre Futterplätze verlassen hatten, richtig gedeutet. Er hätte sein Boot gewendet, um sich der gigantischen Welle zu stellen, die auf die Küste und ihn zurollte, denn er hätte begriffen, dass er es nie rechtzeitig zurück an Land schaffen würde. Vielleicht hätte er sogar die Echos der Schreie der zweihundertfünfzigtausend Menschen gehört, die an weit entfernten Küsten innerhalb von fünf Sekunden fortgerissen wurden. Wie Ziriyab Raamis hatten auch viele andere vergessen, wie man das Verhalten der Tiere deutete, die noch vor Sonnenaufgang in Verstecken Schutz suchten. Die zweite Welle traf sein Boot seitlich und riss es in Stücke. Er atmete Wasser ein, ging unter, wieder und wieder. Er sehnte sich nach einem letzten Blick auf Munira, mit der er erst seit anderthalb Jahren verheiratet war, die Liebe seines Lebens, seine *Buthayna*, seine *Ghazal*, seine zum Himmel emporschwebende *Huma*.

~

An jenem Sonntag, dem zweiten Weihnachtsfeiertag des Jahres 2004, spie die unberechenbare Strömung Ziriyab Raamis – zerschunden, nackt, namen- und bootlos – auf einem gottverlassenen Atoll wieder aus, auf dem höchstens ein Mal pro Fangsaison Fischer anlegten. Eine Weile lag er reglos da, dann schnappte er gierig nach Luft und erbrach Salzwasser. Seine Sinne brannten lichterloh. Er hörte eine Frau ein Klagelied singen, in dem ein Name vorkam, und ihm fiel wieder ein, dass dieser Name seiner war. Es klang, als würde seine Frau ihn herbeiflehen. Später gewöhnte er sich an, aufs Meer hinauszuschwimmen, weil er glaubte, wenn er dem Lied seiner *Buthayna*, seiner *Ghazal*, seiner zum Himmel emporschwebenden *Huma* folgte, könnte er sie wiederfinden. Er trank Regenwasser aus einer Pfütze und ernährte sich von rohem Fisch. Mit einem selbst geschnitzten Speer jagte er Aale und mittelgroße Krebse und träumte von Knoblauchsauce. An einem Vormittag achteinhalb Tage später entdeckten sechs Fischer aus Mogadischu in der Ferne einen Schemen. Als sie näher heranfuhren, entpuppte er sich als nackter Mann, der unzusammenhängendes Zeug brabbelte und mit den Armen wedelte.

»*Salaam aleikum!*«, rief der Kapitän.

»*Alhamdulillah!*«, rief Ziriyab und lachte irre.

Die Männer in dem Kahn musterten ihn. »Wie hat es dich hierher verschlagen?«, fragte der Kapitän.

»Eine idiotische Strömung hat diesen Ort mit meinem Grab verwechselt«, krächzte Ziriyab.

Da die Männer von der Katastrophe wussten, warf einer Ziriyab ein Seil zu, ein anderer sprang ins Wasser, um ihn in das kleine Boot zu hieven. »Und? Wie ist es hier so?«, fragte der Fischer lakonisch, der ihn ins Boot gehoben hatte, und legte ihm einen fleckigen grünen *Kikoi* um.

»Fängt man hier viele Fische?«

»Mehr als genug«, antwortete Ziriyab.

Die Männer lachten. Dann erklärten sie Ziriyab, was an jenem Tag auf See passiert war: »Tsunami.« Das Wort klang für ihn, nach seinen Erfahrungen an jenem Tag, einfach nicht vehement genug. Und so schlug er ein besseres vor: »*Dhoruba.*«

Dhoruba, stimmten sie zu, sei der Ausdruck, welcher das unergründliche Verhalten des Meeres an jenem Dezembertag am besten beschrieb. Auf der restlichen Fahrt half Ziriyab seinen Rettern, ihre Netze wie glitzernde Bögen auf dem Meer auszuwerfen. Angetrieben von einem kalten Wind und immer noch misstrauisch machten sie schließlich kehrt und fuhren auf dem blauen, aufgewühlten Meer in Richtung Pate.

Wieder hörte Ziriyab eine Frau seinen Namen singen. *Seine* Frau, die ihn nach Hause rief.

***

Sie erwartete ihn ihm Wasser stehend – wo sie seit seinem Verschwinden fast jede Minute verbracht hatte. Von dem Moment an, als das Meer den schwarzen Strand verschlungen hatte und die zurückgekehrten Fischer ihr erzählt hatten, eine haushohe Welle habe Ziriyab und sein Boot fortgerissen, hatte Munira im Meer ausgeharrt, um es mit ihren Gebeten zu erweichen. Sie hatte es angefleht, war durch die Wellen gewatet, hatte jeden beschimpft, der versuchte, sie aus dem Wasser zu ziehen. Einmal mehr waren die Inselbewohner davon überzeugt, dass Munira den Verstand verloren hatte.

Muhidin und Ayaana hatten anfangs noch versucht, auf sie aufzupassen. Hatten zugesehen, wie sie bis zur Taille im Wasser stand, das ihren Körper umspülte. Tiefe Falten gruben sich in Muhidins Stirn, seine Augen waren blutunterlaufen.

»Ich bin das Meer«, flüsterte er Ayaana zu. »Wie kann es meinen Sohn verschlingen?«

Er studierte die Wolken, die Untiefen und Strömungen; er hatte das Meer mithilfe der Fischer schon gründlich abgesucht – ohne Erfolg.

Munira begann, in heulenden Klagegesängen nach Ziriyab zu rufen. Ayaana bekam Herzklopfen, Schweiß brach ihr aus. Wieso musste ihre Mutter Schande über sie alle bringen? Tränen stiegen ihr in die Augen. Sie bewies der ganzen Welt, wie schamlos sie war, und die Welt wandte sich angewidert ab. Ayaana kniff die Augen zu. Wieso konnte ihre Mutter nicht sein wie die anderen Mütter? »Mach, dass sie endlich aus dem Wasser kommt«, befahl sie Muhidin.

Er starrte sie nur an.

Als Munira sich umdrehte, war es, als würde sie Muhidin und Ayaana gar nicht sehen.

Ayaana rannte in Muhidins Haus, um sich zu verstecken, wiederholte immer wieder: »Ich muss hier weg, ich muss hier weg.«

Muhidin dagegen wartete. Betete darum, dass Muniras Wille geschehe, dass er tatsächlich mächtig genug war, um Tote wiederauferstehen zu lassen. Selbst um Mitternacht, als fast die gesamte Insel schlief, wachten Muhidin und Munira weiter am Meer.

Im Bombay-Schrank stieg vor Ayaanas innerem Auge ein Bild auf, zusammengesetzt aus den Fragmenten von Ziriyabs Abwesenheit. Und in der Dunkelheit erlaubte sich Ayaana, über Ziriyabs Verschwinden erleichtert zu sein.

***

Tage später schauten Muhidin und Ayaana von dem blauen Balkon aus auf das schwarze Meer hinaus und wickelten den Schal ihrer Ängste enger um sich.

Ayaana lauschte den Einflüsterungen einer seltsamen Hoffnung – vielleicht kam Ziriyab wirklich nicht mehr zurück. Vielleicht hatte *ihr* Meer ihn für immer aus ihrem Leben gewaschen.

Dann, bei Sonnenuntergang, navigierte ein Kahn, verborgen hinter schwarzen Inseln, auf eine Insel zu. Eine Frau rief wieder und wieder einen Namen. Ihr Ruf war einem Mann Befehl, trieb ihn aus dem Boot und in die Arme der Frau. Und inmitten all der Freude trug ein kalter Wind Muhidin und Ayaana sein Lied zu: »Meine Munira, meine *Buthayna*, meine *Ghazal*, meine zum Himmel emporschwebende *Huma*.«

~

»Jetzt kann uns nichts Schlimmes mehr geschehen«, schluchzte Munira in jener Nacht, den Kopf auf Ziriyabs sonnenverbrannte Brust gelegt. »Jetzt kann uns nichts mehr etwas anhaben. Wir haben den Tod besiegt.«

Ein Irrtum, wie sich herausstellen sollte.

Dunia mti mkavu, kumbe usiuelemee.

Die Welt ist wie ein morscher Baum,
stütze dich nicht darauf.

20

Mit ihren staksigen, dürren Gliedmaßen rannte Ayaana nach Hause. In der Hand hielt sie ein Päckchen Linsenmehl, das zur Herstellung einer porenreinigenden Gesichtsmaske verwendet wurde. Sie war immer noch beleidigt, weil ihre Mutter eine spitze Bemerkung über die Musik gemacht hatte, die Ayaana in Dauerschleife hörte. Sie seufzte. Im Moment kämpfte sie sich durch eine Zeit, in der sie anscheinend nichts richtig machen konnte, und in der die Welt ihr, bis auf das Meer, verschlossen blieb. Der Alltag erstickte sie, ihr Leben war wie ein Hindernisrennen. Kaum hatte sie einen Fuß vor die Tür gesetzt, tauchte jemand auf, um mit ihr zu schimpfen, sie zu ermahnen, sie zu warnen, zu maßregeln oder ihr Vorschriften zu machen.

Sprich nicht so laut.

Bedecke deine Beine, deine Arme, dein Gesicht.

Nicht rennen.

Beeil dich.

Geh langsamer.

Pass auf, dass der Nagellack nicht absplittert.

Parfümiere deinen Körper.

Halte dir die Hand vor den Mund, wenn du lachst.

Sie ging nur noch am Meer spazieren, wenn es hell war, denn mittlerweile schien sie ständig jemand zu beobachten, um sie irgendeines Vergehens zu bezichtigen.

Ihre Rastlosigkeit spiegelte sich auch im Leben ihrer Altersgenossen wider, aber die gaben sich laut und selbstbewusst und hörten moderne Rapmusik, zu der sie keinen Zugang hatte. Ayaana ging wieder zur Schule, um sich für die Grundschulabschlussprüfung anmelden zu können. Dank Muhidins Unterricht hatte sie einen Wissensvorsprung vor ihren Mitschülern, was sie – besonders in Mathe und Englisch – zu einer begehrten Lernpartnerin machte. Sie genoss das Gefühl von Gemeinschaft mit ihren Klassenkameraden, auch wenn sie wusste, dass es vermutlich nicht von Dauer war.

Sie schoss in die Höhe, ihr Körper entwickelte an einigen Stellen Kurven und Ausbuchtungen, er roch anders, schmeckte salzig und fremdartig und sehnte sich nach unbekannten, unnennbaren Dingen; und er wurde zunehmend zum Objekt zusätzlicher Beschränkungen und Schicklichkeitsvorschriften und zog eine komplizierte Vielfalt von Blicken auf sich. Die Frauen, die ins Haus ihrer Mutter kamen, kniffen ihr jetzt in diverse Körperteile und nannten sie eine junge Frau. Ihr Körper war ihr ein Rätsel, ihre Gedanken ein einziger Protestschrei. Myriaden von unbekannten Schatten erschreckten sie. Auch ihre Träume wandelten sich; es machte sie verlegen, dass der schreckliche Suleiman immer öfter darin auftauchte und ihr Herz jeden Tag ein wenig milder gegen ihn stimmte.

Plötzlich fiel ihr auf, wie groß er war und dass er schneller laufen konnte als alle anderen Jungen. Sie ging zu den abendlichen Fußballspielen, um ihm zuzuschauen, und war nicht überrascht, dass er als Trainer, Schiedsrichter, Mannschaftskapitän und Torhüter in einer Person fungierte.

Ayaana zensierte ihre Gespräche mit Munira, doch sie gerieten trotz ihrer guten Absichten nur allzu oft in Streit.

Als sie jetzt nach Hause rannte, hörte sie ein Geräusch, und ihr Blick fiel auf den kahlköpfigen Chinesen, Mzee Kitwana Kipifit.

Sie spähte durch ihren Schleier zu dem Mann hinüber, der still bei den kuppelförmigen Gräbern der Insel saß. *Was machte er dort?*

»Ayaana!« Eine heisere Stimme riss sie aus ihren Gedanken. Es war Amina »Mama Suleiman« Mahmoud, die wenige Wochen zuvor von ihrer zehnten Pilgerreise nach Mekka zurückgekehrt war und eine Party gegeben hatte, um diesen Meilenstein zu feiern. Jetzt stand sie, mit schief gelegtem Kopf und vorgereckter Brust, im Türrahmen wie eine türkische Soap-Opera-Diva, ein üppiges, verführerisches Objekt der Begierde. Alles an ihr verhieß Genuss, deutete an, dass bei ihr kein menschlicher Hunger ungestillt blieb. Sie war zwar verheiratet, aber es war nicht ganz klar, mit wem und in welchem Winkel der Erde ihr Ehemann lebte. Mama Suleiman war wohlhabend, sechs kommerzielle *Jahazi* segelten in ihrem Auftrag regelmäßig mit Gewürznelken aus Pemba Richtung Norden in den Oman, um später mit Schmuggelware beladen zurückzukehren – darunter zollfreie Pasta –, die in Geschäften auf Sansibar und in Mombasa feilgeboten wurde. In den Kellerräumen ihres noblen Hauses handelte sie – außerhalb des Einflussbereichs der kenianischen Finanzbehörden – mit Gold und Juwelen. Und es wurde gemunkelt, sie sei Teil einer Organisation, die Mädchen nach Saudi-Arabien brachte, wohin sie zwei Mal pro Jahr reiste. Ihr Körper schien fast nur aus juwelengeschmücktem Fleisch zu bestehen. Sie benutzte stets Weihrauch, Parfüm und Schminke. Heute trug sie ihr Haar zu einem Knoten gebunden. Sie strahlte etwas Archaisches, Betörendes, Erdiges aus, etwas Verwesendes aus den Eingeweiden des Landes, dem sie ihre Stimme und ihre eiskalten blassbraunen Augen lieh.

Mama Suleiman rief Ayaana oft zu sich, um ihr eine trostlose Zukunft vorherzusagen – Teil eines laufenden Stellvertreterkriegs mit Munira, die Amina Mahmoud verabscheute, seit ihre Kinderfreundschaft bei einem Streit um eine Puppe zerbrochen war. Sie erklärte Ayaana gern: »Wenn ich in deine Zukunft blicke, kleines Mädchen, bekomme ich es mit der Angst zu tun.« Oder sie machte sich über ihre Vaterlosigkeit lustig: »Wie groß du geworden bist. Ich glaube, *Mami*, dein richtiger Vater ist ein Massai.« Und bei ihrer letzten Begegnung: »Du bist viel zu dürr. Du musst mehr essen, kleines Mädchen. Sonst sagen die Leute noch, du hättest *Ukimwi*, AIDS.« Oder sie sagte mit lieblicher Stimme: »Man muss seine Stellung kennen.«

Ihr Hass auf Ayaana hatte seit der Grundschulabschlussprüfung noch zugenommen, denn Ayaana war Distriktbeste geworden und hatte sogar ihren Sohn Suleiman überflügelt. »*Ajidhaniye amesimama, aangalie asianguke*« – Wer den Kopf zu hoch trägt, kann tief fallen.

Mama Suleimans Spezialität war es, Zwietracht zu säen, indem sie die Tatsachen verdrehte; wenn sie Geschichten erzählte, legte sie Leuten Dinge in den Mund und streute Andeutungen, sodass hinterher ein Teil der Insel nicht mehr mit einem anderen redete, während sich der Rest nicht entscheiden konnte, was wahr und was gelogen war. So ging es weiter, bis jemand eine Woche später die Konfliktparteien aufforderte, den Thronvers aus dem Koran zu rezitieren. Das war das beste Mittel gegen verspritztes Gift – niemand wollte sich vorwerfen lassen, zwischenmenschliche Zwistigkeiten ernster zu nehmen als Gottes Allmacht –, obwohl ein Bodensatz des Misstrauens in so manchem Herzen zurückblieb.

Ayaana sah in Mama Suleimans verdrehter Weiblichkeit seltsamerweise etwas Beneidenswertes, ein Feuer, nach dem sie sich sehnte.

»Ayaan-oo!«, gurrte Mama Suleiman jetzt.

Ayaana zuckte zusammen, schwankte zwischen Furcht und dem Wunsch, zu fliehen. Sie schlich zu Mama Suleiman und stotterte: »*Shi-Shikamoo*?« Eine Überdosis Bint-El-Sudan-Parfüm attackierte ihre Sinne. Mama Suleiman hielt ihr die Hand hin und wackelte auffordernd mit den Fingern. Ayaana küsste sie und stellte sich dabei vor, wie es wäre, stattdessen auf ihre Hand zu spucken.

»Ayaana, du faules Ding, sehe *ich*, eine vielbeschäftigte Frau, etwa so aus, als könnte ich den ganzen Tag auf dich warten? Antworte!«, fuhr Mama Suleiman sie an.

Ayaana erschrak: Hatte Mama Suleiman gestern Nacht gesehen, wie Ayaana der Anziehungskraft des Viertelmondes erlegen und nach draußen geschlichen war, um im Meer zu schwimmen? Sie schlang die Arme um ihren Oberkörper und starrte stirnrunzelnd auf die hennageschmückten Füße der Frau. Spitzenähnliche, verschlungene Muster wie Pfauenfedern, Ayaanas eigenes Werk. Schlangen wären passender gewesen.

Mama Suleimans kajalumrandete Augen blickten finster. »Du verschwendest meine Zeit. Und Zeit ist Geld. Aber was sage ich? Du hattest ja nie welches.« Sie enthüllte ihre hennabemalten Arme. »*Chokochoko mchokoe pweza, binadamu hutamweza*« – Leg dich nie mit einem Tintenfisch an, du kannst ihn nicht besiegen. »Sieh dir meine Arme an. Sind das etwa Lotusblumen?«

Ayaanas Herz krampfte sich zusammen, und sie verkniff sich eine patzige Antwort. *Was für eine Gemeinheit*, dachte sie. Sie wusste, dass der Schönheitssalon ihrer Mutter vom herablassenden Wohlwollen von Frauen wie dieser abhängig war. Gerade informierte Mama Suleiman Gott und die Welt, das Meer und alle Jahreszeiten, sie habe ein Lotusblume-des-Nils-Muster bestellt und zu diesem Zweck teures jemenitisches Henna gekauft, das Ayaana viel zu dick aufgetragen hatte.

Lotusblumen! Ayaana verdrehte die Augen. Der dumme Tintenfisch konnte eine Lotusblume nicht von einem Seewolf unterscheiden. Ayaana hielt den Blick gesenkt und fragte sich, warum sie ihrem intuitiven Drang, das Henna dieser Frau mit Lavendel- und Nelkenöl zu strecken, nicht nachgegeben hatte. Als sie Mama Suleimans klamme Haut berührt hatte, hatte sie die kaum wahrnehmbaren Dellen und Unebenheiten gespürt, und als sie darüberstrich, hatten sich Mama Suleimans Augenlider kurz flatternd geöffnet und eine wie versteinerte Traurigkeit enthüllt. Ayaana hatte *gewusst*, dass sie das Henna mit Ölen hätte auffrischen müssen. Aber aus Respekt vor Mama Suleimans besserwisserischen Befehlen, ihren sich ständig wandelnden Erwartungen und dem überteuerten Henna aus dem Jemen war Ayaana ihrer Eingebung nicht gefolgt. Mama Suleiman fuhr sie an: »Sag deiner Mutter, ich werde für derart drittklassige Arbeit nicht bezahlen. Ich bin doch kein Versuchskaninchen. Von jetzt an darf nur sie mich behandeln. Ich habe dir eine Chance gegeben, aber du hast versagt. Auf ganzer Linie. Und jetzt verschwinde.« Mama Suleiman schnaubte und drehte sich auf dem Absatz um, sodass ihre goldenen Armreifen im satten Licht dieser unruhigen Jahreszeit klirrend aufblitzten.

Ayaana blieb wie erstarrt stehen, wartete darauf, dass die Wellen der Scham in ihrem Inneren abebbten, während andere unterdrückte Gefühle sich als Magenschmerzen äußerten. Warum hatte sie nicht auf ihre Eingebung gehört? Sie hatte gewusst, was zu tun war, warum hatte sie es also nicht getan?

Dann erlaubte sie sich, eine Sekunde davon zu träumen, ebenso üppige Hüften und Brüste zu besitzen wie Mama Suleiman. Passanten sahen sie an, einige lachten über ihre Geistesabwesenheit. Ein Mann, der eilig einen Karren an ihr vorbeischob, wäre fast mit ihr zusammengeprallt, und als sie aus dem Weg sprang, fiel ihr das Päckchen Linsenmehl aus der Hand und zerbarst. Mit Tränen in den Augen zog Ayaana sich den Niqab vors Gesicht. Am liebsten wäre sie im Boden versunken und wünschte sich in die sichere Dunkelheit ihres Bombay-Schranks.

War Muhidin schon wach?

Er hatte es sich angewöhnt, sein Nachmittagsschläfchen immer weiter auszudehnen. Sie kaute auf ihrem Fingernagel. Er bereitete ihr Sorge. Seine Haut war trocken, seine Gedanken zerstreut. Er hatte zwar immer ein Lächeln für sie übrig, aber es verriet seine Einsamkeit. Sie stampfte in den Haufen Linsenmehl.

Die Wahrheit war: Sowohl sie als auch Muhidin hatten wegen Muniras Vernarrtheit in Ziriyab ihre Verankerung verloren. Seit Ziriyabs Rückkehr wich Munira nicht mehr von seiner Seite. Munira begleitete ihn oft bei seiner Arbeit auf dem Fischerboot, sie kochten und – wie Ayaana voller Abscheu bemerkt hatte – badeten sogar gemeinsam. Ihre unbedachte Erotik war für Ayaana verwirrend, abschreckend und peinlich, umso mehr, als sie bemerkte, wie sehr Muhidin darunter litt. Sie täuschte Gleichgültigkeit vor, aber jeden Abend vor dem Schlafengehen verfluchte sie Ziriyabs Namen.

Und dennoch. *Was bedeutete es für einen Mann und eine Frau, zusammen zu sein?* Sie knabberte an ihrer Oberlippe. Mittlerweile gab es Fragen, die sie Muhidin nicht zu stellen wagte. Wenn sie zu ihm ging, redeten sie kaum noch miteinander. Sie lasen entweder Bücher, hörten Musik oder starrten aufs Meer hinaus.

Krähen krächzten.

Das Linsenmehl war unwiederbringlich verloren. Ayaana schlurfte davon, und ihre Gedanken drehten sich in der Hitze im Kreis, und frische Tränen der Wut stiegen ihr in die Augen.

Schritte. Ayaana trat beiseite, um den Passanten vorbeizulassen.

»Hallo, hallo«, sagte Mzee Kitwana Kipifit.

Erschrocken rieb Ayaana sich die Augen. Er ahmte ihre Geste nach, gluckste und öffnete dann die rechte Hand, auf der ein getrocknetes Rosenblütenblatt lag. Sie starrte das zerbrechliche, hübsche Ding an, und er hielt die Hand schief, als wollte er das Blütenblatt in den Staub fallen lassen. Sie fing es mit beiden Händen auf. Er lachte so herzlich, dass Ayaana mit großen, fragenden Augen zu ihm aufschaute. Er sah sie an, mit Augen, die ihren glichen, und einen flüchtigen Moment lang entstand eine innige Vertrautheit zwischen ihnen, als hätte das Schicksal unerwartet seine geheime Hand enthüllt, ehe es die alte Ordnung der Welt wiederherstellte. Ayaana bemerkte nicht, dass sie weinte, bis sie herumfuhr, den alten Mann davonschlendern sah und seine Silhouette verschwamm. Sie wollte ihm folgen, ihm Fragen stellen, die sie nicht formulieren konnte. Jahre später, als sie auf ein anderes Meer hinausblickte, fragte sie sich, ob sich das Schicksal nicht eines Rosenblütenblattes bedient hatte, das aus der Hand eines Fremden in ihre fiel.

~

Pate hatte sich in Mzee Kitwana Kipifits Herz gestohlen. Nun kämpfte er mit der Frage, ob er die Insel verlassen sollte. Jeden Tag ehrte er die Geister der Seeleute, die er als seine Leute betrachtete. Wenn er nicht gerade angelte, kümmerte er sich um ihre Gräber, die, wie er mittlerweile vermutete, aus der Tang- und nicht nur aus der Ming-Dynastie stammten. Ein noch älteres Erbe. Seine Schatten-Gemeinde. Sich um die Gräber zu kümmern war für ihn eine Art Wiedergutmachung für die verlorenen Geister, die er durch seine frühere Arbeit erschaffen hatte. In einer anderen Zeit, einer anderen Welt. Doch jeden Tag fand er neue Gründe, um noch länger zu bleiben. Seine selbst gewählte Distanzierung von China war, wie er wusste, nicht so vollständig, wie sie hätte sein können. Das gewaltsame Eindringen der fremden Armee drängte ihn dazu, zu handeln. Auf Pate, dachte er, gab es vielleicht einen Weg, ein Erbe der rechtmäßigen Zugehörigkeit zu sichern. Seine Gedanken überschlugen sich.

Viel später – in einem formellen Brief an ein hochrangiges Parteimitglied in der Heimat mit dem Titel »One Belt, One Road – Kultur und Gelegenheit« beschrieb er alles, was er auf Pate gesehen und in Erfahrung gebracht hatte. Er erwähnte die Halbmond-Gräber, die Energie, die Edelsteinschürfer aus anderen Nationen, die ernteten, was das Reich in der Vergangenheit hier gesät hatte. Er erwähnte auch Admiral Zheng He und seine unvollendeten Reisen. »Unsere Abgesandten sind hier«, fügte er hinzu. Dann unterschrieb er den Brief mit seinem richtigen Namen. Tage später nahm er ein langsames Schiff nach Lamu, um den Brief eigenhändig zur Post zu bringen.

Der Ursprung. Das Leben dieses Mannes war in Peking an einem Freitagnachmittag im Jahr des Büffels 1997 um exakt fünfzehn Uhr in tausend Stücke zersprungen. Er war Spezialist in der Methode des Schlafentzugs und der Simulation des Ertrinkens, ein feinsinniger Künstler im Ausloten menschlicher Schmerzgrenzen. Obwohl er ein zuverlässiger Arbeiter war, hatten sich Giftstoffe der Melancholie in seinem Körper angereichert, die daher rührten, dass er anderen Menschen Leid zufügte. Außerdem hatte man ihm dunkle Geheimnisse anvertraut, die schwer auf seiner Seele lasteten. Eines Tages wurde ihm ein Jugendlicher gebracht, der dem Volk der Hui angehörte und in Verbindung zu jemandem stand, der Verbrechen gegen den Staat begangen hatte. Die Anwendung von Elektroschocks hatte versehentlich zum Tod des Teeangers geführt. Der Überdruss und das Ausfüllen der Formulare zur Erklärung eines weiteren Todesfalls in Haft hatten in ihm schließlich einen Kurzschluss ausgelöst. Er öffnete das Bürofenster, betrachtete das herbstliche Laub und rang mit seiner eigenen Vergänglichkeit. Im nächsten Augenblick flatterten überall Papiere herum, sein schwarzer Schreibtischstuhl flog durch den Raum, und er rannte schreiend aus dem Zimmer. Man versetzte ihn vorzeitig in den Ruhestand, und an jenem Abend endete auch sein Einsatz als Vernehmungsbeamter der Zentralen Disziplinarkommission der Partei.

Verwirrt von den verzerrten Bildern seines Lebens, die sich ständig vor sein inneres Auge drängten, ging er jedoch nicht nach Hause. Er hatte eine ungemein geschäftstüchtige Frau, die im Exportgeschäft arbeitete, eine Konkubine, die ihn tolerierte, und einen erwachsenen Sohn, der nur in vollständigen, grammatikalisch korrekten Sätzen mit ihm sprach. Und so warf er das Joch seines bisherigen Lebens ab und ließ alles hinter sich, was er kannte, einschließlich sich selbst. Er reiste nach Wuhan in der Provinz Hubei. In der dicht bevölkerten Stadt in der Nähe des Jangtse hoffte er, sich unsichtbar machen zu können. Und tatsächlich wurde dieser Teil der Welt zu seinem Kloster. Unter all den Menschen, die sich, hypnotisiert von ihren Bedürfnissen, abstrampelten, versuchte er seine Schuldgefühle gegen Einsamkeit einzutauschen. Ein toter Hui-Junge und die übrigen hundertachtzehn Männer und dreizehn Frauen, deren Leben er zerstört hatte, beobachteten ihn mitleidig. Stille. Andere, die nach ihm gesucht hatten, waren beruhigt, als sie seine neuen Gewohnheiten sahen; sie verwechselten sie mit Anzeichen des Wahnsinns. Er hielt eine Diät des Schweigens ein, brauchte kein Geld, versuchte jetzt, Leben zu retten. Überall, wo er sich aufhielt, studierte er menschliche Verhaltensweisen und Gewohnheiten. Nachts weinte er. So verging ein Jahr.

An einem trüben Vormittag stieg der Suchende aus einem Bus aus und stieß sich den Zeh an einem Stein. Es war die Nachbildung eines

Gedenksteins, ein achtlos fortgeworfenes gewöhnliches *Made-in-China*-Souvenir für Touristen. Er wollte ihn gerade wegschleudern, als ihm seine Inschrift ins Auge fiel:

> *Wir haben mehr als einhunderttausend Li immense Wassermassen überquert und auf dem Ozean gigantische Wellen gesehen, die sich wie Berge in den Himmel erhoben …*

»Wir.« Er wusste, wer diese Worte geschrieben hatte. Der Befehlshaber einer Geisterflotte, der große Admiral Zheng He. Der Mann verstand es als Botschaft, besuchte Bibliotheken und Museen, brütete über alten Bildern und Chroniken. Er las von Reisen und Seewegen. Studierte Karten mit Zielen, deren Namen wie Zungenbrecher klangen: Palembang, Malakka, Samudera, Mogadischu, Malindi, Ganbali und Kalikut. Eine Idee nahm Gestalt an. Er würde zur Genesung eine Reise unternehmen und ein seelenreinigendes Postskriptum für die katastrophale siebte Reise des großen Admirals verfassen, bei der dieser in ostafrikanischen Stürmen ein Drittel seiner Flotte verloren hatte. Er würde fortgehen, um an einem anderen Ort der Welt zu stehen. Zwei Monate später, mit neuem Namen – einem von fünf, die er sich besorgt hatte – und dubiosen Papieren bestieg er ein Flugzeug nach Kenia, Ostafrika. Ziel: Pate.

Dunia ni maji ya utumbwi.

In der Welt zu leben ist,
wie Wasser im Kanu zu haben.

21

Eines Morgens, zwei Jahre nach dem Tsunami, während die *Matlai*-Libellen gespannt darauf warteten, die letzten Ausläufer des *Kaskazi* – eines starken Monsunwindes – zu erwischen, um wieder einmal das Meer zu überqueren, wurde Ziriyab Raamis verschleppt. Drei in Schwarz gekleidete Gestalten tauchten aus dem Meer auf und zerrten ihn aus seinem erst letztens generalüberholten Boot, in dem er an diesem Morgen in aller Frühe zum Fischen rausgefahren war. Kurz zuvor war Ziriyab noch zufrieden mit einem alten Lied auf den Lippen dahingerudert und hatte die neue Kraft in seinem Körper wahrgenommen. Er spürte die Anspannung der Muskeln, wenn er die Fische ins Boot hievte oder mit der Strömung des Ozeans kämpfte – ein freundschaftliches Gerangel. Sein Leben schimmerte und funkelte. An manchen Tagen ließ er das Boot einfach dahintreiben, damit er die Welt beobachten und von seiner Munira träumen konnte, seiner *Buthayna*, seiner *Ghazal*, seiner zum Himmel emporschwebenden *Huma* – in dem köstlichen Wissen, dass seine Träume Realität waren und in Fleisch und Blut mit Jasmin und *Oudhi* parfümiert zu Hause auf ihn warteten, ebenso wie sein Rubinring, den er normalerweise zu Hause ließ, wenn er bei unbeständigem Wetter fischen ging, und den seine Frau ihm jeden Abend feierlich wieder an den Finger steckte, als würde sie sich immer wieder neu für ihn entscheiden.

Heute jedoch drehten ihm die schwarz gekleideten Gestalten die Arme auf den Rücken, fesselten ihn, zogen ihm einen schwarzen Sack über den Kopf und warfen ihn in eine wartende Barkasse, die die Wellen durchpflügen würde, um ihn zu der weit entfernten fußförmigen Insel Diego Garcia im Chagos-Archipel zu bringen – wo die Chagossianer gelebt hatten, bis sie von fremden Mächten enteignet und umgesiedelt worden waren. Dort würden sie ihn zusammenschlagen, ohne sichtbare Wunden auf seinem Körper zu hinterlassen, würden ihn immer wieder bis kurz vor dem Ertrinken unter Wasser drücken, bis seine Seele zerbrach und er sich mit seiner eigenen Stimme einen neuen Namen gab: »Terrorist«. Der Überfall war so intim, brutal und plötzlich, dass ihm keine Zeit blieb, aufzuschreien oder sich zu fragen, wie ihm geschah. Bevor sie Ziriyab Raamis fortbrachten, versenkten sie sein Boot mit der schönen neuen Fischereiausrüstung, die er im *All Goods Supplies Store* in Mombasa gekauft und mit eisern angespartem Geld aus der Fischerei, nebenberuflicher Buchhaltung und einem Kredit bezahlt hatte. Das Einzige, was sie hinterließen, waren Ruin und eine große Leere im Leben einer kleinen Familie, die sich mit dunklen Wolken der Verdächtigungen und Trauer füllten.

22

Nachbarn hörten die Familie manchmal weinen. Ein paar zeigten sich verständnisvoll. Die meisten unterdrückten ihre Reaktionen wie bekümmerte Blicke oder zornige Worte, die man ihnen als Mitleid, aber auch als Verrat hätte auslegen können. Die Tage, in denen Leid vom Mitgefühl vieler aufgefangen wurde, waren endgültig vorbei; konfrontiert mit dem importierten Zorn, einem zutiefst fremden Dämon, der sich mit einem menschlichen Gefühl im Krieg befand: der Todesangst. Die Invasoren, paranoide, zornige Fremde, stolzierten über die Insel, als wären sie ihre neuen, diabolischen Lehnsherren. Die Folgen des bodenlosen Verrats, den Fazul, der Ägypter, an Pate und seiner Bevölkerung begangen hatte, rissen nicht ab. Die Fremden verschleppten die besten Männer Pates, aus dem einzigen Grund, dass sie die besten Männer Pates waren. Die meisten Verschwundenen kehrten nie wieder zurück auf die Insel, nicht einmal als Leichen. Die Hinterbliebenen waren gezwungen, die Sprache der nicht enden wollenden Qualen und des Schweigens zu lernen. Die Schatten dieser Tausenden von Nicht-Leben veränderten Pate: neue Grenzen, neue Mauern, neue Festungen des Herzens entstanden. Als die Einwohner Pates Muhidin aus seinem Haus laufen, am alten Anlegesteg zusammenbrechen und weinen sahen, legten sie sein Schicksal in Gottes Hände und warteten auf bessere Zeiten.

Was die Insel nicht wusste, war, dass Muhidin gerade vom Schicksal seines anderen Sohnes Tawfiq erfahren hatte, was ihm noch mehr Grund gab, um Ziriyabs Leben zu fürchten. Munira hatte ihm erzählt, wie Tawfiq und seine und Ziriyabs Familie, einschließlich Muhidins ihm unbekannten Enkeln, ausgelöscht worden waren.

»Er hat mir nicht ein Wort davon erzählt«, klagte Muhidin wieder und wieder.

»Er wollte nur noch *vergessen*«, gab Munira zurück.

»*Dir* hat er es erzählt«, erwiderte Muhidin anklagend.

»Ich *bin* sein Vergessen!«, rief Munira.

Ayaana, die dazukam, hörte Muhidin weinen. »Und ich, bin ich nichts?« Er richtete den Zeigefinger anklagend auf Munira. »Du schuldest mir einen Sohn!«, schrie er und rannte aus dem Haus.

Doch Pate konnte seine Geheimnisse noch nie fein säuberlich verpackt für sich behalten. Ein Heer von verschlagenen Informanten, die aus dem einen oder andern Grund einen Groll gegen die Familie hegten, kamen, um ihr Gift zu verspritzen. »*Haki ya Mungu*«, schworen einige: Ziriyab, der inkompetente Fischer, sei auf See ertrunken. Andere unterstellten, Ziriyab sei ein Dieb gewesen und in den Straßen Mombasas Opfer einer Lynchjustiz geworden. Ein unbedeutender Geheimdienstoffizier, der sich inzwischen als Juwelier versuchte, flüsterte Ayaana zu, sie solle Muhidin raten, Ziriyab zu vergessen, denn dieser hätte sich den *Mudschaheddin* angeschlossen, in Afghanistan, Pakistan, dem Irak … wo auch immer. Ayaana fragte sich: »Woher willst du das wissen?« Sie erzählte Muhidin nichts davon. Der Schneider erzählte ihr, »jemand« habe Ziriyab in Kairo gesichtet, als er die Qasr-El-Nil-Straße überquerte: »Er hatte es eilig.« Heimliche Treffen, Eingriffe in die Leben derer, die mit der Abwesenheit ihrer »Vermissten« leben mussten. Unerwünschte Begegnungen mit inkompetenten, gleichgültigen und schlecht informierten Staatsdienern, wenn die Verzweifelten auf der Suche nach ihren unauffindbaren Angehörigen Leichenhallen, Krankenhäuser, Moscheen und Polizeiwachen abklapperten. Sie trafen auf arrogante Fremde mit ihren konformen Fragen, uniformierte Idioten diverser Nationalitäten, selbsternannte Terroristenjäger. *Wann haben Sie ihn zuletzt gesehen? Wo hat er gewohnt? Wo hat er gebetet? Wo waren seine Freunde? Ist er ein Terrorist?* Als hätten die Vermissten sich des zukünftigen Brudermords schuldig gemacht. Verleumderische Unterstellungen. *Und Sie, sind Sie wirklich Kenianer?* Zwei ehemalige Staatsbedienstete hatten Munira, Muhidin und Ayaana an einem schwülen Abend geraten, dass im Fall von Ziriyab Ramis eine geheime Suche die beste Strategie sei. »Führt eure Nachforschungen verdeckt durch. Stellt euch vor, die Welt wäre eine Salzstraße, und ihr wäret Schnecken, die sie überqueren wollen«, raunte einer der Männer.

~

Munira erzählte allen, dass Ziriyab zurückkehren würde. Sie ließ sich nicht davon abbringen. Wild entschlossen sorgte sie dafür, dass in ihrer Umgebung alles beim Alten blieb, damit sie Ziriyab vertraut war, wenn er zurückkehrte. Sie trug weiterhin seinen Ring, zog sich schick an, parfümierte sich, die Kleidung und das gemeinsame Bett. Sie führte ihren Schönheitssalon weiter. Das Einzige, was sich änderte, war ihr Appetit: Sie trank nur noch ungesüßten, gewürzten Kaffee und ernährte sich fast ausschließlich von Reis, bestreut mit Kokosnuss und *Mchicha* – Spinat. Zwei Monate nach Ziriyabs Verschwinden sah Ayaana, wie ihre Mutter mit leerem Blick auf den Küchenboden sank, sich einfach der Schwerkraft ergab. Ayaana schrie auf, doch Munira erhob sich, noch ehe Ayaana sie erreichte. »Bin nur gestolpert«, sagte sie. »Alles in Ordnung. Vielleicht sollte ich duschen gehen.« Anderthalb Stunden später fand Ayaana ihre Mutter zusammengekauert, nackt und frierend in der Dusche, während das Wasser auf ihren Rücken prasselte.

Ayaana führte im Geiste Unterhaltungen mit Munira und Muhidin, nahm die losen Fäden von Gesprächen auf, die sie belauscht hatte. Sie redete auch mit einem imaginären Tawfiq, fragte ihn, wie ein Mann so dumm sein konnte, die Körper und Leben der Menschen zu zerstören, die er liebte. Gesprengte Leben. Warum tat ein Mensch so etwas?

Munira hatte sich in ihr Schlafzimmer zurückgezogen, in dem immer noch Ziriyabs Schuhe, seine Kleidung, seine Hemden, seine Bücher, CDs und seine beiden Handys lagen. Sie bewegte nichts. Im Moment nicht einmal sich selbst.

Ayaana erwachte mit dem Nachgeschmack des Schweigens im Mund. Sinnlose Geräusche, zerrüttete Gefühle. Sie beobachtete, wie Munira und Muhidin immer mehr zu verschwommenen Nachbildungen ihrer selbst wurden. Alle hüteten ihre Zunge. Der Imam kam, um ihnen sein Beileid auszurücken, und sagte: »*Mungu amlaze mahali pema ... Inalilahi Wainailahi Rajiun ...*« – Möge der Herr seiner Seele Frieden schenken –, doch ehe er fortfahren konnte, hob Muhidin ihn hoch, schüttelte ihn und knurrte: »Schluck deine Worte wieder herunter! Sprich nicht vom Tod. Mein Sohn ist noch am Leben!« Ayaana fürchtete die Scharmützel an öffentlichen Orten, vor den Augen der Welt. Die Zeit wurde in vor Ziriyabs Verschwinden und nach Ziriyabs Verschwinden eingeteilt. Schmerz war der Geier, der über ihnen kreiste. Auflösungserscheinungen. Im Streit wurden Dinge gesagt, die zuvor undenkbar gewesen waren. Manchmal ging es um das Trinken: Munira bat Muhidin, ihr ein Stärkungstonikum zu geben, um einschlafen zu können, doch Muhidin wollte sich von keinem seiner kleinen Fläschchen trennen und weigerte sich, zu teilen. Ayaana lauschte, zog sich in sich selbst zurück und versteinerte.

Warten.

Kein Held tauchte auf, um ihre Probleme zu lösen. Und die Insel, die besonders über Muhidins Betäubung bestürzt war – er war am ehesten so etwas wie ein Prophet auf Pate – tat sich schwer damit, eine Sprache für die neue Zeit finden; zu viel Weltgeschehen war in ihr Leben eingebrochen. Doch sie tröstete sich mit ihrer Alltagsroutine und dem beruhigenden Rhythmus der Gezeiten.

Muhidin und Munira hielten Ziriyab Raamis einen Platz in ihrem Leben frei, indem sie schwiegen. Denen, die ihnen ihr Beileid aussprachen, erzählten sie höfliche Lügen.

»*Tumeshapoa.*«
Wir sind geheilt.

Ein zersetzendes Gerücht machte die Runde: Ziriyab habe sich von Munira und ihren Zaubertränken befreit und sei geflohen, um sein Leben zu retten. Mama Suleiman hatte das Feuer gelegt und fachte es fleißig an. Sie tauchte inmitten eines Windsturms auf, geschmückt mit Gold und Smaragden, um zu verkünden, Ziriyab Raamis sei jetzt mit einer *respektablen*, *gottgefälligen* Frau zusammen, die aus einer guten Familie aus Vanga stammte. Sie behauptete, die beiden hätten einen Sohn bekommen. Die Frau, die Nadhifa Waseema heiße, sei eine wahre Dame, besitze eine wunderschöne Stimme und lebe in Tudor, in der Nähe der Docks von Mombasa. Munira, geblendet von all den

Details, mietete am nächsten Tag ein undichtes Boot, um nach Lamu zu fahren. Von dort aus nahm sie den Bus nach Mombasa.

Als Munira zehn Tage später zurückkehrte, schritt sie mit zusammengepressten Lippen und finsterem Blick über die Insel. Sie suchte und fand Mama Suleiman, die sich gerade bei Hudhaifa darüber ausließ, wie man echtes von falschem Bint-El-Sudan-Parfüm unterschied, und gab ihr eine Ohrfeige.

Wie erstarrt legte Mama Suleiman sich die Hand auf ihre brennende Wange. Dann sagte sie: »Gute Reise gehabt?«, und lachte. »Ich schwör dir, du Proletin, eines Tages zertrete ich dich wie ein Insekt. Pass lieber gut auf dich auf, Schätzchen.«

»Nur zu, versuch's doch«, erwiderte Munira.

Sie ignorierte die Blicke der Leute und stolzierte nach Hause, wo sie resigniert den Kopf auf den Tisch legte.

Muhidin, der einen grauen Anzug trug, den sie noch nie an ihm gesehen hatte, erzählte Ayaana und Munira, er wolle nach Mombasa fahren, um Erkundigungen einzuholen. Im alten Hafen von Mombasa angekommen, ging er jedoch nicht zur Polizei, sondern in die Altstadt, um einen Privatdetektiv zu engagieren. Abends begab er sich nach Malindi, um dort einen Vermittler zwischen dieser Welt und dem Geisterreich anzuheuern. Beide Männer schworen Stein und Bein, sie würden Ziriyab aufspüren, ob tot oder lebendig. Als Muhidin vier Tage später zurückkehrte, war er verstörend siegessicher. Doch Tage und Nächte wurden zu Monaten, ohne dass die beiden Männer Ergebnisse vorzuweisen hatten; ihre Berichte schienen aber aus derselben nebulösen Quelle zu stammen: »Wir nähern uns der Zielperson, doch es ist, als wäre sie hinter einer riesigen schattenhaften Wand gefangen.« Danach hörte Muhidin nie wieder von ihnen.

Ayaana war gezwungen, zur Botschafterin zwischen den Welten von Menschen mit gebrochenem Herzen zu werden. Zweimal am Tag hob sie Muhidins Kopf aus Erbrochenem und wischte es weg. Sein Blick ging ins Leere. Er roch nach Alkohol. Wenn er nicht gerade vor sich hin grübelte, bastelte er an seinen Elektrogeräten herum, baute sie auseinander und setzte sie wieder zusammen. Nachts lauschten sie alle auf unerwartete Geräusche, die jemand macht, der nach Hause kommt: ein Klopfen, ein Ächzen, ein Rascheln oder ein Rumpeln, irgendetwas, das von Ziriyabs Rückkehr kündete.

Ayaana kümmerte sich auch um die Geschäfte ihrer Familie. Sie verkaufte Muhidins Bücher und Mixturen an bedürftige Kunden, zusammen mit heilsamen Worten, die meist der Poesie des Hafiz entlehnt waren. Sie beruhigte Muniras gereizte Kundinnen, indem sie sie mit in süß duftendem Jasminöl angewärmten Händen massierte und ihnen mit Henna Symbole der Hoffnung auf Füße, Rücken und Hände malte. Manche von ihnen zeigten unerwartete menschliche Regungen – steckten ihr Geld zu, hinterließen eingewickelte Speisen, murmelten Gebete und Segenssprüche.

Es donnerte, blitzte und regnete zwei Tage lang. Ayaana hüpfte über Pfützen. Ein Teil der Insel war in einen merkwürdigen blauen Nebel gehüllt, was ihr eine Art anrüchige Schönheit verlieh. Sie rannte über die Insel, schaute über ihre Schulter, und ein kalter Schauder kroch ihr den Rücken hinauf, als sie durch diesen Gifthauch des Schreckens eilte, der manchmal als zischendes Flüstern von Fazul, dem Ägypter, zu ihr zu sprechen schien. Schuldgefühle überkamen sie, als wäre sie irgendwie verantwortlich für Ziriyabs Verschwinden. Ja, sie hatte darum gebetet, damit sie und Muhidin Munira zurückbekamen und alles wieder wie vorher war. Doch sie hatte ja nicht *gewusst*, dass ihre Gebete erhört werden würden. Man nannte sie jetzt überall »die Familie des vermissten Ziriyab«. Ayaana tat so, als wäre das Ende des Vermissens nur eine Frage der Zeit. Diejenigen, die mit der Familie zu tun hatten, sprachen von anderen Dingen – dem Wetter, der Fischerei, den Neuankömmlingen, den Geburten, den Nachrichten aus Palästina, das vor dem »Krieg gegen den Terror« in der Vorstellung der Inselbewohner keinerlei Rolle gespielt hatte.

~

Ayaana verschlang ein Buch nach dem anderen. Sie versetzte sich in die Figuren hinein, um ihrem eigenen Leben zu entfliehen. Sie studierte ihre Worte bis ins Detail, hatte immer eine mottenzerfressene Ausgabe der Liebesgeschichte *Madschnun Laila* von Nezami dabei, die sie aus Muhidins Bücherregal hatte. Darin las sie von Begehren und Sehnsüchten, die denen ihrer Mutter nicht unähnlich waren, und einem Kummer, der Muhidins noch zu übertreffen schien. Sie studierte die Worte genau, doch sie warfen immer neue Fragen auf, auf die es keine Antworten gab. Einmal, als die Atmosphäre im Haus zu erdrückend wurde, schlief Ayaana unter freiem Himmel und lauschte dem Nachtwind. Es war das erste Mal, dass sie die hohen Klagelaute der Dschinn hörte, die manchmal aus den Tiefen des Meeres aufzusteigen schienen. Als sie ihnen in jener Nacht lauschte, fand sie darin, Atemzug für Atemzug, eine Wabe der Stille, einen Kokon, der sie von dem Rest der Welt abschottete. Das Meer war unruhig. Mond auf Wasser. *Mahtabi. Akmar.*

***

Anderswelten. Besserwelten.

Ayaana versteckte sich vor dem Tageslicht, damit sie sich keine Antworten für die Neugierigen aus den Fingern saugen musste.

Nachts reckte sie die Arme zum Sternenhimmel und stellte sich vor, sie würde ihre Fühler über die unebenen Oberflächen des Lebens hinweg nach Ziriyab Raamis ausstrecken. Sie wanderte an der Küste entlang, suchte den Strand ab, überquerte Dünen, stocherte in Felsspalten, lauschte angestrengt auf das kleinste Geräusch und schwor ihrer heimlichen Sünde, den eifersüchtigen Gebeten zu Gott, Ziriyab verschwinden zu lassen, endgültig ab. Seine Abwesenheit war jetzt gleichbedeutend mit Trostlosigkeit; sie betete darum, dass er wieder nach Hause zurückkehrte. *Komm zurück.* Unter ihr schlugen Wellen gegen die Felsen. Winde heulten, Lichtsplitter zuckten über die schwarze Wasseroberfläche, und wieder hörte sie den Gesang der Dschinn. Sie fiel ein, schrie ihre Sehnsucht heraus, um von der Seele des Sturms fortgerissen zu werden, um furchtlos, formlos und stark zu werden.

Sie nahm all ihren Mut zusammen und sprang.

Das Meer war schwarz wie flüssige Kohle mit Einsprengseln von Mondlicht. Sie ergab sich der verführerischen Tiefe, die sie anzog. Pulsierendes Wasser. Im Ozean gab es keine Lücken, keine Distanz zwischen den Wesen. Sie sank tiefer, verlor das Gefühl für oben und unten. Schillernde Meeresschichten. Ein Wesen, das von einem inneren Feuer erhellt wurde, glitt an ihr vorbei. Weiter unten, im kühleren Wasser, knackte es in ihren Ohren. Meeresbewohner in vielen Formen und Farben begegneten ihr, ein durchscheinendes aalähnliches Tier blickte sie aus runden Augen an, ein Schwarm winziger silberner Fische knabberte an ihren nackten Füßen, kitzelte sie. Ein weiches, heiteres Sinken, eine vertraute Ruhe erfüllte sie, in der sich die Zeit und all ihre Probleme in Nichts auflösten. Das Wasser lastete schwer auf ihrer Lunge, doch es machte ihr nichts aus. Sie ließ sich vom Meer einlullen. Ein Kokon aus Stille. Es war leichter, tiefer zu sinken, als aufzusteigen. Ein Gefühl von Heimkehr. Das Murmeln der Dschinn. Doch dann wurde ihr schlagartig klar, dass sie so rasch wie möglich an die Oberfläche zurückkehren musste. Sie fing an zu strampeln, und ihre Tränen vermischten sich mit dem Wasser. Ihre Lunge drohte zu bersten, fast hätte sie Wasser geschluckt. Endlich erreichte sie die Wasseroberfläche. Ließ ihren Körper entscheiden, in welche Richtung es gehen sollte. Trieb dahin. Jeder Tag war derselbe Tag, jede Nacht hatte dieselbe Farbe des Nichts. Ayaana entdeckte, dass auch das Nirgendwo ein bewohnter Ort war.

Ein Jahr verging.

23

Muhidin hatte den Entschluss gefasst, etwas zu tun, von dem er nicht gedacht hätte, es je wieder zu tun: Pate zu verlassen. Er ging zu Munira, als Ayaana gerade in der Schule war, und erklärte ihr mit leiser Stimme, er werde nach Nairobi fahren, um ein für alle Mal die Wahrheit in Erfahrung zu bringen. Wann er zurück sein werde, wisse er nicht. Munira verschanzte sich hinter ihrem Stolz. Sie wollte ihn nicht anbetteln, zu bleiben, und verschwieg ihm ihre Angst, dass ihr das Geld ausgehen könnte, weil Ziriyabs Schulden sich auf 73.080 Schillinge beliefen, von den Zinsen ganz zu schweigen. Stattdessen sagte sie nur mit hoher Stimme: »Gut. Dann geh.«

Muhidin blieb stehen, als wartete er auf etwas.

Dann nahm er einen Brief aus der Tasche, den er für Ayaana geschrieben hatte – er hatte sich bewusst dafür entschieden, zu gehen, während sie noch in der Schule war. Er hielt Munira die Schlüssel für sein Haus hin. »Für Ayaana«, sagte er. »Das Haus und alles, was darin ist.« Die Schlüssel wechselten den Besitzer. »Nur für den Fall …«

Dass du nicht zurückkommst, dachte Munira und nickte knapp.

Muhidin ging fort.

Munira brach das Siegel und las den Brief für Ayaana durch einen Tränenschleier: »Abeerah, ich muss Ziriyab suchen gehen. Ich komme zurück. Sei tapfer. Beschütz deine Mutter. Lern fleißig. Dein Vater, Muhidin.«

Ayaana beobachtete, wie das grüne Wasser in der Pfanne brodelte. Sie kochte die Blätter, die Rinde und die Samen des Niembaums aus. *Mwarubaini* – ein vorbeugendes Mittel gegen Malaria, mit dem sich noch neununddreißig andere Leiden kurieren ließen. Mit dem bitteren Elixier konnte man fast alles heilen – nur Trauer nicht.

Mtupie Mungu kilio, sio binadamu mwenzi.

Wende dich an Gott,
was kann ein Mensch schon ausrichten?

24

Im März erlitt Ayaana einen mitternächtlichen Asthmaanfall, nachdem Munira ihr eröffnet hatte, sie könne die Schulgebühren für das nächste Halbjahr nicht aufbringen. Keuchend und um Luft ringend saß sie unter einer Decke und nahm ein Dampfbad, während Munira ihren Körper hielt.

»Wir finden schon einen Weg«, sagte Munira.

Sie inhalierte den aromatischen Dampf – ein, aus – und absorbierte dabei Schattierungen der Scham und Furcht. »Ich lese jeden Tag«, keuchte Ayaana. Sie hustete. »Aber ich werde dir auch bei der Arbeit helfen.«

~

Zweimal am Tag setzte Ayaana sich auf Muhidins Steintreppe, wählte seine Handynummer und wartete.

»*Mteja hapatikani kwa sasa.*«

Ihr Gesprächspartner ist zurzeit nicht erreichbar.

Ein Jahr verstrich.

Dann war es zu Ende.

Ein weiterer Neujahrsmorgen.

Zweimal am Tag saß Ayaana auf Muhidins Steintreppe und wählte seine Nummer.

»*Mteja hapatikani kwa sasa.*«

Ihr Gesprächspartner ist zurzeit nicht erreichbar.

~

Kaskazi-Saison.

Eines Tages legte eine kleine ägyptisch-blau-weiße Jacht mit dem Namen *Bathsheba* an dem altersschwachen Steg an. Ihr entstiegen zwei unerwartete Besucher, begleitet von wortkargen Mannschaftsmitgliedern in marineblau-weißen Uniformen. Sie verströmten den Geruch von neuem Leder, Gold und einem Parfüm, das an frisch gedruckte Banknoten erinnerte. Beiläufig trugen sie Anzeichen ihres Reichtums zur Schau: bestickte Ärmel, maßgeschneiderte Krawatten, gravierte Ringe und Hemden mit Monogramm. »Wa Mashriq« – die aus dem Maschrek Stammenden, so nannte man sie auf der Insel, auch wenn sie vielleicht von einem ganz anderen Ort kamen.

Fünf Tage später. »Es ist wahr, so wahr …«, flüsterte einer der Männer, als Munira gerade einen Feldweg entlangging. Sie verharrte kurz. In einiger Entfernung konnte sie schon ihr Haus zu sehen. »Die Frauen hier …« Genießerisch schloss der Mann die Augen und schürzte in einer Andeutung von Ekstase die Lippen. »Wir hatten es gehört, aber wir wollten uns selbst davon überzeugen. Wir sind Sammler. Und was finden wir hier?« Er lächelte.

Munira runzelte die Stirn. Ignorierte den Kitzel der Genugtuung: Galten die Worte ihr? Sie war irritiert. In ihrem Leben war kein Platz für Schmeicheleien. Sie ging einen Schritt weiter.

Der Mann rief: »Wir müssen uns unterhalten. Sie und ich. Ganz im Ernst.«

Sie drehte sich um und musterte ihn aus zusammengekniffenen Augen. Sah die verschlungenen, zickzackförmigen Narben in seinem Gesicht, die auf der sirupgoldenen Haut fast elegant wirkten, als hätte er das Muster höchstpersönlich ausgewählt. Gleichmäßige Zähne, die gelblichen Augen eines satten Raubtiers, manikürte Hände, die er gefaltet nahe seinem Herzen abgelegt hatte. »Solche Schönheit verlangt danach, gesehen zu werden.«

Munira verdrehte die Augen, hob den Kopf und ging weiter.

»Wir müssen uns wirklich einmal unterhalten, Madame Munira«, sagte er.

Sie stolperte, schaute über ihre Schulter und fuhr ihn an: »Sie kennen meinen Namen?«

»Wenn man jemandem ein lukratives Angebot unterbreiten will, ist das eine der Grundvoraussetzungen, Madame«, sagte er und erwiderte ihren Blick. »Wollen Sie mich denn gar nicht fragen, was ich Ihnen anbiete?«

Munira musterte ihn von Kopf bis Fuß. »Woher wollen Sie wissen, was ich brauche?«

Der Mann fletschte die Zähne – ein schlaues Grinsen. Er zählte die Optionen an den Fingern ab. »Erstens: nie wieder in Ihrem Leben für irgendetwas oder irgendjemanden arbeiten zu müssen. Zweitens: die Träume der Menschen, die Sie lieben, bezahlen zu können. Drittens: überall hinreisen zu können, wann und wie Sie wollen, und zwar erster Klasse. Viertens«, fuhr er mit gesenkter Stimme fort, »füllen Sie die Leerstelle aus.«

Äußerlich wirkte Munira ungerührt, doch innerlich erzitterte sie. Gänsehaut breitete sich wie Striemen auf ihrem Körper aus.

»Eine Gebühr für ein erstes Treffen«, fuhr der Mann fort. »Im Voraus, ohne Bedingungen. Nennen Sie es eine ›Vorbesprechungsgebühr‹. Danach dieselbe Summe noch einmal.« Er lachte glockenhell. »Wenn das Geschäft erfolgreich abgeschlossen wird, erhalten Sie einen Scheck mit einer Leerstelle. Schreiben Sie bis zu eins Komma fünf Millionen auf. Amerikanische Dollar. Größere Summen erregen hier Aufsehen, und wir mögen kein Aufsehen.« Wieder lachte er, und es klang wie eine fröhlich bimmelnde Ladenglocke.

Muniras Augen wurden schmal; ihre Gedanken wirbelten durcheinander. Was war das für ein Angebot? Konnte es ehrlich gemeint sein? All ihre Schulden bei der Gesellschaft abbezahlt? All ihre Kämpfe beendet? Konnte sie Pate endlich verlassen? Sie hatte eine Vision davon, wie sie in Sansibar mit einer Gefolgschaft an Land ging, um nach ihrer Familie zu suchen. Sie konnte in Paris, London, sogar in Tunis einkaufen gehen. Sie konnte von vorn anfangen. Was wollte er dafür haben? Sie presste die Lippen zusammen. Was wollten die meisten Männer von Frauen?

»Wie alt sind Sie?«, fragte Munira den Mann.

»Vierzig.« Er lächelte.

Sie lächelte zurück. Sie lächelten einander an. Dann seufzte der Mann. »Das Arrangement ist nicht für mich. Ach, aber wenn ich könnte, würde ich.« Er lächelte.

Sie lächelte.

»Ich bin nur ein Bote«, fuhr er fort. »Jibril arrangiert delikate Angelegenheiten für Gott.«

Sie lachte.

Er lachte ebenfalls.

Sie richtete sich auf, fragte ihn: »Und in dieser Angelegenheit ist Gott …«

»Sie werden ihn schon bald kennenlernen. Sie haben ihn zweifellos bereits gesehen.«

Munira erinnerte sich vage an eine korpulente Gestalt, die schnaufend hinter diesem liebenswürdigen Kuppler herlief. Sie zuckte die Achseln. Ihre Augenlider flatterten. »Und jetzt?«

Der Mann richtete sich ebenfalls auf, um ihr in die Augen sehen zu können. Seine Stimme klang jetzt merklich kühler: »Wir sind Sammler, wie gesagt. Wir sind auf der Jagd nach Meisterwerken. Und wir finden sie selbst im Staub.«

Munira wartete. Das Meer war aufgewühlt. Die Sonne brannte auf ihrer Haut.

»Und jetzt …«, sagte der Mann. »Jetzt lassen sie uns über Ihre Tochter reden.«

Muniras Herz stockte. Dann begann es gegen ihre Rippen zu hämmern.

»Ayaana«, fügte der Mann hinzu.

Munira fuhr zusammen.

Er sagte: »Sie.« Stille. »Ihre Tochter.«

Munira stockte der Atem, sie starrte ihn an.

Der Mann sagte: »Sie beschwört fantastische Welten herauf. Träume. Verwandelnd verwandelt sie. Wir haben sie gesehen. Er muss sie unbedingt haben. Danach sorgen wir dafür, dass kein Makel an ihr haften bleibt. Stellen ihren Ruf wieder her. Schmücken sie. Bringen sie in eine Position, in der sie am besten gesehen, genossen, erfahren werden kann. Sie ist doch noch Jungfrau? Jungfräulichkeit ist unabdingbar. Ein Stempel der Reinheit. Er muss sie haben.«

Ein schwarzer Sturm brach über Munira herein, jagte ihr heißkalte rote Blitze durch Herz und Seele. Und für den Bruchteil einer Sekunde hatte sie das Gefühl, als hätte man sie splitternackt aus ihrem imaginären Flugzeug nach Paris gestoßen. Sie wurde zornig, dann lief ihr Gesicht rot an. »Meine Tochter?«, stotterte sie.

»Genau«, sagte der Mann. »Sie ist eine Ikone.« Er schaute Munira unverwandt in die Augen. Dann legte er den Kopf schief. »Oder was dachten Sie, über wen ich die ganze Zeit rede?« Er spielte mit ihr. »Wir sind Perfektionisten, verstehen Sie?« Seine Zähne blitzten auf, glitzerten, blendeten.

Munira blieb die Luft weg. Der Wind zerrte an ihrem Kleid. Ein Hahn krähte. Der Mann sagte: »Eine Boutique! Sie können an jedem Ort der Welt eine Boutique eröffnen. Ihre Arbeit ist … faszinierend. Wir könnten Ihre Schönheitsprodukte in einer unserer Fabriken herstellen. Die Schönheitsindustrie ist weltweit über eine Billion wert. Wir beteiligen Sie am Gewinn. Wir machen eine Marke aus Ihnen. Frauen werden Sie tragen. Alles ist möglich.«

Muniras Hände verkrampften und entkrampften sich, ihre Gedanken überschlugen sich, sie senkte den Kopf und sagte mit zitternder Stimme: »Meine T-Tochter?«

»Ja.« Der Mann betrachtete seine Fingernägel.

Wartete.

Ayaana. Vor ihrem inneren Auge sah Munira ihre Tochter. *Ayaana.* Sie stellte sich vor, wie ihr Kind von dieser Kreatur … gezeichnet sein würde. Doch sie dachte auch daran, dass Ayaana dann für immer gut versorgt wäre. Sie stellte sich vor, wie sie Arbeiter anheuerte, um das Haus in Stand setzen und ausbauen zu lassen, es mit all den schönen Dingen auszustatten, die sie sich immer gewünscht hatte. Sie sah sich einen Detektiv anheuern, der Ziriyab ausfindig machte. *Ayaana.* Ihr triumphales Entkommen. *Ayaana.* Sie würden die Schatten, die alle Hoffnung töteten, endlich abschütteln. *Ayaana.* Freiheit. Munira flüsterte: »Mein Baby, meine Tochter. Ein Kind?«

»Da muss ich Ihnen, in aller Bescheidenheit, widersprechen«, sagte der Mann mit leiser, eindringlicher, vernünftig klingender Stimme. »Gute Gemälde gibt es in allen Größen. Ein Kunstwerk« – er richtete den Blick gen Himmel – »ist zeitlos, alterslos. Unberührt. Schönheit, wie von innen erleuchtet. Wir haben sie beobachtet … Sie ist von solcher Anmut … wie ein Seevögelchen. Zierlicher Knochenbau. Eine sanfte Berührung, und sie wird aufblühen wie eine Blume. Er begehrt das Schöne.« Der Mann gestikulierte. »Um sich an seinem Licht zu laben.« Er suchte Muniras Blick. »Also sagen Sie mir, meine Liebe, welches Mädchen ist keine Frau?« Er grinste. »Er ist besessen von ihr. Sie verstehen.«

»Ein Kunstwerk?«, brachte Munira heraus.

»Ein Original.«

Munira zog sich den Schleier vor das Gesicht und schaute sich um. Vögel mit weichem schwarz-weißen Gefieder saßen in ihrer Nähe, zwei Kater maunzten, ein alter, lahmer Hahn mit langen Sporen betrachteten sie mit fragendem Blick. »Machen Sie so etwas öfter?«, fragte sie den Mann.

»Was?«

»Mädchen sammeln?«

Der Mann runzelte die Stirn. »Wir sind Kenner. Wir lieben Schönheit. Was ist falsch daran?«

»Und die Mädchen?«

Widerwillig verzog der Mann die Lippen. »Bisher gab es keine Klagen. Nicht eine. Sie können erster Klasse nach Dubai, Rom oder Istanbul fliegen.« Ein glockenhelles Lachen, ein kupferfarbenes Aufblitzen in den Augen. »Nun, meine Liebe, wie lautet Ihre Entscheidung?«

»Ich brauche mehr Zeit«, flüsterte Munira, am ganzen Körper zitternd.

Der Mann schnalzte mit der Zunge. »Was für ein Pech. Zeit – das einzige Gut, das wir nicht im Überfluss besitzen.« Munira schnaubte. »Überrascht Sie das?«, fragte der Mann.

Munira biss die Zähne zusammen. »Als ich heute Morgen aufgewacht bin, wusste ich noch nicht, dass ich einem jener Menschen begegnen würde, die die Zeit und das Schicksal kontrollieren. Stimmt es, dass Ihresgleichen sich sogar dem Tod entziehen kann?«

Der Mann senkte kurz die Augenlider, sein Unterkiefer verkrampfte und entspannte sich, bevor er mit gezwungener Jovialität sagte: »Sarkasmus, haha. Luxus für *Ihres*gleichen. Gut gekontert. Wie auch immer, *Sie* entscheiden. Sie sind die Mutter. Ich gebe Ihnen fünf Minuten Bedenkzeit. Wenn das Arrangement unzumutbar ist, reisen wir noch heute Abend ab.« Er lachte sein Ladenglocken-Lachen. »Wenn er etwas will, dann nur das, nichts anderes. Fälschungen bringen nur Unzufriedenheit. Er ist sich seiner ersten Wahl immer sicher. Das hat ihn reich gemacht. Er glaubt nicht an einen Plan B. Aber er zwingt niemandem seinen Willen auf. Die Entscheidung liegt bei Ihnen.«

Munira starrte ihn mit offenem Mund an.

»Sie hätten drei Tage Zeit, das Mädchen vorzubereiten.« Der Mann spielte mit Schlüsseln, die er aus der Tasche gezogen hatte. Über das Klimpern hinweg sagte er: »Waschen Sie sie. Putzen Sie sie heraus. Er liebt Rosenwasser. Ist es Ihres? Er fand es anziehend an ihr. Subtil. Inspirierend. Er muss sie haben.«

Munira funkelte ihn an. »Und Sie, haben Sie dazu auch eine Meinung?«

Er zog eine Augenbraue hoch. »Ja, seine.«

In der darauffolgenden Stille schien sich der Boden unter Muniras Füßen aufzutun. »Wir würden auch zu Ihnen kommen. Ganz diskret. Das erste Treffen am Donnerstagabend?«, fügte der Mann hinzu. Er zog ein dickes Bündel Geldscheine aus der Hemdtasche. »Fünfundsiebzigtausend Schillinge. Für Ihre Vorbereitungen. Reicht das, um die Schulden Ihres verschollenen Ehemanns zu tilgen? Haha, jetzt sind Sie geschockt, wie? Wir machen unsere Hausaufgaben. Wir sind den Sorgen gewöhnlicher Menschen gegenüber durchaus aufgeschlossen.«

Als Munira aufstöhnte, feixte der Mann. »Die meisten Geschäftsprojekte scheitern an einem Mangel an Sorgfaltspflicht. Wir haben sie noch nie vernachlässigt.« Wieder lachte er. »Kleiden Sie das Mädchen in helle Farben. Pastelltöne. Perlmutt?« Er beugte sich vor. »Satin auf der Haut einer Frau …« Er küsste seine Fingerspitzen.

Wie hypnotisiert starrte Munira das Geld an. Das Schweigen stand zwischen ihnen wie etwas Lebendiges, ließ selbst das Meeresrauschen in den Hintergrund treten. Munira sah ihn an. Wartete. Vier Minuten. Gefühle in Aufruhr. Angst. *Flieh!*, dachte sie. Vor ihrem inneren Auge sah sie sich davonlaufen, doch ihre Füße rührten sich nicht vom Fleck. *Fünfundsiebzigtausend Schillinge.* Sie konnte die rostigen Überreste ihres alten, längst begrabenen Traums riechen, den Neid in den Augen derer sehen, die sich über sie lustig gemacht hatten, spürte, wie sie sich aufrichtete, zu der Frau wurde, die sie immer hatte sein wollen. Drei Minuten. *Auf Kosten ihres Kindes?* Stille. Das Raunen ihres ungestillten Hungers in ihren Ohren. Sie warteten. Keiner von beiden rührte sich.

»Zwei Minuten«, sagte der Mann.

»Wie ist Ihr anderer Name?«, rief Munira.

Ein halbes Lächeln. »Ist das wirklich nötig?«

»Ich *flehe* Sie an, mir mehr Zeit zu geben«, sagte Munira.

Schweigen. Eine Minute. Munira drehte sich auf dem Absatz um und ging davon.

Sie sah nicht das Erstaunen im Blick des Mannes, bemerkte nicht, wie er erleichtert die Schultern sinken ließ, als wäre eine Last von ihm abgefallen. Und ihr entging die Schadenfreude, die über sein Gesicht huschte, als hätte er einen heimlichen Sieg errungen. Hätte sie all das bemerkt, hätte sie sich nicht noch einmal umgedreht und gesagt: »Donnerstag. 18:30 Uhr. In meinem Haus. Wie Sie es vorgeschlagen haben. Ich bereite einen kleinen Imbiss zu. Oder isst Ihresgleichen nichts? Das Mädchen wird bereit sein.« Munira hob das Kinn, presste sich den Schleier vors Gesicht. Das glockenhelle Lachen des Mannes, das jetzt etwas entschieden Diabolisches hatte, verfolgte sie.

25

In derselben Stunde schlenderte Ayaana, die mit den Fischern gefeilscht hatte – es sollte *Dagaa* und *Chole*, Kichererbsen, zum Abendessen geben – an der Küste entlang und bemerkte das Aufblitzen des starken Fernglases nicht, das von einer Jacht aus auf sie gerichtet wurde. Sie sammelte Strandgut, nur um sich vorstellen zu können, woher die Dinge stammten und wie sie hierhergekommen waren – Botschafter fremder Welten. Sie malte sich aus, von welchen Begebenheiten sie erzählten: die gewundene Form eines Stücks Treibholz symbolisierte die unvorhergesehenen Wendungen einer Geschichte. Tote Aale waren einfach nur tote Aale. Eine blaue Plastikschildkröte war von einem Kind ausgesetzt worden, um Geschichten aus aller Welt zu sammeln. In ihrer Vorstellung ritt sie auf dem Rücken der Schildkröte über das Meer, kehrte in Häfen auf der ganzen Welt ein, wo sie gefeiert und geliebt wurde und nebenbei Ziriyab aufspürte, damit auch Muhidin endlich wieder nach Hause zurückkehren konnte. In ihrer Fantasie wurde Pate auch nicht seiner Bewohner beraubt, und es gab keine Dunkelheit in nächtlichen Fenstern, in denen früher als Zeichen für Leben und Anwesenheit Laternen und flackernde Kerzen gebrannt hatten.

Sie hockte sich hin, vergrub die Finger im Sand und überlegte, ob sie den erotischen Roman *Dona Flor und ihre zwei Ehemänner* von Jorge Amado überhaupt lesen durfte, obwohl sie es trotzdem tat. An jenem Vormittag war etwas Merkwürdiges geschehen. Suleiman, der zu einem schlaksigen, affektierten Jugendlichen herangewachsen war, hatte Ayaana angesprochen, als sie die Wäsche wusch.

»Ayaana?«, gurrte er und warf sich in seiner selbst entworfenen Hip-Hopper-Aufmachung lässig in Pose. Er trug die Haare jetzt in einem voluminösen Afro.

Ayaana schniefte, schrubbte weiter einen Kragen, tauchte ihn in den Eimer mit Seifenwasser.

Suleiman blieb vor ihr stehen. »Ich hab dich gesehen.«

Ayaana schniefte erneut. »Ich bin beschäftigt.« Der Verlust ihrer Zukunftsaussichten und die Tatsache, dass sie nicht studieren konnte, machten ihr schwer zu schaffen, denn dadurch sank sie auch in der Achtung ihrer Altersgenossen.

»Ich hab dich im Meer schwimmen gesehen«, sagte Suleiman.

Ayaana ließ das Kleidungsstück in den Eimer fallen. Das Herz schlug ihr bis zum Hals. Suleiman war zwar nur ein Großmaul, aber sie kam sich in seiner Gegenwart linkisch vor, und ihre Handflächen wurden feucht.

»Du bist gut«, sagte er, »aber ich bin besser.«

Sie schaute zu ihm hoch. »Du verrätst mich doch nicht?« Sie verabscheute sich für den flehenden Unterton in ihrer Stimme.

Suleiman presste die Lippen zusammen. Er hätte es gern gesehen, wenn sie Ärger bekam, aber er musste ihr beweisen, dass er besser schwamm als sie. Bei den Jungen in seinem Alter war Ayaana zum Objekt feuchter Teenagerträume avanciert, nicht aus irgendwelchen poetischen Gründen, sondern wegen ihrer unehelichen Herkunft, die sie zu einer verbotenen Frucht machte. Die Jungen hatten Wetten abgeschlossen, wem es gelingen würde, sie zu pflücken. Zwischenzeitlich war Suleiman sicher gewesen, dass er gute Chancen hatte, aber immer, wenn er sich ihr näherte, wich sie ihm aus. Sie hatte etwas an sich, das ihn dazu brachte, ihr wehtun zu wollen. Wäre sie ein Schmetterling gewesen, hätte er ihr die Flügel ausgerissen. Als Ayaana die Schule hatte verlassen müssen, war Suleiman zum Klassenbesten aufgestiegen und hatte einen hervorragenden Abschluss gemacht.

Jetzt legte er, insgeheim voller Schadenfreude, den Kopf schief. »Ich gehe übrigens demnächst auf die Universität von Schardscha, in den Emiraten«, sagte er. »Und wie du ja weißt, sind meine Noten die besten im ganzen Distrikt. Ich brauche einen Ort, an dem meine Intelligenz angemessen gefördert wird.« Er wartete. »Kenia ist zu klein für mich.«

Am liebsten hätte Ayaana geweint. Es war einfach nicht fair. Sie war eine bessere Schülerin als er. Doch schließlich senkte sie den Kopf. Wem wollte sie etwas vormachen?

»Und was fängst *du* mit deinem Leben an?«, fragte Suleiman.

»Anfangen?«, fragte sie mit brüchiger Stimme.

»Ja.«

Ayaana richtete sich auf und schaute aufs Meer hinaus. Tränen glänzten in ihren Augen. Sie verfluchte ihr Schicksal. Es war so ungerecht. Während sich im Leben mancher Menschen endlose Möglichkeiten und immer neue Horizonte eröffneten, passte ihr eigenes in einen undichten roten Eimer. Sie zuckte die Achseln. Suleiman verlagerte das Gewicht von einem Bein auf das andere. Sie zog die Schultern hoch, die Schatten in ihrem Gesicht vertieften sich, und sie fragte ihn sehnsüchtig: »Und was willst du studieren?«

»Wirtschaftsingenieurwesen und Management. *Bachelor of Science.*« Er klang, als hätte er den Abschluss schon in der Tasche.

Sie nickte. »Ich muss jetzt die Wäsche fertig machen.«

»Ayaana«, sagte Suleiman, »ich könnte den Leuten erzählen, dass du allein im Meer schwimmst.« Er feixte. Sie zuckte mit den Schultern, doch ihr Herz schlug schneller. »Aber ich mag dich«, fügte er hinzu.

Sie fuhr herum und starrte Suleiman an. Sie waren in etwa gleich groß, auch wenn er kräftiger war. Der Glanz des Wohlstands umgab ihn wie eine Aura, leicht und solide zugleich. Er griff nach ihrer feuchten rechten Hand, wischte sie mit seiner warmen Hand ab, dann legte er ein cremefarbenes, viereckiges Stück Stoff mit einer murmelgroßen blassrosa Perle darauf, die von einer ausgemusterten Kette seiner Mutter stammte.

Reglos starrte Ayaana die Perle in ihrer Hand an. Suleiman führte ihre Hand an die Lippen und küsste ihr Handgelenk. »Warte auf mich«, sagte er, und sie schloss die Augen, um nur einen kurzen Augenblick in Suleimans Gewissheiten zu schwelgen. Hätte sie nicht den Kopf gesenkt, um ihre Verwirrung zu verbergen, hätte er sie geküsst, damit er seinen Freunden einen Teilsieg verkünden konnte. Doch da rief seine Mutter: »Suleiman!«

Abrupt ließ Suleiman Ayaanas Hand los wie einen giftigen Drachenfisch.

»Suleiman?«, rief Ayaana ihm nach. Er schaute über seine Schulter. Sie warf ihm eine Kusshand zu und winkte. Suleiman jubelte.

Ayaanas Herzschlag schien sich nicht mehr beruhigen zu wollen. Benommen hatte sie die übrige Wäsche gewaschen.

Jetzt war sie mit Wind, Meer und Vögeln auf der Suche nach Strandgut. Ein Hahn krähte. Der Sand knirschte unter ihren Füßen, und plötzlich fiel ihr wieder ein, dass sie spät dran war. Mit wehendem Schleier rannte sie los, die Fische in der Hand. Sie duckte sich, um dem aufwirbelnden Staub zu entgehen, der alle Tiere unruhig machte, einschließlich der Ziegen, die unablässig blökten. Fast blind prallte Ayaana mit jemandem zusammen, dem vor Schreck die Luft wegblieb.

»Samahani!« – Verzeih, stotterte sie. Sie kniff die Augen zusammen und erkannte den kahlköpfigen Chinesen, Mzee Kitwana Kipifit.

***

»*Mingyun*«, sagte er – Schicksal.

Sie sahen sich an und mussten ohne Grund lachen. Plötzlich fiel Ayaana das getrocknete Rosenblütenblatt wieder ein, das jetzt zwischen den Seiten eines persischen Kalligraphiebuchs lag. Mzee Kipifit tätschelte ihr den Kopf und zwinkerte ihr zu.

Er duckte sich geschmeidig wie bei einem Tanz, um einer Staubwolke auszuweichen, und ging auf seine baufällige Fischerhütte am Mangrovenstrand zu, in der er Algen und Fisch kochte und sich um verletzte Vögel, Katzen, Insekten und andere Lebewesen kümmerte, die ihm zuliefen. *Mingyun*, flüsterte Ayaana im selben hohen Ton wie der Wind. Sie hob die Fische auf und wischte den Staub ab. Was für ein Tag. Und was genau hatte Suleiman ihr versprochen? Sie hielt die Perle in der Hand, als sie nach Hause ging.

26

Ayaana schlich im großen Bogen um ihre Mutter herum. Munira schien ein Wechselbad der Gefühle zu durchleben, war erst glücklich, dann traurig, dann fröhlich, dann wieder niedergeschlagen, umarmte ihre Tochter und stieß sie von sich. Sie sprach in Rätseln, redete unablässig vom Schicksal der Frauen. Und: »Wenn kluge Frauen eine Chance sehen, dann nutzen sie sie.«

Sie spülten das Geschirr. Ayaana überlegte sich ihre Worte genau, während sie mit der Seifenlauge spielte. »Ich will weiter zur Schule gehen. Ich bekomme gute Noten, weißt du … Und dann gehe ich auf die Uni.«

»Und wo willst du das Geld hernehmen?«, fuhr Munira sie an.

»Ich kann doch …«

»Was? Mir dabei helfen, irgendwelche Frauen herauszuputzen? Den Fischern Englisch beibringen? Den versoffenen Lastwagenfahrer heiraten? Warum nicht gleich den alten Kamelhändler? Oder den zahnlosen Junggesellen aus Kismaayo? Ist das das Leben, das du willst?«, rief Munira, und Ayaana sah sie stirnrunzelnd an.

Nach dem Abendessen ließ sich Munira auf einer Bodenmatte nieder, rief Ayaana zu sich und fing an, ihr die Haare zu kämmen. Ayaana lehnte sich an sie und sagte: »Ich könnte Ingenieurin werden. Die ganze Welt bereisen.« Munira lauschte und kämmte Ayaana die schwarzen Locken aus. Ayaana spann ihre Träume weiter. »Oder ich studiere Wirtschaftswissenschaften und eröffne ein Geschäft, *Ma-e*. Dann kaufe ich dir ein großes Haus. In Mombasa.«

»Mombasa ist zu klein für uns, *Lulu*«, sagte Munira. Sie schwieg kurz, dann sagte sie: »Heute reinigen wir deinen Körper mit *Singo*. Würde dir das gefallen, mein Herz?«

Ayaanas Augen glänzten. Überrascht schnappte sie nach Luft. Eine Behandlung wie für eine Braut! Jasmin, Kurkuma, Ylang-Ylang, Nelken, Sandelholz und Rosenblütenblätter in Rosenwasser. Ein Duft, der lange anhielt und für einen sanften, erholsamen Schlaf sorgte. »Wo ist der Bräutigam?«

Munira lachte nicht. »Und dann verrate ich dir … Geheimnisse … sodass kein Mann dich je wieder verlässt.« Sie brach ab. »Ach …«, murmelte sie.

Ayaana spürte, dass etwas Seltsames vor sich ging, und drehte sich zu ihrer Mutter um. »*Ma-e*? Warum weinst du?«, fragte sie. Sie fühlte sich unbehaglich.

Munira rieb sich die Augen. »Ich hatte noch Chili an den Händen! Wie dumm von mir. Hab's mir in die Augen gerieben.« Sie lachte. Mit roten Augen pflegte sie den Körper ihrer Tochter. Nach einer Nelken-Pediküre lackierte sie ihr die Zehennägel rot. Sie bemalte Ayaanas Arme und ihren Rücken mit Hennamustern. Hautkontakt, Berührung, Intimität, Mutter, Tochter, zwei Frauen. Zeitlose Rituale. Der Himmel war dunkelblau und bedeckt, ein Hauch von Zitrone, Minze und Zimt lag in der Luft, ein leise pfeifender Wind wühlte das Meer auf, und Ayaana hatte das Gefühl, als würde es immer so bleiben. Ein verschwommenes Dahintreiben, gespickt mit Wohlgerüchen und üppigen Mahlzeiten. Ihr war sogar entfallen, dass Muhidin ihr fehlte. Munira, die ganz im Augenblick versunken war, vergaß, warum sie hier waren, und sang:

> *»Ewe ua la peponi*
> *Waridi lisilo miba ...«*

Ayaana wandte sich ihrer Mutter zu, die strahlend und anders aussah und doch immer noch ihre Mutter war, und es gab niemanden auf der Welt, den sie mehr liebte. Sie streckte die Hand aus und strich Munira eine Haarsträhne hinter das Ohr, die ihr in die Augen zu fallen drohte. Munira rieb sich die Stirn, als wollte sie einen Fleck abwischen. *Das Herz ist elastisch*, sagte sie sich. Es konnte lernen, alles zu lieben. Zumindest hoffte sie das. Sie selbst hatte sich einst nach dem Feuer der Liebe verzehrt, und es hatte Jahre gedauert, bis sie es mit Ziriyab gefunden hatte, und eine Jahreszeit lang hatte sie die Erfahrung gemacht, dass Begierde existierte, um gestillt zu werden. Sie hatte jeden Tropfen Genuss in sich aufgesogen. Doch jetzt, wo ihr die Endlichkeit auf den Fersen war, wollte sie mehr. »Die Liebe ist ein doppelgesichtiges Biest«, erklärte sie Ayaana und wollte ihr begreiflich machen, dass Begehren und Leid aus ein- und demselben Stoff gemacht sind, aber dann schwieg sie und sorgte stattdessen dafür, dass die Haut ihrer Tochter leuchtete.

~

»Ayaana?«, rief Munira an einem strahlenden Donnerstagvormittag.

Ayaana schaute unter der Bettdecke hervor. Das Erdkundelehrbuch, in dem sie am Abend noch gelesen hatte, fiel mit einem dumpfen Schlag zu Boden. Munira verzog das Gesicht. Dann sagte sie: »Ruh dich heute aus. Schlaf noch ein Weilchen. Ich komme heute Mittag wieder.«

Gegen Mittag kam Munira in Ayaanas Zimmer und packte etwas aus, das Ayaana dazu brachte, aufzuspringen und im Kreis herumzutanzen. Ungläubig starrte sie das duftige, körperbetonte Nichts von einem Kleid an, das ihre Mutter ihr mitgebracht hatte.

»Für mich?« Sie sah Munira mit großen, strahlenden Augen an.

»Wir kriegen Besuch«, sagte Munira und presste die Lippen zusammen. »Steh auf. Sie kommen, um dich kennenzulernen.«

»Mich? Warum? Wer?« Ayaanas Gedanken rasten. »Hast du ihnen das von der Schule erzählt?«

Munira wischte einen Fleck von der Tür. »Wir ziehen dich schick an, ich schminke dich. Sie erklären dir selbst, worum es geht.«

»Schminken? *Ma-e*, was wollen sie?«

Munira wischte einen weiteren nichtexistenten Fleck von der Wand. »Mit dir über deine Zukunft sprechen.« Sie hustete.

»*Ma-e!* Soll ich meine Zeugnisse holen? Dann können sie sich selbst davon überzeugen, dass meine Noten gut sind.«

Munira schwieg.

»Ma?«

»Wenn du willst.«

Ayaana hüpfte ins Schlafzimmer und rief: »Hast du meine Zeugnisse? Ich *muss* meine Kalligraphien an die Wand hängen. Wenn sie die sehen, werden sie fragen: *Wer hat sie gemacht?* Und *du* musst sagen: *Das war Ayaana.*«

Munira schwieg, rieb sich den Teil ihrer Brust, wo ihr Herz schlug, schmerzte und brach.

27

Das lachsfarbene Chiffonkleid, das Ayaana getragen hatte, lag zerfetzt in einer Ecke. Zwei tränenverschmierte Gesichter, ein gekrümmter Körper. Abkühlendes Zuckerwasser auf dem Boden – ein nicht zu entfernender Fleck auf dem Zement, einer auf halb geschändetem Fleisch. Das klebrige Zuckerwasser hatte nicht nur die Mahlzeit auf dem Tisch ruiniert, es fraß sich auch durch Ayaanas Kindheit, zerstörte sie, wurde zu einem Spiegelbild ihrer Herkunft, von der sie nichts wusste.

Der aalglatte Assistent hatte Munira aus dem Haus und in jenen Winkel ihres Gartens geführt, in dem wilde Rosen blühten, und sie wanderte mit unnatürlich hoch erhobenem Kopf auf und ab. Es duftete nach Lavendel und Rosmarin, Bienen summten. Sie betrachtete die nahe gelegenen Gräber, als der auf einmal nachdenklich gewordene Kuppler sie aus ihren Gedanken riss: »Parfüm und Zerfall in einem Tiegel«, sagte der Mann, als er ein cremefarbenes Rosenblütenblatt zu Boden fallen sah. »Schönheit und Verfall. Immer noch begehrenswert.« Er schaute sich um, atmete tief ein, dann sagte er zu Munira, die an ihrem Schleier zupfte: »Wussten Sie, dass das englische Wort für Wunsch oder Verlangen, ›desire‹, vom lateinischen *desiderare* abgeleitet ist, was ›darauf warten, was die Sterne bringen‹ bedeutet?«

Jauza, Orion, erinnerte sich Munira, der Sternenname, den sie für sich und ihre Tochter erfunden hatte.

Sie gingen weiter. Schweißperlen standen ihr auf der Stirn. Wieder schnüffelte er. »Ein Hauch von Verlangen, gemischt mit Blut, Rauch, Schatten und – was ist das?« – seine Stimme klang merkwürdig rau – »Reue?«

Ein erstickter Schrei im Haus, der plötzlich abbrach. Munira fuhr herum, dann sah sie wieder ihn an. Kalte Neugier stand ihm ins Gesicht geschrieben, und er beugte sich vor und flüsterte: »Begehren! Wünsche! Träume!« Munira drehte sich auf dem Absatz um, rannte zurück zum Haus, stürmte mit aufgelösten Haaren durch die Tür und schrie: »*Ah! Maskini!*«, und sah gerade noch, wie fette, goldberingte Finger über den Körper ihrer Tochter glitten, hierhin und dorthin krochen, während der Mann schwer atmend versuchte, sich auf Ayaana zu legen, und mit der anderen dicken Hand den Schrei erstickte, der aus dem Mund ihrer Tochter drang. Die Bestie hatte das seidige Kleid zerrissen, das dem Kind eine solche Freude gemacht hatte.

Munira griff nach einer *Sufuria* voll heißem Zuckerwasser, das sie zur Enthaarung benutzte und das noch auf dem Herd stand. Mit bloßen, jetzt verbrühten Händen, goss Munira gefühllos wie eine Maschine die karamellisierte Flüssigkeit über den Hinterkopf und Rücken des Mannes, und er stöhnte auf, erstarrte, begriff, was passiert war, und erkannte, dass sie nur darauf wartete, ihm mit der Pfanne den Schädel einzuschlagen. Etwas von dem Zuckerwasser war auch auf den Oberschenkel ihrer Tochter gespritzt. Eine Narbe, die sie, ebenso wie die der Bissspuren des hässlichen reichen Mannes, für den Rest ihres Lebens behalten würde.

Nach dem ersten Aufschrei der Überraschung und des Schmerzes war der massige Wa Mashriq ohne einen weiteren Ton aufgesprungen. Obwohl die Verbrennungen höllisch schmerzen mussten, hatte er kaum mit der Wimper gezuckt. Munira beobachtete ihn. Sie hatte mit ihm abgerechnet. Er hatte ihr bewiesen, dass er kein Mensch war. Der Mann musterte Ayaana, die nur noch ein paar Fetzen ihres hauchdünnen Kleides am Leib trug, ihre gekrümmte Haltung, die langen, dünnen Gliedmaßen, die sie unter sich gezogen hatte, ihre nackten Brüste, die zu entblößen ihm erst am Schluss gelungen war, das zerlaufene Makeup, die zerzausten Haare. Zerbrechlicher, als er ursprünglich gedacht hatte.

Gebrochen.

Er grinste Munira an.

Sie verstand die Botschaft in seinem Gesicht, als hätte er sie laut ausgesprochen: *Das Endspiel mag ich verloren haben, aber du hast dein einziges Kind verloren. Dein Verlust ist der schrecklichere.* Auf dem Weg nach draußen ließ der Mann ein Bündel Geldscheine fallen.

»Amerikanische Dollar«, murmelte er.

Dann überließ er Munira und Ayaana ihrem nach Karamell riechenden Schweigen. Draußen peitschten rastlose Winde die Wellen auf, die an die Küste brandeten.

~

»Steh auf«, sagte Munira zu Ayaana, statt: *Verzeih mir.* »Ich verbrenne das Kleid«, sagte sie, statt: *Verzeih mir.* »Du kannst dir keine Tränen leisten. Geh dich waschen. Ich mache hier sauber. Trink Milch. Da steht noch was auf dem Ofen.« All das sagte sie statt: *Verzeih mir.*

»Ja«, sagte Ayaana.

Fügsam, traurig, älter und weiser.

Bald darauf würden beide so tun, als hätte es diesen Donnerstagabend nie gegeben, obwohl der Schatten des Zuckerwasserflecks auf dem Boden den Ort des Geschehens markierte wie ein Grabstein. Reinigungsrituale als Weg durch den Kummer: sieben Esslöffel Nelkenöl und drei Esslöffel Zitronengras in dampfendes Badewasser gerührt.

Später.

In der Stille der Nacht ersticktes Schluchzen. Hätte Ayaana einen Blick in Muniras Zimmer geworfen, hätte sie ihre Mutter schlaflos im Bett liegen sehen, entsetzt über das, was sie für einen längst begrabenen Traum zu opfern bereit gewesen war.

Munira stand auf und lauschte dem Schluchzen ihrer Tochter. Den Kopf an die geschlossene Tür gelehnt, zählte sie die mit bebendem Schaudern ausgefüllten Pausen zwischen Ayaanas Atemzügen. Griff nach dem Türknauf. Hätte die Tür aufgestoßen, hätte sie sich nicht davor gefürchtet, in einen selbst geschaffenen Abgrund zu stürzen. Abrupt wandte Munira sich von Ayaanas Tür ab.

Ayaana betrachtete den Himmel. Neumond. Ein Küstenvorsprung, darunter das Meer: die Versuchung, hineinzuspringen. Munira stand vor dem Haus und beobachtete mit zerrissenem Herzen die schemenhafte Gestalt.

Sieben Tage später verließ Ayaana – verschleiert und mit gesenktem Kopf – unter dem Schutz eines frühmorgendlichen Gewitters am blauvioletten Himmel ihr Zuhause, das von den kalten Schatten eines vernarbten Gewissens befleckt war. Sie wanderte durch eine Landschaft, die jetzt von ihrer Erniedrigung eingefärbt zu sein schien. Die aufspritzende Gischt durchnässte sie, doch sie genoss das frische, saubere Wasser. Sie blieb stehen, um zuzuschauen, wie riesige Wellen Fischerboote überspülten, lauschte dem Tosen des Meeres, dem heulenden Wind und dem Donnergrollen, das die Menschen in hektische Betriebsamkeit versetzte. Blind fand sie ihren Weg über Felsen hinweg, vorbei an ächzenden Bäumen, zu Fundi Mehdis in einer Bucht gelegener Bootswerkstatt. Sie verließ sich dabei auf ihren Geruchssinn und ihr Gespür. Sie hörte ihn an irgendetwas herumschnitzen und blieb unter einer großen Kokospalme mit einem riesigen Spinnennetz stehen, in dem eine mittelgroße braune Spinne saß und ihre Opfer belauerte. Sie betrachtete die Szene eine Weile, dann zerstörte sie das Netz mit bloßen Händen, ging zu Mehdi und blieb mit hängenden Schultern vor ihm stehen, als wartete sie darauf, dass er sie verurteilte. Er schaute sie wortlos an. Sie sah die sieben neuen, zickzackförmigen »Krieg-gegen-den-Terror«-Narben in seinem Gesicht. Dann nahm er seine Arbeit wieder auf.

Und so schlich Ayaana katzengleich zu der alten, gestrandeten *Dau* und kletterte hinein. Dort saß sie, eingelullt von Namenlosigkeit, und leerte ihren Geist für das Meer und seine berauschende Stimme. Zurückgelehnt folgte ihr Blick absichtslos dem Flug eines braunen Raubvogels, der sich inmitten der stürmischen Luftströmungen treiben ließ. Nach und nach zogen Ayaanas Geister sich zurück. Im Hintergrund verlas eine bekümmerte Stimme im Radio die Gezeitenvorhersage.

Anderswo.

Als Munira bei Sonnenaufgang zum Morgenstern hinaufblickte, sah sie Blut. Als sie blasse Rosen pflückte und sich in den Daumen stach, sah sie Blut. Als sie abends zuschaute, wie die orangeglühende Sonne in dem vom Sturm gereinigten Meer versank, sah sie Blut. Und als sie ihre Holzspäne in stechend riechende Öle und reinigende Gewürze einweichte, um duftendes *Oudhi* herzustellen, roch sie nichts als Blut.

~

Heute stellst du Rosenöl her, damit das sonnengebeizte Parfüm den Gestank der Schändung von Körper, Herz, Seele und Blut vertreibt. Die Aromen sollen in dieser Zeit unstillbarer Einsamkeit den Kummer vertreiben und dir dein Kind zurückbringen. In der grauen Morgendämmerung bist du zu den Randgebieten deiner Insel gewandert, wo die wilden Rosen wachsen, um ein paar Blütenblätter zu pflücken, noch ehe der Morgentau getrocknet ist. Als du sie in einem geflochtenen Reetkorb sammelst, stichst du dich an den Dornen. Du versuchst die Tränen zurückzuhalten. Eilst über die Insel und ignorierst wieder einmal die Blicke deiner Landsleute, die jetzt endgültig davon überzeugt sind, dass du verflucht bist. Mittlerweile hast du es akzeptiert. In der Küche hast du die Rosenblüten in weichem Wasser gereinigt und wortlose Gebete gesprochen. Dein Rosenöl ist weithin für seine Reinheit gerühmt. Nur wenige wissen, dass du das Herz der Rosen streichelst, um es um Verzeihung zu bitten, ehe du es in Stücke reißt. Du gibst ihm die Zärtlichkeit, die du auch deiner Tochter geben würdest, wenn du könntest. Bald wirst du deine Öle – Oliven-, Kokos- und Weintraubenkernöl – mischen, in einem Verhältnis, das ihr Sein vertieft. Dann musst du die Rosenblütenblätter zerquetschen. Mit Bedauern gibst du sie zu dem Ölgemisch in dunkelbraune Gefäße, die du, in angewärmten Stoff gewickelt, in die Regale auf deinem baufälligen Dach stellst. Dort können die Tongefäße, die du immer wieder mit heißem Wasser auffüllst, lagern, zusammen mit den Holzspänen zur *Oudhi*-Herstellung und dem destillierten Wasser, in dem unter der Sonne von Pate, dem Mond von Pate und umgeben vom Meer um Pate Jasmin, Zitronengras und Orangenblüten ihre Essenz ausbluten. Heute würdest du am liebsten dort bleiben und zusehen, wie die Sonne dein Rosenöl zubereitet. In der Nacht holst du das Hagebuttenöl, das du für deine Tochter hergestellt hast. Ja, du bist berühmt für dein *Marashi mawaradi*, und deine *Halwaridi*-Rosenessenz ist ausverkauft, noch bevor du einen Vorrat anlegen kannst. Wenn die Nachtvögel singen, versprengst du Rosenwasser im Haus, und der Duft erfüllt dein Totengemach des Schmerzes, wenn du das Schluchzen deiner Tochter in ihrem Zimmer und den Widerhall des Fluchs *Ki-don-da* hörst. Später werden dir Gerüchte zugetragen, dass du und deine Tochter euch vorsehen solltet, weil die Mächtigen nie zulassen würden, dass man ihre Pläne durchkreuzt, und dass sie hungrige Steinmetze dafür bezahlen, zu pflücken, was sie selbst nicht pflücken konnten. Und du eilst über die gesamte Insel, doch es gibt keinen Ort, an dem deine Tochter sicher ist.

28

Die Zeit durchströmte Ayaana, deutete Vergessen an. Sie hatte das Gefühl, für sich selbst nicht mehr sichtbar zu sein. Hatte das Vertrauen verloren, eine Zukunft, eine Mutter zu haben, auf die sie sich verlassen konnte. Sie sah Munira mit ganz neuen Augen.

Munira sagte zu ihr: »Wir müssen jetzt vorsichtig sein.« Sagte: »Sie wollen Rache.« Schweigend und wie betäubt starrte Ayaana ihre Mutter an. Munira fuhr fort: »Sie haben noch nicht alles bekommen, was sie wollten.« Sie senkte den Kopf. *Und wofür sie bezahlt haben*, dachte sie und schauderte.

Wenn doch nur Muhidin … Ayaana merzte den Gedanken aus, noch ehe sie ihn zu Ende denken konnte, doch er lauerte weiterhin in ihrem Herzen.

Zeit verging, und Ayaana hatte das Gefühl, als Mensch und eigenständige Person immer weniger zu zählen. Man sprach von ihr nur noch als zukünftige Braut für diverse Männer im Alter zwischen dreißig und achtzig, die aus Ländern von Somalia bis Indien kamen. Einer von ihnen, ein Konvertit aus Gujarat, wollte eine vierte Frau von der ostafrikanischen Küste heiraten, um seine Geschäftsbeziehungen im indischen Ozean zu verbessern. Namen über Namen, die von Abgesandten überbracht wurden. Vier Kriterien wurden aufgestellt, um Ayaanas Eignung als Ehefrau zu bewerten: Sie war jung, weiblich und gerade skandalumwittert genug, um interessant zu sein, trotzdem noch größtenteils unverdorben. Namen über Namen, die Vergessen und Vergessenwerden suggerierten. Namen, die eine Versuchung darstellten, weil sie es ihr erlaubt hätten, jemand anders zu werden.

Fast zwei Monate später begegnete Ayaana Suleiman wieder. Nach jenem Donnerstagabend war sie den Menschen aus dem Weg gegangen. Sie war gerade zum Mangrovensumpf unterwegs und ignorierte die Blicke der Leute, die zugleich lüsterne Fragen waren. Die Schlüssel von Muhidins Haus klimperten in ihrer Tasche. Sie hatte vor, sich später in den Bombay-Schrank zu setzen.

Als vier grellgrüne Koffer ihr den Weg versperrten, blieb sie stehen. Mama Suleiman presste sich mit einer Hand ein Handy ans Ohr und beendete gerade ein Gespräch, den anderen Arm hatte sie um ihren frisch vom Friseur kommenden Sohn gelegt, der einen blauen Anzug trug. »Du reist schon ab?«, rief Ayaana aus, ohne nachzudenken.

Ohne sich umzudrehen, sagte Mama Suleiman zu ihr: »Verschwinde. Du verschandelst die Aussicht. Suleiman, hör auf zu brüten, oder bist du ein Vogel? Ayaana, es gibt Stellen als Hausmädchen in Saudi-

Arabien. Sie bezahlen gut.« Sie lächelte. »Dann musst du auch nicht mehr Fremde anbetteln oder deine intimsten Schätze an den Meistbietenden verhökern. So, und jetzt mach, dass du wegkommst, Mädchen.« Sie funkelte Ayaana an.

Ein zorniger Blickwechsel. Aufgebracht und verzweifelt ballte Ayaana die Fäuste. Mama Suleiman feixte. Suleiman schüttete sich aus vor Lachen.

Ayaana wurde immer kleiner, verdankte es allein ihrer Willenskraft, dass sie nicht in Tränen ausbrach. Suleimans wieherndes Gelächter traf sie mitten ins Herz.

Er zwinkerte ihr zu. »He, Ayaana ... sprichst du immer noch mit dem Geist deiner hässlichen Katze?« Er tat, als würde er sich Tränen aus den Augenwinkeln wischen.

In diesem Moment lernte Ayaana, blanken Hass zu empfinden. Das Geräusch, das ihren Lippen entfuhr, ließ Suleiman Schutz im Arm seiner Mutter suchen. Bi Amina trat einen Schritt vor: »*Esh*, Mädchen! Musst du nicht noch ein paar Tricks lernen gehen? Verschwinde. Wir sind vielbeschäftigte Leute ... Suleiman, steh nicht so krumm da. Richte dich auf. Oder hast du etwa einen Buckel?« Zu Ayaana sagte sie: »Sag bloß, du bist immer noch hier, du freches Ding?«

Ayaana rannte davon.

Sie erreichte eine Bucht, ohne zu ahnen, dass sich dort auch ihre Mutter oft versteckte.

Sie ließ sich in den Sand fallen.

Trauerte erneut um ihr schmutzig weißes Kätzchen.

Ayaana ließ sich im Fluss der Zeit dahintreiben. Hier und da schimmerte eine Wasserpflanze, ein Felsen durch sterbende Hoffnungen. Es gibt eine Art von Einsamkeit, die bis ins Innerste der Seele dringt und sie vom Körper löst.

Später fiel sie vor dem Meer auf die Knie, um mit ihm zu verhandeln. *Bitte, bring mich fort von hier.* Sie warf einen Blick zurück über die

Schulter, auf die Geister, die ihr im Nacken saßen. Dann wandte sie sich wieder dem Meer zu. *Bring mich fort von hier.* Ein sehnsüchtiger Appell. Sie streckte sich dem Wasser entgegen, als wollte sie sich hineinstürzen. Doch nichts passierte. Sie atmete. Verhüllte ihren Körper und sprang auf, ein schwarz gekleideter Schatten mit schnellem, geschmeidigem Gang. In der salzgetränkten Dunkelheit, die ihren Körper und ihre Identität verbarg, schlich sie über den Pfad zu Muhidins Haus. Sie lauschte an der Tür, in der Hoffnung, Anzeichen für Leben zu hören. Dann schloss sie sie auf, ging ins Haus und musste in der staubigen Luft husten. Herzklopfen. In einem plötzlichen Anfall von Raserei wirbelte sie durch den Raum und fegte die Bücher von den Regalen. Holte ein Messer aus der Küche, mit dem sie Stoffe und Polster zerfetzte. Zerriss die gebrochenen Versprechen der Männer in der Luft. Zerbrach Muhidins Steingutgeschirr. Dann rannte sie, immer zwei Stufen auf einmal, die Treppe hinauf in Muhidins Schlafzimmer, sprang aufs Bett und hüpfte in Schuhen darauf herum, besudelte die Decken, kickte die Kissen von der Matratze. Darunter spürte sie einen Widerstand, etwas Hartes. Sie sprang auf den Boden und schaute unter das Bett.

Muhidins Lamu-Truhe.

Minuten später hatte Ayaana das Schloss geknackt und fand darin Schiffslogbücher, Schiffswerkzeuge, darunter auch das dunkelbraune Buch, zwischen dessen Seiten das zerfallende vergilbte Erinnerungspergament steckte. Ein Pergament, das *Marashi* verströmte, den Geruch des Mondes, die Verheißung eines weit entfernten Ziels. Sie konnte es nicht zerreißen.

Schwellen der Heimsuchung.

Dann sah sie durch einen Tränenschleier eine Vision vor sich – eine Erinnerung an ein abendliches Gewitter. Ein Feuer erhellte das Pergament, und jetzt begriff sie, dass es ein Versprechen war. Musik, ein Gefühl. Ihre Tränen, das Licht und die Musik versiegten, doch die Hoffnung blieb. Sie schrieb Muhidin eine kurze Nachricht auf ein

Stück Papier, dass sie in die Truhe legte. Dann verließ sie das Haus und nahm das Buch mit dem Pergament darin mit. Jetzt wusste sie, was sie tun musste.

~

Am nächsten Tag rannte Ayaana über die Insel zu ihrer alten Schule. Sie setzte sich unter einen Baum und wartete den ganzen Tag darauf, dass Mwalimu Juma herauskam. Abends schloss er das einzige Klassenzimmer ab, ging über den Schulhof, und sie stand auf.

»Du!«, rief er, als er sie entdeckte.

»Ja.«

»Was willst du?«

»Lehrer«, sagte sie, »ich muss meine Sekundarstufenprüfungen ablegen.«

Mwalimu betrachtete sie eine Weile. »Bewahren die Prüfungen dich denn vor weiteren Dummheiten?«

Tränen rannen ihr die Wangen hinunter.

»Antworte. Können die Prüfungen dich retten?«

Sie antwortete nicht.

»Jetzt kommst du zu Mwalimu Juma? *Jetzt* bin ich dir klug genug?«

Ayaana legte all ihre geheimen Hoffnungen in ein Wort: »B-bitte, Lehrer.«

Mwalimu Juma räusperte sich. Schwäche provozierte ihn. Schroff sagte er: »Hör zu, ich kann dich nicht auf die Prüfungen vorbereiten. Aber du bist intelligent. Ich besorge dir alte Prüfungsaufgaben. Üben, üben.«

Sie schluchzte. Er machte noch mehr Zugeständnisse. »Dir bleiben noch – wie viel, fünf, sechs Monate? Dann lass dich in Lamu schnell als Privatkandidatin registrieren. Wie viele Fächer?« Ayaana rieb sich das Gesicht. »Anzahl der Fächer?« Er zählte sie an den Fingern ab: »Englisch, Kiswahili, Mathematik …«

»Biologie, Chemie, Erdkunde, Kunst und Design, Betriebswirtschaftslehre«, fuhr sie fort.

»Lass Kunst und Design weg; nimm Landwirtschaftslehre. Du willst doch gut abschließen. Acht Fächer, fünftausend Schillinge. Hast du so viel?«

Ein Bild von Geldscheinen, die auf den Boden segelten. Sie starrte ihre Füße an und schwieg. Sanfter sagte Mwalimu Juma: »Besorg das Geld, Mädchen. Dann komm wieder. Schnell, schnell.«

An jenem Abend sagte Ayaana zu Munira: »Ich brauche fünftausend Schillinge.«

Ohne nach dem Grund zu fragen, ging Munira in ihr Zimmer und zählte siebentausend Schillinge ab.

Fünf Monate später legte Ayaana innerhalb von zwei Wochen zusammen mit zwölf anderen Kandidaten, darunter eine fünfundsechzigjährige Witwe, im Gebäude des Museums von Lamu ihre Prüfungen ab. Ayaana hätte noch ewig weiterschreiben, Zellmembranen zeichnen, die Einzelteile des menschlichen Auges benennen, Winkel berechnen und Aufsätze verfassen können. Im folgenden Februar, als die nationalen Prüfungsergebnisse bekanntgegeben wurden, verkroch sich Ayaana im Bett, als sie die Ankündigung in den Morgennachrichten hörte. Vier Stunden später summte Ayaanas mit Klebeband zusammengehaltenes Handy, das früher ihrer Mutter gehört hatte.

Die Ergebnisse waren da.

Munira fragte Ayaana nicht danach; ihr fehlte die Kraft, eine weitere Enttäuschung zu ertragen.

***

Später an jenem Abend nahm Ayaana das Handy mit in eine Bucht in der Nähe von Mehdis Bootswerkstatt. Unter dem Schutz des Meeres, der Winde und der Hitze öffnete sie die Nachricht. Ein Licht erhellte die Ergebnisse: zweimal eine Eins, dreimal eine Eins minus, zweimal eine Zwei plus und eine Zwei minus. Ayaana riss die Arme hoch und stieß einen stummen Schrei aus. Dann wirbelte sie herum, ließ sich auf den Boden fallen, schaute zum Sternenhimmel auf und lachte. Niemand sah sie, niemand hörte sie. Und weil der Bildungsbeauftragte des Distrikts weit entfernt in Faza ansässig war und sich im Urlaub befand, fragte niemand in Kenia, wer die Drittbeste ihres Distrikts, Ayaana Abeerah Mlingoti, war.

Nachts wartete Munira auf die Rückkehr ihrer Tochter. Die dunklen Wolken jenes Donnerstagabends verfolgten sie noch immer. Gemurmelte Drohungen, Racheschwüre. Nichts als das Gestammel Betrunkener, trotzdem war sie zum Scheich gegangen, um ihn um Rat zu fragen. Er hatte ihr empfohlen, zu beten. Da hatte sie angedeutet, die Regierung um Hilfe bitten zu müssen. Der Mann hatte ihr zu Geduld geraten und ihr gesagt, ein anderer halte seine schützende Hand über sie. Dennoch wartete Munira besorgt auf die Rückkehr ihrer Tochter. Dann sah sie eine schlanke Gestalt den Pfad hinaufrennen. Es dauerte einen Moment, bis sie ihr Kind erkannte. Und so schlug sie sich die Hand vor den Mund, um ihre Ängste und Hoffnungen zu verbergen, und zog sich in ihr Schlafzimmer zurück, in dem noch der Duft unbeantworteter Gebete hing. Munira spähte durch die Tür und beobachtete, wie ihre Tochter ins Haus gehüpft kam, und hätte sich fast ein Lächeln gestattet.

Am nächsten Tag saß Ayaana bei Sonnenaufgang inmitten von Kräutern und Blumen im Garten ihrer Mutter. Sie grub in der Nähe eines Jasminstrauchs im Schatten eines Papayabäumchens ein Loch und flüsterte dem Geist ihres Kätzchens ihre gute Nachricht zu. Kläräugige, hungrige Krähen saßen auf den Ruinen verfallener Schuppen und beobachteten sie krächzend. Ein Esel brüllte. Eine Fahrradklingel

läutete, der Muezzin rief zum Gebet. Ein Mann mit einem Fischernetz näherte sich ihr. Als er wie jeden Morgen und jeden Abend vor
den Gräbern seiner vor langer Zeit verstorbenen Landsmänner stehen blieb, fiel sein Blick auf Ayaana, die, eingehüllt in Morgenlicht,
aussah, als würde sie geradewegs aus der Stadt Zhaoqing kommen.

Lipunguze omo tanga, kuna kusi la hatari.

Holt die Segel ein,
ein rauer Südostwind zieht auf.

29

Der *Kusi*, ein kühler Südwind, attackierte die Küste, ehe er abflaute und elf Neuankömmlinge nach Pate brachte – Besucher, die sich strahlend verbeugten, als sie an Land gingen. Sie waren zur Südwestküste, nach Pate Town gekommen, wo sie in übereifriger Freundschaftsbekundung die Hände ausstreckten. Mzee Kitwana Kipifit, sonnengebräunt und besorgt, dass seine Handlungen von der Insel – mit der sein Schicksal jetzt verbunden war – als unehrenhaft angesehen werden könnten, trat von einem Fuß auf den anderen, während er auf die Besucher wartete. Mzee Kitwana bereitete sich darauf vor, die Gäste einem lokalen Parlamentsmitglied, dem Distriktverwalter, dem großen, zurückhaltenden und stets schwermütigen Polizeiinspektor und ausgewählten Imamen und Sheikhs aus Faza, Siyu und Pate Town vorzustellen. Ein Anflug von Stolz überkam ihn, weil er den Gastgeber spielen und den Gastfreundschaftskodex von Pate anwenden konnte, als wäre er ein *Mwenyeji*, ein Einheimischer. Er stellte sich den Gästen, sehr zu ihrer Erheiterung, sogar als »Mzee Kitwana Kipifit« vor und gab ihnen eine Kostprobe des blumigen Kipate, eines Swahili-Dialekts, den er mithilfe der Epen der Insel erlernt hatte, die er studierte.

Die Besucher traten über Schwellen, und die Gastfreundschaft der Insel kam mit voller Kraft zum Einsatz. Sie aßen bei Familien. Schliefen in ihren Häusern. Man hörte ihnen zu. Sie lachten an den richtigen Stellen, hatten viele rot verpackte Geschenke dabei und sprachen oft von dem Wunsch, die Vergangenheit zu harmonisieren, und von einer Dankesschuld. Dabei war nicht ganz klar, ob diese Schuld bei den Gästen oder den Gastgebern lag. Sie besuchten die Kuppelgräber, wo sie ein paar Höflichkeitstränen vergossen und aufmerksam Mzee Kitwanas Erklärungen auf Mandarin lauschten. Sie redeten oft von Haddschi Mahmud Schams, den sie Admiral He nannten.

**

Ein pensionierter Beamter aus Pate redete von Admiral He, als sei er noch am Leben, als hätten sich die historischen Ereignisse vor nicht allzu langer Zeit zugetragen: »War er nicht ein Eroberer, der das chinesische Reich vergrößern sollte? War er nicht in unseren Breiten, um Tribut einzufordern? Hat er nicht unser Volk bedroht? War unser Volk nicht gezwungen, ihm zu geben, was er verlangte, oder einen Krieg zu riskieren? Ist das der Mann, den Sie meinen?« Eine Fliege summte in dem entstandenen Schweigen. Einer der Besucher, der blass geworden war, weil er von seinem offiziellen, beschönigenden Skript abweichen musste, wagte einzuwenden: »Andere Zeiten, andere Methoden.« Seine Kollegen beeilten sich, ihr Geplapper über Häfen wie Taicang, Navigation und Kartografen, über Generationen von Seemännern, Schiffsrouten, Passatwinde und Erinnerungen wieder aufzunehmen.

Später baten sie darum, die über die Generationen hinweg vererbten Töpfe, Pfannen, Teller und Tassen in einigen Häusern der Insel in Augenschein nehmen zu dürfen. Abends setzten sie sich mit den Männern zusammen, um sich ihre zögerlich vorgetragenen Rezitationen episch verzweigter Stammbäume anzuhören und nach vertrauten Namen Ausschau zu halten. Tage später begleiteten vier der Männer die Fischer auf einen frühmorgendlichen Fischzug, der von ihren Gastgebern arrangiert worden war. Sie überraschten alle, indem sie sich ihrer Kleider entledigten. An Bord ließen sie sich die verschiedenen Fangmethoden erklären, halfen beim Einholen der Netze, bestaunten die Vor- und Zubereitung der Fische und verteilten noch mehr rot eingepackte Geschenke. Falls die Gastgeber über die Qualität der Geschenke enttäuscht waren, beklagten sie sich nicht. Zwei Besucher hatten sich den Männern beim Gebet in der Moschee angeschlossen. Selbst dort sprachen sie, als man ihnen die Gelegenheit dazu gab, nie von sich, sondern nur über Haddschi Mahmud Schams. Die Gäste fotografierten alles. Dann, eines Tages, als Pate sich gerade an ihre Sitten gewöhnt hatte, verkündeten die Gäste, sie wollten abreisen.

Drei Monate später kehrten sechs der Besucher noch vor der *Matlai*-Saison und ihren Vögeln und Libellen wieder zurück. Sie wurden von mehreren Angestellten des *Kenya National Museum* begleitet: eine Frau aus dem Landesinneren, die ständig aus einer Wasserflasche trank, und drei Männer, von denen einer ausschließlich in vollständigen Paragraphen sprach – Experten für Vererbungslehre. Sie erklärten den Inselbewohnern, was »DNA« ist und warum sie Proben davon einsammeln wollten.

***

Geschichte. Nachdem vor sechshundert Jahren ein gewaltiger Sturm die Dschunken eines Admirals versenkt hatte und mindestens sechstausend seiner Männer ertrunken waren, erreichten die Überlebenden schwimmend die Mangroven und dunklen Sandstrände von Pate und traten über Häuserschwellen. Jahre später bestiegen einige von ihnen Schiffe, die der *Kusi* nach China zurückbringen sollte. Doch die meisten blieben, rezitierten die Schahada und nahmen das reinigende Bad, aus dem sie – in weiße Gewänder gehüllt, mit neuen Namen, neuen Ehefrauen und einem Schwur der alleinigen Bundestreue zu Pate auf den Lippen – als neue Menschen wieder auftauchten. Doch es hieß, sie hätten ihrer Vergangenheit zumindest das Zugeständnis gemacht, ihren Wohnort – Stätte der Erinnerung und der Geister – »Shanghai« zu nennen. Die Zeit, der Verfall und Pate verkürzten es zu »Shanga«, was Kette oder Joch bedeutet; ungeteilte Erinnerungen können sowohl ein Schmuck als auch eine Bürde sein.

30

Winde und Boten trugen Nachrichten von seltsamen Vorgängen in arabischen Ländern nach Pate: Ein Hauch von Revolution lag in der Luft. Die Menschen versammelten sich um batteriebetriebene Fernsehgeräte und Radios, weniger, um sich inspirieren zu lassen, als um zu verstehen. Anderswo bestätigten DNA-Testergebnisse die intimen Beziehungen zwischen Pate und China. Die Besucher kündigten an, sie seien auf der Suche nach jemandem, der als Bindeglied zwischen Vergangenheit und Gegenwart dienen solle, um eine gemeinsame Zukunft zu erschaffen. Sie forschten nach jemandem, der die Geister jener, die »den dunklen Raum« fern der Heimat betreten hätten, jene *Xunnan* und *Kesi*, die sechshundert Jahre lang auf diesen Tag gewartet hatten, endlich wieder nach Hause holen sollte. In der Moschee erhob einer der Männer das Wort und sagte, man sei auf der Suche nach einem *Houyi* – einem »Nachfahren«.

~

Vier Leute fanden sich in Muniras und Ayaanas Haus ein. Sie brachten Geschenke mit – ein Porzellanservice, zwei Handys, Seidenstoffe, ein großes rotes, versiegeltes Kuvert und einen länglichen, rechteckigen Holzkasten mit sechsundzwanzig Kräutermischungen und Sandelholzessenzen in schmalen Glaspipetten, was Munira verriet, dass diese Fremden, ebenso wie die beiden anderen, herumgeschnüffelt hatten, um etwas über ihr Leben in Erfahrung zu bringen. Doch sie sagte nichts. Es waren zwei Männer und eine Frau aus China und ein Mann aus dem Ministerium für Auswärtige Angelegenheiten in Nairobi, der sich noch nie weiter als ein paar Hundert Kilometer von der Stadt entfernt hatte und Bauklötze staunte, dass auch Pate zu Kenia gehörte.

Zunächst wurden ausgiebig Höflichkeiten ausgetauscht.

»Sie erweisen uns große Ehre …«

»… die Ehre ist ganz auf unserer Seite.«

Sie machten großes Aufhebens um Munira, die Mutter, doch sie blieb misstrauisch. Was wollten diese Leute von ihr? Trotzdem bat sie sie, Platz zu nehmen, und zog sich zurück, um mit Rosenwasser verfeinerten Tee zuzubereiten. Sie lauschte ihren Gesprächen. An irgendeinem Punkt des Treffens kam das Höflichkeitskarussell, angeführt von einem Beijing-Bürokraten mit ernstem Gesicht und Brille, erneut in Gang, und alle sagten, als hätten sie es geprobt:

»Sie erweisen uns große Ehre …«

»… die Ehre ist ganz auf unserer Seite.«

»Absolut.«

»Wir zollen Ihnen Respekt …«

»Das tun wir.«

»Wir möchten Sie um einen Gefallen bitten …«

»… einen Gefallen …«

»Eine Geste …«

»Ja, eine Geste.«

»… eine duftende Blume aus Kenia …«

»Als Botschafterin für China …«

»… eine Brücke der Kulturen …«

»Eine Freundin …«

»Wir erbitten ihre Anwesenheit …«

»… als Nachfahrin …«

»Ja.«

»… unsere Nachfahrin …«

»Eine Botschafterin …«

»Des wohlwollenden kenianischen Volkes …«

»Für das wohlwollende chinesische Volk.«

»Ja.«

»Eine Überbringerin von Schätzen aus einem bislang vernachlässigten Teil unserer Geschichte.«

»Ja.«

»Sie wird Freundschaft finden …«

»Ja.«

»… und Güte.«

»Güte.«

»Ein ewiger Ozean eint unsere beiden Völker«, schloss der anstimmende Mann. »Das Wasser verbindet unsere Schicksale. Die Bande der Bestimmung bindet uns aneinander.«

»Genau«, stimmte der Mann aus Nairobi zu.

»›Bande der Bestimmung‹?« Munira runzelte die Stirn.

Die Frau sagte: »China liegt uns beiden im Blut«, und sah Munira an wie eine geschätzte Verwandte.

Munira fragte sich, was das bedeuten sollte. Was wollten die von ihr? »Danke. Wie Sie sehen können, liegt Pate die ganze Welt im Blut.«

Der Mann aus Beijing beugte sich vor. »Und doch hat das Schicksal diesen Moment dazu auserkoren, uns … und Sie natürlich auch … dazu einzuladen, unserer Verpflichtung gegenüber der Geschichte nachzukommen.« Sein kenianischer Gegenpart aus Nairobi blinzelte, mit einem Gesichtsausdruck, der einem zufriedenen Schaf nicht unähnlich war. »Schicksal«, wiederholte der Mann aus Beijing.

»Schicksal«, echote der Mann aus Nairobi.

Munira sah den Kenianer durchdringend an und fragte schnell auf Kiswahili: »Wer sind diese Menschen? Was wollen sie?«

Er antwortete ihr, ebenfalls auf Kiswahili: »Gehen Sie auf ihr Angebot ein. Es ist umsonst.«

»Nichts ist umsonst«, erwiderte Munira.

Der kenianische Beamte sagte: »Hören Sie es sich wenigstens an.«

»Ihre Tochter«, sagte der Mann aus Beijing.

»Ja?«, sagte Munira, bereit zum Angriff.

»Sie soll nach China kommen. Um zu reisen. Zu studieren. Erinnerungen auszutauschen.«

Ihre Tochter? Schon wieder?

Und gerade, als sie sich auf ihn stürzen wollte, wurde ihr urplötz-

lich klar, dass dies die perfekte Gelegenheit war, Ayaana vor der Rache
Wa Mashriqs zu schützen. Das nahm ihr den Wind aus den Segeln,
und sie legte das Kinn in die Hände. Ihr Gesicht brannte. Keimende
Hoffnungen.

»Ayaana?«, fragte sie.

»Ayaana«, sagten die vier im Chor.

Munira lachte. »Anscheinend ist ihr Schicksal darauf aus, mir all
die Menschen zu nehmen, die mir nahestehen.«

Sie brach in Tränen aus.

Die vier Anwesenden warteten.

~

Als das Getuschel losging, rannte Ayaana zu Fundi Mehdis Werkstatt. Sie hatte aus ihrem Mangrovenversteck heraus beobachtet, wie
die vier Besucher an Land gegangen waren. Hatte gesehen, wie sie
eine Weile herumgeirrt waren, ehe sie zum Haus ihrer Mutter fanden.
Munira-Ayaana-Munira-Ayaana!-Gerüchte verbreiteten sich in Windeseile in der gesamten Stadt. In der Schiffswerkstatt schaute Ayaana
sich um. Ängstlich, hin- und hergerissen. Wie all ihre Altersgenossen
richtete sie den Blick aufs Meer, in der Hoffnung, jenseits davon irgendwann ein besseres Leben, ein größeres, wahreres, vollständiges
Ich zu finden. War das ihre Chance, den Makel abzuschütteln, der sie
seit jenem Donnerstag zeichnete wie die Narbe an ihrem Schenkel?
War es eine Möglichkeit, der ewigen Warterei auf Ziriyab, Muhidin
und einen Vater zu entkommen, der nie aufgetaucht war? Eine Gelegenheit, sich selbst zu entkommen?

~

Als Mama Suleiman erfuhr, dass Ayaana auserwählt worden war, als
»Nachfahrin« nach China zu reisen, bekam sie Zuckungen, ihre Haut

juckte, und ihr Gesicht wurde fleckig vor Wut. Sie weinte sich die Augen aus. Wäre ihr Sohn Suleiman dagewesen, wäre diese Ehre ihm zuteilgeworden. *Er* war der rechtmäßige »Nachfahre«. Aufgebracht rannte sie zu Hudhaifa, um ihm ihr Leid zu klagen. »Es reicht! Von jetzt an kann mir dieser ganze *Made-in-China*-Schrott gestohlen bleiben! Du musst diesen billigen, miesen *Bandia*-Mist aus dem Sortiment nehmen. Hörst du?«

Die Neuigkeiten verbreiteten sich wie ein Lauffeuer. Bei einem anderen Besuch sagte Mama Suleiman zu Hudhaifa. »Es ist ja nicht so, als wäre sie etwas Besseres als wir.« Sie deutete mit dem Finger in alle Richtungen. »*Mamake ni mchawi*« – Ihre Mutter ist eine Hexe. »Und ich habe auch chinesisches Blut – siehst du? Na?« Sie zog an ihren Augenlidern.

Hudhaifa beugte sich interessiert vor.

Das Erstaunen über die einheimische »Nachfahrin« stellte selbst die Nachrichten über den Arabischen Frühling in den Schatten.

»Und das Essen!«, höhnte Mama Suleiman Hudhaifa gegenüber. »Ich würde ja selbst mal nach China fahren, wäre das Essen nicht so grässlich. Wusstest du, dass sie ihren Reis aus Plastik herstellen?«

»Das musst du mir genauer erzählen«, drängte Hudhaifa.

»Ihr Gemüse ist aus buntem Papier und Kunststoff. Ekelhaft!«, zischte Bi Amina Mahmoud.

Die Insel-Gerüchteküche brodelte, eifrig angefacht von Mama Suleiman. Ayaana würde sich in China von Hunden, Katzen, Eseln, Schweinehoden, -ohren und -füßen, Hai, Kuh- und Ziegeneutern und Kaninchenköpfen ernähren müssen. Dinge, die sich bewegten, und Dinge, die sich nicht bewegen sollten: Steine, Skorpione, Ratten, Füchse, Schlangen, Spinnen und Grillen.

»Frösche!«

»Geröstete, noch zirpende Riesenkakerlaken.«

Mama Suleimans Speiseplan für Ayaana wurde immer ausgefallener. Ayaana, verkündete sie, würde bei einem Volk leben, das Nashornhörner, Elefantenstoßzähne und Leopardengalle verzehrte, Astrologen konsultierte und Schreine für Autos baute. Vermutlich würde sie dem Organhandel zum Opfer fallen. »*Aliye juu, mgoje chini*« – Wer hoch aufsteigt, wird tief fallen, schloss Mama Suleiman und fühlte sich gleich besser. Danach bestellte sie einen frisch gepressten Fruchtsaft aus Avocado, Limette und Ingwer beim Obstverkäufer nebenan.

Hudhaifas Augen glänzten. Er kicherte. Was für eine köstliche Entwicklung! So sehr er den gelegentlichen Aufstieg eines Außenseiters genoss, der Kitzel, wenn eine Geschichte ein grausames End nahm, war ihm noch lieber. Was für ein Spektakel! Außerdem kaufte Mama Suleiman ellenweise Stoff, wenn sie unglücklich war. Er musste seine Bestände aufstocken.

31

An jenem Abend trat Munira dicht an Ayaana heran und hätte sie am liebsten in die Wange gekniffen. *Armes Kind, so dünn.* Und was hatte sie nur wieder an? Ein ausgeblichenes, ausgebessertes kastanienbraunes Kleid ihrer Mutter. »*Bahati haina hodi*, du hast Glück. In China kannst du werden, was du willst«, sagte Munira in sehnsüchtigem Ton und berührte ihre Hand – die raue Handfläche, die ungleichmäßigen Nägel. »Fahren wir nach Mombasa«, schlug Munira unvermittelt vor. »Wir kaufen dir ein neues Kleid.«

Ayaana zuckte zusammen.

Erst da fiel Munira der stechende Qualm ein, der von Ayaanas letztem neuen Kleid ausgegangen war, als sie es verbrannt hatte. Sie wich zurück.

~

Später in der Nacht versetzten all die Dinge, die ihrer Familie zugestoßen waren, und die merkwürdigen Wendungen des Schicksals

Muniras Herz in solchen Aufruhr, dass sie aufstand, eine Laterne anzündete und in Ayaanas Zimmer ging. Dort lag sie, ihr kleines Mädchen. Das flackernde Licht warf einen orangefarbenen Schimmer auf Ayaanas Gesicht, ihr Bein hing aus dem Bett. Voll mütterlicher Zärtlichkeit betrachtete Munira die schlafende junge Frau. Sie deckte Ayaana wieder richtig zu, beugte sich über sie und atmete einen Hauch von Orangenblüten, Jasmin, Bergamotte, bitterem Patschuli, verträumtem Ylang-Ylang und dem verführerischen Oleander ein – Düfte der erwartungsvollen Vorfreude. Sie küsste ihre Tochter auf die Stirn. *Armes Kind.* Sie erinnerte Munira an eine andere junge Frau, die sie aus ihren Gedanken verbannt hatte.

Ein Bildgestöber aus der Vergangenheit: ein rastloses, albernes, leichtfertiges, von den Erwachsenen verhätscheltes junges Ding, das sich so sicher war, geliebt zu werden und dazuzugehören, dass es voller Selbstvertrauen durch eine vom Reichtum, dem Einfluss und der Großzügigkeit seines Vaters vergoldete Welt tanzte, als wäre es unsterblich. Die junge Frau hatte dieser mangrovengesäumten Insel verächtlich den Rücken gekehrt, um für die Verheißungen des *Mehr* alles zu riskieren. Sie genoss das Leben und seine Bankette in vollen Zügen, setzte ihr Vertrauen in die glitzernden Versprechungen der Welt und die des bestaussehenden Mannes, den sie und ihre schwänzenden Kommilitoninnen je zu Gesicht bekommen hatten.

Sie und ihre Freundinnen gingen damals auf ein Computer-College und waren ihren wichtigtuerischen Tutoren davongelaufen. Munira war die Schönste, Eleganteste von allen, außerdem die Aufmüpfigste, Juwelengeschmückteste, Kühnste, Tapferste und Intelligenteste. Nach einer Wette mit ihren Freundinnen war sie zu dem großen, gepflegten, schwarzhaarigen Mann hinübergegangen, der ein markantes Kinn, eine breite Stirn und hohe Wangenknochen hatte und einen beigefarbenen Leinenanzug trug.

Mit schiefgelegtem Gesicht hauchte sie: »*Salaam*, Sir. Wissen Sie, wie spät es ist?«

Er drehte sich um, und seine von Lachfältchen umgebenen, blitzenden Augen hatten sie eindringlich gemustert. »Sie sind mir schon aufgefallen«, antwortete er. Mit sanfter Stimme. Sie musste sich vorbeugen, um ihn zu verstehen. »Bitte, gehen Sie eine Tasse Tee mit mir trinken. Ich bin einsam, und es dürstet mich nach Schönheit.«

Sie folgte ihm in ein Café. Setzte sich, etwas eingeschüchtert, zu diesem gutaussehenden Mann mit der sanften Stimme und den traurigen Augen; geschmeichelt, aber nicht überrascht, dass er sie bemerkt hatte.

Er erzählte ihr von sich. Sagte, er sei vor zwei Jahren nach Mombasa gekommen und arbeite für eine Firma im Bergbausektor an der Südküste.

»Die Zeit«, sagte er.

»Was?«

»Sie hatten mich doch nach der Uhrzeit gefragt.«

Sie senkte den Kopf und hielt sich lachend die Hand vor den Mund.

»Stimmt.«

Er setzte sich neben sie, sodass sie zusammen auf seine Uhr schauen konnten.

»16:48 Uhr«, flüsterte er ihr ins Ohr.

So wie sie es bei den Schauspielerinnen in den Filmen gesehen hatte, die sie liebte, und obwohl sie fast dahinschmolz, schaute sie ihm in die Augen, fragte: »Wirklich?«, und kam sich unglaublich erwachsen vor.

Danach trafen sie sich jeden Tag. Er pries ihre Intelligenz, ihre Schönheit, der sie sich zwar bewusst war, doch nicht auf die Art, wie er sie beschrieb – wie sie seine Träume einfärbe, wie er an nichts anderes mehr denken könne, in jedem Moment ihr engelgleiches Antlitz vor seinem inneren Auge sehe.

Er bat sie, für ihn zu gehen, sich zu drehen. Sie sei wie eine Gazelle. Hatte sie je daran gedacht, Model zu werden?

Das würde ihr Vater nicht gutheißen, erklärte sie.

Er nickte. »Wir müssen unsere Väter ehren, sie lieben und ihnen gehorchen.« Dann fiel ihm ein, dass er noch beten musste.

Später erzählte er ihr von Paris, London, Dakar, New York, Kuala Lumpur, Ankara und Beirut. Am nächsten Tag zeigte er ihr das Label seines Anzugs: *Hugo Boss*. Am Tag drauf kaufte er ihr einen Seidenschal und Parfüm – *Opium*.

Sie gab mit dem Schal vor ihren Freundinnen an. Er sagte, er müsse sie unbedingt näher kennenlernen, könne nicht mehr schlafen, weil sie all seine Gedanken beherrsche. Er errötete, als wären ihm seine Worte peinlich. Stotterte eine Entschuldigung. Sie sonnte sich in seiner glühenden Bewunderung. Am nächsten Tag zündete er sich eine Zigarette an, die sie sich teilten. Als das Ikhwan-Safaa-Orchester aus Sansibar anreiste, um ein *Taarab*-Konzert zu geben, nahm er sie mit zu einer Privatvorstellung bei einem befreundeten wohlhabenden Kaufmann.

»Sei vorsichtig«, warnte eine ihrer Freundinnen.

Nichts als Eifersucht, dachte sie. Sie begann ihre College-Freundinnen zu meiden, deren provinzielle Art und Kleingeistigkeit ihr auf die Nerven gingen. Sie war genervt von ihrem Mangel an Neugier und an Bereitschaft, ihr zuzuhören, wenn sie mit den Tugenden ihrer Eroberung prahlte.

Der Mann stellte sie seinen Geschäftspartnern vor: Großmäulige Männer in schicken Anzügen nannten ihn »Boss« und ließen sich von seinen Argumenten überzeugen; er schien sie alle zu überflügeln.

Sie war stolz auf ihn. Seine Partner beneideten ihn um seine Begleiterin. »So ein hübsches Ding! Wo hast du sie aufgegabelt?« Es gefiel ihm sichtlich, dass andere Männer sie begehrten. Er riet ihr, sich Gedanken über ihre weitere Ausbildung zu machen. Er sei bereit, sagte er, mit ihrem Vater zu reden und ihn davon zu überzeugen, sie in Singapur studieren zu lassen. Er sagte auch, es gebe noch etwas Wichtigeres, worüber er mit ihrem Vater reden müsse.

Sie wurde verlegen. Er konnte nur einen Antrag meinen. Sie hatte sich zwar noch mehr Zeit gewünscht, um die Welt zu erkunden, aber anscheinend war das nun einmal ihre Bestimmung. Ihre gemeinsamen Kinder würden wunderschön sein. Er sagte, er würde sie immer beschützen, sagte, das Leben in Singapur oder Malaysia sei ganz anders als alles, was sie sich vorstellen könne – luxuriöser, besser, schneller, reicher.

Eines Nachts, als sie spät von einem Film und einer Party zurückkehrten, schlug er vor, sie solle bei ihm übernachten, anstatt durch die halbe Stadt zu ihrem winzigen Zimmer zu gondeln.

Sie willigte ein.

Es war so einfach.

Er hatte nur ein Bett – sein eigenes.

Dort schliefen sie. Es war nicht so, als hätte sie eine Wahl, informierte sie ihr Herz.

Eine keusche Nacht.

Danach fiel es ihr immer leichter, geborgen in seinen Armen einzuschlafen. Er redete ständig vom Beten, lullte sie in den Schlaf.

Es war keine Vergewaltigung.

Sie konnte nicht wahrheitsgemäß sagen, er hätte sie zu irgendetwas gezwungen. Doch er konnte auch nicht behaupten, sie habe ihre Einwilligung gegeben, als sie mit dem Gefühl zu ersticken aufwachte und entdeckte, dass er ihre Arme festhielt und ihr das Nachthemd über den Kopf geschoben hatte, sodass sie sich nicht wehren, schreien, ihn treten, schlagen oder ihn mit ihren manikürten, lackierten Nägeln kratzen konnte.

Als er nach einem lang gezogenen Stöhnen, gemischt mit Flüchen und Gebeten, fertig war, rollte er sich von ihr herunter und stellte, während sie schluchzte, eine logisch klingende Frage: »Wenn du das hier nicht wolltest, was hast du dann in meinem Bett zu suchen?«

Aber doch nicht so, hatte sie gedacht, sich gewaschen und ihre Sachen geholt. Mit trockenen Augen.

»Bleib«, sagte er. »Wir sind doch jetzt praktisch verheiratet. Komm, das zweite Mal wird besser.«

Sechs Wochen später, als sie ihm erzählte, dass sie schwanger war, nahm er ihr Gesicht in beide Hände und sagte: »Gottes Wille geschehe.«

Sie war seinen Launen unterworfen. Ihr Leben hing von seinen Entscheidungen ab, und er wusste es. Sie betete um Güte. Er nutzte ihre Verzweiflung aus und machte sie zu seinem Hausmädchen: Tu dies, tu das, geh hierhin, geh dorthin. Sie fing an, davon zu träumen, zu jenen Frauen zu gehen, die unerwünschtes Leben beseitigten. Das Wort, das in der Schule hinter vorgehaltener Hand geflüstert wurde: »Rausspülen.« Rausgespült. Und weg. Und sie würde – gereinigt, geläutert – wieder nach Hause fahren und alles vergessen.

Und doch.

Vielleicht hatte sich das unsichtbare Etwas in ihrem Körper irgendwie in ihre Gedanken eingemischt. Vielleicht spürte sie, wie eine kleine warme Hand sich auf ihr Gesicht legte. Vielleicht bildete sie es sich aber auch nur ein, so wie sie sich alles andere eingebildet hatte.

Sie wartete auf den nächsten Schachzug des Mannes. Zwei Monate später sagte er: »Wir müssen das Ganze in Ordnung bringen. In drei, höchstens vier Wochen kündige ich bei meinem Arbeitgeber. Dann bekomme ich Geld, und wir besuchen deine Familie. Und wo heiraten wir? Auf Pate?«

»Nein«, antwortete sie, so erleichtert, dass ihre Stimme zitterte. »Hier, in Mombasa.«

»Einverstanden.«

Sie fiel auf die Knie. »Bitte lass mich nicht hier zurück.«

Er hatte die Hände in den Taschen vergraben und sah sie an. »Du siehst lächerlich aus. Wieso vertraust du mir nicht?«

»Weil ich Angst habe.« Sie brach in Tränen aus.

Er erwiderte: »Du bist langweilig, wenn du so rumheulst. Eine langweilige schwarze Hure.«

Sie hörte, was er sagte. Wischte sich die Tränen ab, stand auf und hielt den Mund.

Dann verließ er sie.

Drei Monate später war er immer noch nicht zurückgekommen. Der Vermieter, ein Dawudit, kam, um die Miete zu kassieren. Munira sagte: »Bitte, gedulden Sie sich noch eine Weile. Wir wollen bald heiraten.«

»Wie schön für Sie«, antwortete er. »Aber ich gedulde mich schon seit sechs Monaten. Sechs Monate warte ich, und immer noch keine Miete.«

All die Dinge, die sie nicht wusste.

Sechs Monate keine Miete.

Munira brach zusammen, würgte, war wie gelähmt.

**

Später watschelte sie in ihr Zimmer und holte das gesamte Geld, das sie noch besaß. Ihre Handtasche lag auf einem glänzenden schwarzen Tisch, auf dem ein großer glänzender Fernseher thronte. Es dauerte eine Stunde. Dann ging sie zu dem wartenden Vermieter zurück, mit einer Liste von Haushaltsgegenständen auf einem Blatt Papier mit gefälschter Unterschrift und ihrer eigenen als Zeugin: eine Ledercouch, eine Waschmaschine, ein 32-Zoll-Fernseher, ein Fernsehschrank, ein Geschirrspüler, Töpfe und Pfannen aus Edelstahl, eine Schlafzimmerausstattung und zwei Anzüge; all diese Dinge konnte er als Pfand behalten oder für die noch ausstehenden Mietzahlungen verkaufen. An jenem Nachmittag fuhr sie mit der Fähre an die Südküste zu den neuen Minen, um nach dem Mann zu suchen.

»Ach, der«, sagten die Leute von der Bergbaugesellschaft. »War das nicht der geologische Berater, der vor ungefähr einem Jahr bei uns war? Ist einfach abgehauen, obwohl er schon für seine Dienste bezahlt worden war. Eine Schande! Dabei hatte man ihn uns wärmstens empfohlen. Wo ist er jetzt?«

All die Dinge, die sie nicht wusste.

Sie war verzweifelt.

Unterwegs auf Straßen, auf einer Fähre, dann wieder auf Straßen; am liebsten wäre ihr gewesen, die Reise würde nie enden. Sie wollte nicht ans Ziel kommen und eine Entscheidung treffen müssen.

Und doch tat sie es.

Zurück in der Wohnung rief sie ihren über alles geliebten Vater an. Sagte, sie bräuchte Geld, um einen zusätzlichen BWL-Kurs zu belegen. Er zog sie auf, drohte, er werde einen Verwandten schicken, um sie nach Hause zu holen – ob sie etwa vorhabe, seine Geschäfte zu übernehmen?

Nein! Sie lachte gezwungen. Sagte, sie wolle nur lernen, wie man mit Geld umgeht.

»Du bist mein ganzer Stolz«, sagte ihr Vater, »mein Lächeln.«

»Du fehlst mir«, sagte sie. Lautlose Tränen.

»Komm bald nach Hause«, drängte ihr Vater sie.

Er schickte ihr das Geld und noch etwas extra, und sie verließ das College. Sie packte eine Tasche mit ein paar Sachen aus der Wohnung, die sie in einem gemieteten Einzimmer-Dienstbotenquartier mit Dusche und Toilette in Ganjoni brauchen würde. Ihre neue Vermieterin war eine Frau aus dem Landesinneren, die auf ihrem weitläufigen Grundstück illegal eine Bar, ein Bordell und einen Schönheitssalon betrieb. Sie legte nur Wert darauf, dass die Mieter pünktlich zahlten und sich ansonsten um ihren eigenen Kram kümmerten. Und Munira versteckte sich vor sich selbst, ihren Freunden und ihrer Familie.

Das Baby wuchs und wuchs, und wenn Munira sich nicht gerade übergab, hatte sie ein überwältigendes Verlangen nach frisch gepresstem Saft, Gemüse und gebratenem Fisch. Ihre Gefühle waren ein ständiges Auf und Ab, sie grübelte andauernd darüber nach, was sie tun sollte. Sie investierte in eine Burka, durch die sie in die Welt hinausblicken konnte. Oft ging sie nachts durch die Dunkelheit, in der Hoffnung, angegriffen zu werden, um eine Ausrede zu haben, die sie von der Bürde der Verantwortung befreite.

Nicht meine Schuld.

Nichts passierte; niemand näherte sich ihr. Manchmal ging sie zu der Wohnung zurück, um zu sehen, ob darin Licht brannte, doch das war nie der Fall. An den meisten Tagen saß sie auf ihrer Matratze, erbrach sich in einen blauen Eimer, ernährte sich fast vollständig von Gewürztee, lauschte dem Geschwätz und der *Taarab*-Musik im Radio, versuchte, ihre Gedanken im Zaum zu halten, und weinte, weil sie sich nach ihrer Mutter sehnte. Doch ihre Mutter würde ihrem Vater alles erzählen, was ihrem Vater das Herz brechen würde, und damit konnte sie nicht leben.

Taarab-Musik schallte auch aus der schmuddeligen Bar sechs Türen weiter.

Eine Frau sang mit schmerzlicher Sehnsucht in der Stimme:

»Ewe ua la peponi
  Waridi lisilo miba …
  Kwenu kakutoa nani kwenye maskani yako …«

Munira lauschte gebannt, bis das Lied zu Ende war – und sie entließ.

Alpträume.

Eines kalten Morgens erwachte sie schweißgebadet und voller Angst, ein Gefühl, das sie den ganzen Tag nicht mehr losließ, sodass sie am Abend in ihrer Verzweiflung Pflanzenschutzmittel und Rattengift kaufte, um das Ding in ihrem Körper loszuwerden. Stattdessen starb sie fast, drohte ins Nichts zu driften, nur ein Band hielt sie noch zurück. Sie sah Bilder ihrer Familie, ihres Vaters und wie ihr Tod ihn innerlich zerfressen würde, und sie erbrach sich. Zwei Wochen später hatte sie die Nase voll davon, sich vor allem und jedem zu fürchten, und schluckte eine ganze Schachtel Malariatabletten. Das beschleunigte die Wehen. *Endlich*, dachte sie.

Sie war vorbereitet. Wasser, Schüsseln, Schere, Handtücher, Verbände und Plastiksäcke. Sie presste mit den Wehen, biss sich auf die Lippen, gab keinen Laut von sich.

Der Horror jener Stunden – Blut, Schweiß, Exkremente und Chaos. Die achtundzwanzigstündigen Wehen. Um zwei Uhr morgens, als die Studenten eines fernen Landes auf dem Platz des Himmlischen Friedens eine Göttin-der-Demokratie-Statue enthüllten, glitt ein verschrumpeltes Ding, das aussah wie ein blasser, beigefarbener Tonklumpen, aus Muniras Körper. Es regte sich nicht. Keuchend griff Munira nach der Schere, um die Nabelschnur zu durchtrennen, die sie noch aneinanderfesselte. Doch dazu musste sie das noch warme, blutverschmierte Wesen berühren, und im selben Augenblick spürte sie ein Zucken in ihrem Inneren, das zu einem explodierenden Licht in ihrer Seele wurde, und sie dehnte sich in dem Kosmos aus. In reinem Bewusstsein beatmete sie ihr Kind, saugte ihm den Schleim aus den Atemwegen, gurrte und säuselte, bis es hustete, die großen Augen aufschlug und die winzigen Hände nach ihr ausstreckte.

Munira schluchzte: »Ach, du! Bist du es? Ayaana!«, rief sie. »Oh, Ayaana.« Und sie drückte das Kind an sich.

Minuten später, als das Baby zu trinken anfing, starrte Munira es wie in Trance an, und ihre Gedanken holperten, wie kleine Ziegelsteine, die zu Boden fallen. Es spielte keine Rolle mehr, was irgendjemand über sie dachte. Jetzt konnte alles passieren. Es war ihr egal. Sie liebte, und das genügte. Sie konnte alles aushalten – überall hingehen, tun, was auch immer sie tun musste –, um für Ayaana zu leben.

Für Ayaana riskierte Munira sogar die Verachtung ihrer Vermieterin.

Sie flehte sie an, lernen zu dürfen, wie man Haare flechtet, Gesichtsmasken, Maniküren, Pediküren und Massagen verabreicht. Sie fing damit an, abgeschnittene, abgeraspelte, abgerubbelte Teile des menschlichen Körpers aufzufegen – Haare, Fingernägel, Hautschuppen. Sie eignete sich die Sprache der Berührungen an. Sie wusch Kunden die

Haare. Später durfte sie Pediküren durchführen, dann Maniküren, dann die Haut mit Henna verzieren. Sie arbeitete auf Kommissionsbasis. Sie lernte, die lüsternen Annäherungsversuche der Männer abzuwehren, die kamen, um sich die Haare – und zu ihrer Bestürzung – auch die Nägel schneiden zu lassen. Einige fragten ausdrücklich nach ihr. Sie erlernte die Kunst der sanften Berührung, der verstohlenen Blicke und des verschämten Kicherns, die dazu diente, zerbrechliche Egos zu schonen und ihre Abneigung zu verbergen.

Mit dem Geld, das Munira verdiente, kaufte sie Babynahrung und bezahlte die Nachgeburtsbehandlungen. Das Kleid unter ihrem *Buibui* war schäbig. Mit eisernem Willen untersagte sie sich, von Pates Meer, von ihrer Heimat zu träumen.

Munira arbeitete fünf Monate lang, bis das Heimweh unerträglich wurde und sie nicht mehr länger warten konnte; sie wickelte ihre Tochter in ein Tuch und ließ die Tür weit offen stehen. Sie ging den ganzen Weg zum alten Hafen, wo sie einen Fischer fand, der bereit war, sie nach Pate zu bringen, wenn sie ihm dafür beim Kochen half. Für Ayaana würde sie alles tun.

Und genau das tat sie auch.

Und hier lag sie nun. *Ayaana.* Jetzt fast einundzwanzig Jahre alt, schlaksig und tief und fest schlafend. Munira betrachtete sie. Zweifel verwandelten sich in Gewissheit. Die Dinge, die eine Mutter tun musste. Niemand sprach je von dem grenzenlosen bittersüßen Schmerz, den man empfand, wenn man sich von dem, was man am meisten liebte, trennen musste. Frauen redeten nicht über die Geheimnisse, die sich im Elend der Verlassenheit offenbarten. Die Geburt war eine endlose Reise, deren Qualen im Laufe der Zeit manchmal sogar noch größer wurden. Die Entscheidungen, die eine Mutter treffen musste.

Munira verließ Ayaanas Zimmer und ging zum Meer.

Auch die Besiegten singen manchmal.

Ein Lied aus einem bodenlosen Abgrund der Sehnsucht. Eine Ode an alle Töchter der Welt. Auch sie war einmal jemandes Tochter gewesen. Sie sang für ihren Vater, ihre vor langer Zeit verstorbene Mutter, für Ziriyab und für Muhidin. Und sie sang für Ayaana.

>*Ewe ua la peponi*
Waridi lisilo miba …
Mabanati wa peponi hao ndio fani yako …«

Sie verstummte.

Das Tosen der Wellen. Funkensprühende Sterne. Gedämpfte Nachtgeräusche. Ließ das Leben nicht auch alles geschehen? Munira zog sich den Schleier über den Kopf und verschmolz mit den Schatten der mäandernden Küste.

***

Munira hatte Muhidin, der die Nacht in der Nähe von Mehdis Bucht verbrachte, nicht bemerkt. Er hatte an diesem Abend – nach seiner heimlichen Rückkehr in einem Fischerboot – Gerüchte gehört, dass Ayaana von zu Hause fortgehen würde.

~

Bei Sonnenaufgang stürmte Munira in Ayaanas Zimmer. »Geh, *Lulu*. Verlasse diesen Ort. Und schau nicht zurück.« Ayaana starrte ihre Mutter an. Muniras Haare waren zerzaust, ihr Blick wild, sie atmete schwer und gestikulierte fahrig mit den Händen. »Wir müssen nach Mombasa fahren, um dir einen Ausweis zu besorgen. Du hast Glück. Andere kriegen vom Staat Kenia nur eine Sterbeurkunde.« Keuchend lehnte sie sich an die Wand. Und plötzlich kam es Ayaana so vor, als wären die vier Wochen bis zu ihrer Abreise ein ganzes Leben entfernt.

Später an jenem Nachmittag flüchtete Ayaana wieder einmal zu Mehdi. Sie war ihre plötzliche Beliebtheit nicht gewöhnt: die überschwänglichen Begrüßungen, die ständigen Einladungen zum Tee oder zum Essen, die Fotos, die die Leute mit ihr machen wollten. Die einzige unveränderliche Konstante in ihrem Leben war Mehdi. Er hatte sich an ihr plötzliches Auftauchen und ihre Selbstgespräche gewöhnt, die ihn an die täglichen Gezeitenansagen erinnerten. Sie begab sich auf ihren Stammplatz in der alten *Dau*, während Mehdi ein Brett einer Feuerbehandlung unterzog. »Ich gehe nach China«, verkündete sie.

Mehdi hob das Stück Holz, um es zu begutachten. Im Radio lief der Gezeitenbericht. Um 17:43 Uhr würde die Ebbe einsetzen. Das Meer war ständig in Bewegung.

»Muhidin ist zurück. Wusstest du das?«, murmelte Mehdi.

Ayaana machte große Augen.

Er nickte.

Sie legte sich in das Boot und starrte in den Himmel.

~

Gegen Abend hämmerte Ayaana an Muhidins Tür. Der saß auf einem niedrigen Schemel, starrte auf seinen alten Farbfernseher und umklammerte eins seiner Bücher. Er hatte die Nachricht, die sie ihm geschrieben hatte, nachdem sie sein Haus demoliert hatte, zwischen die Seiten gesteckt. »Du hast mich verlassen«, stand auf dem Zettel, der Trostlosigkeit zu verströmen schien. Er nahm ihn heraus und zerknüllte ihn.

»Was ist, willst du deine blöde Karte nicht zurückhaben?«, rief Ayaana von draußen.

Muhidin spürte ein Kribbeln in den Fingern, in der er den zerknüllten Zettel hielt.

Sie setzte sich auf die Steintreppe vor dem Haus und wählte seine Handynummer.

»*Mteja hapatikani kwa sasa.*« Er nahm nicht ab.

Auf Kipate, dem Swahili-Dialekt Pates, rief sie: »Und, hast du Ziriyab gefunden?«

Muhidin schwieg.

Draußen rieb sie sich das Gesicht und sang: »*Chal chal chal mere haathi …*« Es klang wie eine Frage.

Keine Reaktion.

»Als du weg warst, sind böse Männer gekommen.« Sie ließ den Kopf auf die Arme sinken.

Erst als der Mond ein ganzes Stück tiefer gesunken war, kehrte sie ins Haus ihrer Mutter zurück. Muhidin wischte sich das Blut vom Mund; er hatte sich auf die Zunge gebissen.

Nachdem sie verstummt war, hörte er plötzlich das Echo einer Kinderstimme: »*Nitakupenda*«. *Abeerah*. Muhidin riss die Tür auf und erwartete beinahe, ein Mädchen mit einem Kätzchen zu sehen, fand jedoch nur mondgefleckte Dunkelheit.

32

Muhidin kämpfte sich durch die reißenden Fluten eines schwarzen, stürmischen Tages, an dem es wie aus Eimern schüttete. Der Wind zerrte an seinem Mantel, und er zog ihn enger um sich, als er durch die Wasserströme auf den überschwemmten Wegen watete. Er klopfte an Muniras Tür, bereit, ihr die Wahrheit zu sagen. Der Türknauf drehte sich. Da stand sie, die unverschleierten Haare zu einem langen Zopf geflochten, in der Hand Nadel, Faden und ein orangefarbenes Kleid, das sie gerade ausbesserte. Sie biss den Faden durch und sagte, ohne ihn anzusehen: »*Naam?*« – Ja?

»Munira«, sagte Muhidin.

Ruckartig hob sie den Kopf.

Sie ließ das Nähzeug los, das vor ihre Füßen fiel.

Muhidin sah, dass sie, trotz ihres Stirnrunzelns große Augen machte und ihre Nasenflügel sich weiteten; sie leckte sich die Lippen. Ihre schmalen Hände zitterten, als sie ihre rechte Wange berührte. »Du?«, fragte sie.

»Ich konnte nicht anrufen«, antwortete er.

Er ist wie eine Mauer, dachte sie; und im Abgrund seiner Augen glaubte sie, irgendeine Verletzung zu erahnen, als wäre er Zeuge von etwas Schmerzlichem geworden. »Ich konnte nicht anrufen«, wiederholte er.

»Hätte mir das auffallen müssen?«, fragte sie.

Er beugte sich dem Regen, dem düsteren Licht. Durcheinanderwirbelnde Gefühle, eine Unterströmung aus Wut. Er hatte von seltsamen Besuchern gehört: Wa Mashriq. Die Chinesen. Leute aus Nairobi. Ein Strudel des Verlangens: der Kampf darum, sich zu beherrschen, um das Objekt der Sehnsucht nicht zu packen und mit Körper, Herz und Seele an sich zu pressen, damit er das Leben wieder schmecken, die neuen Arten von Durst löschen konnte, wie das Heimweh, das man selbst zu Hause empfand. Von unsichtbaren Hindernissen gehemmt, runzelte er die Stirn. »Ayaana.«

»Meine Tochter«, sagte Munira eisig.

Er versuchte es noch einmal. »Ich wollte nach Hause kommen.«

»Dein Wunsch hat sich erfüllt.«

»Es heißt, Fremde wären in deinem Haus gewesen. Ich wollte es von dir persönlich hören.«

Munira musterte ihn von Kopf bis Fuß, die Oberlippe höhnisch verzogen. »Mit welchem Recht?«, fragte sie.

Ein Kräftemessen. Die frischen Wunden an Körper und Seele schmerzten ihn. Mit zusammengebissenen Zähnen fragte er: »Was hast du getan?« Enttäuschung.

Und doch. Dieses Gesicht. *Diese Schönheit.* In den neuen Falten, Furchen und verhärteten Zügen, Anzeichen von Traurigkeit. Trotzdem: *Ich finde dein Gesicht selbst im größten Schmutz der Welt.*

Zerfressen von Schuldgefühlen wich Munira Muhidins Blick aus. Stattdessen konzentrierte sie sich auf seinen gebeugten, hageren Körper, der trotz allem eine raue, sehnige Anspannung ausstrahlte. Sie machte ihm Vorwürfe, bevor er ihr welche machen konnte. »Und jetzt, wo es zu spät ist, kommst du zurück.«

»China?«, sagte er mit flehendem Unterton. Das von den Dächern strömende Wasser durchnässte ihn bis auf die Haut, Muniras Verachtung nagte an ihm. »China, Munira?«

Sie hob kurz die Hände. »Was weißt du denn noch nicht?«

Obwohl sie sich in zivilisiertem Ton unterhielten und so nahe beieinanderstanden wie ein Liebespaar auf einem weich gezeichneten Foto, ließen ihre Eindringlichkeit und ihr vorsichtiger Umgang miteinander – als stünde die Situation kurz vor der Explosion – sämtliche Passanten einen großen Bogen um sie machen.

»Ziriyab … ich musste doch …«, sagte Muhidin.

»So, wie ich jetzt muss. Für *mein* Kind«, unterbrach ihn Munira. Ein falsches Lächeln. »Schön, dass du Verständnis hast.«

»Abeerah …«

Ein Blitz zuckte über den Himmel.

»Ayaana«, schnaubte Munira.

Muhidin griff nach ihrem Arm. »Du bist …«

Höflich schob sie seine Hand weg. »Du bist gut darin, dich aus dem Staub zu machen, mein Lieber; wir haben gelernt, ohne dich auszukommen. *Nenda zako!*« – Verschwinde.

Das leise Plätschern des Regens zermürbte Muhidins Herz. Nachdem er sich mit aller Kraft beherrscht hatte, um Munira nicht zu ohrfeigen, drehte er sich um und schlurfte davon, tief gebeugt, um nicht hinzufallen; er strauchelte, fing sich jedoch wieder. Er eilte weiter, ein Brennen in der Brust. Er war ein alter Mann, der es geschafft hatte, jeden zu verlieren, der je versucht hatte, ihn zu lieben. Hinter ihm fiel eine Tür mit einem so lauten Krachen ins Schloss, dass er die Erschütterung unter den Fußsohlen spürte.

Vier Wochen später versammelte sich ein Dorf zu Gebeten und Segenssprüchen, die Ayaana an ihren Bestimmungsort begleiten sollten. Die Inselbewohner bereiteten sie auf eine Reise vor, von der sie nur träumen konnten: Ermahnungen, Anweisungen, Dinge, die sie tun oder lassen sollte. Ayaana hörte alles wie aus weiter Ferne. Sie dachte an den Distriktverwalter, der den meist gleichgültigen Inselbewohnern oft drohte, er werde sich »den Staub dieser Insel für immer von den Füßen streifen«. Hätte sie den Mut dazu gehabt, hätte sie allen verkündet, dass auch sie beabsichtigte, sich den Staub Pates von den Füßen zu streifen – am besten für immer. Sie hätte Pates bösartige Gerüchteküche, seine Rückständigkeit, seine vormalige Verachtung für sie selbst und ihre Mutter verflucht. Sie war außer sich vor Begeisterung über die Aussicht, das Leid, die Streitereien, die Geister, die An- und Abwesenheiten hinter sich zu lassen.

Ayaana nahm nur wenige Dinge mit: die Gebetsmatte ihrer Mutter, eine Kalligraphiefeder, etwas Tinte, zwei Päckchen Henna aus dem Sudan, drei Kleider, ein Paar Jeans, zwei *Lesos*-Tücher, einen *Kikoi*, zwei *Buibuis*, etwas Schmuck, Mehdis Kompass, Muhidins Karte und Mzee Kitwanas getrocknetes Rosenblütenblatt. Suleimans Perle ließ sie auf dem Tisch liegen. Munira fügte ihrem Gepäck noch zwei goldene Armreifen und fünf kleine braune Plastikflaschen mit Rosenessenz, Hagebuttensamenöl, Orangenblütenessenz, Jasminöl und eine dickflüssige Nelkensalbe hinzu, außerdem zwei zusätzliche *Lesos*-Sets, die mit dem Aphorismus »*Siri ya maisha ni ujasiri*« bestickt waren – Mut ist das Geheimnis des Lebens. Sie quetschten alles in einen übervollen mittelgroßen Koffer mit der Aufschrift »Made in China«.

~

Sie kamen zwei Stunden zu spät zum Anlegesteg und rannten schneller als der Wind, um die hereinkommende Flut zu nutzen. Munira stand bereits mit Ayaanas Gepäck an Bord eines weißen Motorboots, mit königlicher Haltung und umweht von ihrem Kleid – ganz die Mutter der »Nachfahrin«. Es war die Stunde ihres Triumphs. Sie und Ayaana würden in Lamu übernachten, von wo Ayaana mit einer eigens engagierten Begleiterin zum Hafen in Mombasa fahren würde, wo ein Schiff sie erwartete.

Ayaana, die wegen der formellen Zeremonie, bei der ihr ihre Begleiterin – eine chinesische Botschaftsangestellte – vorgestellt worden war, spät dran war, wurde eilig zum alten Kai gebracht, als plötzlich Muhidin aus dem Getümmel auftauchte.

»Abeerah!«, schrie er, als der Wind ihm die Kofia vom Kopf wehte.

Ayaana drehte sich um, als Muhidin sie erreichte. »Wo ist meine Karte?«, rief er, umarmte Ayaana und drückte sie an sich.

»Ich werde sie zerreißen. Eine Hälfte für mich, die andere für dich«, schluchzte sie.

»Was?«

»Wir teilen sie«, sagte sie.

Er umfasste ihre Schultern: »Abeerah …«, sagte er bittend und schüttelte sie. »Du hast mein Zuhause zerstört, meine Schätze gestohlen.«

Ihre Augen sprühten Feuer. »Wo warst du?«, schrie sie.

Angesichts ihres Schmerzes wich Muhidin zurück. Ayaana sagte: »Es ist etwas … Schlimmes passiert. Und du warst nicht da.« Sie gab ihm einen Klaps auf den Arm. Legte den Kopf an seine Brust, und ihre Stimme klang wieder wie die eines Kindes. »Ich konnte dich nirgends finden.«

Der Wind zerrte an ihrem schwarzen Schleier. Muhidin knurrte. *Lauf weg*, schoss es ihm durch den Kopf. Er dachte an Munira. An Ziriyab. An seine kürzliche Verstrickung mit dem Staat Kenia. Ein Blick in die Zukunft enthüllte für keinen von ihnen etwas, das Bestand hatte. *Lauf weg!* Seine Augen trauerten, sein Herz brach. *Lauf weg, Kind!* »Ich bin ja da«, sagte er. »Ich bin ja jetzt da.«

Muhidin war nach Nairobi gefahren, als Bürger, der die Behörden einfach nur bitten wollte, das Verschwinden seines Sohnes aufzuklären. Stattdessen war er gezwungen gewesen, zu beweisen, dass er »nicht al-Shabaab« und »nicht al-Qaida« war – dass er nicht Teil von etwas war, das er nicht einmal kannte. Niemand hatte sich für ihn eingesetzt, als er, angeklagt, beschuldigt, ausgezogen, all seiner Besitztümer beraubt in Untersuchungshaft genommen wurde. Niemand protestierte gegen seine Verhaftung. Niemand erhob Einspruch gegen die Misshandlung seines Körpers, die Entweihung seiner Würde, seiner Vergangenheit, seines Berufs und seines Volkes oder gegen den Entzug seiner »kenianischen« Identität durch jene, die am wenigsten das Recht hatten, Kenias Geschichte für sich zu beanspruchen, jene, die Pate nicht einmal auf einer Karte gefunden hätten. Niemand kam, um seinen Peinigern zu erklären, dass sein zweijähriges, fassungsloses Schweigen kein Eingeständnis von Schuld war. Er war nicht verstummt, weil er »etwas zu verbergen hatte«, sondern weil er von einem erstickenden Gefühl der Sinnlosigkeit erdrückt wurde.

Um zu entkommen, musste er Güter einsetzen, von denen er gar nicht wusste, dass er sie besaß. Er hatte keine Wertgegenstände, die er verkaufen konnte, und anrufen konnte er auch niemanden, ohne ihn dadurch zu gefährden. Deshalb machte er sich – ähnlich wie die anderen, die derselben Vergehen angeklagt wurden – die Gier, die sich wie ein Geschwür im Herzen der Wärter eingenistet hatte, zunutze. Er teilte sich die Zelle mit sechs anderen Kenianern und Somaliern. Sie hatten gemeinsame Gerichtstermine, und die anderen fühlten sich ihm verbunden und behandelten ihn wie einen Bruder. Sie hatten seinen Anteil des Bestechungsgeldes für ihn bezahlt – siebentausend Schillinge, der Preis für die verkümmernde Seele einer Nation. Befriedigt hatten die Wachen an einem Besuchstag die Zellentür offen gelassen. Innerhalb von zwölf Minuten gelang es den Untersuchungshäftlingen, sich umzuziehen, unbemerkt die Zelle zu verlassen und sich unter die Besucher zu mischen. Die anderen Häftlinge gaben Muhidin noch einmal viertausend Schillinge, damit er die Fahrt in einem Lastwagen zur Küste bezahlen konnte.

Selbst jetzt hatte Muhidin noch das Gefühl, etwas Verdorbenes hafte ihm an, als hätte sich ein stinkender Kadaver, ein spezifisch kenianischer Dämon an seine Seele geklammert. Nun, da der Wind an seinen Kleidern zerrte, sah er Ayaana, ihre unbeholfene Haltung, ihren hoffnungsvollen Blick, in dem ihr ganzes Herz lag. *Seine Tochter.* Er zog es vor, sie einer Zukunft anzuvertrauen, die einem Glücksspiel glich, damit sie bessere, wahrhaftigere, erfüllendere Entscheidungen treffen konnte. Zögernd sagte er: »Ich war schon in China.« Und er log: »Du wirst dort sehr glücklich sein.«

Zwei dicke Tränen traten in ihre Augen. Aus Angst, sie könnte sich von ihm verlassen fühlen, log Muhidin erneut: »Ich werde dich *finden*, das weißt du; ich finde dich immer.«

Sie schluchzte. »Ich habe einen Ausweis.« Sie wühlte in ihrer neuen grünen Handtasche und zog etwas Blaues heraus. Sie klappte ihn auf, sodass er lesen konnte: »Ayaana Abeerah Mlingoti wa Jauza.«

»Jetzt hast du es schriftlich«, sagte sie. »Du *bist* mein Vater.«

Muhidin küsste den Ausweis, räusperte sich. »Es tut mir leid, dass ich fortgegangen bin. Ich habe deine Mutter und dich schutzlos zurückgelassen. Verzeih mir …« Seine Stimme zitterte.

Ayaana berührte sein Gesicht. »Du darfst nicht weinen.«

Wie früher, als sie noch klein war, nahm sie sein Gesicht in beide Hände. Am liebsten hätte Muhidin sie gewarnt: *Ziele sind vergänglich. Nichts bleibt, nur die Stimme des Herzens und des Bauchgefühls zählt.* Stattdessen sagte er: »Hör zu, die wichtigsten Dinge im Leben sind im Unsichtbaren verborgen; die essenziellsten Wahrheiten wohnen nur im Unausgesprochenen.« Und dann rezitierte er: »*Begrüße dich / In deinen tausend anderen Formen / Wenn du dich dem verborgenen Strom anschließt und / Nach Hause reist.*«

Muhidin brach ab und murmelte: »Du weißt, mein Kind, ich werde dich *immer* lieben.«

Ayaanas offizielle Begleiterin gelang es schließlich, ihre klammernden Finger von Muhidins Körper zu lösen. Streng fuhr sie sie an: »Wir sind spät dran.«

»Dein Pass!« Muhidin gab ihr das Dokument zurück, während ihre Begleiterin sie zu einem wartenden Schnellboot zerrte.

Rasch zog Muhidin seine Uhr aus der Tasche. »Abeerah, nimm die hier mit.« Er drückte sie ihr in die Hand.

»Und du findest mich *wirklich*?«, rief Ayaana.

Falls Muhidin es versprochen hatte, war es über all die guten Wünsche, den Wind und die hohen Wellen hinweg nicht zu hören. Die schwatzende Menge teilte sich für Ayaana, ihre Mutter und ihre Begleiterin. Sie gingen an Bord. Muhidins und Muniras Blicke begegneten sich. Sie wandte ihm den Rücken zu und konzentrierte sich darauf, Ayaana zu stützen und sie zu ihrem Eckplatz zu bringen. Der Kapitän warf den Motor an.

»*Abeeraaah!*«, rief Muhidin.

Ayaana behielt Muhidin im Blick, bis das Boot eine scharfe Linkskurve machte. Er sang: »*Chal yaar dhakkaa maar … chal chal chal mere haathi, o mere saathi … Hai hai oho ho …*« Und bald war nur noch das Krachen eines Motorboots zu hören, das mit aller Macht gegen die starke Nipptide anpreschte.

Pweza kwambira ngisi
Wapitao kimarsi marsi
Tutwafutwao ni sisi.

Der Krake sagte zum Tintenfisch:
Wenn die Menschen das Wasser aufwirbeln,
suchen sie nach uns.

33

An einem Tag des Jahres 1995, an dem die chinesischen Kinmen-Inseln in einen schmutzig blauen Nebel gehüllt waren, warf ein kalter Mond sein geborgtes Licht auf die Gewässer von Fujian, und ein dünner Mann mit bandagiertem Gesicht, der die meisten seiner Landsleute überragte, blickte aufs Meer hinaus. Vögel mit hängenden braunen Flügeln und dürren Beinen staksten an der Küste entlang. Mit zitternden Händen nahm Lai Jin, von heulenden Winden umtost, seine gesprungene Sonnenbrille ab, um die salzigen Gischtspritzer von den Gläsern zu wischen. Er war der rechtmäßige Nachfahre der Lai-Familie, der einzige Sohn des dritten Sohnes des ersten Sohnes der zweiten Frau des dritten Kaisers, die aus einem Familienzweig mit entfernter, obskurer und unglückseliger japanischer Verwandtschaft kam; Lai Jins Vater hatte seinerseits einen kleineren Dorfskandal ausgelöst, indem er eine viel ältere, freigeistige, halb uigurisch-, halb japanischstämmige Keramikkünstlerin namens Nara zur Frau nahm.

Lai Jin war gerade von der Insel Meizhou zurückgekehrt, wo er sich einer Gruppe Pilger auf dem Weg zum Tempel der Göttin Mazu angeschlossen hatte – der Schutzherrin der Meere, Geberin von Wohlstand und Fülle und Gebieterin der Gezeiten, die auch die Sterne deutete und Heilung gewährte. Er war zwar keineswegs gläubig und wollte es auch nicht werden, aber etwas war passiert, als er sich in den dunklen und ältesten Teil des Schreins zurückgezogen hatte, um Abstand von der Masse der Mazu-Verehrer zu bekommen, die sich versammelt hatten, um ihre bösen Geister zu vertreiben. Aber unerwartet überkam ihn ein samtweiches Gefühl von Frieden, das sein Herz, seine Gedanken und seine rastlose Unruhe besänftigte. Als er Stunden später den Tempel wieder verließ, staunte er immer noch über das seltsame Geschenk, das anzunehmen er gezwungen gewesen war. Jetzt verwandelte sich das Gefühl von Frieden in Entschlossenheit. Die Getriebenheit, die in ihm das Verlangen weckte, unablässig zu fahren und immer weiter zu fahren, ohne anzuhalten, wie er es zweieinhalb Monate lang getan hatte, war wie weggeblasen. Er lauschte den Wellen, die in feierlichen Intermezzi an den beige-weißen Kiesstrand brandeten, und entdeckte, dass die Vorstellung, in die zurückweichende Flut zu springen und sich von ihr in die Tiefe reißen zu lassen, die ihn oft heimsuchte, ebenfalls an Anziehungskraft verloren hatte.

Nebelhörner.

Boten eines Schicksals, das Lai Jin an ein weit entferntes Land fesseln würde. Seine Erinnerungen und seine Trauer verdichteten sich zu Sehnsucht nach den drei rostig-grauen verschwommenen Geisterschiffen, die zu anderen Orten unterwegs waren, während der kalte Wind sich im Hafen ertränkte.

Nebelhörner.

Lai Jin rieb sich die Arme, um sie zu wärmen. Er hatte ein paar neue Dinge über das Leben erfahren: Die Erde drehte sich weiterhin von Westen nach Osten, und das Leben hielt nicht inne, um die zentnerschwere Last des Leids, die einem Mann die Brust zerquetschte, zu beklagen. Das Leben verlief nicht harmonisch, symmetrisch und geordnet, es bestand aus Chaos, gewoben aus den unendlich vielen Texturen und Formen des Nichts, die sich beliebig umgestalten konnten.

Am Anfang war das Feuer.

Das hatten schon andere gesagt, aber Lai Jins zweites Leben nahm seinen Anfang mit einem ganz gewöhnlichen Brand. An Neujahr hatte eine Feuersbrunst ein exklusives, festlich geschmücktes Restaurant in Beijing in Schutt und Asche gelegt und dabei auch Lai Jins Seele versengt. Als das Feuer langsam erlosch und das Geschrei der zweihundertachtundfünfzig Fliehenden verstummt war, herrschte Totenstille, und sechs Männer und sieben Frauen, die zu den jungen, glamourösen Ikonen der chinesischen Reform- und Öffnungspolitik *Gaigekaifang* zählten – darunter auch Lai Jins wunderschöne Frau Mei Xing – waren zu grotesken, verkohlten Skulpturen verbrannt, die mit verkrümmten Gliedmaßen auf dem Rücken lagen und aus deren aufgerissenen Mündern – das absolute Gegenteil von Atmen – noch Rauch entwich.

Das Feuer hatte Lai Jins Appetit auf Festmähler, das neue Zeitalter und auf seine Zugehörigkeit zur New-China-Aristokratie ausgelöscht. Er war zu der Neujahrsfeier in dem Restaurant zu spät gekommen, weil er sich um die Bedürfnisse eines wohlhabenden, anspruchsvollen potenziellen neuen Investors für das kommerzielle Raumfahrtprogramm gekümmert hatte, das er ins Leben gerufen hatte. Als man ihn telefonisch über den Unglücksfall informierte, fuhr er sofort zum Ort des Geschehens und durchbrach mit schier übermenschlicher Kraft eine der Stahlbarrieren, mit denen das noch rauchende Restaurant abgeriegelt war. Er ignorierte den süßlichen Geruch nach gebratenem Fleisch, durchsuchte hektisch die Trümmer und wühlte auf der Suche nach Mei Xing in den verkohlten Überresten. Er rief nach ihr. Erinnerte sie an das drängende Verlangen der letzten Nacht, an das Kaleidoskop aus Begehren, die zehntausend sanften Berührungen und die innigen, sinnlichen Küsse. Versuchte, Mei Xing dazu zu bringen, zu ihm zurückzukehren, mit Worten, durch schiere Willenskraft. Er rief ihr ihre Kinder ins Gedächtnis, die noch geboren werden wollten, kniete sich in die Asche, kratzte an den nackten Steinen des ausgebrannten Gebäudes, stürzte in eine rußige Pfütze, in der er einen bleichen Schädel erblickte. Als er danach griff, berührte er nur sein eigenes Spiegelbild. Stygisches Wasser versengte ihm die Hand, und er brach über einem glühenden Stahlträger zusammen. Die Glut brannte sich durch den Stoff seiner Kleidung, durch sein Fleisch, versengte ihm die Seele, die Oberseite des linken Arms und den Rücken. Knisternde Funken stoben auf, und plötzlich spürte er Mei Xings Herz in sich schlagen und hörte sich schreien, um ihrer Trauer Ausdruck zu geben. Als zwei mit Brandflecken übersäte Feuerwehrmänner Lai Jin schließlich aus den Trümmern bargen, war er mehr tot als lebendig, sein Blick starr, der Körper schlaff.

Als Lai Jin nach drei Monaten einigermaßen von seinen Verbrennungen zweiten Grades und der Rauchvergiftung genesen war, kehrte er an den Ort des Geschehens zurück. Die Wiederaufbauarbeiten waren fast vollendet, als wäre das Feuer nur ein Intermezzo gewesen. Ein überwältigendes Gefühl von Sinnlosigkeit überkam ihn. In dem Versuch, davor zu fliehen, besuchte er die Mitglieder seiner ehemaligen Clique. Sie waren an glamourösere Orte abgewandert, um noch extremer abzufeiern. »Reich sein heißt glorreich sein!«, raunte ihm jemand in der Karaoke-Bar zu, in die er sich hineingewagt hatte. Er hatte geglaubt, er könnte sein altes Leben einfach wieder aufnehmen, die Verzweiflung abschütteln. Also trank er. Und erbrach sich. Trank. Und erbrach sich, versuchte, mit seinen Freunden zu singen und eine Miene aufzusetzen, die zu ihrem endlosen Moment des Jetzt passte, und versuchte zu verdrängen, dass keiner dieser vergoldeten Elite ihn im Krankenhaus besucht hatte. Übelkeit. Dann verengte sich die Szene zu einem Tunnel, einer entsetzlichen Kloake, in dem die Musik sich in die Schreie seiner Frau verwandelte und der glitzernde Traum zu Asche wurde.

Und er erinnerte sich an das Gemeinschaftsgrab, in dem alles, was nach dem Brand als menschliche Überreste identifiziert werden konnte, beigesetzt wurde. Als er sich umsah, erkannte er, dass er lebenslänglicher Insasse eines stinkenden Irrenhauses war, das in seinem Kern hohl war.

Besudelt, krank und verloren war Lai Jin nach Hause getorkelt. Am nächsten Tag ging er ins Büro und stieß als Erstes das begehrte hochwertige Grundstück in Shenzhen ab, auf dem er und seine Frau selbst entworfene kompakte Luxushäuser errichten wollten, um sie an reiche Ausländer zu vermieten. Er zerstörte die Blaupause für sein Raketenmontagewerk, verkaufte all seine Firmen und die Wohnung, zusammen mit einem Großteil der Einrichtung. Dank Mei Xings Beziehungen zur Partei und ihrer zahlreichen »Feiertagsgeschenke« an einflussreiche Mitglieder hatten sie eine obskure Insel im fernen Bezirk Shengsi südlich von Shanghai erworben. Zu spekulativen Zwecken, wie sie gedacht hatten. Landbanking. Er würde versuchen, auch sie abzustoßen – irgendwann. Die meisten Kunstwerke, die er angeschafft hatte, wie etwa seine gesamte Zao-Wou-Ki-Sammlung, verlieh er an eine kleine Galerie mit exzentrischem Besitzer, ohne ein Rückgabedatum zu vereinbaren. Dann setzte er sich in den roten Audi-Sportwagen, den er Mei Xing zum letzten Geburtstag geschenkt hatte – in der Absicht, sich totzufahren. Doch zweieinhalb Monate später in Tong'an Qu im Verwaltungsbezirk von Xiamen, kam seine Reise zum Stillstand.

Heute, fünfzehn Jahre später, drehte sich ihm der Magen um, wenn Land in Sicht kam. Eine Tagesreise vom Kilindini Harbor in Mombasa entfernt, befand sich Lai Jin als Kapitän an Bord des Handelsschiffs *MS Qingrui* und presste sich mit gerunzelter Stirn das schwarz- und chromfarbene Satellitentelefon ans Ohr. Die Stimme am anderen Ende führte gerade Politik, Geschichte, Kulturwissenschaft, Philosophie und Geografie ins Feld, um sein Schiff zu beschlagnahmen. Die aalglatte Stimme mit Shanghaier Akzent, fein gestimmt und präzise wie eine viersaitige Laute, fragte ihn jetzt: »Und wie wollen Sie die beiden Giraffenpärchen transportieren?«

Lai Jin ertrug Gespräche mit Bürokraten nur mit zusammengebissenen Zähnen. Während er den Mann mit Shanghaier Akzent beschwichtigte, suchte er in seinem geistigen Wörterbuch verzweifelt nach einem halbwegs höflichen Ausdruck für »Leck mich«. Fassungslos lauschte er dem Mann, der ihm jetzt erklärte, Lai Jins gegenwärtige Reise falle nicht nur ins gleiche Jahr und die gleiche Jahreszeit wie eine andere verhängnisvolle historische Reise, es sei auch gerade ein Schiffswrack aus der Ming-Dynastie entdeckt und geborgen worden, das vor sechshundert Jahren bei einem Sturm im Westlichen Ozean untergegangen war. »Wenn das Schicksal einen Dolch nach dir wirft, kannst du ihn entweder mit der Klinge zuerst oder dem Griff fangen«, zitierte der Shanghaier Akzent. Dann beglückwünschte er Lai Jin dazu, dass sein Schiff auserwählt worden sei und dass sein weiser Arbeitgeber diesen Glücksfall des Schicksals erkannt und gestattet habe, die *MS Qingrui* für eine symbolische Gedenk-Reise zu nutzen, die zu Ehren jener gescheiterten Westlichen Ozeanreise des großen Admirals Zheng He veranstaltet werde.

»Es gab viele wichtige Entdeckungen«, fügte der Shanghaier Akzent hinzu. Die Überreste des gesunkenen Schiffs, Holzbalken, Porzellan, Jadeobjekte. »Außerdem wurde« – Pause – »ein repräsentativer *Houyi* – ein Nachfahre – auserkoren!«

Pause.

Lai Jin merkte, dass der Shanghaier Akzent gehofft hatte, er werde vor Staunen nach Luft schnappen. Stattdessen bekam er pulsierende Kopfschmerzen und konnte das Bild von großen braungefleckten Tieren mit dichten Wimpern nicht abschütteln, die an Bord seines Lastenschiffs herumgaloppierten. Der Shanghaier Akzent fuhr fort: Ob Lai Jin denn nicht klar sei, welche Ehre es bedeute, auserwählt worden zu sein, die Überbleibsel von Admiral Zheng Hes Expedition nach Hause zu bringen – zerbrochenes Ming-Porzellan aus Ostafrika, das dem chinesischen Volk zurückgegeben werde?

Lai Jins Migräne verwandelte sich in einen Wirbelsturm des Schmerzes. Auf der Suche nach einer Tablette kramte er hektisch in seinen Taschen, räusperte sich und versuchte, einzuwenden: »Sollte diese überaus glückverheißende Gedenkreise, Sir, nicht lieber von einem besser ausgestatteten Schiff durchgeführt werden, Sir – in Anbetracht der Tatsache, Sir, dass wir wie vorgesehen« – er improvisierte jetzt – »auch Passagiere an Bord nehmen werden? Hat mein Arbeitgeber Ihnen das nicht mitgeteilt? Nein? Ah! Vielleicht wäre ein bedeutenderes Schiff eher für dieses prestigeträchtige Unternehmen geeignet, Sir, ein Schiff, das von einem verdienteren Kapitän befehligt wird, Sir?«

Verschnupft erwiderte der Shanghaier Akzent: »Natürlich werde *ich* ebenfalls in Xiamen sein, um die *Qingrui* zu begrüßen.« Er schwieg kurz. »Wo wir schon dabei sind: *Qingrui* heißt Ihr Schiff?« Der Mann schnaubte. »Das ist doch kein angemessener Name.«

Lai Jin verzog das Gesicht, schwieg jedoch. Von seinem Arbeitgeber konnte er auch keine Rückendeckung erwarten. Der würde ihn dem Shrimps-Gott opfern, wenn das für ihn mehr Profit und Prestige bedeutete. Er lauschte dem Shanghaier Akzent, der wild nebulöse Metaphern aus diversen Legenden mischte – Drachen, Maulbeerbäume, Tiger, Persimonen, Jaderäder und neun Tropfen Rauch. Lai Jin runzelte die Stirn. *Giraffen?* Seine Schläfen pulsierten. Der Schiffsmotor ruckelte. Wie sollte er seiner Mannschaft erklären, dass die Geschichte ihn berufen hatte? Man würde ihn auslachen.

Lai Jin knurrte. Nun, da er gelogen hatte, war er auch noch gezwungen, Passagiere aufzutreiben, mit denen er beweisen konnte, welche Unannehmlichkeiten ihm dieses Projekt bescherte. Was für ein Schlamassel. Die *MS Qingrui* war ein Frachtschiff, ein Massengutfrachter. Hätte er, Lai Jin, Passagiere befördern wollen, hätte er auf einem Kreuzfahrtschiff angeheuert. Hatte er aber nicht. Er hatte mit seinen Gedanken und dem Meer allein sein wollen. Darum hatte er kämpfen müssen: Nach dem Studium an der *Shanghai Maritime University* und einiger Zeit in Singapur hatte er sich zum Kapitän hochgearbeitet. Er mochte Fracht. Fracht redete nicht und verlangte nicht nach Unterhaltung. Fracht war genügsam. Er wischte sich den Schweiß von der Stirn und fragte, einem rebellischen Impuls folgend: »Welche Zulagen gibt's denn dafür?« Er konnte sich die Antwort schon denken, und das Schweigen am anderen Ende der Leitung, das Missfallen und Enttäuschung verriet, gab ihm recht.

Sie warteten schweigend. Wer würde länger durchhalten? Lai Jin, der nur ein Rädchen im Getriebe war, gab als Erster klein bei und fragte, was der *Houyi*, der besagte Nachfahre, an Bord brauchen würde.

»Es ist eine Nachfahr*in*«, berichtigte ihn der Shanghaier Akzent. »Unsere designierte *Houyi*.«

Lai Jin hätte sich fast verschluckt. Niedergeschlagen fragte er: »Und was ist mit den Giraffen?«

Die schien der Shanghaier Akzent ganz vergessen zu haben. »Wie … *Giraffen?*

Ein Kompromiss für die Wassergottheiten. Keine Giraffen, dafür ein Mensch. Er dachte an sein Schiff und seinen Aufbau. Spartanisch, stählern. Das asketische Reich eines Einsamen. Wo sollte er da eine *Nachfahrin* unterbringen?

Die *MS Qingrui* war ein stabiles Schiff. Sie war weiß mit roten Streifen, vierundfünfzig Meter lang, und ihr Name prangte in schwarzen Lettern auf ihrem Rumpf. Heute hatte sie auch die kenianische Flagge gehisst, um ihrem Zielhafen Tribut zu zollen. Die *MS Qingrui* war der Hauptgrund, warum er an seinem Job hing. Sie war sein Glücksschiff, sein Containerbeförderungsfahrzeug mit Eindecker-Stauraum. Mit ihren hartbeschichteten Tankböden war sie gleichsam wie vom Meer und für das Meer geschaffen. Seit dem Aufkommen von *Low Steaming* – der Verlangsamung zur Treibstoffreduzierung – fuhr sie höchstens dreiundzwanzig Knoten. Lai Jin mochte es langsam. Sein Arbeitgeber nicht. Obwohl er keine ausgeprägte Fantasie hatte, war Lai Jin davon überzeugt, dass sein Schiff einen verspielten und mutigen Geist besaß. Es warf sich gigantischen Wellenbergen entgegen und schien die Bewegungen des Meeres vorauszuahnen. Es schützte seine Mannschaft und seine Ladung. Die *MS Qingrui* kam immer an ihr Ziel. Wenn Lai Jin etwas auf dieser Welt lieben konnte, dann die *MS Qingrui*.

Nebelhörner in der Morgendämmerung. Mombasa präsentierte sich als gold-orangefarbene, wuchernde Stadt, als Zeugin einer langen Geschichte von An- und Abreisen. Lai Jin bereitete sich aufs Anlegen vor. Eine beklemmende Unruhe erfüllte ihn. Wenn er an Land war, machten seine Erinnerungen ihm zu schaffen; seine Albträume waren dort elementarer, belastender. Sie zeigten Lai Jin, dass er immer noch ein Gefangener seiner Sehnsüchte war. Sie krochen aus Abgründen empor und lockten ihn mit Illusionen einer lebendigen Mei Xing, die beim Erwachen die alten Narben aufrissen. Wenn er im Hafen nicht auf dem Schiff blieb, wanderte er meist nachts durch die Straßen, auf der Jagd nach anderen Formen von Einsamkeit, Alkohol und Essen. Wenn die Sonne aufging, zog er sich rechtzeitig zum Frühstück in sein Quartier zurück. Später lag er still im Bett und wartete auf den Sonnenuntergang. Nachts verschwamm alles, und er konnte sich im Atem auflösen.

34

Vom Schlepper, der die *MS Qingrui* in den Hafen ziehen sollte, wurde ein Lotse geschickt, der die *MS Qingrui* mit halb geschlossenen Augen in den Kilindini Harbor bugsierte. Als das Schiff vor Anker lag, wurden die Landungsbrücke und eine Leiter zum Kai hinuntergelassen. Bald kam eine Gruppe von Männern – Einwanderungsbeamte und Bürokraten der Botschaft der Volksrepublik China in Kenia – mit dem Schiffsmakler an Bord, ein einsilbiger Mann, den Lai Jin aus dem vergangenen Jahr kannte. Seine Mannschaft war in guten Händen.

Lai Jin atmete ein. Jeder Hafen hatte einen ganz eigenen Geruch, als würde die See das Klima, die Hoffnungen und Erfahrungen eines Ortes zu einer einzigartigen Essenz destillieren. Kilindini. Kopfnote: Erde, Feuer, Mondblumen und Blut. Herznote: Salz, verfaulender Seetang und Rost. Basisnote: Holz, sonnenwarmes Zwielicht und Schweiß. Fremde Rhythmen, versprengte Gefühle, das hohe Läuten einer Tempelglocke, Gelächter und die Schreie von mindestens sieben verschiedenen Vogelarten. Container, Kräne, Schiffe. Die Stimmen der Hafenarbeiter. Lai Jin starrte ins Leere, während die alten Brandwunden an seinem Körper zu schmerzen begannen und Erinnerungen weckten. Die Hitze Mombasas sickerte ihm durch die Haut. Trotz der kühlenden salzigen Brise schwitzte er. Er streckte den Rücken durch und machte sich bereit, seine Gastgeber kennenzulernen und Höflichkeiten auszutauschen.

Bewegung.

Das Klirren und Scheppern von Schwergütern. Gebrüllte Warnungen – »*Kaa chonjo!*« Ermahnungen – »*Shime wenzangu!*« Gesang. Anderthalb Tage später war die aus Weizen bestehende Ladung der *MS Qingrui* gelöscht. Lai Jin erwartete noch eine Lieferung Tee und eine mit Alteisen für die Rückfahrt. Vielleicht würde er sich später am Tag hinauswagen und einen Schluck Black Pekoe genießen, jenen Tee schlürfen, der auf der Rückfahrt einen Großteil seiner Ladung ausmachen würde. Er war neugierig. Sein Land, das Ursprungsland des Tees, suchte an fernen Orten nach dessen Ur-Urgroßenkeln. Er kostete verschiedene Sorten, um herauszufinden, wie sich der Tee jenseits von China entwickelt hatte.

Am nächsten Tag um 14 Uhr übernahm ein rein chinesisches Arbeitsteam, überwacht von einem Botschaftsangestellten und einem Bauunternehmer, der fließend Kiswahili sprach, die *MS Qingrui*. Lai Jin packte einen Aktenkoffer und eine Tasche mit Kleidung und flüchtete. In seinem Eifer, den Bürokraten und Bauarbeitern tunlichst aus dem Weg zu gehen, hätte er fast vergessen, dem Beamten im Büro des Hafenmeisters Bescheid zu geben, dass er dringend Passagiere brauchte. Das holte er jetzt nach.

»Wie viele?«

»Vier, fünf. Von dem Geld, das sie Ihnen geben, behalten Sie fünfzig Prozent. Es werden keine Fragen gestellt.«

Der Mann hatte kaum gelächelt – jetzt strahlte er über das ganze Gesicht.

Lai Jin tauchte im *Nyali Beach Hotel* unter. Mit einem Füllfederhalter und schwarzer Tinte versuchte er die Essenz seiner geliebten Mei Xing heraufzubeschwören. Auf Reispapier: Linien, Worte, Tintenkleckse und Tränen. Er wartete auf ein Gefühl, ein Bild, einen Wegweiser zu dem Abgrund, in dem seine Frau und sein Leben verschwunden waren. Sie war der zweite Mensch in seinem Leben gewesen, der ihn nicht wie eine Abweichung vom unausgesprochenen Ideal des Han-Volks behandelt hatte. Der erste war seine Mutter Nara gewesen, die Keramikkünstlerin, die später dem Wahnsinn verfiel.

Lai Jin war – nach zwei abgetriebenen Mädchen – in Tianjin geboren worden. Sein Vater hatte unbedingt einen Sohn gewollt, der seinen Namen weitergeben und seinen Stand in der Partei verbessern sollte. Ein Sohn wäre der Ausgleich für seine künstlerisch begabte Frau, die der Partei weder als fleißige Arbeiterin bei ihren diversen landwirtschaftlichen Projekten dienen noch kochen konnte.

Als Kind lebte Lai Jin ständig in der schattenhaften Gesellschaft seiner toten Schwestern – Geister, denen seine Mutter sich mehr und mehr fügte, indem sie verbotenerweise exquisite Tongefäße für ihre stets überquellenden Seelen herstellte. Bis er eines Tages von der Schule nach Hause kam, seine Mutter nicht mehr da war und das Einzige, was sein Vater dazu sagte, war: »Sie ist fort.« Innerhalb eines Jahres heiratete er eine andere Frau, die viel jünger war als seine Mutter.

Sie war ein bezauberndes, aber kapriziöses Geschöpf; in der Öffentlichkeit war sie freundlich zu Lai Jin, doch wenn sie allein waren, kniff und piesackte sie ihn und drängte sich zwischen Lai Jin und seinen Vater. Um zu überleben, stürzte Lai Jin sich ins Lernen und brillierte in der Schule, wenn er sich nicht gerade in die Ruinen des tönernen Universums seiner verschwundenen Mutter zurückzog: eine quietschende Drehscheibe, ein bröckelnder Brennofen, halb fertige Töpferarbeiten. Dorthin konnte er sich in Träume von einem imaginären, strahlend blauen Meer der Güte, Liebe und Schönheit flüchten. Als er zwölf war, zog die Familie zu seinem Leidwesen nach Guangzhou in Guangdong. Seine Stiefmutter gab ihm zu verstehen, dass die Beförderung seines Vaters in die höheren Ränge der Partei einzig dadurch verhindert wurde, dass er, Lai Jin – ein Störfaktor, genau wie seine Mutter – existierte. Sie nannte ihn »Nikkei«, was ihn zutiefst verletzte, denn wegen seines Aussehens und seiner Größe wurde seine Herkunft ohnehin oft angezweifelt. Sie empfahl ihm, nach Japan zurückzugehen oder von einer Brücke zu springen. »Mach den Kamikaze, das würde deinem Vater helfen«, triezte sie ihn. Er konzentrierte sich darauf, bei seinen Prüfungen möglichst gut abzuschneiden. Sein Vater schickte ihn erst nach Hongkong, um Englisch zu lernen, dann nach Montreal in Kanada, um die Welt kennenzulernen und einen westlichen Pass zu erwerben. Aber er hatte solches Heimweh, dass er nach nur vier Monaten zurückkehrte. Im Flugzeug nach Hause lernte er Mei Xing kennen, die nach nur drei Wochen seine Frau wurde. Sie kam aus Beijing, hatte jedoch sieben Jahre lang in Kanada gewohnt, wohin ihre Mutter nach einem Skandal geflohen war. Diese imaginäre Schande für den Namen Lai, die eine solche Verbindung mit sich brachte, und die Tatsache, dass seine Stiefmutter ihren dreijährigen Sohn als Erben zu etablieren versuchte, führten dazu, dass das ohnehin schon gespannte Band zwischen Lai Jin und seinem Vater endgültig zerriss.

Heute. Ein orangefarbener Sonnenuntergang in Mombasa. Schweiß tropfte auf das Reispapier. Drei krächzende Krähen spähten durchs Fenster zu ihm hinein, als wären sie nahe Verwandte, die er kennen müsse. Er starrte sie an, sie starrten zurück. Er blinzelte zuerst.

35

Elf Tage nach seiner Ankunft in Mombasa ging Lai Jin am Kai entlang zu den Docks. Er blieb vor einem Schiffsrumpf stehen und starrte ihn an. Das hier war sein Schiff. Langsam legte er seine Hand ans Kinn. Er war sich nicht bewusst, dass sein Gesicht rot angelaufen war und seine Augen glühten. Eine halbe Stunde später gesellte sich der stellvertretende Hafenmeister zu ihm und starrte ebenfalls auf das Schiff. Nach einer Weile räusperte er sich. »Captain, Sir, verzeihen Sie.«

Lai Jain drehte sich um und verbeugte sich vor dem kleinen, rundlichen schwarzen Mann. »Captain«, sagte der in verwirrtem Ton und tippte auf die Piktogramme auf einem offiziell aussehenden Dokument mit Stempel: »Ist 清瑞 dasselbe wie 国龙?«

Lai Jin starrte zuerst auf das Stück Papier, dann wieder auf sein Schiff. Was sollte er antworten? Er las noch einmal den neuen Namen seines Schiffs. 国龙 – *Guolong: Der Drache der Nation,* umrahmt von dunklen Wolken. Er dachte über die Frage des Mannes nach, überlegte, ob er die Wahrheit sagen sollte, und machte einen Rückzieher. Er könnte sich in Halbwahrheiten flüchten, »Ich verstehe nicht« sagen. Aus Gründen der Harmonie und um bürokratische Spitzfindigkeiten zu vermeiden, antwortete Lai Jin: »Viele Namen, dasselbe Herz, dasselbe Gefühl.« Er sah den Mann an und nickte. »Dasselbe Schiff.« Doch innerlich seufzte er. *Guolong?* Wirklich? Ein noch aufgeblaseneres chinesisches Stereotyp hatten sie wohl nicht finden können. *Drache der Nation?* Sein leichtherziges Schiff? Ein Nerv in seinem Augenlid begann zu zucken. Er hoffte, die beteiligten Idioten hatten sich wenigstens um die Papiere gekümmert.

Goldumrandete Sturmwolken zogen über dem Hafen auf. »Regen«, bemerkte der stellvertretende Hafenmeister.

»Ja«, erwiderte Lai Jin.

»Sehen wir uns noch, bevor Sie ablegen?«

»Ja«, sagte Lai Jin und dachte über die Reise nach, die vor ihm lag, und über den – glückverheißenden? – neuen Namen, den man seinem Schiff aufgezwungen hatte. Der Beamte schlurfte davon, den Blick weiterhin stirnrunzelnd auf die Dokumente gerichtet. Lai Jin starrte entsetzt auf sein umgetauftes Schiff.

In zwei Wochen würden sie Mombasa verlassen. Lai Jin ging an Bord auf und ab. Seine Kabine – asketisch wie eine Mönchszelle, mit einem Druck von Zao Wou-Ki, vor dem er oft stehen blieb, als einzigem Farbtupfer – war zum Glück nicht angetastet worden. Er hatte angedeutet, zu kündigen, falls sich irgendjemand daran vergriff. Er erwartete, an irgendeinem Punkt für seine mangelnde Kooperation bestraft zu werden. Er begab sich in die Kabine, die ursprünglich dem ersten Maschinisten gehört hatte und jetzt für die Nachfahrin vorbereitet worden war. Beim Anblick der Einrichtung, die wie eine Mischung aus einer bürokratischen Interpretation des zeitgenössischen Taoismus mit chinesischen Klischees wirkte, verzog er das Gesicht. Falls man die Absicht hatte, die Bewohnerin der Kabine in Depressionen zu stürzen, wäre man sicher erfolgreich.

Es gab Bilder von roten Drachen, Kunstdrucke von Berglandschaften, Sonnenaufgängen und Magnolien, ergänzt von Alltagsszenen wie Angeln und Teetrinken. Dazu einen Holzschnitt aus dem siebzehnten Jahrhundert, der Admiral Zheng Hes Schatzschiffe zeigte, und ein Foto einer Statue von Zheng He selbst. »*Zhe shi wo de chuan*« – Das ist *mein* Schiff, informierte Lai Jin ihn. Er zog sein Hemd glatt und verließ die Kabine. Seine Schritte hallten auf dem Stahlboden wider.

Guolong?, grübelte er immer noch, als er ihm unbekannte Vögel beobachtete, die im Sturzflug ins Wasser tauchten. Wieder einmal stand
ihm statt der erhofften tausend Wege nur einer offen: warten. Immer
nur warten. *Worauf?* Die Sturmfront näherte sich rasch. Der Himmel
färbte sich tintenschwarz. Lai Jin wartete.

Kupoteya njia ndiyo kujua njia.

Man erkennt den Weg,
indem man sich verläuft.

36

Nur ein Passagier hatte die Überfahrt auf der *MS Qingrui / Guolong* gebucht, nicht die fünf, die Kapitän Lai Jin gern vorzuweisen gehabt hätte, um damit die Pläne des Bürokraten zu durchkreuzen. Trotzdem, einer war immer noch besser als keiner. Die drei anderen, die ebenfalls als registrierte Passagiere an Bord kamen, waren alle an dem Projekt des Bürokraten beteiligt. Lai Jin studierte die Passagierliste und fragte sich, welches Schicksal sie hier zusammengeführt hatte.

~

Shu Ruolan hatte noch nie ein Schiff betreten. Sie verbarg ihre Beklemmung und schmückte sich mit ihrer neuen Rolle als Begleiterin der Nachfahrin. Sie war ein zerbrechlich wirkendes Geschöpf mit ungewöhnlich großen Rehaugen, blasser Haut, seidigen schwarzen Haaren und einer Frisur, die ihre herzförmige Gesichtsform unterstrich. Sie war polyglott, stolperte kaum über englische Wörter und hatte einen Akzent, der an die BBC erinnerte. Die BBC zählte in ihrer Kindheit zu ihren Grundnahrungsmitteln, weil ihre Mutter darauf bestanden hatte. Während ihre Altersgenossen Michael-Jackson-Songs sangen, wälzte sie Shakespeare und Austen. Nach dem Studium arbeitete sie als Übersetzerin, Hostess und Englischlehrerin für hochrangige Parteimitglieder. Alles lief bestens für »Lehrerin Ruolan«, bis sie zum Objekt der Begierde von vier rivalisierenden Funktionären wurde, von denen einer ihr spontan einen Verlobungsring kaufte. Das führte dazu, dass sie prompt ins weit entfernte englischsprachige Ostafrika versetzt wurde. Zitternd hatte Shu ihre Mutter gefragt: »Was ist Afrika?«

Und so machte sie sich, ausgestattet mit der nötigen afrikanischen Reiseliteratur, die das World Wide Web empfahl, auf den Weg nach Kenia: Werke von Paul Theroux, Ryszard Kapuściński und V.S. Naipaul. Darin fand sie die Schriften luzider, einzelgängerischer Abenteurer, die sich, nur mit scharfen Adjektiven bewaffnet, unerschrocken der aggressiven Begrüßung feindseliger Einheimischer stellten, deren gutturale Schreie – wie es in den Büchern dargestellt wurde – darauf hindeuteten, dass sie allesamt Kannibalen waren. Als Shu Ruolans Flugzeug am Jomo Kenyatta International Airport in Nairobi landete, erregte gleich der erste Zollbeamte, der ihr begegnete, ihr Misstrauen. Das lag weder an seiner braunen Haut noch an seinen braunen, unregelmäßigen Zähnen – damit war zu rechnen. Doch sein Englisch klang, als hätte er als Kind in einem mit Gartenzwergen bevölkerten Garten in Sussex herumgetollt. Doch da sie mit der Anthropologie von Bürokraten vertraut war, erkannte sie in ihm ein allgegenwärtiges Exemplar seiner Art. Acht Monate später fuhr Shu auf der *MS Qingrui / Guolong* zurück nach China. Ein hochrangiger Funktionär mit Shanghaier Akzent hatte die Botschaft so lange bedrängt, bis man dort eine Mitarbeiterin freigestellt hatte, um eine junge Reisende, die als »die Nachfahrin« bekannt war, zu begleiten und sie mit grundlegendem Wissen über China vertraut zu machen. Shu war am leichtesten zu ersetzen. Sie hatte sich gerade erst daran gewöhnt, sich durch ein Meer von dunkelhäutigen Menschen zu bewegen, in dem sie die Minderheit darstellte.

~

Nioreg Marie Ngobila war ebenfalls als Passagier gelistet. Er war eins neunzig groß, hatte eine breite Stirn, ein Grübchen im Kinn, eine Haut wie aus schwarzem Marmor, kurz geschnittene Haare und Säbelbeine. Der Fünfzigjährige, der aus der Demokratischen Republik Kongo kam, besaß verschiedene Ausweise – Billigflaggen, wenn man so wollte. Er war in einem großen, tropenfesten Jeep mit Nummernschild aus Mosambik zum Hafen gefahren, den er auf dem Parkplatz stehen ließ. Wegen seiner Größe wagte es kaum jemand, ihn zu belästigen. Er war stets höflich, distanziert. Er wurde mit Guerillatruppen in Angola in Verbindung gebracht; heute arbeitete er als Freelancer und pflegte lockere Verbindungen zu einer »Spezialservice«-Firma. Sie hatte ihm den Job auf diesem Schiff verschafft, seinen vierten auf See. Er schaute hinauf. Das Schiff war kleiner, als er gedacht hatte. Er nahm seine runde Ledertasche und den Segeltuchrucksack und ging zu den Docks, dann blieb er stehen, um einen zierlichen Vogel zu beobachten, dessen Gefieder grün, blau, weiß und orange war und der mit seinem langen Schnabel nach Insekten suchte und dabei mit Gott und der Welt zu plaudern schien. Und dieser Vogel verhinderte, dass er mit der Person zusammenstieß, die sein gesamtes Leben auf den Kopf stellen würde.

***

Das Erste, was den Leuten an Delaksha Tarangini Sudhamsu auffiel, war das trapezförmige pflaumenblaue Feuermal unter ihrem linken Ohr. Heute kam auch noch eine mit einem blutigen Verband bandagierte Hand dazu. Sie war eins fünfundsechzig groß, und ihr fluffiges Haar, durch das sich fünf graue Strähnen zogen, hing ihr jetzt schlaff ins Gesicht. Sie trug eine überdimensionierte dunkelbraune Sonnenbrille, die zwei Schattierungen dunkler waren als ihre fleckige Gesichtshaut. Die Brillengläser verdeckten ein langsam verheilendes zugeschwollenes blaues Auge. An guten Tagen beschrieb sie ihren Körperbau als »Rubensfigur«. Schon zwei Mal hatte sie vor dem Büro des Hafenmeisters auf dem Absatz kehrtgemacht und war dann wieder zurückgekommen. Als sie sich dem Büro jetzt näherte, streckte sie ihren Rücken, presste die Lippen aufeinander und stürmte durch die Tür.

Ihr präzises Englisch hatte einen larmoyanten Unterton, der zu ihrem gezwungen strahlenden, zerbrechlichen Lächeln passte. »Guten Tag, mein Name ist Ms. Delaksha Tarangini …« Sie verstummte. Versuchte es erneut. »Ich bemühe mich, nicht zu weinen«, erklärte sie dem zunehmend nervösen Mann hinter dem Schalter. »Ich habe vor ein paar Tagen ein Buch von einem südamerikanischen Autor … Tja, darin gibt's eine Figur, die eine Schänke betritt, zum Wirt geht und um ein *solicitud de asilo* bittet – ein reizender Ausdruck, da steckt so viel Sorge drin. Könnte ich Sie ebenfalls um Asyl bitten?« Vor ihrem inneren Auge sah sie ein einfaches Bett mit weißen Laken, eine Brise wehte durch große Fenster ins Zimmer, Stimmen auf der Straße. »Ich muss nach Hause zu meiner Mutter«, fügte sie hinzu und öffnete einen Beutel mit zwei Pässen darin. »Welchen brauchen Sie? Ich flehe Sie an, sagen Sie mir, welcher bringt mich nach Kerala zurück?«

Der Mann, auf den Laute, Farben und Worte einprasselten, die er in dieser Kombination noch nie erlebt hatte, räusperte sich, bevor er in dem für ältere kenianische Bürokraten typischen Seien-Sie-doch-vernünftig-Ton antwortete: »Also wirklich, Madame, hören Sie, es gibt Vorschriften für solche Dinge, die Gesetze …«

Sie brach vor seinen Augen weinend zusammen. Ihr Kajal hinterließ schwarze Streifen auf ihrem Gesicht. »Bitte … bitte …«

Verzweifelt sortierte der Mann einen Stapel Papiere. Gefühle waren nicht seine Stärke. »Was soll ich denn tun? Sehen Sie … Madame … Kerala?« Wo lag das überhaupt? Der Mann griff nach irgendeinem Strohhalm. »Madame, haben Sie … haben Sie zweiundfünfzigtausend Schillinge für eine Kabine auf einem Lastenschiff nach China? Können Sie von da aus vielleicht nach … äh … Kerala weiterreisen?«

Delaksha wühlte in ihrer Handtasche und nahm alle kenianischen Schillinge heraus, die sie dabei hatte – selbst die Münzen. Der Mann zählte 74.793 Schillinge. »Wenn ich mehr hätte, würde ich es Ihnen geben. Hier, nehmen Sie alles«, sagte sie.

Verblüfft betrachtete der Mann sie genauer. Sie war aus dem Nichts aufgetaucht. Ihre Gestalt schien sich ständig zu wandeln. Sie zerfloss. Strömte in verschiedene Richtungen, was alle möglichen unvorhersehbaren Konsequenzen für ihn haben konnte. Dann schaute er auf seinen Schreibtisch, betrachtete seinen Kugelschreiber. Er würde das Formular für sie ausfüllen, dann würde sie schneller wieder verschwinden. »Ihre Hand blutet, Madame«, stotterte er.

»Ja«, sagte sie. »Ich hatte eine Offenbarung.« Dem Mann wurde klar, dass er besser geschwiegen hätte. Delaksha sah stirnrunzelnd ihre bandagierte Hand an. »Pontius hat mich gebissen«, erklärte sie. »Er ist eine Mischung aus Dobermann und Schäferhund.«

Der Mann konzentrierte sich darauf, Delakshas Formular sorgfältig auszufüllen.

»Der Hund hat Mitleid mit mir«, erzählte sie.

Der Mann begriff, dass es eindeutig das Beste war, wenn diese Frau Kenia verließ. »Nach Kerala wollen Sie?«, sagte er. »Dort werden Sie bestimmt sehr glücklich sein.«

»Danke. Ich könnte Sie küssen.«

»Bitte nicht, Madame.« Er erstarrte, wagte nicht, sich zu bewegen, um sie nicht noch zu ermutigen. »Bitte.« Als Delaksha gegangen war, machte er sich eine Tasse heißen Tee.

~

Neben Kapitän Lai Jin und dem Wachoffizier gab es noch den Ersten Offizier und neun weitere Mannschaftsmitglieder: einen tüchtigen Seemann und ein Technikerteam, angeführt von einem Mann wie ein Baum. Ein fader Kerl, ausgestattet mit einem Computer und einer Kamera, befand sich ebenfalls an Bord und würde die Reise dokumentieren – ein Auftrag, den er aus Shanghai bekommen hatte. Der Kapitän hatte ihm eingebläut, er solle es nicht wagen, den routinierten Ablauf der Reise zu gefährden. Ein weiterer Mann, vielleicht Südafrikaner, vielleicht auch nicht, der die fliehende Stirn eines Rugby-

Stürmers hatte, war der zweite Maschinist. Zwei Deckarbeiter und ein runzelig-verhutzelter, tätowierter Malaie, zu dessen weitreichenden Pflichten auch das Kochen und Bedienen gehörte, vervollständigte die Mannschaft.

Quietschende Ketten, schepperndes Metall. Flutlichter erhellten den Frachtraum, Kräne wachten wie schlaksige Riesen über die Ladung. Die Fracht bestand zu einem Großteil aus kenianischem Tee und hochwertigem Kaffee, deren Aromen irgendwie den versiegelten Behältern entstiegen, über das Schiff waberten, sich mit dem Meeresgeruch mischten und eine flüchtige berauschende Wirkung hatten. Eine ganze Reihe von rostfarbenen Containern enthielt Altmetall für den Export.

~

Der Kapitän stand wie ein stattlicher Wachmann in der Morgendämmerung, als Ayaana sich dem Schiff näherte. Das Licht der aufgehenden Sonne rahmte ihn ein, sodass er fast unwirklich aussah. Krähen krächzten, als Ayaana den kurzen Weg zum Schiff zurücklegte, der ihre alte Welt von der neuen trennte. Sie bekam eine Panikattacke. Überwältigt von der Fremdheit des Schiffs, seiner Größe, den harten Ecken und Kanten, dem Stahl, den Echos, den Maschinen, neben denen alles andere winzig wirkte und von denen einige mit Ketten und Zahnrädern wie von riesigen Motorrädern ausgestattet waren, und aufgereihten rostfarbenen Containern, die den Blick auf das blaue Meer dominierten. Eine Welt aus blauem und weißem Stahl, schmalen Gängen und kleinen Treppen, die zu fensterlosen Räumen führten. Feuerlöscher, monströse Seile, Rettungsringe, Rettungsinseln, geheimnisvolle Objekte, die dröhnten, blubberten, piepsten, ächzten und brummten. Rohre krochen wie riesige schwarze Tausendfüßer in Wandlöcher und wieder heraus. Gelbe Kräne reckten sich himmelwärts, Schornsteine und ein Apparat, der sich unablässig drehte und vor dem flinke Männer in beigefarbenen Arbeitsoveralls und dazu passenden Helmen stehen blieben – Mannschaftsmitglieder, von denen einige mit übergroßen Werkzeugen hantierten. Das Schiff spuckte schäumendes Wasser aus verborgenen Öffnungen, die Ankerkette spannte sich, begierig darauf, gelichtet zu werden, und plötzlich spürte sie tief in ihren Gedärmen, was ihre Abkehr von Pate, von Kenia und von ihrem alten Ich bedeutet.

Lehrerin Ruolan hatte Ayaanas Ellbogen umfasst und in strengem und doch ehrfürchtigem Ton gesagt: »*Chuan zhang.*« Dann hatte sie Ayaanas Haltung korrigierte, bis sie gerade stand, und hinzugefügt: »Der ehrenwerte Kapitän des Schiffs, Kapitän Lai Jin.«

Ayaana musterte den breitschultrigen Mann mit der traurigen Aura und dem in die Ferne gerichteten Blick, dessen Gesicht, obwohl annähernd symmetrisch, Narben, Ecken und Kanten aufwies und dessen weiche Züge im Kontrast zu den kurz geschorenen schwarzen Haaren standen. Er stand da, als wäre dieser Ort der Nabel der Welt. »Wir sind seit Langem Freunde.« Sanfte Worte, die ineinander überzugehen schienen. Ayaana starrte ihn an. Die rechte Seite seines Gesichts war von glänzenden Striemen schraffiert. Ohne nachzudenken rief sie: »Was hat das Feuer dir auf die Haut geschrieben?«

Die Blicke der beiden Fremden trafen sich. Seine Präsenz überrollte sie wie eine Lawine, erdrückte sie fast. Spürbare Dissonanz. Flüchtige Einblicke in das Wesen der Zeit. Sie war sich ihrer Unbeholfenheit zutiefst bewusst, ihr Mund füllte sich unkontrolliert mit Worten. Noch mit geschlossenen Augen verbrannte sie die Erinnerung an das ernste Gesicht dieses Mannes und an seine Gegenwart, die ein trostloses, endloses Ödland heraufbeschwor. Keine Hügel, keine Erdspalten, keine Bäume. Kein Horizont in seinem Blick. Er wirkte aufgebracht über das Chaos, das sie mit sich brachte. Sie ritt auf den Wellen der Stille, wartete darauf, dass sie ihre Bedeutung enthüllte. Die Frage, die sie gestellt hatte, hing zwischen ihnen, und Ayaana verspürte ein Ziehen in der Magengegend. Ihre Handflächen waren feucht.

Lai Jin schloss kurz die Augen, atmete Rosenduft ein, mit einem Hauch von Zitrusfrüchten, Moschus und der rohen Kraft, Dinge zu verwandeln. *Was für eine Frage*, dachte er.

Lehrerin Ruolan war scharlachrot angelaufen, als sie Ayaanas Frage gehört hatte. Sie stieß Ayaana in die Seite und flüsterte wütend: »Sie sprechen nie zuerst. Immer als Letzte!« Ayaana beugte den Kopf, um ihre Zehennägel zu studieren, die aus ihren neuen weinroten Keilsandaletten lugten; die Riemen waren über dem Saum der Stonewashed-Jeans zusammengebunden, die sie unter dem schwarzen *Buibui* trug. Sie schwieg. Hätte Lehrerin Ruolan nicht ihr Kinn angehoben, hätte Ayaana weiterhin ihre Zehen angestarrt, deren rotlackierte Nägel mit dem Schiffsstahl zu verschmelzen schienen.

Dann, auf der Gangway, schwerfällige Schritte, schrilles Lachen. Stimmen. Eine Phalanx aus Männern und Frauen in Businessoutfits. Ein hoher kenianischer Diplomat überreichte Ayaana ein Geschenk, das sie dem chinesischen Volk im Auftrag des kenianischen Volkes überbringen sollte – ein Stück des aus dem Meer geretteten chinesischen Porzellans, ein Relikt aus einer kürzlich geborgenen Dschunke. Es lag in einer schwarz-goldenen, holzähnlichen, glatten Schatulle, die in Makueni hergestellt worden war, eingewickelt in einem roten *Made-in-China*-Filzstoff. Es würde in der Kabine des Kapitäns aufbewahrt werden.

Nach den Ansprachen und dem rituellen Umtrunk, der Kehlen befeuchtete, bei einigen zu roten Flecken im Gesicht führte und bei anderen ein Lallen auslöste, zog Lai Jin sich zurück. Alle wollten Fotos mit Ayaana machen. Ihr Schleier wurde immer weiter zurückgeschoben, damit man ihre schrägen »Mandelaugen« besser sehen konnte – die genetisch mysteriöse Lidfalte auf golden-dunkelbrauner Haut. Ein Gedränge. Noch mehr Ansprachen. Ein Botschaftsangestellter versicherte ihr, China sei ein großes Land. Ayaana dachte an Seemänner, die seit sechshundert Jahren tot waren und sich dieses Postskriptum zu ihrer Geschichte wohl nicht hätten träumen lassen.

Wieder stieg Panik in ihr auf. Sie wandte sich in Richtung Gangway. Als sie dem Drang zu fliehen nachgeben wollte, griff jemand nach ihrem Handgelenk. Ihr stockte der Atem.

Der Kapitän schüttelte den Kopf. Dann lächelte er. Er zog leicht an ihrem Handgelenk, und sie folgte ihm in eine Art Nische, die sie von den Feiernden trennte. Ayaana drückte mit einer Hand das Geschenk an sich, mit der anderen zupfte sie ihren Schleier wieder zurecht. Zusammen sahen sie zu, wie die improvisierte Party allmählich zu Ende ging. Sie warteten noch eine Minute. Schließlich seufzte der Mann.

»Jetzt«, sagte er.

Ayaana folgte dem Kapitän, um am Schluss der Zeremonie die Bürokraten zu verabschieden, die ihr eine gute Reise wünschten. Die Feiernden wankten von Bord, stützten sich gegenseitig und dienten als lebender Beweis dafür, dass billiger Sekt dabei helfen konnte, freundschaftliche Bande zwischen zwei ungleichen Ländern zu knüpfen.

Lehrerin Ruolan, die mit ihrem Vorgesetzten aus der Botschaft Rücksprache hielt, hatte Ayaana aus den Augen verloren. Als sie auf Deck nach ihr Ausschau hielt, sah sie Ayaana mit dem Kapitän an ihrer Seite wieder auftauchen. Eilig drängte sie sich zwischen die beiden. Nachdem die Bürokraten das Schiff verlassen hatten, führte sie Ayaana eine Stahltreppe hinauf und einen schmalen Gang entlang. Ihre Absätze klapperten laut auf dem Stahl. Sie drängten sich an einer Frau vorbei, die ein gutes Stück kleiner war als Ayaana; ihre vom Wind zerzausten Haare passten zu ihrem orientierungslosen Blick. Ihr langes weißes Kleid war fleckig, ihre Augen waren hinter einer übergroßen Sonnenbrille verborgen. Eine Türkiskette mit Tigeraugenanhänger hing in ihrem beachtlichen eingeschnürten Dekolleté. Sie tätschelte eine indigoblaue Tasche, als wäre sie ein lebendiges Wesen; trotz der diversen Rauchen-verboten-Schilder hatte sie eine dünne weiße, nicht angezündete Zigarette zwischen den Zähnen.

~

Zwanzig Menschen verließen mit der morgendlichen Flut auf der *MS Qingrui / Guolong* den Kilindini Harbor in Mombasa, trotz des hohen Wellengangs und eines kühlen Windes, der in die Hafenmündung blies. Ein Lotse manövrierte sie von Kenias Küste fort. Andere Schiffe verabschiedeten sie mit Nebelhörnern. Die *MS Drache der Nation* erwiderte den Gruß. Am Horizont der Morgenstern. In internationalen Gewässern angekommen, holte ein Deckarbeiter die rot-grün-schwarz-weiße kenianische Flagge ein.

37

Am ersten Abend an Bord des knarzenden, dröhnenden, vibrierenden Schiffs, das nach Diesel und Öl roch, begaben sich die anderen Passagiere in die nichtssagende Messe, die mit einem geschmolzenen Plastikobjekt geschmückt war, das eine Lilie darstellen sollte. Lehrerin Ruolan dagegen führte Ayaana in die Kapitänsmesse, in der viele Gedenktafeln und Bilder von Schiffen hingen. Ayaanas Gefühle waren so unstet wie ein Vogel, der sich nirgendwo niederlassen wollte, und sie versuchte sich auf Lehrerin Ruolans Hand auf ihrem Arm zu konzentrieren. Als sie sich setzten, starrte Ayaana auf einen Fleck auf dem Tisch, der erhaben war wie eine Warze. Das Gedeck für einen Gang: eine Tasse, eine Schale auf einem Unterteller, Stäbchen auf einem Halter, ein Keramiklöffel.

Ayaana starrte das Essen in der Mitte des Tischs an.

Niemand rührte sich, bis der Kapitän »Bitte« sagte und ihnen bedeutete, sich zu bedienen.

Bei all den neuen Klangfarben des Englischen, die sie hier hörte und die sie sich nicht hätte vorstellen können, zweifelte Ayaana plötzlich an ihren Sprachkenntnissen. Sie versuchte bei dem Gedanken daran, sich noch eine weitere Fremdsprache aneignen zu müssen, nicht in Panik zu geraten. Sie lauschte konzentriert, um nichts zu verpassen, musterte Lehrerin Ruolan unter ihren dichten Wimpern und beneidete sie um ihre Anmut. Sie zeigte Ayaana zwei dünne schwarze Stäbchen, mit denen sie von nun an essen sollte. Ayaana nahm sie zögernd in die Hand und schaffte es dabei irgendwie, an den Keramiklöffel zu stoßen, der auf den Boden fiel.

Ayaana erstarrte.

Niemand schien es zu bemerken, außer Lehrerin Ruolan, die sie mit Blicken durchbohrte, während sie auf die verschiedenen Gerichte deutete: »Nudeln mit gebratener Ente und grüner Paprika, Tausendjährige Eier mit Ingwer … für Sie …« Ayaana machte große Augen – diese schwarzen, widerlichen Dinger mit dem grünlichen Kern, von denen ein entsetzlicher Gestank ausging, sollten Eier sein? »Gekochte Erdnüsse mit Sojasauce, eingelegte Gurkenstifte und – extra für Sie, unseren Ehrengast – Entenfüße.«

Ayaana sagte sich, wenn sie dem Drang zu weinen nachgäbe, würde sie ihrer Insel und ihrem Land Schande bereiten. Außerdem war sie hungrig. Sie betrachtete die Gerichte eingehender. Lai Jin glaubte, sie genauer zu umschreiben, könnte hilfreich sein, und sagte: »Tausendjährige Eier – *Pidan*. Von der Ente. Die Zubereitung dauert Monate.«

Worte. Sie hatten die Macht, Türen zu schließen, die sich in diesem Leben nicht mehr öffnen würden. Ayaana starrte die Eier an, als erwartete sie, dass sie jeden Moment explodierten. Lai Jin nahm mit einer geschmeidigen Bewegung der Stäbchen ein Stück Ei und steckte es sich in den Mund. Ayaana benutzte ihre Stäbchen wie eine Heugabel. Der Kapitän beobachtete Ayaanas Kampf mit dem Essen mit glänzenden Augen. Ayaana sah ihn an. Ihre Blicke trafen sich, und für einen kurzen Moment war sie wieder das kleine Mädchen, das am Rand der Mangroven stand, voller Ehrfurcht vor den Heimkehrern. Aus einem kindischen Impuls heraus wartete sie darauf, dass er zuerst den Blick senkte. Wieder war er überrascht von der Vertrautheit ihrer Andersartigkeit – sie war komplex und ausgewogen wie ihr geheimnisvoller Rosenduft. Er blinzelte. Spiegelte sein Geist ihm diesen Geruch nur vor? Er verzog das Gesicht.

Ayaanas Stäbchen verharrten über der Schale. Ihr Magen knurrte. Am liebsten hätte sie mit den Fingern gegessen. Sie beobachtete Lehrerin Ruolans gezierte Essweise; sie benutzte ihre Stäbchen wie Stricknadeln, kein Schlürfen, nicht einmal Kaugeräusche waren zu hören. Dann brachte der Steward eine Schüssel dampfende Teigtaschensuppe mit noch mehr Nudeln. Ayaana war verzweifelt. Dafür wäre der Löffel gedacht gewesen, den sie fallen gelassen hatte. Schnell wandte sie sich wieder ihrer Schale zu, spießte ein Stück Ente auf und steckte es sich in den Mund. Ungewohnte Konsistenzen. Weich. Was für ein Geschmack. Sie versuchte sich an den Nudeln, aber die rutschten ihr immer wieder von den Stäbchen. Sie legte die Stäbchen auf dem Teller ab und begutachtete ihre Suppe. Wieder griff sie nach den renitenten Holzstäbchen, zielte damit auf das Gemüse. Dann versuchte sie die Stäbchen wie Mini-Schaufeln zu benutzten. Erdnüsse, eingelegtes Gemüse – ein Hauch von Süßsauer, Heißkalt, Bittersauer, viele Aromen, aber nichts von Substanz. Sie betrachtete das Essen und runzelte die Stirn.

»Brauchen Sie noch eine Gabel? Und ja, vielleicht noch einen Löffel.« Der Kapitän winkte dem Steward. Bewegt über so viel Rücksichtnahme blickte Lehrerin Ruolan ihn an und klimperte mit ihren dichten Wimpern. Sekunden später wurde das Besteck gebracht. »Danke«, sagte Ayaana zu Lai Jin. Der sah ihr in die Augen, und diesmal senkte sie den Blick zuerst. Lächelnd wandte er sich wieder dem Essen zu.

38

Zar. Der Ruf der murmelnden Dschinn bei Nacht. Selbst über das Dröhnen der Motoren, das Quietschen des Metalls, das Ächzen der

Schatten und den Lärm der unsichtbaren, hart arbeitenden Männer hinweg hörte Ayaana ihre Unter-Wasser-Gesänge. Wenn sie es in einem Wort der neuen Sprache hätte ausdrücken sollen, die sie sich jetzt zu eigen machen sollte, wäre es »Erinnerung«: 记忆.

Shu Ruolan hatte einen Stundenplan aufgestellt, um Ayaana auf ihre »glückverheißende Ankunft« vorzubereiten. In vierzig Tagen sollte die Nachfahrin mindestens fünfzig Schriftzeichen gelernt haben. Am ersten Vormittag lächelte Ruolan Ayaana an und zeigte dabei ihre makellosen Zähne: »Schauen Sie.«

Das Zeichen: 非洲 – Afrika.

Die Aussprache: *Fei zhou.*

Lehrerin Ruolan zeichnete das Schriftzeichen auf und deutete für Ayaana die einzelnen Wörter. *Fei*: nichts, falsch, fehlend, hässlich, nicht. *Zhou*: sein, Zustand, Land. Zusammen: Afrika, Nicht-Sein. Ein Kichern entfuhr Ruolan. »Oje.« Nach einer kurzen Pause sagte sie: »Machen wir weiter.« Eine kühne Sequenz von Strichen schuf das Zeichen 中国. *Zhongguo.* »China!«, rief sie aus. »Das Reich der Mitte. Passend. Wunderschön.«

Ayaana schaute zu. Lauschte. Übersetzte das Wort »Lehrerin« auf Kipate: *Ujinamizi.* Albtraum. Substantiv.

Versprengte Regentropfen bildeten in Metallrinnen kleine Sturzbäche, darüber das schiefergraue Meer, darunter weiß gekrönte Wellenkämme. Sich auflösender Nebel und *Zar.* Das Schluchzen der Dschinn vor dem Morgengrauen. Das Schiff ächzte und knirschte. Schritte hallten wider. Schatten huschten umher. Ayaana, die die rastlosen Schatten auf ihrer Insel gewohnt war, beachtete die rätselhaften Geräusche und merkwürdigen Schemen nicht, die scheinbar unbegleitet durch die schmalen Gänge glitten. Schritte auf dem unteren Deck. Ayaana duckte sich aus Angst, erwischt zu werden. Sie hätte eigentlich neue Schriftzeichen lernen sollen. Als sie sich über die Reling beugte, sah sie, wie der Kapitän vorbeiging, die Hände hinter dem Rücken verschränkt, den Blick aufs Meer gerichtet. Die Mannschaft machte einen großen Bogen um ihn. Wenn er Anweisungen gab, wurde er nie laut. Er tauchte auf wie eine Erscheinung und verschwand, noch bevor man seine Anwesenheit richtig bemerkt hatte. Ayaana dachte über die Spuren nach, die das Feuer auf seinem Gesicht hinterlassen hatte. Sie waren wie in seine Haut eingeätzte Botschaften. Ayaana wich von der Reling zurück, schlich zu ihrer Kabine und verschwand darin.

Ping!

Muhidins Uhr.

Ayaana erstarrte.

Die Schritte wurden leiser und leiser.

~

Unergründliches Meer. Eines Morgens entdeckten die Passagiere, dass die Mannschaft rings um das Außendeck Stacheldraht gespannt hatte, um die Wehrhaftigkeit des Schiffs zu demonstrieren und Piraten abzuschrecken. »Vorsichtsmaßnahmen« stand lapidar auf einem Schild. Die Passagiere mussten noch am selben Nachmittag an einer Katastrophenübung teilnehmen. Als der Alarm losschrillte, eilten alle Leute an Bord zum ausgewiesenen Treffpunkt, um zu proben, wie man überlebte. Sie trugen grell orangefarbene Rettungswesten mit eingebauten Trillerpfeifen und Beleuchtung. Fliegende Fische sprangen aus dem Meer, glitzerten im reflektierten Sonnenlicht und fielen platschend wieder ins Wasser. Sie lenkten Ayaana ab. Schwalben ließen sich auf den Containern nieder, um sich auszuruhen, bevor sie ihre Reise fortsetzten. Momente des Glücks. In Gedanken war Ayaana weit von einer Katastrophe entfernt. Lehrerin Ruolan und Ayaana wurden demselben Rettungsboot zugewiesen. Sie standen dicht beieinander. Ein weiterer Alarm ertönte, der eine Mann-über-Bord-Übung ankündigte. Die üppige Frau, heute in pinkfarbenen Pantoletten, schlug schnaubend »Frau über Bord« vor. Niemand beachtete sie. Das Mannschaftsmitglied, das die Übung leitete, erklärte: »Um zu überleben, müssen Sie gegenseitig auf sich aufpassen.« Nach Beendigung der Übung zerstreuten sich die Passagiere und zogen sich in ihre Kokons zurück.

Am zweiten Abend teilte man den Passagieren mit, sie sollten sich zu ihrer eigenen Sicherheit in ihrer Kabine einschließen, während eine »Funktionsprüfung« durchgeführt wurde. Niemand fragte, warum. Alle würden pflichtbewusst auf die Entwarnung warten. Nachdem sich die Passagiere zurückgezogen hatten und die *MS Qingrui / Guolong* ihr Tempo verlangsamte, bis sie fast zum Stillstand kam, lauschte Ayaana in dem Versuch, sich ein Bild davon zu machen, was vor sich ging. Sie hörte das Brummen schneller Motoren, gedämpfte Stimmen, dann das Klappern von Dingen, die an Bord gezerrt wurden. Über das Dröhnen der Maschinen hinweg hörte sie auch abruptes Schweigen. Kurz darauf spürte sie, wie die *MS Qingrui / Guolong* wieder Fahrt aufnahm. Was war passiert? Niemand äußerte sich. Die Abwesenheit von Geschwätz an Bord spiegelte das Schweigen des Eisberg-Kapitäns. Seine Distanziertheit war beruhigend, als würde alles in den Händen einer bewegungslosen, ungerührten Gottheit liegen.

~

Ping! Ayaana führte in ihrer Kabine das Zuhrgebet durch. Sie versuchte, die vielen neuen Eindrücke zu verdauen, und klammerte sich an das Gewand eines für sie immer noch auf Pate weilenden Gottes. Sie atmete ihre Verwirrung aus, legte die Stirn auf die Gebetsmatte ihrer Mutter und nahm ihren Rosenduft ebenso in sich auf wie den ungelösten Konflikt, der immer noch zwischen ihnen stand.

Als Munira Ayaana an ihrem letzten gemeinsamen Abend auf Lamu geweckt hatte, hatte die Nacht die Haut ihrer Mutter umhüllt.

Munira hatte sie umarmt, gewiegt. »Werde erwachsen, *Lulu*.« Ayaana hatte sich an sie geklammert. Die Scham jenes Donnerstagabends verfolgte sie noch immer, und sie flüsterte ihrer Mutter ins Ohr: »Schmücke mich.«

»Jetzt?«, fragte Munira.

Ayaana hatte ihr Nachthemd ausgezogen, ihre Brüste und ihren Rücken entblößt. Munira ging rasch ihr Henna holen. Sie hatte Kräuter und Rosenessenz hinzugefügt. Das musste reichen. Dann ging sie zu ihrer Tochter zurück, bemalte ihren Körper mit verschlungenen Mustern und berührte zum ersten Mal die Verbrennungsnarben von jenem Donnerstagnachmittag. Zusammen hatten sie geweint.

Ayaana erhob sich von der Matte und berührte die Schnörkel, mit denen ihre Mutter ihre Haut verziert hatte und die an Schriftzeichen erinnerten. Als sie durch ein Bullauge nach draußen spähte, erblickte sie einen eindrucksvollen schnatternden Schwarm braunweiß gefleckter Vögel, die sich auf den Kränen, der Reling und dem Radar des Schiffs niederließen wie schwebende Blumen auf der Durchreise. Außerhalb ihrer Kabine hörte sie zierlich klackernde Schritte, wie Nadelstiche auf Stahl. Lehrerin Ruolan. Ayaana wappnete sich für eine neuerliche Litanei von Beschwerden. Ayaana sei *viel* zu laut, gestikuliere zu viel. Sie habe *Glubschaugen* wie ein Frosch. Sie runzle die Stirn, und eine Dame runzle nie die Stirn. Ihre Haut habe die Farbe von verbranntem Schweinefleisch. Ihre tiefe Männerstimme sei auch nicht sehr attraktiv. Und eine Dame würde auch nicht so penetrant riechen. Sie sei ungebildet, und wenn ihre chinesischen Wohltäter sie sehen könnten, würden sie sich schämen. All diese Beleidigungen verpackte die clevere Lehrerin in Höflichkeit: »Ist es nicht barbarisch, etwas auf die Haut zu schreiben?« Oder in Nachdenklichkeit: »Welche Seife können wir benutzen, um Ihren Körper aufzufrischen?« Oder in Politik: »Ihr Land hat ja keinerlei große Errungenschaften vorzuweisen. Schämen Sie sich dafür?« Oder in Philanthropie: »Haben Sie viele Erfahrungen mit Hunger machen müssen?« Oder in Philosophie: »Es gibt *Houyis*, und es gibt *Houyis*.« Oder in Ästhetik: »Sie sind größer als ein Mann, sehen aber nicht so gut aus.« Oder Einführungen in den Orient: »Wenn ich Sie sehe, denke ich immer *Hun Dun*.«

Lehrerin Ruolan schwieg kurz. »*Hun Dun*. Soll ich Ihnen erklären, was das bedeutet?«, fragte sie und lächelte. »Gut, ich sage es Ihnen.« Das Wort bezeichne ein urzeitliches Chaos, sagte sie, eine Manifestation des Ungeordneten, das sich aus abgrundtiefer Dunkelheit erhebe. »Es ist eine ganz besondere Form des Wahnsinns.« Sie klatschte in die Hände und wartete auf Ayaanas Reaktion.

Ayaana zog sich in sich selbst zurück, bekam einen gehetzten Blick. Es war eine unausgesprochene Kriegserklärung, doch Lehrerin Ruolan behielt stets die Oberhand, denn die Macht der Worte war auf ihrer Seite. Worte wie »*Hun Dun*«. Ayaana konnte sie nicht wieder verlernen, die Schriftzeichen nicht aus ihrem Gedächtnis verbannen. Sie formten bereits ihre Welt um. »Gebetszeit«, informierte sie ihre Lehrerin, zog sich den Schleier vor das Gesicht. Sie flüchtete von ihrem Schreibtisch und zog sich in ihre Kabine zurück, um endlich wieder frei atmen zu können. Lehrerin Ruolan las derweil noch mehr über »Afrika«, um Ayaana besser verstehen zu können. Heute war Ryszard Kapuścińskis *Afrikanisches Fieber* an der Reihe.

***

Der Gong zum Mittagessen.

Ayaana starrte auf die Drachen-Totenkopf-Tätowierung auf dem entblößten Oberarm des Stewards, der geschickt die Speisen für die Passagiere servierte, die es schweigend entgegennahmen. Gedämpfter Fisch mit Reis, gedünstetes grünes Gemüse, das mit Paprika in Blumenform dekoriert war. Eine Art Fischbrühe. Reis: eine Qual für Ayaana. Natürlich, seufzte sie innerlich, gab es auch Regeln dafür, wie man ihn richtig aß. Oder wie Lehrerin Ruolan sagte: »Man hält sich die Schale vor den Mund und isst geräuschlos.« Schon bei dem Gedanken an mögliche Essensgeräusche rümpfte sie die schmale Nase. Ein winziges Klümpchen Reis klebte an einem Ende von Ayaanas schwarzen Stäbchen und wartete darauf, dass sie es zum Mund führte. Auf halbem Weg dorthin fiel es herunter.

Lehrerin Ruolan schnaubte. Sie drückte Ayaanas Finger um die Stäbchen, verbot ihr Messer und Gabel und gab ihr einen Klaps auf die Hand, wenn sie versuchte, sich das Essen mit den Fingern in den Mund zu stecken. »Sie verschwenden meine Zeit«, zischte die Lehrerin.

»Ich muss etwas essen«, sagte Ayaana.

»Lernen Sie oder hungern Sie.«

Das Schiff schaukelte. Kapitän Lai Jin schlenderte in die Messe. Er blieb kurz stehen, verbeugte sich vor den Passagieren und murmelte der drallen Frau im neongrünen Kleid etwas zu. Sie trug immer noch die Sonnenbrille und stocherte in ihrem Essen herum. Der Kapitän schaute zu Ayaanas Tisch hinüber. *Chuan zhang*, erinnerte sich Ayaana, spielte mit ihrem Essen und versuchte, sich das Schriftzeichen vorzustellen: 船長 – Schiffsführer. Sie erinnerte sich an die vorangegangene Nacht. Sie hatte ihre Kabine verlassen, um den Anblick des Meers zu genießen. Als sie nach oben schaute, sah sie den Kapitän im Dienst, der, den Blick fest auf das Wasser gerichtet, mit kerzengerader Haltung still dastand. Der Ruf der Tiefe: Sie sah einen Mann, den das Meer verwandelte.

39

In seinem Sessel sitzend faltete Kapitän Lai Jin eine weiße Serviette auseinander und wieder zusammen. Auf die leere Fläche projizierte er die Reflektion eines verschwommenen Bildes. Bevor das Mädchen sein Schiff betreten hatte, hatte er geübt zu sagen: »Wir sind schon seit langer Zeit Freunde«, wie der Shanghaier Akzent es ihm eingetrichtert hatte, und versuchte dabei den Stolz, die Größe und die kosmische

Kontinuität des chinesischen Reichs zu verkörpern. Ihm bedeutete das alles nichts. Aber der Shanghaier Akzent hatte darauf bestanden: »Das ist Ihre Verpflichtung der Geschichte gegenüber.« Und so hatte Lai Jin gehorsam »Wir sind schon seit langer Zeit Freunde« wiederholt, bis kein gereizter Unterton mehr zu hören war.

Als die in Schwarz gekleidete Nachfahrin die Gangway hinaufgestiegen war wie eine verschwommene Erinnerung, hatte ihn zuerst ihr Geruch, ein facettenreicher Rosenduft, erreicht. Sie war in einen schwarzen *Buibui* mit silbernen Verzierungen gehüllt gewesen, der sich ihrer Körperform anpasste. Aus halbverschleierten Augen blickte sie auf die Welt, hielt sie mit ihrer Präsenz auf Distanz. Ihm fiel auf, dass sie an einem Handgelenk ein schmales Goldarmband und eine klobige Männerarmbanduhr trug. Beide Arme waren mit einem spitzenartigen Muster verziert, das im Licht rot, braun oder orange glänzte. Er dachte an die *xi geng qiang wei* – eine Rose mit zierlichem Stiel, die von geheimer Einsamkeit genährt wurde. Dann war sie vor ihm stehen geblieben. Griff nach seinem Kinn. Er hatte sich vorgebeugt und vergessen, was er sagen wollte. Er hatte ihren von schwarzem Stoff umrahmten Blick gesucht, und obwohl er darauf vorbereitet gewesen war, verblüffte es ihn, zu sehen, dass China ihn aus ihren Augen anblickte. In ihren hellbraunen Augen lag eine geheimnisvolle Wehmut, die ihn umfing wie eine Welle und sich kurz darauf wieder zurückzog. Er sah sie ein paar Sekunden zu lang an, und in der Ferne ertönte ein Gong. *Wer bist du?*, wollte er ausrufen. Dann fiel ihm gerade noch rechtzeitig ein zu sagen: »Wir sind schon seit langer Zeit Freunde.«

Ihr Blick hatte auf dem vernarbten Teil seines Gesichts geruht, den die anderen geflissentlich übersahen. Sie öffnete den Mund. Er musste zweimal blinzeln, bevor er verstand: »Was hat das Feuer dir auf die Haut geschrieben?« Bevor er antworten konnte, fiel ihr plötzlich wieder ein, wo sie war, dass sie Fremde waren, und sie wurde dunkelrot. Sie gestikulierte mit flatternden Fingern, senkte den Kopf, stotterte etwas, dann folgte ein drückendes Schweigen. Er erkannte sofort, dass sie das Fremdartigste war, was ihm je begegnet war. Dass er sich auf Englisch mit ihr verständigen musste, das er immer noch nicht hundertprozentig beherrschte, vertiefte die Kluft zwischen ihnen noch. Plötzlich kritisch gestimmt streckte er seinen Rücken. Sie war viel zu schlaksig, wie der herabhängende Zweig einer Trauerweide – nicht wichtig. Er lehnte sich zurück, als wollte er Distanz zwischen sie bringen. Aber dann hatte der Wind ihr den Schleier vom Gesicht gleiten lassen, und er starrte wie gebannt ihr makelloses, leuchtendes Gesicht an, die hohen Wangenknochen, das spitze Kinn, die dichten, gebogenen Wimpern, die vorwitzige Nase, den kleinen, knospenförmigen Mund mit den vollen Lippen, die perfekten Zähne und den warmen goldbraunen Teint ihrer Haut.

Später hatte er aus der Nische, die ihn davor schützte, sich mit feiernden Bürokraten abgeben zu müssen, gesehen, dass sie sich den Funktionären zu entziehen versuchte wie ein in die Enge getriebenes Reh. Instinktiv erkannte er den Moment, in dem sie sich zur Flucht wandte. Ohne nachzudenken ging er zu ihr und führte sie in sein Versteck. Von dort aus beobachteten sie die ausgelassenen Beamten. Er spürte, wie ihr Herz mit seinem im Einklang schlug. Und er wurde von den Gerüchen einer anderen Welt, einer jugendlichen Weiblichkeit eingehüllt, an die er in letzter Zeit kaum einen Gedanken verschwendet hatte. Und plötzlich bekam er Angst, denn trotz seiner Lebensentscheidungen und seiner asketischen Hingabe an die Liturgie der Weltmeere faszinierte sie ihn. Bald würden sie Xiamen erreichen, hatte er sich in dem Moment versichert, so, wie er es sich auch jetzt wieder versicherte.

~

Das Schluchzen der Dschinn in der Nacht. Die feinen Härchen in ihrem Nacken richteten sich auf. Sie spürte Hitze im Rücken. Ein menschförmiger Schatten in der dunklen Nacht. Sie drehte sich nicht zu ihm um. Lai Jin stützte sich auf die Reling. Sie lauschten dem Meer. Der Mond war verhüllt.

Er hörte sie weinen.

»*Ni hao*«, sagte er. Zu seiner Überraschung klang es eher wie ein sehnsüchtiges Flüstern als wie eine harmlose Begrüßung.

Sie antwortete nicht.

Er schaute zusammen mit ihr aufs Meer hinaus. Tatsächlich hatten sie einige Dinge gemeinsam: Illusionen von Wahlfreiheit, das Aufrechterhalten einer Fassade, die Auflehnung des menschlichen Willens gegen die Macht des Schicksals. Sie, die vom Schicksal auserkorene Botschafterin, die die ihr zugewiesene Rolle spielen musste; er, der von seinen Vorgesetzten auserkorene Kapitän einer unfreiwilligen Reise. *Ni shi shei* – Wer bist du?, fragte der Ozean.

~

Später in der Nacht träumte Lai Jin in seiner asketischen Kabine von Feuer. Er erwachte, schaltete die Lampe ein und warf einen Blick auf das Bild von Zao Wou-Ki, sah Orange, Rostrot und Rot – Blut. Danach konnte er nicht mehr einschlafen.

40

Bumm! Bumm! Bumm! Ra-ta-ta-ta! Schüsse zerrissen um zwei Uhr morgens die Luft. Lai Jin war gerade erst unter die Bettdecke gekrochen, als der Navigationsoffizier an seine Tür hämmerte. Lai Jin sprang aus seiner Koje, zog sich Hemd und Hose an und rannte nach draußen. »Wie viele?«, fragte er.

»Acht, Sir.«

Die Wasserschläuche waren schon angeschlossen und über die Reling gerichtet, überall blinkten Lichter, Funkgeräte spuckten zischend und knisternd Strategien und Geheimpläne aus. In solchen Momenten nahm man alles deutlicher wahr als sonst, und Lai Jin konnte das Tropfen des Wasserhahns in irgendeiner Kabine hören. Er war entspannt, bereit und furchtlos. *Acht Piratenschnellboote.* Das war für ihn kein Grund zur Beunruhigung; es war ihm egal, ob er lebte oder starb. Aber er war für andere Menschen verantwortlich. Irritation. Lai Jin hatte noch nie einen solchen Angriff erlebt, jedenfalls nicht in der Zeit des südlichen Monsuns.

Bumm!

Anscheinend hatten sie eine Panzerfaust, aber das Schiff war gut vorbereitet. Seine Mannschaft wusste, was zu tun war. Ein paar Crewmitglieder hatten die Passagiere geweckt und durch einen Gang unter Deck an einen sicheren Ort gebracht. Andere würden Verteidigungsmaßnahmen treffen.

***

Jemand hämmerte schreiend an ihre Kabinentür. Ayaana erwachte aus einem Traum, in dem sie der Dichterin und Mystikerin Rabi'a nachgerannt war. Sie schlang sich die Bettdecke um den Körper, stolperte zur Tür und riss sie auf. Ein fremder Mann packte sie am Handgelenk und schrie: »Ein Notfall! Sie müssen sofort mitkommen!« Ayaana hörte Nebelhörner, einen Lautsprecher, und irgendwo sagte eine Frau: »Ach, verdammt.« Schwerfällig, schwitzend und verwirrt ließ sich Ayaana in Richtung des Maschinenraums zerren. Barfuß und wie betäubt. Sie stieß sich den kleinen Zeh und schrie auf. »Beeilen Sie sich, Miss«, sagte der Mann nur.

~

Ein Loch in einer Stahlwand, eine dunkelgrüne Metalltür, dahinter schwaches Licht. Ayaana zog den Kopf ein und trat hindurch. Sie spürte Blut an ihrem Fuß. Knöpfe und Lichter von Maschinen blinkten in dem langen Raum. Regale, die mit Nahrungsmitteln, Wasser, Erste-Hilfe-Sets und Decken bestückt waren. Kurz bevor drei Mannschaftsmitglieder die dicke Stahltür schließen wollten, kam die dralle Frau in den Raum gestolpert. Dann wurde die Tür dreifach verriegelt.

Zitternd sah sich Delaksha um. Sie trug ein knielanges glitzerndes, eng anliegendes Nachthemd, einen modischen übergroßen Pink-Camellia-Morgenmantel und hochhackige Peeptoes. Der weiße Verband an ihrer Hand wirkte wie ein Modeaccessoire. Ihr Gesicht war tränenüberströmt. Zuvor war Delaksha in der allgemeinen Aufregung wie angewurzelt stehen geblieben, gebannt von der Vision eines abseits stehenden Mannes – den scheinbar nur sie sehen konnte. Unberührt von dem Chaos hatte er dagehockt wie ein uralter riesiger Felsen in einem reißenden Fluss. Neben ihm lag ein Gewehr. Es war weder die Überraschung noch die kugelsichere Weste in Tarnfarbe, die ihr den Atem stocken ließ, sondern der Anblick eines kleinen flatternden Vogels in seiner Hand, auf den er beruhigend einflüsterte. Sie beobachtete ihn, und vielleicht bemerkte er es, denn er drehte ihr sofort den Rücken zu. In dem Moment war ihre Angst wie weggeblasen. In dem Moment eilten die Passagiere auf ihrem Weg in den Schutzraum vorbei und zogen sie mit sich.

***

Eine junge Stimme sagte zu ihr: »Keine Angst.«

Ein Hauch von Jasmin und Rosenduft. Delaksha drehte sich um, und direkt vor ihr stand Ayaana. Sie griff nach Ayaanas Hand. Schluchzend flüsterte sie: »Ein Riese hat einen verletzten Vogel geküsst.«

Ayaana hielt ihre Hand. Berührungen lügen nicht, ebenso wenig wie die Seele. Sie sind wie ein Anker in einem Meer aus Unsicherheit, so wie der Klang bestimmter Worte: *Riese. Vögelchen. Geküsst.* Ayaana wartete. Delaksha wischte sich die Augen und sagte: »Setz dich zu mir, du reizendes Geschöpf.«

Ayaana tat es.

Lehrerin Ruolan, die ein rotes Nachthemd trug, saß auf der anderen Seite neben Delaksha; ihr Gesicht war blass und gepudert, die Lippen leicht geöffnet. Ayaana umklammerte ihr Bettlaken, sehnte sich so schmerzlich nach ihrer Mutter, Muhidin und Pate, dass sie sich fast übergeben hätte. Ihr blutender kleiner Zeh pulsierte.

»Mein Name ist Delaksha Tarangini«, erklärte die Frau Ayaana, »und das hier muss deine Lehrerin Ms. Rio Lin sein – klingt irgendwie brasilianisch. Ihr beide seid so unzertrennlich wie zwei zusammengewachsene Baobab-Bäume, wie? Ihr seid Tag und Nacht zusammen.« Wieder griff sie nach Ayaanas Hand.

Berührungen. Sie betäubten die Angst, lenkten von den dumpfen Geräuschen der Außenwelt ab. Die Zeit flog dahin.

Ayaana flüsterte: »Was ist da draußen los?«

»Wahrscheinlich Piraten«, sagte Delaksha.

»Töten sie Menschen?«, fragte Shu Ruolan.

Delaksha zupfte ihr Nachthemd zurecht, dann begann sie, Ayaana die Haare zu flechten, während sie laut überlegte: »Es gibt noch so viele Dinge, die wir *ausprobieren* müssen … stimmt's? Es wäre schade, die Welt jetzt verlassen zu müssen. Wir müssen vom Leben etwas Gutes *fordern*. Das hab ich Gott schon mitgeteilt … Rede ich zu viel? Geht mir immer so, wenn ich nervös bin, haha. Was für ein Theater. Würde sogar einen Kartäusermönch zum Schreien bringen. Schrecklich aufregend und beängstigend. Die Piraten – sie *wollen* die Geiseln gar nicht töten, sie nehmen sie zur Geldbeschaffung mit. Ganz schön kapitalistisch, was?« Delaksha verstummte und stellte sich vor, wie ihr Mann eine Lösegeldforderung bekäme. Er würde nur zahlen, um als Held dazustehen, mit Bild in der Zeitung. »Da geh ich lieber drauf«, sagte sie.

Ayaana sah Delaksha an, die wieder an den Riesen dachte, den sie gesehen hatte. In Gegenwart eines solchen Menschen konnte man keine Angst haben. Ihm konnte man vertrauen. Er hatte sogar ein kleines Vögelchen beruhigt. Delaksha hob das Gesicht und roch an Ayaanas Schulter. Dieser Duft. »*Gulab Jal* – Rosenwasser?«

»Was?«

»Von wem ist dieses Parfüm?«

»Von meiner Mutter.« Ayaana verspürte den Drang, ihren Namen auszusprechen. »Munira.« Erleichterung. Die Mutter als Talisman.

»Muss ich mir auch besorgen. Warum fährst du nach China?«

»Um zu studieren«, antwortete Ayaana.

»Faszinierend.«

Lehrerin Ruolan rieb sich Nase und Augen.

Bei dem endlosen Gequassel dieser *Zhutou*, dieser schweinsköpfigen Idiotin, bekam sie Kopfschmerzen. Lehrerin Ruolan sehnte sich nach Schicklichkeit, Feinfühligkeit und Harmonie. Sie brauchte Ordnung. Heimweh stieg in ihr auf, nach ihrem Zuhause, nach ihren zwei Siamkatzen, nach festem Boden unter den Füßen und nach ihrer Mutter. Hielt diese Frau denn nie den Mund? Lehrerin Ruolan stieß Delaksha den Ellbogen in die Rippen, als wäre es ein Versehen, und murmelte eine geheuchelte Entschuldigung. Plötzlich ging ein Ruck durch das Schiff.

»He he, jetzt sitzen wir in der sprichwörtlichen Klemme, nicht wahr?« Delaksha streckte sich. »Menschen und das Leben kann man nicht einsperren. Und doch sind wir hier. Jetzt zu sterben wäre wirklich blöd. Es würde mich ganz schön ärgern. Der Tod sollte elegant sein, findest du nicht?«

Shu Ruolan konnte nicht anders, als Delaksha die Frage zu stellen, auch wenn sie ihr zuwider war: »Vergreifen Piraten sich auch an Frauen?«

Delaksha legte den Kopf schräg. »*Daran* hatte ich noch gar nicht gedacht.« Sie sah Ayaana an. »Ich schätze, du kennst dich mit der schönsten Nebensache der Welt aus, Liebes – Blümchen, Bienchen und sonstiges Getier? Du bist Muslimin. Das hilft dir vielleicht. Musliminnen vergewaltigen sie nicht … es sei denn, man ist die falsche Art Muslimin« – sie blickte Ayaana ins Gesicht – »was bei dir der Fall sein könnte, armes Ding. Bleib immer in meiner Nähe. Ich trage meine Louboutins. Damit kann man einiges ausrichten. Die sind für mindestens vier Piraten mit dicken Eiern gut.«

Eine neue Welle der Furcht; der stechende Gestank der Angst. Die Phantome nicht getaner Dinge. Delaksha berührte Ayaanas Haar. »Wie spricht man deinen Namen aus?«

Am liebsten hätte Ayaana »Abeerah« gesagt. Hier könnte sie die andere Ayaana sein. Sie schwieg kurz. »Ayaana. Abeerah«, sagte sie.

Delaksha sagte: »Ach, ich *liebe* deine Stimme. Erinnert mich an Reisen und Kaffee. Nein, nicht doch! Nicht weinen. Uns wird *nichts* geschehen. Ich hab Gott gesagt, dass ich nicht hier sterben werde. Und du auch nicht. Ich hab vor, in meinem Bett zu sterben: Satinbettwäsche, mollig warm. Was meinst du? Gott ist so ein Gentleman. Er *muss* sich an seinen Teil der Abmachung halten.« Delaksha streckte die Beine aus, bewegte die Zehen. »Gefallen dir meine Schuhe?« Das knackende Geräusch von überstrapazierten Gelenken.

Plötzlich musste Ayaana kichern.

Delaksha sah sie an. »Hysterie ist *nicht* gesund in Zeiten wie diesen, Liebes.«

Ayaana versuchte sich zusammenzureißen, doch sie konnte nicht an sich halten und prustete. *Das* war also das Leben? Anfangs biss Lehrerin Ruolan die Zähne zusammen, dass es knirschte. Dann, als sie Ayaanas schallendes hohes Lachen hörte, das jung und frisch war wie Septemberregen, verrauchte ihr Zorn, und ein Lächeln umspielte ihre Lippen. Ayaana bemerkte es. Beide Frauen machten große Augen. Ein Funken Herzlichkeit wanderte von der einen zur anderen. Dann verstrich der Moment. Lehrerin Ruolan zog sich in sich selbst zurück, erinnerte sich wieder daran, dass sie schmollte. Sie runzelte die Stirn. Sie würde mit dem Schiffsführer ein Wörtchen über die renitente Passagierin reden müssen – sie funkelte Delaksha an –, denn ein derart schlechter Einfluss auf die Nachfahrin konnte ihre schwierige Aufgabe noch verkomplizieren, das Mädchen war sowieso schon schwer von Begriff. Sollte es hier, im Westlichen Ozean, mit ihr zu Ende gehen? Sie fröstelte. Das Schicksal als Spiegel – ein poetisches Ende. Bitte nicht. Sie konzentrierte sich auf die beiden Crewmitglieder, die die Tür im Auge behielten, als erwarteten sie, dass jeden Moment Außerirdische auftauchten.

Beim letzten Überfall auf die *MS Qingrui / Guolong,* vor der Bab-al-Mandab-Meeresstraße, hatte eine iranische Abwehrraketenfregatte auf das Notsignal reagiert. Als sie mit plärrenden Sirenen auftauchte und ihre Waffensysteme zur Schau stellte, suchten die Piraten unter Jubel, Geschrei und amüsierten Beleidigungen das Weite. »*Nabadgelyo, safar wanaagsan*« – Gute Reise und auf Wiedersehen. Ein Versprechen, dass das nicht ihre letzte Begegnung sein würde. Lai Jin konnte seiner Bewunderung für die Männer, die das Gesetz der Meere umgeschrieben und das Abenteuer in diese Gewässer zurückgebracht hatten, natürlich nicht offen Ausdruck verleihen. Welchen Mut diese scheinbar unbedeutenden Männer besaßen, dass sie die großen Kriegsflotten der Welt dazu brachten, im Indischen Ozean auszuschwärmen, um sie aufzuhalten. Lai Jin hatte an der Reling gestanden, diesen Meeresschurken in ihren kleinen, schnellen Booten unauffällig salutiert, auf das schäumende Kielwasser gestarrt und sich kurz gefragt, wie es wäre, einer von ihnen zu sein.

Jetzt ging es los. Es war, wie an einem Abgrund entlangzurennen. Offiziell hatte Kapitän Lai Jin die Waffen natürlich nicht gesehen, die sein zweiter Maschinist mithilfe der Mannschaft an Bord gehievt und an Deck platziert hatte. In der Nacht, als der Erste Offizier die Geschwindigkeit gedrosselt hatte, um »eine Triebwerkskontrolle durchzuführen«, war es einem auf der Lauer liegenden dunkelgrünen Schnellboot gelungen, das Lastenschiff einzuholen. An Bord befand sich – ebenfalls inoffiziell – ein Team aus vier Männern, deren Ge-

päck Panzerfäuste und automatische Gewehre enthielt. Einige Crewmitglieder bewegten sich, wie die Piraten, manchmal außerhalb des
Gesetzes; verkleidet, bewaffnet und unter falschem Vorwand reisend.
Die Männer unterstanden dem zweiten Maschinisten, der das hoch-
rangigste Mitglied und bekannte Gesicht einer privaten Security-Firma war, die hauptsächlich im Indischen Ozean operierte. Ein Geschäft, das dank der Piraten äußerst lukrativ war, sodass er jeden Tag
für ihr Wohlergehen betete. Die Piraten machten sie alle reich.

Der Passagier Nioreg Marie Ngobila hatte durch Briefkastenfirmen
Verbindungen zu dem Laden, war aber von einer älteren, schon vor
langer Zeit gegründeten Söldnertruppe vermittelt worden, die um des
Vergnügens, des Geldes oder anderer Dinge willen in Kriegen kämpfte
oder sie gleich anzettelte. »Andere Dinge« waren Rohöltanker, Berg-
baukonzessionen und Beteiligungen an fünfhundert Firmen.

Wenn etwas davon je ans trübe Licht der Öffentlichkeit käme, konnten Kapitäne wie Lai Jin rechtmäßig jegliches Wissen über die gegenwärtige Existenz von Sicherheitsdienstleuten an Bord leugnen.

Code gelb.

Lai Jin ordnete an, das Nebelhorn ertönen zu lassen, auf fast 20,2
Knoten zu beschleunigen und an alle Schiffe der Umgebung zu funken: »Bedrohung durch Piratenangriff«. Die Schnellboote, die sie verfolgten, waren ihnen dicht auf den Fersen, fuhren fast 27 Knoten. *Code
gelb.* Spannung lag in der Luft. Ihm kam ein ironischer Gedanke: Admiral Zheng He würde die Aktion gutheißen. Stärke zeigen. Dem
menschlichen Selbsterhaltungstrieb folgen. Wenig reden. Harmonie
bevorzugen. Lai Jin blinzelte. Ein Bild stahl sich in sein Bewusstsein,
wie der Geruch von Nachtjasmin – die Nachfahrin.

Plötzliche Irritation. Er war *verpflichtet*, Erfolg zu haben. Er wurde
gezwungen, zu handeln, vom Schicksal, von den Piraten und von den
dämlichen Bürokraten. Er hatte keine Wahl. In der Gefahr, mit der
Gefahr, durch die Gefahr war das Leben formbar, greifbar. Er zog es
vor, sein Leben mit geisterhaften Erinnerungen und in der Gesell-

schaft von Schatten zu verbringen. Lai Jin liebte sein Meer wie ein Einsiedler seine Klause. Nur wenige Regeln, ungeteilte Konzentration, Einfachheit; das Leben auf See war ein Mysterium. Weil er der Kapitän war, bestimmte er, welchen Weg sie nahmen. Sein Leben war klar und einfach gewesen. Das Blut schoss ihm in die Wangen, als ihm das Gespräch mit dem Shanghaier Akzent und die nach Rosen duftenden Konsequenzen wieder einfielen. Nach der Reise, versprach er sich, würde er sich einen neuen Weg suchen – etwas, das seine Kontakte mit Menschen auf ein absolutes Minimum reduzierte.

Bumm!

Die Panzerfäuste an Bord erhellten die Nacht. Eine Munitionssalve bekämpfte das Geräusch der Wellen, schickte versprengtes Feuer in die Dunkelheit wie riesige, tödliche Glühwürmchen. *Bumm!* Die acht Boote, die sie verfolgten, wurden langsamer, Schreie waren zu hören. Beleidigungen? Dann machte das erste Boot kehrt, fuhr, gefolgt von den übrigen, in die entgegengesetzte Richtung davon. In jener Nacht gab es kein Gelächter, keinen höhnischen Abschied. Abgesehen von den Wellen und den Geschöpfen der Dunkelheit war jetzt alles wieder still. Der Himmel war tiefviolett, ein paar Sterne standen am Himmel. Lai Jin betrachtete sie von der Brücke aus. Er spürte das Pulsieren und Fließen der Meeresströmungen wie eine gigantische Schlange unter seinen Füßen. Und er verspürte seinen anderen Hunger, diese Sehnsucht: das schmerzliche Verlangen danach, von dieser wilderen Seite des Lebens besessen zu sein, diesem gefräßigen Freund, der ihn aus den alltäglichen Schatten riss. Lai Jin ließ das Schiff beschleunigen, dann lehnte er sich zurück. Er hatte die Piraten abgeschüttelt. Sobald das Schiff wieder auf Kurs war, würden die Waffen und Gimmicks wie Nachtsichtgeräte, die demonstrativ zur Schau getragen worden waren, wieder verschwinden. Die Männer würden auch die mit Leinenschießgeräten abgeschossenen Enterhaken und Leitern, Beweise für den Enterversuch der Piraten, beseitigen. Sie würden zusammen mit den Waffen auf dem Meeresgrund enden. Weniger Papierkram. Sobald sie den Golf von Aden erreicht hatten, konnten sie sich auf den Schutz einer der vielen Marinen aus aller Welt verlassen, die sich permanent in diesen Gewässern aufhielten.

Es würde sich bis zum Piratenmutterschiff und innerhalb der anderen Piratengruppen herumsprechen, dass die *MS Qingrui / Guolong* bewaffnet war. Sie würde nie wieder belästigt werden. Alles würde wieder seinen normalen Lauf nehmen.

Seine Passagiere! »Chengke!«, zischte er. Aufgebracht übergab er das Kommando an seinen Offizier; sein Befehl klang fast wie eine Beleidigung. Sein Erster Offizier verzog das Gesicht und gehorchte.

Kapitän Lai Jin begab sich unter Deck, um sich mit der dort versammelten Mannschaft zu beraten. Eine halbe Stunde später hörten die Leute im Schutzraum einen geklopften Code an der Stahltür. Die anwesenden Crewmitglieder entriegelten und öffneten sie. Das Schiff war taghell erleuchtet. Die Passagierte verließen den Schutzraum, rieben sich die Augen und schirmten sie ab, als Kapitän Lai Jin sich für die Unannehmlichkeiten entschuldigte. Er sagte, sie hätten die Situation zuerst richtig einschätzen müssen, um die Sicherheit der Passagiere nicht zu gefährden. Glücklicherweise sei es ein falscher Alarm gewesen, fügte er hinzu.

Lehrerin Ruolan nahm die würdevolle Haltung des Schiffsführers, seine harmonische Souveränität und die kultivierten Manieren zur Kenntnis. Sie bewunderte unaufdringliche Führungsqualitäten, ein Zeichen für großen Mut. Da verkündete Delaksha, die sich den Unterleib hielt: »Ich muss mal Pipi.« Lehrerin Ruolan funkelte die unverbesserliche Barbarin düster an.

Ayaana hatte ein Summen in den Ohren, ihr Fuß pulsierte, ansonsten war sie in Hochstimmung. Sie schaute zurück zum Schutzraum, der Grenzen verwischt hatte. Der Wind packte ihre Locken und wickelte sie ihr um das Gesicht, die Decke umflatterte ihren Körper. Eine feste Hand an ihrem Ellbogen: Lehrerin Ruolan. Ayaana schaute zum Meer hinüber, wollte die Welt mit neuen Augen sehen. Kapitän Lai Jins Blick war ihr im Weg, erwiderte ihren. Die Welt teilte sich auf: in ihre Welt und die Welt der anderen. Sein Blick blieb an ihrem hennageschmückten linken Arm hängen. Sie zog ihn zurück, als hätte er sie berührt. Er sagte etwas, das sie nicht verstand. Lehrerin Ruolan zerrte sie fort. Unsichere Schritte. Ayaana stolperte zu ihrer Kabine und entzog Lehrerin Ruolan ihren Arm.

41

Momentaufnahmen der quecksilbrigen Welt der letzten Nacht: zerschmetterte existenzielle Garantien. Eine kleine Frau mit vielen Kurven und vielen Worten, das Lächeln einer Lehrerin; ein Kapitän, in dessen Augen eine Frage stand. Sie hatte in einem Stahlraum gesessen und darauf gewartet, zu erfahren, ob sie leben oder sterben würde. Jetzt saß Ayaana auf ihrem Bett und hatte den Kopf auf die Knie gelegt. Als sie aus dem Schlaf hochfuhr, murmelte der Ozean immer noch: *Ni shi shei?* Sie kroch zurück in ihre Koje, um zu schlafen.

***

Nach den Ereignissen der vergangenen Nacht war die Zurückhaltung der Passagiere verflogen. Sie plauderten am Frühstückstisch bei Dim Sum und im Glas servierten grünen Tee und genossen die Gerichte, die von den verschiedensten Küchen beeinflusst waren, mit denen der behelfsmäßige Steward Erfahrung gesammelt hatte, und alle zweifelten an den Aussagen des Kapitäns.

»Ich weiß, was ich gesehen habe«, erklärte Delaksha.

Ayaana lauschte fasziniert, wie Delaksha Räume, Orte und die Meinungen anderer Leute in Besitz nehmen konnte. Shu Ruolan hatte versucht, einzuwenden, es sei besser, dem Schiffsführer zu glauben, um der Harmonie willen. Delaksha erwiderte: »Komplett schwach und sinnig.« Dann tauchte der massige Körper von Nioreg im Türrahmen auf. Er schlenderte zu seinem Tisch für zwei mit Blick auf den Eingang hinüber. Nachdem er seinen Körper auf dem zu kleinen Stuhl untergebracht hatte, steckte er sich eine Serviette in die blauschwarze Mobutu-Jacke, und der Steward brachte ihm sein Frühstückstablett.

Delaksha verstummte mitten im Satz. Ihr Löffel verharrte über dem Teller. Dann trommelte sie mit den Fingern auf den Tisch, atmete tief ein, drehte sich um und sah Nioreg an. »Kommen Sie, setzen Sie sich zu uns«, sagte sie.

Nioreg schaute weiterhin zur Tür. Delaksha sagte: »Sie waren gestern Abend nicht mit uns im Schutzraum.«

»*Non*«, sagte er, ohne den Kopf zu drehen.

»Sie brauchten nicht bei der Übung mitzumachen?«

»Ich schlafe lieber.« Nioreg begann zu essen.

»Bei dem Lärm?«

Nioreg steckte sich ein Dim Sum in den Mund. Delaksha roch an ihrem aromatischen grünen Tee. Ayaana, die spürte, dass sich ein Gewitter zusammenbraute, versuchte Delaksha abzulenken und sagte: »Schönes Kleid.« Delaksha trug ein seidiges, malvenfarbenes Gewand mit Orchideenmuster. Sie kniff die Lippen zusammen, als versuche sie, nicht zu weinen, und sah Ayaana mit so leerem Blick an, dass ihr der Atem stockte. Delaksha drehte sich zu Nioreg und sagte eindringlich: »Ich habe Sie gesehen.«

Keine Antwort.

Lehrerin Ruolan schob ihren Stuhl zurück und sah Ayaana mit schräg gelegtem Kopf vielsagend an. Ayaana sprang auf, wischte sich den Mund ab und ging, sichtlich humpelnd, davon. Sie trat über die Schwelle, sah die dunkelblaue See, die dunkelblauen Wolken; die glatten Wellen legten sich in sanfte Bögen und brachen nicht. Ihr wurde sofort leichter ums Herz.

»Wie geht's dem Vögelchen?«, hörte sie Delaksha fragen. »Beantworten Sie mir wenigstens diese Frage.«

»*Non*«, entgegnete der Mann.

Noch am selben Abend, nachdem die Passagiere und die Crew Zuckerschoten mit Knoblauch, Hähnchen in Sojasauce, kurz gebratenes Rindfleisch mit Frühlingszwiebeln, Gespräche und zum Nachtisch süßsaure vertrauliche Geständnisse genossen hatten, brach, angefacht von Delaksha, das morgendliche Gewitter, das den ganzen Tag über geschwelt hatte, doch noch aus. Kapitän Lai Jin, dessen Anwesenheit es womöglich verhindert hätte, war nicht da.

»Was war es denn für ein Vogel?«, rief Delaksha Nioreg mit schriller Stimme zu. Nioreg starrte reglos in sein Wasserglas. »Verraten Sie mir doch wenigstens den Namen des Vogels, den Sie gerettet haben«, insistierte sie.

Die anderen schauten von Nioreg zu Delaksha: *Vogel?* Nioreg schob den Stuhl zurück, stand auf, warf seine Serviette auf den Tisch und nickte den Anwesenden zu. Delaksha sprang auf und trat ihm in den Weg. »Sie werden mit mir reden.«

Sie standen an der Tür wie die Statuen ungleicher Faustkämpfer und funkelten sich an. Nioreg trat einen Schritt vor. Delaksha hielt die Stellung. Nioreg senkte den Kopf, legte Delaksha die Hand in den Nacken, zog sie an sich, hob sie hoch und küsste sie mitten auf den Mund. Eins, zwei, drei … neun Sekunden. Dann stellte er sie wieder auf den Boden. Strich ihr die Haare glatt. Verbeugte sich. Ging rechts an ihr vorbei und verließ die Messe.

Delaksha war wie erstarrt. Schlug sich die Hände vors Gesicht. Haarsträhnen fielen ihr in die Stirn. Tränen sickerten durch ihre Finger, als würde sie von innen her schmelzen. Ayaana beobachtete sie beunruhigt. Sie sah Lehrerin Ruolan an, die ihren Blick bemerkte, in ihrem Fisch herumstocherte und dann die Frau in dem zitronengelben Etuikleid anschaute, die allein und schluchzend vor der Tür stand.

»*Chi doufu*«, murmelte sie. »Wer heißen Tofu isst, verbrennt sich die Zunge.«

Niemand sagte etwas.

Die anderen Passagiere und Mannschaftsmitglieder schlichen an Delaksha vorbei und verließen die Messe. Ayaana blieb zurück, wusste nicht, wohin mit ihren Händen. Als sie schließlich ging, tat sie es mit gemächlichem Schritt. Auf dem Weg hinaus berührte sie Delakshas Arm.

42

Unter der Dusche. Die Hennamuster, die ihre Mutter auf ihren Körper gemalt hatte, verblassten allmählich. Ayaana berührte ihren Körper, spürte seine Weichheit, seine Magerkeit. Berührte ihren Mund, fragte sich, wozu Lippen gut waren: *Um das Sein zu schmecken?* Dieses flatternde, verwirrte, stotternde, sehnsüchtige Etwas im Leben einer Frau. Sie ging zurück in ihre Kabine, zog sich ein Nachthemd an und legte sich aufs Bett, den Kopf auf die Hände aufgestützt. Sie drehte den Kopf und schaute zu der Nische hinüber, in der ihr Koffer verstaut war. Sie stand auf und holte ihn hervor.

Ayaana traf auf Delaksha, die mit um den Körper geschlungen Armen an der Wand lehnte und aufs Meer hinausstarrte, und stellte sich neben sie. »Henna?«, fragte Ayaana. »Ich kann deine Haut schmücken, wenn du willst.«

Delaksha sah sie an. »Ich *weiß*, was ich gesehen habe.

Ayaana gab ihr eine halb volle kleine dunkelbraune Flasche mit Rosenessenz. »Bitte, für dich.«

»Von deiner Mutter?«

Ayaana nickte, dann kniete sie sich hin und breitete die Utensilien auf dem Boden aus: eine kegelförmige Plastiktüte, eine grüne Paste mit der Konsistenz von Joghurt, die im silbernen Abendlicht schwarz glänzte.

Delaksha hockte sich neben sie. »Das kann ich nicht annehmen, Schätzchen.«

Ayaana sah sie an. »Behalt es.« Sie legte die Utensilien zurecht. »Setz dich«, sagte Ayaana, erstaunt darüber, wie klar ihre Stimme klang.

Ayaana saß im Schneidersitz, Delaksha ließ sich vor ihr nieder. Es war ihre erste Behandlung ohne Aufsicht ihrer Mutter. »Ich fange mit den Füßen an.« Sie berührte einen von Delakshas Füßen. Delaksha streckte die Beine vor. Ayaana zog ihr die schwarzen hochhackigen Schuhe aus und legte den rechten Fuß auf ihren Oberschenkel. »Eine Weinranke«, sagte Ayaana und malte mithilfe der schmalen kegelförmigen Plastiktüte eine Linie auf ihren Fußknöchel. »Jasminblüten. Aber zuerst reibe ich deine Füße mit Mutters *Halwaridi* ein.« Sie schwiegen, und einen Moment lang erfüllte der Duft wilder Rosen die Luft und überdeckte sogar den Öl- und Dieselgestank.

Fast zwei Stunden später. Nioreg tauchte mit flatterndem weißen Hemd auf, halb von der Nacht verschluckt. Stille. Wellen, Wind, ein glanzloser Viertelmond am schwarzen Himmel. Er räusperte sich. »Miss. Ich habe mich provozieren lassen. Ich bitte um Vergebung.«

Das Schweigen der Frauen – die Fähigkeit, zu tun, als wäre nichts gesagt oder gehört worden. Ayaana fuhr fort, die Schnörkel der Ranke auszumalen, die sich um Delakshas Füße wand wie ein Derwisch, der mit seinem Kreistanz einen Zauber webte; in jenem engen Winkel des Lastenschiffs herrschten allein das Meer, der Wind und Ayaanas Hände.

Nioreg harrte mit gesenktem Kopf aus.

Delaksha lächelte.

Ayaana bemerkte es und wunderte sich. Dann beugte sie sich vor und blies auf Delakshas Knöchel. »Nicht bewegen. Lass es trocknen«, flüsterte sie.

»Ach, Schätzchen. *Schätzchen*«, sagte Delaksha und meinte damit: »Danke.«

Ayaana sammelte ihre Sachen ein.

»Es tut mir *wirklich* leid«, wiederholte Nioreg.

»Es tut Ihnen leid? *Mir* nicht«, erwiderte Delaksha.

Weißer Schaum auf den Wellen. Wassertropfen benetzten sie, verschafften ihnen Kühle. Mit tiefer Stimme knurrte Nioreg: »Ortolan oder Gartenammer. *Emberiza hortulana*.«

»Otto wer?«, fragte Delaksha.

»Der Vogel«, sagte Nioreg. »Ein Ortolan.« Stille. »Muss jemandem aus dem Netz geschlüpft sein.« Sein Körper wirkte angespannt, als würde er seine Wut unterdrücken. »Hat wohl die Orientierung verloren.« Stille. »Dann hat er uns gefunden.« Ein weicher, kühler Wind strich über sie hinweg. Der Schrei eines unsichtbaren Tiers zerriss die Nacht, verhallte. Delaksha stand auf und schüttelte ihre steifen Beine. Sie verschränkte die Finger und hob die Arme mit den Handflächen nach oben über den Kopf. »In ein paar Tagen gibt es einen Sturm«, sagte Nioreg und betrachtete die nackten Füße der Frau, die im trüben Licht glänzten.

»Woran merken Sie das?«, fragte sie.

»Am Wind auf den Wellen.«

Sie grinste süffisant. »Aaalso … sind Waffen jetzt an Bord von Frachtern erlaubt?« Nioreg starrte sie böse an. Delaksha blinzelte. »Die Wahrheit, mein Lieber, kann mir helfen, alles ungesehen zu machen … außer den Otto-Vogel natürlich.«

Ayaana hatte sich davonschleichen wollen, zögerte jedoch. Das Knistern in der Luft, als Nioreg und Delaksha sich gegenseitig belauerten, machte sie neugierig.

Die Spannung stieg.

»Ich arbeite für eine Security-Firma.«

»Für dieses Schiff?«

»Auch.«

»Danke«, sagte Delaksha.

»Wofür?«, fragte er.

»Für die Wahrheit.«

»*Eine* Wahrheit«, verbesserte sie Nioreg.

»Die genügt mir«, sagte sie.

»Kann ich mich auf Ihre Diskretion verlassen, Miss?«

Natürlich. »Und … Delaksha. Das ist mein Name.«

Ein knappes Nicken. »Dann *bonsoir.*«

»Nein, noch nicht«, sagte Delaksha schnell. »Danke, dass Sie den Vogel gerettet haben.« Nioreg runzelte die Stirn. Sie erklärte: »Ihr Blick … die Berührung. Das habe ich mir immer für mich selbst gewünscht. Ich habe mir *sehnlich* gewünscht, der Vogel in Ihren Händen zu sein.«

»Ich muss jetzt gehen«, sagte Nioreg überrascht.

Delaksha beugte sich schnell vor und ließ ihre Hand in seine gleiten. Sie schwang die verschränkten Hände. Nioreg war misstrauisch. Kampf oder Flucht?

Sie fließt, erkannte Ayaana mit großen Augen. *Sie ergießt sich ins Leben. Sie fließt durch jedes Nein und macht es zu einem Ja.*

»Ich bin verheiratet«, sagte Delaksha.

»Dann muss ich mich nochmals entschuldigen«, erwiderte Nioreg.

Delaksha fuhr fort, ohne zu wissen, woher das verzweifelte Gefühl von Dringlichkeit kam, das sie zwang, weiterzureden, als wäre sie ein kleiner Vogel in den sanften Händen eines großen Mannes. »Allerdings bin ich von zu Hause weggelaufen.«

»Verstehe.« Er lächelte kurz, den Blick starr auf ihre verschränkten Hände gerichtet.

Sie sagte: »Sie verstehen nicht. Noch nicht. Der Hund hat mich gebissen.« Sie hob ihre Hand, um ihm den Bluterguss zu zeigen. »Ich gehörte zu den Klischee-Ehefrauen, die sich ständig an Türen, Fenstern und anderen harten Dingen stoßen … Bis der Hund mich gebissen hat. Er heißt Pontius. Der Hund, meine ich.«

Nioreg wartete.

»Jetzt hab ich's gehört«, sagte sie.

»Was?«

»Den Donner. Ein Stich in der Seele, Angst vor einem Angriff.«
Nioregs Hand schloss sich um Delakshas. Versuchshalber. »Ich reihe
nur Wörter aneinander. Die Wahrheit ist, die Wahrheit ist mir unangenehm.«

»Welche?«

»Dass ich traurig bin.«

Stille.

Er fühlte sich überrumpelt. Wie gebannt von diesem verworrenen
Seemannsgarn. Wie hatte er sich davon nur so einwickeln lassen können? Er war so aufmerksam wie ein Wachtposten unter Belagerung.
Sie runzelte die Stirn. Das Meer schwoll an. Ein flüchtiger Hauch von
Rot sprenkelte den Nachthimmel. Ein Lichtfleck war die einzige blei-
bende Erinnerung an den verschwundenen Tag. »Sind Sie verheiratet?«, fragte sie.

»Ich war es, vor langer Zeit.«

»Was ist passiert?«

Nioregs Körper versteifte sich.

»Sie können es mir jetzt erzählen oder später, aber erzählen *werden*
Sie es mir.«

In der Hoffnung, sie zum Schweigen zu bringen, erwog er, zu lügen,
und war gleichzeitig versucht, sich die Maske vom Gesicht zu reißen;
fast hätte er gelacht. Er würde ihr einen Schrecken einjagen. »Sie waren alle tot, als ich sie gefunden habe.« Er wartete auf ihre Reaktion.

Sie starrt ihn an. »Sie?«

»Meine Frau, vier Kinder – drei Söhne, ein kleines Mädchen, An-
nick …« Er brach ab.

Delaksha lehnte die Stirn gegen seinen Arm. Ihre Augen waren
feucht. Ein ersticktes: »Sie armer, armer Mann. Sie armer, reizender
Mann. Was ist verdammt noch mal passiert?«

»Krieg.« Verwirrt. *Arm? Reizend?* »Die Fronten des 21. Jahrhunderts verlaufen auch durch Wohnhäuser und Esszimmer.« Er war angespannt. Versuchte verzweifelt, die Kontrolle zurückzugewinnen. »Entschuldigen Sie mich, Madame.«

Sie seufzte. »Sie tapfere Seele. Was für eine entsetzliche, grauenhafte Erfahrung.«

Und zum ersten Mal seit jener schrecklichen Nacht erinnerte er sich an den Gestank, an den Tod, an die Trauer. Es war eine andere Jahreszeit gewesen. Er zog den Schleier wieder über die Erinnerung. Flüchtete sich zurück in die Amnesie. Der Ozean, sein Wogen. Diese Frau, ihr Wahnsinn. Ein Schwarm kleiner Fische sprang synchron aus dem Wasser. Die Wellen riefen, der Wind antwortete. Er wählte die Flucht.

»Gute Nacht.«

Delaksha sagte: »Wenn der Sturm das Schiff zerstört, sind wir diejenigen, die von den anderen tot zu Hause vorgefunden werden, Neuankömmlinge in einem Königreich ohne Wiederkehr.«

Ein strenges Schweigen. »Es wird spät. Ich muss mich ausruhen gehen.«

Ihre Stimme war sanft. »Sie sind Soldat geworden.«

»Ja.«

»Wegen dem, was Ihnen passiert ist?«

Nioreg schloss die Augen. »Ich wurde zu einer anderen Art von Soldat.«

Ein lautes Klatschen im Wasser, etwas Großes diesmal. »Fragen Sie mich irgendetwas«, sagte Delaksha. »Fragen Sie mich nach Anfängen.«

»Warum?«

»Das hier ist einer für mich.«

»Was?«

»Ein Anfang.«

»Ja?«

»Wir.«

»Wir?«

»Ja.«

»*C'est une chose à laquelle je n'avais pas pensé.*«

»Sie denken zu viel.«

»Ja.«

»›Wir‹ ist undenkbar.«

»Wir?« Verwirrung.

»Ja.«

»Was meint ›wir‹?«

»Frau, Mann, Neugier … Verlangen. Also los, fragen Sie mich nach meinen Anfängen.«

»*D'accord.* Wie haben Sie Ihren Mann kennengelernt?«

Sie stöhnte auf. »Wieso ausgerechnet den?«

»Phantome sind interessant. Zweifellos sieht er gut aus?«

»Ziemlich.«

Delaksha hatte ihm im Spaß den Spitznamen »Der Widersacher« gegeben, als sie sich in den Kreuzgängen der sozialwissenschaftlichen Fakultät der *Oxford University* während einer Debatte zum Thema »Wucher und Schulden in der Dritten Welt« kennengelernt und auf den ersten Blick verabscheut hatten. An einem Abend im Spätfrühling beim gemeinsamen Besuch eines Tutoriums hatten sie sich wiedergesehen und nahmen sofort wieder entgegengesetzte Positionen bei der Diskussion über »Treuhänderische Verwaltung und die Weltbank« ein. Danach setzten sie ihre Auseinandersetzung auf der Straße fort, begaben sich in ein diskretes Restaurant, wo sie etwas aßen, sich stritten, Wein tranken und darüber debattierten, wer die Rechnung übernehmen sollte – bis man sie höflich vor die Tür setzte. Dann hatten sie den Wortwechsel in Delakshas schäbiger Studentenbude fortgesetzt, wo sie leicht angetrunken eine Gemeinsamkeit entdeckt hatten: Beide wollten die Welt verändern, aber auf unterschiedliche

Art. Der Streit über Methodologie und Doktrinen führte zu fieberhaftem Entkleiden und das wiederum zu einem wilden Liebesakt.

»Eine heimtückische Anziehungskraft«, erklärte Delaksha und verzog das Gesicht. »Mit meinen fließenden schwarzen Locken, den sinnlichen roten Lippen, meinem verwinkelten Verstand und meiner Kamasutra-Üppigkeit hatte ich die Oberhand.« Sie lachte. »Dachte ich zumindest. Ein Jahr später haben wir geheiratet, in Graubünden. Eine standesamtliche Zeremonie auf Rätoromanisch, mit gelangweilten fremden Schweizern als Trauzeugen.«

»Herzlichen Glückwunsch«, sagte Nioreg gedehnt.

»Klappe«, erwiderte Delaksha.

Kichern.

Ein Grollen wie Donner, gefolgt von einem grellvioletten Lichtstreifen in weiter Ferne. Erneutes Grollen. Delaksha schauderte.

»Die Arbeit hat uns nach Kenia geführt. Sollte eigentlich nur für ein Jahr sein.« Der Wind auf dem Wasser. »Aber wir passten zusammen. Der Mann, das Land und ich. Ich bekam dort unsere Kinder. Sie passten auch dorthin.« Der Wind peitschte ihr die Haare ins Gesicht. *Warum plappere ich alles aus?*

»Ist es wahr«, fragte Delaksha den Fremden-Beichtvater, »dass es Fledermäuse gibt, die einem im Schlaf das Blut aussaugen, und es ist so ein berauschendes Gefühl, dass man erst, wenn man wieder aufwacht, merkt, wie schlimm man verletzt ist?«

Sie fröstelten, und Delaksha murmelte: »Man passt sich an, verstehst du?«

Plötzlich bekam Nioreg hämmernde Kopfschmerzen. Trotz seiner Ängste, die ihn heimsuchten, konnte er nicht anders, als ihr zuzuhören. *Worauf lasse ich mich da ein?*

Im Geiste kehrte Delaksha in die Vergangenheit zurück, als sie in einem großen, gut beleuchteten Raum mit geschwätzigem Eifer von einer Person zur nächsten geeilt war. An jenem Abend hatte eine gehetzt wirkende Frau, deren Lippenstift verschmiert war, Delakshas

Arm umklammert und gekrächzt: »Was ist Ihr Geheimnis? Verraten Sie mir, wie man glücklich wird.« Die Frage hätte fast den vergoldeten Dampfkochtopf zum Explodieren gebracht, in dem Delaksha lebte. Doch mit eiserner Willenskraft hatte sie die Frau nur auf die Wange geküsst, bevor sie davongeeilt war, während ihr dunkelblaues Kleid raschelte und im Licht glänzte. Jetzt entfernte sie sich ein Stück von Nioreg und griff nach der Reling.

Ayaana lauschte wie gebannt, mit offenem Mund und einer neuen Angst vor dem Leben, davor, wie es einer Frau mitspielen konnte. In die Dunkelheit hinein sagte Delaksha: »Ein widerlicher primitiver Blutsauger, der alles Gute aus einem heraussaugt, während er sich selbst in einen Schleier aus hochtrabender Tugend hüllt. Sich zum Herrscher über Leben und Tod aufschwingt.« Tränen liefen Delaksha über das Kinn. Sie knabberte an ihren Fingernägeln. »Stell dir vor, *so* jemanden vögeln zu müssen.« Delaksha fuhr herum. Sie schlug auf die Reling. Wischte sich das Gesicht ab.

Nioreg beobachtete die ungleichmäßige Silhouette der Frau, die sich in der ätherischen rosafarbenen Ankündigung des Sonnenaufgangs bewegte, oder war es ein Rückblick in die Vergangenheit? Der Wind zerrte an ihren Haaren. Sie hatte ihre Maske abgelegt. *Et ecce mulier.* Er seufzte. Er spürte, wie seine eigene Maske fiel. Nicht, weil diese seltsame Frau ihre Seele vor ihm entblößte, sondern weil er plötzlich genug von den Spielen der Menschen in seinem Leben hatte. Er rieb sich die schmerzende Brust. *Cela aussi passera.* Wellen schlugen rhythmisch gegen das Schiff, beschworen Erinnerungen an die Frauen in seinem Leben herauf. Wellen, der Chor der Meereswesen, die Bewegung des Schiffs und, verborgen im Schatten, sich unsichtbar wähnend, das junge kenianische Mädchen, das sich jetzt ebenso wie er in die wilde Lebensgeschichte dieser rätselhaften Frau verstrickt hatte. Sie waren aus der Zeit gefallen. Die dunkle, schwüle Nacht war die perfekte Kulisse für die Begegnung gefallener und fallender Wesen.

Delaksha beugte sich über die Reling, und er hielt sie fest, stellte sich vor, er wäre ein Held, der den Tod verhinderte, statt ihn den Menschen zu bringen. Aber sie wollte nur einen besseren Ausblick auf das schäumende Kielwasser haben. Er hatte die Arme um sie gelegt, und sie drehte den Kopf, um ihn anzuschauen.

»Ich bin wie dein Vögelchen.« Sie lachte. »Teilst du dir eine Zigarre mit mir?«, fragte sie.

Nioreg zog eine Augenbraue hoch. Unvermittelt schüttelte der den Kopf und wiegte sich in einem lautlosen Lachkrampf vor und zurück, bis ihm die Seiten wehtaten. *Wer ist sie?*

Delaksha wandte sich wieder ihrer Vergangenheit zu. »Nichts kann den Ort, an dem das Grauen wohnt, reinwaschen. Verstehst du?«

»Ja«, sagte Nioreg.

»Meine Kinder schämen sich für mich«, fügte Delaksha hinzu. »Darum bin ich gegangen.« Sie ließ Nioreg nicht aus den Augen, erwartete, von ihm verurteilt zu werden. Nichts. Ihre Kinder hatten sich von ihren betrunken gestammelten, extravaganten, lauten Ankündigungen nicht im Geringsten beeindrucken lassen: »Ich fahre heim zu meiner Mutter.« Delaksha lachte trocken. Ein Gedanke: *Ich geh' und lange an, wo die Wasser versiegen.* Wo hatte sie das noch gleich gelesen? Ihre Lippen zitterten. »Sie wird ziemlich überrascht sein, ihre verlorene Tochter wiederzusehen.«

Ayaana nahm die Worte in sich auf, hörte Echos ihrer geliebten Dichter-Ratgeber – Hafis, Rabi'a – und sah sich selbst gebetslos in die Welt hinausblicken. Sie nahm Delakshas Worte, ihre Geschichten, Chiffren, Gesten und ihr Schweigen in sich auf, als Hinweise auf eine sich entwickelnde Landkarte des Lebens. Sie sah zu, wie zwei kampfmüde Menschen sich aneinanderklammerten, mit offenen Gesichtern, in denen so viel roher Schmerz lag, dass sie sich abwenden musste, doch vorher sah sie noch, wie sich der Raum ausdehnte, um die beiden in sich zu bergen. Nioreg hatte Delakshas Hände angehoben. Der Stein in ihrem Ehering glitzerte im trüben Licht.

Nioreg berührte ihn. »Was erhoffst du dir«?, fragte er Delaksha.

»Befreiung.«

»Wie?«

»Durch ein Fegefeuer. Ich brauche Feuer.«

Nioreg strich über die Schwellung an ihrer Hand. »Vorhölle ist besser.« Er blies auf die schmerzende Stelle. »Keine Erwartungen.« Sie zuckte zusammen. »Dieser Mann – wenn du willst, statte ich ihm einen Besuch ab«, sagte er, dann beugte er sich herunter und kostete ihre Lippen.

»Und dann wird der Schmerz verschwinden?«

»Es wäre ein Ausgleich, oder?«

»Ach, mein Lieber.« Sie zog Nioregs Gesicht zu sich. »Ich wünsche mir ›Löschen‹ und ›Neustart‹.«

Nioreg nickte. Er nahm ihre Hand, um ihr den Ring vom Finger zu ziehen. Sie krümmte die Finger kurz, bevor sie sie ausstreckte und es geschehen ließ. Dann legte er ihn ihr in die Hand.

Ayaana sah, wie Delaksha sich dem Meer zuwandte und den Ring über die Reling warf. Sie sahen zu, wie er im hohen Bogen ins Meer flog. Stille.

Nioreg schloss sie in die Arme.

»Dein Ortolan …«, sagte er.

»Ja?«

»Er wird ebenfalls von Dämonen verfolgt.«

»Was?«

»Zum Beispiel von französischen Gourmetköchen.«

»Erzähl mir davon.« Delaksha lachte kurz auf, dann verstummte sie.

Und so erfuhr Ayaana einiges über geschwätzige Singvögel mit prächtigem orange-braun-grau-olivgrünem Gefieder, die auf ihrer Reise nach Afrika aus Gründen der Tradition und des kulinarischen Genusses mit Netzen abgefangen wurden; dann hielt man sie in kleinen, abgedunkelten Käfigen, um sie zu mästen. Manchmal wurden den

Vögeln sogar die Augen ausgestochen, sodass sie in ewiger Nacht lebten und noch mehr fraßen. Wenn sie so fett geworden waren, dass sie fast platzten, waren sie reif, in einem Bottich mit Armagnac ertränkt zu werden. Danach wurden sie gerupft, geröstet und komplett mit Knochen serviert. Dann wurden sie von einer auserlesenen Gruppe von Vielfraßen verzehrt, die dabei ihr Gesicht mit einer weißen Stoffserviette bedeckten, vielleicht, um das Aroma des mit Gewürzen und Alkohol zu Tode gequälten kleinen Geschöpfs besser genießen zu können oder um ungestört von angewiderten Blicken ihrer Völlerei frönen zu können.

Ayaana biss sich auf die Lippe, um die Tränen zurückzuhalten. Sie umfasste den Beutel mit dem Henna fester. Sie fühlte sich ebenso hilflos wie der Vogel, erstickt von einem übermäßig parfümierten Mann, dessen Atem nach Kardamom und Gewürznelken roch. Delakshas Schultern zitterten, als sie an Nioregs Brust weinte. Er tröstete sie: »Manchen gelingt auch die Flucht aus ihrem Käfig, und sie finden den Weg nach Hause.«

43

Verwirrt. Überwältigt von Hoffnung, Furcht, Trauer, Bedürftigkeit, Schmerz. Und Zweifel, Zweifel, Zweifel: *Was sollte das alles bedeuten?* Der Verlust des Glaubens an etwas Absolutes, einschließlich der Beschaffenheit und Beschränkungen des Lebens – die Vergänglichkeit hatte sie getäuscht, und sie war mit voller Wucht gegen eine Mauer gerannt. Chaotische, bilderlose Träume weckten fremde Gefühle in ihr. Sie wälzte sich in ihrer Koje von einer Seite auf die andere. *Abeerah.* Keine Stimme, kein Geräusch. Ein Hauch wie von einem trockenen Wind, der ihren Geist mit Fragen füllte. Ein Teil von Ayaanas Wesen entfloh seinem Gefängnis. Als sie die Augen wieder öffnete, war die Stunde des *Fadschr*-Gebets längst verstrichen, und sie merkte, dass sie das Bedürfnis zu beten verloren hatte. Zum ersten Mal seit langer Zeit blieb Ayaana im Bett, statt zu beten, wartete darauf, dass ihr rebellisches Aufbegehren entweder versiegte oder entdeckt wurde. Doch nichts passierte. Verloren im Schweigen der Unendlichkeit, die sie für selbstverständlich gehalten hatte. Was also war das Leben? Die Worte 生活. *Sheng huo*. Leben. *Kuishi*.

Ayaana stand auf und ging duschen. Sie wusch sich die Haare; die schwarzen Strähnen klebten am Kopf, während das Wasser den Körper hinunterlief. Verwirrung. Angst und Rausch: Es gab keinen vorherbestimmten Pfad. Keine Garantien. Sie kniff sich in den vernarbten Oberschenkel, strich sich über das nasse Gesicht. Spüren. Sie drehte das Wasser ab, trat aus der Dusche und trocknete sich ab. Besprengte ihren Körper mit dem Rosenwasser ihrer Mutter. Dann zog sie sich Jeans und ein weißes T-Shirt an. Rollte den *Buibui* zusammen und warf ihn hoch in die Luft. Schaute zu, wie er auf den Boden fiel. Sie schob die Gebetsmatte ihrer Mutter zur Seite, joggte in der Enge auf der Stelle, streckte Arme und Finger. Dann atmete sie tief ein und ging hinaus in den Tag.

Die Zeit nahm eine elastische Qualität an.

Sie schritt über Grenzen hinweg.

Ayaana zupfte an ihren Haaren herum, als sie zur Brücke schlenderte. Der Kapitän, der im Dienst war, hatte den Blick aufs Meer gerichtet. Ayaana sah ihn staunend an. Der Mann füllte seine Einsamkeit komplett aus, und alles außer ihm, seinem Schiff und dem Meer war überflüssig. Wenn sie sich in diesem Moment etwas wünschte, dann war es dies: ein elementarer Bestandteil dieses vollendeten Mosaiks zu sein.

»Kommen Sie.«

Ayaana drehte sich um.

Ein Crewmitglied, ein Riese mit vernarbtem Gesicht, winkte sie zu sich. Er öffnete einen großen Regenschirm, und sie stellte sich darunter und folgte ihm die schmale Stahltreppe hinauf zur Brücke. Lehrerin Ruolan war bereits dort. Als sie Ayaana sah, wurden ihre Augen schmal und blickten durch sie hindurch. Ayaanas Blick wanderte über die Apparate, die Papierstreifen mit winzigen Zeichen ausspuckten: ratternde Konsolen und Computer. Karten wie lebendige Wesen, die schimmerten, piepsten und blinkten. Ein Uniformierter nickte ihr zu. Lai Jin ließ das Meer nicht aus den Augen. Der Riese zeigte Ayaana das globale Positionsbestimmungssystem. Knisternde Stimmen aus einem Funkgerät, englische Worte, von denen sie nur wenige verstand. *Over. Over.* Ein Flüstern aus Welten jenseits des Gewöhnlichen, Schlüssel zu so vielen Zielorten. Knöpfe, Tasten, blinkende Lichter. Das Gefühl, genau da zu sein, wo sie hingehörte, durchfuhr Ayaana wie ein Stromschlag. Es gab die Ausdehnung des Meeres. Und es gab den Himmel. Der Mensch hatte die Macht, beides zu bereisen. Die Wolken hingen so tief, dass man glaubte, sie berühren zu können. Sie bekam einen trockenen Mund, ihr Herz schlug schneller. Die Einhundertachtzig-Grad-Sicht über den Ozean, die orangerote Verkleidung der Fracht. Sie drehte sich um und entdeckte den riesigen Kompass in der Mitte des Raums, der aussah wie ein sakrales Objekt. Sie schlich auf Zehenspitzen näher heran und verkniff sich die Fragen, die ihr aus dem Mund zu sprudeln drohten. Als sie sich wieder umdrehte, entdeckte sie den Kartentisch und beugte sich darüber. »Wo sind wir jetzt?«

Der Riese, der ihr Staunen amüsant fand, zeigte ihr Strecken von der Länge eines Fingerglieds. Dann führte er Ayaana zum Pult, an dem Kapitän Lai Jin über piepsende, summende und knisternde Apparaturen, Monitore und einen Radarschirm mit blinkenden Lichtpunkten und Koordinaten wachte.

Ayaana blieb neben ihm stehen und schaute aufs Meer hinaus. Zwei Greifvögel hockten auf den Kränen und putzten sich, während das Schiff sich auf den Wellen hob und senkte. Ein Schwarm Delfine betätigte sich als Schiffsführer, sprang aus dem Wasser und verschwand wieder in den Wellen. Kormoranähnliche Vögel blieben in der Nähe des Schiffs. Wie in einen Tagtraum tauchte Ayaana in das Schiffsdenken ein, ahnte Wellentäler voraus, und einen Moment lang sah sie die Routen im Meer hell aufleuchten, bewegte sich mit dem Schiff, als müsste sie ihm den Weg zeigen. Sah die untergehende Sonne, die ersten versprengten Sterne, die Konstellationen und vergaß zu atmen. Durchreisende, weiß- und beigefarbene Vögel ließen sich auf dem Masttop nieder. Nebel über dem Meer, Nebel in den Augen, bis sich eine Viertelstunde später Dunkelheit über das Wasser legte.

»*Ni de huxi*. Atmen Sie«, flüsterte Lai Jin ihr ins Ohr.

Ayaana sah ihn an, stumm vor Staunen.

»Ich weiß«, sagte er und sah lächelnd aufs Meer hinaus.

»Steuerbord: *Youxian*«, sagte er.

»*Youxian*«, wiederholte sie.

»Wettervorhersage: *Tianqi Yubao*.«

»*Tianqi Yubao*«, wiederholte sie.

Lehrerin Ruolan beobachtete sie mit Unbehagen aus dem Augenwinkel. Sie ging zu ihnen und sagte kopfschüttelnd auf Mandarin: »Sie haben noch viel zu lesen.« Sie packte Ayaana an den Schultern und sagte zum Kapitän: »Vielen Dank für Ihre Freundlichkeit.« Dann presste sie die Lippen zusammen.

Panik und Resignation verdrängten die Offenbarung, die Ayaana erfahren hatte. Sie drehte den Kopf, um den Anblick der Konsolen in sich aufzunehmen, als Lehrerin Ruolan sie nach draußen schob. Der erhöhte Teil des Oberdecks stürzte sich gerade in die Wellen. *Jingyu* – ein Wal –, ein wunderschöner blauer Riese, tauchte an der Backbordseite auf.

44

Am Morgen war der Himmel verhangen, von bleiernen, dichten Wolken verdeckt. Ayaana wachte mit einem Gefühl der Rastlosigkeit auf.

Was war das neue Ziel gewesen, von dem sie auf der Brücke eine Vorahnung bekommen hatte? Sie konnte sich selbst neu erfinden. Das Schiff hob und senkte sich. Sie öffnete die Kabinentür, beobachtete die Meeresvögel auf den Schiffsmasten. Hörte das Donnern der Wellen, Stimmen, Gelächter und roch den durchdringenden, erdigen Geruch, den sie später als Zigarrenrauch identifizieren würde. Ja. Sie würde sich diesen Tag zu eigen machen.

~

Monsun-Sturmböen umtosten das Schiff. Lai Jin ging mit aschfahlem Gesicht über das regennasse Deck. Er hatte nicht schlafen können. Noch vor dem Morgengrauen hatte er sich vor seinen Zao-Wou-Ki-Druck gesetzt und auf eine Vision, einen Gedanken, ein Gefühl gewartet. Er fand einen passenden Duft zu seinem Bild. Geheimnisvolle Rosen – moschusartig, warm, süß, voller fluider Stimmungen. Er schaute aufs Meer hinaus. Verblassende orange-rote Linien am Himmel, grell wie Narben. Donnergrollen in der Ferne, wie ein bedrohlicher Trommelwirbel. Das Gewitter hatte sich vor den Apparaturen der falschen Propheten – den intuitionslosen Wetterfröschen – versteckt. Wenn sich die Mannschaft nicht auf ihr eigenes Gespür für das Meer verlassen hätte, dann hätte der Sturm sie überrascht. Der Erste Offizier überwachte seine Ankunft. Sie hatten darüber diskutiert, wie sie am besten damit umgehen sollten. Nichts war mehr sicher. Vielleicht hätten sie ihn lieber umfahren sollen, statt direkt darauf zuzuhalten und ihm die Stirn zu bieten. Lai Jin drehte sich um, schaute nach Steuerbord und sah etwas Rosafarbenes aufblitzen – einen wehenden Schal, gefolgt von einem *Ping*! Dort stand Ayaana, streckte sich den Tausenden goldenen Libellen entgegen, die flatternd herabstürzten, in winzige Wasserpfützen fielen. Ihre Bewegungen glichen einem morgendlichen Tanz, ihr Gesicht strahlte. Ihr ansteckendes Lachen weckte in ihm Erinnerungen an einen barfüßigen Jungen, der einen selbstgebastelten blauen Drachen steigen ließ, der hoch am Himmel in reiner Freude Luftströmungen jagte. Er war seinem Drachen über einen Hügel nach dem anderen gefolgt, bis er sich verlaufen hatte. Hatte erlebt, wie berauschend das Leben sein konnte. Dann, ein plötzlicher Schmerz: Wie hatte er das vergessen können? Lai Jin schaute zu, wie sich eine Welle auftürmte und Ayaana durchnässte.

Ping! Sie duckte sich kichernd, griff weiter nach den Libellen, ahnte nicht, in welcher Gefahr sie schwebte. Sie konnte leicht von einer Welle in den Tod gerissen werden. Doch dann hatte er das Gefühl, eine Blase aus Licht würde sich in ihm ausbreiten. Statt Ayaana zu warnen, zog er sich zurück. Ein warmes Gefühl breitete sich in seinem Herzen aus. Es verhieß Glück, dass die Libellen ebenso wie die Vögel auf dem Schiff Zuflucht suchten. Die Natur vertraute ihm. Welche Entscheidung er auch fällen würde, es würde die richtige sein. Die Blase der Heiterkeit breitete sich in seinem gesamten Körper aus. Da niemand in Sicht war, erlaubte er sich, eine Pirouette zu drehen.

45

Gezackte Blitze verbanden den Himmel mit dem Meer. Es roch nach Gewitter: ein beißender, saurer Geruch lag in der Luft. Sich aufschaukelnde Wellen. Brodelnder Schaum auf blauem Wasser; tosende, heulende Winde zerrissen die Luft; das Schiff taumelte, wälzte sich durch die Wellenberge; Wolken erstickten den Himmel. Der Schiffsbug hob und senkte sich in den aufgewühlten Wassermassen. Der Steuermann lenkte es frontal in den Sturm. Nebel und Fünfundfünfzig-Knoten-Winde, zehn Meter hohe Wellen. Wieder traf ein Blitz das Wasser. Niemand ahnte, dass Ayaana ohne Rettungsweste zwischen den Rohren des Zwischendecks eingeklemmt war. Als sie sich vorgebeugt hatte, um die Rohre zu betrachten, war ihr Muhidins Armbanduhr vom Handgelenk gerutscht. Ohne nachzudenken war sie hinuntergeklettert, um sie zu holen. Sie suchte in dem Gewirr aus Rohren und Leitungen, krabbelte zunehmend panisch auf dem Stahlboden herum, als würde der Verlust ihrer Uhr den Verlust ihrer Heimat bedeuten. Das konnte sie nicht zulassen.

Der Wind heulte Ayaana an wie ein Rudel Hyänen, das sie umkreiste. Der Sturm erfüllte sie mit Staunen. Er schien das hungrige Gespenst der Einsamkeit zu verkörpern, das sie im Haus ihrer Mutter heimgesucht hatte. Irgendwann gab sie die Suche auf, wollte rasch wieder nach oben klettern. Da wurde das Schiff von einer drei Stockwerke hohen Woge erfasst. Bis auf die Haut durchnässt wurde Ayaana sich bewusst, wie klein sie war. Es war, als befände sie sich in Gegenwart eines jagenden Engels, einer gewaltigen Präsenz, und sie konnte nichts weiter tun, als darauf zu warten, dass die Metallrohre, zwischen denen sie eingeklemmt war, sie nicht mehr halten konnten. Doch nichts geschah. Ihr aufgerissener Mund füllte sich mit Salzwasser, sie spuckte, schnappte nach Luft, ihr Körper wurde, zusammen mit dem ächzenden Schiffsrumpf, hin und her geschleudert. In dem Moment fehlten ihr die Worte für ein Gebet – der Moment war das Gebet, und schließlich gab sie einfach auf. Dass Salzwasser auf der Haut brannte, war ihr neu. Dass es eisig war, ebenfalls. Und je mehr sie sich an das Leben klammerte, desto größer wurde ihre Gewissheit, dass sie es nicht schaffen würde. Je lauter sie schrie, desto sicherer war sie, dass niemand sie hören würde. Und doch versuchte sie, weiter zu überleben und zu schreien. Ihre Hände klebten praktisch an den Rohren. Trauer über ihre Vergänglichkeit. Zeit verstrich, und die Empörung über ihre Ohnmacht im Angesicht des Schicksals wuchs.

Hände auf dem schwarzen Rohr. Gesprungener Nagellack auf kurz geschnittenen Nägeln – rund gefeilt, nicht eckig wie die ihrer Mutter. In Stille und Schweigen getaucht, jenseits von Hoffnungslosigkeit, von der tosenden Macht des Sturmes, der auf ihren Körper einpeitschte. Dann nichts mehr.

46

Er trug eine Rettungsweste unter einer Latzhose und einer leuchtend gelben, strapazierfähigen, wasserdichten Jacke, stolperte durch die Dunkelheit und rief nach dem Mädchen: »*Haiyan! Haiyan!* Schwalbe!« Keine Antwort. *Nicht schon wieder. Den Verlust eines weiteren Menschen würde er nicht verkraften. Nicht noch mehr Tote.* Sein Rufen wurde zum Flehen. Panik überkam ihn. Er hatte nicht darum gebeten, für einen Menschen verantwortlich zu sein; man hatte ihn dazu gezwungen. Etwas in seinem Inneren antwortet: *Aber du bist der Kapitän.* »*Haiyan!*«, rief er. Regeln verschwimmen: Ein Kapitän sollte in Krisenzeiten die Brücke nicht verlassen, erst recht nicht, wenn die Luft statisch aufgeladen ist und es verbrannt riecht. Aber während der Bug seines Schiffs Wellentäler durchpflügte, war tief aus seinem Inneren ein feuergeborener Geist aufgetaucht, mit einem markerschütternden Schrei, der immer noch durch seinen Kopf hallte. Und so hatte er sich eine Rettungsweste geschnappt, seinem Ersten Offizier das Kommando übergeben und war dem Schrei gefolgt, der, wie er wusste, von Mei Xing stammte. An der Zeit vorbeigeschlüpft. Er erreichte das unterste Deck und sah einen rosafarbenen Schal auf dem Boden liegen. »*Haiyan!*«

***

Er erblickte eine schlaffe Gestalt. Der Lichtkegel seiner Taschenlampe hatte sie gefunden. Sie musste tot sein, der Sturm hatte ihren Körper zerschmettert. Sie blutete, karmesinrote Flecken sickerten durch die Kleidung, die ihr am Körper klebte. Er ließ die Taschenlampe fallen und drehte dem Meer den Rücken zu. Regel Nummer eins: Ein Seemann darf dem Meer niemals den Rücken zudrehen. Doch er benutzte seinen Körper, um sie abzuschirmen. Ohne es zu ahnen, schützte er sie dadurch vor einer riesigen trichterförmigen Welle, die sie mit sich gerissen hätte. Sie traf seinen Körper mit voller Wucht. Als er über die Schulter aufs Meer schaute, führte es ihm aus Rache wieder den Verlust eines geliebten Menschen vor Augen. Er sah, wie der silberne Geist seiner Frau sich in die nächtlichen Wellen zurückzog, und in einem endlosen Moment der Umnachtung hatte er das Gefühl, dass sie es war, die das Meer ihm hatte nehmen wollen. Der Wind heulte. Er heulte zurück, und sein Schmerz weckte das Mädchen, das er beschützte, und eine Sekunde lang glaubte er, wenn er es dem Meer überließ, würde es ihm seine Frau zurückgeben. Und doch, als er Ayaana loslassen wollte, konnte er die Arme, die er wie ein Schraubstock um sie gelegt hatte, nicht lösen. Regel Nummer zwei: Ein Kapitän muss allzeit bei Sinnen und klar im Kopf sein. Existenzielle Ängste manifestierten sich in Lai Jins unermesslichem Wesen. Alles schmerzte, weinte und trauerte in dieser eisigen, nassen Dunkelheit. Er glaubte schon, er würde sie beide über den Rand rutschen lassen. Doch Ayaana zitterte, hustete und öffnete ihre Augen, und er glaubte, sie lächeln zu sehen. Die Angst hatte ihn fest im Griff, als könnte sie die Hoffnung töten. Er beugte sich über sie, um sie zu beatmen. Betete das Blut auf ihrem Gesicht weg. Feilschte mit einer Mischung aus Verzweiflung und Begehren um sie. Lebe, lebe, lebe. Nie wieder. Nicht noch ein Tod in seinem Beisein. Sein Herzschlag raste, und er öffnete seine Jacke, um sie ihr umzulegen.

Ayaana wandte sich dem warmen Körper zu, der sie im Leben verankerte. Ihre Gliedmaßen waren völlig verkrampft. Das Schiff hob und senkte sich. Einflüsterungen in der geheimnisvollen Sprache des Ozeans. Die Stimme des Meeres und die eines Mannes. Sie klammerte sich an beides – an ihre neuen Verheißungen. Um sie herum die lärmende, wilde Herrlichkeit des Lebens, der drohende Tod, als die Sturmwellen nach anderen Wegen suchten, um die beiden Körper loszureißen und aufzulösen. Es peitschte auf sie ein, bis sie nichts anderes mehr tun konnten als durchhalten.

~

Die Windgeschwindigkeit fiel auf achtundzwanzig Knoten, und eine Stunde vor Tagesanbruch flaute der Sturm ab. Die Mannschaft fand Ayaana und den Kapitän mehr als zwei Stunden später, völlig erschöpft, durchnässt und halb erfroren. Lai Jin lallte unverständliches Zeug. Der Erste Offizier sagte: »Ihre Kleider, Sir.« Lai Jin lauschte. »Sie sind nass.«

Außergewöhnliche Erkenntnisse, dachte Lai Jin, schon halb in den ersehnten Schlaf sinkend.

»Sie zittern«, fuhr der Erste Offizier fort. »Ihre Lippen sind blau. Sie könnten sterben. Hören Sie mich?«

Ist sie in Sicherheit?

Dunkelheit.

~

Kapitän Lai Jins Kabine – die einzige, die groß genug war, um mehr als zwei Personen zu beherbergen – war vorübergehend zur Krankenstation umfunktioniert worden. Zwei in Thermodecken gehüllte Menschen erholten sich von den Strapazen. Sie bekamen Verbände, obwohl sie sich anscheinend nichts gebrochen hatten. Aus halb geschlossenen Augen beobachte Lai Jin, wie seine Männer geschäftig umhereilten wie orientierungslose Ameisen. Er hörte, wie Lehrerin Ruolan sie scharf anfauchte. *Wie eine aggressive Katze*, dachte er. Sie wollte Ayaana beaufsichtigen. Der Erste Offizier wollte sie nicht in ihre Nähe lassen.

Ayaana zitterte unablässig und hatte das Gefühl, dreigeteilt zu sein: Ein Teil von ihr sehnte sich danach, den ganzen Weg zu ihrer Mutter zurückzufahren, ein weiterer bewohnte ihren geschundenen Körper wie ein Flüchtling eine geliehene Hütte und der dritte, den der Sturm ins Leben gerufen hatte, wünschte sich, diesen Körper abzustreifen, um in die Welt hinauszuziehen, durch Nebel zu schweben und Schatten zu trinken.

Sie spürte harte, raue, besorgte Hände auf ihrem Körper, hörte ein Flüstern. Warmes Wasser. Ein Handtuch, das ihre Haut trocknete. Eine leise Frauenstimme stellte eindringliche Fragen. Eine Männerstimme sagte bestimmt: »Bu.« Ein Schriftzeichen tauchte vor ihrem inneren Auge auf und schwebte träge in der Luft: 不. Ihre Zähne klapperten, während jemand ihre Wunden reinigte – ein Brennen. Sie fiel in einen tiefen Schlaf, tauchte in Welten ein, in denen alles möglich war, in denen nichts verborgen blieb und in denen die Einsamkeit nur ein durchreisender Gast war. Sie traf unbekannte Vorfahren: Großväter, Großmütter, Tanten und Onkel, die sie zu einer geschlossenen Tür führten. Sie hob die Hand, um sie aufzustoßen, denn sie wusste, dahinter stand ihr leiblicher Vater. Als die Tür sich öffnete, fielen Wa Mashriq und Fazul, der Ägypter, über sie her. Sie beschwor Muhidins Zorn herauf, um sich in den Wachzustand zurückzukämpfen.

~

Kapitän Lai Jin schwankte im Rhythmus seines stampfenden Schiffs und ignorierte den Schmerz in seinem geschundenen Rücken, dem geschwächten Arm und der pulsierenden Brandnarbe in seinem Gesicht. Die Nachfahrin wälzte sich in seinem Bett hin und her, und er grübelte düster über ein Jenseits des Lebens nach. Dann sah er das Mädchen an; die kleinen Wunden an ihrem Körper bluteten nicht mehr. Sie würden verheilen. Lichtstrahlen fielen durch das Bullauge. Ein runder, schwerer Blutmond tauchte alles in ein leuchtend rotes Licht; sein Schicksal hing von der Genesung einer jungen Fremden ab.

~

Unter dem Kommando des Ersten Offiziers nahm die *MS Qingrui /*
Guolong ihren Kurs wieder auf. Nach achtzehn Stunden auf hoher See
wurde die Sicht langsam besser. Der Erste Offizier korrigierte den
Kurs in Richtung Osten – das Schiff fuhr mit elf Knoten –, hielt sich
das Chaos an Bord vom Leib und erkaufte dem Kapitän unter dem
Vorwand, Treibstoff zu sparen, etwas Zeit, denn vor der Ankunft musste der Kapitän wieder das Kommando übernehmen. Eine Erkrankung
hätte, auch wenn der Sturm dafür verantwortlich war, seinem tadel-
losen Ruf geschadet. Die Offiziere lehnten Hilfe aus der Luft ab.

***

Der Sturm hatte auch das Schiff in Mitleidenschaft gezogen. Dellen,
zerbrochene Bauteile, verbogenes Metall, das bedrückte Schweigen der
Menschen. Die Erinnerung als Fernrohr. Das Treibgut des Meeres als
Metapher für die Überbleibsel menschlicher Krisen und Umwälzungen.

47

Sie spürte einen Druck auf ihrer Brust, ein Kratzen im Hals, sie rang
um Luft und kam wieder zu sich. Hände rissen sie aus der zähen, trüben Dunkelheit. Als sie die Augen aufschlug, sah sie, dass der Kapitän
sie an den Schultern gepackt hatte und sie schüttelte. Eine Stimme
sagte: »Sie müssen atmen!« Sie runzelte die Stirn. Stellte ihm die gleiche Frage wie bei ihrer ersten Begegnung: »Was hat das Feuer dir ins
Gesicht geschrieben?«

»Abwesenheit«, flüsterte er.

»Oh«, sagte sie und erinnerte sich an den Sturm, an das, was er ihr
zugeflüstert hatte. Sie ließ sich wieder auf das Kissen sinken und fiel
in einen tiefen Schlaf. Er blieb lange Zeit neben ihr stehen und beschwor sie stumm, weiterzuatmen.

Es regnete unablässig. Ayaana lag stundenlang im Bett des Kapitäns und schaute durch das Bullauge nach draußen. Lai Jin beobachtete sie von einem Feldbett aus, das in der anderen Ecke der Kabine stand. Immer, wenn sie die Augen aufschlug, sah er sie an. Sie schaute zurück. So lernten sie sich kennen – durch Blicke. Die Stille verschluckte Lehrerin Ruolans endloses Gezänk vor der verschlossenen Tür. Sie verlangte immer noch, dass Ayaana in ihre Kabine verlegt wurde.

~

In den Abgrund einer Nahtoderfahrung zu stürzen bedeutet immer, dass Fassaden und Gepäck wegfallen. Ver- und Gebote wandeln sich. Weit nach Mitternacht fragte Lai Jin Ayaana: »Würden Sie mir etwas über Ihr Meer erzählen?« Eine merkwürdige Bitte, wenn man bedachte, wo sie sich befanden. Er wollte sie zum Reden bringen, denn Worte banden sie an das Leben. Der Sturm hatte das steinerne Grabmal, in das er sich mit dem Geist von Mei Xing zurückgezogen hatte, zerstört, frische Luft hereingelassen und dieses fremdartige Wesen dort abgesetzt. Lai Jin betrachtete sie, und sie musterte ihn ihrerseits, mit Augen, die von innen heraus zu leuchten schienen. Und merkwürdigerweise sehnte er sich danach, von ihr gesehen zu werden. Doch als sie zu sprechen versuchte, bekam sie einen Erstickungsanfall. Er eilte zu ihr, half ihr, sich aufzurichten, und klopfte ihr auf den Rücken, bis sie wieder atmen konnte.

Als sie am nächsten Morgen auf ihrer jeweiligen Seite der Kabine die Augen öffneten, sahen sie, dass durchreisende goldene Segellibellen auf dem Schiff Zuflucht gesucht hatten.

»*Qingting*« – Libellen, sagte Lai Jin.

Sie hörte genau hin, versuchte sich das Wort einzuprägen. »Aus Indien«, fügte er hinzu, um sie zum Reden zu bringen.

Ihr Blick war in die Zukunft gerichtet. »Sie werden nicht bleiben.«

Geborgte Worte aus einer fremden Sprache. »*Qingting*«, wiederholte sie.

Die Stille war wie statisch aufgeladen. Lai Jin betrachtete die verblassten Hennamuster auf ihrer Haut. Er hatte sie schon berührt, zuerst, um sie zu reinigen, dann, um ihre Wunden zu versorgen, und schließlich, um mit dem Finger die Schnörkel und Linien nachzuzeichnen. »Aber sie kommen wieder«, versprach er.

Worte wie Alchemie: Wenn er es befahl, würde sie bleiben.

Sie sah ihn an; in ihrem Blick lag ein Mitgefühl, das einem älteren Wissen entsprang.

Kurz vor Sonnenuntergang flogen die goldenen Libellen davon.

Ayaanas Blick fiel auf sein titelloses Bild von Zao Wou-Ki. Er folgte ihrem Blick. »Was sehen Sie?«, fragte er.

Sie starrte das Bild an.

Lai Jin ging mit schräg gelegtem Kopf zu dem Bild und berührte den verbrannten Teil seines Gesichts.

»Tut es weh?«, fragte sie.

»Das Bild?«

»Die Haut, die das Feuer verbrannt hat.«

Draußen heulte der Seewind, wirbelte Gedanken durcheinander. »Nur, wenn ich mich daran erinnere«, erwiderte er.

Am nächsten Morgen. Der Raum war in ein pointillistisches Licht getaucht. Ayaana betrachtete das Bild immer noch. Sah eine Gestalt, die in Gaze aus hauchfeinen roten Pinselstrichen gehüllt war. Sie starrte das Bild an, bis das Sonnenlicht so grell war, dass man es nicht mehr erkennen konnte. Sie glaubte, in dem Bild eine Erklärung für die schockierende Erkenntnis zu finden, dass sie sich zu diesem Mann hingezogen fühlte, der so fremd, so ganz anders war als alles, was sie bislang gekannt und begehrt hatte.

»Es ist nur ein Schattenbild«, sagte Lai Jin. Als sie ihn ansah, fuhr ein Sturm durch ihren Blick. »Eine Kopie«, sagte Lai Jin mit gebrochener Stimme. Er näherte sich ihr, sah auf sie hinab, dann wandte er sich dem Bild zu, las die Gefühle in den Farben. »Sehen Sie es?«, fragte er Ayaana.

Ayaana las in den blauen, roten und schwarzen Pinselstrich-Schriftzeichen, die aussahen wie bunte Narben auf einer riesigen Leinwand aus Licht. Eine Landkarte der Welt, der Erinnerungen, wie die unsichtbaren Pinselstriche, die der Sturm auf ihrem Körper hinterlassen hatte – die erträglich waren –, und die brutalen Berührungen eines Fremden, die ihre Seele gezeichnet hatten. Eine Narben-Lektüre. Eine Dunkelheit, die bis in ihr Innerstes gedrungen war und nicht mehr übermalt werden konnte, auch nicht vom Schweigen. Aber sie verstand jetzt, dass es für Scham noch keine Sprache gab, als wäre sie das Ergebnis eines fehlgeschlagenen Experiments des Lebens.

Sie blinzelte.

Da! In einem gelb-weißen Lichtstreifen auf der Leinwand erkannte sie den Leben gebenden Tanz, den Delaksha in Nioreg ausgelöst hatte. Die Farben luden sie ein, Zeugin einer sublimen Offenbarung zu werden.

Ayaana blinzelte und wandte sich von dem Druck ab, um sich den Bildern eines Donnerstagabends zuzuwenden.

Hände kneteten ihren Körper, ein großer, nach Alkohol riechender Mund, bereit sie zu beißen, zu zerfetzen und zu verschlingen, fette Gliedmaßen, die versuchten, ihren Widerstand gegen eine obszöne Invasion zu brechen. Ihre Mutter hatte es gewusst. Das war der Kern ihres Leids. Munira hatte um die Bedeutung des fleischigen, parfümierten Körpers gewusst, der ihrer Tochter wie ein Geier aufgelauert hatte; hatte gewusst, warum ein erwachsener Mann »*Je veux le bijou*« wimmerte. Die Hände ihrer Mutter hatten ihre Haut vorbereitet, parfümiert und eingecremt – eine weiche Berührung, die die Eierschale des Vertrauens zerstörte. *Da!* Jetzt konnte sie die zerbrochenen Teile ihres Ichs ausmachen, beschmutzt und erniedrigt, die sich später mit dem Salz des Meeres vermischten. Jetzt erkannte sie die Bedeutung der einzelnen Teile aus der Lebensgeschichte einer drallen Frau, konnte das Treibgut bergen und einordnen. Sie war das flatternde Herz eines Ortolans, sie war die Gejagte. Das flüsterten ihr die fragmentierten, bunten Pinselstriche zu. Das las sie in den Narben im Gesicht eines Kapitäns. Das hatte der Sturm ihr klarmachen wollen.

Es war nach Mitternacht. Schwerer Seegang. Schaum auf dem Wasser. Die Container im Stauraum bebten, kollidierten miteinander und ächzten wie leidende Tiere. Der warme Atem des Mädchens auf Lai Jins Gesicht roch nach gar nichts. Sie war wach, lauschte diesem und den anderen Stürmen in dem in sich geschlossenen Raum dunkler Formlosigkeit. Ein Bruch. Was hatte er sich herausgenommen? Er hatte sich gesagt, er habe sie nur daran hindern wollen, um sich zu schlagen, damit sie sich nicht verletzte. Neugierig hatte er sich über sie gebeugt. Nicht neugierig auf ihre Fremdheit, sondern auf ihre Weiblichkeit, auf die Frau. Das Gegenteil von ihm. Der Körper in seinen Armen hatte sich weich, formbar und kalt angefühlt. Und so hatte er versucht, sie mit seinem zu wärmen. Er hielt sie immer noch im Arm, erinnerte sich daran, wie es war, einen Körper an sich zu pressen. Sie war ebenso wach wie er, lauschte seinem Herzschlag wie er ihrem. An ihn geschmiegt wartete sie in der Stille, genau wie er, und all das Verlangen, das Lai Jin in sich ausgemerzt zu haben glaubte, tauchte wie eine prähistorische Bestie aus unergründlicher Tiefe wieder auf, um seine Haut zu beflecken und seinen Unterleib zu entflammen. Ein rostiges Gewirr aus Erinnerungen an innige, ewige, flüchtige Glückseligkeit. Die Liebkosung – ihre Hand auf der verbrannten Seite seines Gesichts – hatte seine ursprüngliche Absicht verändert, umgeformt, kurzgeschlossen. Er hatte Abstand halten wollen. Träge aufsteigende Erregung. Plötzliche Angst. Nicht vor dem Mädchen, sondern vor einem erneuten Verlust. *Grauer Geist*, verspottete er sich selbst. *Sie ist noch so jung.* Ihre Finger liebkosten seine Ohren, sein Kinn, seinen Mund. Erkundeten jedes Detail. Und er erkundete sie ebenfalls. Wie sich ihre Haut anfühlte. Sie roch nach Wasser, nach Salz, nach anderen Welten; sie roch nach Staub und Erde, nach Weichheit und Rosen, und ihm wurde klar, dass die Ketten, mit denen er sein Verlangen in Schach zu halten versuchte, gerissen waren.

Ayaanas Hände gingen auf die Reise, als besäßen sie ein Eigenleben, wanderten über Lai Jins Gesicht – ein Sakrileg, ein widerrechtliches Eindringen. Die Gültigkeit von Gesetzmäßigkeiten, die Entscheidungen von Propheten, alles war nach dem Sturm in ihrem Universum ausgelöscht – keine Grenzen, keine Vermittler. Wie besessen erspürte sie die Beschaffenheit der Feuernarben im Gesicht dieses Mannes, in einer stillen Ozeannacht, schwebte in Unendlichkeit, suchte Zuflucht in intimer Anonymität. Ihr Körper wölbte sich seinem entgegen, als würde er etwas suchen. Der fließende Rausch des Begehrens überraschte sie. Ihr Körper, der große Unbekannte. Rückzug und Neugier. *Wer ist das?* Sie, er. Und so hüpften ihre Fragen wie Grillen von einem Streifzug zum nächsten. »Wie betest du?«, fragte sie, das Gesicht schräg gelegt, um seins zu betrachten.

»Gar nicht«, antwortete er und küsste sie.

»Wo bist du zu Hause?«, stöhnte sie.

»Ich trage mein Zuhause bei mir«, sagte er.

Ihre Lippen waren warm.

»Erzähl mir von *deinem* Meer«, keuchte sie und warf sich erhitzt, schwitzend hin und her.

Seine Augen waren dunkel, blinzelten nicht und sagten das eine, sein Mund, der beinahe wieder ihre Haut berührte, etwas anderes. Dann richtete er sich auf, den Anflug eines Lächelns im Gesicht. »Die hohe See, das ist das Beste … oder man treibt dahin wie eine Plastikente, die von den Wellen hin und her geworfen wird.« Er verstummte. Kaltes Feuer seiner Erinnerung. Er zog sich an irgendeinen inneren Horizont zurück. »Das Leben – niemand weiß, wo es wohnt.« Er schaute auf sie hinunter, verlagerte das Gewicht. »Vielleicht findest du es ja heraus.« Er legte sich neben sie, rang mit seiner Kraft. »So jung«, murmelte er.

Sie beobachtete ihn. Lai Jin versuchte zu beherrschen, was der Sturm in ihm entfesselt hatte. »Im Januar 1992 sind neunundzwanzig gelbe Plastikenten von einem Containerschiff gefallen. Sie sind davongeschwommen und um die ganze Welt gereist.« Dann fügte er hinzu: »In den Kartons waren auch Spielzeugfrösche und -schildkröten. Aber die Enten« – ein herzhaftes Lachen – »sind getrennte Wege gegangen.« Ihr Lachen war wie eine Belohnung für ihn, und so fuhr er fort: »Manchmal sehe ich Dinge auf dem Wasser, die andere Schiffe verloren haben. Einmal habe ich ein Auto, einen Volvo, mitten im Ozean schwimmen sehen. Wie ein verrücktes Geisterschiff.« Er lächelte.

Ein verrückter Geist.

»Ziriyab Raamis«, sagte Ayaana schließlich. »Eines Tages kam die Flut und hat ihn mitgenommen.

Lai Jin nickte, als würde er Ziriyab Raamis kennen.

~

In der vom Sturm erschaffenen Welt, die Ayaana von der Wirklichkeit trennte, konnte sie über ihre Mutter und Muhidin nachdenken, die Geistern nachjagten. Sie konnte sich an Botschaften in Träumen erinnern, an die menschlichen Ausrutscher, das Umhertasten, die Sonnenfinsternis, zu der Ziriyabs Verschwinden geworden war, wie sie ihre Gewohnheiten beeinflusst und infernalische Kreaturen wie Wa Mashriq auf den Plan gerufen hatte. Das Gefühl zu ersticken. Auferstanden von den Toten, und doch verbrüht vom kochenden Wasser ihrer Mutter. Sie holte tief Luft, tauchte in das Schweigen ein, ließ sich von den warmen grünblauen Unterströmungen der Erinnerung dahintreiben. Unter Wasser brauchte sie die Dinge nicht zu benennen, um sie zu erfassen. Fühlen, spüren, erfahren – das war wahres Wissen. Hier beschwor die Stille ein singendes Geschöpf mit grünen Federn herauf, das dazu bestimmt war, vollgesogen mit konzentrierten Lebensaromen im Dunkeln von einem Mann mit einem Bissen verschlungen zu werden. Ihre Mutter war wie das Meer, unruhig, aufgewühlt von den Stürmen des Lebens, das sich zu einem Wellenberg auftürmte und Grenzen, sogar die notwendigen, einfach auslöschte. Ihre Mutter war einer der Stürme des Lebens, und sie liebte sie, ja, sie liebte sie, aber es war eine zerstörerische Liebe. Und sie … Ayaana zögerte, knabberte an ihrer Unterlippe, dachte nach. Und sie … ja, sie musste ihre Mutter in ihrer Ganzheit annehmen.

»Weißt du, was ein Ortolan ist?«, fragte sie Lai Jin.

»Nein«, antwortete er. Puzzleteile: *Ziriyab Raamis, Ortolan.* Lai Jin sammelte Wörter, als wären sie exotische Besucher aus anderen Welten.

Die Meeresnacht kroch durch die offene Tür in die Kajüte des Kapitäns. Lai Jin hatte sich vorgebeugt, um Ayaanas Stirn zu küssen. Dann verharrte sein Mund über ihrem. *In meinen Träumen,* dachte sie, *reise ich in Sternen und auf Sternen über den Himmel.* Sie schlang Lai Jin die Arme um den Hals. *In meinen Träumen bin ich ein Tunnel aus Dunkelheit, aber ich kenne den Weg. Ich bin nicht allein, selbst wenn sonst niemand da ist.* Sie hätte sich fürchten müssen, aber in der Einsamkeit der unsicheren Ewigkeit gab es nur Frieden. »Erzähl mir vom Meer«, sagte sie.

Verwandlungen.

»Das Meer«, sagte er keuchend, »kann nicht beschrieben werden.«

Sie strich mit dem Handrücken über seinen Mund, kämpfte mit sich, mit der Berührung seiner Lippen auf ihrer Haut. Da, unter seiner Unterlippe, war eine weitere Narbe. Abschweifende Gedanken, eine Kettenreaktion der Gefühle; beängstigende Vorahnungen. Lai Jin kam der Gedanke, dass er für seine Entscheidungen hingerichtet werden könnte. Aber heute Nacht konnte er – ein Lächeln – damit leben. Der Kern des Ganzen war dies: ein plötzliches schmerzliches Sehnen danach, die Geheimnisse des goldbraunen Körpers einer Frau zu erkunden, die Form und Weichheit ihrer Brüste, die langen dunklen Locken, die ihr Gesicht halb verdeckten, den Hauch von Rosenduft, den sie verströmte, ihren federleichten Körper auf seinem zu spüren. In dem Käfig seines Verstandes hörte er Mei Xings spöttisches Kichern. »Du bist auch nur ein Mensch.« – »Das bin ich«, antwortete er. Und seine düstere Stimmung zerstreute sich. Er beugte sich vor, um sie wieder und wieder zu küssen; falls jemand fragte, würde er sagen, es handle sich um Mund-zu-Mund-Beatmung. Ein versuchsweises Kosten von Lippen, Zähnen, Zunge und wieder Lippen. *Ich muss es wissen*, sagte er sich, strich über ihr Gesicht, ihre Schultern, ihre schmale Taille und dann, unendlich sanft, über ihre Brüste. Dann glitten seine Hände tiefer, zu ihren Schenkeln.

Sie wartete.

So war es immer, wenn sie ihren Körper ins Meer sinken ließ, um zu erfahren, was in der Tiefe wohnte, der Wunsch, es auf der Haut zu fühlen und so das Unerreichbare in ihre Träume einzuschreiben.

Er beobachtete sie, und sie ihn. Ein Pulsieren, dann ein Anfall von Einsamkeit; sie fröstelte.

Lai Jin erhob sich, ging zur doppelt verriegelten Tür, lehnte sich dagegen, weigerte sich, vernünftig zu werden. Er sah Ayaana an. Draußen waren das Schiff und das Meer; hier drinnen nur die Gegenwart. Er ging zurück zum Bett und legte sich neben sie. Ein Verstoß. Er musste sich wieder an eine Frau gewöhnen. Er rang mit seinen schmerzlichen Bedürfnissen, zu durchdringen, einzudringen, zu verschwinden und sich an die Vergangenheit und ihre Abhängigkeiten zu erinnern, die Welt, ihre Fesseln und ihre Verletzungen abzuschütteln. Er hatte geglaubt, all das im Tempel von Mazu, der Meeresgöttin, hinter sich gelassen zu haben. Die nackten Beine des Mädchens umschlangen seine. Er wurde schwach. Handelte mit sich selbst Kompromisse aus, riss sich das Hemd vom Körper. Sie strich über seine Brust. Gab dem Verlangen eine Form. Doch er konnte seine Grenzen definieren. *Sie ist jung*, stöhnte er innerlich. Ein Wort. Ein Wort. »Ich ... jun ...«, stammelte er.

Rastlos schaukelten die Wellen das Schiff, und die Nachtkreaturen dämpften ihr Klagen. Zwei Menschen lagen in einer dunklen Kabine – der Rhythmus des Meeres wurde zu dem ihrer Körper. Er überlegte, ihren Körper auf seinen zu legen und es dem Ozean überlassen, sie zu bewegen. Mondgeschaffene Intimität. Die Nacht war ihr Reich. Sie ließ sich von ihren Gefühlen treiben, während seine Hand sie in eine andere Welt versetzte, deren Existenz sie bisher nur erahnt hatte. Sie driftete mit der Strömung, gab sich ihr hin; seine Hände zeigten ihr den Weg, und sie begann zu keuchen. Doch er hielt inne, wartete, bis sie wieder ruhig atmete, und begann erneut.

Dies war jetzt ihr Körper, ihr Gefühl, ihr Verlangen. Sich wälzen, sich winden, dieses Suchen, all das war sie. Die Gefühle, die die Berührungen dieses Mannes in ihr hervorriefen, sprudelten über, und sie erkannte etwas von dem, wovon Wa Mashriq besessen gewesen war, in der Zurückhaltung, die sich dieser Mann auferlegte, als er ihren Körper bewegte, aufschrie und sich zurückzog und wartete, bis sie sich wieder beruhigt hatte. Dann zog Lai Jin sie auf seinen noch halb angezogenen Körper, presste sie an sich und überließ sich den aufsteigenden Empfindungen. Schwor sich, er würde nichts mehr tun, nicht das Geringste. Das Jetzt genießen. Das war alles, was er sich erlauben, was er der Hoffnung abringen konnte. Es würde noch Stunden dauern, bis der Tag anbrach; noch mussten sie sich nicht mit der Bedeutung von Wörtern in und aus der Welt befassen.

48

Der Streit des Kapitäns mit Lehrerin Ruolan, die mit ihrem Stundenplan wedelte, war kurz und fand auf Englisch statt.

Eindringlich und mit überdeutlicher Aussprache sagte sie: »Wir kommen zu langsam voran.« Er starrte sie an.

»Wir haben erst siebzehn Wörter durchgenommen«, sagte sie. »Sehr langsam.«

»Es geht ihr nicht gut. Sie ist noch zu schwach«, sagte der Kapitän.

»Wenn sie mich hören kann, kann sie auch lernen. Die Zeit wird knapp.« Sie wedelte mit den Papieren. »Und außerdem« – sie deutete auf die Kabine – »kann sie jetzt bei mir schlafen.«

Lai Jin erstarrte.

Shu Ruolan sah ihm in die Augen. »In Ihrer Kabine, Schiffsführer? Das ist nicht angemessen.«

»Ich kümmere mich um sie.«

»Wo schlafen Sie?«

»In meinem Bett.«

»Sie sind ein Mann, Schiffsführer«, sagte Lehrerin Ruolan leise.

Mit gespielter Empörung wich Lai Jin zurück. »Lehrerin Ruolan, was ist das für ein Gossendenken?« Sie stotterte, wurde rot. »Vergessen Sie nicht, dass Sie Gast auf *meinem* Schiff sind, Lehrerin Ruolan.«

»Das muss ich melden.«

Lai Jin nickte. »Ich werde meinen Teil der Geschichte beisteuern.«

Lehrerin Ruolan suchte im Gesicht des Kapitäns nach Anzeichen von Sarkasmus. Nichts. Vor sich hin murrend betrachtete sie ihre Notizen, dann fragte sie: »Wann ist sie bereit?«

Er zuckte mit den Schultern.

»Ich erwarte sie im Klassenraum«, sagte sie resigniert.

Lai Jin ging davon. *Was für ein heuchlerisches Theater.* Wenn er nicht gestern Abend tausend Grenzen überschritten hätte, könnte Ayaana heute schon wieder Mandarin lernen. Er hielt kurz inne. *Was ist nur los mit mir?* Er lehnte sich an die Reling und legte die Hand über die Augen, um sie vor der Sonne zu schützen. Er dachte daran, seinen Durst mit vergiftetem Wein zu stillen. Gischt benetzte sein Hemd. Er sah aufs Meer hinaus. Sein Meer. Es verwischte Grenzen – Schatten, Licht, Dunkelheit, Reisen … und Worte. Auf dem Meer war er das Gesetz. Es gab keine Aphorismen, mit denen man die Erfahrung von Menschen beschreiben konnte, die dem Tod gemeinsam ins Auge geblickt hatten. Er wandte sich von der Reling ab, ging zurück in seine Kabine. Auf dem Weg gab er dem Koch Anweisung, ein Tablett mit Essen vor der Kabinentür abzustellen, er werde es selbst hereinholen.

~

Eine Stunde vor Sonnenaufgang saßen Lai Jin, der sich einen schlichten Sarong um die Hüfte geschlungen hatte, und Ayaana, die ein hauchdünnes geblümtes Nachthemd von Delaksha trug, auf einem Stuhl und betrachteten das Bild von Zao Wou-Ki. Lai Jin hatte Ayaana auf seinen Schoß gesetzt und die Arme um sie geschlungen; er roch an ihrer Haut, suchte nach Spuren ihres Rosendufts. Wieder die Haut, die Kurven, die schmale Taille einer Frau zu spüren. Er schaute ihre Hände auf seinem Körper an – wie stark und jung sie aussahen. Er vergrub die Nase in ihren Haaren.

»Wenn Sterne in der Nähe eines Gewässers vom Himmel fallen, verwandeln sie sich in Sand«, sagte Ayaana.

Lai Jin griff nach ihrer Hand. »Ich habe schon Sterne vom Himmel fallen sehen.«

»Warum fallen sie?«, fragte sie.

Er beugte sich vor und flüsterte ihr in Mandarin die Wörter für Rot, Weiß, Schwarz, Blau und Orange ins Ohr: »*Hong se, bai se, hei se, lan se, cheng se.*« Dann wiegte er sie im Rhythmus des Wellengangs; er umfasste ihre Hüfte mit beiden Händen, umklammerte sie und wiederholte die Wörter, bis er nicht mehr sprechen konnte.

Später an diesem Tag lernte Ayaana die Farben auswendig. Sie schrieb die Schriftzeichen auf ein Stück Papier: 红色, 白色, 黑色, 蓝色, 橙色. Lai Jin überwachte die Feinheit der Linien, beugte sich über sie, sodass sein Atem ihr Ohr streifte, und sagte: »蜻蜓. »So schreibt man ›Libelle‹.« *Qingting.* Sie erinnerte sich.

~

»*Deng yixia*«, sagte Lai Jin. Warte.

Ayaana sagte: »Heute gehe ich in meine Kabine zurück.

»*Deng yixia*«, stotterte Lai Jin.

Ayaana blieb in der Tür stehen. Er legte ihr die rechte Hand aufs Kreuz. Sie lehnte sich an ihn. »*Deng yixia*«, murmelte sie.

Der Steward stellte ein frühes Abendessen vor die Kabinentür. Es gab Zimtapfelsaft. Nach dem Essen lagen Lai Jin und Ayaana in Löffelchenstellung, Haut an Haut da und dachten an nichts. Lai Jins blasse Haut an Ayaanas brauner. Sie rieb ihren Körper an seinem, biss ihn spielerisch in die Haut, verblüfft über die Unersättlichkeit menschlichen Verlangens in all seiner Vielfalt. Fesseln und Bande zerrissen. Sie hätte sich Sorgen machen sollen, aber sie tat es nicht – nicht in dem Kokon, den sie sich geschaffen hatten. *Du bist jung*, sagte Lai Jin wortlos. *Ich reise nur durch.* Sie spürte die Warnung und empfand einen hohlen Schmerz im Bauch. *Ich kann nicht bleiben.* Er suchte Zuflucht in Distanziertheit. *Das Meer ist meine einzige Frau.*

49

Kurz vor Sonnenaufgang, als die Dschinn ihr Klagelied anstimmten, trat eine andere Ayaana aus der Kapitänskajüte und versuchte, die Welt zu begreifen. Wechselnde Stimmungen in der Morgenkühle; ein neues

Gefühl überkam sie, der Geist der Veränderung, eine neue Art von Abschiedsschmerz. Sie atmete tief ein, beobachtete die Vögel, beugte sich über die Reling, um den dünnen Lichtstreifen des anbrechenden Tages zu betrachten.

Ni shi shei? Es war, als würde das Meer nach ihr greifen. Sie schlenderte über das Deck, roch schweren Tabakrauch, der durch die Luft waberte, dann hörte sie Delaksha in Nioregs Kabine lachen. Auf dem Weg zu ihrer Kabine kam sie an Lehrerin Ruolans Kajüte vorbei. Sie drückte die Klinke. Nichts. Verschlossen. Als sie sich umdrehte, stand Lai Jin hinter ihr. »Dein Schlüssel«, sagte er und hielt ihn ihr hin.

Sie nahm ihn.

Er wartete kurz, dann drehte er sich um. Die Käfigtür öffnete sich, und sie betrat den Raum, bemerkte, wie dicht gedrängt die chinesischen Bilder hingen. Sah das Porträt von Admiral Zheng He. Beugte sich über die Gebetsmatte ihrer Mutter. Alles im Raum war noch genauso wie vor dem Sturm.

Nur sie selbst nicht.

Als Ayaana gegen Abend in Lai Jins Kabine zurückkehrte, hatte sie ihre Henna-Utensilien dabei. Sie verbrachte den Rest des Tages in der Kabine, bemalte sich die Füße und rieb ihren Körper und ihre Haare mit den Ölen ihrer Insel ein.

Henna war die Domäne der Frauen.

Und doch.

Im goldenen Licht der Abendsonne kniete Ayaana vor dem nackten, biegsamen Körper eines Mannes und streichelte ihn. Lai Jin hatte den Kopf auf die Arme gelegt, während sie die verbrannte Haut liebkoste und ihm Geschichten von Pate erzählte, jene, die sie selbst erlebt hatte, und jene, die sie nur vom Hörensagen kannte. Sie bemalte nur die Teile seines Körpers, die seine Kleidung vor neugierigen Blicken schützen würde: seinen Rücken, seine Brust, seine Oberschenkel.

»Meine Stadt liegt inmitten einer Geisterstadt, die einst der Nabel der

Welt war«, sagte sie. »Viele kommen, um zu bleiben.« Sie erzählte von Muhidin. »Ich hab mir meinen Vater selbst ausgesucht. Sein Name ist Muhidin.« Sie sparte auch die Narben nicht aus. »Meine Mutter Munira ist die beste Sängerin der Insel, aber niemand außer ihr und mir weiß es.« Sie bedeckte Lai Jins Körper unterhalb des Halses mit Lotusblumen und Schnörkeln. Er hörte zu, spürte das Kitzeln des Pinsels und die kalte Flüssigkeit auf seiner vom Feuer geglätteten Haut. Sie schrieb ihm Pate mit der Stimme ein. Übertrug ihre Erinnerungen auf ihn. »Libellenflügel«, sagte sie. Als sie fertig war, beugte sie sich über ihn und küsste die narbenbedeckte Seite seines Gesichts. Sie strich ihm über den Kopf und erklärte ihm, er müsse mindestens eine Stunde so liegen bleiben, dann könne er das überschüssige Henna abwaschen. Sie sammelte ihre Sachen ein und verließ die Kabine.

Bei Sonnenaufgang öffnete Ayaana die Tür ihrer Kabine.

Zar. Es wurde schon hell, als sie das Klagelied der Dschinn hörte.

Sie ist jung, sagte Lai Jin zu sich. Tränen stiegen ihm in die Augen. *Ihr Schicksal gehört ihr allein.*

Maji hufuata mkondo.

Das Wasser
folgt der Strömung.

50

Am nächsten Morgen verließ Ayaana um neun ihre Kabine. Sie trug eine fließende weiße Bluse, Stonewashed-Jeans und war barfuß. Ihre Haare hatte sie zu einem Knoten gebunden. Sie ließ das Frühstück ausfallen, nahm ihre Lehrbücher mit in den Unterrichtsraum und wartete. Lehrerin Ruolan kam wie üblich pünktlich. Als sie Ayaana sah, erstarrte sie, erwähnte die nackten Füße des Mädchens jedoch mit keiner Silbe. Dann fasste sie sich, blätterte in einem Nachschlagewerk und sagte: »In unserer letzten Unterrichtsstunde haben wir etwas über die Sterne gelernt; unsere Himmelskönigin, *Doumu*, Göttin der Sterne. Sie geht nie unter.« Ayaana nahm einen blauen Kugelschreiber zur Hand, um sich Notizen zu machen. Sie erinnerte sich daran, dass Sterne manchmal zu Sand wurden, wenn sie vom Himmel fielen.

Kapitän Lai Jin nahm seinen Platz auf der Brücke ein. Er war kompetent wie immer und tat so, als hätte es den Sturm nie gegeben.

Als Delaksha und Ayaana sich auf dem Weg zum Abendessen trafen, umarmte Delaksha sie fest und verströmte dabei einen starken Rosenessenz-Duft. »Du dummes, dummes Ding, du!«, rief sie. »Was hast du dir dabei gedacht, im gottverdammten Sturm auf dem Schiff herumzuirren? Du warst mehr tot als lebendig, als sie dich gefunden haben, junge Dame! Ich hab mir fast ins Hemd gemacht!«

Ayaana berührte Delakshas Gesicht. *Ortolan*, dachte sie. Delakshas Augen wurden schmal. »Meine Güte, Schätzchen!«, rief Delaksha Nioreg zu. »Nio, sieh sie dir an! Unser Zugvögelchen ist wiedergeboren.«

Nioreg nickte Ayaana mit undurchdringlicher Miene zu. »*Bonsoir*. Es geht dir gut. Schön.«

»Nio, mein Schatz, überschwänglich wie immer.«

Nioreg küsste Delaksha auf die Stirn.

Ayaana lächelte. »Wo ist der Vogel?«

Delaksha antwortete über das Klirren des Bestecks und Geschirrs in der Messe hinweg: »Der süße kleine Filou. Nachdem er sich fürstlich hat bewirten lassen und Asyl bei uns genossen hat, während wir sein Visum geprüft haben, ist er, kaum dass der Sturm vorbei war, einfach davongeflogen. Hat nur noch einen Blick zurückgeworfen, nicht wahr, Nio?« Sie lachte. »Merkwürdiges Tier.« Sie hielt kurz inne. »Erzähl uns doch, kleine Ayaana«, fuhr sie fort, »wie ist unser distanzierter Kapitän denn so aus nächster Nähe? Er war so was von besitzergreifend, was dich anging, hat dein Nahtoderlebnis ganz schön persönlich genommen. Ist ja nicht so, als hättest du dich seinetwegen umbringen wollen. Das hab ich ihm auch gesagt.«

Ayaana verspürte ein Ziehen in der Magengegend. Mit betont neutralem Gesichtsausdruck sah sie Delaksha an. Tarnung. »Nett«, sagte sie.

Delaksha seufzte. »Und mit ›nett‹ meinst du wohl, ein wortkarger Langweiler. Ach, was soll's! Komm! Essen wir Teigtaschen. Ich schwör dir, nach dieser Fahrt esse ich nie wieder eine. Nio hat mir gerade von der *Maersk Dubai* erzählt. Hast du schon mal von diesem üblen Kahn gehört? Diabolischer Kapitän. Widerlich. Aus China.«

»Taiwan«, korrigierte Nioreg.

»Ist doch egal«, fuhr Delaksha fort. »Dämonisch. Nio musste mir schwören, dass unser Kapitän dich nicht an die Piranhas verfüttert hat. Stimmt's, Nio?«

»Ja«, seufzte Nioreg. »Sie war in guten Händen«, sagte er und sah Ayaana an.

Ayaana hüstelte. »Ja.«

»Und im Meer gibt's keine Piranhas«, fügte Nioreg hinzu.

»Wetten doch? Es hat sie nur noch keiner gesehen«, entgegnete Delaksha.

Sie hatten ihren Tisch erreicht, auf dem schon eine Schüssel dampfender Suppe stand. Delaksha schrie: »Oh, seht nur! Irgendwelche grünen Viecher ertrinken in unserer Suppe. Schnell, Nioreg! Rette sie.« Delaksha gluckste. »Setz dich neben mich, Süße.«

Ayaana beobachtete Delaksha in ihren leuchtend bunten Gewändern, mit dem ungeschminkten Gesicht, den klaren, hellen Augen, den zerzausten Haaren und ihrer Fröhlichkeit. Ihre Dornen waren ebenso verschwunden wie die Aura des Schmerzes. Verstohlen musterte Ayaana Nioreg. Er schien entspannt, auch wenn er Delaksha oft mit einem verwirrten und amüsierten Blick bedachte. Ayaana wandte sich ihrer Suppe zu und und erkannte darin ein Fragment des Gemäldes von Zao Wou-Ki, das sich ihr ins Gedächtnis eingebrannt hatte.

Schwere Maschinen dröhnten, man hörte die lauten Stimmen der Mannschaftsmitglieder, die unsichtbar ihren Aufgaben nachgingen. In der Messe erzählte Delaksha gerade vom Fegefeuer. Nioreg hatte über den Einsatz privater Sicherheitsfirmen – Kriegsgewinnler, hatte Delaksha ihn korrigiert – in den Krisengebieten der Welt erzählt. Er deutete an, die Wahrheit darüber, was Menschen heute in Kriegen auf der ganzen Welt getan hätten, werde eines Tages ans Licht kommen. Mit leerem, trostlosem Blick schwor er, eines Tages würden die Menschen aus einer existenziellen Scham heraus ihr Antlitz voreinander verbergen; er weigerte sich jedoch, näher auszuführen, was er meinte.

Eine Pause entstand. Schließlich fragte Ayaana: »Warum?«

Nioreg antwortete: »Mach dir keine Illusionen, kleine Ayaana, der Mensch ist dem Menschen Wolf; es gibt keine ›Guten‹.« Trocken fügte er hinzu: »Aber Wölfe handeln wesentlich ehrenvoller als Menschen; sie folgen bei der Jagd einer Art Moralkodex.« Sein Blick war nach innen gerichtet, klar und verzweifelt zugleich. »Ich fürchte, wir hinterlassen deiner Generation eine zerstörte Welt.«

Delaksha gab Nioreg einen Klaps auf den Unterarm. »Nicht doch, Nio, mach ihr keine Angst.«

»Delaksha, *chérie*. Es ist besser, wenn sie ihre Illusionen hier und jetzt durch uns verliert.«

Delaksha sagte zu Ayaana: »Vor Jahren war ich mit meiner Bestie von Ehemann in Rom. Beim Umherschlendern bin ich auf ein Gebäude mit weißer Fassade gestoßen, das von orangefarbenen und braunen Gebäuden flankiert war. Es war eine Kirche.« Nioreg schnaubte. Delaksha kniff ihn in die Hand. »Sie heißt *Sacro Cuore del Suffragio*.« Mit gesenkter Stimme fügte sie hinzu: »Sie ist den armen Seelen im Fegefeuer gewidmet.«

»Was ist …?«, begann Ayaana.

»Ein Ort im Jenseits, der der Läuterung und Reinigung der Seele dient …«, unterbrach Delaksha sie. »Wie ein Wellnesstempel, nur dass man mit Feuer behandelt wird.« Nioreg schnaubte erneut, und sie funkelte ihn an. »Es befreit die menschliche Seele von allen Makeln und Verunreinigungen.« Ayaana beugte sich vor, um zu lauschen. Delaksha fuhr fort. »Darin befindet sich das *Museo del Purgatorio*. In der Kirche gibt es auch einen Schrein für die Befleckten, die ihre brennenden Gliedmaßen nach der diesseitigen Welt ausstrecken.«

»Ha!«, entfuhr es Nioreg.

»Warum sollten sie zurückblicken?«, wollte Ayaana wissen.

Delaksha umfasste Ayaanas Gesicht mit beiden Händen. »*Seelen*« – sie bedachte Nioreg mit einem bösen Blick – »brauchen die Hilfe der Lebenden – jawohl, Nioreg –, um in die Ewigkeit eingehen zu können. Sie kehren zurück, um uns wissen zu lassen – jawohl, Nioreg –, dass es im Leben mehr gibt als das, was wir mit unseren Augen sehen können.« Sie fuhr fort: »Dort habe ich verstanden, dass das Leben auf einem Fundament aus zweiten Chancen ruht.«

Nioreg knurrte: »Delaksha, es gibt kein Superleben, kein Leben nach dem Tod, kein …«

»Und der Tod?«, fuhr sie ihn an.

»Was ist damit?«, gab er zurück.

»Sag bloß, du wagst es, den Tod erklären zu wollen?«, fragte sie.

»Ich *weiß*, dass er das Leben auslöscht, Delaksha. Schließlich bin ich ein aktiver Teilnehmer an unseren schrecklichen Kriegen. Es gibt keine Erklärung für das *Feuer*, das einen Bruder in einen kopflosen, verkohlten, blutenden Fleischklumpen verwandelt ... Okay?«

Delaksha verdrehte die Augen. »Du hast dir lediglich eine bequeme mathematische Formel zurechtgelegt, die die Sinnlosigkeit erklären soll.« Zu Ayaana sagte sie: »Die Frauen auf dieser Welt haben klarere, schärfere, anders geartete Sinne. Erhalte sie dir, Schätzchen, damit du weiterhin die Botschaften in den Schatten lesen kannst. Es ist eine Gabe.« Sie schwieg kurz. »Und jetzt lass uns von etwas anderem reden ... Nio, mit dir bin ich noch nicht fertig ... Schau nur, Ayaana, Nudeln!«

Ayaana lächelte, doch ihre Gedanken überschlugen sich, während sie über die neu gelernten Begriffe nachdachte. *Fegefeuer.* Sie starrte in die Suppe mit den sich kringelnden grünen Gemüsestreifen. Delaksha schien ihre Gedanken intuitiv zu erraten. Sie beugte sich vor und flüsterte: »Die ›Liebe‹ ist das größte Fegefeuer. Sie ist eine von vielen Versionen der Dunkelheit.« Ayaana sah sie erschrocken an. Delaksha lächelte. »Sag mir, Liebes, was liebst du im Moment am meisten auf der Welt?«

»Pate.«

»Da war ich noch nie. Schade«, antwortete Delaksha.

»Was gibt es denn da zu lieben?«, fragte Nioreg.

Ein Ideal von Heimat, dessen Anziehungskraft durch die Entfernung noch vergrößert wurde. Ayaana gab sich einer Vision von Pate hin wie jemand, der nach langer Zeit nach Hause zurückkehrt. Ihr Gesichtsausdruck wurde weich, als sie sich die von den Düften ihrer Mutter eingehüllte Insel und die Sterne des Allmächtigen ins Gedächtnis rief. Ihre Zuhörer, die ihr gebannt lauschten, glaubten Muhidin und Munira vor sich zu sehen und auf einer Düne die anschwellenden, mondbeschienenen Gezeiten des Meeres zu beobachten und die nach Jasmin duftende Nacht zu riechen. Ayaanas Pate war ein Heilmittel für die entweihten Orte dieser Welt, und als sie geendet hatte, herrschte Schweigen. Sie nahm ihre Stäbchen wieder in die Hand. Das Meeresrauschen klang wie Fragen, auf die es keine Antwort gab. Nioregs Maske des starken Mannes bekam Risse. »Wir besuchen dich mal zu Hause, ja, Miss Ayaana?« Dann wandte er sich seiner Mahlzeit zu.

Delaksha nahm Ayaanas Hand. »Lass dich von der Welt nicht verändern«, sagte sie und meinte damit sowohl Ayaana als auch Pate.

51

Er kämpfte mit dem plötzlichen Wunsch, alles, was er kannte, hinter sich zu lassen, um seinen unsicheren, unzuverlässigen Gefühlen zu folgen. Vage Ängste. Er klammerte sich an den Einsiedlerkrebspanzer aus den Überresten seines Lebens, den er sich geschaffen hatte. Auf Englisch sagte der Kapitän zu seinen Passagieren: »In fünf Tagen erreichen wir Xiamen.« Seine Stimme verriet keinerlei Emotionen. Er sah, wie Ayaana den Kopf senkte, und wandte den Blick ab.

Später ging Lai Jin zu ihr. »Komm mit mir.«

Schweigend schlenderten sie über das Deck. Schließlich sagte er: »China will China in dir finden; und auch du wirst dein chinesisches Ich entdecken.«

Ungeschützt. Sie brach in Tränen aus. *Tintenfische!*, fuhr es ihr durch den Kopf. Warum konnte sie nicht ebenfalls einfach ihre Farbe ändern und sich an die Umgebung anpassen, sodass sie unsichtbar wurde?

»Du wirst das hier vergessen?«, fragte Lai Jin.

»Ja«, sagte sie, gegen ihren Willen.

Sie bogen um eine Ecke, gingen einen schmalen Gang hinunter, und er schlang seine Arme um sie, vergrub die Hände in ihren dichten Haaren und presste sich an sie. Sie verzog das Gesicht, schauderte, griff nach ihm, schluckte ihre Furcht hinunter.

Sie hatte seidenweiche, glatte Haut, war jung, groß; ihre Augen blickten in seine sturmgepeitschte Seele. Schwer atmend vergrub er den Kopf in ihrer Halsgrube. Ihre Hände fanden seine nackte Brust, wanderten den Bauch hinunter, immer weiter. Eine Minute, sechzig Sekunden lang konnte Lai Jin sie festhalten. Er atmete ihren Duft ein. »Die Welt wartet auf dich … und ich …«

Eilige Schritte auf dem Stahlboden. Sie rissen sich voneinander los. Rasch brachte er seine und ihre Kleidung in Ordnung. Sie stellte sich dem erbarmungslosen, gesichtslosen Augenblick, der ihr Innerstes versengte. Erinnerungen, die die Haut versengten. *Was habe ich getan?*, fragte sich Lai Jin. Ayaana hätte sich dasselbe fragen können.

Maji hayakosi wimbi.

Wo Wasser ist,
sind Wellen.

52

Blut im Frachtraum. Verwesungsgeruch breitete sich auf dem gesamten Schiff aus. Sie hatten eine schreckliche Nacht hinter sich. Turmhohe Wellen, schwerer Seegang. Die See hatte sich wieder beruhigt, doch nun roch es nach Blut. Der diensthabende Offizier schickte ein Mannschaftsmitglied los, um nach dem Rechten zu sehen. Als der Mann, ein grobschlächtiger, unrasierter Riese, eine halbe Stunde später zurückkehrte, war er aschfahl. Er redete mit dem diensthabenden Offizier, der sich direkt zur Brücke begab und den Kapitän zu sprechen verlangte.

Alle versammelten sich im Regen auf dem Oberdeck und schauten auf den Inhalt dreier geborstener Container. Die Todesgrimassen von fünfhundert afrikanischen Tieren: Löwen, Leoparden, Schuppentiere, Zebras und Gazellen. Ayaana zählte wieder und wieder die Elefantenstoßzähne. Keine großen, sondern kleine, unfertige von jungen Elefanten. Und das Schlimmste: Einige der Schuppentiere bewegten sich noch. Es gab Dinge, von denen Ayaana nicht gewusst hatte, dass sie an sie glaubte, Dinge, von denen sie nicht gedacht hatte, dass sie sie empfinden würde. Sie hatte nicht geahnt, dass sie über die zur Schau gestellte verschwenderische Plünderung der Schätze ihrer Heimat Tränen vergießen würde. Sie würgte, kämpfte darum, das Frühstück bei sich zu behalten.

Die MS *Qingrui / Guolong* fuhr nur noch fünf Knoten. Delaksha rannte die Treppe zur Brücke hinauf. Nioreg versuchte sie zurückzuhalten. Sie schrie: »Ihr widerlichen, gierigen kleinen Faschisten! Ihr schlachtet alles ab, was ihr in die Finger kriegt! Ihr tötet die Schönheit! Warum verreckt ihr nicht einfach?« Nioreg zerrte sie zurück. »Lass mich los! Lass mich diese Scheißkerle fertigmachen. Ihr Erzdiebe! Müsst ihr denn alles entweihen? *Ahh!* Nioreg, hör auf, sie in Schutz zu nehmen!«

In der Messe lauschte Kapitän Lai Jin Delakshas Beschimpfungen, als er zum hundertsten Mal das Frachtverzeichnis studierte. Er hielt inne und erinnerte sich einmal mehr daran, warum er nie Passagiere beförderte. Er blätterte in den Papieren und vergewisserte sich erneut, dass die fraglichen Container unter »Altmetall« gelistet waren. Lai Jin warf einen Blick auf den dazugehörigen Firmennamen, ein Investment- und Handelsunternehmen, das, wenn man Gerüchten Glauben schenken durfte, Verbindungen zu einem mächtigen Funktionär mit Shanghaier Akzent hatte. Dem Mann, der seine wahren Absichten hinter aalglatten Floskeln verbarg.

Draußen schrie Delaksha: »Mörder!«, und wand sich heftig in Nioregs Armen. »Wo ist dieses Weibsstück?« Ihr Blick fiel auf Shu Ruolan, die an der Reling stand. »Erklär uns das, du hochnäsige, selbstgerechte kleine Schlampe!«

»Delaksha!«, ermahnte sie Nioreg.

»Was, Nio? Was? Ist das alles für dich nur Verhandlungssache?«

»Sei vernünftig.«

»Warum?«

»Es ist nicht ihre Schuld.«

»Sie ist hier, oder nicht?« Dann sank sie erschöpft in Nioregs Arme.

Als Lai Jin an den Passagieren vorbeiging, vermied er jeglichen Blickkontakt, doch sein Gang war entschlossen. Ayaana beobachtete ihn niedergeschlagen. Seine Schritte wurden langsamer. Was sollte er sagen? Dass man ihn benutzt hatte? Seine Offiziere rieten dazu, die Container so weit wie möglich zu versiegeln und weiterzufahren. Sie konnten den Gestank noch ein paar Tage länger aushalten. Aber das änderte nichts daran, dass man ihn betrogen hatte oder für dumm und leicht zu täuschen hielt, was ihn in seinem Stolz am meisten kränkte. Er war Seemann geworden, um die Geschichte seines Lebens umzuschreiben. Doch jetzt hatten böswillige Menschen eine Farce daraus gemacht. Er trug schwer an der Last des Lebens, nicht nur wegen der verdammten Schmuggelware auf seinem Schiff, sondern auch, weil machtvolle Unwägbarkeiten ihn bis in die Grundfesten erschüttert hatten. Und wenn er an dem Tag, an dem der Shanghaier Akzent ihn angerufen hatte, seinen Posten niedergelegt hätte? Zu spät. Jetzt regierte das Chaos, innen wie außen. Lai Jin zog sich hinter das Steuer zurück. Sie nahmen wieder Fahrt auf. Und es herrschte wieder Schweigen auf dem Schiff, das vom Ächzen der Maschinen kompensiert wurde.

Lai Jin hatte das Klopfen an seiner Kabinentür erwartet. Er öffnete ihr. Ihre Augen waren gerötet. Er starrte auf den Boden. »Es tut mir leid«, sagte er.

Ayaana berührte ihn am Arm.

Langsam hob er den Kopf. Seine Augen verrieten eine abgrundtiefe Müdigkeit.

Sie setzte sich aufs Bett. Resigniert sah er sie an.

Er ging zu dem Bild von Zao Wou-Ki, rieb sich die verbrannte Seite seines Gesichts und sagte: »Ich bin wie eine Plastikente in einem reißenden Strom.« Ein verbitterter Zug um seine Lippen. Er drehte sich zu ihr um. »Leg dich schlafen, *Haiyan*. Morgen werde ich etwas unternehmen.« Seine Finger berührten ihre. »Glaubst du mir?«, fragte er kühl.

Ayaana starrte ihn an und sagte: »Ich muss an die frische Luft.« Sie ging.

Lai Jin zog sich die Hemdsärmel zurecht und begab sich auf die Brücke, um die Nachtschicht abzulösen.

Am Morgen trug Kapitän Lai Jin seine Paradeuniform. Er hatte die rechtlichen Befugnisse, die ihm als Befehlshaber eines Schiffs zustanden, nie ganz ausgereizt, hatte es nie gewagt, so nah am Abgrund zu wandeln. Ein Spiel mit der Angst, ein Spiel mit dem Feuer. Ein Glücksspiel. Zunächst versammelte er die Mannschaft um sich und entschuldigte sich dafür, dass er ihre Jobs aufs Spiel gesetzt hatte, weil er sich hatte täuschen lassen und sich nun illegale Ladung an Bord befand. Seine Entschuldigung enthielt eine subtile Warnung: Es lag in ihrem eigenen Interesse, nichts mit derartiger Schmuggelware zu tun zu haben, wenn sie auf eine Zukunft in der Seefahrt spekulierten. Er sagte, er sei bezüglich der Fracht zu einer Entscheidung gekommen, für die er die volle Verantwortung übernehmen wolle. Er teilte der Mannschaft mit, er habe in der Nacht den Befehl erhalten, diesen Teil der Ladung an ein anderes Schiff zu übergeben, und fügte hinzu, er habe vor, ihn zu missachten. Dazu brauche er die volle Kooperation seiner Mannschaft.

Im Unterricht setzte Lehrerin Ruolan an diesem Tag auf die Wiederholung der Grundlagen:
»Wie heißt du?«
»Wo wirst du leben?«
»Woher weißt du das?«

Am späten Nachmittag, als der Plan umgesetzt werden sollte, war es wolkenverhangen und drückend. Auf Befehl des sonst so wortkarten Kapitäns simulierte die Mannschaft der *MS Guolong* einen erfundenen Sturm. Und was für einen: Man setzte die Instrumente, mit denen Daten gespeichert und übermittelt werden konnten, außer Gefecht. Ein elektronisches Versagen auf ganzer Linie, das die *MS Guolong* »die Orientierung verlieren« ließ.

»Wie viele Schiffe befinden sich in der Nähe?«, fragte Lai Jin den Ersten Offizier.

»Drei. Schwer zu sagen, was für welche.« Er studierte den Radarschirm. »Fischerboote.«

»Lassen Sie sie vorbei«, sagte der Kapitän.

Drei Stunden später nahm die Scharade ihren Lauf.

»Starker Seegang.«

»Riesige Wellen.«

»Starkes Rollen.«

»Fünfunddreißig Grad Rollwinkel?«

»Machen wir vierzig daraus.«

»Lebensgefahr.«

Die »Gefahr« zu kentern zwang den Kapitän, Container auszuwählen, die über Bord geworfen werden mussten. Seine Befehle wurden ausgeführt. Nach drei Stunden versanken sechs Stahlcontainer voller »Altmetall« im Meer. Ein notwendiger Verlust – so wurde es zumindest notiert. Da die *MS Guolong* sich nach dem »Sturm« »verirrt« hatte, verpasste sie ihr Rendezvous mit dem wartenden Schiff. Zusätzlich gab es ungewöhnliche statische Anomalien, die das Kommunikationssystem der *MS Guolong* behinderten, sodass keine Informationen durchkamen. Die *MS Guolong* kam sogar noch weiter vom Kurs ab. Das Schiffslogbuch verzeichnete eine ungewöhnlich stürmische Überfahrt nach Xiamen.

Bald kehrte auf der *MS Guolong* wieder Ordnung ein. Zahlreiche Fischerboote lagen wie Tupfer auf der ruhigen See und beeilten sich, dem riesigen, schwerfälligen Schiff auszuweichen.

53

Lai Jin begab sich mit dem zusammengerollten Bild von Zao Wou-Ki, das sicher in einer Plastikhülle verstaut war, in Ayaanas Kabine. Sie saß im Schneidersitz auf dem Boden, vor sich eine Karte von China, und schaute nicht auf, als er hereinkam. Er hockte sich neben sie, zog an einer Locke und sah zu, wie sie sich wieder kringelte, als er losließ. Er wollte ihr erzählen, dass er die Container über Bord geworfen hatte. Aber je weniger die Passagiere wussten, desto besser war es für alle. Der Shanghaier Akzent war ein mächtiger Mann, und man konnte sich nicht darauf verlassen, dass jeder an Bord den Mund halten würde. Jemand würde sich verplappern. Und die Konsequenzen wären sein Ende … Aber noch würde er sich keine Sorgen machen.

Ayaana studierte weiter ihre Karte. »Wie lange noch?«, wollte sie wissen.

»Dreizehn Stunden«, sagte er und streichelte ihr Gesicht. *Berührungen.*

Sie sah auf und fragte bedächtig: »Ich werde dich nicht wiedersehen?«

Schweigend hielt er ihr das Bild hin.

Sie nahm es. »Noch etwas«, sagte er und gab ihr ein Holzkästchen, das mit rotem *Made-in-China*-Filz ausgeschlagen war. Es war ein Stück des aus dem Meer geborgenen chinesischen Porzellans aus der Dschunke eines Admirals, ein Geschenk des kenianischen Volkes an das chinesische. »Pass gut darauf auf«, sagte er zu ihr. Er musste sich mit beiden Händen die Tränen abwischen.

Schweigen hüllte sie ein. Ayaana nahm einen eingewickelten Gegenstand aus ihrem Koffer: Fundi Mehdis Kompass. Sie schenkte ihn Lai Jin und sagte: »Behalte ihn. Er stammt von *meinem* Meer.« Er reagierte nicht. »Nimm ihn«, sagte sie.

Er umfasste ihr Gesicht, um ihr in die Augen zu sehen, sie zu küssen, ihr in die Unterlippe zu beißen. Sie brach in Tränen aus. Hob die Hand, kratzte sein Gesicht an der Stelle, wo die Feuernarben waren. Er zuckte zusammen, dann lachte er und zog sie auf die Beine. Sie standen dicht beieinander, schwankten, ohne einander wirklich zu berühren. Er beugte sich vor, um ihren Geruch einzuatmen, als wäre es das letzte Mal. Wie die letzten Herbstäpfel. Wie das Warten auf den Regen. Wie die Stelle, an der der Qiantang-Fluss sich in das Ostchinesische Meer ergoss: der Geruch von Meer, Leben, Erde und Furcht, der sich gen Himmel erhob wie eine Gezeitenwelle. Es war der Geruch des Jetzt und wie immer auch des Wartens. Er murmelte etwas in ihr Haar. Was auch immer es war, es besiegelte den Zauberbann. Über sie gebeugt sagte er: »*Ni hui gudan.*« Eine Pause. »So ist das Leben, *Haiyan*. Einsamkeit ist ein Land mit der Stimme einer Lehrerin.« Er glaubte, er drücke sich klar aus und die Worte, die er aneinanderreihte, ergäben einen Sinn. »Und, *ru xiang sui su*« – Wenn du in ein Dorf gehst, pass dich seinen Sitten an. Doch Ayaana hörte nur Worte, die über ihrem Kopf zusammenschlugen und ihr das Herz zerrissen. Er nahm den Kompass an sich und wandte sich hastig ab. Vor der Tür blieb er kurz stehen, berührte, statt sich zu verabschieden, die verbrannte, zerkratzte Seite seines Gesichts. Der Sturm in seinem Inneren, der eigentlich hätte abflauen müssen, hatte ihn vom Kurs abgebracht und wütete weiter.

~

Es war ein schlechtes Vorzeichen, dass Ayaana China zum ersten Mal durch einen Schleier ungeweinter Tränen sehen sollte und dass ihr Körper zitterte wie bei einem Malaria-Fieberschub, während er mit einem neuen Gefühl kämpfte: dem der unerfüllten Heimsuchung.

Bahari itatufikisha popote.

Der Ozean
führt überallhin.

54

Das hohe Kreischen der für Xiamen typischen Reiher bei der Ankunft soll Glück bringen. Heute jedoch klang es wegen des Nebels eher wie ein Omen der Unruhe. Lai Jin warf einen Blick über die Schulter auf das Meer, das ebenso aufgewühlt und grau war, wie er sich fühlte. Ein kalter Wind wehte wie eine eisige Warnung. Lai Jin hatte gehofft, es wäre wärmer. Unbehagen befiel ihn wie ein unerträglicher Juckreiz. Er presste die Lippen aufeinander. Egal, welches Schicksal ihm bevorstand, er würde es annehmen.

Der Hafen. *Gang kou* auf Mandarin, wie Ayaana sich erinnerte. Lehrerin Ruolan hatte ihr erklärt, sie dürfe sich die Dinge von jetzt an nur noch auf Mandarin vorstellen.

Ayaana erblickte diverse Kräne und Container und eine ganze Flotte von Schiffen, die den Hafen ansteuerte. Im Osten lag, verschwommen hinter einem Smog-Schleier, Taiwan. Sie hatte es auf einer Landkarte entdeckt und hielt durch ihr Bullauge danach Ausschau, sah jedoch nur Kinmen. Aus Xiamen hallte das Dröhnen großer Worte wider, die eine Nachricht verkündeten. Eines Tages würde sie wissen, was sie bedeuteten. Sie sah hohe weiße Gebäude und die ausladenden Bauten einer Nation, die sich mit Hochgeschwindigkeit auf ihre Vision von Fortschritt zubewegte. Breite Grünstreifen und Hektar über Hektar von Wohnhäusern. Ayaana ließ den Blick über die fernen Hügel schweifen.

Bestimmung.

Sie hatte das Mandarin-Wort für »Bestimmung« vergessen. Mit einem Knoten im Magen saß sie in ihrer Kabine, während an Deck ein kühler Wind wehte. Es roch nach Salz und Öl: ein typischer Hafen-

Geruch. Sie warteten auf das Schleppschiff und den Lotsen, die die *MS Guolong* in den Hafen manövrieren würden.

Dröhnende Nebelhörner. War sie zu Hause?

***

Ankunftsgeräusche, das Rasseln des Ankers; das Schiff wurde lebendig. Vibrierende, dröhnende Maschinen, ein mechanisches Ächzen, Quietschen und Rumpeln. Gebrüllte Anweisungen. Lichter. Die unsichere Erleichterung der Ankunft. Der Abschied, ein widerstrebendes Sich-Lösen von einem kleinen, flüchtigen Universum, das man bewohnt hat und das man jetzt verlassen muss, um wieder in der Festland-Realität anzukommen. Der Kampf der Trennung, auch wenn es für viele ein Nach-Hause-Kommen war. Delaksha, in Nioregs schwarze Jacke gehüllt, war stundenlang herumgeirrt, und als ihr Ayaana über den Weg lief, flüsterte sie ihr verschwörerisch zu: »Hier kommt das Leben!«

Ayaana kam sich vor wie eine Verdammte. Sie sehnte sich schmerzlich danach, zu dem Leben an Bord zurückzukehren.

Ni shi shei?, rief ihr das Meer immer noch zu – Wer bist du? Sie ignorierte es.

Lose Stunden. Ayaana überließ sich ganz der Führung von Lehrerin Ruolan. Delaksha hatte Ayaana unter den finsteren Blicken der Lehrerin in einer festen, tränenreichen Umarmung an sich gedrückt. »Du reizendes, reizendes Ding. Ich könnte dich auffressen. Ich hab dich furchtbar gern, Mädchen. Wir kommen dich besuchen – nicht wahr, Nio? Wir reisen mit dir nach Pate – oder, Nio? Nio, gib ihr deine Nummer. Damit sie uns immer erreichen kann.«

Aus einem Impuls heraus nahm Ayaana Delakshas Gesicht in beide Hände und küsste sie auf die Stirn, wie Munira es früher bei ihr gemacht hatte. »Danke«, sagte sie. Nioreg gab Ayaana eine Visitenkarte, auf der nur eine Telefonnummer stand, und nickte ihr zu. »Du hast *deine* Leute.« Er tätschelte ihr die Schulter.

Ayaana umarmte ihn. Um sie herum, laute Stimmen und Geräusche. Sie schwankten, als würden sie immer noch von den Wellen hin und her geschleudert.

Beamte kamen an Bord, um die Dokumente zu prüfen. Es gab eine weitere Verzögerung. Ein Treffen der Mannschaft und des Kapitäns mit Funktionären endete in einem angespannten Wortgefecht. Weitere Funktionäre kamen an Bord, darunter einer mit einem markanten Kinn, einem dunkelbraunen Hut und einem Shanghaier Akzent. Er funkelte Kapitän Lai Jin an, der ungerührt vor ihm stand. Zusammen begutachteten sie den Frachtraum. Ein paar Minuten später hörte man Geschrei. Die beiden kamen erst nach fast einer Stunde wieder heraus. Das Gesicht des Mannes mit dem Shanghaier Akzent war wächsern und bleich vor unterdrückter Wut, und er hatte die Lippen zu einer schmalen Linie zusammengepresst. Kapitän Lai Jin war blass und wortkarg und hatte einen roten Striemen im Gesicht. Sein Mund war zu einem gleichgültigen Lächeln verzogen; in seinen Augen lag der resignierte Blick eines ertappten Taschendiebes, der wusste, was ihm blühte. »Mit dem Wetterbericht als Beweis werden Sie exekutiert.« Lai Jin reagierte nicht. Die *MS Qingrui / Guolong*, sonst stets im Lot und loyal, schien durch ihre Bewegungslosigkeit geschrumpft zu sein und verletzt durch das, was kommen würde.

55

Ayaana verharrte vor der Schwelle, die sie nach China führen würde. Bevor sie die Kabine verließ, übergab sie sich, als wollte sie damit auch ihre Ängste loswerden. Nun, da es vorwärtsging, schrie alles in ihr nach Rückzug. Der Kapitän und einige Crewmitglieder standen in einer Reihe, um sich zu verabschieden. Als Ayaana Lai Jin erreichte, senkten beide wortlos den Kopf. Lehrerin Ruolan und Ayaana hüllten sich in Schweigen. Nachdem die Funktionäre das Schiff verlassen hatten, war Lehrerin Ruolan die Erste unter den Passagieren aus Ostafrika, die von Bord ging, gefolgt von Ayaana. Ein Träger übernahm ihr Gepäck. Sie wurden weder von einem Empfangskomitee noch von Rednern erwartet, nur von einem schwarzen Wagen, der beide fortbrachte. Sie warfen keinen Blick zurück.

Im Wagen atmete Shu Ruolan auf. »Jetzt geht das Leben endlich weiter.«

Ayaana nickte. Shu Ruolan schaute auf ihr Handy, das plötzlich piepsend zum Leben erwachte. »Wo gehen Sie jetzt hin?«, fragte Ayaana.

Lehrerin Ruolan starrte weiter auf ihr Handy und sagte: »Zurück an die Arbeit. Wie Sie.«

Sie fuhren zur Universität von Xiamen, Ayaanas erstem Aufenthaltsort in China. Die Straßen waren breiter als alle, die sie bisher gesehen hatte, und auf den Gehsteigen tummelten sich unglaubliche Menschenmassen. Beim Anblick der vielen Pontonbrücken stockte ihr der Atem. Alles wirkte wie auf einem Fernsehbildschirm. Die Sonne stand über dem schwülen Land hoch und bleich am Himmel. Aus der Fülle der Gerüche, die in der Luft lagen, konnte sie nur etwas Zitrusartiges ausmachen, und sie staunte, als sie den ersten Flammenbaum mit roten Blüten sah, Exilanten, die es aus ihrer Welt hierher verschlagen hatte. Sie zählte die Flammenbäume und stellte sich vor, sie gehörten zu ihrer Familie, um die Einsamkeit zu lindern, die schon jetzt an ihr nagte. Sie sah die Menschenmenge, ihre unglaubliche Dichte, und hatte das Gefühl zu schrumpfen, während der Wagen dahinraste und Shu Ruolan weiter ihre Nachrichten las.

56

Nioreg und Delaksha gehörten zu den Letzten, die die *MS Quingrui/Guolong* verließen. Delaksha war gezwungen gewesen zu warten, weil zuerst Papiere beschafft werden mussten, die ihr einen vorübergehenden Aufenthalt in der Volksrepublik China ermöglichten. Sie kicherte entzückt, denn auf diesen Dokumenten war sie der Einfachheit halber zu Nioregs Frau erklärt worden. Zweiundsiebzig Stunden später, auf halbem Weg über die Gangway, drehte Delaksha sich zu Nioreg um, der ihr Gepäck schleppte. Irgendein Mechanismus ächzte. Männer schrien etwas, als Delaksha Nioreg die grünlichen, über dem Festland schwebenden Wolken zeigte, die wie gigantische Ufos aussahen.

57

Vom Schicksal zum Stillstand verdammt, die Nerven zum Zerreißen gespannt, lehnte Kapitän Lai Jin es ab, sein Schiff zu verlassen. Zu allem Überfluss waren weder er noch seine Mannschaft bezahlt worden. Die Crewmitglieder hatten zumindest noch andere Optionen und Menschen, die auf sie warteten. Lai Jin hatte nur sein Schiff, die *MS Qingrui*, und das Meer, die ihm Zuflucht boten. Der Schwur des Shanghaier Akzents hallte ihm in den Ohren: »Ich werde dich ausbluten lassen und deine Knochen auskochen.« Lai Jin, der am liebsten über die Verwünschungen gelacht hätte, beging den Fehler, das Ausmaß menschlicher Bosheit zu unterschätzen.

Kapitän Lai Jin wurde für alle Verluste und Tragödien, die jetzt mit dem Schiff und seiner Reise in Verbindung gebracht wurden, zur Verantwortung gezogen. Die Mächtigen nutzten diesen Umstand, um den Kapitän für den Verlust der illegalen Ladung bezahlen zu lassen. Obwohl die Mannschaft seine Version der Geschichte mit ihren Aussagen bestätigte, bezichtigte man ihn der Inkompetenz und warf ihm vor, seine Befugnisse überschritten zu haben. Die Schiffseigner bekamen eine Strafzahlung von zweihundert Millionen Yuan aufgebrummt – viel zu viel für ein bisschen verlorenes Alteisen –, vor der sie sich drückten, indem sie Insolvenz anmeldeten, bevor der Gerichtsbeschluss rechtskräftig wurde. Über Nacht zerstreute sich die Firma wie der Morgennebel von Xiamen.

Lai Jin war auf seinem Schiff gefangen. Wieder bekam er Migräne, ein stechender, bohrender Schmerz in seinem Schädel. Er schloss die Augen. Dann, in der Stille der Nacht, in jenem verfemten, heruntergekommenen Teil des Hafens, wohin er und sein Schiff verbannt worden waren, machte es plötzlich *Ping*!

Er riss die Augen auf, wartete. Da war es wieder: *Ping*. Das Geräusch erfüllte das Schiff, seine Leere und den Abgrund, der in ihm klaffte. Stunden später machte er sich mit einer Taschenlampe auf die Suche nach der Ursache des Geräuschs. Konzentriert durchsuchte er jeden Winkel seines Schiffs und lauschte. Im Maschinenraum verriet ein weiteres *Ping* das Versteck. Aus einer Lücke in einem Gewirr von Rohren fischte er eine Armbanduhr. Ein Moment der Euphorie. Er wischte den Staub und die Ölspritzer von der Uhr und starrte den Minutenzeiger an. Dann, ein Gefühl von abgrundtiefem Verlust. Er strich über das Lederarmband und legte Muhidins Uhr um sein Handgelenk.

Fuata mtuo uone bahari.

Folge dem Fluss,
um das Meer zu finden.

58

Fallende Blätter, ein leise pfeifender Wind. Wattewolken bedeckten den Himmel. Zögerlich ging sie über blitzsaubere Straßen, watete durch eine Flut unbekannter Geschichten, in einem Land, das nicht ganz ihres war. Sie schaute zur Wolkendecke hinauf, versuchte einen Blick auf die Sonne zu erhaschen und ignorierte die Rufe der Garküchenverkäufer. Die Sonne. Sie wusste, dass sie dort sein musste, weil ihr Kleid ihr an der schweißnassen Haut klebte. Ihre Welt war von einer merkwürdigen Fluoreszenz eingefärbt, und irgendwo dort draußen, in dieser hypnotischen Dissonanz, lockten die Verheißungen des Glücks, und sie brannte darauf, sie zu entdecken. Sie hörte ihr Herz klopfen, als wäre sie gerannt. Wenn sie durch die Universitätsstraße ging, drehten sich viele Köpfe nach ihr um. Sie hörte Stimmen, jene anderen Stimmen. Geräusche, Lärm und Worte. Sie sah die verschiedenen Schriftzeichen, die keinen Sinn ergaben. Sie konzentrierte sich auf das Unausgesprochene, Ungesagte, auf die Konturen jener anderen Gesichter, zu denen auch sie gehören sollte, doch sie schweifte immer wieder ab. Sie zählte die Hügel, die Bäume, die riesigen Brücken, versuchte wieder und wieder, sich das Meer vor Augen zu führen.

Auflösung.

Nichts in ihrem Leben hatte sie auf diesen Ort vorbereitet.

Wie sollte sie sich in diesem gewaltigen Land zurechtfinden, mit ihrem mehrfach gebrochenen Herzen, von Abwesenheiten zermürbt, mit ihrer von den Händen eines Fremden umgeformten Seele? Ayaana eilte eine ruhigere Seitenstraße hinunter, um den Wochenend-Menschenmassen und den überwältigenden neuen Geräuschen, Gesichtern, Gerüchen und gewisperten Worten auszuweichen. Egal, wo sie hinsah, überall starrte sie jemand an. Sie machte sich klein, versuchte, unsichtbar zu werden. Es half nichts: Sie überragte die meisten Menschen. Auch ein paar Touristen waren unterwegs – Leute aus dem Westen, mit einem Ausdruck ständigen Erstaunens im Gesicht. Sie suchte die Gegend ab, hielt nach irgendetwas Vertrautem Ausschau. Wenn sie die Schriftzeichen über den Geschäften und auf den Straßenschildern anstarrte, hatte sie das Gefühl, blind zu sein. Und zum ersten Mal in ihrem Leben wurde sie sich ihrer Hautfarbe bewusst. All die Sätze, die sie auf dem Schiff gelernt hatte, zerstreuten sich in alle Winde. Sie hatte ihr Wörterbuch immer dabei, aber die Schriftzeichen, die sie auswendig gelernt hatte, verwandelten sich in ein Wesen, das ihre Stimme fraß.

Doch vielleicht spielte das in diesem Land, das nur Lärm, Lärm, Lärm kannte, überhaupt keine Rolle. Hier sprach man hauptsächlich den Min-Nan-Dialekt, kein Mandarin. Sie schaute nach links und rechts, überquerte eine breite Straße und erwartete ständig, von einem Auto überfahren zu werden. Aber alle bremsten, hielten sich an die Regeln. Auch der Anblick eines dahinrasenden Vehikels, das gehorsam zum Stehen kam, damit ein Mensch die Straße überqueren konnte, schockierte sie. An einer Bushaltestelle setzte sie sich auf eine Bank, um nachzudenken. Eine alte Frau, die in einen himmelblauen Schal gehüllt war, setzte sich neben sie, und sprach sie an. Sie streckte die Hand aus, strich Ayaana über die Haare, dann deutete sie nach oben und machte eine flatternde Bewegung mit den Händen. Als Ayaana aufschaute, sah sie zwei kleine Vögel mit gelbgoldenem Gefieder dahingleiten; einer hatte den Kopf gesenkt, als hielte er nach etwas Ausschau. Die Frau grinste Ayaana an und sagte etwas in dem Dialekt, der für Ayaana noch ungewohnt war. Die Frau war uralt, doch ihre Augen strahlten. Sie strich Ayaana über die Haut, als könnte sie abfärben, und plapperte die ganze Zeit vor sich hin. Ayaana beugte sich zu ihr hinunter, lauschte ihrer Sprache, ihrem Tonfall, auf der Suche nach irgendetwas Vertrautem. Vögel zwitscherten. Ein Gelenkbus fuhr vor.

Die alte Frau erhob sich mühsam, hörte nicht auf zu reden und zu gestikulieren und stieg humpelnd ein.

Ayaana sah dem davonfahrenden Bus nach. Dann warf sie einen Blick nach oben, wobei ihr die roten Dachziegel des Universitäts-Wolkenkratzers als Orientierungspunkt dienten. Verlor sie ihre Stimme? Welche Sprache war ihre? Sie ging weiter, bis sie vor der Bibliothek am Nanputuo-Tempel stand. Sie fühlte sich, als wäre alle Luft aus ihrem Körper entwichen, als würde sie auf einem namenlosen, formlosen Meer dahindriften. Unvermittelt machte sie kehrt, rannte los, bahnte sich einen Weg durch die Straßen und Prachtalleen in das mehrstöckige Gebäude, in dem sich das Studentenwohnheim befand. Sie stürzte in den Aufzug, fuhr hinauf und rannte zu einer Tür mit der Nummer 454, hinter der sich ein kleiner Raum befand, der ihr Zuflucht bieten würde, bis ihre Gastgeber mit einem Plan und dem Programm für den Rest ihres Lebens auftauchten.

~

Die Anziehungskraft von Orten, ihre schillernde Vielschichtigkeit. Ayaana folgte den verworrenen Anweisungen der *Baidu Maps*-App, versuchte ungezwungen zu wirken und schlenderte durch die Masse der dahineilenden Bewohner Xiamens. In dieser Flut von Körpern erkannte sie, dass man auch in einer Menschenmenge allein sein kann. Sie hatte das Gefühl, in einen Negativraum hineinzustolpern und selbst zu einem zu werden. Die Größe der Träume dieser Nation, ihre brodelnde Kraft, die riesigen Maschinen – nie hätte sie es für möglich gehalten, dass man für eine Milliarde Menschen planen, sie von einer Seite eines endlosen Reiches auf die andere befördern konnte. Einheimische in allen möglichen Formen und Farben starrten sie im Vorübereilen an. Sie zuckte zusammen, als ihr jemand auf die Zehen trat. Die *Baidu Maps*-App führte sie schließlich zu einem riesigen Elektrogeräte-Kaufhaus, wo sie ein neues Handy kaufen wollte.

~

Später rief Ayaana zu Hause an. »*Naam*«, meldete sich ihre Mutter.

»*Shikamoo*«, stammelte Ayaana, schüchtern und formell.

»*Marahaba, mwanangu,* mein Kind.« Ihre Mutter lachte schallend.

»Und?«, sagte Munira ungeduldig. »Wie ist es? Erzähl mir alles.«

Ayaana lachte nur. »Groß«, sagte sie. »Alles ist riesig. So viele Menschen.«

»Und, bist du glücklich?«

Eine einfache Frage, die ihre Selbstbeherrschung ins Wanken brachte; sie weckte die Schatten in ihr. Nach kurzem Zögern wechselte sie das Thema. »Wie geht es meinem Vater?« Die alte Sehnsucht kehrte zurück, schmerzhaft wie ein in den Körper gerammtes Messer; das Warten auf einen abwesenden Vater, der sich nie die Mühe gemacht hatte, sie zu besuchen. »Muhidin«, stellte sie für sich selbst klar.

»Wer weiß?« Muniras Stimme klang gleichgültig und gereizt zugleich. »Wie geht es unseren Leuten dort?«

Ayaana lachte freudlos. Dann unterhielt sie ihre Mutter mit den Sitten und Gewohnheiten ihres Gastgebervolks, weil sie plötzlich den Drang verspürte, die Mythen und das Geheimnisvolle ferner Welten für ihre Mutter festzuhalten. »*Eh!* Sie haben Gebäude, die bis zur Sonne reichen und sie verdecken.«

»*Mashallah!*« Munira schwieg kurz. »Siehst du aus wie sie?«

Nein. »Auf eine gewisse Art.«

Sie plauderten eine Weile. Ayaana prägte sich die Stimme ihrer Mutter, ihr exaktes Timbre ein, um sie in ihrem Gedächtnis und in ihrem Herzen abzuspeichern. Eine Landkarte der Heimat. Während sie lauschte, liefen ihr Tränen über die Wangen.

»*Kenya ni Kosi*« – Kenia ist wie ein Hühnerhabicht, sagte Munira. »*Halei kuku wa wana.*« Er füttert die Küken des Huhns nicht. »Hier gibt es nichts … nur Marines, al-Shabaab … Jetzt bohren sie nach Öl.« Sie schnaubte. »Sie haben unsere Leute aus ihren Häusern verjagt wie Ziegen.« Verzweifelt fügte sie hinzu: »*Hekima, salama.*« Weisheit ist Sicherheit. »Such dir einen neuen, offenen Weg, *Lulu.*«

»Ja«, erwiderte Ayaana.

»Versuch's«, insistierte Munira.

Sie redeten, bis Ayaanas Guthaben verbraucht war. Dann saß sie da, das Handy immer noch ans Ohr gepresst, lauschte der Stille, als wäre es das Rauschen in einer Muschel, die von einem fernen Ozean träumte.

~

Ayaana musste Fahrradfahren lernen. Sie ging jeden Tag zum Mandarin-Unterricht, und abends hörte sie auf dem Kopfhörer Sätze auf Mandarin und Informationen über die historische Entwicklung der Schriftzeichen. Sie lud alles in ihre Träume herunter, deren Sprache Bilder sind. Ihre Hand lag immer auf dem Wörterbuch in Reichweite des Kissens. Lehrerin Ruolan hatte ein gutes Fundament gelegt. *Ru xiang sui su* – Wenn du in ein Dorf gehst, pass dich seinen Sitten an, darauf hatte sie bestanden, so wie alle anderen. *Die Sprache ist das Passwort*, dachte Ayaana. Kalligraphie. Und doch war es die Basmallah, die sie wieder und wieder abschrieb.

~

Ayaana nahm Nioregs Visitenkarte zur Hand. Sie brauchte Rat, wie man ein blutendes Herz heilt. Aber hauptsächlich wollte sie Delaksha erzählen, dass auf dem Schiff etwas passiert war und dass sie seitdem das Gefühl hatte, sich selbst verloren zu haben. Sie wählte die Nummer, ließ es eine Ewigkeit klingeln, doch niemand nahm ab. In der ersten Zeit in Xiamen versuchte sie es jeden Tag. Später informierte sie eine fremde weibliche Stimme im selben Tonfall wie alle derartigen Stimmen, dass der Teilnehmer zurzeit nicht erreichbar sei.

~

Ayaana lungerte vor dem Fähranleger von Xiamen herum und spähte über das blassgrüne Wasser an fünfzehn vertäuten weißen Booten vorbei zu der Insel Gulangyu, die auch als die Klavierinsel bekannt war. Ein Ort der Künstler und Musiker. Sie hatte Radfahren geübt und brauchte eine kleine Pause vom ständigen Hinfallen. Und sie brauchte Erholung von der Invasion der Schriftzeichen in ihren Träumen. Außerdem wollte sie die Menschen beobachten, ihnen ins Gesicht sehen können, ohne gleich den Blick zu senken. Sie wollte ihren Gastgebern dieselbe höfliche Neugier entgegenbringen wie sie ihr. Sie brauchte das Gefühl, jemanden zu sehen und von ihm gesehen zu werden.

~

Neben ihrem Unterricht in chinesischer Sprache und Kultur erfüllte Ayaana ihre »Verpflichtung gegenüber der Geschichte«. Sie wusste, dass sich ihre Sprachkenntnisse verbessert hatten, als ihr klar wurde, dass sie der geflüsterten Diskussion zweier Professoren folgen konnte, die darüber stritten, ob sie, Ayaana, als *Laowai* – Ausländerin – oder nur als *Heiren* – Schwarze – zu kategorisieren sei. In der Öffentlichkeit dagegen war sie »die Nachfahrin«, die die richtige Augenform besaß. Ihre sprachlichen Fortschritte fanden, wenn auch nur allmählich, Anerkennung, und ihre Meinung über China und die Chinesen war gefragt. Bei den wenigen Gelegenheiten, wenn Ayaana, in einem chinesischen Kleid, das Wort erhob – in einer Sprache, die ihr immer noch fremd war –, sprach sie Hochchinesisch.

Sie konnte jetzt in einfachem Mandarin Witze erzählen, und wie aufs Stichwort fing eine Halle mit fünfhundert Menschen an zu lachen, zu applaudieren und sie anzulächeln, sodass sie selbst für einen Moment über das ganze Gesicht strahlte. Eine ihrer Ansprachen vor Publikum fand im Hafen von Taicang statt, fünfzig Kilometer nordwestlich von Shanghai, von wo aus Admiral Zheng He in fremde Welten, darunter auch ihre, aufgebrochen war. Ayaana hatte ihre Rede gut vorbereitet und ausgiebig geprobt. Sie sprach über ihre Seefahrer-Vorfahren, über Porzellan aus der Tang- und Ming-Dynastie und über die typischen, halbmondförmigen Gräber. Sie erzählte von einem Kind, das eines Abends im Licht des Mondes seinem Yue Xia begegnete, jenem alten Mann, der zum Vermittler zwischen ihr und einem fremden Land geworden sei. Sie erzählte, dass sie und die anderen Einheimischen ihn Mzee Kitwana Kipifit nannten, und das Publikum lachte. Ayaana fügte hinzu, das Schicksal habe ihre kleine Insel mit einer großen Nation vermählt, und das Publikum applaudierte. Sie applaudierten auch Mzee Kitwana Kipifit, dem Mann, der sein Leben dem Dienst an den Geistern verschollener Seefahrer gewidmet hatte. Später bereiste Ayaana auch das Inland, wo viele der Zehntausenden Seemänner hergekommen waren, die sich auf jene historische Fahrt begeben hatten – Orte mit Namen, die sie sofort wieder vergaß. Sie sah einen mutmaßlichen entfernten Verwandten – es hatte eine DNA-Übereinstimmung gegeben – würgen und Schleim auf den Boden spucken und war dabei von vielen weiteren möglichen Verwandten umringt. Alle waren über das Verwandtschaftsverhältnis gleichermaßen verblüfft. Vier weitere mutmaßliche Tanten berührten ihre Haare, ihre Haut. Mit etwas Zeit und Abstand von der offiziellen Begleitung hätte sich etwas Bedeutungsvolles daraus entwickeln können. *Verpflichtung gegenüber der Geschichte und gegenüber unseren beiden Nationen*, erinnerte sie sich, während sie darauf wartete, dass man ihr sagte, wohin sie als Nächstes fahren und was sie als Nächstes tun sollte.

»*Ni shi zhongguoren*« – Du bist Chinesin.

Ayaana sehnte sich danach, sich auch so zu fühlen.

Aber je mehr Ansprachen sie hielt, desto mehr drängte sich Pate in ihre Träume, sodass sie nicht mehr über die Insel reden konnte, ohne in Tränen auszubrechen.

Sie wurde von neuen Bekannten umschwärmt, bot ihnen Teile ihres Herzens an. Glaubte, eines Tages dazugehören zu können. »Du bist jetzt Chinesin«, sagten sie zu ihr, und sie stellte sich vor, sie hätten recht. Dann, vier Wochen später, wurde sie von einer Kommilitonin zu einer Teeparty eingeladen. Als sie dort ankam, wurde sie von dreißig Leuten mit Fotoapparat erwartet. Die Blitzlichter, die gezwungenen Selfies, die Menschen, die ihre Haut anfassten – plötzlich erkannte sie, dass sie nichts als eine Kuriosität war, die für Familie und Nachbarn ausgestellt wurde. Die Erkenntnis traf sie wie die Nachricht von einem Todesfall. Eine neue Bruchstelle in ihrem ohnehin schon fragmentierten Herzen.

Pokerface.

Ayaanas Lächeln in der Öffentlichkeit nutzte sich immer mehr ab. Es wurde sogar noch schlimmer, als sie in die Provinz Nanjing reiste, um Admiral Zheng Hes Ehrengrabmal zu besichtigen. Das nichtssagende Grab war ein herber Schlag für sie. Nicht einmal der Besuch des kahlen neuen Museums zu seinen Ehren konnte ihr Gefühl des Dahindriftens mildern.

Sie dachte über den Admiral nach, dann fragte sie ihre Gastgeber: »Wo ist er hingegangen?«

Man nahm an, ihre Frage sei rhetorisch gemeint.

~

Zurück in ihrem Wohnheimzimmer lag Ayaana die meiste Zeit im Bett, betete, dass die Sonne noch nicht so bald aufgehen würde, und ließ sich treiben in diesem Land, in dem Industrieabgase die Sonne verdunkelten. Wie sollte sie den Leuten in Kenia erklären, dass es Orte auf der Welt gab, an denen die Menschen in Flaschen abgefüllte saubere Luft kauften? Sie fiel in einen ruhelosen Schlaf und träumte zum ersten Mal auf Mandarin.

»Was würde Rabi'a al-Adawiyya dazu sagen?«, fragte Muhidin,

wenn sie ihm, und nur ihm, bei ihren Telefongesprächen von ihrer Unzufriedenheit erzählte.

Rabi'a hätte gesagt: »Lausche.«

Ayaana beugte sich vor, um die Frage aus dem Publikum besser zu verstehen: »Werden die Gebeine unserer Vorfahren auf Ihrer Insel an China zurückgegeben?« Sie antwortete: »Nein, sie gehören jetzt nach Pate.« Danach waren keine weiteren Fragen mehr erlaubt. Man erklärte ihr, in Zukunft zu antworten: »Alles zu seiner Zeit.« Zwei Tage später stellte jemand aus einem anderen Publikum die Frage: »Was bedeutet Ihnen China?« Ayaana erwiderte: »Alles zu seiner Zeit.«

Ihr China? Es war zu einem Bild von Zao Wou-Ki erstarrt und besaß die Stimme eines Kapitäns, dessen Hände ihre Haut kannten. Ein Lächeln. Selbstironie. Sie lernte die Kunst des Verschweigens. Ihrer Mutter erzählte sie von den Farben in Xiamen, den Geräuschen und den Eindrücken, als wäre sie die Tourismus-Botschafterin der Stadt. Die Schatten sparte sie aus. Wenn Munira fragte: »Und wie läuft es in der Uni?«, antwortete Ayaana: »Gut.«

Sie ging nicht mehr so oft zu inoffiziellen Anlässen. Ihr Bekanntenkreis wurde kleiner. Bald beschränkte er sich auf Chen Sheng, die auch Shalom genannt wurde, die besessen war von dem toten Dichter Hai Zi und die mit Ayaana Englisch übte, und Sung-Hi, eine Südkoreanerin. Zusammen gingen sie in die Mall, um zu shoppen, hörten koreanische Popmusik, machten Spaziergänge im Park und lernten für die Uni. Oder sie kochten Tee und aßen Plätzchen. Die beiden Mädchen hofften, ihr Schicksal und ihre zukünftigen Ehemänner in Nordamerika zu finden, wo sie später leben wollten. Wenn Ayaana sich fragte, wo sie hingehörte, ging sie in Buchhandlungen einkaufen und verschlang massenweise Bücher. Um ihre Sprachkenntnisse aufzubessern, kaufte sie Geschichten für Kinder – bebilderte Märchenbücher. Danach belohnte sie sich mit Büchern aus der Englischabteilung. Von einem Titel – *The Book of Chameleons* – konnte sie sich nicht lösen und kaufte ihn, obwohl ihre Freundinnen sie drängten, sich zu beeilen.

Als Teil der für sie als Nachfahrin obligatorischen Reise hatten ihre Gastgeber sie nach Xi'an in der Provinz Shaanxi gebracht, dem Ausgangspunkt der Seidenstraße, mit der auch die Geschichte von Ayaanas Ozean verwoben war. Immer wenn sie muslimische Lieder, Gebete in Moscheen und den Ruf des Muezzins hörte oder Gebetsteppiche mit muslimischen Motiven sah, sehnte sie sich mit solcher Heftigkeit nach ihrer Mutter, dass sie fast zusammenbrach. Bei einer Veranstaltung mit dem Titel »Nachfahrin der Siebten Reise« zählte Ayaana die Kopftücher der Frauen, die Vielfalt der Gesichtsfarben und -formen. Die Jüngeren trugen wie sie Jeans und T-Shirt, und als das Essen serviert wurde, sah sie, dass die Speisekarte kein Schweinefleisch enthielt. Man stellte eine große Schale Rindfleischnudelsuppe vor sie hin, und sie konnte ihre Mahlzeit sorglos genießen.

Manchmal entzog sich Ayaana ihren Verpflichtungen, setzte sich in Schnellzüge, genoss die Geschwindigkeit und die Illusion, innerhalb kürzester Zeit die ganze Welt sehen zu können. Sie bekam ein großzügiges Reisestipendium und reiste manchmal in riesige Städte, die allein von menschlicher Willenskraft erschaffen worden waren. Kopfüber stürzte sie sich in diese Welt der hektischen Betriebsamkeit, des Verkehrs, der Menschenmassen, des Wachstums, der Zerstörung und der ständigen Neuanfänge. Sie reiste, um zu fliehen und um sich zu erholen. Als sie nach Beijing fuhr, drang ihr der Nebel in Nase und Mund und schnürte ihr die Kehle zu. Sie hustete, und doch blieb sie, ließ sich im Strudel, im Gestöber der Massen herumwirbeln, in einer Weltstadt, einer Stadt für die ganze Welt. Sie sah der Welt beim Handeln, Unterhalten, Vorführen, Auswählen, Explodieren und Erschaffen zu; Lärm, Farben, Menschenmengen, Gerüche. Jemand spuckte vor ihr aus, und der Speichel spritzte ihr auf die Schuhe. Kein Platz und keine Zeit, um stehen zu bleiben oder auch nur überrascht aufzuschreien. Alles war unablässig in Bewegung, alles war käuflich oder verkäuflich. Nur die Atemluft wurde knapp. Sie fuhr mit einem langsameren Zug zurück nach Shanghai und von dort nach Xiamen zurück. So konnte sie im Zug schlafen und sich vorstellen, auf einem Schiff zu sein. Am nächsten Tag kehrte sie in den Stadtbezirk Siming zurück. Nachts, wenn die Sterne versuchten, durch die Wolkendecke zu blinzeln, warf eine verwirrende Anzahl von Sehnsüchten die Frage auf, wohin sie gehörte. In Guangzhou, das sie später besuchen sollte, hatte sich eine westafrikanische Kolonie gebildet. Es gab dort viele, die so aussahen wie sie, Zwischen-Kinder, und so suchte sie mehr als neugierig ihren Blick. Doch nachdem sie neun Monate lang die Rolle der »Nachfahrin« gespielt hatte, träumte sie nachts manchmal davon, wie sie sich in Muhidins Bombay-Schrank versteckte, während Muhidin draußen die Angriffe von Geistern abwehrte. Wenn das Tageslicht sie aus dem Schlaf riss, schnappte sie nach Luft wie eine Ertrinkende.

Mtumi wa kunga haambiwi maana.

Der Überbringer eines Geheimnisses
kennt seine Bedeutung nicht.

59

An einem Dienstagabend Anfang Februar stand im Norden ein Dreiviertelmond hoch am Himmel wie ein verschleiertes Leuchtfeuer und tauchte den Stadtbezirk Siming in ein blasses, diesiges Licht. Ayaana schaute aus dem Fenster ihres Wohnheimzimmers im vierzehnten Stock auf die Straße hinunter, sah die Überreste des Neujahrsfestes Chunjie, die geisterhaften roten Laternen in den Straßen, die an Völlerei erinnerten, und die Scheinwerfer der Autos. Die Flut war noch einen Kilometer von der Küste entfernt, die Boote tanzten auf dem Wasser in der Bucht. Die Haicang-Brücke erhob sich skelettartig über dem Wasser. Unten hörte man Stimmen im Hokkien-Dialekt – es klang, als wäre die gesamte Bevölkerung des Siming-Bezirks auf den Beinen. Ayaana putzte sich die verstopfte Nase und hustete. In letzter Zeit war es ungewöhnlich kalt gewesen. Die schrillen Stimmen von der Straße mischten sich mit den gedämpften Geräuschen im Flur. Sie hatte pulsierende Kopfschmerzen, sehnte sich nach Ruhe. Sie hielt den Atem an, beobachtete die Menschen unten, als wären sie Fische und sie ein Seevogel. Stille. Gefühle und Farben drifteten durch ihre selbst erschaffene atemlose Welt. Dann öffnete sie die Lippen, sog scharf die Luft ein, und die Geräusche waren wieder da.

Unter halb geschlossenen Lidern betrachtete sie die Umrisse des mitternächtlichen Mondes, der Erinnerungen heraufbeschwor, sie durch seine Wandelbarkeit, seine Selbstauflösung verunsicherte wie das Ei, das sie vor einem Monat gegessen hatte; es wurde als blauer Schaum serviert und schmeckte nach gesalzenem Fisch. Es sei ein Ei, hatte man ihr versichert, und sie musste darauf vertrauen. Jetzt sah sie zusammenhangslose Bilder vor sich, die sich mit jenen von Pate mischten, das sie hinter sich gelassen zu haben glaubte. Xiamens wirkmächtige Geschichte hatte sie verschlungen, sie in sein Kaleidoskop aus Farben, Straßen, Geschäften, Musik, Wasserparks, botanischen Gärten, Puppentheatern, Restaurants und Stimmen gesogen. Seine Architektur war die eines Handelsvolks, eines unterworfenen Volks, das mit jenen Kulturen zusammenlebte, die das Meer zu ihnen gebracht hatte. Sie wollte mehr erfahren, um mehr sie selbst zu werden.

Hier gab es mehrere Wege und Transportmittel, um zu jedem Ort der Welt zu gelangen: zu Land, zu Wasser und in der Luft. Sie war in diesem Strudel unablässiger Bewegung gefangen, und für eine Jahreszeit ließ sie sich von dem Drang, etwas zu schaffen, mitreißen. Doch dann erlitten ihre Gefühle einen Kurzschluss. Sie hatte Orte gesucht und gefunden, an die sie sich zurückziehen konnte: die Klavierinsel, das *Haicang Oil Painting Village*, das normale Straßenleben, wo sie zuschauen konnte, wie Rohre und Laternen repariert wurden, die nächtlichen Straßen mit ihren blinkenden, leuchtenden Lichtern, die geisterhaften Verheißungen dessen, was eigentlich Dunkelheit sein müsste. Einladungen zu neuen Gefühlen, neuen Empfindsamkeiten, neuen Gerüchen, neuen Arten des Hörens, Schmeckens und Sehens. Ja, Auflösung. Und neue, nicht zu beantwortende Fragen, die durch die Korridore ihres Seins hallten.

~

Ein großer gelber Mond stand am Himmel. Ayaana hatte das Gefühl, die Welt wie aus einem Glaskäfig zu betrachten. Sie hustete erneut und putzte sich mit einem Taschentuch die Nase. Verschiedene lautlose Worte: »Nicht«. Oder: »Was«. »Was dann?« Gestern hatte sie, wagemutig und kühn, beschlossen, wie jemand, der die einzige Brücke hinter sich abbricht, ihre »Verpflichtung gegenüber der Geschichte« zu schwänzen. Vor fünf Wochen, als sie bei einer Veranstaltung das sich auflösende Beinahe-Ei gegessen hatte, hatte ihre Gastgeberin in einer herzergreifenden Rede gesagt: »Es gibt nur ein Vermächtnis.

Das Blut unter unserer Haut.« Ayaana hätte am liebsten ihren Körper vor den Blicken der Menschen verborgen, die sie anstarrten wie ein Familienerbstück. Ein Familienerbstück war, wie sie auf Mandarin gelesen hatte, ein Gegenstand von großem Wert, der sich seit Generationen im Besitz einer Familie befand. Und so stand sie neben Pappaufstellern von Admiral Zheng He mit der Aufschrift »Wir sind alte Freunde« in vier Sprachen: Kantonesisch, Mandarin, Englisch und Kiswahili. Nach einem weiteren öffentlichen Auftritt wurde das Wort »Freunde« durch »Familie« ersetzt. Es war seltsam für sie, die Fragen der Menschen über eine Vergangenheit beantworten zu müssen, die sie selbst nicht kannte. Sie vollzog die afrikanischen Reisen des Admirals nach, um in Erfahrung zu bringen, was sie werden sollte. Das Studium des Kong Zi, Konfuzius, erschloss ihr neue Arten des Wissens und der Weltdeutung. Sie lebte mit den Schatten, spürte die Last dieser Kultur und ihrer gewaltigen Geschichte – eine Kultur, die sich anschickte, ihren Kontinent zu verschlingen. Etwas von diesem Land lag ihr bereits im Blut, machte sie zu einer Mitverschwörerin, einer Gesalbten mit dem Beinamen »die Nachfahrin«.

~

Eine schmale Wolke glitt über das Antlitz des Mondes. Schatten und Licht, innen wie außen. Als Ayaana den Kopf neigte, um durch das Fenster die geschwungenen Silhouetten der Dächer zu betrachten, verlagerte sich ihr pulsierender Kopfschmerz vom Frontallappen in die Schläfen. Bei Tageslicht betrachtet, war die Landschaft vor ihrem Fenster hauptsächlich grün mit den roten Einsprengseln der Flammenbäume, die aus ihrem ostafrikanischen Universum importiert worden und als Setzlinge hier angekommen waren, die die Natur kolonisiert und sich zu einem Sinnbild von Xiamen entwickelt hatten. Um sie herum gab es gigantische Palmen, schwarze Schwäne, grüne Bänke und schiefergraues, von grünen Wäldern gesäumtes Wasser. Außerdem Leihfahrräder und Bäume mit riesigen Wurzeln, die die Welt zusammenzuhalten schienen. Ihr Handy, das unter das Bett gefallen war, klingelte. Ayaana verließ ihren Platz am Fenster und kaute auf ihrer Unterlippe. Einschreibungsdokumente für eine andere Uni, die ihre Bewerbung angenommen hatte, lagen auf dem Bett verstreut wie rechteckige weiße Puzzleteile. Sie kniete sich hin und suchte nach dem Handy, als der Klingelton verstummte. Ein verpasster Anruf: ihr bester, treuster Freund. Sie starrte durch das Handy hindurch in eine Dimension namens Pate, aus der ein Anruf gekommen war, der ihren Entschluss entscheidend beeinflussen sollte.

~

Ländervorwahl 254.

Kenia.

Die Altstimme ihrer Mutter klang erfreut. »Ayaana!« Worte, die sich überschlugen, wieder zurückzogen, einander umkreisten und – von Sehnsucht getrieben – wieder annäherten. Ayaanas Worte rangen mit denen ihrer Mutter, griffen Bilder auf. Sie erzählte Munira von dem Licht, das hier ganz anders war. »Es ist nicht derselbe Mond«, sagte sie.

»Wirklich?«, rief ihre Mutter erstaunt. Dann fragte sie: »Isst du auch genug? Hast du Freunde? Wie sind die Lehrer? Mögen Sie dich? Hältst du dich warm? Willst du Anwältin werden?«

Ayaana erinnerte sich an die Akupunkturbehandlungen in ihrem Seminar über chinesische Medizin. *Anwältin? Ha!* »Hmm«, sagte sie unverbindlich.

Ihre Mutter erzählte ihr Neuigkeiten von der Insel, den Gezeiten, der Fischerei, der Rückkehr einer Fischsorte, die zuvor von den ausländischen Grundschleppnetzfischern abgefischt worden war, bevor Piraten die Meere unsicher gemacht hatten. Zwei Fischer waren bei einem tragischen Unfall am Anlegesteg ums Leben gekommen, und der Muezzin Abdulrauf war an einem Herzinfarkt gestorben. Er würde nicht ersetzt werden.

Dann sagte Munira mit gesenkter Stimme: »Ich habe wichtige Neuigkeiten.«

»Ja?«

»Sitzt du?«

Ayaana stockte das Herz. Ängste füllten die Distanz zwischen ihr und ihren Angehörigen und quälten sie mit den schlimmsten Mutmaßungen: Krankheit, Tod, Verlust.

Sie knabberte an ihren Fingernägeln, und ihre Mutter sagte: »Es ist etwas passiert.«

Ayaana lauschte.

Stockend begann Munira: »*Lulu* ... ich hoffe, du hast nichts dagegen ... Muhidin, dein Vater ... Nun ja, Ayaana ... wir haben beschlossen ... Ach, was rede ich? Wir sind zusammen. Wir werden heiraten.« Stille. »Ayaana?«

Der Boden unter ihren Füßen geriet ins Wanken.

Es dauerte eine Weile, bis Ayaana begriff, was Munira gesagt hatte. Ziriyabs allgegenwärtiger Geist schnappte nach Luft. War die schmerzliche Zeit seiner Abwesenheit endlich vorbei? Wie ungerecht das Leben doch sein konnte.

Etwas, das Delaksha gesagt hatte, kam Ayaana wieder in den Sinn: *Man passt sich an, verstehst du?*

»Muhidin?«, fragte Ayaana.

»Es kam unerwartet, aber dann ... na ja ...«, sagte Munira.

Totenstille.

Munira versuchte zu erklären. »Und ... du weißt ja ... auf Pate ist es schwierig, also ... Ayaana, wir gehen nach Pemba. In Mosambik. Da gibt es Arbeit für Muhidin. Oh, Ayaana, dann können wir endlich zusammen nach Mekka fahren. Ayaana, bist du noch da?« Munira verstummte kurz. »Ayaana? Hallo? Hallo?«

Ayaana war das Handy aus der Hand gefallen. Sie saß immer noch auf dem Boden und starrte die Wand an, ohne etwas zu sehen. Eine halbe Stunde später rief sie ihre Mutter zurück.

»Ihr w-wollt Pate verlassen?«

»Ja.«

»Gib ihn mir«, sagte Ayaana.

»Ayaana …«

»Ma …« Ihre Gedanken überschlugen sich. Hatte sie nicht genau das gewollt? Warum war sie dann jetzt so entsetzt? Wahrscheinlich, weil sie bei ihnen sein, dieses Abenteuer gemeinsam mit ihnen bestehen wollte – weil sie wissen wollte, dass die beiden ihr Leben nicht ohne sie weiterlebten. Wie konnten sie ihr Zuhause verlassen?

Muhidins raue Stimme: »Abee-hee-rah«, hauchte er.

Ayaana schwieg.

»Abeerah«, wiederholte Muhidin. »Bist du glücklich?«

Stille. *Warum geht ihr fort?*, wollte sie fragen.

»Tja, mein Mädchen, so ist das Leben. Was hast du dazu zu sagen, hm?«

Ayaana sagte nichts.

Muhidin lachte. »Geschockt?«

Ayaana begriff, dass Muhidin und ihre Mutter ihre Pläne in die Tat umsetzen würden, ob mit oder ohne ihren Segen. »Wann wollt ihr weggehen?«, fragte sie schließlich.

»Vielleicht in zwei Monaten.«

Ayaanas Herz klopfte. Schweißperlen standen ihr auf der Stirn. Muhidin sagte: »Pemba ist doch gar nicht so weit weg.«

Stille.

»Wie geht es dir?«, fragte Muhidin.

»Bestens«, erwiderte Ayaana.

»Sind die Jungs hinter dir her? Vergiss nicht, was ich dir beigebracht habe. Tritt in die Eier, Schlag auf die Nase – *twa!* – Knochen gebrochen.« Er lachte.

Als Muhidin sprach, flackerte für einen kurzen Augenblick das schattenhafte Bild von Lai Jin auf, und sie dachte: *Es gibt jene, die sich ins Herz hineinstehlen.* Sie lachte, aber ohne echtes Gefühl. Mit zitternder Stimme fragte sie: »Ist Pemba jetzt unser Zuhause?«

»Es liegt an unserem Meer. Das Meer ist unser Zuhause. Pemba ist praktisch nebenan.«

»Gib mir Mutter noch mal.«

»Nicht, bevor du mir Chinesisch beigebracht hast. Wie sagt man: ›Das Meer ist warm‹?«

»Auf Mandarin: *Hai shi wennuan de.*«

»*Hai shi wennuan de,* Abeerah.« Muhidin räusperte sich.

Sie schwiegen, als würden sie ihre Stirnen aneinanderschmiegen, als könnte Ayaana seine Gedanken in seinen Augen lesen. Dann war Munira wieder am Apparat.

»Bist du glücklich?«, frage Ayaana.

Munira antwortete nicht.

Ayaana wusste jetzt mehr über die Angst vor den unsichtbaren Kräften, die nur darauf warteten, alle Hoffnungen zunichtezumachen. »Ich freue mich für dich«, platzte es aus ihr heraus, und sie trotzte den gierigen Schicksalsgöttinnen.

Munira lachte leise. Eine Pause entstand, bis Ayaana plötzlich flüsterte: »Wer ist mein Vater? Wo kann ich ihn finden?«

Munira hörte ihre Worte und ignorierte sie. »Es ist schon spät«, sagte sie schließlich. »Wir unterhalten uns bald wieder. Ich überlasse dich Gottes Hand.«

Verlassen.

Heimgesucht von der Vergänglichkeit dessen, was beständig sein sollte – Zuhause. Es hätte keine Rolle spielen sollen, denn sie hatte ja weggehen wollen, und doch tat es das. Es kam ihr wie Verrat vor. Ihre Haut fühlte sich klamm an, sie fand keine Ruhe. Eine Frage quälte sie Tag und Nacht, was die Kopfschmerzen und Grippesymptome noch verschlimmerte.

Wer war sie?

Zumindest einer Sache war sie sich sicher: Sie war *keine* Ärztin der chinesischen Medizin.

Ermutigt und verwirrt von dem Richtungswechsel im Leben ihrer Mutter erwog Ayaana, auch ihre eigene Welt umzugestalten. Das Meer. Das Einzige, das ihr ein Gefühl von Sicherheit vermittelte, war das Meer. Dem Meer war sie immer willkommen. Nachdem der Mond aufgegangen war, griff Ayaana in das deckenhohe Buchregal und nahm das erstbeste Buch, *Abhandlung über fieberhafte, durch Kälte verursachte Erkrankungen*, heraus und nahm es mit zum Fenster. Sie hatte die Nase voll davon, sich mit der Geografie chinesischer Körper zu beschäftigen, Meridiane und Energieströme zu kartografieren und Kräuter, Temperaturen, Farben und Harmonien auswendig zu lernen; Schluss mit Qi, Yin und Yang, Qigong und den Fünf Elementen *mu, huo, tu, jin* und *shui* – Holz, Feuer, Erde, Metall und Wasser. Sie hatte keine Lust mehr, unverständliche Dinge zu entziffern. Sie würde sich ein für allemal von Zhong Yi befreien. Als sie das Buch aus dem Fenster warf, erklärte sie ihre Unabhängigkeit von ihrer »Verpflichtung gegenüber der Geschichte ... und gegenüber unseren Nationen«.

60

Nach Ayaanas Abreise hatte Muhidin darunter gelitten, dass Munira ihn entweder ignorierte oder ihn anschrie, wenn er mit ihr zu reden versuchte, oder ihm Aphorismen an den Kopf warf: »*Huna mshipi, hu nangwe: kuomoa tenga na nini?*« – Du hast weder ein Seil noch eine Schnur, wie willst du ein Seeungeheuer fangen? Sie weigerte sich, ihn anzuhören. Eines Abends, als Munira ihm zum zweiten Mal innerhalb von zwei Monaten Abwasser über den Kopf geschüttet hatte, als er an ihrem niedrigen Balkon vorbeigegangen war, und dabei *»Aliye kando haangukiwi mti«* – Man wird nur von einem Baum erschlagen, wenn man nicht beiseitespringt – gerufen hatte, sah Muhidin rot. Nass bis auf die Haut hämmerte er eine halbe Stunde lang an ihre Tür, bereit, sie, wenn nötig, einzuschlagen.

Als Munira endlich öffnete und ihn als versoffenen Esel beschimpfte, hatte er sie wortlos in die Küche gedrängt, bis sie gegen den Tisch stieß und mit der Hand die Schale Rosenwasser umwarf, die darauf stand. *»Atekaye maji mtoni hatukani mamba«*, flüsterte Muhidin. Wer Wasser im Fluss schöpft, sollte das Krokodil nicht beleidigen.

Munira wollte schon höhnen, er solle sich nicht schon wieder mit einem Krokodil vergleichen, doch stattdessen flüsterte sie: »Was willst du?«

»Dich natürlich«, antwortete er.

Das Blut schoss ihr in die Wangen, als Muhidin sie auf den Hals küsste. »Da ich ein Mann der Tradition bin und nichts von Ehebruch halte«, fuhr er fort, »werden wir heiraten.«

Sie reagierte darauf, indem sie ihm das Gesicht zerkratzte, ihm das Hemd zerriss. Eine Mischung widerstreitender Gefühle. »Du Hyäne!«, stöhnte sie.

Muhidin zerrte sie zu Boden. In ihrer Gier, voneinander Besitz zu ergreifen, stürzten sie zusammen in einen Abgrund des Verlangens.

»Ich hab dich so sehr gebraucht«, sagte Muhidin immer wieder. »So sehr.«

Nun, da es niemanden mehr gab, hinter dem sie sich verstecken konnten, zerdrückten sie sich beinahe.

Kurz vor dem Morgengrauen schlenderten sie zusammen zum Meer. »Hier habe ich dich zum ersten Mal gesehen«, sagte Muhidin, und sie redeten über verborgene Dinge.

Munira sprach von Neuanfängen. »Ich glaube nicht an Menschen«, sagte sie.

»An mich wirst du glauben.«

Sie erklärte ihm, er müsse lernen, jeden Tag zu sterben. »Vor seinem eigenen Schatten kann man nicht davonlaufen«, fügte sie hinzu.

»Sagt wer?«, fragte er.

»Hör doch auf«, entgegnete sie. »Wir beide *kennen* die Wahrheit, auch wenn wir lügen. Wir reden eher vom Tod als von unserer Einsamkeit. *Dua la kuku halimpati mwewe* – Was kümmert den Falken das Gebet eines Huhns? Aber ich lebe noch. Ist das nicht gut?« Sie lachte über sich selbst, ein gallebitteres Lachen.

Muhidin schüttelte sie. »Hör auf damit!« Munira schauderte. »Ich bin doch hier«, sagte Muhidin. Sie brach in Tränen aus. »Wer kann uns jetzt, wo wir zusammen sind, noch etwas anhaben?« Sie wollte ihm glauben.

Eines Tages, zwei Monate später, verkündete er ihr: »Wir werden Pate verlassen.«

Sie machte große Augen, verspürte Angst, dann eine subtile Vorfreude. »Was soll das heißen, Muhidin?«

Er antwortete nicht sofort.

Sie war geknickt. »Ah! Du willst nicht mit mir gesehen werden.«

Muhidin umfasste ihre Schultern. »Munira, hör mir zu … Als ich … als ich …«« – er senkte den Kopf – »als ich in Nairobi war, um Ziriyab zu suchen … bin ich zur Kriminalpolizei gegangen … und sie haben mich eingesperrt. Ich war im Gefängnis. Sie haben mich einfach festgehalten. Verstehst du, Munira?« Muhidin brach in Tränen aus.

»Warum?«, flüsterte sie.

»Sie haben gesagt, ich wär ein ›Terrorist‹.« Muhidin wischte sich die Tränen weg. »Kein Prozess. Kein Richter. Jeden Tag Verhöre: Was weiß ich? Was glaube ich? Was tue ich? Wo war ich, als das und das passiert ist? Wer ist mein Gott?« Stille. Dann: »Was ist das überhaupt, ein Terrorist?« Sein Gesicht verhärtete sich. »Sie haben gesagt, mein Pass würde gar nicht mir gehören, ich hätte ihn gestohlen.« Er lachte. »Eines Tages werden sie mich suchen kommen.«

»Wieso?« Munira streichelte sein Gesicht.

»*Pwani si Kenya*« – Die Küste ist nicht Kenia, murmelte er.

Munira ließ die Hand sinken. »Ich hasse Politik.«

»Nein, *mpenzi*, meine Geliebte, das ist es, was Kenia mir zu verstehen gibt.«

»Hast du wieder getrunken, Muhidin?«

Er funkelte sie an und knurrte: »Nein, davon hat Kenia mich geheilt.« Er seufzte. »Wenn ich hierbleibe, werde ich tatsächlich zu dem, was sie mir vorwerfen. Dann werden sie sagen: ›Da haben wir ja unseren Terroristen‹, und mich umbringen. Und wer wird dich dann beschützen?«

»Und darum willst du die Insel verlassen?«

»Du kommst mit.«

»Wieso?«

»Ich verlasse dich nicht noch einmal.«

»Und Ziriyab?«

Muhidin blinzelte. »Ja.«

»Was sagst du dazu?«

»Nichts. Und du?«

Munira nahm die Goldkette mit Ziriyabs Rubinring von ihrem Hals. Sie öffnete Muhidins Hand und legte beides hinein. Ihre Hand zitterte.

Geister verflüchtigten sich.

Sie verbargen ihre Affäre vor neugierigen Blicken, verheimlichten ihre Pläne und sprachen nur flüsternd von ihren Erwartungen und Ängsten.

»Wir sind nicht mehr jung«, sagte Munira mehr als ein Mal mit wehmütigem Blick. »Noch einmal ganz von vorn anfangen … Wir sind nicht mehr jung.«

»Aber wir sind noch am Leben«, beharrte er.

»Wo sollen wir denn hin?«, fragte sie.

»Einfach weg.«

»Wohin?«, fragte sie.

»Nach Pemba …«

»Nicht nach Sansibar. Bitte, Muhidin«, stammelte sie.

»Dann nach Mosambik, meine Taube. Da habe ich Bekannte.«

Munira starrte Muhidin schweigend an. Dann streckte sie die Hände aus. Er nahm sie und legte sie auf sein Gesicht.

~

Fast eine Woche später rief Munira Ayaana an, um ihr die Neuigkeiten zu erzählen.

61

Ein paar Tage nach dem Anruf suchte und fand Ayaana ohne Wissen ihrer Gönner ein *Bachelor-of-Science*-Studium in Schifffahrtskunde und verabschiedete sich von ihrer Rolle als Nachfahrin. Sie bewarb sich für das Herbstsemester an der Universität für Seeschifffahrt von Xiamen. In ihrem Anschreiben nannte sie Admiral Zheng He als Vorbild, Motivation und Inspiration. Sie schrieb, sie wolle ihr Erbe in die Praxis umsetzen und sehe sich als Brücke zwischen den Welten und den Menschen, so wie es auch Schiffe seien. »Der Ozean ist ein Tor zu anderen Welten«, schrieb sie. »Aber es braucht Seefahrer, die ihn überqueren.« Sie bot an, ihr Leben dem Dienst auf See zu widmen. Anfangs wurden ihre Anfragen ignoriert. Dann informierte man sie, sie würde dadurch ihr Stipendium und ihre finanzielle Unterstützung aufs Spiel setzen. Ayaana zögerte. Dank des großzügigen Stipendiums hatte sie zum ersten Mal in ihrem Leben Geld sparen können. Aber bei ihrem nächsten öffentlichen Auftritt erzählte Ayaana in einfachem Mandarin von ihren maritimen Träumen und berief sich erneut auf den hochgeschätzten Admiral. Sie trug ein leuchtend rotes chinesisches Kleid, wirkte demütig, bescheiden und dankbar. Es war ihr bester öffentlicher Auftritt. Ihre Gastgeber konnten ihr ihre Träume nicht verweigern, ohne das Gesicht zu verlieren. Außerdem gab es keinen schriftlichen Vertrag. Schließlich akzeptierten ihre Sponsoren zähneknirschend, dass sie ein Studium an der Universität für Seefahrt aufnehmen würde; sie hatten ohnehin langsam die Nase voll davon, ständig neue Reden und Auftritte für ihre *Houyi* zu organisieren.

Liwalo lolote, na liwe.

Was sein wird,
wird sein.

62

Insgesamt besuchten in ihrem Jahrgang noch siebzehn andere Studenten das Studienprogramm für Schifffahrtskunde, die allesamt aus seefahrenden Nationen stammten. Chinesen, Malaysier, zwei Inder, zwei Pakistaner, jemand aus Singapur, zwei von den Philippinen und ein Türke. Der Rest kam aus Indonesien. Es gab noch zwei andere Frauen, beides Chinesinnen; eine von ihnen stammte aus Hongkong. Ayaana war die einzige Kenianerin und Afrikanerin. Das Etikett der »Nachfahrin«, ihre Größe – sie überragte die meisten Männer –, ihre dunkle Haut und ihr trotzdem vertrautes asiatisches Aussehen bedeuteten, dass man ihr mehr Neugier entgegenbrachte als anderen. Sie nahm es achselzuckend hin, konzentrierte sich auf die Arbeit und bestand die Prüfungen mit guten Noten.

Ayaana begutachtete die längste Linie auf dem dreidimensionalen Gitternetz des Globus – der Äquator, der erste Breitengrad. Ihr ganz spezieller Nullpunkt, null Grad, 40.075 Kilometer lang, verlief zu 78,7 Prozent über Wasser und zu 21,3 Prozent über Land; all die kenianischen Orte, die sie nie als Heimat betrachtet hatte: Nanyuki, Mount Kenya. Die unsichtbare Äquatorlinie durchquerte nur dreizehn Länder – Kenia, Ecuador, Kolumbien, Brasilien, São Tomé und Príncipe, Gabun, die Republik Kongo, die Demokratische Republik Kongo, Uganda, Somalia, die Malediven, Indonesien und Kiribati – dreizehn Länder, die die Mitte der Welt bildeten, darunter ihr eigenes. Sie schwor sich, sie alle eines Tages zu bereisen.

Ayaana wandte ihre Aufmerksamkeit den blauen Teilen des Globus zu, den 78,7 Prozent des Äquators, mit denen sie sich beschäftigen sollte.

Überflutet, auf See.

Viel zu viele Kräfte, mit denen man fertigwerden musste. In dem Seminar am Tag zuvor war es um Quasare gegangen, jene weit entfernten, Energie produzierenden Galaxienkerne, die Navigationsgeräten als Orientierungspunkt dienten. Eine Woche zuvor waren aktive und passive Sonare behandelt worden. Sie erfuhr, wie viele Geräuschquellen es im Meer gab; sie war überrascht, dass etwas so Selbstverständliches als etwas Neues dargestellt wurde. An diesem Tag betrachtete Ayaana stirnrunzelnd eine vergrößerte Abbildung der Ozeane. Zuvor war es um elektronische Navigationssysteme gegangen, während sie sich Tagträumen über Mehdis und Muhidins Sterne oder nächtliche Bootsfahrten von Pate nach Lamu hingegeben hatte, mit einem *Nahodha*, der den Himmel beobachtete, die Winde überwachte und die Meeresoberfläche deutete. Sie blinzelte und wandte sich wieder ihrer Arbeit zu, obwohl sie die Idee, dass man, um von Punkt A nach Punkt B zu kommen, so viele piepsende und pfeifende Gerätschaften benötigte, die die Gewässer anstelle der Menschen regierten, enttäuschend fand. Sie studierte die Daten ihres geografischen Informationssystems und spielte an den Knöpfen herum, um eine Meereskarte nach ihren eigenen Vorstellungen zu kreieren. Sie bewegte den Cursor des Navigationscomputers, bevor sie den Knopf drückte, der den Längen- und Breitengrad eines ersehnten Wegpunkts zeigte: »Pate: 2.1000° S, 41.0500° O.«

Ayaana würde lernen, dass es in der Welt nichts Absolutes gab, nur Codes, Fragen und eine Sturmgarantie. Als ihr dies klar wurde, kamen ihr Echos von Gesprächsfetzen aus ihrer Jugend wieder in den Sinn. So hatte sie Muhidin gefragt: »Was gefällt dir am Meer am besten?« Und Muhidin hatte geantwortet: »Die Stürme.« Und dann: »Und was gefällt dir am wenigsten?« Wieder hatte er geantwortet: »Die Stürme.« Jetzt, im Seminarraum, starrte Ayaana unglücklich auf die Ansammlung technischer Instrumente, mit denen sie die unergründliche See auseinandernehmen und analysieren sollte.

Sie hob die Hand.

Und ließ sie wieder sinken. Was hatte sie fragen wollen? *Was war die Geschichte eines Menschen im Epos des Meeres?* Sie knabberte an ihrem Fingernagel, sah sich um und beschloss, den Mund zu halten.

Sie würde ihr Gespür für das Wasser der Macht der Zahlen, den Navigationsinstrumenten, den Napierschen Regeln, den Koordinaten und der Geopolitik unterordnen müssen. Sie warf einen Blick auf den Dozenten. Konnte sie ihm erklären, dass das Meer andere Aromen, andere Ausdünstungen absonderte, je nachdem, ob es Tag oder Nacht war? Dass es Portale in Meer und Wind gab? Dass sie gehört hatte, wie die Stimmen des Mondes, der Erde und der See sich zu einem Sturmwind vereinten und sie zum Tanz aufforderten, und dass sie unter einem fruchtbaren Mond mit ihnen getanzt hatte?

Sie unterdrückte ein Grinsen.

Man würde sie deportieren.

Papiere raschelten, und ein anderes Bild wurde an die Wand projiziert. Der Vortrag über Seewege wurde mit weiteren Ausführungen über die »Belt and Road Initiative« fortgesetzt. Plötzlich fiel Ayaanas Name: »*Baadawi xiao jie.*« Ayaana fuhr zusammen, als der Dozent auf sie deutete: »Eine gemeinsame Zukunft, richtig?«

Alle drehten sich um und starrten Ayaana an.

Sie wäre am liebsten im Boden versunken und konzentrierte sich auf die aufgezählten Slogans. »Ehre im Handel, Wohlstand für alle«, sagte der Dozent. »Unser Westlicher Ozean ist ein Tor zu Größe für alle.« Bei den Erzählungen über ihr Meer begriff Ayaana, dass die *Maritime Seidenstraße* für Pate als wesentlich wichtiger angesehen wurde als die des *Global Monsoon Complex*, zu dem die Insel hauptsächlich gehörte. Allein durch ihre Anwesenheit hatte sie das Gefühl, zu dieser Geschichtsverfälschung beizutragen und Verrat an ihrer Seele zu begehen. Sie sank tiefer auf ihrem Stuhl, überwältigt von diesem endlosen Land der endlosen Armeen und endlosen Wörter, der Maschinerie, die auf ein Signal hin über den Himmel, das Meer und die

Erde hinweg ihre Heimat zum Verschwinden bringen konnte. Sie hatte studieren wollen, um die Sprache des Meeres zu lernen, von einem Volk, das sie für ihr eigenes gehalten hatte. Stattdessen lernte sie, wie man die Welt und ihr Meer mit Worten umformte, in denen es um nichts als Energie, Kommunikation, Infrastruktur und Transport ging. Sturmwarnungen. Weder Pate noch Kenia hatte eine Vorstellungskraft, die groß genug war, um den Kosmos zu begreifen, der von ihnen Besitz ergriff und sich ins Zentrum ihrer Geschichte schrieb. Sie verkniff sich ein Seufzen und lauschte den Gesprächsfetzen der anderen ausländischen Studenten, die sich in kleinliche, sinnlose territoriale Streitereien verstrickten.

An einem heißen, schwülen Tag bemerkte Ari, ein indischer Student des Schiffsmaschinenbaus, dass die maritime Seidenstraße die Handelsbeziehungen des Indischen Ozeans mit anderen umfasste – wobei er »Indischen« betonte. »Der Ozean heißt ja wohl nicht umsonst so«, führte er aus.

»*Ziwa Kuu*?«, wandte Ayaana ein.

»Ugl-bugl?«, ahmte Ari sie nach.

»*Ziwa Kuu*.« Ayaana weigerte sich, etwas von ihrem Territorium abzutreten.

»Das besprechen wir mit dir, sobald dein Land ein Motorboot angeschafft und den Grundstein für eine Marine gelegt hat«, sagte er.

»*Ziwa Kuu*, und wir *haben* eine Marine«, erwiderte sie.

»Eure Fischgründe sind zweifellos beeindruckend, aber was habt ihr sonst?««

Die anderen kicherten.

»*Ratnakar*«, sagte einer der Indonesier.

»*Indischer* Ozean«, betonte Ari.

»*Ziwa Kuu*«, wiederholte Ayaana.

»*Indischer* Ozean.«

Zwei pakistanische Studenten mischten sich ein: »*Ziwa Kuu!*«

Ein Aufruhr entstand im Raum, was an der chinesischen Außenpolitik jedoch nicht das Geringste änderte. Der Dozent, der die Auflösung der Ordnung ungläubig verfolgte, bekam rote Flecken im Gesicht und schrie: »Der Westliche Ozean! Sie sind hier in China!«

»Westlicher Ozean«, murmelte Ayaana und lugte unter ihrem Pony zu Ari hinüber, während sie »Ziwa Kuu« auf ihren Notizblock kritzelte, über andere Kipate-Wörter für das Meer nachdachte und sich über das bedeutungslose Scharmützel freute, das sie ausgelöst hatte. Laut fasste der Dozent die wichtigsten Punkte noch einmal zusammen. Ayaana machte sich Notizen über die Vorstellungen einer anderen Nation von ihrem Meer. »Belt and Road«, schrieb sie. Sie würde Muhidin nach den verschiedenen Bezeichnungen für ihr Meer fragen müssen.

Draußen ging die Diskussion weiter, je nach Nationalität und kultureller Verbundenheit wurden andere Standpunkte vertreten. Ayaana befand sich mittendrin, begab sich in die unsicheren Gewässer der Geschichte, ihrer Erinnerung und des Schweigens von Männern wie Mehdi. Sie war immer noch erstaunt über die Illusionen, die auf den Trümmern ihres Volks erbaut wurden, Geschichten, die andere Völker sich aneigneten oder auslöschten, und ebenso darüber, dass beispielsweise die *Dau* aus anderen Ländern stammte. Ihr fehlte das Vokabular, und die Furcht vor dem Unvermögen, zu erklären, zurückzuerobern und wieder in Besitz zu nehmen, war ihr mittlerweile vertraut. Sie versuchte von der Poesie des Lebens auf See zu erzählen, von den endlos wechselnden Gezeiten, die ihr Volk in andere Welten trugen – als Händler, Suchende, Lehrer, Seefahrer, Schiffsbauer, Archivare und Forschungsreisende –, und von denen, die zurückkehrten.

»Sklaven«, fügte Ari hinzu.

Ayaana funkelte Ari an. Sie hatte noch nie so viel mit ihren Kommilitonen geredet. Jetzt verlangte sie scherzhaft von Ari: »Gebt uns unseren Maharadscha zurück.« Ari zuckte mit den Schultern. »Sardar Singh von Jodhpur, Ari«, erklärte Ayaana kühl.

Ari geriet ins Stottern.

Ayaanas Zorn verrauchte so schnell, wie er gekommen war, und die Sprachlosigkeit der zum Schweigen Gebrachten und Ruinierten der Gegenwart überkam sie, ebenso wie die Angst, dass es bald niemanden mehr geben würde, der den Kipate-Namen des Ozeans weitergeben konnte.

Sie ging davon.

Es hatte keinen Zweck.

In diesem Land sprachen sie auf Mandarin und Englisch über die Zukunft der Seefahrt, nicht auf Kiswahili, Gujarati, Malaysisch oder Kipate. Ayaana ging zum schimmernden Wasser, suchte nach Mustern. Dunkelblaue Wolken am südwestlichen Himmel – eine Kaltfront war im Anzug. Sie ging an einem älteren Studenten vorbei, ein Mann, der die neueste Kleidung von Yohji Yamamato trug und der Ayaana neuerdings öfter beobachtete, obwohl sie ihn kaum wahrnahm. Sie hatte nur die Tabellen im Kopf, die sie als Vorbereitung auf die Praxisübung studieren musste, die am nächsten Tag auf dem offenen Meer stattfinden würde.

63

Regen und Nebel hatten die Sichtweite praktisch auf null reduziert, als eine Vision aus dem Rauch der Explosion aufstieg, die sein Schiff zerstört hatte. Es habe seine Nützlichkeit überlebt, hatte ihn der Shanghaier Akzent informiert und genüsslich zugesehen, wie er blass wurde. Wütend hatte Lai Jin die Stimme erhoben und so unabsichtlich einen Schwachpunkt offenbart. Der Shanghaier Akzent wollte Rache für den Verlust seiner Schmuggelware. Die *MS Qingrui* würde verschrottet werden. Es hatte einige Zeit gedauert, die nötigen Dokumente zu beschaffen. Lai Jins Haftstrafe war mittlerweile beendet. Die Explosion, deren Zeuge er wurde, traf ihn mitten ins Herz. Er hörte sie. Er sah sie.

Er musste sie zur Kenntnis nehmen. Sie war beabsichtigt, auch wenn man sie als Unfall ausgeben würde. Geplagt von einer Ohnmacht, die sein kürzlicher Gefängnisaufenthalt noch verstärkt hatte, sah Lai Jin zu, wie seiner geliebten Gefährtin, der *MS Qingrui*, ohne Not der Todesstoß versetzt wurde. Und ein erwachsener Mann, der unfähig gewesen war, seine anderen Verluste zu betrauern, flennte wie ein Kind um ein stabil im Wasser liegendes, tapferes Hochseeschiff, das seinen Kapitän und seine Mannschaft immer sicher in den Hafen gebracht hatte. Er salutierte ihm und wünschte der gleichgültigen Welt den Tod.

***

Kapitän Lai Jin war wegen Fahrlässigkeit, Rechtsbehinderung und Mitverantwortung für den Tod eines nicht registrierten Passagiers verhaftet, angeklagt und für schuldig erklärt worden. Anfangs hielt er es für einen Scherz, doch noch ehe er Widerspruch einlegen konnte, war er zu einer dreizehnmonatigen Gefängnisstrafe verurteilt worden. Er verlor das Gesicht. Verlor sein Leben. Verlor sein Ich. Verlor den Mut. Er wurde zwar nicht ohnmächtig, aber er hatte keine Stimme mehr. Er hatte sein Schiff verlassen und sein Land in Ketten wieder betreten, sein neues Zuhause war ein Schlafsaal, in dem er zusammen mit Mördern und Betrügern nächtigte. Alle mussten Zwangsarbeit auf Feldern und Straßen leisten. Der einzige Sinn, den er fand, war Routine. Ein Rhythmus, als wäre dies eine andere Version der Meereswellen – das und das Schweigen sorgten für Ordnung in seinem Geist. Er lernte, seinen Albträumen gegenüber gleichmütig zu werden, bis auch sie ihre Stimme verloren. Ein Jahr und einen Monat später gab ihm die Gefängnisverwaltung seine irdischen Besitztümer zurück, darunter Muhidins Uhr.

Ping!

Am Ende war wieder das Feuer. Auch das wurde schon gesagt. Aber auf Lai Jins Ende traf es ebenfalls zu. Wenn Passanten sich über den ungepflegten Mann wunderten, der gebeugt neben einer zeitweiligen Schrotthalde stand und aufs Meer hinausschaute, sagten sie nichts.

Ping!

Die Uhr maß Empfindungen. Erinnerte ihn an sie.

Er würde ihr die Uhr zurückgeben. Mit der Vergangenheit abschließen. Er war ein Produkt seines Landes und dessen Gewohnheit, sich immer wieder neu zu erschaffen und von vorn zu beginnen.

Ping!

Er hatte seine Schuld abbezahlt.

Er beobachtete den Minutenzeiger der Uhr, als könne der sich plötzlich rückwärts drehen.

Ping!

Es gab nur das Jetzt.

Gelbes Feuer, dichte schwarz-silberne Rauchwolken, der stechende Geruch toter Träume: Am Anfang war das Feuer. In der Ferne brachen fünf rostig-graue Schiffe zu anderen Orten auf. Er stand wieder vor einer Schwelle. Lai Jin verlagerte das Gewicht von einem Fuß auf den anderen, um sich zu wärmen. Dabei trat er auf etwas, und es knirschte. Er beugte sich vor und hob den Rest einer zerbrochenen Vase auf. Darauf war eine rote Schwalbe zu sehen, die über blaue Wellen flog. Sie war mit einer dünnen weißen Glasur überzogen, nichts Besonderes.

Die nächste Explosion, die die Stille zerriss, zerstörte das, was von der *MS Qingrui* noch übrig war. Schwarzer Rauch stieg auf. Lai Jin hätte geschrien, wenn ihr Geist nicht aus den Trümmern aufgestiegen wäre und ihn gefunden hätte. *Wir werden wieder gemeinsam in See stechen*, hatte er ihr auf Englisch versprochen, die internationale Sprache der Seefahrt.

Aber alles verblasste irgendwann.

Selbst Versprechungen.

Über den Flammen zogen Schäfchenwolken über den Himmel. Lai

Jin sah ihnen nach. Er hörte die Schreie der Möwen, die mit den Luftströmungen spielten und herabstürzten, um Fische zu fangen.

Leben.

War das hier seine Bestimmung? Er betrachtete die glasierte Vase, ertastete ihre Beschaffenheit. *Wie war sie hierher gelangt?* Der Regen, die Sonne und der Staub hatten auf dem zerbrechlichen Gegenstand ihre Spuren hinterlassen. Aufgewühlt strich er über die Bruchstücke. *Woher stammte sie?* Er schaute sich nach den Scherben um, fand am Boden eine Plastiktüte und fing an, die Keramikscherben aufzusammeln. *Wem gehörte sie, als sie noch ganz war?*

Erinnerungen an seine Mutter Nara, ihren Brennofen.

Sie hatte seine kleinen Hände auf den noch feuchten Ton gelegt. Gelächter. Gemeinsam hatten sie gelacht, weil niemand es von ihnen erwartet hatte. Man hatte ihm erklärt, dass sie verrückt sei, und sie lachte viel zu laut, formte mit den Händen seltsame Tiere aus der Erde und verwandelte sie in etwas Lebendiges. »Gefäße«, hatte sie ihm zugeflüstert, als er noch zu jung war, um ihre Worte zu begreifen. »Darin bewahrt man Geister auf.« Und wieder hatten sie gelacht, bevor man ihn fand und von ihr wegbrachte. Aber er wusste, dass die Nacht dazu da war, Dinge zu kreieren. Er kroch aus dem Bett, schlich zu ihr, fand sie an ihrer Drehscheibe sitzend und sah ihr zu, bis er einschlief. Er ließ sie nicht aus den Augen, weil er Angst hatte, dass *die* sie für immer wegbringen würden. Und genau so kam es. Niemand erklärte es ihm. Bevor sie Naras Drehscheibe und Brennofen auseinandernahmen, ging er nachts weiter dorthin, versuchte die Drehscheibe durch schiere Willenskraft dazu zu bringen, sich zu bewegen. Das tat er bis zu dem Tag, als auch er von zu Hause weggeschickt wurde – um zu lernen, wie man ihm sagte.

Ein Wachmann tauchte auf und verjagte den ehemaligen Kapitän, in der Annahme, er sei nur eine weitere heruntergekommene Gestalt unter Millionen, die in den Abfällen des Lebens nach etwas Essbarem suchten. Lai Jin eilte mit der Plastiktüte voller Bruchstücke davon.

64

Als eine von vielen Schlaflosen in Xiamen schlüpfte Ayaana in den Kokon der Nacht. Die Nacht pulsierte in ihrem ganz eigenen Rhythmus. Aus einem Holzhäuschen am Wasser, das den Schwänen als Unterschlupf diente, beobachtete sie die flackernden Lichter der Stadt, die an die Sterne erinnerten, nach denen sie sich sehnte. Nach Mitternacht tauchte eine andere Landschaft auf, die sie bevorzugte. Hier konnte sie den Tag vergessen. Verschwommene Gefühle. Verschwommene Grenzen. In guten Nächten bekam sie vier Stunden Schlaf. Meist waren es weniger. Da sie von Schlaftabletten nichts wissen wollte, zog sie es vor, die Nacht zu beobachten, als würde sie auf der Brücke eines Schiffs stehen und es unter dem beständigen Blick der Sterne durch starke Strömungen navigieren.

Stille.

Dann regte sich etwas im Wald: Ein Zweig knackte, der Wind heulte, es roch nach Salz, ein einsamer Vogel kreischte. Der Meeresgeruch hier war anders als der auf Pate, die Stille auch. In der Nacht konnte sie in die Winkel ihres Herzens blicken und dessen stumme Hoffnungen hören. Bald überkam sie das Gefühl, dass sie nicht allein war.

Eines Nachts – *Ping!* – war es, als hätte die verlorene Zeit von Muhidins Uhr den Weg zu ihr gefunden. Sie drehte sich nicht um, schloss nur die Augen und rief sich das unergründliche Murmeln der Dschinn auf dem Meer in Erinnerung. Zwei Tage später wurde Ayaana ein sorgfältig eingewickeltes Päckchen zugestellt. Sie riss es auf und fand darin Muhidins Armbanduhr. Es gab keinen Absender. *Ping!*, machte die Uhr. Ein Gefühl streifte ihr Herz. Dasselbe, das man empfand, wenn man ein Zao-Wou-Ki Bild sah, das einem die eigene Geschichte begreiflich machte.

~

Munira rief Ayaana an. »Gerüchte liegen in der Luft. Suleiman hat sich von den Dschabhat Tahrir Suriya al-Islamiya ködern lassen.«

Die Syrische Islamische Befreiungsfront.

Bestürztes Schweigen.

»Amina Mahmoud läuft über die ganze Insel, verflucht ihre Sterne und verlangt von Gott, ihr ihren Sohn zurückzubringen.«

Ayaana schauderte: der Geist von Fazul, dem Ägypter. Die Erinnerung daran, wie der grässliche Mann mit Worten, Berührungen und Blicken ihren Willen gelähmt hatte. Sie kratzte sich die Haut und warf einen Blick über ihre Schulter. »*Ma-e*, sind die Libellen schon da?«

»Sie kommen bald. Warum fragst du?«

»Nur so.« Ayaana fehlten die flüchtigen goldenen Wesen. Die Vorfreude auf ihre Ankunft. Die Art, wie sie den Regen und den warmen *Matlai* heraufbeschworen. »Nur so«, wiederholte sie. Doch später würde sie der Nacht in Fujian zuflüstern, dass die Libellen bald auf Pate landen würden, weit weg, und dass ein Junge, den sie kannte, vielleicht in einen Abgrund aus Hass gestürzt war.

Anderswo.

Nachdem er eine Ewigkeit hatte zusehen müssen, wie es sein Schiff in Stücke riss, würde der Mann auf einer langen, breiten Straße zurück an einen der Orte fahren, an denen er sich zu Hause gefühlt hatte. Guangzhou in Guangdong. Der Ort, den er verlassen hatte, um die Welt zu bereisen, und an dem er seinen Vater, einen karrierebewussten Bürokraten, und seine überkandidelte Frau zurückgelassen hatte. Lai Jin war nach Beijing gegangen, um Wirtschaftswissenschaften, Physik und Bildende Kunst zu studieren, danach war er von seinem Vater zuerst nach Singapur, dann nach Kanada geschickt worden. Lai Jin hatte die halbherzigen Versuche, mit der Familie in Kontakt zu bleiben, die ihr Leben ohne ihn weiterführte, aufgegeben und konzentrierte sich ganz darauf, ein erfolgreicher Geschäftsmann und, nachdem er Mai Xing kennengelernt hatte, die Art von Ehemann zu werden, die sein Vater für seine Mutter Nara nie gewesen war. Doch jetzt führte ihn das Heimweh dorthin zurück. Mit einem Gefühl der inneren Leere blieb er stehen, um das Mehrzweckgebäude anzustarren, das an der Stelle errichtet worden war, an der sein Elternhaus gestanden hatte.

Auf der Suche nach Arbeit bat Lai Jin einen ehemaligen Geschäftspartner um Hilfe. Der Mann, der Wasserkocher für den Export produzierte, bot Lai Jin einen Job als Nachtwächter an. Lai Jin fragte den Mann, wie sein vermeintlicher Makel – die Gefängnisstrafe – das gesamte Wissen über sein Wesen in den Augen dieses Mannes, den er für einen engen Freund gehalten hatte, auslöschen konnte. Auf Lai Jins Kosten betranken sie sich gemeinsam. Doch ein einziger Sprung in der Schallplatte seines Lebens hinderte diesen Mann jetzt daran, Lai Jin so zu sehen, wie er vorher gewesen war und auch jetzt noch war. Hohläugig und mit gesprungenen Lippen nahm Lai Jin daraufhin die wenigen Habseligkeiten an sich, die er noch besaß – die Scherben jenes glasierten Gefäßes, das er vom Werftgelände mitgenommen hatte –, und ging still davon.

Mit zersplittertem Ich, zersplitterten Illusionen und zerstreuten Gedanken blieb ihm wenig mehr als die Erinnerung an einen Sturm auf einem Schiff – wie lebendig hatte er sich damals gefühlt! Er wanderte immer weiter, während die Scherben im Rhythmus seiner Schritte klirrten, ohne zu wissen, wo er das nächste Mal Rast machen konnte. Als er bei Sonnenuntergang in einem ehemaligen Fischerdorf, das sich Spekulanten mit ihren Baumaschinen und Betongebäuden allmählich aneigneten, aufs Meer hinausblickte, erinnerte er sich plötzlich an Mei Xings Grundstück in der Hangzhou-Bucht. Es gab begründeten Anlass zu der Hoffnung, dass dieses Grundstück bei der Zwangsenteignung vor seiner Inhaftierung übersehen worden war.

65

Xinchun kuaile – Frohen Frühlingsanfang! *Xinxiang shi cheng* – Mögen sich all deine Wünsche erfüllen. Nostalgisch eingefärbte Jovialität. Eine junge Frau lachte in einem überfüllten Raum, der schon jetzt nach illegalen Rauchwaren roch. Das berauschende Gefühl, im Rhythmus der Musik herumzuwirbeln. Alles gewann an Tiefe. Das Leben pulsierte vor magischen Möglichkeiten, sodass Ayaana wie verzaubert ihre übliche Vorsicht ablegte. Jemand ersetzte die immer gleichen Teenagerstimmen, die die immer gleichen Melodien des allgegenwärtigen K-Pop trällerten, gegen die verschachtelten Sitar-Riffs eines indischen Musikers. Über die drei Fernsehschirme an der Wand flackerten Bilder von gestikulierenden Gestalten, die den Mund aufrissen wie ertrinkende Schatten. Niemand beachtete sie. Im Raum verstreut lagen die Überreste einer mittelmäßigen Party, mit den für Chun Jie, das chinesische Neujahrsfest, zubereiteten Speisen: mit diversen Fleischsorten gefüllte Teigtaschen, Frühlingsrollen und *Niangao, Tangyuan* für Eintracht in der Familie und Fisch für Reichtum und Wohlstand. Ayaana mied die Teigwaren. Es gab auch kohlensäurehaltige Getränke, Saft sowie eingeschleusten Alkohol, der für die gelallten Gespräche und die um unwillige Schultern geschlungenen Arme verantwortlich war. Goldene Zitrusfrüchte, rot-goldene Dekoration. Es wurde Mandarin, Kantonesisch, Hokkien und Englisch gesprochen. Der Raum war voller Menschen, die vor den Frühlingsferien flüchteten – Außenseiter, die keine in der Nähe lebenden Verwandten hatten.

Eine junge Frau schwankte leicht, während sie den Tanzenden zusah, ohne zu ahnen, dass ein Mysterium sie bald in seinen Bann ziehen würde. Koray Terzioğlu beobachtete sie. Sie waren die Einzigen, die sich nicht unter das Getümmel mischten. Die internationalen Studenten hatten sich nicht versammelt, um das neue Jahr zu feiern, sondern ihr Heimweh. Koray sah sich im Raum um, kratzte sich mit dem Messingring an seinem Finger den Wangenknochen und die Nase. Er lehnte sich auf dem großen violetten Kissen zurück, um die lachende Frau durch seinen Pony zu beäugen. Die Studenten bildeten eine gewundene Conga-Schlange zu der indischen *Bhangra*-Musik, die für ihn wie eine einzige Hyperventilation klang. Die Frau am Fenster schien den Text zu kennen, formte ihn mit den Lippen. Koray hatte sich nie mit zeitgenössischer indischer Musik befasst und hatte es auch nicht vor.

Koray, einer der älteren Studenten, war muskulös, hatte einen Schlafzimmerblick und volle Lippen. Seine dicken, glänzenden schwarzen Locken hatten einen eigenen Twitter-Hashtag. Ein Ohrring baumelte an seinem rechten Ohrläppchen – ein Experiment, das er noch in derselben Nacht abbrechen würde. Koray, der auf dem Campus eine Art Idol war, gehörte zu den wenigen Studenten, die es sich leisten konnten, in einem der luxuriösen Apartments mit Meerblick zu leben. Sein Englisch war ganz anständig; seine Familie hatte ihm einen Englischlehrer bezahlt. Er war ein guter Fang, und er wusste es. Er war Kapitän der Basketballmannschaft und hatte sogar den ersten Sommeliers-Club der Uni gegründet. Er hielt den Rekord für die beste Note in Differenzial- und Integralrechnung, sehr zum Leidwesen der chinesischen Kommilitonen, bis eine junge Frau von einer obskuren afrikanischen Insel auftauchte und ihm den Lorbeerkranz entriss. Er erfuhr, dass sie eine Art chinesische Symbolfigur war. Neugier plagte ihn, und wenn er sich ihr näherte, bekam er einen trockenen Mund, obwohl das schlanke Geschöpf, das irgendeinen unbeschreiblichen Duft verströmte, an ihm vorbeiglitt, ohne ihn zu sehen. Sie trug Kopfhörer, hielt den Blick gesenkt und bekam nie mit, wenn er ihr folgte. Das ärgerte ihn am meisten. Koray beschloss, sie zu studieren wie ein Territorium, das er zu erobern gedachte.

Ein neues Lied riss ihn aus seinen Gedanken. Koray hielt sich die Ohren zu. War das nicht genau dasselbe Lied von demselben Schreihals wie zuvor, den man nie in die Nähe eines Mikros hätte lassen dürfen? Er warf einen Blick auf Ayaana. Und tatsächlich, sie formte auch diesmal den Text des Liedes mit den Lippen nach. Dem Klang nach zu urteilen ging es darin um einen fetten kreischenden Wasservogel, der Frösche jagte. Koray beugte sich vor, um seine Hemdsärmel glattzuziehen. Er band die Schnürsenkel seiner maßgefertigten Sneakers neu und erhob sich träge. Das erregte die Aufmerksamkeit einiger seiner alkoholisierten Anhänger. »Koray, Koray!« Sie bedeuteten ihm, auf die Tanzfläche zu kommen. Er ignorierte sie und schlenderte zu einem Tisch hinüber, auf dem die Getränke standen. Sein Blick fiel auf einen Krug mit billigem Sake.

Koray hatte schon einen Plastikbecher voll Sake getrunken und schenkte sich nach, als ein Hauch von Rosenduft ihn herumfahren ließ.

Ayaana verdünnte ihren Saftcocktail mit Eiswasser.

»*Gong Xi Fa Cai!*« – Frohes neues Jahr, sagte er mit monotoner Stimme. Ayaana drehte sich um. »Ohne Alkohol?« Er trat so nah an sie heran, dass sie gezwungen war, zurückzuweichen. Sie schaute auf. Ein prüfender, unergründlicher Blick. Sie musste einen weiteren Schritt zurücktreten, um seiner Präsenz zu entkommen. Unter all den Studenten auf dem Campus strahlte er als Einziger eine gewisse Sorglosigkeit aus, als wäre es ihm egal, ob er bestand oder durchfiel. Sein Blick liebkoste Ayaana. »Dein Drink sieht krank aus«, sagte er. Sie schaute ihr blass orangefarbenes Getränk an und kicherte.

»Gut. Ich wollte, dass du für mich lachst«, sagte er. Sie neigte den Kopf. »Sag mal, woher kennst du den Text dieses Gejaules?«

Ayaana runzelte die Stirn. Koray deutete auf die Lautsprecher. »Du hältst das anscheinend für *Musik*?«

Sie brach in Gelächter aus. »Das ist Dilbara aus *Dhoom*.«

Koray zog fragend die Augenbrauen hoch. »Warum sollte eine Afrikanerin so etwas kennen?«

»Äh … Bollywood!« Sie wurde plötzlich verlegen. Wie sollte sie ihm erklären, dass ihr die Welt durch ihre Bollywood-Abstecher mit

Muhidin größer und bunter vorkam? Sie wollte sich schon abwenden, als er sagte: »Ich wollte dich schon lange kennenlernen, Miss Ayaana.«

Ayaana fuhr herum. Koray griff nach ihrem Arm und verwechselte den Glanz in ihren großen, schräg stehenden Augen mit Interesse. Er betonte jedes Wort, als er sagte: »Wir haben viel gemeinsam. China, die Uni, Religion, Geschichte, das Meer … Schicksal?« Halb scherzhaft erhob er den Zeigefinger. »Hör auf, mich zu ignorieren.« Er starrte auf sie hinunter.

Sie entzog ihm ihren Arm.

Koray wurde rot. »Deine Noten in Differenzial- und Integralrechnung sind nicht zu schlagen. Dabei gebe ich mir alle Mühe. Das ärgert mich.« Er beugte sich vor und flüsterte ihr ins Ohr: »Ich hab nie gelernt, zu verlieren.«

Eine Herausforderung, eine Warnung. Ihre Verwirrung stand im Widerspruch zu dem Schauder, der sie erfasst hatte. Es lag an seiner Berührung und seinem Eau de Cologne, das roch wie eine Mischung aus Gischt und Metall. Er besaß jene kräftige Statur und Größe, die Frauen oft mit beschützender Stärke verwechseln. Sie blinzelte Koray an wie eine Katze.

»Koray«, sagte er.

Ayaana hob fragend die Hände.

»Mein Name, *Canim* – Herzchen. Koray Terzioğlu.«

Sie zuckte mit den Schultern.

Als sie sich entfernte, rief er: »Miss Ayaana!« Sie drehte sich um. »Ich habe vor, dein Herz zu erobern und für mich zu behalten.«

Ihre Augen weiteten sich. Dann lachte sie ihn aus. Und was für ein Lachen es war: tief, ansteckend und hemmungslos. Alle, die es hörten, musste mitlachen. Selbst Koray musste lachen, als das erste der zahllosen Feuerwerke dieser Nacht begann. Doch er lachte aus einem anderen Grund. Seine Langeweile war verflogen. Er war jetzt auf der Jagd nach Qualitätswild. Er sah zu, wie die anderen auf den Balkon hinausschlenderten, um das Feuerwerk zu beobachten.

Ayaana bestaunte die vergängliche Schönheit der erleuchteten Nacht, erinnerte sich an die gewagten Absichten des seltsamen Mannes. Sie hatte die Nase voll davon, dass sie ihre Rastlosigkeit nicht in den Griff bekam. Sie richtete sich auf und schaute zu Koray hinüber. Er *war* ihr in einem Seminar aufgefallen. Die Tatsache, dass er offensichtlich erwartete, angebetet zu werden, hatte sie an Suleiman erinnert, den Mörder ihres Kätzchens, darum hatte sie ihn ignoriert. Koray war jetzt von bewundernden Frauen und ehrfurchtsvollen Männern umringt. Er wehrte schamlose Anmachen mit hohlen Phrasen in schlechtem Mandarin ab: »Du hast gestutzte Flügel, Vögelchen.«

Ayaana lächelte.

Koray ertappte sie dabei, wie sie ihn ansah. Er deutete nach oben, wie ein Versprechen. Sie wandte sich ab und sah einem Feuerrad beim Verglühen zu.

***

»Entschuldigung.« Ayaana drängte sich an der Frau vorbei, die Koray am nächsten stand. »Gute Nacht«, flüsterte sie Koray zu, schlüpfte aus dem Raum und wollte nach Hause gehen.

Eilige Schritte. Koray sagte: »Ich begleite dich bis vor deine Tür.« Ayaana steckte die Hände in die Taschen. »Die finde ich allein.«

»Du bist hübsch«, sagte Koray.

»Du auch«, gab Ayaana zurück.

»Sarkasmus, Miss Afrika?« Ayaana blickte zum Himmel hinauf und schwieg. Blaue Funken, gelbe Feuerräder. »Weit weg von daheim«, fügte er hinzu.

»So wie du.« Sie seufzte.

»Feuerwerk, prächtige Farben. Sollen wir uns unterhalten? Warum die Nacht verschwenden?«, schlug er vor.

»Nein«, sagte Ayaana und eilte an den Schaulustigen vorbei, die nach oben starrten. »Langsam, Mädchen«, widersprach Koray. Er holte sie ein. »Ich komme aus Istanbul. Hast du schon mal von der Türkei gehört?« Sie verdrehte die Augen. »Du studierst doch Schifffahrt«, insistierte er.

Sie ging schneller, bereute ihre Kühnheit. Im Hintergrund erklangen Nebelhörner, Phosphorgestank mischte sich mit den Alltagsgerüchen Xiamens. Ayaana atmete ihn ein. Nächtliche Wolken schwebten über den Tausenden roten Laternen, mit denen die Straßen geschmückt waren. Von Süden wehte ein erfrischend kühler Wind. »Wo hast du Englisch gelernt?« Ayaana knirschte mit den Zähnen. »Wir haben auch Afrikaner in der Türkei, wusstest du das? Sie kommen in Booten, um vor Krieg und Armut zu flüchten. Wir sind ihre Zuflucht«, fügte er hinzu. Feierlich fuhr er fort: »Es gibt auch ein paar, deren Familien seit Jahrhunderten da sind. Wer waren ihre Vorfahren? Sklaven?«

Ayaana blieb abrupt stehen. »Wie viele Länder gibt es in Afrika?« Koray winkte ab.

Seit ihrer Ankunft in Xiamen war sie der Unwissenheit über den Kontinent ausgesetzt, auf dem sie geboren worden war. Aufgrund ihrer Herkunft erwartete man von ihr, als Afrika-Expertin zu fungieren. So war sie gezwungen gewesen, sich bis ins Detail über ihren Kontinent zu informieren, um sich auf die unausweichlich idiotischen Fragen vorzubereiten. Anfangs hatte Ayaana versucht, all die törichten Ansichten zu widerlegen, und dabei eine neue Stimme in sich entdeckt. Doch mittlerweile war sie an ihre Grenzen gestoßen.

Sie sah den schweren Ohrring an seinem Ohrläppchen, und ihre Augen wurden schmal. »Koray«, sagte sie in kühlem, trockenem Ton, Mama Suleimans nicht unähnlich, »du solltest deine Zeit besser nutzen, um dich über die Welt zu informieren. Im Moment klingst du ungefähr so intelligent wie ein Affenbrotbaum.« Sie schaute zu einem runden Gebäude mit teils erleuchteten Fenstern auf. »Das ist mein Wohnheim.« Sie ging ein paar Schritte, dann warf sie einen Blick über ihre Schulter. »Ist das ein Bullenring an deinem Ohr? Warum sollte sich ein Mensch so etwas antun?«

Koray sah Ayaana, die durch die Tür verschwand, mit offenem Mund nach. Hatte sie ihn gerade mit einem Rindvieh verglichen? Er betastete seinen Ohrring. *So intelligent wie ein Affenbrotbaum?* Er war aufgebracht und ging langsam davon. Er kratzte sich den Kopf, dann gestattete er sich ein Schmunzeln.

Ich wünsche mir nur den Blick aufs Meer,
wenn zur Frühlingszeit die Blumen blühen.

(Hai Zi)

66

Ton formen. Ebbe und Flut hinzufügen, Zeit einarbeiten. Spüren, berühren, anfeuchten, neues Leben formen, die Gefäße. Tonerde war uralt, enthielt Erinnerungen, Asche, zusammengepresst vom Druck der Sedimentschichten. Ton zu berühren war wie ein Gebet; ein Gebet für das Leben. Entweder das oder sterben. Indem er den Ton formte, schloss er die Löcher in seinem Leben. Der Mann mit den Kaolin-Flecken auf dem Overall legte die Hände um einen runden grauen, feuchten Tonklumpen, der auf einer rotierenden Töpferscheibe lag. Klopfte mit feuchter Hand den Ton glatt. Drücken, ziehen, umfassen, formen. Er ertastete sich einen Weg ins Innere des Klumpens, presste den Daumen hinein, dann nach außen. Mit der rechten Hand drückte er den Rand nach unten. Er feuchtete seine Hand an. Es gelang ihm immer besser, mit dem Ton zu kommunizieren, zu spüren, wann er ihn strecken, glätten, umschmeicheln oder Wasser hinzufügen musste. Er zog den Rand hoch, während die Scheibe sich unablässig drehte, und das Loch in der Mitte weitete sich. Rechte Hand, Finger, beide Hände schmiegten sich um den Klumpen, gaben ihm Form. Er strich den Rand hoch, verdünnte ihn. Ein Gefäß bildete sich heraus, das jene Zuflucht in sich barg, die er so lange verdrängt hatte. Er glättete den Rand. Fing wieder von vorn an, erinnerte sich an die prägnanten Träume von einer schweigenden Mutter. Wie sie hatte auch er sich selbst verloren. Jetzt versuchte er, Erinnerung für Erinnerung, wieder einen Sinn zu schaffen, während er den Rand des Gefäßes mit einem Skalpell zurechtschnitt. Alles Überflüssige entfernte. Er würde eine Feuergrube benutzen. Dies war sein fünfunddreißigster Versuch. Wenn es etwas an seiner ungerechten Gefängnisstrafe gab, wofür er dankbar sein müsste, dann die seelenvernichtende Zwangsarbeit auf Feldern und Straßen, die seine Hände rau und ihn wieder mit der Erde vertraut gemacht hatte.

67

Ayaana eilte mit einem neonpinken Schal um den Kopf und genervtem Gesichtsausdruck zu einer Kleinstadtmoschee. Der penetrante Geruch der Garküchen verursachte ihr Übelkeit. Sie hielt sich den Schal vor die Nase, wagte nicht, ihren Schleier zu senken. Er verbarg das katastrophale Ergebnis ihres ersten Besuchs bei einem Friseur, der ihre Haare so entsetzt angestarrt hatte, als würden sie beißen. Dann hatte er sie angewiesen, sich an ein Spülbecken zu setzen und zurückzulehnen, woraufhin er ihr fast eine Stunde lang die Haare gewaschen und sich darüber beschwert hatte, wie widerspenstig sie waren. Sein Gemecker hatte Schaulustige in den Salon gelockt, die mit grimmigem Blick zuschauten oder Ausrufe des Erstaunens von sich gaben. Ein paar hatten ihre Haut angefasst, als erwarteten sie, ihr goldbrauner Teint könnte abfärben.

Sie hatte sich alles gefallen lassen, weil sie sich so sehr nach der Wärme menschlicher Hände sehnte. Sie hatte verwöhnt, umsorgt, massiert und gepflegt werden wollen, um danach strahlend schön zu sein.

Doch es hatte nicht sein sollen.

Obwohl der triumphierende Friseur der Meinung war, er hätte einen Look kreiert, der an die Supremes erinnerte, wäre es Ayaana lieber gewesen, er hätte ihr gleich den ganzen Kopf statt nur die Haare abgeschnitten. Sie war ins Tageslicht gestolpert und hatte sich sofort auf die verzweifelte Suche nach einem Bekleidungsgeschäft gemacht. In einem Geschäft, das künstliche Seidenschals in nie gesehenen Farben feilbot, kaufte sie einen in Pink, ohne zu feilschen, und wickelte ihn sich sofort um den Kopf.

In ihrer Verzweiflung ging sie in eine Moschee, die sie eigentlich nicht hatte betreten wollen. Dort studierte ein rotbärtiger Imam heilige Texte und sprach elegantes Mandarin, von dem sie das meiste nicht verstand. Doch die Gebete der anderen spülten über sie hinweg, und sie sagte sich, sie müsse dankbar sein und sich vor Augen führen, wie viel Glück sie hatte. Ihr Studium machte ihr Spaß. Sie telefonierte öfter mit ihrer Mutter. Aber all das änderte nichts daran, dass ihre Haare jetzt einem verfilzten Knäuel Stahlwolle glichen.

Sie hastete wieder aus der Moschee, als ihr jemand zurief: »Guten Abend, Miss Ayaana.«

Koray. Er hatte auf sie gewartet. »Dachte ich mir doch, dass du es bist.«

Er sah sie lächelnd und mit schräg gelegtem Kopf an. »Religiosität macht eine schöne Frau noch attraktiver.«

Ayaana wollte mit niemandem reden.

Sie zog das Kopftuch enger um sich.

»*Ex Africa semper aliquid novi*«, zitierte er. Sie drehte sich um. »Aus Afrika gibt es immer etwas Neues zu berichten.« Er ging neben ihr her.

Ayaana sah sich auf der Straße um. Es roch jetzt weniger widerlich. Sie rümpfte die Nase. An manchen Tagen fand sie die Gerüche angenehm und kartografierte neue Wege allein anhand der vielfältigen Aromen.

Koray beugte sich zu ihr. »Vierundfünfzig souveräne Staaten, davon zwei de facto nur bedingt anerkannt, zehn abhängige Gebiete, wie La Réunion oder Mayotte. Insgesamt fünfundfünfzig Staaten.«

Ayaana seufzte. »Was?«

»Länder in Afrika. Ich habe mich auch über Kenia informiert.« Er sprach es »Kinja« aus. »Dein Land.« Er klang selbstzufrieden. »Ich bereite mich darauf vor, alle Diskussionen mit dir zu gewinnen.« Der mittägliche Ansturm der Menschen drängte sie gegen eine Mauer.

Koray kam immer mehr in Fahrt. »Amir Ali Bey ... ein Türke. Er war auf deiner Insel, hat aufseiten deines Volks gegen die marodierenden Europäer gekämpft.« Er grinste. »Uns verbindet vieles, Nachfahrin.«

Ayaana sah niedergeschlagen aus, ihre Mundwinkel waren nach unten gezogen.

Koray sah sie an und sagte mit sanfter Stimme. »Aber heute wollen wir uns nicht streiten.« Sie sah zu ihm auf. »Nein«, sagte er, und seine Augen leuchteten. »Heute habe ich vor, dich mit meinem Charme zu verzaubern.« Er berührte sie an der Schulter. »Ich glaube, du brauchst ein Lachen, und vielleicht, wenn ich mir die Hoffnung erlauben darf, einen Freund?«

Ein salziger Klumpen schnürte ihr die Kehle zu.

Koray hob die Hände. »Ich verstehe dich.«

Er strich ihr über die Wange. »Ich kenne das Gefühl, sich in dem riesigen Traum von jemand anders verloren zu haben. Du sollst China dein Zuhause nennen, nicht wahr? Du glaubst, du müsstest das Gefühl haben, hierherzugehören. Aber dieses Land lässt seine Seele von einem kaltherzigen Drachen bewachen, der dich nicht einlässt. Und für dich, die du ein bisschen aussiehst wie sie, ist es nicht genug, vor den Toren zu sitzen.«

Tränen kullerten ihr aus den Augen. Sie versuchte zu lächeln.

Ermutigt hakte er sich bei ihr unter. »Also, weshalb bist du wirklich so aufgebracht, *Canim*?«

Sie lugte unter ihrem Kopftuch hervor, knotete den Schal fester und schwieg. Sie gingen eine Weile, dann sagte er: »Sag mir, können zwei nicht mehr ganz Fremde, wie wir es sind, mit einer gemeinsamen Geschichte nicht wenigstens das Brot gemeinsam brechen?«

Berührungen, Wärme, Geplänkel. Sie merkte, dass sie tatsächlich Hunger hatte.

»Na?«, drängte Koray.

Ayaana nickte.

Koray lachte und drückte ihren Arm. »Dann, wenn du erlaubst ...

darf ich dir einen kleinen Laden zeigen, in dem sie Qingzhen Cai, Hähnchen und Nudeln, servieren? Und Miss Ayaana, sie haben auch *Halwa*.«

Ehrliche Tränen.

Sie ging um eine Ecke. Ayaana atmete tief ein und versuchte, sich wieder in den Griff zu bekommen. »*Halwa*?«, rief sie, dankbar für sein unerwartetes Verständnis.

»*Halwa*«, wiederholte Koray feierlich.

Ihr Blick bekam etwas Verträumtes. »*Halwa*.«

»Ja, Miss Ayaana, *Halwa*.« Koray nickte ihr zu. Er löste sich von ihr, lief rückwärts und stieß gegen einige Passanten.

Ayaana folgte ihm. »Die Leute …«, rief sie erschrocken.

»… können ausweichen, wenn sie nicht umgerannt werden wollen. Beeil dich! *Halwa!*«

»*Halwa!*«, sang Ayaana.

»*Halwa!*«, rief Koray zurück, während die Menge sich teilte, um den beiden verrückten Ausländern Platz zu machen, die auf der Suche nach Süßigkeiten im Zickzackkurs durch ihr Land liefen.

~

Schatten fielen durch das offene Fenster des schmuddeligen Restaurants. Um elf Uhr abends saßen ein Mann und eine Frau immer noch vor einem dampfenden Topf, die Überreste ihres Mahls – Knochen, Haut, Muschelschalen – lagen verstreut auf dem Tisch. Sie tranken Kaffee aus demselben Becher, geborgen in einem Mikro-Universum, ohne die Verkehrsgeräusche und die Schritte der Passanten auf dem Gehsteig zu hören. Von Zeit zu Zeit hielten sie inne, um der Musik zu lauschen, die sie beide nicht kannten und die ihnen doch vertraut war. Es befanden sich nur noch zwei weitere Gäste in dem Restaurant, dessen Besitzer in einer Sitznische saß und die Welt und seine Gäste beobachtete.

Es war, als würden sie sich kopfüber in einen Strudel stürzen. Das Schau-mir-in-die-Augen-Spiel wurde zum Flirt. Koray zündete sich eine Zigarette an, die er Ayaana anbot. Sie rümpfte die Nase, wandte sich ab und fing an zu husten. »Rauchen gehört also nicht zu deinen Stärken«, bemerkte Koray trocken, während Ayaana nach Luft schnappte.

Koray beugte sich vor und klopfte ihr auf den Rücken. »Meine Ex war Kettenraucherin. Ich hasse Nikotingestank.«

»Du rauchst doch selbst«, sagte sie.

»Nur, um dich zu testen«, erwiderte Koray und drückte die Zigarette aus.

Mit tränenden Augen starrte Ayaana ihn an. Doch bevor sie nachfragen konnte, hob Koray ihr Handgelenk und roch daran. »Damaszenerrosen«, sagte er. »Aus der Türkei.«

Berührungen. Doch Gerüche waren noch intimer, als würde man eingeatmet. Um ihre plötzliche Verwirrung zu überspielen, antwortete sie: »Damaskus liegt in der Türkei, nicht wahr?«

»Diese Rosen kommen jedenfalls daher.« Seine weißen Zähne leuchteten auf, und er beugte sich vor, um sie auf Stirn und Nase zu küssen. Bevor sie reagieren konnte, hatte er sich schon wieder hingesetzt und lachte.

Ayaanas neuer pinker Schal war auf den Boden gefallen. Ihr unbedecktes, aufgebauschtes Haar stellte sich trotzig den Blicken, als sie Koray ihr Friseursalon-Missgeschick beichtete. Er lachte schallend. Sie seufzte. Er sagte, Schönheit sei ein permanenter Zustand, und sie kicherten. Ayaanas Herz schlug schneller; sie hatte nicht gewusst, dass man mit einem Fremden so lachen konnte.

»Was heißt es, eine *Houyi* zu sein?«, fragte Koray sie und umfasste ihre Handgelenke.

»Blutsbande.« Sie zuckte die Achseln. »Vielleicht«, fügte sie hinzu. Er schwieg kurz. »Aber du kommst doch aus Af... aus Kenia.«

»Wir teilen uns ein Meer. Haben eine gemeinsame Geschichte.«

»Wir teilen uns auch ein Meer, Cousine *Houyi*!«

Sie lachte.

Dann schwieg sie. Fragen stiegen in ihr auf. Das Schweigen ihrer Mutter. *Wer ist mein biologischer Vater?*

Koray sah, wie sie schauderte. »Geister?«, fragte er. Sie fuhr herum. »Erzähl mir alles«, bat er.

»Nein«, sagte sie.

»Ich bestehe darauf.

Sie starrte ihn an.

Koray verlagerte das Gewicht auf dem Stuhl und steckte den Finger in die Zuckerschale. »Ich will dich kennenlernen, Ayaana.« Seine Augen wurden dunkel, sein Blick vorwurfsvoll. »Ich enthülle Geheimnisse ... bis sie nackt und bloß sind, und dann verschlinge ich ihre Seele.« Er grinste.

Ayaana schloss die Augen. Er hatte etwas entschieden Unstudentisches. »Warum bist du in China?«, fragte sie.

Koray zog die Augenbrauen hoch. »Um es kennenzulernen. China und ich haben keine Illusionen voneinander, *Houyi*.« Er nahm ihre Hand. »Verrate es niemandem, aber die Wahrheit ist, meine Familie wollte, dass ich nach Xiamen fahre. Aus strategischen Gründen.«

Ayaana sah ihn fragend an.

»*China International Fair for Investment and Trade*, sagt dir das was?«, fragte er.

Sie schüttelte den Kopf.

»Eine Messe, die im September stattfindet. Ist Stadtgespräch.« Koray bediente sich von ihren Essensresten. »Da wird die Zukunft des Welthandels entschieden.« Er sah sie an. »Du solltest daran teilnehmen. Als mein Gast.«

Sie zuckte die Achseln.

Koray lehnte sich zurück, ließ sie nicht aus den Augen. »Ich bin hauptsächlich hier, um Netzwerke und Beziehungen zu knüpfen. Mir die Sprache anzueignen. Etwas über die Sitten der Einheimischen zu erfahren. Das ist mit einem Studentenvisum wesentlich leichter.«

Eine seltsame Trägheit hatte sich im Raum breitgemacht wie Nebel. Koray trommelte mit den Fingern auf den Tisch. »Bist du glücklich?«

»Ich bin glücklich, hier zu sein«, sagte sie.

»Das war nicht meine Frage«, bemerkte er.

Sie wurde rot. Fast gegen ihren Willen sagte sie: »Mein Zuhause fehlt mir … obwohl …« Die Art, wie die Worte auf einmal nur so aus ihr heraussprudelten, machte ihr Sorge. »Auf den meisten Karten der Welt existiert meine Insel gar nicht.«

Lachfältchen bildeten sich um Korays Augen. »Sieh an! Ein Phantom aus den Abgründen von Raum und Zeit. Ich wusste es gleich, als ich dich gesehen habe!«

Ayaana lachte laut.

Stille.

Dann sagte Koray: »So etwas wie ein Zuhause gibt es nicht, Miss Ayaana.« Sie hob den Kopf, und er fuhr fort. »Wir sind anders, eine andere Generation. Wir brauchen eine neue Idee vom Leben und für das Leben. Unser Zuhause ist überall und nirgends. Wo auch immer wir es wollen. Die Zukunft ist kein Land, weder für mich noch für dich.«

Seine Worte zogen Ayaana in ihren Bann. Er neigte den Kopf. Etwas Kaltes und gleichzeitig Verschmitztes lag in seinem Blick. Die Härchen auf Ayaanas Rücken richteten sich auf. Sie schaute zur Seite und beging den Fehler, sich vorzustellen, der Schauder, der ihren Körper überzog, habe etwas mit Anziehungskraft zu tun.

Angespanntes Schweigen. Echos von Seevogelschreien. Ein Kellner brachte eine Schüssel mit etwas, das einmal Chili Chicken Wings gewesen sein mochten.

»Wieder traurig, *Sevgilim* – mein Schatz?«

Sie berührte ihr Wasserglas. Deutete ein Lächeln an. »Eigentlich nicht.«

»Erklär's mir.«

Blicke begegneten sich. Sie deutete auf die Chicken Wings. »So winzig.« Sie erinnerten sie an den Ortolan.

Koray runzelte die Stirn. »Das Leben ist mit Absurditäten gespickt, auch leidende Vögel sind ein Teil davon.« Ayaana zeichnete unsichtbare Linien auf die Tischplatte. Koray steckte sich noch einen Chicken Wing in den Mund. »Hmm«, sagte er.

Ayaana schaute zu der weit geöffneten Tür hinüber und sah eine Frau mit Haaren, die ihr bis auf den Rücken reichten, den Boden schrubben. Zhou Bichangs sanfte Stimme schallte durch den Raum, doch sie lauschte ihren eigenen Gedanken und Korays Kaugeräuschen. Ayaana schob mit einer kleinen Pinzette das Rosen-*Lokum* neben das Pistazien-*Halwa*. Ihr Herz und ihr Geist waren in Aufruhr. Sie wusste nicht, wie sie mit Korays forscher Vertraulichkeit umgehen sollte. Außerdem hatte sie sich mit zu viel Süßem vollgestopft. »Wir sollten gehen«, sagte sie.

»Jetzt schon?«

Sie stützte die Ellbogen auf den Tisch. »Ich muss morgen ins Seminar.«

»Hart arbeitende *Xiao jie* Ayaana.«

Ja, *Xian sheng* Koray.«

Er machte ein ernstes Gesicht. »Freunde?«

Sie sah auf, dann senkte sie den Blick und wurde rot, als würde er mehr von ihr wollen. Sein Blick war verschleiert. »Ayaana?«, hauchte er.

Aus einem Impuls heraus ergriff er wieder ihre Hand. »Du brauchst noch nicht Ja oder Nein zu sagen … Bitte komm in den Ferien im August und September vor der Handelsmesse mit mir in die Türkei. Du wirst Istanbul *lieben*. Du wärst ein Gast unserer Familie. Mutter wird deine Gesellschaft genießen. Dann würde sie mir auch endlich glauben, dass ich in diesem fremden Land nicht in liederlicher Einsamkeit schwelge.« Er hob die Hand. »Nein, gib mir noch keine Antwort. Lass es dir ruhig eine Weile durch deinen entzückenden Kopf gehen. Und jetzt«, er sprang auf, »kehren wir in die kalte, grausame Welt zurück. Ich bring dich nach Hause, bevor ich in mein Bett gehe und von dir … und deiner unsichtbaren Insel träume.«

Ayaana boxte gegen seinen Arm.

Koray schmunzelte. »Ich haue ein Mädchen nur, wenn ich es mag.« Er legte die Hand auf ihren Arm. »Und ich mag dich, Miss Ayaana.«

Sie nahmen einen Umweg nach Hause, spielten zwischen den Menschen auf der Straße Fangen, warfen sich irgendwelche Dinge zu, die sie fanden, bis sie einen menschenleeren Ort erreichten, an dem Ayaana unter dem Nachthimmel herumwirbeln konnte. Koray sah ihr zu. Sie lachten, hielten Händchen, redeten. Dann gingen sie schweigend weiter, überrascht, wie wohl sie sich miteinander fühlten. Vor der Tür ihres Wohnheims küsste Koray sie auf die Wange. Zwei Mal.

~

Die Tage huschten wie der Schatten eines Adlers an den Studenten vorbei. Heftige Stürme mit diversen Namen drohten aufzukommen, doch es wehten nur leichtere Winde, die dem Meer weiße Schaumkronen aufsetzten. Und vor diesem Hintergrund begann Koray eine Faszination auf Ayaana auszuüben, denn er gab sich Mühe, ständig in ihrer Nähe zu sein: ein charmanter Freund, ein gewandter Kommilitone, der aller Welt zeigte, dass er gern mit ihr zusammen war. In Korays Gesellschaft dachte Ayaana darüber nach, was »Mann« bedeutet, und ihr fielen seltsame Dinge auf: die Art, wie er mit den kräftigen Händen gestikulierte oder die Mundwinkel nach unten zog, wenn er nachdachte. Ihre Haut prickelte, wenn er sie scheinbar unab-

sichtlich berührte. Er nahm jetzt immer häufiger ihren Arm und lud
sie zu einem Spaziergang ein. Und sie nahm die Einladung immer
häufiger an.

Aingiaye baharini huogelea.

Wer sich ins Meer begibt,
muss schwimmen.

68

Aus der Luft erinnerte der Bosporus an ein türkisfarbenes Band, das das tiefe Dunkelbau des Schwarzes Meers mit dem des Marmarameers vereinte. »İstanbul Boğazı. Unter dem Oberstrom gibt es einen Unterstrom, der in die entgegengesetzte Richtung fließt … Er wäre der sechstgrößte Fluss der Welt. Er speist die Meere«, erklärte Koray Ayaana, die die Farbe des Wassers in sich aufnahm. »Das da ist Europa. Und das da hinten ist Asien.« Koray deutete erst auf eine, dann auf eine andere braune Landmasse. »Eine Trennung, die nur dem Namen nach existiert.«

Für einige Anblicke gibt es keine Worte. Ayaana beugte sich zum Fenster hinüber und studierte die Erdoberfläche. Sie hatten den Bosporus im Unterricht durchgenommen. Er war eine Feuerprobe für Seefahrer, die zum Teil mit Kurswechseln um fünfundvierzig oder sogar achtzig Grad fertigwerden mussten und dabei gleichzeitig mit unberechenbaren Strömungen, unvorhergesehenen Biegungen und dem geschäftigen Schiffsverkehr zu kämpfen hatten. Schmale Wasserstraßen waren eine große Herausforderung, und diese Meerenge war eine der längsten. Atemberaubend. Ayaanas Herz schlug schneller, sie wusste gleich, dass sie den Bosporus lieben würde. Ihr China-Southern-Airlines-Flugzeug landete. »Herzlich willkommen in der Türkei, Miss Ayaana.« Koray hielt ihre Hand. Sie beugte sich zu ihm hinüber, und er roch an ihren Haaren. »Es wird dir hier gefallen«, entschied er.

Sie glaubte es ebenfalls. Als sie in die warme Abendluft hinaustraten, atmete Koray tief ein, das Gesicht zum Himmel gewandt. Zitrusfrüchte und Geheimnisse. »Mein Land«, sagte er.

Weltgeschichte lag in der Luft, drang bis in die Poren. Man spürte, dass es ein sehr altes Land war. Ayaana sah die Welten der Menschen aufeinanderprallen. Dieser Ort war in den Gedichten ihres eigenen Meeres verewigt worden, zu Ehren jener, die diese Gefilde erreicht hatten und wieder zurückgekehrt waren, um vom geheimnisvollen Bosporus, der Heimat unbekannter Meeresungeheuer zu erzählen. Ein Gewirr aus Farben und Stimmen. Ein Widerhall des Gebetsrufs, kaum mehr als ein Flüstern, erreichte ihr Ohr und ihr Herz, weckte dort trotz aller Ungewissheiten Vorfreude. Sie wollte sich kopfüber in dieses verführerische Drama stürzen, sich vorstellen, was es bedeutete, an einem solchen Ort zu Hause zu sein, an dem sie Echos ihrer eigenen Heimat zu vernehmen glaubte.

Ayaana warf sich in Korays Arme und lachte, als er sie herumwirbelte. Sie hatte den ersten Fehler, den sie begangen hatte, schon wieder vergessen: Als Koray sie während der Organisation der Reise darum gebeten hatte, ihm ihren Pass auszuhändigen, hatte sie es getan. Selbst beim Einchecken hatte er ihn behalten und anschließend zusammen mit seinem eigenen eingesteckt. Er übernahm das Kommando. Und sie vergaß, ihn darum zu bitten, ihn ihr zurückzugeben.

Vor der Tür des Ankunftsbereichs stand ein dunkelblauer Mercedes, der im absoluten Halteverbot auf sie wartete, was niemanden zu stören schien. Koray hielt ihr die Wagentür auf, während ein Mann im grauen Anzug ihr Gepäck in den Kofferraum legte.

Es gibt eine mächtige Unterwasserwelt unter dem Bosporus, die von einem dichten, gewaltigen fünfunddreißig Meter tiefen Unterwasserfluss beherrscht wird – mit Nebenflüssen, Stromschnellen und Wasserfällen. Er speist seine geheimen Bewohner, strömt über Sedimente voller Geschichte, Gold und Öl, die er vor den Blicken Uneingeweihter verbirgt. Wie unten, so oben: Goldgeränderte schattenhafte Tentakel griffen nach Ayaana, sodass ihr unwillkürlich ein Schauder über den Rücken lief, und als sie aufschaute, sah sie, dass sich eine fremde Dunkelheit in Korays Blick eingeschlichen hatte.

Sie erreichten die größtenteils weiße Villa der Terzioğlus in Istanbul, eine von drei Familien, denen das gesamte Land gehörte. Trotz des teilweisen, aber noch akzeptablen Verfalls gehörte das Gebäude zu ihren wertvollsten Besitztümern. Sie lag mit ihrem drei Morgen Land umfassenden naturbelassenen und dicht bewachsenen Garten in einem begehrten Viertel des stets nach mehr Platz hungernden Istanbul. »Ich bin hauptsächlich hier aufgewachsen«, erklärte Koray. »Als ich zwölf war, haben sie mich nach England ins Internat geschickt.« Ein düsterer Ausdruck legte sich über sein Gesicht wie ein Leichentuch.

Ayaana betrachtete das Haus wie die prachtvolle, aber gruselige Kulisse eines verschwenderischen Albtraums. Koray legte ihr die Hand auf den Rücken. Sie roch sein Eau de Cologne, schmiegte sich an ihn und rieb sich das Gesicht, als wäre sie aus Versehen durch Spinnweben gelaufen. Koray sah mit einem schwachen Lächeln auf sie hinunter. Sie fröstelte.

Die riesige Tür öffnete sich und enthüllte eine stark geschminkte Frau mit künstlich strahlendem Teint. Ihr Parfüm, ein Mix aus Blumenduft und Gewürzen, hing schwer in der Luft. Die Gesten ihrer zierlichen Hände wirkten wie das Vorspiel zu einem Tanz, und sie bewegte sich mit schnellen Schritten. Eine Art Seidenrobe war um ihren Körper drapiert und verhüllte ein Kleid, das mit weißen Perlen bestickt war. Ihr dickes, zu einem Knoten gebundenes Haar war blondiert. Sie hatte die Haltung einer Tänzerin; die koordinierten Hand- und Augenbewegungen wären einer Meisterin des indischen Karthak würdig gewesen. Ruhig begrüßte Koray seine Mutter, indem er sie auf beide Wangen küsste. »Lass dich ansehen!«, rief sie. Dann wandte sie sich Ayaana zu.

»Mutter, das ist Ayaana«, sagte Koray.

Nehir musterte Ayaana mit geneigtem Kopf. »Damit kann man arbeiten, Korayğim«, sagte sie schließlich. »Was für ein Geschöpf.« Ayaana knickste unwillkürlich. Nehir nahm ihre Hand. »Küss mich dahin.« Sie hielt Ayaana die Wange hin.

Ayaana, die größer war als sie, beugte sich vor, um sie zu küssen.

»Wir werden uns noch besser kennenlernen«, fuhr Nehir fort, dann wandte sie sich wieder ihrem Sohn zu. »Koray!«, schimpfte sie. »Deine Beschreibungen werden ihr nicht gerecht. Sie ist *kein* kleines Inselvögelchen, das man aufpäppeln muss, mein Schatz!« Sie beugte sich vor, sodass Ayaana ihren Kardamom-Atem riechen konnte, als sie sagte: »Mein Sohn nimmt gern jemanden unter seine Fittiche.« Nehir lachte schrill wie über einen Insiderwitz, ein Geräusch, bei dem Ayaana Gänsehaut bekam. »Komm mit«, sagte Nehir. »Ich zeige dir dein Zimmer. Es ist weit, weit weg von Korays.« Wieder lachte sie.« Zu Koray sagte sie scherzhaft: »Dieses Kind ist so herrlich unfertig: ungeschminktes Gesicht, kein Lippenstift. Wir werden viel Spaß zusammen haben.«

Ayaana folgte Nehir, schaute zu Koray zurück und funkelte ihn an. Er zwinkerte ihr zu. Sie gingen vorbei an den rissigen Steinstatuen der Wölfe, die den Eingang flankierten, eine Treppe hinauf und traten durch eine große, rostig riechende Tür. Dann erreichten sie einen schwach erleuchteten Flur, an dem zu beiden Seiten Zimmer lagen. Ayaana schaute durch die geöffneten Türen. In allen gab es Bücher und Karten. In einem großen Regal im Flur standen Bücher aus verschiedenen Zeitaltern, die alle von irgendeinem Mitglied des Terzioğlu-Clans verfasst worden waren. Die Luft war stickig. Ayaana hatte das Gefühl, eine andere Welt zu betreten. Gemälde und Wandteppiche, in die Motive aus Volksmärchen eingewebt waren, hingen an den Wänden und wurden von fenstergroßen Spiegeln in Goldrahmen vervielfältigt. Der Boden war von persischen Teppichen bedeckt, und in unaufdringlichen Mauernischen standen byzantinische Keramikwaren.

Einige der Räume blieben hinter verriegelten verstärkten Stahltüren verborgen. Schweigende Bedienstete, die in der Terzioğlu-Welt mit unsichtbarer Effizienz für Ordnung sorgten, warfen Ayaana verstohlene Blicke zu. *Wo bin ich hier gelandet?*, fragte sie sich.

69

Feste Gewohnheiten strukturierten den Tagesablauf der Terzioğlus. Gemeinsames Frühstück, Mittag- und Abendessen, die Drinks nach dem Dinner wurden in einem Salon serviert, in dem mit geöffnetem Deckel ein glänzender schwarzer Flügel lauerte wie ein Flusskrokodil, das sich in der Hoffnung auf leichte Beute totstellt. Manchmal unterhielten sie sich; die meiste Zeit über lauschten sie jedoch der Musik religiöser Sänger oder einer Auswahl klassischer Musik, bevorzugt elegischen Melodien. Die ritualisierte Gastfreundschaft der Terzioğlus unterlag unausgesprochenen Regeln, die Ayaana nur erahnen konnte. Sie wurde wiederholt willkommen geheißen, spürte jedoch, dass sie bei jeder Geste und jedem Wort beobachtet, studiert und beurteilt wurde. Das machte sie doppelt so nervös und sensibel gegenüber den Stimmungen, die in der Luft lagen. Das Selbstbewusstsein, das sie in China gewonnen hatte, schrumpfte unter der ständigen Beobachtung, die selbst ihre Träume zu beeinflussen schien.

»Tja … dein Vater ist also in der Schifffahrt beschäftigt?«, fragte Korays Mutter Ayaana, hob den Blick, senkte ihn und richtete ihn zur Seite wie eine indische Tempeltänzerin.

»Er ist Navigationsoffizier«, stotterte Ayaana und beförderte Muhidin. »Im Ruhestand«, fügte sie hinzu.

»Finanziell erfolgreich?«

»Mutter!«, wies Koray sie zurecht.

»Das ist doch eine wichtige Frage«, entgegnete Nehir. »Und, ist er es?«

»Er hat sein Bestes getan.« Ayaana starrte in ihre Suppe.

Sie trat Koray unter dem Tisch. *Hat er seiner Mutter etwa alles erzählt?* Er lächelte.

»Und was macht deine Mutter beruflich?«

»Sie führt einen Schönheitssalon.«

»Sie ist Kosmetikerin?«

Ayaana hatte das Wort noch nie gehört. »Ja«, sagte sie. *Was auch immer.*

»Ayaana studiert Navigation«, sagte Koray gedehnt.

Mutter und Sohn tauschten einen Blick. Danach wandte sich Nehir wieder Ayaana zu. »Mein Sohn hat mir erzählt, dass die Chinesen dich sehr schätzen.« Ayaana begann zu stottern. »Ja? Nein?«, insistierte Nehir. »Wer in deiner Familie war denn der Chinese? Egal. Die Chinesen sind sehr, sehr schwierig, Liebes. Sie sind schrecklich gierig, *bo-den-los* gierig«, betonte sie. »Aber ihr seid dort, um von ihnen zu lernen – was absolut notwendig ist, wenn wir eine Zukunft haben wollen.«

Ayaana schluckte schwer und hatte plötzlich das Bedürfnis, China verteidigen zu müssen. *Sie sind liebenswürdig.* Ihr Blick huschte hin und her. *Sie arbeiten hart. Ihre Träume sind größer als die Welt.* Sie glaubte, Koray würde sich einmischen. Stattdessen saß er mit verschränkten Armen da und beobachtete selbstzufrieden den Austausch zwischen ihr und seiner Mutter. Nehir beugte sich zu Ayaana hinüber. »Was bedeutet es, ein chinesisches Erbstück zu sein?« Koray räusperte sich warnend und bedeutete seiner Mutter mit einer Geste, zu schweigen. »Navigation!«, rief seine Mutter aus, als sie ihre Suppe mit schwarzem Pfeffer nachwürzte. »Ich schätze, eure Generation will mit *allem* Erfahrungen machen. Ich vermute, du willst eines Tages dein *eigenes* Schiff haben und große Gewässer überqueren.« Sie gestikulierte überschwänglich, begleitet von einem trägen, wissenden Lächeln. »Frauen brauchen Träume … vielleicht noch mehr als Männer. Hat Koray dir erzählt, dass wir auch Schifffahrt betreiben? Wir haben sieben Schiffe und einen Tanker, vier davon sind nach mir benannt. Emirhan, mein Mann, verwöhnt mich ... Iss, iss ...«, fügte sie hinzu.

Die klare Suppe verströmte Rosen- und Pfefferminzaroma, das Ayaana in Muniras schmucklose Küche zurückversetzte. Sehnsucht nach zu Hause. Sie hob den Kopf, um von Munira zu erzählen, doch da rief Nehir aus: »Du bist eine sonderbare Schönheit, Liebes. Ich bin entzückt. Korays Geschmack in Bezug auf Frauen ist wirklich tadellos.« Sie schwieg kurz.

»Ich bin nicht ...«, begann Ayaana.

»Bist du religiös?«, unterbrach sie Nehir.

Ayaanas Löffel verharrte zwischen Teller und Mund. Was sollte sie darauf antworten?

Koray lenkte ab. »Ayaana ist die Beste in Infinitesimalrechnung.«

Nehir starrte sie an. »Bist du religiös, Mädchen?«

»Ich ...« Ayaana suchte Korays Blick.

Er schielte sie an.

»Entweder du bist es, oder du bist es nicht. Praktizierst du?«, fragte Nehir.

»Ja.«

Nehir nickte, als könnte sie diesen Punkt abhaken. »Aber man darf es auch nicht übertreiben, alles in Maßen. Die Vergangenheit muss sich an die Gegenwart anpassen. Das darf man nicht vergessen. Bewahrt uns vor Extremen. Ich vermute, du würdest gern eine Moschee besuchen? Koray, sag Khaldi Bescheid. Unser Chauffeur«, erklärte sie Ayaana. »Er steht dir zur Verfügung, Liebes.«

Das war nicht ganz das, was sich Ayaana unter ihrem ersten echten Urlaub vorgestellt hatte.

Als Ayaana in die Villa zurückgekehrt war, nachdem sie sich einen ganzen Tag lang mit Istanbul vertraut gemacht hatte, mit seiner Geschichte, seinen beunruhigenden Gerüchen, seinen Ruinen, seinen enttäuschten Hoffnungen auf eine unbekannte Zukunft und einer nostalgischen Verwahrlosung, die dafür sorgte, dass selbst die hässlichsten modernen Gebäude mit den Farben der Vergangenheit übertüncht wurden, entdeckte sie, dass ihr roter Rucksack durch zwei neue rosafarbene Koffer ausgetauscht worden waren. Fünf Paar italienische Designerschuhe – Slingbacks, Stiefel, Ballerinas, Peeptoes und Espadrille-Keilsandalen – ersetzten ihre Sandalen und die ramponierten Sneakers. In einer Schachtel fand sie ein schwarzes Seidennachthemd. Ihre Sachen waren durch Kleider im Audrey-Hepburn-Stil in den Farben Schwarz, Weiß, Blau und Rot ersetzt worden. Außerdem gab es eine Auswahl von Accessoires, darunter Schals und Handtaschen in Schwarz, Weiß und Beige. Ayaana wartete auf das Abendessen. »Sind meine Anziehsachen in der Wäsche?«

»Nein, Liebes.« Nehir führte einen Löffel Minestrone zum Mund. Koray brach ein Stück Brot ab und beschmierte es mit Butter.

»Wo sind sie dann? Und mein Rucksack?«

»Bitte, sitz gerade, Kind. Ist die neue Garderobe denn nicht weit passender? Ich wollte dich überraschen. War das ein Fehler? Ich wollte, dass du dich wohlfühlst … und … und Koray hat mich dazu *ermutigt*.« Ayaana hätte sich fast verschluckt. »Morgen«, fügte Nehir hinzu, »habe ich etwas ganz Besonderes für uns vorbereitet. Eine Schokoladenverkostung! Du wirst begeistert sein, begeistert!« Sie tätschelte Ayaana die Wange und kicherte. »Ich hab schon gehört, dass du eine Naschkatze bist.«

Ayaanas Nacken war verspannt. In ihrem Kopf pulsierte es schmerzhaft, und sie hatte das Gefühl, keine Luft zu bekommen.

***

Kurz nach dem Abendessen lauerte Ayaana Koray auf. Er hob ihr Kinn an. »Du siehst aus wie ein empörtes Kätzchen. Gefällt mir, *Canim*! Spiel einfach mit. Sie meint es wirklich gut.« Ayaana hatte das Gefühl, Koray würde in einer unbekannten Sprache mit ihr sprechen.

»Ich …«

Koray unterbrach sie beiläufig: »Bei den Terzioğlus gibt es kein ›Ich‹.
Wir sind *wir*.« Korays Handy klingelte. Er zwinkerte Ayaana zu, ging
ran und sagte etwas auf Türkisch. Gestikulierte. Ayaana hörte mehrfach das Wort »Syrien« heraus. Aufgebracht beendete er das Gespräch.
Mit dem Rücken zu ihr verkündete er: »Es ist was passiert.« Er schwieg
kurz, drehte sich zu ihr um und strich ihr über den Kopf. »Du wirst in
den Kleidern außergewöhnlich aussehen.« Er küsste sie auf den Kopf.
»Wir mögen ›außergewöhnlich‹.«

Ayaana sah ihm finster nach.

Sie hatte ihn fragen wollen, ob sie Maulana Rumis Grab besuchen
fahren könnten. Und sie wollte im Bosporus schwimmen. *Eine Schokoladenverkostung?* Ayaanas Schlaf in jener Nacht war unruhig und
traumlos.

Beim Abendessen verfiel die Familie in Türkisch, Englisch, Französisch und Deutsch. Auch wenn Ayaana Mühe hatte, mitzukommen,
war sie fasziniert von der Zurschaustellung von Macht und Reichtum,
den unausgesprochenen Vorlieben jener, die wussten, dass sie die Regeln mitbestimmten, die dafür sorgten, dass die Welt beständig in
Aufruhr war. »Bist du glücklich?«, fragte Koray sie. Die Schokoladenverkostung an jenem Tag hatte aus einer rätselhaften Abfolge von Pro-
bieren, Abbrechen, Schmelzen und Ausrufen bestanden. »Um die Ge-
schmacksknospen zu kultivieren.« Keine Erfahrung, die sie so schnell
wieder machen wollte.

»Ja«, versicherte sie Koray jetzt.

Und doch hatte sich alles, was sie sich erhofft hatte, dem unterzu-
ordnen, was auch immer »ein Terzioğlu sein« bedeutete. Koray sprach
in schwerfälligem Ton mit ihr. Er war größer, kräftiger und härter
als sie. Bewaffnet mit grauen Anzügen, Manschettenknöpfen und Leder (Schuhe, Aktenkoffer). Kein »Student«. Er strich umher, brütete.
Etwas von dieser Stärke, die auch ihm zu eigen war, manifestierte sich

als magnetische, brutale, verführerische Aura. Alles Licht in ihm offenbarte sich als künstlich oder ausgeborgt. Das hatte sie nicht erwartet: die Wandelbarkeit des Mensch-Seins. Fasziniert beging sie den Fehler, quecksilbrige Wandelbarkeit mit Bedeutsamkeit zu verwechseln, und in ihrem sich vernebelnden Verstand begann sie zu glauben, sie könne durch diese ständige Neuerfindung des Ichs besser in der Welt leben. Ihre Haltung, die Art, wie sie sich bewegte, änderte sie. Sie machte kleine, bedächtige Schritte, richtete sich auf, und auch ihr Lächeln wurde kleiner, bedächtiger. Es war unglaublich anstrengend.

70

Nach dem Frühstück nippte Ayaana an einem Orangensaft und blätterte eine Zeitung durch. Zuvor hatte sie gesehen, wie Koray längere Zeit auf eine Doppelseite gestarrt hatte. Die Bilder: das Gesicht eines Mannes im Wasser, Leichen, die im Meer schwammen, Männer, Frauen und Kinder, die aus dem Wasser gezogen wurden, weiß gekleidete Retter und ein dunkelhäutiger Mann, der ein totes Kleinkind, einen Jungen, an sich presste. Sie hatte nie zuvor begriffen, was Heimatlosigkeit bedeutete. Koray, der sie beobachtete, sagte: »Sie sind ein Risiko eingegangen. Und sie haben verloren. Niemand ist gezwungen, die Last ihres Versagens zu tragen.«

Fast wäre sie aufgesprungen. »Versagen?«

»Es ist an ihnen, zu überleben, oder?«

»Wie kannst du sie dafür verantwortlich machen, Koray?«

»Jetzt sei nicht so verdammt naiv«, fuhr Koray sie an und stand auf. »Und diskutier nicht mit mir über Sachen, die du sowieso nie verstehen wirst.« Er riss ihr die Zeitung aus der Hand, verließ den Raum und knallte die Tür hinter sich zu.

Ayaana blieb sitzen und starrte lange Zeit einen Fleck auf dem Teppich an.

»Hör zu, die wichtigsten Dinge im Leben sind im Unsichtbaren verborgen; die tiefsten Wahrheiten wohnen im Unausgesprochenen«, hatte Muhidin einmal gesagt. Sie dachte daran, bei Rabiʾa Rat zu suchen. Sie hatte das stockfleckige grüne Buch, das Muhidin ihr geschenkt hatte, nicht mitgebracht, darum nutzte sie Google. Rabiʾa al-Adawiyya riet: »Die Angelegenheit fällt in den Bereich des Herzens.«

Nach vier Stunden kreuzte Koray mit Pralinen und einer Entschuldigung bei ihr auf. »Stress«, sagte er. »Nicht ganz der Urlaub, den ich mir für uns gewünscht hatte.« Er hatte sich den Rest des Tages freigehalten, um Ayaana mehr von seiner Stadt zu zeigen. Sie blieb reserviert. Sie wechselten zwischen Orten, die abseits ausgetretener Pfade lagen, und Touristenfallen. Ayaana blieb vor jedem Antiquitätenladen stehen, den sie sah, kaufte jedoch nichts. Sie gingen in Moscheen, und zu ihrer Erleichterung fand sie dort die Ornamente, die Kunst, die Farben und die himmlischen Segenssprüche ihres Glaubens wieder. Beim Anblick einer Basmallah-Kalligraphie kamen ihr die Tränen.

Drei Katzen folgten ihnen. Selbst in den Geschäften gab es Katzen und Katzenkinder. Auf der Straße riefen mehrere Kinder: »*Edeny felos!*« – Gib mir Geld!

»Was sind das für Kinder?«, fragte Ayaana.

»Bettler. Flüchtlinge«, knurrte Koray. »Gehen wir jetzt zur Hagia Sophia, oder möchtest du lieber zum Großen Basar?« Er schnaubte gereizt, dann sagte er: »Und bitte, Ayaana, ermutige sie nicht noch. Steck deine Geldbörse weg, sonst gibt's gleich einen Aufstand.« Koray nahm ihre Hand und beschimpfte die Kinder, die sie bedrängten. Was auch immer er gesagt hatte, musste ihnen Angst eingejagt haben, denn sie rannten weg. »Guck zum Straßenrand, da stehen ihre Eltern.« Er deutete auf mehrere Leute. »Widerliche Masche.«

Vögel kreisten über ihnen, die Frühlingssonne schien, der Himmel war tiefblau und die Rufe der Muezzins hallten durch die Luft. Ayaanas Blick schweifte über die verschiedenen Fragmente der Welt. Die verschiedenen Musikstile des Landes, die Gerüche, das Essen und Gülbirlik-Rosenwasser, das intensivste, das sie je gerochen hatte. Sie wollte mehrere Flaschen für ihre Mutter kaufen. Als sie bezahlen wollte, stellte sie fest, dass Koray das schon erledigt hatte. Sie wirbelte herum. »Du bist unser Gast«, erklärte Koray ihr. »Lass uns die Freude.« Er schwieg kurz. »Mutter … Sie hat sich immer eine Tochter gewünscht, die sie verwöhnen kann.« Er lachte.

Betreten stand Ayaana da. War sie undankbar? »Wo sind deine Brüder?«

Ein Schatten huschte über sein Gesicht. »Sie sind … weggezogen. Waren der Meinung, in Kanada und Chile lebt es sich besser. Dort werden sie nie dazugehören.« Koray nahm die eingepackten Geschenke vom Tresen. »Sie müssen wieder nach Hause kommen«, murmelte er. Sie überquerten die İstiklâl Caddesi, die Unabhängigkeitsstraße, und Koray bugsierte Ayaana in eine Konditorei, während er sagte: »Mutter ist froh, dass du da bist. Sie hat sich immer …«

»… eine Tochter gewünscht, die sie verwöhnen kann.

Sie bereute es, als Koray hinzufügte: »Miss Ayaana, wir liegen auf einer Wellenlänge.« Sie blieb kurz stehen, um die elegante Kulisse zu betrachten, die so anders war als ihre Inselwelt. Koray beobachtete sie.

»Die Unabhängigkeitsstraße. Ich lege sie dir zu Füßen.«

Ein Rausch aus Farben und das Raunen der Privilegierten. Ein Basar mit den feinsten Dingen, durch den unzählige Menschen aus aller Welt flanierten. Koray küsste sie auf die Stirn. »Deine Augen sind gerade so groß wie Untertassen … Uns bleiben noch ein paar Stunden, aber wir müssen rechtzeitig nach Hause. Mein Vater kommt heute zu unser aller Erstaunen zurück.« Koray sah sie grimmig lächelnd an. »Er *muss* dich mögen«, sagte Koray.

»Muss er das?«, fragte Ayaana und beneidete eine Frau, die eine enge Jeans und eine einfache weiße Bluse trug, um die sorglose und freie Art, mit der sie beim Reden gestikulierte.

»Ja«, sagte Koray angespannt.

Ayaana sah ihn an. Dann wandte sie sich wieder der Menge zu. Unbehagen. Das Gefühl, in etwas Unbekanntes hineingedrängt zu werden, über das alle Welt Bescheid zu wissen schien. Menschlicher Verkehr um sie herum. Am anderen Ende der Straße, wo das Kopfsteinpflaster endete, flatterte eine rote Fahne mit einem weißen Halbmond und einem Stern an einem Fahnenmast – die türkische Flagge.

»Koray, ich weiß nicht, wer mein biologischer Vater ist«, platzte sie plötzlich heraus, ohne nachzudenken. »Ich habe mir Muhidin *ausgesucht.*« Sie grinste leicht. »Mlingoti Baadawi.«

Koray schwieg lange, während sie weitergingen. Dann sagte er: »Ausgewählt? Muhidin?«

»Mein wirklicher Vater könnte genauso gut der Wind sein«, bemerkte sie.

Ein verschleierter Blick, zusammengepresste Lippen – Ayaana war sich sicher, dass er explodieren würde. »Es ist *unverzichtbar,* dass du weißt, mit wem du es zu tun hast«, imitierte Ayaana jetzt Nehir.

Koray ignorierte den Sarkasmus. Ayaana schaute sich um, beobachtete, wie ein Händler die Straße überquerte. Er kam zu einer Entscheidung. »Wir können hier für immer stehen bleiben oder über die Straße gehen und ein Stück *Halwa* von jeder Sorte kaufen und es im *Tünel* essen.«

»*Halwa?*«, seufzte sie.

»*Halwa!*«, antwortete er lakonisch.

Ayaana sehnte sich nach der heiteren Freiheit der Vergangenheit. Sie hüpfte davon und versuchte die ungute Vorahnung abzuschütteln, die sie zu warnen versuchte.

Emirhan war fett, respekt-, ja sogar furchteinflößend und hatte einen durchdringen Blick, der einen gefräßigen Appetit auf Dinge und Menschen verriet. Er stützte sich auf einen speziell angefertigten Gehstock, der dem Rhythmus des Hauses ein Tapp-tapp-tapp hinzufügte. Er humpelte, doch dank seiner unerbittlichen Selbstbeherrschung merkte man ihm seine Schmerzen kaum an. Er roch nach Wohlstand: nach Zigarrenrauch, exklusivem Eau de Cologne, nach dubiosem, gefährlichem Reichtum. Sein tiefschwarzes Haar war von weißen Strähnen durchzogen, die aussahen wie sorgsam eingefügt. Der überschwängliche Empfang, den er Ayaana bereitete, passte nicht ganz zu der unangenehmen Arroganz, die er ausstrahlte. Er umfasste ihre Schultern, und sein Griff war zu fest, zu aufdringlich, zu lang. Sie standen in einer kleineren Bibliothek voller Bücher mit braunen und schwarzen Ledereinbänden, in der klassische Musik aus versteckten Lautsprechern schallte. Es war, als wären sie in einem nach Leder riechenden Musik-Kokon vom Rest der Welt abgeschirmt.

»Was empfindest du für dein Land?«, fragte Emirhan über Ayaanas Kopf hinweg.

Eingeschüchtert von der Präsenz dieses Mannes suchte sie nach den richtigen Worten. »Es bedeutet mir … alles.«

»Ayaana ist ganz hingerissen von den hiesigen Herumtreibern«, fügte Koray hinzu.

Emirhan strahlte Ayaana an. »Das Leben und seine Launen …« Mit flatternden Händen deutete er Verflüchtigung an. »Ich höre, du bist so eine Art chinesisches Artefakt? Gut, gut. Afrika? Im August 2011 habe ich mit unserem Premierminister Somalia besucht. Die Türkei ist der Bruder Afrikas. ›Tugendhafte Macht‹, Würde und Glück für alle. Gleichberechtigte Partner und so weiter.« Emirhan grinste wie eine Hyäne, vor der eine dürre Ziege steht – unaufrichtig. »Was ist dein Geschäft? Weißt du das schon?«

»Schifffahrt?«, antwortete sie.

Er lachte. »Ja, so kann man das auch nennen. Wir erhalten die alten Seehandelswege aufrecht. Nicht wahr, Korayğim? Ah!« Er deutete auf eine Karte an der Wand. »Ist dieser kleine grüne Fleck dort nicht deine kleine Insel? Im Schoß der Meere. Gut. Gut.« Er legte Ayaana einen Arm um die Schultern und führte sie zu einem Stuhl.

Er selbst setzte sich schwer atmend auf eine schwarze Leder-Chaise-longue und nahm eine von vier glänzenden schwarzen Fernbedienungen zur Hand, drückte darauf, und plötzlich ertönte andere Musik. »Zbigniew Preisner«, hauchte Emirhan. »Ahhhh! Hört euch das an.«

Die »Lacrimosa« aus *Requiem for My Friend*. Emirhan ließ sich ins Lederpolster sinken, seinen bedrohlichen Stock legte er neben sich, und er drückte Ayaana den Nacken. »Komm, *Kuzucuğum*, Lämmchen. Komm näher.« Unbeweglich wie eine Statue stand Koray da.

Sein Vater drehte sich um und betrachtete ihn.

»Ich denke über die letzten Dinge nach … so wie du es auch tun solltest.« Koray sah eine Ader an seiner Schläfe pulsieren. »Unsere Nation ist jetzt der Styx. Und es wird noch schlimmer kommen.«

Koray schnaubte, dann tat er so, als hätte er geniest.

»Wahrlich, Korayğim« – er funkelte seinen Sohn an – »*ich* habe allen Grund, über den Tod nachzudenken. Und du ebenfalls. Und jetzt hör dir Preisner an.« Es war ein Befehl.

Ayaana wäre fast aufgesprungen. Koray ließ sich auf einen Sessel sinken und blickte seinen Vater finster an. Schweigend lauschten sie Preisners »Lacrimosa«, wieder und wieder.

Später, umtost von unberechenbaren Gefühlen, die aus den unsichtbaren Ritzen quollen, untersuchte Ayaana den Text jenes Liedes auf Anhaltspunkte. Dinner und Drinks waren gezwungen fröhlich gewesen, gespickt mit Ortsnamen und Erkundigungen nach dem Wohlbefinden vieler Leute. Aber obwohl jeder Satz eine Unterströmung zu enthalten schien, waren die Terzioğlus geübt darin, sich von dem gefährlichen Sog nicht fortreißen zu lassen. Ayaana beobachtete sie, schaute von Koray zu seinem Vater, als die beiden einen angespannten Wortwechsel auf Französisch führten. Dann, plötzlich wieder freundlich, redeten sie auf Englisch weiter. Ayaana sah, wie Nehir von Koketterie zu Sarkasmus wechselte, um Emirhan zu reizen.

Nehir: »Wie läuft es mit deinen *Handelswaren*, Darling?«

Emirhan: »Sie sorgen dafür, dass du deine Rechnungen bezahlen kannst, Darling.«

Nehir: »Ist irgendwas Hässliches dabei, das *uns* schaden kann?«

Emirhan: »Nichts, wovon du nicht profitieren würdest; triff die üblichen Vorkehrungen. Und wir müssen über das Restaurant in Askaray reden. Wir brauchen es ... *Darling*.«

Nehir seufzte und verdrehte übertrieben ihre dramatischen Tänzerinnenaugen. »Schon wieder? Wir haben es doch vor Kurzem erst renoviert. Das wird dich *einiges* kosten, Darling.«

»Tut es das nicht immer?« An Koray gewandt fragte Emirhan: »Wie geht es deinen Brüdern?«

»Gut.«

»Und was heißt ›gut‹? Kommen sie zurück oder nicht?«

»Wenn sie sich dazu entscheiden ...«, stotterte Koray.

»Entscheiden!«, brauste Emirhan auf.

Nehir lachte. »Gentlemen, wir haben einen Gast.«

»Und was für eine entzückende Ergänzung für unseren Haushalt sie ist.« Emirhan lächelte strahlend. »Ich werde es genießen, dich sehr, sehr gut kennenzulernen, Kleines.« Er streichelte Ayaanas Hand. »So ein frisches Gesicht.«

Ayaana hätte ihre Hand und sich selbst am liebsten zurückgezogen; die feinen Härchen auf ihrem Körper standen ihr zu Berge. Nackte Angst.

»Wann gehst du wieder zu den Schiffen zurück?«, fuhr Nehir ihn an.

»Ich werde all meine neuen Unternehmungen aus der Bequemlichkeit meines trauten Heims heraus regeln, *Darling*.«

Koray und Nehir verzogen das Gesicht. Nehir trank hastig die Reste ihres Grappa die Vinaccia, hielt sich ein besticktes Taschentuch vor den Mund und gähnte. Dann erhob sie sich halb, küsste ihren Mann auf die Wange und murmelte: »Gute Nacht, Emir.« Sie hielt Ayaana die Hand hin. »Komm, Mädchen, überlassen wir den Jungs den Raum, damit sie tun können, was Jungs eben so tun.«

Koray warf Ayaana einen panischen Blick zu und überspielte es schnell, indem er nach der Weinflasche griff.

»Ayaana«, insistierte Nehir.

Ayaana ließ den Zahnstocher fallen und stand auf. Nehir fuhr fort: »Ist das nicht ein *wun-der-schöner* Abend? Wie lieblich der Mond ist – so weiß, so fruchtbar, so rein. Und siehst du, unser lieber Emirhan ist unerwartet zu uns zurückgekehrt. So viele Dinge, für die man dankbar sein muss.«

Kaum hatte sich die Tür hinter den beiden Frauen geschlossen, fing der Streit an. Nehir eilte mit Ayaana durch den Flur, sie hatte die Lippen zusammengepresst. »In einem Haus wie unserem«, sagte sie und hielt ihren Arm umklammert, »sucht man sich eine Strömung aus, die die Richtung des Lebens bestimmt, dann bleibt man auf Kurs. Schließlich gibt es nur ein Ziel, nicht wahr? Und mach dir keine Gedanken über den Lärm, Kind. Das ist ganz normal.« Sie lächelte schwach.

Sie schwiegen.

Dann sagte Nehir: »Mein Mann hat mir angeboten, ein neues Hotel zu entwerfen. Wir Mädchen suchen zusammen die Farben für das Dekor aus.« Ayaana war enttäuscht. Sie hatte vorgehabt, Koray zu einer Schiffsreise durch die Meerenge überreden zu können. »Es wäre unser gemeinsames *Abenteuer.* Bei diesem neuen Projekt möchte ich den Geist von Marrakesch heraufbeschwören, zu deinen Ehren, Liebes. Jede Menge Rosa und Salzweiß«, sagte Nehir zu Ayaana. »Wir müssen das annehmen, was wir bekommen, und es für uns arbeiten lassen. Verstehst du das?«

Ayaana sah sie an. »Nein.«

Überrascht über die unverblümte Antwort und den herausfordernden Ton schaute Nehir kurz beiseite und atmete tief ein. »Oh, das kommt noch.« Sie ließ Ayaanas Arm los. »Eine Frau lernt, die Dinge, die sie verabscheut, in ihrem Herzen zu begraben. Und jetzt geh in unsere kleine Bibliothek. Hör dir die Musik von Latif Bolat an. Er beruhigt die aufgewühlte Seele. Gute Nacht. Morgen können wir darüber reden, was seine Musik uns bedeutet.«

Dann ging Nehir davon und ließ Ayaana stehen.

Die Unruhe im Haus war wie ein langsam atmendes Wesen. In der kleinen Bibliothek suchte Ayaana nicht nur pflichtbewusst die Musik von Latif Bolat heraus, sondern auch die von Preisner, die Emirhan ihnen vorgespielt hatte. Später, in ihrem Zimmer suchte sie auf ihrem Handy nach einer Übersetzung des Textes. »Lacrimosa«.

Voller Tränen wird jener Tag sein,
Wenn aus der Asche sich erhebt
Der Sünder, um gerichtet zu werden,
Darum verschone ihn, o Herr ...

Mit klopfendem Herzen dachte Ayaana über die Bedeutung der Worte nach. Verstrickungen. Worauf hatte sie sich eingelassen? Noch ein paar Tage, dachte sie, dann würde sie eine Ausrede erfinden, um abzureisen.

Es klopfte an der Tür. Ayaana fuhr aus dem Schlaf. Sie hatte Nehir erwartete und war überrascht, Koray zu sehen. »Ich ...«, begann er. »Ich ... Hör zu, es tut mir leid.«

Instinktiv sagte sie: »Ist schon okay.«

Er stolperte ins Zimmer, und sie schloss die Tür. Er taumelte schluchzend in ihre Arme. Klammerte sich an sie. Sie schlang die Arme um ihn und dachte über den Liedtext und die Musik in ihrem Kopf nach. Sie schwieg, während Koray weinte. Seine Tränen benetzten ihr Kleid. Er schauderte, atmete tief aus, dann wischt er sich die Tränen ab. Er nahm Ayaanas Gesicht in beide Hände und küsste sie auf den Mund. »Danke.« Er küsste sie noch einmal, dann verließ er das Zimmer.

Ayaana berührte ihren Mund und starrte ins Nichts. Dann setzte sie sich wieder auf ihr Bett und blieb reglos sitzen. Die Unterströmungen. Muhidins warnende Worte bei ihrem Unterricht über das Meer: »Bestimmte Brandungsrückströmungen haben etwas Reptilienhaftes, als besäßen sie einen eigenen Willen. Und der Sog, der glücklose Menschen aus sicheren Gewässern zieht, ist so heimtückisch und subtil, dass sie viel zu spät merken, dass sie der Gnade zügelloser Naturgewalten ausgeliefert sind.« Ayaana wandte sich wieder ihrem Handy zu, gab »Latif Bolat« ein, suchte wahllos ein Lied aus und lauschte ihm, während sie in ihrem Geist wieder und wieder den kurzen Text von »Lacrimosa« durchging. Sie machte in dieser Nacht kein Auge zu, sondern studierte Nehirs reinen weißen, fruchtbaren Mond.

71

»Wenn ich ›Marrakesch‹ sage, was siehst du dann?«

Nichts, dachte Ayaana. »Sand?«, sagte sie und seufzte beim Anblick der vielen Stoffmuster, die jeden verfügbaren Zentimeter des Wohnzimmers bedeckten.

»Sand und Violetttöne!«, rief Nehir aus. »Die Koubba el-Baadiyin. Kamele – dreckige Viecher, aber wir müssen an ihr Durchhaltevermögen in der Wüste denken. Minimalistisch, schlicht und doch elegant. *Wun-der-schön*. Sand ist wunderschön. Cleveres Mädchen … Unter dem Mikroskop betrachtet sieht Sand einfach *wun-der-schön* aus.« Sie zeigte Ayaana ihre ebenmäßigen Zähne. »Ich bin sehr zufrieden mit dir.« Graziös zuckte sie mit den Schultern, und ihre Karthak-Tänzerinnen-Augen blickten Richtung Himmel.

Im Laufe des Vormittags begriff Ayaana irgendwann, dass ihre Rolle darin bestand, Nehir zu ihren Entscheidungen zu beglückwünschen. Nehir, erfreut über ihre scheinbare Fügsamkeit, sagte: »Werden mein Sohn und du bald eure Verlobung bekanntgeben?«

»Verlobung?«, rief Ayaana.

Nehir ignorierte sie.

Ayaana seufzte innerlich.

Nehir schwieg, dann sagte sie: »Ich habe noch nie über Afrika nachgedacht. Ich muss zugeben, ich war ernsthaft besorgt. Man hört so viele schreckliche Dinge. Ich habe darauf bestanden, dass er dich herbringt.« Strahlend betrachtete sie Ayaanas rotes Kleid. »Jetzt kann ich ihn verstehen. Ich bin, ebenso wie mein Sohn, vernarrt in dich.« Nehir drückte Ayaana die Hand. »Der schimmernde violette Stoff mit den Silberfäden – wäre der was für Vorhänge?« Ayaana öffnete den Mund, doch Nehir kam ihr zuvor: *Wun-der-schön*.«

***

Koray ließ sich nicht blicken, sodass Ayaana nicht mit ihm klären konnte, was es mit der »Verlobung« auf sich hatte. Online suchte sie nach Bed-and-Breakfasts, in die sie ziehen konnte. Und doch hatte das Leben an diesem Ort etwas Verführerisches. In ihren neuen Outfits sah sie glamourös aus. Sie ähnelten dem klassischen Look der eleganten Frauen aus den Filmen, die sie mit Muhidin angeschaut hatte. Sie gab die Suche auf und beschloss, sich in Han Songs Roman *The High Speed Railway* zu vertiefen, den sie mitgebracht hatte.

~

Ayaana gewöhnte es sich an, gegen halb fünf aufzustehen und bei Sonnenaufgang durch den Blumengarten zu schlendern. Diese Zeit gehörte nur ihr. Immer, wenn sie nach draußen ging, kam ihr an der Tür ein dünner, blasser, Englisch sprechender Mann mit rot geränderten Augen, der Korays Vater oft begleitete, entgegen und trat ein. Als hätte er nur darauf gewartet, dass sich die Tür öffnete, aus Angst, sich bemerkbar zu machen. Anfangs hatte ihn Ayaanas morgendliches Auftauchen erschreckt, und er hatte das Gesicht verzogen, als würde er eine Bestrafung erwarten. Aber am vierten Morgen hatte er auf ihre arabische Begrüßung mit einem Lächeln reagiert. Der Mann hatte immer zwei Aktentaschen dabei, hielt den Blick gesenkt und gab sich bescheiden. Er schaute ständig zur Seite, als würde er erwarten, dort jemanden zu sehen. Er hatte eine beige-rote dreieckige Narbe auf der Stirn und war über vierzig. Darüber hinaus gehörte er zu den neun oder zehn neuen Bediensteten, die jetzt durch die Flure des Terzioğlu-Anwesens eilten und durch zuvor verschlossene Türen traten.

Abends wurde der Anschein der alten Ordnung wiederhergestellt, bei einem zivilisierten Dinner mit anschließenden Drinks. Ayaana saß bedrückt neben Koray, wenn er denn da war. Er stellte ihr immer dieselbe Frage: »Hattest du einen schönen Tag?«

»Fast«, antwortete sie sarkastisch.

»Gut«, antwortete er.

Eines Abends, als sich alle erhoben, um sich in den Salon zu begeben, zupfte Ayaana Koray am Ärmel. »Koray, uns bleiben nur noch zwei Wochen, ich würde gern İzmit besuchen … oder Konya.«

»Konya! Die verdammten Rumi-Anhänger?«, mokierte er sich.

»Und ich möchte die Mündung des Bosporus Beykoz sehen.«

Koray strich sich über die Haare. »Niemand von uns hat erwartet, dass Emirhan so bald zurückkommt und … und … mit solchen Nachrichten.«

»Was für Nachrichten?

Koray winkte ab.

»Dann fahre ich eben allein hin«, sagte sie entschlossen.

Koray nahm ihren Arm und flüsterte ihr eindringlich zu. »Nein, auf keinen Fall. Die Sache … Die Situation ist … brenzlig.« Er schloss kurz die Augen. »Unsere Familie … hat Feinde, gefährliche, die jeden verletzen, der Verbindungen zu uns hat … Dazu gehörst jetzt leider auch du. Du wurdest mit uns gesehen. Das macht dich zur Zielscheibe.«

Ayaana seufzte. »Ich will meinen Pass wiederhaben, Koray. Ich kehre nach China zurück. Dort bin ich sicher.«

Koray legte ihr die Hand unter das Kinn. »Das glaube ich nicht.« Ein amüsiertes Funkeln trat in seine Augen.

Schritte. »*Ooooooh*«, gurrte Nehir, »einmal wieder jung und *wunder-schön* sein. Heiratet schnell, Kinder. Schenkt mir Enkelkinder aus zwei, nein, drei Welten.«

Ayaana erstarrte und sah Koray finster an. »Hast du ihr erzählt, wir wären verlobt?«

»Nicht ganz«, flüsterte Koray. »Hör zu, *Güzelim*, meine Schöne, morgen … besuche ich eins deiner Schiffe.«

»Kann ich mitkommen?«

»Ich bin am Nachmittag wieder da. Fahren wir zusammen nach İzmit?«

»Dein Vater …«

»… wird ein paar Stunden ohne mich überleben.«

Und doch runzelte Koray die Stirn.

Vater und Sohn stritten sich wieder. Es hatte im Wohnzimmer angefangen, wo Nehir auf dem Flügel herumklimperte. Sie ignorierte alles. Vater und Sohn gingen nach draußen, um ihre Auseinandersetzung woanders auszutragen.

»Gute Nacht«, sagte Ayaana schließlich, als sie die angespannte Atmosphäre nicht mehr aushielt.

Es gab unausgesprochene Regeln, wer den Raum zuerst verlassen durfte – die Älteren vor den Jüngeren. »Ayaana«, sagte Nehir und spielte weiter Tonleitern, »hör dir das an …« Geschrei. »Was hast du da heraufbeschworen?«

»Ich …«

»*Shhhh* …«, sagte Nehir. »Es ist notwendig. Wilde Leidenschaften. Die müssen mal rausgelassen werden. Sie haben mit schwierigen Angelegenheiten zu tun.« Sie blickte Ayaana an. »Sie sind sich sehr ähnlich, weißt du? Das hier ist unser Meer, unsere Durchfahrt. So weht bei uns der Wind. Das sind die Menschen, die er formt. Wer Angst hat, ertrinkt oder wird verschlungen.« Ein Arpeggio. »Magst du meinen Sohn?«

Ayaana senkte den Kopf. »Im Moment nicht.«

Nehir lächelte. »Genug, um seine Frau zu werden?«

Ayaana sah Nehir mit offenem Mund an. »Frau?«, krächzte sie.

Nehir hörte auf zu spielen, stand auf und eilte zu ihr. »Was machst du denn für ein Gesicht! Irgendwie bin ich mir nicht mal ganz sicher, ob du *mich* magst. Spielt keine Rolle. *Ich* mag *dich*.« Sie lachte. »Bleib bei uns. Wir werden dich weiterhin verwirren, und du wirst uns amüsieren … und eure Kinder – drei wären perfekt – werden uns helfen, die Dinge zu vergessen, die wir vergessen müssen.« Sie strich Ayaana mit einem Finger über das Gesicht. »Bleib bei uns.« Sie strich Ayaana über die Haare. Dann ging sie zur Tür und warf noch einen Blick über die Schulter. »Koray wird dich fragen, ob du ihn heiraten willst. Bitte, sag Ja. Wir werden viel Spaß zusammen haben.« Sie lachte. »Ich bringe dir bei, welche Fragen man stellen muss. Außerdem brauchst du noch ein Schiff, das du navigieren kannst, damit deine chinesische Ausbildung nicht umsonst war.« Nehir lachte. »Koray kann dir eins schenken. Sag ihm, ich wäre entzückt.« Sie zwinkerte.

Als Nehir die Tür hinter sich geschlossen hatte, sank Ayaana auf den Teppich, die Arme um ihren Oberkörper geschlungen. Sie spürte das Kitzeln, das einen Asthmaanfall ankündigte. Sie hatte kein Spray dabei, sie hatte schon so lange keins mehr gebraucht. Sie spürte einen Druck auf der Brust. Ihr Herzschlag beschleunigte sich. Sie atmete zu schnell. *Atme*, befahl sie sich. *Atme ein, atme aus, atme ein …*

72

Er schaute wie immer zu Boden. Heute folgte sie seinem Blick und sah seine braunen glänzenden Schuhe. Alte Schnürschuhe mit abgelaufenen Sohlen. Spontan rief sie aus: »Wie weit sind diese Schuhe schon gewandert?« Er sah sie an und bekam große Augen. Dann stotterte er etwas, was sie nicht verstand. Sie sah ihm ins Gesicht, sah die Spuren, die die Furcht dort hinterlassen hatte, die vernarbte Schönheit. Sie trat näher an ihn heran und fühlte sich an den christlichen Gott erinnert, den nackten, blutenden, mit Narben übersäten, der gebrochen am Kreuz hing.

Der Mann lächelte in ihr Herz.

»Hallo, wer sind Sie?«, flüsterte sie.

Er wandte sich ab.

Sie flüchtete in den Garten.

Am nächsten Tag beantwortete er ihre erste Frage: »Unendliche Entfernungen, sie sind an der Ewigkeit vorbeigegangen.«

Sie lauschte seiner melodiösen Stimme. »Wie heißen Sie?«, fragte Ayaana.

»Ich hab mich noch nicht entschieden«, murmelte er und sah sie aus dunklen Augen an – an diesem Tag waren sie fast violett. »Sei vorsichtig«, hauchte er und wartete, bis er glaubte, dass sie ihn verstanden hatte. »Pass hier gut auf dich auf.«

Weil er geflüstert hatte, glaubte Ayaana am Abend, sich seine Warnung nur eingebildet zu haben.

Am nächsten Tag sprach er zuerst. »Woher kommst du?«

»Kenia«, antwortete sie.

»Kann ja nicht allzu weit weg sein. Klingt wie Konya«, scherzte er.

Sie lachte, was sie schon seit Langem nicht mehr getan hatte.

»Ich komme aus Damaskus«, erklärte er.

Damaskus. Rosen und Blut. Eine visuelle Litanei aus Katastrophen; sie las es in seinem gequälten Gesicht, seinem Schweigen, seiner Einsamkeit. Sie verspürte den Drang, seine Verzweiflung zu lindern, das Leben in Ordnung zu bringen. *Topografie*: Schrecken bilden die Konturen des Lebens. Sie würde versuchen, sie zu vertreiben, damit sie ihr nicht nach Hause folgten, so wie sein Gesicht und seine Stimme. Sie berührte seinen Arm.

Er sah ihre Hand auf seinem Arm. Eigentlich sollten dort, wo die unerwartete morgendliche Gartenbesucherin seinen Arm liebevoll berührt hatte, Brandnarben sein. »Sei vorsichtig«, hauchte er wieder. »Bitte entschuldige mich. Ich muss ins Haus gehen.« Kurz vor dem Eingang stolperte er.

***

Als Ayaana am nächsten Tag bei Sonnenaufgang die Tür öffnete, stieß sie mit dem Mann zusammen. Er riss die Hände hoch und ließ die beiden Aktenkoffer fallen. Ein Gefühl wie ein elektrischer Schlag.

»Entschuldigung«, murmelte sie.

»Nein«, sagte er. Er hielt sie fest und sah ihr eindringlich in die Augen. »Wann reist du ab?«, fragte er.

Sie schluckte.

Er ließ sie los und berührte ihre Wange. Dann wurde er rot und bückte sich, um die Aktentaschen aufzuheben. Er hatte sich vergessen. Sie blieben beieinander stehen.

»Pass auf dich auf.«

Ayaana schlang ihren Mantel fester um sich und schob sich seitwärts in den Garten. Der Mann sah ihr nach.

Am nächsten Tag, als die Muezzins von Istanbul zu ihrem allmorgendlichen Gebetsruf ansetzten, gab Ayaana dem Mann eine Schachtel Pralinen, die Koray ihr geschenkt hatte. In die Schachtel hatte sie ein Stück Papier gelegt, auf das sie die Basmallah geschrieben hatte. Am folgenden Morgen – sie wusste nicht, ob sie ihn je wiedersehen würde – hatte er einen Karton dabei, auf den er die beiden Aktentaschen gelegt hatte. »Was bieten Sie denn heute feil?«, zog sie ihn auf. Er zögerte, wollte etwas sagen, brach ab. Zwei Tränen lösten sich aus seinen Augen und rollten ihm über das Gesicht. Die Morgensonne ließ sie groß und blutig wirken. »Wir handeln mit verdammten Seelen.«

Ayaana begriff nicht.

»Geh, solange du noch kannst«, glaubte sie ihn wieder flüstern zu hören.

Aber als sie ihn ansah, blickten seine rot geränderten Augen zärtlich. »Die Pralinen sind wie Nektar, ihre Essenz ist ein Gedicht«, sagte er. »Sie stopfen für eine gewisse Zeit die Löcher in meiner Seele. Sie bedeuten mir ebenso viel wie du.«

Ayaana berührte seine Finger, und seine Hand schloss sich kurz um ihre.

»Morgen?«, murmelte er.

Sie nickte.

Gegen zwei Uhr morgens hörte sie trotz des Donnergrollens ein schreckliches, lang gezogenes menschliches Ächzen, das die Nacht zerriss, gefolgt von drei deutlich hörbaren Knallgeräuschen. Ein gurgelnder Todesschrei folgte, dann herrschte Stille. Aus Furcht vor dem Unbekannten blieb sie im Bett, kartografierte die Geräusche, in dem Versuch, zu verstehen, was vor sich ging. Gedämpfte Stimmen. Schritte. Ein Poltern, Flüstern und Schlurfen. Scharren. Zwanzig Minuten später wurde ein Wagen angelassen und fuhr am Haus vorbei. Ayaana ging zum Fenster. Donner. Blitze. Seltsam, sie hätte nicht gedacht, dass es in Istanbul regnete. Das elektrische Tor öffnete sich, und der schwarze Wagen fuhr hindurch. Voller Angst kehrte sie ins Bett zurück. *Ich muss hier weg.* Sie deckte sich zu. Ein flüchtiger Gedanke: *der Syrer.* Sie schlief unruhig und wurde von einem krachenden Donnerschlag aus dem Schlaf gerissen.

Irgendwann nach vier Uhr klopfte es an ihrer Tür. »Ich bin's, Koray«, sagte die Stimme auf der anderen Seite.

»Ja?«, sagte sie.

»Mach die Tür auf.«

Sie stolperte aus dem Bett und schloss auf. Als Koray ins Zimmer trat, ging ein stechender Geruch von ihm aus. Ayaana zog sich wieder in ihr warmes Bett zurück und setzte sich aufrecht in die Kissen, während Koray im Raum auf und ab ging. Sie wartete. Er blieb neben dem Bett stehen. »Du wirst von jetzt an Vertraulichkeiten mit dem Personal vermeiden. Nur wenn man Distanz hält, bleibt das Gleichgewicht erhalten. Das ist der Grund, warum die Dinge, die du hier genießt, glatt laufen. Verstöße haben Konsequenzen.«

Ayaana, die vom Schlafmangel immer noch benommen war, stotterte: »Was?«

»Du wirst deine morgendlichen Spaziergänge einstellen.«

Ayaana rieb sich die Augen. Wusste Koray, was sie vorhatte? »Warum?«, beharrte sie.

Koray hielt kurz inne, als müsste er kurz überlegen. »Verlass heute nicht das Haus.«

Sie ließ sich in ihr Bett fallen und zog sich die Decke über den Kopf. Dann lugte sie darunter hervor, zählte seine Schritte, die sich entfernten, und sagte: »Heute Nacht hat jemand geschrien. Wer?«

Koray fuhr herum. Mit eisigem Blick fragte er langsam: »Was … genau meinst du damit?« Der stechende Geruch wurde stärker. Sie wandte den Kopf ab, als die Spannung zwischen ihnen wuchs.

Die Warnung.

Sei vorsichtig.

Koray wartete auf ihre Antwort.

»Donner«, sagte sie schließlich.

Die Kluft schloss sich wieder.

Stille. »Koray?«, flüsterte Ayaana ängstlich.

»Ja?«

»Ich fahre nach Xiamen zurück.«

»Nicht ohne mich.«

Sie versuchte es anders. »In den Augen deiner Mutter sind wir praktisch schon verheiratet.«

Er sah angespannt aus.

»Sie hat gesagt, du sollst mir ein Schiff geben«, fügte sie hinzu.

»Willst du denn eins?«, fragte Koray und beugte sich vor. »Ich gebe dir eins.«

Unterströmungen zogen sie mit sich.

»Ich … kenne dich noch nicht gut genug«, stotterte sie.

»Ich sorge dafür, dass du mich kennenlernst.« Koray beugte sich zu ihr und hob sie aus dem Bett. »Wir können alles sein, was wir wollen«, log er. »Ich bin keine so schlechte Partie, weißt du?« Sie schüttelte den Kopf. »Ich möchte eine Familie gründen, Ayaana. Ich will eine ernste Beziehung. Möchtest du Kinder? Drei vielleicht?«

Seine Mutter war eine vorausschauende Frau. So würde es immer sein. Etwas nagte an ihr. Draußen begann es zu nieseln. Der stechende Geruch war vielschichtig. Sie schnüffelte. »Riechst du das auch?«

»Was?« Koray runzelte die Stirn.

Vielleicht lag es am Regen, an der sonderbaren Stimmung, die er heraufbeschwor. Oder an den Schuldgefühlen. Das Phantom des Kapitäns lungerte immer noch am Rand ihres Gesichtsfelds. Sie streichelte Korays Gesicht. Was wollte sie? Aus einem der benachbarten Räume drangen laute Stimmen. Alarmiert hob Koray den Kopf. Dann küsste er sie heftig. Legte die Hand auf ihre linke Brust.

Sie studierte ihn, als wäre er ein Gemälde von Zao Wou-Ki – ein visuelles Rätsel.

»Kann ich das Schiff mit dir besichtigen?«, fragt sie.

Er warf ihr einen Seitenblick zu. »Ayaana … stell mir diese Frage nie wieder … zu deinem eigenen Schutz … und meinem.«

Schweigen. Irgendwo wurde eine Tür zugeschlagen. Stimmen. Ein Schrei. Koray war wachsam und still. Ayaana beobachtete ihn, glaubte, um glücklich zu sein, müsse sie sich nur anpassen. »Ich habe dein Herz anvisiert, und ich verfehle mein Ziel nie«, sagte er.

Ayaanas Augen taten weh, der Schmerz breitete sich in ihrem Körper aus, zog ihr bis in die Knochen. Sie bekam Gänsehaut. Vor ihrem inneren Auge eine Vision: ein Netz, um durchziehende Ortolane abzufangen.

Sie befand sich jetzt im Blindflug.

Der ganze Haushalt war an jenem Tag in Aufruhr. Ein offiziell aussehender Wagen hielt vor dem Haus. Die sonst unsichtbaren Dienstboten rannten hin und her. Trotzdem beschloss Ayaana am Nachmittag, sich herauszuputzen und in der kleinen Bibliothek auf Koray zu warten. Die Tür hätte geschlossen sein sollen, wie gewöhnlich, wenn Emirhan nicht da war. Ayaana streckte den Kopf zur Tür hinein. Der Boden war nackt, der Teppich hatte Spuren hinterlassen. Mehrere Papierseiten lagen auf dem Boden verstreut, darunter eine große Seekarte, wie sie von der Marine benutzt wurden. An der gegenüberliegenden Wand hatte jemand versucht, dunkle Flecken abzuwischen. Ein fast greifbares Gefühl von Bedrohung hing in dem Raum. Ayaana zog sich zurück. Sie musste an die frische Luft. Trotz Korays Warnungen verließ sie das Haus.

Draußen standen schwere schwarze Regenwolken am Himmel. Die Gefahr eines alles verschlingenden Sturms hing über dem Anwesen. Sie folgte dem gewundenen Pfad hinter dem Haus, der einen Hügel hinaufführte. Von dort oben konnte sie die Stadt und ihre Gewässer überblicken. Als sie nach links zum Hügel abbog, entdeckte sie den Schuh. Er steckte in einem Busch mit braungrünen Blättern. Als sie danach griff, rieselten einige zu Boden. Sie kniete sich hin, um ihn genauer in Augenschein zu nehmen. Es war der rechte Schuh eines Mannes, abgenutzt, mit braunen Schnürsenkeln. Die Sohle war dünn und abgelaufen, in der Nähe des schiefen Absatzes klaffte ein Loch. Die eleganten Schuhe eines einst erfolgreichen Manns. Auf der Einlegesohle befand sich ein dunkler Fleck. Die Schuhkappe und -zunge waren ebenso besudelt wie die Schnürsenkel. Sie starrte ihn an, bis sie wieder sieben Jahre alt war und weinend den toten Körper ihres geliebten Kätzchens betrauerte. *Wie hat sich die Welt dadurch verändert, dass du nicht mehr existierst?* Sie versank in Dunkelheit. Doch dann erhob sie sich langsam, ging weiter, als hätte sie nichts Außergewöhnliches gesehen. Blind, taub, stumm. Was hatte Muhidin einmal zu ihr gesagt? »Die wichtigsten Dinge im Leben sind im Unsichtbaren verborgen; die tiefsten Wahrheiten wohnen im Unausgesprochenen.« Sie ging weiter. Sie brauchte unbedingt ihren Pass. Welches Zimmer war Korays? Sie musste zurück nach Hause.

Als Ayaana von ihrem Spaziergang zurückkam, war der Schuh verschwunden. Wie sie vermutet hatte.

***

Ayaana saß auf ihrem Bett und starrte die weiße Wand an. Istanbul, die wogenden Kreuzungen der Welt, das Tor zu den vergeblichen Hoffnungen der Menschen und allen Gewinnchancen, die der Krieg bot. Sie betete, dass jene, die nicht bezahlten konnten, nicht sterben mussten. Betete, dass der Mann, dessen Schuh sich in Luft aufgelöst hatte, noch am Leben war. Betete, dass er den Weg nach Hause finden würde und dass er mit »verdammt« nicht sich selbst gemeint hatte. Es gab keinen Internetempfang. All ihre Versuche, ihre Mutter anzurufen, waren fehlgeschlagen. Sie versuchte es weiter. Sie brauchte unbedingt ihren Pass.

Sie sah keinen Ausweg. *War das alles real?* Beim Abendessen hatte Ayaana sich darin geübt, eine nichtssagende, freundliche Maske zur Schau zu tragen, die an Nehirs Gesichtsausdruck erinnerte. Der Look passte zu dem schwarzen, taillierten Audrey-Hepburn-Kleid. Sie machte unverbindliche Konversation. Sie blieb in Korays Nähe. Er war ihr Magnet, während sie überlegte, wie sie entkommen konnte. Er hatte ihren Ausweis. Wie hatte sie das zulassen können? Sie lauschte Emirhans Vortrag über das wirtschaftliche Schicksal Griechenlands und die Kriege in angrenzenden Ländern. Er sagte, der Islamische Staat sei eine reinigende Kraft, ein Spiegel menschlicher Entscheidungen. Ayaana nickte an den richtigen Stellen. Als sie Nehir ansah, hob diese mit amüsiertem, durchdringendem Blick ihr Weinglas und prostete in ihre Richtung. Ayaana zwinkerte ihr zu. Nehir formte »Viel Glück« mit den Lippen. Ayaana bekam kaum noch Luft. Jetzt wusste sie, wie es sich anfühlte, zu ertrinken, Wasser einzuatmen, in der Hoffnung, es sei Luft, während ihr Körper und ihre Seele sich verzweifelt aufbäumten.

73

»Ich möchte meinen Pass zurück.«

»Bei mir ist er sicherer.«

»Ich hätte ihn lieber wieder bei mir.«

»Nein, Ayaana.«

»Du wirst ihn mir zurückgeben.«

»Vergiss es, Ayaana.« Er spielte mit ihr.

»Warum?«

Koray lächelte. »Darum.«

Ayaana, entsetzt über seine Weigerung und ihre eigene Hilflosigkeit, trat einen Schritt zurück.

Sie überfiel Koray mit dem Thema beim Abendessen. »Koray, ich brauche meinen Pass. Dann fühle ich mich besser, wenn ich morgen in die Stadt gehe.« Sie lächelte.

»In die Stadt willst du gehen?«, rief Nehir aus. »Aber Liebes, doch nicht in diesen unsicheren Zeiten … Koray, warum beschützt du Ayaana nicht besser? Hast du ihr alles erklärt?«

Emirhan beobachtete Ayaana. »In einem Land, das im Fluss ist,

sind Pässe ein begehrtes Gut. Du fühlst dich doch hier, mit uns …
nicht unsicher … oder, meine Schöne?«

»Nein … Ich wollte nur …«

»Dann wäre das ja geklärt.«

Emirhan, Nehir und Koray tauschten Blicke aus. Ayaana verstummte, in dem Wissen, dass ihr jedes Wort im Mund umgedreht und dass
sie zum menschlichen Spielball dreier Katzen in Menschengestalt
werden würde. Ein Schaudern; sie presste die Lippen zusammen. Sie
musste so schnell wie möglich lernen, wie man dieses Spiel spielte.
Sie durchbohrte Koray mit Blicken.

»Noch etwas Wein, *Canim*?«, fragte er.

»Nein, Koray«, sagte sie kühl.

»Ich habe meine Pflichten als Gastgeber sträflich vernachlässigt,
liebste Ayaana. Ich verspreche dir, dass ich mir das Wochenende frei-
nehme, um dir meine intimsten *cosmoi* zu zeigen.«

Seine Eltern lachten amüsiert, und Ayaana fragte sich, warum auch
darin keine Freude lag. Noch sechs Tage, sagte sie sich. Noch sechs
Tage, bevor sie nach China zurückfliegen würde.

74

Esmeray, ein Restaurant, das nach dem dunklen Mond benannt war,
befand sich im labyrinthischen Tarlabaşı-Viertel, das Ayaana so stark
an ostafrikanische Stadtstaaten erinnerte, dass sie ihre Vorsicht ablegte. Sie waren südwestlich vom Taksim-Platz unterwegs, ließen sich
inmitten der aus vielen Nationen bestehenden Menschenmenge treiben. Der harte Puls des Lebens, Musik, Blicke, die verweilten. Eine
europäische Frau von klassischer Schönheit, die sich als Mann herausstellte. Es roch nach Zitrusfrüchten, Gewürzen und lasterhaften Dingen. Ayaana hielt Korays Hand fest, nervös wegen der vielen Blicke,
die ihr galten.

»Sie sind von dir bezaubert.« Er zog sie näher zu sich, dann deutete er nach Osten. »Da liegt der Tarlabaşı-Boulevard. Bekannt für seine Bordelle. Überleg mal, das waren früher Familienhäuser. Griechisch. Vor dem Exodus. Wenn du illegal ins Land gelangt wärst, würdest du dich in diesem Teil von Istanbul wiederfinden.« Er unterdrückte ein Lächeln.

Dunkle und hellbraune afrikanische Gesichter voller frustrierter Hoffnungen, als hätte sich alles, woran sie geglaubt hatten, als sie zu ihrer fantastischen Suche nach einem Idyll auf Erden aufgebrochen waren, einfach in Luft aufgelöst. Überall gab es Essen zu kaufen. Doch Koray suchte nach einem ganz bestimmten Niemandsland. Nur in Tarlabaşı konnte es ein Esmeray geben, einen Ort der Paradoxe und optischen Täuschungen. Anatolische Rockmusik wurde gespielt, als eine uralte Frau in einem bunten Kopftuch Koray und Ayaana an der Restauranttür empfing. Im hinteren Teil des Raums war ein Tisch für sie gedeckt worden. Ayaana ließ sich schwer auf den Stuhl sinken, hatte das Gefühl, ihre Wahrnehmung der Welt sei geschärft. Ihre Augen wurden schmal. Koray listete eine Reihe unerwarteter Gerichte auf: *cacik, lahmacun, pogaca, bazlama, manti, biberiye tursusu, pirincli tavuk cigeri, baklava, gyro* und *labaneh bil zayit.* Und mit weit ausholender Geste fügte er hinzu: »*Tahini halwa, sembosa halwa ... pişmaniye ...*«

»All das gibt es hier?«, fragte Ayaana

»Und mehr.« Korays Augen leuchteten. »Kein Sinn, der nicht gekitzelt würde.«

Ayaana starrte schweigend vor sich hin.

Die Frau, deren Gesicht von einer Million winziger Fältchen durchzogen war, brachte *mercimek çorbasi,* Linsensuppe, mit einer Zitronenscheibe auf dem Rand der Terrine.

Koray sah Ayaana an. »Wir brauchten beide eine Pause vom Haus.«

Stille. »Ich habe Vorkehrungen getroffen. Wir gehen ein paar Tage nicht nach Hause.«

Koray rieb sich das Gesicht, seufzte. Ayaanas Blick verfinsterte sich. Ihr Herz klopfte, ihr wurde schwindelig, und fast heulend rief sie: »K-Koray, ich h-habe doch nichts zum Anziehen dabei.«

»Kauf dir, was du brauchst, in den Läden.« Er rieb sich die Augen. »Die letzten paar Tage waren echt hart, *Canim*. Ich schulde dir einen Urlaub.« Er ließ sich tiefer auf seinen Stuhl sinken, sah sie an. »Äh …« Koray wandte kurz den Blick ab. »Es gibt Neuigkeiten. Emirhan … der Grund dafür, dass er sich so beschissen aufführt … Er hat Bauchspeicheldrüsenkrebs. Medizinisch bestätigt. War ja klar, dass der alte Geizhals ein grausiges Ende nehmen würde.« Korays Augen glänzten.

Ayaana schmolz dahin. Stimmte das? Sie senkte den Kopf, teilweise aus Überraschung darüber, wie sehr der Pesthauch des Hauses auf dem Hügel auch sie vergiftet hatte.

Er sah sie an. »Die verzweifelte Übergabe seines Besitzes. Das hast du mitbekommen. Es tut mir so leid. Ich hatte mir eine andere Art von Urlaub für uns gewünscht.«

»Das mit deinem Vater tut mir sehr leid«, sagte Ayaana, verlagerte das Gewicht, hielt den Kopf immer noch gesenkt. Das erklärte noch längst nicht alles, schon gar nicht das Mosaik des Schreckens, das aus den Gesichtern jener bestand, die durch die Flure des Hauses eilten, und auch nicht den blutbefleckten Schuh im Garten. Oder dass Koray sie fixierte, als wollte er die Wirkung seiner Worte abschätzen. Sie versuchte sich nichts anmerken zu lassen, setzte einen nichtssagenden mitleidigen Gesichtsausdruck auf.

»Du kannst mir vertrauen, Miss Ayaana«, sagte er mit gesenkter Stimme und legte ihr die Hand auf den Arm.

Ayaana erschrak. War sie so leicht zu durchschauen? In dem Moment brachte ein junger Mann mit flaumigem Schnurrbart ihre bestellten Gerichte. Koray sagte etwas zu ihm. Eine Minute später wurde andere Musik gespielt. Koray lauschte kurz. »Ömer Faruk Tekbilek«, sagte er. »Das ist gerade noch auszuhalten.« Er lächelte Ayaana an.

»Möchtest du *gül serbeti* trinken? Das kann ich dir wirklich empfehlen, Miss Süßschnabel.« Obwohl immer noch vorsichtig setzte Ayaana sich bequemer hin, ihre Bauchmuskeln entspannten sich, und sie atmete etwas leichter. Koray fing sofort an, über die Nachricht des Tages zu sprechen, den Börsencrash in China und seine negativen Auswirkungen auf das gewöhnliche Volk. »*Chao gu*-Mentalität«, resümierte er.

Ayaana holte tief Luft. »Die sogenannten ›kleinen Leute‹ haben auch ein Recht auf ihre Träume.«

Koray ließ sie nicht aus den Augen, tauchte den Finger in seinen Campari. »Unregulierte Fantasien führen zum Kollaps. Das hier ist eine notwendige Reinigung. Zum Glück ist dein China zu groß, um zu scheitern.« Der junge Kellner brachte Ayaana das Rosensirup, das Koray für sie bestellt hatte. Sie unterhielten sich über das Meer, das Leben, das Ende der Nationalstaaten, Karrierechancen und die Schifffahrt. Koray riss Witze über die Austerität in Griechenland. »Was ist das größte Wohltätigkeitsprojekt in der EU? Griechenland.« Er erzählte von al-Dawlah – dem IS – und wie faszinierend er ihn fand. »Ein strategischer Vorteil, der sich in Frankensteins Monster verwandelt hat! Das Groteske und der Tod als aufstrebende Marke!« Er gluckste. »Arme, abgefuckte Welt.«

Ayaana klemmte sich die Hände unter die Achseln und starrte Koray wie gebannt an: das liebenswerte Chamäleon, Koray, der delirierende Prophet, Koray, der fürsorgliche Fremdenführer, Koray, der Mann, der das Schicksal kontrollierte, Koray, der Charmebolzen mit der männlichen Ausstrahlung. Er hatte ihr sein Istanbul gezeigt, die winzigen Geschäfte voller Schätze, Geheimnisse und raunender Menschen, die einem alles verkaufen konnten, sogar ein lilafarbenes Elixier für das ewige Leben. Er hatte sie in das Geschäft eines Kartografen mitgenommen, das aussah wie das Labor eines Alchemisten, und sie hatten sich in dem Universum aus Karten verloren. Ihre Verwirrung und ihre Faszination spiegelten sich in ihrem Gesicht – Ehrfurcht, Ekel, Übelkeit. Sie war verführt. Sie sah wieder die Stärke, die Schönheit in seinem Gesicht. Er trug den Ohrring nicht mehr. Dieser Koray war eine genießbare Mischung aus dem Uni-Koray und dem Istanbuler Koray. Koray, der Gestaltwandler, der die Macht besaß, ihr Leben so umzugestalten, dass sie nicht mehr über die Konturen des Unbekannten nachzudenken brauchte. Sie stellte sich vor, wie Koray Muhidin und Munira kennenlernte. Muhidin würde ihn sicher zu einem Angelausflug aufs Meer locken und ihn ins tiefe Wasser werfen, um zu sehen, ob er damit klarkam … oder eben auch nicht. Sie lächelte. Eine Karaffe Wein tauchte neben ihr auf. Koray griff danach und schenkte ihr ein Glas ein.

»Ein Getränk für große Mädchen. War das ein Lächeln, Miss Ayaana?«

»Emirhan – kann man irgendetwas für ihn tun?«, fragte sie.

Rasch überspielte er die flüchtige Trostlosigkeit in seinem Blick. »Das Leben ist halt manchmal beschissen.« Koray neigte den Kopf, dann legte er ihr die Hand unters Kinn. »Kleine Ayaana, du verstehst *schon*, dass das Leben kein Menschenrecht, sondern ein Glücksspiel ist?« Sie sah ihn an wie ein Kind, dessen einziger Traum zerstört wurde. »Wir bekommen unsere Karten zugeteilt«, fügte er hinzu.

Ayaana sank in sich zusammen und kratzte sich am Kinn. Koray schüttete den Wein in sich hinein. »Was soll man schon tun?«

Ayaana wartete auf eine Antwort. Draußen pfiff ein feiner Wind. Stille legte sich über den Raum. Ayaana warf einen Blick über ihre Schulter zum Eingang, als könnte jeden Moment ein Teufel mit Fangzähnen hereinkommen. Angst und die dazugehörigen Fragen: Was war wahr und real? Sie strich über die Basmallah-Einlegearbeit auf der Tischplatte, und ihre Gedanken überschlugen sich bei so vielen scheußlichen Wahrheiten. Das befleckte Gewebe des Lebens – was sollte sie damit anfangen? Und doch konnte sie inmitten dieses irrsinnigen Gebrabbels immer noch den Ruf des Muezzins auf ihrer Insel hören: schlichte, unvollkommene, menschliche Aufrichtigkeit; trotz allem viele kleine Gesten der Freude. Und dann wieder das Gefühl, dass die Welt in Flammen steht, Visionen von Völkerwanderungen, das unerträgliche Leid der Frauen, gebrochene Kinder dieses zerrütteten Zeitalters. Dann ein verschwommener Bilderreigen aus der Heimat: Nahodha Alis Fangflotte, seine übers ganze Jahr anhaltende Beschäftigung mit den Wanderungen der Speerfische, sein dröhnendes, aus dem Bauch kommendes Lachen nach einem guten Fischzug, sein *Inschallah*, wenn die Fischer mit leeren Händen zurückkehrten; der Garten einer Mutter, die ihre Lieblingslieder summte, ohne sich bewusst zu sein, dass ihre Stimme wie Weihrauch zum Himmel aufstieg. Pates Stürme. Donnergrollen, knisternde Blitze, schäumende aufgewühlte Wellen in der Dunkelheit. Keine Welt, so schloss sie, sollte der anderen gleichen.

Draußen die Geräusche des Lebens. Blökendes Vieh, hupende Autos, menschliche Stimmen, Musik, Musik, Musik und plötzlich Schreie. Ayaana erschrak und erinnerte sich wieder, wo sie war.

Koray, der immer noch die wechselnden Stimmungen in Ayaanas Gesicht beobachtete, murmelte: »Wenn ich könnte, würde ich nie wieder zulassen, dass ein anderer dir direkt ins Gesicht schaut. Aber ich würde dich malen und meine Erfahrung nur mit wenigen teilen. In den Farben meiner Wahl.«

Ayaana sah ihn an, und Koray fügte sanft hinzu: »Ich würde dich beschützen, *Yavrum*, Baby. Du brauchst es nur zu sagen.« Ayaana blinzelte, seufzte. Sie schüttete sich mehr Gewürztee in den Tonbecher, konzentrierte sich auf den heißen Tee und die glatte Oberfläche des Gefäßes. »Frag«, insistierte Koray.

Ayaana spuckte den Tee aus, den sie hatte trinken wollen.

»Dein Vater …«

»… ist dabei zu sterben«, unterbrach er sie barsch. »Auch ein Pragmatiker kann nicht mit dem Tod verhandeln, selbst wenn er ihn für eine Zumutung hält.«

»Nehir …«

»… hat die Entscheidungen meines Vaters zu ihrer Mission gemacht und ist würdig, seine Gewohnheiten zu übernehmen.« Ein Funkeln in seinem Blick, das sofort wieder erlosch.

»Du hast doch noch Brüder«, sagte Ayaana.

»… die nicht die Eier haben, ihr Schicksal anzunehmen. Ich bin Alleinerbe.« Hohn lag in Korays Stimme.

»Was genau macht euer Familienbetrieb eigentlich?«

Koray funkelte sie an und sagte: »Das sind keine gesunden Fragen.« Er wollte ein Glas Cranberry-Saft bestellen, doch dann überlegte er es sich anders. »Nein, warten Sie … Bringen Sie mir lieber eine Flasche Shiraz. Den besten, den Sie haben.« Er deutete auf Ayaana. »Willst du auch ein Glas?« Sie schüttelte den Kopf.

»Eines Tages wirst du Wein trinken.«

»Nie wieder.« Da war sie sich ganz sicher. Der Wein, den sie mit ihrer Freundin Shalom gekostet hatte, schmeckte wie einer der üblen Tränke ihrer Mutter.

Koray hielt ihrem Blick stand. »Ich werde dir meine Geheimnisse verraten, aber ich will es auf den Wein schieben können. Trink mit mir.«

Sie lächelte. »Und wenn ich das mache, verrätst du mir wirklich deine Geheimnisse?«

Koray sah sie weiterhin eindringlich an. »Bist du sicher, dass du meine Geheimnisse wirklich wissen willst, Miss Ayaana? Wenn wir die Tür aufmachen, gibt es kein Zurück mehr. Überleg dir das gut.«

Die Tür eines stygischen Kellers öffnete sich quietschend. Sie konnte herauskrabbeln, sich in die Sonne flüchten. Sie sah Koray an. Er hatte dunkle Ringe unter den Augen, die sie zuvor nicht gesehen hatte. Seine langen Finger mit zwei Goldringen, die breiten, behaarten Hände. Ihr Herz schlug zu schnell. Sie schwitzte. Dachte fieberhaft nach.

Koray ließ sie nicht aus den Augen. »Soll ich sie dir erzählen?«

Ayaana erinnerte sich, wie das schmutzig weiße Kätzchen einmal einen ganzen Tag lang auf der Lauer gelegen hatte, bis ein Maulwurf aus seinem unterirdischen Reich an die Oberfläche kam, und sich dann auf ihn gestürzt hatte. Selbst als Kind war sie über die Resignation des Maulwurfs verblüfft gewesen. Er gab keinen Laut von sich. Hier tickte die Uhr. Die Musik klang wie eine Imitation des *Dhikr* eines Sufi. Meeres-Nocturnen und Unterwasser-Dunkelheiten. Es gab einen Punkt, an dem das Bedürfnis zu atmen endete. Sie entspannte sich in dem Wissen, dass die Zeit in den Hintergrund treten würde. Sie fasste sich an den Hals, sah Koray mit halb geöffnetem Mund direkt in die Augen und merkte, wie sie unterging. »Ja«, hauchte sie schließlich.

Sehr langsam breitete sich ein Lächeln auf Korays Gesicht aus. »Wir sind Pragmatiker, Miss Ayaana«, sagte er gedehnt. »Sind es immer gewesen. Schiffe. Handel. Wir kontrollieren Zufahrten. Schiffsrouten. Wir machen unsere eigenen Regeln. Wenn wir sagen, etwas ist legal, dann ist es das auch. Wir machen Geld. Das ist unsere Mission, unser Ziel, unser Zwang. Und wenn die Welt ein einziges Kriegsgebiet ist, machen wir auch damit Geld.«

Er fuhr fort: »Vater hat ein hervorragendes Gespür dafür, noch in den dunkelsten Abgründen des Lebens, in die die meisten Menschen nicht zu schauen wagen, günstige Gelegenheiten zu finden. Handelswaren, ob legal oder nicht, müssen über die ganze Welt verschifft werden, und dann sind wir da.« Er schnüffelte an einem Wein. »Die Unterwelt dieser Stadt gehört vermutlich auch größtenteils uns.«

Musik sprudelte aus den Lautsprechern, der Sänger schuf eine Klangstraße aus Tonfetzen. Ayaana lauschte sowohl der Musik als auch Koray.

»Vater wusste, was Menschen in Not brauchen: außergewöhnliche Dienste. Und sie waren bereit, große Summen für Zugang zu … Sicherheit zu bezahlen. Wir bieten zu erstklassigen Preisen eine Infrastruktur von Mittelsmännern.« Er schwieg kurz. »Und ja, es gibt Leute, die Zugang zu Menschen in Gefahr suchen.« Er zuckte die Achseln. »Zu einem gewissen Preis liefern wir beides.«

»Das Essen ist gut«, fügte Koray hinzu und kaute geräuschvoll das knusprige Brot. »Wir liefern auch Rettungswesten, Rettungsboote …« Er nahm sich einen der Kebab-Spieße. »Vergiss nicht, *Canim*, niemand interessiert sich dafür, welche Farbe Geld hat oder aus welcher Quelle es kommt. Der Punkt ist, im Krieg geht es allein ums Geld – Industrie, Jobs in der Heimat – und um Macht. Menschen sind und waren immer eine Handelsware.« Er lächelte und griff nach seiner Suppe.

Sie hätte aufschreien, hätte protestieren sollen. Doch jetzt verstand sie die Ergebenheit des Maulwurfs in den Fängen der Katze. Sie stocherte in ihrem Salat herum, zerlegte gedankenverloren die Blätter; sie hatte keinen Appetit mehr. Korays Worte waren weitere Grautöne in den hässlichen Farben einer rätselhaften Welt. »Und warum machst du dir dann überhaupt die Mühe, zu beten?«, fragte sie ihn schließlich.

»Seltsame Frage«, sagte er und rutschte auf seinem Stuhl herum.

»Beantworte sie.«

Vor ein paar Monaten hatte sie in der Moschee in Xiamens Stadtteil Siming auf die betenden Männer herabgeschaut, und ihr Blick war an einem von ihnen hängengeblieben, dessen Gebet einem hingebungsvollen Tanz glich. Sie hatte den Mann eine ganze Weile beobachtet, und als er sich schließlich erhob, sah sie, dass es Koray war. Sie empfand Verlegenheit über ihr plötzliches Bedürfnis, ihm nahe zu sein, zu sehen und zu schmecken, was er wusste.

»Bete ich denn?«, fragte Koray.

»Ja.«

Kory beugte sich vor, um ihr einen Saucenfleck vom Kinn zu wischen. »Vielleicht habe ich einfach nur das Bedürfnis, mich mal mit jemand anderem zu befassen als nur mit mir.« Er lachte, sein Blick verschleierte sich. »Die Moschee ist ein großartiger Ort, um strategische Kontakte zu knüpfen. Es ist wichtig, auf eine bestimmte Art gesehen zu werden. Na schön, ich gebe es zu, ich *bin* neugierig. Ich fand schon immer, dass der Tod unsagbar öde ist. Besonders jetzt, wo Vater ...« Plötzlich brach er ab.

Spurwechsel: ein unergründliches Lächeln. »Mein Vater sagt, ich verschwende dich.« Ayaana lauschte. »Emirhan«, fuhr Koray genüsslich fort, »hält sich für einen Frauenkenner. Ein Hobby von ihm. Es gibt noch andere, die seine ... Vorlieben teilen. Männer, die erstklassige Preise für das Vergnügen deiner Gesellschaft bezahlen würden, und sogar noch mehr, um deinen Körper zu besitzen.«

Ayaana überlief es eiskalt.

Koray griff nach ihrer Hand, doch sie schüttelte ihn ab und sagte mit eisiger Stimme: »Ich habe schon die Bekanntschaft solcher Dämonen gemacht.« Ihre Augen waren dunkel.

»Wo?«, knurrte Koray.

»Bei mir zu Hause.«

»Aha!«, rief Koray. »Dann ist die mystische Insel wohl doch nicht so idyllisch.«

»Es waren Fremde.«

»Haben sie dir wehgetan?«

»Sie haben es versucht«, sagte sie.

»Hast du ihnen wehgetan?«

»Meine Mutter.«

Wildheit lag in Korays Blick. »Gut.«

Ayaanas Augen weiteten sich, als sie mit ihren widerstreitenden Gefühlen rang. Ihr Staunen, ihre Abscheu, ihre Angst, ihre Verzauberung, ihr Gefühl für all das, was sie wusste und was sie nie verstehen würde, ihre unersättliche Neugier. Koray lachte schallend. »Ah, *Canim*, was machst du für ein Gesicht!« Sie wandte schnell den Blick ab. »Hey«, sagte er jetzt, »eine Theologie muss dem Test der Realität standhalten.« Er hob ihr Kinn an. »Ich hätte Bedarf ... wenn du einen Vorschlag hast.«

Ayaana öffnete den Mund, dann schloss sie ihn wieder.

Koray grinste. »Denk nicht so viel nach. Bitte mich einfach, dich zu beschützen. Das kann ich nämlich. Vor der Welt und ihren ... Fremden.«

Ayaana verschränkte die Arme vor dem Körper. Er erzählte ihr einen türkischen Witz. Unvermittelt fragte sie: »Koray, was ist aus dem syrischen Angestellten geworden?«

Ein flüchtiges Stirnrunzeln. »Wer? Ach! Du meinst den Migranten, der so von dir bezaubert war?«

Sie wollte protestieren. Er hob die Hand. »Ich weiß, dass nichts Unrechtes zwischen euch geschehen ist.« Er wartete, wägte die Risiken ab, und seine Pupillen weiteten sich. »Unsere Arbeit zieht alle möglichen Menschen an. Qualifizierte Flüchtlinge stellen wir ein, die sind besonders erschwinglich. Er war gut. Bescheiden, gehorsam, bis er eine Besessenheit von dir entwickelt hat. Wir mussten ihn entlassen.« Koray hielt kurz inne. »Dann hat er seinen Schuh nach uns geworfen. Hast du den gesehen?«

»Den *blutbefleckten* Schuh?«, fragte sie.

Wieder lag etwas Wildes in seinem Blick, gelb vor Hunger und mächtig in dem Wissen um Überlegenheit. »Wir haben Erfolg, weil wir keine Gefangenen machen, Ayaana«, sagte er. »Und hier, mein Liebling, endet dein Abstecher in die Welt meiner Geheimnisse.«

Ähnlich durchwachsen und voller Widersprüche ging der Abend weiter. Wenn Koray redete, ließen Ayaanas Ängste nach. Er machte die Dozenten an der Uni, ihre verschiedenen Akzente und Stimmen nach, erfand Gespräche zwischen ihnen. Er schauspielerte, erzählte, und schließlich stand er auf, um zu türkischer Popmusik zu tanzen, bis Ayaana Tränen lachte. Als die schwermütige Musik endete, sagte Koray: »Erzähl mir mehr über deine legendäre Insel.«

Und so redete Ayaana über Munira und Muhidin, und Koray hörte zu. Sie erzählte ihm auch, wie Ziriyab verschwunden war. »Das Leben ist aus Abwesenheiten gemacht«, sagte er schließlich.

»Wie die deiner Brüder?«

Er zögerte kurz. »Ja«, gab er zu. Dann redete er über seine Lieblingsmusiker und gestand Ayaana seine geheimen Abstecher zu einem Maulana-Rumi-Center. »Als Kind wollte ich unbedingt Derwisch werden. Ich habe Tücher um mich gewickelt und mich im Kreis gedreht.« Er streckte die Hand aus und berührte über den Tisch hinweg ihr Gesicht und ihre Haare. »Ich war besessen vom Tanzen. Wenn nicht so vieles dagegensprechen würde – wie das hier –, dann würde ich vielleicht tanzen.«

Ayaana spielte mit einer Haarsträhne und erinnerte sich an Korays Gebet. Sie hob den Kopf, um etwas zu sagen, als sie ein Leuchten in seinen Augen sah. Sie stützte das Kinn in die Hand und lauschte, als er gestikulierend rezitierte: »›Gel, gel, ne olursan ol yine gel, Ister kafir, ister mecusi, ister puta tapan ol yine gel …‹ Hast du das schon mal gehört? ›Komm! Komm! Wer du auch bist! Wenn du auch Götzendiener oder Feueranbeter bist.‹ Ich habe sogar Farsi gelernt. Wollte mich ganz dem Maulana widmen.«

Sie schwiegen. Koray runzelte die Stirn, schien mit den Gedanken woanders zu sein.

Das menschliche Chamäleon. *Was ist er?* Ayaana war Koray hierher gefolgt. Konnte sie … entkommen? Was für ein Wort. Als wäre sie gefangen. Konnte sie sich ihre Handtasche schnappen, in die Nacht hinausrennen und sich von dem Magneten lösen, der dieser Mann für sie war? Sie sah die Lügen, die in die Teilwahrheiten eingeflochten waren. Der Damaszener. Sie *hatte* in jener Nacht einen Menschen schreien gehört. Sie hatte Schüsse gehört. Der Schuh *war* blutverschmiert gewesen. Und sie hatte einen Wagen davonfahren sehen. Sie hatte … Und doch, Koray – sein verführerischer Charme, seine Entgrenzung. Er war kein »guter« Mensch. Er gab auch nicht vor, einer zu sein. Er war Koray, ein Mann, der seine Fehler stolz zur Schau trug, ihr Wegweiser in den sonnenlosen Gefilden der Welt. Er machte sich selten die Mühe, sich zu entschuldigen. Er fürchtete sich nicht davor, in Abgründe zu blicken, er erweiterte sie, wurde dafür bezahlt,

Brücken darüber zu bauen. Er schlug aus der Unsicherheit Profit, behandelte Lügen und Wahrheit wie zwei Seiten einer Medaille – alles für die Macht. Das Licht interessierte ihn nur, wenn es seinem Zweck diente. All das schoss Ayaana durch den Kopf, während Koray vom Wein zu einem hellgrünen Saft wechselte. Seine Worte rissen Ayaana in einen Strudel, sein Zauber streckte seine Tentakel nach ihrer Seele aus, und ihr instinktiver Drang, vor Koray zu fliehen, wurde von Begehren verdrängt.

Ayaana wartete darauf, was als Nächstes kommen würde.

Seine leise Stimme klang selbstsicher und warmherzig zugleich, und er lachte schallend. Ayaana legte den Kopf auf den Tisch. Ihr Herz hatte sich beruhigt.

»Du weißt, dass ich dich lieben könnte«, hörte sie ihn sagen.

Sie wartete.

Koray beugte sich vor und umfasste ihre Hände. »Das schenke ich dir«, sagte er und legte eine kleine Schachtel auf den Tisch. Dann öffnete er sie. Darin befand sich ein Saphirring. »Aus Madagaskar«, fügte er hinzu.

Sie sprach so leise, dass er sich anstrengen musste, um sie zu hören. »Was soll das sein?«

»Ein Glücksspiel«, sagte er.

Ayaana schüttelte den Kopf. »Wozu ist das gut?«

»Nimm ihn einfach an.«

Die Musik von Erdoğans Türkei. Melodien, die sich zum Himmel aufschwingen wollten und doch ausnahmslos im Bosporus versanken. Sie klangen wie eine Ode an den Verlust. Während Ayaana in ein Loch fiel, keine Ahnung hatte, was sie tun und wohin sie gehen sollte, stand Koray auf und murmelte: »Komm, *Güzelim*, lass uns tanzen.«

»Aber …«

»Ich tanze für uns beide«, flüsterte er. »Stell dich auf meine Füße.«

In einer Mischung aus Heimatlosigkeit, Hochgefühl, Unruhe und

Überdruss gab Ayaana nach. Morgen würde sie weitergrübeln. Morgen. Jetzt musste sie sich führen, manövrieren, anheben, an den Körper eines Mannes pressen lassen – dem Gegenteil ihres Körpers und seiner kurvigen Unsicherheiten. Sie klammerte sich an Koray, als würde sie sonst davongeweht. Doch dann erklang plötzlich ein geheimer Kontrapunkt, eine Melodie, die sie einst in Gesellschaft der Schemen der Verdammten vernommen hatte: »*Lacrimosa dies illa / Qua resurget ex favilla* …« Ayaana ignorierte die Warnung, schloss die Augen und hörte nicht mehr zu. Morgen, dachte sie. Jetzt erlaubte sie einem Mann mit breiten Schultern, sie zu führen, und er fragte: »Warum sollte ich dich gehen lassen?«

Ayaana hörte ihn. Sie würde ihm die Antwort morgen geben. Koray senkte den Kopf. Sie hatte einen Geschmack von Blut, Wein, Süßem und Saurem im Mund, doch sie schwieg. *Es regnete.* Regentropfen prasselten draußen auf das Pflaster; das aufgeregte Geschrei der Leute, die von dem Wolkenbruch überrascht worden waren. Doch sie war hier, tanzte in der Stille, und ihr Körper passte sich dem eines anderen an. Turbulenzen, wildes Herumwirbeln. Sie hatte das Gefühl, freidrehend in einem Mahlstrom zu versinken.

~

Einen unendlichen Moment lang hatte sie das Gefühl, in eine Schiffskabine zurückversetzt zu werden und in den Armen eines anderen zu liegen, sodass Koray, als sie die Augen aufschlug, den Schock darüber, ihn vorzufinden, in ihrem Gesicht hätte sehen können, wenn er hingeschaut hätte. Immer noch schwankend verließen sie das Restaurant. Es war weit nach Mitternacht in einer mondlosen, neonerleuchteten Nacht. Der Wind schleuderte ihnen Müll entgegen. Ayaana hielt Korays Hand fest, verzweifelt auf der Suche nach Sicherheit. Trotz der Dunkelheit, die sie umgab, hatte sie keine Angst, solange Koray ihr etwas zuflüsterte. Ein nächtlicher Nebel am Wasser dämpfte ihre Schritte. Koray presste sie an seine Seite. Sie genoss das Gefühl, dass er sich in der Dunkelheit wohlfühlte. Er lachte, wies sie auf Nebelhörner hin, die sie nicht hören konnte. Ein Splitter der Angst … *Morgen*, sagte sie sich.

Das Wispern vorbeiziehender Geister: ein unbekannter Vater, Fazul der Ägypter, Wa Mashriq, Suleiman. Die hungrige Leere, die ihr alles nahm, was sie liebte: ein Kätzchen, Muhidin. Das Schweigen einer Mutter. Koray redete, und seine Stimme klang wie ein hohes Pfeifen. Sie vergaß den Damaszener. Koray hatte den Arm fest um sie gelegt. Ein Summen um sie herum, Schwindel, als wäre sie berauscht – und sie war es. Wie in der Nacht auf dem Schiff, ein Blitzschlag. Ayaana klammerte sich an einen chamäleonartigen Mann, der den Nachtgöttern Worte als Opfergaben darbrachte und sie durch eine Tür führte, vor der ein unbeteiligt wirkender Wachmann stand.

Koray sagte: »Falls jemand fragt, sag ihm, das hier ist unsere *Nikāḥal-Mut'ah*.«
Eine Reise-Ehe.
Er lachte.
Sie lachte.

75

Er erklärte ihr, sie würde seine Braut sein. Es war ihr egal. Aber für diese eine Nacht, in der sie sich danach sehnte, zu wissen, zu fühlen, zu fallen – für diese eine Nacht würde sie das Warten aufgeben.
Das war alles.

Später.
Eine Metamorphose.

Er. Intime Berührungen. Unter seinem Körper verborgen, von ihm eingehüllt, in der Dunkelheit, der Freiheit, die sie gewährte, hatte sie von Lust und Schmerz gekostet, war jedoch auch in einen tosenden Höllenschlund, eine düstere Leere gestürzt.

***

Er murmelte: »Du gehörst mir.«

Sehnsucht, Beherrschung und Enttäuschung. Dies hier – diese geheime, sanktionierte, intime Sache – war auch nichts Ewiges. Sie sah ihn an. Er hatte Kratzer im Gesicht, die sie ihm zugefügt hatte. Blutlinien. Mit schmalen Augen fragte er: »Siehst du jetzt, wie ich sehe? *Gülüm?*«

Eine Kartografie der Besitztümer. Was hatte sie erwartet? Jetzt war sie die Geisel. An jedem haftete der Gestank des anderen. Klebrige, klammernde Körper. Ihre Lippen waren geschwollen. Sein Gesicht war zerkratzt. Ihr Körper war gegeißelt, seiner beschwichtigt. Aus dem Netz, das er gesponnen hatte, betrachtete er sie mit rot geränderten Augen.

»Meins.« Er schrieb seinen Namen auf ihre nackten Brüste.

Ein mit Blut besiegelter Pakt.

Ihr Blut.

Nicht seins.

Er hielt ihre Handgelenke fest, drückte sie und sagte sachlich: »Ich würde für dich töten.«

Blutbefleckte braune Schuhe.

Sie verbarg ihr Gesicht.

»Und jetzt will ich deine Seele«, flüsterte er.

Niemals.

Aus ihrem Körper, dem Ort, an dem ihre Träume geboren wurden, spähte sie in das verführerische Chaos, dessen Seufzen klang wie das des Meeres, nur ohne dessen Ehrlichkeit. Sie hätte sich bei Delaksha wahre Hingabe abschauen sollen.

~

Sie betrachtete Koray im gefilterten Morgenlicht. Ein Sonnenstrahl fiel auf seinen großen Körper, bildete einen Regenbogen. Verhangener Blick, kantiges Gesicht, Lippen, die sie mit ihren gestreift hatte. Er beobachtete sie seinerseits, das Gesicht nachdenklich und angespannt. Mehr rote Kratzspuren: Sie hatte absichtlich versucht, blutende Wunden zu erzeugen. »Wir sind Jäger«, hatte er gesagt, aber nur sich selbst gemeint. Und doch funkelten ihre Augen. Er griff nach ihr. »Sag mir, was du denkst.« Mit halb geschlossenen Lidern fügte er hinzu: »Ich könnte dich lieben, *Birtanem*, Schatz.« Er streichelte ihr Gesicht. »An dem Tag, an dem ich zum ersten Mal von dir gehört habe, wusste ich, dass du zu mir passen würdest.«

Ayaana ließ ihre Finger über seinen Körper wandern. Ein hauchfeiner Gedanke, wie ein Juckreiz. Nur ein Wimpernschlag, und er war verschwunden. Koray atmete jetzt schwer, schwitzte, stöhnte. Seine Hände und sein Mund waren überall. »Deine Seele«, bettelte er, und sie schrie ihr ekstatisches »Niemals«, ihr kategorisches »Nein.«

Real, konkret, solide.

Sie konnte sich hinter Koray verstecken, trotz des metallischen Blutgeschmacks in ihrem Mund, trotz des bittersüßen Gefühls, wenn er sie berührte. Sein Körper hatte ihren verschlungen, und eine Minute lang war sie sicher, sehnte sich nach seinem schweren Körper, dem hämmernden, zermürbenden, niederschmetternden Gefühl, zu besitzen und wieder und wieder zu verlieren.

Stille.

Sie las die Zukunft in seinem Gesicht. Sah ihr Spiegelbild in seinen Augen. Hier, in dieser Feuerprobe des Begehrens, sah sie sich, in Stücke gebrochen.

»Ich hab noch was für dich«, sagte er. Sie wartete. Er griff in die Tasche seiner abgelegten Jeans, nahm eine kleine schwarze Samtbox heraus und öffnete sie. Sie enthielt einen Ring, der haargenau so aussah wie der, den er ihr im Restaurant geschenkt hatte.

»Hier«, sagte er.

Ein Rätsel. »Und der andere?«

»*Der* hier ist echt, *Gülüm*.« Er hielt ihn ins Licht. Dieser Stein war von einem tieferen Blau als der andere. »Siehst du? Einschlüsse. Lass mich dir den echten an den Finger stecken.«

Ayaana starrte Koray mit großen Augen an. »Einschlüsse?« Es war ihr egal. »Er ist zu groß.«

Koray tippte ihr auf die Nase. »Ein Fremdkörper, der von dem sich bildenden Kristall eingeschlossen wird. Wie Wasser in einem Felsen. Wertvoller«, flüsterte er, dann lachte er wie über einen Insiderwitz. »Der passt schon.«

Ayaanas Lippen fühlten sich taub an.

Etwas verebbte. Sie konnte ihren eigenen Herzschlag von Neuem hören. Die Sprache zweier Körper auf andere Weise verstehen, die sich überdehnten, in ein verborgenes Nichts streckten, das in Fragmente zersprang wie blaue Lichtsplitter. Was war real?

Koray strich über den Stein. »Dieser hier ist lebendig. Seine Farbe wechselt. Er atmet.«

Sie schaute hin. Sah Violett.

Koray hielt den Edelstein ins Licht wie eine Opfergabe. Ein blauer Lichtsplitter fiel auf Ayaanas Körper. Ein Lichtblitz, der den Drang, in Tränen auszubrechen, zunichtemachte.

Ein glühender, sechsstrahliger Stern des Hasses funkelte im Inneren des Steins und in Korays Anziehungskraft mit ihren alles verzehrenden Impulsen; die Macht seines verführerischen Hungers wurde von einem Edelstein und seinem falschen Zwilling unterminiert. Und Koray war auf einmal entbrannt und sprach begeistert von ihrem Status als Nachfahrin, fragte sie, ob ihr eigentlich bewusst sei, dass sie von strategischer Bedeutung für die Zukunft der Terzioğlus in China war, ihre strahlende Zukunft.

Ayaana lauschte mit halbem Ohr, ließ sich treiben und versuchte gleichzeitig, ihre Seele festzuhalten.

Ankerlos. Sie gab sich Erinnerungen hin. Das Gerede über chinesische Familienerbstücke und Artefakte hatte sie verärgert. Vielleicht musste in einer intimen Beziehung jede der beteiligten Personen etwas Solides auf den Tisch legen. Koray seine Netzwerke, sie ihren angeblichen Einfluss.

Dann hielt Koray ihr einen Vortrag über Risikomanagement, das er in allen Bereichen des Lebens für unabdingbar hielt, besonders bei der Wahl seiner Ehefrau.

»Ich werde dich behalten«, fügte er hinzu.

Niemals.

Doch sie driftete widerstandslos in seine trostlose Andersartigkeit. Passte sich fast vollständig an. Ein Paradox.

Später.

»Wir sollten wieder nach Hause gehen«, sagte sie.

Sein Gesicht war ausdruckslos, überschattet.

Sie beobachtete ihn, und auch er betrachtete sie mit durchdringendem Blick. Er legte ihr die linke Hand auf den Hals, einen Finger unter ihrem Ohr, als wollte er ihren Puls fühlen. »Wir entwerfen unser eigenes Zuhause.« Mit einem Finger strich er ihr über die Wange.

Niemals.

Ayaana atmete ein und aus, klammerte sich an Pate, ihre Heimat, wie an einen Talisman. Das heulende Klagen des Windes verstummte, als würde er lauschen. Ayaana dachte: *Heute, meine Geister, seid ihr Zeuge meines Falls geworden.* Verwandlungen. Was sie wusste: Strömungen bargen ein Ziel in sich. Durch das offene Fenster drang ein Geruch nach verdorbenem Fisch ins Zimmer. Ayaana hielt sich die Decke vor die Nase. Koray schien er nichts auszumachen. Je länger sie ihn betrachtete, desto weniger schien sie ihn zu sehen. Angespanntes Schweigen. Ineinander verschränkte Gliedmaßen. Korays Hand lag flach auf ihrem Bauch. »Ich lasse den Ring für dich anpassen.« Unwillkürlich fuhr sie ihm mit den Fingern durch die weichen Locken. Seine Augenlider flatterten, schlossen sich. »Meine Mutter wollte, dass du ihn bekommst.«

Natürlich wollte sie das. »Gehört dieses Haus hier Nehir?«, fragte Ayaana.

»Und mir«, murmelte er.

Eine erdrückende Last auf ihrer Brust, als wäre ihr Asthma wiedererwacht. Sie hielt den Atem an, ein Schutzschild. Sonnenstrahlen tauchten das Zimmer und ihre Körper in ein gestreiftes Licht. Der stechende Geruch des Lebens; die ganz eigene Einsamkeit des Zusammenseins erfüllte den Raum.

~

Am nächsten Tag rieb Ayaana noch vor Sonnenaufgang ihren Körper mit den verschiedenen Ölen ein, die die Regalwände des Badezimmers bereithielten, probierte sie alle aus. Nehirs Destillate. Sie zog ihre verschwitzten Sachen wieder an und verließ den Raum, in dem Koray umgeben von falschen und echten Saphiren schlief. Draußen grübelte sie, geblendet vom Tageslicht, obwohl der Himmel grau war, trug das Rätsel ihrer selbst in sich, berührte ihren Mund, bemerkte ihre gerötete Haut, fühlte sich im Inneren wie versengt. Sie bahnte sich einen Weg durch unbekannte Welten, stinkenden Qualm und die von den Jahrhunderten durchtränkten schmalen Gassen. Sie ignorierte die anzüglichen Blicke und die Belästigungen der hungrig-durstigen Fremden, die glaubten, eine Frau, die um diese Zeit in dieser Gegend unterwegs sei, verkaufe ihren Körper. Sie suchte Zuflucht in Erinnerungen an den Rhythmus der Gezeiten, die ihren Körper durchpulsten, und ihr fiel Delakshas Frage wieder ein: »Ist es wahr, dass es

Fledermäuse gibt, die einem im Schlaf das Blut aussaugen, und es ist so ein berauschendes Gefühl, dass man erst, wenn man wieder aufwacht, merkt, wie schlimm man verletzt ist?«

76

Als Ayaana den Taksim-Platz erreichte, hatte sie das Gefühl, endlich wach zu sein. Menschenmengen, ein Meer von Gesichtern, Leute aus aller Welt an einer Kreuzung, die sich den Kopf an uralten, tief hängenden Steinornamenten stießen. Bettler. Zeit. Eine dröhnende Stimme. Amerikaner? Verzweiflung. Der stumme Schrei des Herzens: »Wo bin ich?« Sie schaute und schaute. Stand an den begehrten Gestaden des Bosporus, doch statt Staunen und Ehrfurcht überkamen sie aus unerfindlichen Gründen geborgte Erinnerungen an diejenigen, die ihr Leben im Wasser verloren hatten und noch verloren: all jene Pilger, die, wie sie von einem glückseligen Leben im Anderswo geträumt hatten. Namenlos, unsichtbar und bereits vergessen. *Erzählt uns von festem Erdboden*, hörte sie sie vielstimmig flüstern. Ayaana flüchtete. »Wo ist die Botschaft der Republik Kenia?«, fragte sie keuchend.

Auf der Suche nach ihrem Zuhause. »In Ankara«, sagte man ihr im Fremdenverkehrsamt.

»Ich brauche einen neuen Pass.« Sie war den Tränen nah.

»In Ankara.«

Losgelöst von ihrem Ich wanderte sie durch die Stadt, ein weiteres Kind des Daedalus, ein euphorischer Narr, der mit wächsernen Flügeln zur Sonne geflogen war. Ein nagendes Gefühl im Herzen, im Bauch. Kreischende Vögel, disharmonische Töne. Ayaana spähte durch offene Türen, Torgänge und Fenster, bemerkte Katzen mit menschlich anmutenden Augen, die auch sie bemerkten. Völlig erschöpft schlenderte sie durch die Kakophonie des Großen Basars. Lungerte in Buchläden herum, ertrank in der Musik, las die Namen auf den Buchrücken. Da war Gurnah. Agualusa. Iduma. Tadjo. Und Selasi. Namen von ihrem Kontinent. Sie strich mit dem Finger darüber. Später am Abend, als sie zur Villa zurückkehrte, stolperte sie halbtot wie im Delirium an Nehir vorbei, sah, dass sich ihr Mund bewegte, hörte jedoch nichts. Ohne ein Wort ging sie auf ihr Zimmer und verschloss die Tür. In ihrem Bett zog sie die Knie an sich und rollte sich ein wie in eine Muschelschale, den Kopf auf das tränennasse Kissen gebettet. Ihre Hände umklammerten Han Songs Roman *The High Speed Railway*. Sie suchte Vergessen in den hochfliegenden Fantasiewelten eines anderen. Die Lektüre übertünchte ihr überwältigendes Gefühl des Verlusts. Ein dumpfer, pulsierender Schmerz. Sie ignorierte ihr Handy, das wieder und wieder klingelte.

77

Koray hämmerte an die Tür. Ayaana hörte, wie sich andere Türen quietschend öffneten, als er seine Anstrengungen verdoppelte. Sie stand auf, schob den Stuhl beiseite, den sie unter die Türklinge geschoben hatte, und machte auf. Koray war unrasiert. »Was zum Teufel stimmt nicht mit dir?« Sie trug ein T-Shirt und Shorts. Er marschierte ins Zimmer. »Das ist kein Spiel, *Canim*.« Er versuchte sie niederzustarren, dann drückte er ihr die schwarze Samtbox in die Hand. »Den hier hast du vergessen.« Er schürzte die Lippen. »Du siehst schrecklich aus.« Er ging im Zimmer auf und ab. »Warum bist du weggelaufen?« Er umfasste ihre Arme, seine Finger gruben sich in ihr Fleisch. Er musterte sie.

Ayaana erwiderte seinen Blick. Koray schüttelte sie. »In den Nebenstraßen des Boulevards verschwinden doch ständig irgendwelche Frauen auf Nimmerwiedersehen. Du bist ein extremes Risiko eingegangen.«

»Ich habe vom Meister gelernt!«

Koray wich zurück, als hätte sie ihn geschlagen, dann lachte er, vergrub die Hände in ihren Haaren, zog daran. Sie weigerte sich, zu reagieren. »*Wir* werden zum Abendessen erwartet, *Canim*.«

Nadelstiche auf ihrer Haut. Eisiges Schweigen. Er streichelte ihre Wange. »Mach dich fertig.« Er drückte ihr Kinn.

Ayaana entzog sich ihm. Er funkelte sie an. Sagte mit scharfer Stimme. »Merkwürdiges Geschöpf. Essen in einer halben Stunde, meine *Geliebte*?« Seine Lippen streiften ihr rechtes Ohr. Ayaana schauderte.

Die mittlerweile vertrauten Terzioğlu-Routinen: Frühstück, Mittagessen, Dinner und Drinks, Smalltalk – das Wetter, der Weltmarkt, die Literatur Pamuks. Ayaana stand noch mehr unter Beobachtung als sonst. Koray saß neben ihr und machte durch seine Worte und Taten deutlich, dass sie ihm gehörte. Nehir freute sich sichtlich darüber. Beim Abendessen erfuhr Ayaana, dass es Pläne gab, sie als Korays Verlobte der Öffentlichkeit vorzustellen. »Nur der Familie und ein paar engen Freunden.« Nehir duldete keinen Widerspruch. Zu den Vorteilen, die das mit sich brachte, gehörte auch, dass sie ihre Besitztümer in Korays Einliegerwohnung bringen konnte. Nehir arbeitete bereits an der Gästeliste. Sie wollte afrikanische Schmucklilien für die Tischdekoration. Zu Ayaana sagte sie: »Ich bin ent-*zückt*, Darling.« Sie wollte Ayaana zu einem Shoppingtrip mitnehmen. Es gab so viel zu tun.

Ayaana lauschte. Gefangen in dem Prozess, der sie zu einer Terzioğlu machen würde. Die Familie war dabei, sie sich einzuverleiben. Am nächsten Morgen stand sie am Fenster, betrachtete die gedämpften Farben des Sonnenaufgangs, sah, wie ihr Atem die Scheibe beschlagen ließ. *Ich muss atmen.* Später suchte sie sich ein rotes Audrey-Hepburn-Kleid und eine Handtasche heraus, dazu passende schwarze Lacklederpumps. Die Terzioğlu-Einkaufsuniform. *Ich muss atmen.*

~

Ladeninhaber und Unmengen von Verkäuferinnen machten viel Aufhebens um Nehir und schnalzten beim Anblick von Ayaana mit der Zunge; es war entschieden, dass sie bei der Party am Wochenende ein duftiges rostfarbenes Kleid tragen würde, das ihr bis knapp über das Knie reichte. Nehir, ganz in das Drama der Vorbereitungen vertieft, bekam nicht mit, wie Ayaana den Privatsalon des Geschäfts verließ. Irgendwo zwischen einem Eiscafé und einem Herrenschuhgeschäft wurde sie von einer schwermütigen, monotonen Melodie abgelenkt. Sie schaute sich um. Niemand schien sie zu bemerken. Sie beschloss, nach der Quelle der Musik zu suchen.

Ayaana bog bald in diese, bald in jene Gasse ab, bahnte sich einen Weg zwischen den Ständen hindurch; Alltagsgeräusche und Zitrusduft. In Sichtweite der Altstadt wurde die Musik lauter. Als sie links abbog, sah sie einen verbundenen Arm; Eiter war durch den Verband gesickert. Der Arm gehörte einem älteren Straßenmusiker, der auf einer Oud spielte. Er war in ein schmutzig weißes Gewand gehüllt, darüber trug er einen schweren grünen Pullover. Sein Körper war verkrüppelt und vertrocknet, über seinen Schädel spannte sich die Haut, als hätte er ihn sich aus einem Grab geborgt. Die Melodie, die er auf der Laute spielte, schien eine Art Klagelied zu sein, war voller Trauer und doch wunderschön. Eine ungeahnte Verzweiflung stieg in ihr auf und verwandelte sich unerwartet in ein Licht, in dem sie wieder sehen konnte. Der alte Mann starrte ins Nichts, während seine Musik für ihn weinte.

Ayaana schmiegte sich an die Wand, nahm die vorbeigehenden Passanten gar nicht wahr. Über die Musik hinweg fragte der Musiker, der anscheinend glaubte, sie käme aus dem Nahen Osten, auf Altarabisch zu ihr: »Was siehst du, Kind?«

»Mit Fisch beladene Boote, die in der Abenddämmerung heimkehren«, murmelte sie, ihre Worte von ihrem Kipate-Akzent eingefärbt.

Der Musiker hielt inne. »Wo?«

»Auf Pate, im Meer der Swahili. Unsere Fischer singen auch.«

»Was singen sie?«

Schweigen.

»Sing.«

»Meine Stimme …« Ihre Singstimme war im Laufe der Zeit nicht besser geworden.

»Sing.«

Ayaana sang: »*Ua langu silioni nani alolichukuwa? …*« Sie verstummte, als eine Vision jener anderen Welt ihr das Herz zerriss.

»Warum singen sie?«, fragte der Mann und beantwortete seine Frage selbst. »Sie singen, weil das Leben einer Libelle gleicht: flattern, glänzen, fliegen, sterben.« Er klimperte auf der Oud, sah Ayaana an. »Es gib also noch Orte auf der Welt, wo man Heimkehrer singen hören kann?« Seine eingesunkenen Augen blickten in die Ferne. Gesegnet seien ihre Träume. Mögen ihre Feinde blind für ihre Existenz bleiben.« Er schwieg kurz. »Wo liegt dieser Ort?«

»In Kenia«, antwortete sie.

»Und wo ist Kenia?«

»In Ostafrika.«

Der Mann presste sich die Oud an die Brust, entlockte ihr weiterhin Klagelaute. Ayaana empfand Gefühle, für die es keine Worte gab, die ungehörten Schreie unzähliger Wesen. »Warum spielst du so etwas?«, platzte es aus ihr heraus.

»Tut es weh?«, fragte der alte Mann Ayaana. »Dann wein für mich. Denn einst gab es ein Herdfeuer im wunderschönen Maalula. Doch eines Tages verbrannte es zu Asche, als seine Besitzer schliefen. Eine Rakete kam durch unser Dach.« Er schlug die Saiten der Laute. »Sieben Kinder. Gharam, meine Frau, mein Wasservogel, selbst nach sieben Geburten noch zierlich wie der Zweig einer *Sanawbar el hhalab*, einer Aleppo-Kiefer.« Er spielte weiter. »Der menschliche Körper verbrennt wie Röstfleisch.« Er schwieg kurz. »Ende.« Er weinte jetzt.

»›Tod‹, Mädchen« – er zupfte an den Saiten – »ist ein scheußliches Wort.«

Der Trauergesang beschwor die finstere Abwesenheit eines Englisch sprechenden, namenlosen Damaszeners herauf, ein unglücksseliges weißes Kätzchen, leidende Ortolane, eine Seele, die sie verletzt hatte, und den Körper, mit dem sie sie betrogen hatte. Ayaana weinte über Dinge, die sie noch nie beweint hatte. Ein paar Passanten warfen Münzen in den offenen Koffer des alten Mannes, dann gingen sie weiter.

Der Mann hörte auf zu spielen. »Wohin geht es jetzt?«

Am Boden zerstört. »Ich … ich muss … nach Hause … gehen.«

»*Nach Hause*. Ja. Du solltest hingehen, solange es noch existiert.«

Ayaana wühlte in ihrer Handtasche und fand ein Bündel Lira, die sie in den Koffer des Straßenmusikers legte. Spontan umfasste sie sein hageres Gesicht.

Der Mann berührte ihre Finger und sagte: »Diese Dunkelheit ist wie ein Leichentuch.« Sonnenstrahlen sickerten in ihre Ecke der Welt. »Lauf, Kind«, sagte er mit heiserer, bitterer Stimme. »Erzähl deinen Leuten, dass die Welt sich blutrot färbt, während sie singen.« Er zupfte an den Saiten seiner *Oud*. »Lauf!«, rief er.

Ayaana rannte die große Straße hinunter, eine Urangst im Nacken. Sie warf ihr Handy in den nächsten Mülleimer. Ein Stich des Bedauerns: Es war das erste Handy, das sie sich selbst gekauft hatte. Sie rannte an einer ausgezehrten Frau vorbei, die ein Baby zu stillen versuchte, das nicht aufhören wollte zu weinen. Ayaana geriet ins Schlittern, als ihre Blicke sich trafen. Die Frau war selbst den Tränen nah. »*Ana asfa*«, sagte Ayaana zu ihr – tut mir leid. Dann rannte sie weiter. An einer Ecke wartete eine Reihe von Taxis. Sie bat einen der Fahrer, sie zum chinesischen Generalkonsulat zu bringen.

78

Ayaana, die Nachfahrin, Gast des chinesischen Staates, meldete den Diebstahl einer Tasche, die ihren Ausweis und einen Großteil ihres Geldes enthielt. Brutal ausgeraubt von einem gemeingefährlichen Landstreicher. Sie genoss es, das zu Protokoll zu geben – eine schmuddelige Gestalt, die sie angegriffen und verfolgt habe, bis sie ins Generalkonsulat geflohen sei. Sie rieb sich die Augen, sah sich im Konsulat um. Trägheit, der Pesthauch stumpfer Bürokratie. Beijing war zeitlich fünf Stunden voraus, sodass auf die Schnelle keine Belege für ihre Geschichte beschafft werden konnten. Doch sie konnte keinen Tag länger in Istanbul bleiben.

Ein Beamter – nicht der Generalkonsul – starrte sie nieder. Ayaana schluchzte. »Bitte«, sagte sie. Sie fing an zu zittern, wischte sich die Tränen ab. »Wenn Sie im Internet suchen, werden Sie meine Geschichte finden. Bitte rufen sie die *Xiamen Maritime University* an! Sie können bestätigen, wer ich bin, bitte!«

Man wies sie an, zu warten. Sie setzte sich auf einen wackeligen Stuhl und blieb reglos sitzen.

Entgegen der sonst notorisch langsam mahlenden Mühlen der Bürokratie wurde Ayaanas Rolle als Nachfahrin gleich bestätigt. Sie hatte bei der Polizei Anzeige erstattet, und der Beamte hielt ihr immer wieder Vorträge über die Gefahren, die drohten, wenn sie ihre Universität verließe, ohne ihre Gastgeber darüber zu informieren, und sei es nur für einen kurzen Urlaub. Einfach so in der Gegend herumzustreunen! Er schüttelte den Kopf. Ihre einzige Aufgabe sei es, zu studieren, wiederholte er. Ayaana senkte den Kopf und schwieg. Sie musste die Türkei unbedingt verlassen. Die Zeit schien sich zu verlangsamen. Ihr Herzschlag raste. Unsicherheit. Sie brauchte einen Ort, an dem sie bleiben konnte, hatte aber nicht genug Geld. Der Beamte seufzte gereizt und hätte sie vor die Tür gesetzt und ihrem Schicksal überlassen, wäre sie nicht so etwas wie ein Staatsgast gewesen. In der Zwischenzeit würde sie sich mit dem Lagerraum des Konsulats und einem Klappbett begnügen müssen. Weitere sechs Stunden verstrichen. Ayaana hatte, obwohl ihr kalt war, gut geschlafen. Dann wurde sie in eines der schäbigen Hauptbüros beordert, in dem ihr ein vorläufiger Reisepass ausgestellt wurde. Ihr Rückflugticket war umgebucht worden. Ungewaschen, hungrig, erschöpft, aber überglücklich saß sie noch am selben Abend im Flugzeug nach Xiamen.

79

Das Gepäckband im *Xiamen Gaoqi International Airport* erwachte ruckelnd zum Leben. Ayaana sah Gepäckstücke in allen möglichen Farben und Formen vorbeiziehen. Das futuristische Design des Flughafens verlieh ihm etwas Anonymes, er hätte sich überall auf der Welt befinden können. Sie ging durch die Ankunftshalle. Neben einem Café flimmerte die Nachricht über die Freilassung der Journalistin Gao Yu über einen Bildschirm, bevor die laufende Sendung fortgesetzt wurde: Die Kamera richtete sich auf sehnige Arme und Hände, die auf einer Töpferscheibe etwas modellierten. Ayaana sah träge zu, wie ein längliches Tongefäß entstand. Bilder von ineinander übergehenden Jahreszeiten: Ebbe und Flut, Vögel, Weizen, der Himmel, blühende Bäume, Wolken und Erde und schließlich wieder der Töpfermeister und sein Gefäß. Dann zerbrach er rituell das Stück, das er geschaffen hatte, und Ayaana wich zurück. Ein Strom von Neuankömmlingen mit Kofferkulis drängte sie ins abendliche Xiamen hinaus. Draußen wieder die botanischen Exilanten aus Ostafrika – die roten Flammenbäume von Xiamen standen in voller Blüte und erinnerten im Dämmerlicht an riesige Laternen. Beim Anblick der in der Ferne flimmernden Linie des Südchinesischen Meeres beschlich Ayaana ein seltsames Gefühl von Angekommensein. Dann fiel ihr ein, dass sie ein neues Handy kaufen musste.

~

Später, in ihrem Wohnheimzimmer, rief Ayaana Munira an. Als sie die geliebte Stimme hörte, flüsterte sie »*Ma-e*, ich liebe dich so sehr«, schmeckte die Worte auf der Zunge. Dann versagte ihre Stimme.

»Was ist los, *Mwanangu*?«

Ayaana wischte sich die Tränen ab, konnte kaum weitersprechen. »*Ma-e* … Es ist zu lange her.«

»Meine Jasminblüte, mein Rosenbaby«, gurrte Munira.

Ayaana schloss die Augen und spürte den Schmerz in ihrem Körper, sein neues Wissen. Sie hatte ein Seitenfester zerschlagen, um dem Kult des Lebens einige seiner Geheimnisse zu entreißen. »*Lulu*«, sagte Munira, »ich habe eine Überraschung für dich. Ich wollte schon längst mit dir darüber reden.« Sie schwieg kurz. »Bitte, bete für mich. Für uns.«

»Muhidin?« Ayaana bekam plötzlich schreckliche Angst.

»Was, der? Der wird mit jedem Tag fetter.« Munira kicherte. »Du solltest ihn hören. Jetzt, wo er Kapitän seines eigenen Schiffs ist, hat er eine Theorie über alles und jeden.«

»Wie ist es in … Mosambik?« Das Wort ging ihr schwer über die Lippen.

»Es tut uns gut.« Munira lachte. Ayaana verzog das Gesicht. »Geht es dir auch gut, Kind? Wie klappt es mit den Prüfungen? Hast du dich deshalb nicht gemeldet? Das hab ich deinem Vater auch gesagt. Aber du kennst ihn. Sein verrückter Verstand sieht Probleme, wo keine sind.« Munira lachte. »Er war sich sicher, dass du von chinesischen Seeungeheuern gefressen wurdest!«

Ayaana legte das Handy an ihre Wange und grinste. *Nah dran, Muhidin.* »Wo ist er?«

»Nach Pate gefahren. Ruf ihn dort an. Hast du seine Nummer? Wie waren die Prüfungen?«

In Ayaana, Stille: *Wenn ich nur den Gott wiederfinden könnte, der die*

Gesamtheit des Seins in sich birgt, einschließlich die Geschichte Chinas,
vielleicht könnte ich dann wieder lernen, zu beten. Ich wünschte, du wärst
auch auf Pate, Mutter, dann könnte ich morgen zu dir nach Hause kom-
men. Etwas über das Meer zu lernen, ist nicht dasselbe, wie das Meer zu
leben. Ich hätte bei Mehdi in die Lehre gehen sollen. Ich gab meinen Körper
einem Mann, den ich fürchte. Er hat versucht, meine Seele zu verschlingen.
Ich bin keine Chinesin, Ma-e, und ich werde auch nie eine sein. Mein Herz
treibt in namenlosen Gewässern. Und ich habe Angst vor Schatten. »Es geht
mir gut«, erwiderte Ayaana.

»Gott ist gut«, sagte Munira.

»*Ma-e*«, sagte Ayaana, »singst du auch in Mosambik?«

»Noch nicht.« Munira räusperte sich.

»Kannst du jetzt für mich singen?«

Munira lachte. »*Ua langu silioni nani alolichukuwa?*«

»Ja, das.« Ayaana hockte sich hin, um ihrer Mutter besser lauschen
zu können.

~

Ayaana brauchte einen neuen Ausweis. Sie hob Geld von ihrem Konto ab, buchte einen Platz in der zweiten Klasse des Nachtzugs nach
Beijing und freute sich darauf, im Zug zu schlafen. In Beijing fuhr sie
vom Südbahnhof aus zur kenianischen Botschaft. Als sie die rot-grün-
schwarz-weiße Flagge sah, musste sie warten, bis ein unerwarteter Anflug von Sehnsucht verebbte. In der Botschaft, während ihr Antrag
bearbeitet wurde, genoss sie es, Kiswahili zu sprechen, Ketepa-Tee zu
trinken und dazu Reismehl-Mandazi zu essen, dann blätterte sie in
kenianischen Zeitungen und las mit nachsichtigem Blick und einem
warmen Gefühl Artikel über die üblichen betrügerischen Umtriebe
kenianischer Politiker. Um in der Nähe der schützenden Botschaft
zu bleiben, beschloss sie, sich etwas zum Anziehen kaufen zu gehen.
Spontan besuchte sie ein Kino. In dem Film ging es um einen großen

Kaiser in farbenprächtigen Roben, der sich in die nachtigallengleiche Stimme eines blinden Bauernmädchens verliebte, das sang, während es den kargen Ackerboden bestellte. Ayaana weinte an den richtigen Stellen. Am Nachmittag erfuhr sie, dass ihr neuer Ausweis innerhalb von einundzwanzig Tagen fertig sein würde. Sie verbrachte noch eine Nacht in Beijing – im *Beihai Old Town Holiday Seaview Inn* im Stadtbezirk Dongfeng bekam man für sechzehn Dollar ein Zimmer. Am nächsten Tag fuhr sie mit dem Zug zurück nach Xiamen.

Das Studentenwohnheim stand immer noch größtenteils leer. Das Herbstsemester würde erst in neun Tagen anfangen. Ayaana sehnte sich beinahe nach der nervigen Kakophonie der Popmusik aus aller Herren Länder, die aus den verschiedenen Zimmern drang. Um sich die Zeit zu vertreiben, räumte sie ihre Bücher um. An jenem Abend nahm sie *Das Lachen des Geckos* zur Hand und schlief mit dem Buch neben sich ein.

Ein neuer Morgen. Frische Luft. Ayaana war mit dem Fahrrad unterwegs und hielt kurz an, um das frisch gestrichene Schulschiff zu bewundern, auf dem sie im nächsten Semester ihre praktischen Übungen durchführen würde. Ihr kam die Idee, dass sie ihr Studium beschleunigen, mehr Seminare nehmen und ihre Abschlussprüfung ein Jahr früher ablegen könnte, um China so bald wie möglich zu verlassen. Zufrieden verbrachte sie den nächsten Tag damit, im Schneidersitz auf dem Bett zu sitzen, ihre Haare zu kleinen Zöpfen zu flechten und dabei an nichts zu denken. Sie flocht auch Korallenperlen hinein. Immer noch unruhig, schrieb sie am nächsten Tag wieder und wieder die Basmallah in Thuluth-Kalligraphie ab. Schließlich fand sie ihre Stimme in der *Oud*-Melodie eines alten Flüchtlings und begann zu weinen.

Zwei Tage später stieß sie, als sie beim Mittagessen Zeitung las, auf ein Foto des Gemäldes von Zao Wou-Ki, von dem sie einen Druck besaß. Ihre Stäbchen fielen klappernd auf den Tisch. Sie las den Artikel, in dem eine Zao-Wou-Ki-Retrospektive in einer Shanghaier Galerie angekündigt wurde.

Sie studierte die Fahrpläne und fand einen Zug, der am nächsten Tag um 9:34 Uhr am Nordbahnhof Xiamen losfuhr. Wenn sie sich eine Fahrkarte kaufte, würde sie um 17:42 Uhr am Bahnhof Shanghai-Hongqiao eintreffen.

Ayaana schlenderte von *The Bund*, einer Uferpromenade in Shanghai, zu der Galerie und blickte meist zum Wasser hinüber. Die Stadt auf der anderen Seite lag hinter einem Nebel, der den Gebäuden ein traumartig-verschwommenes Aussehen verlieh. Ayaana war eine Pension aufgefallen, die nur eine Haltestelle vom Shanghaier Hauptbahnhof entfernt war und in der sie die Nacht verbringen wollte. Sie betrat die *Zhongshan East Street*, in der sich die Kunstgalerie befand. Und darin die Werke von Zao Wou-Ki. Sie musste kurz stehen bleiben, um nicht zu straucheln. Widerstreitende Gefühle überwältigten sie. Sie setzte sich in einem der Räume auf eine Bank, starrte die Bilder an und erinnerte sich. Auf dem Schiff war das Leben wie ins Unendliche ausgedehnt, war wie verzaubert gewesen. Sie erhob sich und vertiefte sich in das Gemälde »*4.4.85*, 1985. Öl auf Leinwand.« Sehnsucht. »Was siehst du?«, hatte er gefragt. *Ein Echo*, hätte sie ihm jetzt vielleicht geantwortet.

»*Histoire sur la mer*, 2004. Öl auf Leinwand, Zao Wou-Ki.« Ayaana setzte sich vor jeden Druck und jedes Gemälde, bis ihr der Tag und die Träume ausgingen. Sie war die letzte Besucherin, die die Galerie verließ. Später am Abend in der geschäftigen Stadt ergab sich Ayaana dem Strom der Seelen, ließ sich von ihm – eingezwängt in der wogenden Masse – hierhin und dorthin treiben. Sie wanderte weiter, überließ sich dem Nichtdenken und versuchte sich an das Meer zu erinnern, nur an das Meer. Am nächsten Tag ging sie erneut in die Galerie und blieb dort, bis es Zeit war, mit dem Zug nach Xiamen zurückzufahren.

Das neue Semester begann mit einem strahlenden Sonnenaufgang. Eine murmelnde Flut von Studenten ergoss sich über das Gelände. Chen Sheng – Shalom – bemerkte Ayaanas neue Zöpfe und rief: »Jetzt siehst du *genauso* aus wie eine Tibeterin.« Sie machte mehrere Selfies mit Ayaana, die ein langes Gesicht machte. Sie hatte ihre afrikanische Identität unterstreichen wollen.

80

Ayaana, die gerade aus einem Seminar über Meeresökologie kam, rannte zu ihrem Wohnheim. Sie sprang über einen Putzeimer und kam vor zwei brandneuen rosafarbenen Rollkoffern zum Stehen, die vor der Tür ihres Zimmers standen. Sie ließ die Schultern hängen. Sie hatte gehofft, vor ihren Abendseminaren noch ein Nickerchen halten zu können. Die Koffer enthielten, wie sie wusste, all die Dinge, die sie in Istanbul gelassen hatte. Koray war zurück. Sie sah sich um, dann rollte sie die Koffer vorsichtig in ihr Zimmer, als würden sie Granaten enthalten. Sie starrte sie an, dann ging sie um sie herum, verließ das Zimmer und flüchtete in die Bibliothek, in der striktes Stillschweigen geboten war.

***

»Ayaana.« Koray hatte sie eines Morgens in der Schlange vor dem Frühstücksbüffet entdeckt. »Gut gemacht. Mutter ist außer sich«, flüsterte er eindringlich. Er grinste, doch sein Blick war stechend. »Wie bist du hierhergekommen?« Zorn lag in seiner Stimme.

Ayaana lachte, um Koray zu ärgern und um sich über sich selbst lustig zu machen.«

»Wir haben überall nach dir gesucht. Kannst du dir die Schande vorstellen?«

»Nein«, entgegnete sie und gab noch einen Extralöffel Garnelen-*Siu-Mai* auf ihren Teller.

Seine Stimme an ihrem Ohr. Ein Schaudern. Lust. »Wir sind verlobt, Geliebte.«

Sie blieb ungerührt. »Nein, sind wir nicht … Geliebter.«

Sein Blick: Einsamkeit, Gier, Unruhe. Er beugte sich vor und flüsterte: »Leben ist Krieg. Wir bezahlen im Voraus für unsere Siege. Deshalb gehört die Zukunft uns. Wir versagen nie.« Ayaana drehte sich um und füllte eine Tasse mit Jasmintee. »Ich habe dich erwählt«, fuhr er fort. »Gewöhn dich dran, denn ob es dir gefällt oder nicht, du musst damit leben.«

Es war schrecklich warm, und sie hätte am liebsten laut geschrien. Hinter ihr sagte Koray: »Nicht stehen bleiben, Baby. Du hältst die Schlange auf.«

Sie stellte ihr Tablett beiseite und ging.

Ayaana verließ das Wohnheimzimmer, in dem sie sich eingeschlossen hatte, setzte sich auf ihre Bank mit Ausblick auf den Teich und lauschte den Geräuschen der Nacht. Der Ort war menschenleer, aber sicher. Stille. Eine milde salzige Brise. »Koray ist zurück«, murmelte sie, weder glücklich noch traurig. Nacht, Dunkelheit. Durcheinanderwirbelnde Gedanken: die verführerische Anziehungskraft der Hingabe, des Vergessens, der Taubheit. Doch dann drang aus fernen Gewässern ein vertrautes Geräusch an ihr Ohr. *Zar.* Das Murmeln der Dschinn in der Nacht; Salzwasserflüstern, eindringlich und verworren.

Drei Tage später ertönten Sturmsirenen. Ein Taifun, der im nahe gelegenen Taiwan gewütet hatte, änderte die Richtung und steuerte genau auf Fujian zu. Sofort leerten sich die Straßen, Gebäude wurden verbarrikadiert, Regen prasselte, und der Wind heulte, pfiff und brauste. Ayaana schlich in den Lagerraum ganz oben im Gebäude, weil sie wissen wollte, wie ein Taifun aussah. Sie lauschte dem heulenden hundert Stundenkilometer schnellen Wind und sah einen der großen Flammenbäume über die Hauptstraße rollen, als wäre er aus Pappmaché. Riesige Wellen brandeten an die Küste bis über die Ufermauer. Das Wasser griff nach den Straßen. Heute brüllten die Dschinn: *Ni shi shei?* Seltsam euphorisch lauschte sie dem Donnern des Lebens in seiner ganzen Wildheit. Einige der Fensterscheiben im Gebäude gegenüber zerbrachen in einer klirrenden Symphonie. Der Taifun war wie ein Aufruf. Und wäre sie Fundi Mehdi, hätte sie gewusst, was er ihr sagen wollte.

Udongo utakuita.

Die Tonerde
wird dich rufen.

81

Er schuf aus seinem Leben eine tönerne Liturgie, reiste mit den Geistern – seiner vom Feuer verzehrten Frau, seinem vom Feuer verzehrten Schiff und dem Meeresgeschöpf Ayaana, das jetzt seine stürmischen Träume heimsuchte und in dem Meer, Schiff und Ehefrau zu einer Einheit verschmolzen waren. Er verwandelte seine Geschichte mithilfe der Bewegungen seiner Hände und seines Körpers auf der Drehscheibe in Wasser und Tonerde. Seine Hände, flink wie kleine Vögel im Flug, lauschten, zupften, zogen und drückten den Ton. Übergänge, Transformationen, und er wurde zu einer vernarbten Vase, einem vernarbten Teller, einer vernarbten Schüssel.

82

Dieses Land ließ sich von den Dramen der See nicht allzu sehr beeindrucken. Nach dem Taifun kehrte man schnell zum Alltag zurück. Die Universität war keine Ausnahme. Dröhnende Maschinen. Das *Bäng-bäng-bäng* der Werkzeuge, mit denen die Studenten lernten, zusammenbauten und Metallteile prüften. Das Schulschiff schaukelte im Wasser. Koray ging zu Ayaana in den Maschinen-Übungsraum, wo sie in einem Overall, mit Ohrstöpseln in den Ohren und einer Schutzbrille auf der Nase, auf dem Rücken lag und zur Übung Rohre prüfte. Neben ihr lagen Kabel und alle möglichen sorgfältig aufgereihten glänzenden Werkzeuge. Als sie gerade, eine Schraube zwischen den Zähnen, einen Spalt reinigte, tauchte Korays Gesicht über ihr auf mit düsterem, misstrauischem Blick. Er gestikulierte, seine Lippen bewegten sich.

»Was?«, fuhr sie ihn brüsk an.

Er deutete nach draußen. »Neuigkeiten!«, rief er über den Lärm hinweg.

»Was?«, sagte sie und klopfte mit einem Schraubenschlüssel gegen einen Drehknopf.

Er deutete auf seine Armbanduhr. »Du musst kommen! Sofort!« Dann schrieb er es auf einen Zettel, den er ihr vor das Gesicht hielt.

Ayaana überprüfte eine Mutter.

»Die von der Verwaltung sagen, es sei dringend«, fügte er mit blauer Tinte hinzu.

»Koray …«, begann sie.

»Sie haben mich geschickt, um dich zu holen!«, fügte er hinzu.

Sie stand auf. Ihre Sachen rochen nach Diesel und Öl. Sie nahm die Brille ab und zog die Stöpsel aus ihren Ohren, dann wischte sie sich die geschwärzten Hände an einem fettigen braunen Tuch ab.

Sie eilten durch den Flur. In einiger Entfernung von dem Lärm, fragte sie: »Was ist los?« Ihre Stimme klang schrill.

»Komm einfach mit, *Canim*«, sagte Koray. »Hast du dein Handy dabei?«

Ayaana sah ihn an und fing an zu zittern. Stumm zupfte sie ihren Overall zurecht. Koray bot ihr seinen Arm an. Sie ignorierte ihn. Dann begaben sie sich nach draußen in die Welt von Xiamen, die Luft roch nach Regen und einer Mischung aus Blüten und unsichtbaren Gewürzen. Der Wind kräuselte die Wasseroberfläche, ließ Blätter tanzen. Ayaanas Herz hämmerte gegen ihren Brustkorb.

Es ging um Muhidin.

83

Verzaubert von seinem neuen Leben, entzückt über sein zunehmendes Glück in familiären und beruflichen Angelegenheiten hatte sich

Muhidin unbesiegbar gefühlt. Er hatte sich von seiner Arbeit in Pemba freigenommen, um eine triumphale Rückkehr nach Pate zu feiern. Es gab Dinge, die getan werden mussten. Er hatte vor, Mehdi zu überreden, mit ihm nach Pemba zu gehen und dort eine Bootswerft inklusive Werkstatt zu eröffnen. Er wollte eine *Dau* für seine Frau in Auftrag geben. Und er wollte sie überraschen, indem er ihre beiden Häuser reparierte und anstrich. Mit diesen Absichten kam er mit drei Arbeitern aus Pemba und Mombasa nach Pate.

***

Das waren Details, von denen Ayaana später erfuhr, als sie auf Pate von Inselbewohner zu Inselbewohner ging, um herauszufinden, was sie von Muhidin gesehen, gehört und gespürt hatten, bevor er verschwand.

»Diese Insel wird wieder bekannt werden«, hatte Muhidin verkündet. Er hatte einige seiner alten Bücher an die Schule verschenkt. Er hatte die Bootsführer geneckt und ihnen gesagt, sie müssten ihr Geschäftsfeld ausweiten: Immigranten aus Europa suchten nach unkomplizierten Wegen, um auf dem Seeweg aus Oman nach Mosambik und Angola zu kommen. Sie bezahlten im Voraus in Euro. Die jungen Männer hörten ihm zu und knüpften Kontakte. Er hatte bei Tag die Hausreparaturen überwacht und den Langzeitarbeitslosen zusätzliche Arbeit angeboten. Er hatte Strafpredigten gehalten, sie gepiesackt, ihnen etwas beigebracht und eine Ziege geschlachtet, sowohl aus Dankbarkeit als auch, um etwas von seiner Fülle abzugeben. Er hatte seine Kräuter und Tränke verabreicht, darunter auch solche, die er in Mosambik erworben hatte. Er nahm seinen Platz bei den abendlichen *Mabaraza* wieder ein und unterhielt die Männer mit Geschichten aus dem Leben in Mosambik, von seiner Arbeit als Kapitän eines Ölsuchschiffs. Und er pries seine wundervolle Frau, Munira.

Hudhaifa berichtete Ayaana: »Muhidin strahlte die Freude des Paradieses aus. Es gab niemanden mehr, den er hasste.«

Der Schneider erzählte Ayaana: »Dein Vater kam zu uns zurück wie die Sonne.«

Dura, ein ehemaliger Klassenkamerad von Ayaana, der jetzt verheiratet war und drei Kinder hatte, erinnerte sich an Muhidins Versuche, die verzweifelte Mama Suleiman zu trösten. »Amina«, hatte er gesagt, »dein Sohn ist auf *Hutubu*.« Er meinte YouTube. »Er hat einen langen, dichten Bart und trägt ein schwarzes Kopftuch. Sehr fortschrittlich. Viele Männer tragen heute ein schwarzes Kopftuch. Er trug ganz allein einen Granatwerfer. Er ist zu einem starken Mann geworden. Seine Stimme ließ die schwarze Flagge, die er hielt, flattern. Dein Sohn ist ehrgeizig, Bi Amina. Er arbeitet für das Kalifat. Das schließt auch uns ein. Jetzt nennt er uns Ungläubige. Da ist etwas dran. Denn wer hier ist ohne Sünde? Das Gute ist, er sagt, er kommt über uns wie ein wütendes Flammenmeer. Ich vermute, er hat sich mit irgendeinem ausländischen Fieber angesteckt. Aber Pate ist uralt. Wenn er zurückkommt, wird die Insel ihn zur Ruhe bringen.« Da habe Mama Suleiman angefangen, zu jammern, zu klagen und zu weinen, sagte Dura zu Ayaana. Muhidin habe ein verwirrtes Gesicht gemacht, die Hände gehoben und gefragt: »Hab ich was Falsches gesagt? Ich sagte doch, er *wird* nach Hause kommen. Hier, willst du mal sehen?« Er habe sein Handy genommen und ihr die Internetfilme zeigen wollen, doch der Link habe nicht funktioniert.

Muhidin hatte einen Großteil seiner Zeit auf Pate mit Fundi Almazi Mehdi verbracht, der sein Geschäft jetzt mit Mzee Kitwana Kipifit gemeinsam führte; der konzentrierte sich hauptsächlich darauf, Symbole in die Boote zu ritzen und schweigend in Sichtweite des Meeres Segel zu nähen. Die Bootswerkstatt hatte in den letzten drei Jahren immer mehr Zulauf bekommen. Mehdi und Mzee Kitwana waren unzertrennlich geworden, nicht nur als Partner bei dem Bau der Boote, es hatte sich bei ihrer schweigsamen Arbeit auch eine Art Kameradschaft zwischen ihnen entwickelt. Sie hörten sich die Gezeitenvorhersage an, arbeiteten zusammen, aßen zusammen und unternahmen zusammen Spaziergänge. Mzee Kitwana baute sich eine Hütte in der Nähe von Mehdis. Muhidin hatte sofort verstanden, dass Mehdi ohne Mzee Kitwana nirgendwo hingehen würde, aber Mzee Kitwana hatte nicht vor, Pate je wieder zu verlassen. Muhidin versuchte sie zu überreden, ihre Meinung zu ändern. Doch dann genoss er einfach ihre Gesellschaft in dieser Jahreszeit der Oktober-Libellen. Er erzählte ihnen, wie stolz er auf Ayaanas Fortschritte in China war. Er bat Mzee Kitwana um Worte auf Mandarin, mit denen er sie überraschen konnte. Und er erzählte Mehdi, dass er es neuerdings mit Vergebung versuchte.

»Und wie?«, hatte Mehdi gefragt.

Muhidin tippte sich an die Nase, und seine Augen funkelten, als er sagte, bei seiner nächsten Rückkehr nach Pate könnte er vielleicht von einem Wunder berichten.

»Wir haben auch von Ziriyab gesprochen. Seiner Abwesenheit«, erzählte Mehdi Ayaana. »Und vom Meer.« Er blickte in die Ferne, als er sich erinnerte – nicht an das Gespräch, sondern an das Meer.

Als Muhidin zwei Tage später morgens zu den beiden Männern gekommen war, waren seine Augen gerötet und seine Haare ungekämmt gewesen, und zum ersten Mal seit er wieder auf Pate war, hatte er nicht gelächelt. Schweigend hatte er sich hingesetzt. Eine Stunde später sagte er, während sein Blick hierhin und dorthin huschte: »Mein Sohn Ziriyab hat mich im Traum besucht. Wo auch immer er ist, es geht ihm nicht gut.«

***

In dem Traum hatte Ziriyab – wie Mehdi sich erinnerte – in einem kleinen, grell erleuchteten Raum auf einem Metallbett gelegen; sein

Körper war eine einzige Wunde. Muhidin hatte den stinkenden grünen Eiter in Ziriyabs immer langsamer schlagendem Herzen riechen können. Mit Tränen in den Augen hatte Ziriyab zu ihm gesagt: »Vater, es ist gut, dass du kommst. Ich liege im Sterben.« Muhidin erzählte, dass er seinen Sohn geschüttelt und geohrfeigt hatte, als der das Bewusstsein zu verlieren drohte. »Nein!«, hatte er gerufen. Ziriyab hatte auf sein Herz gedeutet. »Siehst du das? Ich verfaule innerlich.« Muhidin hatte geschrien: »Brauchst du ein neues Herz? Dann nimm meins. Es ist groß genug für dich.« Und im Traum hatte er sich das Herz herausgerissen und es Ziriyab in den Leib gepresst, hatte nicht lockergelassen, bis es in Ziriyabs Körper zu schlagen angefangen hatte. »Und du, Vater, und du?« Ziriyab hatte sich an ihn geklammert. Muhidin hatte Mehdi erzählt, er habe Ziriyab gesagt, da er jetzt sein Herz besitze, müsse er eben für ihn mit leben.

»Was hat dieser Traum zu bedeuten?«, hatte Muhidin Mehdi und Mzee Kitwana gefragt, und die Stimmung hatte sich verdüstert. »Der Traum hat auch uns infiziert«, sollte Mehdi Ayaana später erklären.

Zur Beschwichtigung hatten die Männer danach über das Meer gesprochen – über Boote, Fische, Strömungen und Gezeiten. Muhidin erzählte von Wassermännern, die er gekannt hatte. Und weil er das Bedürfnis hatte, zu reden, erzählte er auch aus der Zeit, in der man ihn »Abd« genannt hatte, und wie das Meer ihn gerettet hatte. Der Muezzin rief zum Mittagsgebet. Die drei Männer hielten inne, um zu beten, jeder auf seine Weise. Danach sagte Muhidin: »Das Meer ist eine uralte Geschichte.«

»Ein Lied«, hatte Mehdi ergänzt.

»Stimmt«, entgegnete Muhidin. »Und ich habe schon eine Menge gehört. Es gibt eins, das den Duft von Honig und Zitronen verströmt. Ich habe davon gekostet.«

»Ich ebenfalls«, erwiderte Mehdi.

Mzee Kitwana, der zugehört hatte, rief aus: »Wo kann man den Duft genießen?«

»Er findet einen auf See«, sagte Mehdi.

Dann hatte Muhidin Mehdi gebeten, eine *Dau* zu bauen, die Muniras Namen tragen sollte. Muhidin hatte gesagt, er würde es im Voraus bezahlen.

Mehdi zeigte Ayaana das Boot, an dem er immer noch arbeitete. Und er erinnerte sich, wie sie über Kenia gesprochen hatten und über die Gründe dafür, warum das Land nur im Krebsgang vorankam. Muhidin hatte von Pemba und Mosambik erzählt. »Schaut mich an«, sagte er, »wie elegant ich jetzt aussehe. *Gome la udi si la mnukauvundo.*« Unter zivilisierten Menschen zu leben färbt auf einen ab.

Und sie hatten gelacht.

»Und wo genießt man jetzt dieses Meereslied?«, hatte Mzee Kitwana insistiert.

Schweigen.

Die Plejaden leuchteten an jenem Abend in einem besonders intensiven Blau. Die Männer betrachteten sie, und Mzee Kitwana fragte sehnsüchtig: »Werde ich je das nach Zitronen duftende Lied des Meeres kennenlernen?« Und Muhidin antwortete: »Ich bringe dich an einen Ort auf See, wo mir das Lied zum ersten Mal begegnete ist. Aber ich kann für nichts garantieren.«

Zwei Tage später setzten Mzee Kitwana und Muhidin frühmorgens die Segel eines restaurierten *Mtepe*. Niemand sorgte sich um sie, bis vier Tage vergangen waren und ihr Handysignal nicht mehr zu orten war. Ein paar Fischer berichteten, sie hätten zwei Tage zuvor ein blau phosphoreszierendes Leuchten auf dem nächtlichen Meer gesehen, dessen Blinken unverständliche Nachrichten funkte, aber keine Spur von Muhidin und Mzee Kitwana. Eine Suchflotte rückte aus. Am sechsten Tag nahm Fundi Almazi Mehdi die herzzerreißende Pflicht auf sich, Munira anzurufen und ihr mitzuteilen, dass Muhidin auf See vermisst wurde.

Danach hatte Munira noch einen Tag gewartet, bis sie Ayaanas Universität angerufen hatte. Sie hatte die Behörden angefleht, dafür zu sorgen, dass Ayaana nicht allein war, wenn sie ihr die Nachricht überbrachte. Die Universität, der wenig verborgen blieb, hatte Koray gebeten, bei ihr zu sein.

~

In einem scharfkantigen rechteckigen Raum mit Regalen voller grüner Akten, in dem es nach Schweinefleisch-*Sui-Mai* roch, fiel goldenweiches Licht auf das Gesicht des in Cord gekleideten Überbringers, sodass seine Lippen rosig leuchteten. Ayaana erfuhr in dieser Situation viel über das Feingefühl dieser Kultur, wie ein Mensch seine Körperhaltung veränderte, wenn er schlechte Nachrichten überbringen musste. Eine formelle Geste, die Gefühle in angemessener Weise vermittelte, eine kleine Verbeugung, eine fast sanfte Stimme, die einen knappen, unbeschönigten Bericht verlas, eine kurze Pause, damit die Nachricht verdaut werden konnte, dann wieder eine kleine Verbeugung. Und so blieb sie ruhig, obwohl sie sich am liebsten die Haare gerauft hätte und aus dem Fenster gesprungen wäre, um den seelenverzehrenden, unerträglichen Gefühlen zu entkommen. Ein sanftes Nicken. Koray, ein Fels in der Brandung, hatte beide Arme um sie geschlungen. Rote Punkte tanzten wie ausgelassene Schemen vor ihren Augen. Doch nachdem der Bote ihr sanft alles erklärt hatte und ihr sein Beileid ausgedrückt hatte, löste sich Ayaana von Koray und murmelte. »Vielen Dank, aber mein Vater ist der Ozean. Darum kann er nicht ertrinken. Er ist wie eine Welle, wie die Flut. Er wird zurückkehren.«

~

Munira und Ayaana telefonierten jeden Tag, lauschten dem Schweigen der jeweils anderen.

»Ist er schon zurückgekehrt?«, fragte Ayaana.

»Noch nicht, *Lulu*.«

Schweigen.

»Wir haben das Meer und seine Gottheiten angefleht, Gnade walten zu lassen«, sagte Munira.

***

An einem Freitagabend erklärte Ayaana Koray, der neben ihr stand: »Ich werde mit dem Wasser sprechen.« Er redete auf sie ein, doch sie hörte nur Wortfetzen wie: »Emotionale Lähmung ... Wahnvorstellungen ... irrational ...« Sie sah, wie sein Mund sich öffnete und schloss: »Annehmen ... Schicksal ... das Leben akzeptieren ...« Ayaana spürte, wie sie davonschwebte, leicht wie eine Feder, aus dem Raum trat, den Aufzug nahm und das Hauptgebäude verließ, einen dumpfen Schmerz im Bauch, ein Loch im Herzen, Nebel im Kopf. Doch je weiter sie ging, desto näher schien ihr das Meer zu kommen, und mit ihm Muhidin.

Zar. Der Ruf der murmelnden Dschinn bei Nacht.

Sie konnte ihn nicht ignorieren. Unter Wasser, in ihrer Halbwelt suchte sie nach Muhidins Gesicht: »Wo bist du?«, haucht er. 哀愁: *ai chou.* Kummer. Schattenfarbpaletten des Lebens. Unterteilt in: schmerzlich, untröstlich, verbittert; bekümmert, verletzt, entfremdet; gepeinigt. Als Munira am nächsten Abend anrief, begann Ayaana, als sie ihre Stimme hörte, so heftig zu weinen, dass ihre Freundinnen ihr das Handy aus der Hand reißen mussten. Sie durchstreifte das Reich der Trauer ohne Landkarte. Hier konnte sie nicht in der Sprache ihrer Mutter wehklagen. Das ständige Warten hatte Metastasen gebildet, die jede Faser ihres Körpers durchzogen. Sie hörte das Flüstern des Meeres, verbarg es jedoch vor den Menschen um sie herum hinter einem ausdruckslosen Lächeln und übertriebenem Arbeitseifer.

Sie war von wohlmeinenden Leuten umgeben, überwacht von Koray, der in seine Rolle als »Verwalter« ihres Lebens schlüpfte wie in einen dunklen, schweren, teuren Mantel. Ayaana verabscheute Worte. Sie brachten ihr Muhidin nicht zurück. Und sie gaben vor, das Gefühl der Abwesenheit ihres Vaters erklären zu können.

Muhidin.

Manchmal sprach Ayaana seinen Namen laut aus.

Gestern hatten die Dschinn für sie gesungen. Hatten ihr gesagt, sie müsse sich doch mittlerweile an das Verschwinden von Menschen gewöhnt haben. Sie gab zurück, Abwesenheiten seien launenhaft und hätten auf verschiedene Menschen ganz unterschiedliche Auswirkungen.

Sie hörte auf zu essen.

Trank so wenig, dass sie wie ausgetrocknet war.

Man rief einen Arzt, einen fetten Mann mit Brille, der sehr sanft in Mandarin und gebrochenem Englisch mit ihr sprach und über seine eigenen obskuren Witze lachte. Er glaubte, sie wollte sich ertränken.

»Nein, nein«, widersprach Ayaana. »Ich muss nur mit dem Wasser *reden*.«

Der Arzt ging wieder. Später kam eine Krankenschwester mit einer Infusion zur Rehydrierung in ihr Zimmer. Um zu zeigen, dass sie nicht verrückt war, ließ Ayaana zu, dass die Frau ihr den Zugang legte. Die Flüssigkeit war mit einem Schlafmittel versetzt.

Zweiunddreißig Stunden später wachte Ayaana benommen wieder auf. Und die Welt hatte sich noch mehr geneigt, der Infusionsbeutel war verschwunden, die Trauer war noch größer geworden, begleitete sie wie ein ständiges leises Summen, als würde jemand heimlich weinen.

~

Die kenianische Botschaft schickte Ayaana per Einschreiben ihren neuen Ausweis. Sie wertete das als Zeichen, dass Muhidin bald nach Hause zurückkehren würde.

84

Ayaana bekam ein mittelgroßes Paket zugeschickt. Sie betrachtete es von allen Seiten. Die Anschrift des Absenders enthielt auf Mandarin einen Ort, von dem sie noch nie gehört hatte: 破釜, 嵊泗列島, 杭州灣, 舟山群島新區 – Po Fu, Shengsi-Insel, Hangzhou-Bucht, Zhoushan-Archipel. Vorsichtig öffnete sie das Paket. Eine schwarz lackierte Vase in Form einer großen Träne, in die rote, grüne und bernsteinfarbene Meerglasscherben eingearbeitet waren. Die Bilder, Wirbel und Windungen bildeten eine dreidimensionale Landschaft, fedrige, eingebrannte Einritzungen vereinten sich zu einem feurigen blauen mythischen Wesen, das durch die aus dunklem Lack bestehende Nacht raste und sich zu bewegen schien, je nachdem, wie das Licht darauf fiel. Die runde, glatte Vase füllte ihre Hände perfekt aus.

Koray besuchte Ayaana gegen Mittag in ihrem Zimmer und sah, wie sie die Vase in ihren Händen betrachtete. »Das ist ja mal etwas anderes.«

Ayaana hielt sich die Vase vor ihr Gesicht.

»Was ist das?«, fragte er. »Hat das etwas mit dieser Nachfahrinnen-Sache zu tun? Darf ich sie mal sehen? Von wem hast du sie?«

Er nahm Ayaana die Vase weg und hielt sie gegen das Licht. Ein Kenner hätte sie als das Werk eines zurückgezogen lebenden Keramikkünstlers erkannt, der aus dem Nichts zu kommen schien und der als 破釜, Po Fu, bekannt war, ein Wortspiel mit »zerbrochenes Gefäß«, was sich, wie er in Interviews erklärte, bei denen sein Gesicht immer im Schatten blieb, sowohl auf ihn selbst als auch auf die Welt bezog.

Ayaana streckte sich, um Koray die Vase wieder wegzunehmen. Sie hielt sie hoch.

»Sie ist wunderschön«, sagte sie.

Koray schürzte abfällig die Lippen. »Sag mir nicht, dass du auf Keramik stehst. Wir haben zu Hause eine riesengroße Sammlung im Lager.«

Ayaana sah Koray an, hätte ihm am liebsten erzählt, dass die Vase einen leichten Nachtjasmin-Duft verströmte und dass die Tatsache, dass sie sie bei Sonnenuntergang in einer Zeit der Trauer erhalten hatte, etwas zu bedeuten hatte.

Er sah zu, wie sie die Vase zärtlich an sich drückte, schaute von ihr zu Ayaana und wieder zurück. Sie strich ein letztes Mal über die Vase, dann stellte sie sie ins Regal.

Schweigend verließ er den Raum.

Schritte mitten in einer lichtlosen Nacht, als hätten die Dschinn das Meer verlassen, weil ihr Lied sie nicht erreichte, um sie in ihren Träumen heimzusuchen, in denen sie sangen, bis die Trauer ihr Gesicht mit Tränen überschwemmte, die sie abwischte, sobald sie erwachte.

Nachrichten von Pate:

Muhidin war immer noch nicht zurück.

Regen: mitternächtlicher Donner. Ayaana war um zehn Uhr morgens aus dem Seminarraum geschlüpft, war über die Nottreppe am Baicheng Beach zum Meer hinuntergegangen, zu dem man ihr zwischenzeitlich den Zugang verweigert hatte – zu ihrer eigenen Sicherheit, wie ihr Berater gesagt hatte. Sie zwängte sich durch einen Zaun, rannte eine Seitenstraße hinunter über einen verfallenden Pier, der an der felsigen Küste endete. Sie rutschte auf Seetang aus, stand wieder auf, sprang von Felsen zu Felsen, bis die Gischt ihren Körper und ihr Haar benetzte, sie erfüllte. Dann schaute sie über das graue Wasser hinweg zu der sich brechenden Brandung und sah einen großen toten Vogel, der von den Gezeiten mitgerissen wurde. Über ihr kreisten Seemöwen. Sie neigte den Kopf, um zu beobachten, wie sie sich von den Luftströmen tragen ließen, herumwirbelten und hinabstürzten. Sie hob die Arme, streckte sie über dem Wasser aus und wartete auf ein Kribbeln in den Fingerspitzen, irgendetwas, das ihr zeigte, dass Muhidin den Schrei ihres Herzens gehört hatte.

Nichts.

Nichts.

Völlig durchnässt, zitternd und stumm kehrte Ayaana zum Campus zurück und hinterließ eine Spur aus Sand.

~

In ihrem Zimmer rief Ayaana ihre Mutter an. »Nein«, antwortete Munira auf ihre unausgesprochene Frage.

»Letzte Nacht habe ich die Dschinn gehört«, sagte Ayaana.

»Antworte ihnen *ja* nicht.«

Ayaana bekam ein zweites Paket zugeschickt, das eine weiße lackierte Vase mit himmelblauen Flecken enthielt, die nicht nur über ihre Konturen hinauszureichen schienen, sondern auch über ihre Dreidimensionalität. Die aufgeraute Lackoberfläche reizte die Nervenenden auf der Haut, sodass Ayaana oft die Handflächen und Handrücken daran rieb, sie ans Gesicht drückte. Dieses Gefäß roch nach tiefer, dunkler Erde.

85

Die Tür zu Ayaanas Zimmer quietschte in den Angeln, bewegt von der Brise, die durch das offene Fenster in den Flur fegte. Es gab hier keine Diebe. Die Strafen für kriminelle Handlungen auf dem Campus lagen nur knapp unterhalb eines Erschießungskommandos. Zwangs-exmatrikulation gehörte noch zu den mildesten. Und so war Ayaana unbesorgt, als sie an diesem Abend durch ihre offene Tür trat. Hatte sie vergessen, die Tür abzuschließen?

Bruchstücke.

Ihre beiden Vasen waren zerbrochen.

Die Scherben lagen auf einem Haufen.

Sie wusste, dass der Wind die Scherben nicht auf einen Haufen ge-weht hatte. Und dieser Umstand machte sie zornig. Die Tränen, die zwischen ihrem Herzen und ihrer Seele stockten, lösten sich durch ihren rauen Atem und begannen zu fließen. Rasende Wut. »Niemals!«, schrie sie aus voller Brust, als sie den Inhalt ihres olivfarbenen Leinen-rucksacks auskippte und die Bruchstücke hineinfüllte. Sie zerkratzte sich die Hände, als sie im Papierkorb in ihrem Schrank nach der Ab-senderadresse auf dem Paket suchte. Immer noch glühend vor Zorn schrieb sie sie ab und füllte die Scherben in das Paket, um sie besser transportieren zu können. Ihre Augen funkelten gefährlich, als sie sich noch vor Sonnenaufgang entschlossen auf den Weg machte.

~

Ayaana hielt beim Gehen ihren Rucksack fest. Darin befanden sich ihre Geldbörse, der Notizblock mit der Adresse, etwas Wasser, die Bruchstücke der Vasen, Unterwäsche und ein T-Shirt zum Wechseln. Angetrieben von ihrer Wut brach sie zu einer Reise auf. *Niemals!* Als sie im Nordbahnhof von Xiamen auf dem Bahnsteig auf einen Hoch-geschwindigkeitszug wartete, hatte sie nur den Plan, einen Töpfer-meister zu finden.

Kusi huleta mvua.

Der Monsun aus dem Süden
bringt den Regen.

86

Ayaanas Zug überquerte in nordöstlicher Richtung gewaltige Landmassen, raste an einer Stadt nach der anderen vorbei, die alle gleich aussahen. Der Ausblick aus dem Fenster: Im Vordergrund Beton-Einförmigkeit, die selbst den Himmel zurückzudrängen schien, ein kastenförmiger Bau, ein Zaun nach dem anderen, dazwischen nichts als Smog und Nebel. Im Hintergrund verschwommene Reglosigkeit, als gäbe es in Wirklichkeit keine Bewegung, keine Veränderung. Ayaana saß in einem großen roten Sessel in einem dahinsausenden, vom Rest der Welt isolierten Quader. Jetzt hatte sie die Zeit, sich mit Muhidin zu beschäftigen, hier in diesem dahinbrausenden Zug, die Hände auf das versiegelte Zugfenster gelegt, mit einem Rucksack voller Tonscherben. Sie erhaschte Blicke auf Teile des Ozeans, als wäre auch er in übersichtliche Stücke zerbrochen worden.

Braune Klippen, graue Berggipfel. Darunter, eine weitere Stadt, eine weitere Brücke, ein weiterer Bezirk, in akkurater Leuchtschrift auf einem Flachbildschirm aufgeführt, auf dem zugleich alle möglichen Annehmlichkeiten der menschlichen Existenz beworben wurden. Ihre Mitreisenden schlürften ihr Essen, lasen auf ihren Smartphones oder hatten sich mit Ohrhörern von ihrer Umgebung abgekapselt. Eine Stimme verkündete Haltestellen und Abfahrten und warnte davor, aus dem noch fahrenden Zug auszusteigen. Durch das Fenster sah sie einen Schwarm Wildgänse und schaute ihm nach, sodass sie das Auftauchen weiterer Betonstädte verpasste.

In Zhejiang stieg sie aus. Nahm die U-Bahn, dann den Bus. Überquerte auf riesigen Brücken Gewässer und Flüsse, Ikonen menschlichen Wahnsinns und Genies; eine beabsichtigte Schrumpfung der Welt, Indizien für die Konzentration, mit der sich eine Kultur spinnenartig in Plätze, Orte und bereits in Auflösung befindliche Welten hineinwob. Acht Stunden, nachdem sie Xiamen verlassen hatte, erreichte sie Hangzhou in Zhejiang, was sich in Sichtweite des unnachahmlichen quecksilbrigen Qiantang-Flusses befand, Hort des sogenannten *Silbernen Drachens*, einer großen einsamen Welle, die bei Flut Wasser flussaufwärts drückte. *Gezeitenwelle* hatten sie es im Seminar genannt, erinnerte sie sich, während sie durch die Straßen ging. Auf dem Weg zur nächsten Brücke, bemerkte sie die Blicke der Passanten nicht, als sie versuchte, ihre überschäumende Wut zurückzudrängen. Als sie die achteckige *Pagode der Sechs Harmonien* ansah, die sich aus dem Grün am Fuß des Yuelun-Berges erhob, erlaubte sie sich ein paar stille Tränen. Das Sonnenlicht wärmte sie und brachte die Eiszeit ihrer Verluste zum Schmelzen. Tränen wegen zerbrochener Vasen? Fast hätte sie über sich lachen müssen. Sie atmete tief ein. *Muhidin*. Sie gestattete sich das Gefühl, das jetzt weit weniger überwältigend war als in Xiamen. Als sie sich den Rucksack über die andere Schulter hängte, klirrten die Scherben. Sie ging mit großen Schritten weiter, beeilte sich, einen Bus zu finden, der sie nach Xinchang bringen würde. Dort würde sie die Fähre zu den Shengsi-Inseln nehmen, um irgendwie herauszufinden, welche der fast vierhundert Inseln die Heimat des Töpfers war, der ihr die Vasen geschickt hatte.

~

Ayaana wanderte über einen sandigen Weg voller bräunlicher Muschelschalen, die unter ihren Füßen zerbrachen. Sie versuchte, vorsichtig aufzutreten. Mit dem Rucksack auf dem Rücken folgte sie einem Trampelpfad, der an grünen Weizenfeldern vorbeiführte. Zu ihrer Linken lag, in der Ferne schimmernd, eine nebelverhangene Bucht. Ein kalter Wind erfasste sie, als sie stehen blieb, um sich vom Geruch der See einhüllen und durchdringen zu lassen.

Sie legte eine Verschnaufpause ein, betrachtete die Vegetation; sie hielt die Nase in die Luft, um die Windrichtung zu bestimmen. Dann rannte sie einen kleinen Hügel hinunter. *Atmen, atmen.* Runter, runter, runter, bis sie den dichten perlgrauen Sand erreichte, der von Fußspuren und Seegras übersät war. Vom Strand aus erstreckte sich ein behelfsmäßiger Anlegesteg ins Wasser, eine trostlose Kopfsteinpflasterstraße führte zu einem Felsen, auf dem ein Leuchtturm stand, gestrandet wie eine verblassende Legende. Selbst das wilde Meer, über das er einst gewacht hatte, schien sich von ihm zurückgezogen zu haben. Dies war Ayaanas Ziel. Im Geiste übte sie, was sie zu dem Fremden sagen musste: *Sie sind zerbrochen. Bitte, reparieren Sie sie. Ich kann warten.*

Abend. Wellen brandeten weit ans Ufer, brachen auf dem schwarzen Kieselstrand. Kleine Boote in der Ferne auf dem schimmernden Wasser. Im Inneren des notdürftig renovierten Leuchtturms ein Holzfußboden, Abalone-Schalen auf glatten Regalen. Hohe, gesprungene Fenster mit Blick auf den Horizont und den Schatten des Turms auf den Felsklippen.

Ayaana trat über die Schwelle.

Eine Töpferscheibe und ein langer Tisch; er saß auf einer geschwungenen Bank in der Mitte des Raums. Er roch ihren Rosenduft, noch bevor er sie in der Tür stehen sah, die Haare in die Stirn geweht, ein Blick aus dunklen Augen, den die Lebenserfahrungen noch eindringlicher gemacht hatten, wunderschön, fast fiebrig. Er blieb sitzen, bemüht, nicht zu reagieren. Langsam ging sie auf ihn zu. Wieder sah sie ihn an, und ihre Augen wurden schmal. Sie war erstaunt, dann wieder nicht erstaunt, dass er es war. Der Töpfer. Vielleicht hatte sie es die ganze Zeit über gewusst.

Er sah sie ruhig an. Das Licht des Sonnenuntergangs rahmte ihre Züge, ihr Mund war leicht geöffnet. Er hatte sie zuletzt in den nächtlichen Gärten Xiamens gesehen, als er ihr nachgereist war, um sie zu sehen. Er hatte sich zwar eingeredet, dass er ihr nur Neuigkeiten von Delaksha überbringen wollte, aber damals wie heute sagte er nichts. Sie ließ ihren Rucksack fallen. Ging zu ihm. »Ich ...«, begann sie.

Sie suchte und fand die Brandnarben auf seinem Gesicht. Seine Augen waren eingesunken, als hätte er vor Kurzem gelitten. Er war dünner, trug die Haare länger. Seine Züge wirkten hager, seine Hände waren grau vom Ton. Sie trat näher.

Er wandte sich bedächtig wieder seiner Arbeit zu.

»*Ni shenti haihaoba*?« – Geht es dir gut? Die Worte lagen ihm weich auf der Zunge.

»*Haihao*« – Bestens, stammelte sie.

Er knetete Ton. Sie beobachtete ihn in seiner erdfleckigen Schürze, die vielleicht einmal braun gewesen war. Weiß getünchte Wände. Mit geneigtem Kopf betrachtete sie die beiden Drucke von Zao Wou-Ki und hörte das weit entfernte Meeresrauschen. *Vom Wasser zur Erde*, dachte sie, während er den Ton formte und draußen Wellen über Felsen glitten. Sie drehte sich auf Zehenspitzen, nahm die Gerüche in sich auf: Abalone, Meeresschnecken und Seegurken; Möwenkot, der Schweiß der See. Sie wickelte ihre Jacke fester um sich, ihr drehte sich der Magen um, als sie die Worte aussprechen musste: »Die hier. Sie sind zerbrochen.« Sie fügte hinzu: »Ich habe es nicht getan.«

Als sie sich plötzlich auf dem Boden wiederfand, von der Trauer auf die Knie gezwungen, geriet sie in Panik. *Was jetzt?* Geräuschlose Tränen tropften auf den Boden. Die Brüche, die Grenzen, die Fragmente.

Lai Jin lauschte. Er warf den Ton, formte Welten und Trost mit seinen Händen. Sie war hier. Sie sollte nicht hier sein, aber sie war es. Wieder stieg ihm ein Hauch von Rosenduft in die Nase, die Verheißung eines neuen Lebens. Sein alter Leuchtturm war erfüllt vom Duft des Lichtes und der wilden Rosen, während der Seewind heulte. Draußen, die Stümpfe eines versteinerten Waldes, im Laufe der Zeit im Salzwasser fossiliert. Er fand in den Rhythmus der Drehscheibe hinein. *Ni shi shei?*, flüsterte das Meer – Wer bist du?

Sie erhob sich, sagte: »Ich habe das Meer verloren.« Sie nahm den Karton mit den Scherben aus dem Rucksack. Die Bruchstücke klirrten. »Kannst du sie wieder zusammensetzen? Darum habe ich sie hergebracht.« Sie stellte den Karton auf den Tisch.

Er zog den Ton in die Länge. Sie sah zu, wie er das Rad langsamer stellte, dabei weiter zog, formte, knetete. Wie gebannt glitt sie in die Stille, verfolgte, wie seine Hände Neues schufen. Während er arbeitete, begann sich die Blockade in ihrem Herzen allmählich aufzulösen. »Kannst du sie wieder zusammensetzen?« Sie meinte die Vasen, aber auch ihr Inneres, Muhidin, die Welt. Er erkannte den Kummer, der auf ihrem Körper lastete, den gesenkten Kopf, die Traurigkeit, die hängenden Schultern.

Er unterbrach seine Arbeit, um ihre Hände zu nehmen.

Das halbfertige Gefäß fiel in sich zusammen.

Berührungen.

Sie legte die Hand um seine.

Die Zeit starb.

Sie räusperte sich. »Jetzt bist du also hier?«

»Ja.«

»Und das Schiff?«

»Es wurde zerstört.«

Ayaana schloss die Augen. Die *MS Qingrui* – ein weiteres Phantom in einer Landschaft aus Verlusten. Sie hatte sich abgewöhnt, zu fragen: »Warum?«

Eines seiner neuen Bilder von Zao Wou-Ki war hauptsächlich himmelblau. Grausames Blau, Rot und schwarze Pinselstrich-Streifen, wie farbige Narben auf einem Hintergrund aus Licht. Es gab ein Wort, das sie benutzt hätte, wenn sie es gekannt hätte: »Palimpsest«. Der Sonnenuntergang, Glanz des ewig Neuen, ein sich entfaltendes Schimmern, das neue Haut auf einer alten Seele offenbarte.

Prasselnder Regen. Geräusche auf dem Dach. Sperlinge nisteten unter dem Dach. Ayaana verließ Lai Jin und ging vor die Tür, um sie zu beobachten.

»Vögel der Vergebung«, sagte sie. Dann wischte sie sich mit den Handrücken das Gesicht ab. Tränen. Regen. Er durchnässte sie bis auf die Haut. Das reinigende Wasser drang bis in ihr Herz. Lai Jin wusste, wann er ihr an der Tür ein dünnes rotes Handtuch reichen musste. Das heiße Wasser in der Dusche lief bereits. Er führte sie dorthin. Sein beigefarbener Bademantel lag gefaltet auf einer Holzbank für sie bereit.

Später redeten sie, gestärkt von Suppe, bis zum Morgengrauen. Hauptsächlich über ihre Erinnerungen an Zao Wou-Ki und über Plastikenten und -frösche, die immer noch über den endlosen Ozean schwammen. Ayaana erzählte ihm davon, wie es war, die Rolle der Nachfahrin zu spielen, und warum sie dem entkommen musste: »Ich habe das Meer gesucht.« Stille. »Doch das Meer hat mich verlassen.« Sie griffen nach dem Schweigen zwischen den Worten, ließen sich hineinfallen. Sie rutschten näher aneinander heran, bis ihre Körper sich berührten. Das Flattern nistender Sperlinge. Sie schauten beide gleichzeitig nach oben.

Vögel der Vergebung.

Wahrscheinlich spielte sie auf die Große Spatzenkampagne an, bei der man zur Steigerung der landwirtschaftlichen Produktivität alle Spatzen ausrotten wollte und die die Psyche der Nation immer noch heimsuchte. Vermutlich hatte sie beobachtet, dass die Sperlinge, trotz der grausamen Ausrottungsversuche wieder zurückgekehrt waren. *Vögel der Vergebung.* So würde Lai Jin sie von jetzt an ebenfalls nennen.

»Mein Vater Muhidin«, sagte Ayaana jetzt. »Er ist aufs Meer hinausgefahren und nicht zurückgekommen.« Ihre Blicke trafen sich, verfingen sich ineinander. Sie flüsterte: »Wir warten auf ihn.« Sie suchte in seinem Blick nach seinem Wissen. In seinen Augen, ein Spiegelbild von ihr, in Tränen aufgelöst. Genau das hatte sie heute sehen müssen. Deshalb warf sie die Arme um seinen Hals; er presste sie an sich, sie trauerte an ihn geschmiegt, und er wusste genug über das Leben, um sich bewusst zu sein, das Zuhören manchmal das Einzige war, was es zu tun gab.

***

Die Nacht brach an. Zum ersten Mal, seit Ayaana in China war, sah sie Lehrerin Ruolans *Doumu*, die Göttin der Sterne, die nie untergeht. Sie hatte sich so sehr nach der Dunkelheit einer richtigen Nacht gesehnt, ohne Neonreklame und himmelvernebelnden Smog. Während Lai Jin schlief, hörte Ayaana, wie aus ihrem Inneren eine *Oud*-Melodie aufstieg, gespielt von einer schemenhaften Gestalt am Straßenrand einer Kreuzung zwischen den Welten, zwischen den Kriegen. Sie erhob sich aus ihrem Bett, um aus dem Fenster zu blicken. Eine Frau in einem Männerhemd suchte einen fremden Himmel nach einem Lied ab und weinte.

Sie wollte ihm erzählen, dass die keine Kraft mehr hatte, um ihr Leben weiterhin auf Mandarin zu verhandeln. Sie wollte ihm erklären, dass ihre Träume von einer Sprachenflut überschwemmt wurden. Dass sie ertrank. Schweigen. Es gab keine Worte für das, was sie ausdrücken wollte.

Am Nachmittag des folgenden Tages saßen sie zusammen auf einer Bank, die Lai Jin selbst gebaut hatte und die unter einem Überhang neben einer uralten Weide stand. Sie war so positioniert, dass man sich mit zusammengekniffenen Augen die Sonne über der Bucht von Hangzhou hinter dem Smogschleier vorstellen konnte. Manchmal erschienen Zirruswolken wie tentakelartige Kalligraphien am Himmel. Kupferfarbene Lichtreflexe funkelten auf dem Wasser. Vier fette Enten watschelten vorbei. Lai Jin sagte, sie seien einfach eines Morgens aufgetaucht. Vielleicht hatten sie sich verirrt, denn sie waren bei ihrer Ankunft völlig erschöpft gewesen und seitdem geblieben.

»Warum bist du hier?«, fragte sie.

Er erzählte ihr von dem, was vorgefallen war. Die Anschuldigungen, der belastende Reisebericht. Die Gefängnisstrafe. Er fürchtete, es würde sie abschrecken, doch das war nicht der Fall. Er erzählte ihr, auch sein Schiff sei angeklagt und zum Tod im Feuer verurteilt worden.

Ayaana starrte den bräunlichen Himmel an, und er sagte: »Ich habe die Container mit den abgeschlachteten Tieren versenkt.«

»Gut«, erwiderte sie und lächelte. »Gut.« Dann umfasste sie sein Gesicht mit beiden Händen. Mit leuchtenden Augen küsste sie ihn und wiederholte: »Gut.« Er war wie berauscht.

Die Sonne war fast untergegangen. Die Vögel flogen nach Hause. Träger Wind, raschelnde Blätter. Ayaana betrachtete die Welt und erinnerte sich daran, dass das Leben immer im Übergang war, nichts blieb. Sie schloss die Augen und umfasste Lai Jins Hände. Das Schweigen zwischen ihnen schluckte die belanglosen Worte. Irgendwo im Leuchtturm ging eine Uhr. »Du hast die Uhr gefunden«, erinnerte sie sich.

»Ja.«

»Du bist nach Xiamen gekommen?«

Er nickte.

Es wurde kühl, und sie fröstelten.

Lai Jin war nach Xiamen gefahren, um ihr von Delaksha und Nioreg zu erzählen. Nein, er hatte sich mit einem Blick vergewissern müssen … nein, nicht ihrer, sondern der Idee von Alternativen. Nein, er war ein Mann. Er war nach Xiamen gefahren, um eine Frau zu sehen. Nein. Stille.

»Und jetzt arbeitest du mit Erde«, sagte sie.

Lai Jin beugte sich vor und berührte den Lehmboden. Er erinnerte sich lächelnd. »Nach der Entlassung habe ich mich als Koch versucht – das Essen ist mir angebrannt. Dann als Händler. Hab Sachen in Hongkong gekauft, um sie in Myanmar wieder zu verkaufen. Kredit, Kredit, Kredit. Niemand hat mir mein Geld zurückgegeben.« Er sah traurig aus. »Und so bin ich zu meinen Anfängen zurückgekehrt.« Ayaana rührte sich neben ihm. »Zum Feuer.«

Ayaana nahm seine Worte in sich auf wie ein Gebet.

»Also ist das hier dein Zuhause?«, fragte sie.

Lai Jin sah sich um. »Es war verfallen.« Ein Murmeln in der Ferne. Sie lauschten dem zurückweichenden Meer, der Brise. *Ni shi shei?*, rief der Ozean noch immer. Wie zuvor antworteten sie ihm nicht.

Ayaana lehnte den Kopf an Lai Jins Schulter. »Die Uhr. Das *Ping* … es ist verstummt.« Die Worte blieben ihr im Halse stecken. Tränen liefen über ihre Wangen. *Muhidin.* Sie trug Lai Jins wasserdichte Jacke, die ihr schon einmal Schutz geboten hatte. Sie schmiegte ihren Körper sanft an seinen. Er sah sie an. Sie hatte die Hand auf seinen Arm gelegt. Die verführerische Anziehungskraft der Tiefe – ihre verwirrenden Schichten reflektierten die Farben des Begehrens, die Erinnerung an einen blauen Docht, der das Meer in Flammen aufgehen ließ, und mit ihm zwei Körper. Sie sahen sich an. Finger strichen zitternd über ihren Mund. Sie berührte wieder sein Gesicht. Ein Fließen. Er presste sie an sich. Ihr Gesicht wurde gegen seine Brust gedrückt, aber sie hatte vorher tief Luft geholt. Dort, am Mittelpunkt zwischen Oberfläche und Grund, verband sie sich mit einem Herzen. Und die Dämonen der Gegenwart verschwanden. Sie sank tiefer, versank in einer Blase des Schweigens. Ein Kokon der Stille. Die Versuchung, für immer dort zu bleiben. Sie streichelte ihn.

Seine Hände hinterließen blaue Flecken auf ihren Armen. »Diesmal …«, warnte er, »diesmal …«

»Was?«, flüsterte sie, löste sich von ihm und sah ihn an.

»Was?«, fragte er.

Unverhüllt – alles lag offen da, konnte gelesen werden.

Sein Blick verfinsterte sich.

»Ich bin nach Shanghai gefahren, um Zao Wou-Ki zu sehen«, sagte sie.

Er nickte.

Sie legte den Kopf an seinen Hals.

Er legte die Arme um sie.

~

Am nächsten Nachmittag stürzte sich Ayaana in einen wilden Koch-Eifer und verbrauchte all seine Gewürze, um ein rudimentäres Chicken Biriyani zuzubereiten. Und sie beobachtete, wie Lai Jin Ton brannte. Seine Hände, die Konzentration, die Stille. Sie kannte seinen Körper, wusste, wie er sich anfühlte, schmeckte, sich bewegte. Sie kannte die Oberfläche der vernarbten Haut. Dann – ein Ziehen in ihrer Seele. Draußen kam Wind auf. Ein Glockenschlag. Die Wahrheit: Vergänglichkeit. Er ertappte sie dabei, wie sie ihn beobachtete. Verlegen wandte sie den Blick ab. Sie erzählte Lai Jin, was sie in Shanghai an einer Straßenecke gesehen hatte. »Jemand hat aus einem blutbefleckten Stoßzahn einen Buddha geschnitzt.« Dann schaute sie über ihre Schulter, als erwartete sie, etwas Schreckliches zu sehen.

Wovor läufst du weg?, fragte sich Lai Jin. Aber er würde das Schicksal nicht auf die Probe stellen; was auch immer es war, es hatte sie hierher geführt. Er hörte ihr zu, als sie ihm erzählte, dass sie auf Muhidins Rückkehr wartete. Sie schlang die Arme um ihren Oberkörper. *Zu Hause.* In letzter Zeit war es zu einem flüchtigen Ort geworden. Sie sprach nicht darüber, was Pate sich für sie erhoffte, oder darüber, dass sie mehr und mehr das Gefühl beschlich, nicht mehr in China bleiben zu können. Sie war keine Chinesin. »Was, wenn es so etwas wie ein Zuhause gar nicht gibt?«, fragte sie, und ihr stockte der Atem. Sie blickte ihn an, als sei er in ihre Gedanken eingeweiht.

***

Später aß Ayaana ihre Portion des Biriyani mit Stäbchen aus einer kleinen Holzschüssel. Lai Jin musste lachen, als er sah, wie gewandt sie sie
mittlerweile benutzte. Sie warf ihm einen Blick zu und zog ironisch
die Augenbraue hoch. Er schaute auf seinen Teller mit Reis und runzelte die Stirn, als wollte er etwas sagen. *Ihre Freundin Delaksha*, erinnerte er sich. Er musste es ihr sagen.

»Ich bin wie deine Enten«, sagte Ayaana.

Er lachte nur.

Die Aussicht bei Nacht: keine Vorhänge, keine Gardinen, und manchmal fand der Wind einen Weg durch die Fensterritzen. Sie trug eins
von seinen weiten weißen Arbeitshemden. Sein Futon war schmal.
Sie lag auf der linken Seite, er legte sich auf seine. Nach fünf Minuten
brütenden Schweigens drehte sie sich zu ihm. Berührte seine Lippen,
die verbrannte Seite seines Gesichts. Er blinzelte. Berührte behutsam
ihr Gesicht, als würde es aus Tonscherben bestehen.

»In der Türkei habe ich einen Mann kennengelernt. Ich glaube, er
war ein verlorener Prophet«, erzählte sie ihm.

Lai Jin strich über ihre Augenlider, wischte ihre Tränen weg, malte
damit auf ihrem Gesicht, als wäre sein Finger ein Pinsel. Ihr Körper
war warm, warme Brüste, warme Schenkel. Warme Stimme.

»Ich habe noch einen getroffen, der sich in Luft aufgelöst hat. Er hat
nur einen alten braunen Schuh zurückgelassen. Mit Blut daran.« Sie
malte in die Luft. »Der Schuh ist am Ende auch verschwunden.« Tränen erreichten ihr Kinn. Er wischte sie weg.

»Findet jeder auf der Welt genau das, was er braucht, Schiffsführer?« Ihre Stimme wurde immer leiser.

Lai Jin wich zurück. »Wir hoffen es jeden Tag.«

Schweigen.

»Selbst du hast das Meer im Stich gelassen«, warf sie ihm vor.

Er hörte ihre Stimme versagen. Schüttelte den Kopf. Strich über ihre Haut. Er hatte so viele Fragen an sie, wollte alles über die Abgründe in ihrem Blick wissen.

Ihre Hand lag auf seinem Bauch, seine auf ihrer Brust.

»Po Fu?«, sagte sie.

Er überlegte kurz, bevor er sagte: »Ein Name für das Exil.« Ein kleines Lächeln. Er drehte sich zu ihr. Sie sah seine Seele schimmern, als würde sie immer noch im Meer leben.

***

Ayaana rückte näher und näher an Lai Jin heran, seine Arme schlossen sich fester um sie. *Berührungen.* Atemzug für Atemzug glitt sie tiefer in den Schlaf. Er streichelte ihren Körper, frischte Erinnerungen auf. Der Sturm, ihr Sturm. Seine Farben. Sie war hier. Ayaana schlief lange und tief, bis zum Mittag des darauffolgenden Tages. Als sie die Augen aufschlug, hatte ein dichter, smogähnlicher Nebel die Umgebung, den Leuchtturm und seine Bewohner eingehüllt. Trostloses Wetter. Ayaana fühlte sich geborgen wie in einem Kokon.

Sie lag unter ihm, dirigierte seine Erektion in ihr weiches Inneres. Nahm ihn in sich auf. Ein weiterer Neuanfang in Zeitlosigkeit. Sie waren die einzigen Bewohner. Rhythmische Bewegungen, Beben, von vorne anfangen. Und wieder lösten sich beide in Feuer auf. Ströme von Träumen, salziger Feuchtigkeit und Verlangen.

Am nächsten Tag kletterte Ayaana auf einen Felsen, um ein Handysignal zu bekommen, weil sie eine Verwaltungsmitarbeiterin der Universität darüber informieren wollte, dass sie sich zur Erholung an einen Schrein am Meer zurückgezogen habe.

»*Houyi!*«, schrie die Frau. »Das ist ausgesprochen unehrenhaft. Sie müssen sofort zurückkommen …«

Ayaana schaltete das Handy ab, warf es in die Luft – und fing es wieder auf.

»In China gibt es keine Geheimnisse«, sagte er.

Sie feilschte mit dem Leben, wollte Geister gegeneinander tauschen: Pate für Muhidin.

Ayaana und Lai Jin gingen den ganzen Weg zum Meer, das sich von seiner alten Küste zurückgezogen hatte. Nach drei Kilometern lag das Wasser glänzend wie eine silberne Tischplatte vor ihnen. Sie wirkten fehl am Platz, ertrugen die Blicke der wenigen anderen Menschen, die unausgesprochenen Fragen darin. Eine Aura des Schweigens umgab sie, als sie an der trostlosen Küste entlangwanderten und dem Meer lauschten. Er beugte sich hinab, um Meerglas aufzuheben: weiße, grüne und blaue Scherben. Sie tat es ihm gleich, hielt eine rote, vom Gewicht des Meeres glattgeschliffene ins Licht. Erst später, nachdem die Sonne im Meer versunken war, fand Ayaana das Portal am Rand des Wassers, an dem sie nach Muhidin rufen konnte; sie stieß einen Schrei aus, der die Winde auseinanderstieben ließ, sie zwang, ihr zuzuhören, während Lai Jin über sie wachte und das Meer fragte: *Ni shi shei?*

Sie gaben ein seltsames Paar ab, als sie dasaßen und auf das nächtliche Meer hinausblickten, verschwommen in der Dunkelheit, mit der Küstenlinie verschmolzen. Lai Jin hielt nach einem Zeichen des Meeres Ausschau. Und mit einem dunklen Leuchten begriff er plötzlich, wie er Ayaanas zerbrochene Gefäße reparieren würde. Für die dunklere Vase würde er Gold benutzen, für die helle Kupfer.

Nächtliche Töpferarbeiten. Mit leiser Stimme fragte sie ihn stockend, warum die Welt so war, wie sie war. Er sagte, er wisse es nicht, doch er gäbe sich mit den einfachen Dingen zufrieden: Erde, Ton, Wasser, Feuer und Stille. Und Berührungen. Berührungen seien absolut notwendig. Am nächsten Tag öffnete er den Karton mit den zerbrochenen Vasen. Er nahm jede Scherbe einzeln heraus. Sie beobachtete sein Gesicht. Er betastete die Bruchränder mit den Fingern. Blies den Staub ab. Dann legte er die Bruchstücke auf ein rechteckiges Tablett und holte aus einem Schrank die notwendigen Werkzeuge und Materialien, um sie wieder zusammenzusetzen. Sie beobachtete ihn. Schließlich hob er den Kopf und sah sie an. Lächelte. Sie atmete auf.

Am nächsten Tag erwachte sie noch vor Sonnenaufgang und watete in die eisigen Wellen, bis sie ihr bis zur Hüfte reichten – so weit, wie sie das kalte Wasser ertrug. Dann betete sie zu Gott, der aus ihrem Leben gewichen war, als sie von Pate nach Xiamen gereist war. Sie informierte Gott und das Meer darüber, dass Muhidin ihr Herz, ihre Seele, ihr Atem sei und dass sie ihr sein Leben schuldeten. Sie setzte ihnen eine Frist. Die Flut kam zurück. Treibholz brandete gegen ihren Körper. Sie nahm es mit an Land und in den Leuchtturm.

~

Sie gewöhnte es sich an, zwischen seinen Beinen zu sitzen, wenn er vor der Töpferscheibe saß, sich an ihn zu lehnen und sich umzudrehen, sodass sein warmer Atem ihre Haut berührte: Anspannung, Begehren und Sehnsucht wuchsen, Haut an Haut, verlangten nach Ganzheit. Er schuf über ihre Schultern hinweg ein Gefäß, seine Lippen streiften ihre Haut. Sie neigte den Kopf, sodass er den Teil ihres Nackens hinter dem Ohr kosten konnte. Stille Tage. Wenige Worte.

Lai Jin wartete darauf, ihre Schritte zu hören; freute sich auf die Hingabe, mit der sie sich in jeden Tag warf und neuerdings auch in seine Arme. Schicksal. Er hatte über seine Beziehung zum Schicksal nachgedacht. »*Haiyan.*« Er probierte den Namen aus, spürte seine Kraft, als wäre er seine Bestimmung. Sie war hier.

Sie sah die Andersartigkeit ihres Lebens wie eine unbeteiligte Beobachterin. Was wäre passiert, wenn sie damals auf Pate nicht das getrocknete Rosenblütenblatt jenes chinesischen Besuchers empfangen hätte?

Klarer Lack. Blattgold. Er begann mit der tränenförmigen Vase.

»Kannst du sie wieder ganz machen?«, fragte sie mit rauer Stimme.

»Ich werde es versuchen«, antwortete er.

»Sie wird Narben zurückbehalten.«

»Ja.«

»Sie ist nicht mehr wie zuvor.«

»Sie wird anders und mehr sein.«

»Aber nicht wie zuvor.«

»Nein.«

Er trug mit einem feinen Pinsel Lack auf ein Stück Keramik auf. Die runde Palette mit dem Klarlack trug er über dem linken Daumen. Grazile Bewegungen und Gesten. Sie saß im Schneidersitz da und schaute ihm zu. Stellte sich vor, wie das Meer den Raum füllte.

***

Muhidin.

Ihr Vater.

Seine Abwesenheit war die schmerzlichste von allen.

Ni shi shei?, riefen die Ozeane.

Irgendwo außerhalb ihrer Hörweite erhob sich eine Antwort.

~

Abends saßen sie zusammen auf der Steinbank unter der uralten Weide. Wolken standen am Himmel. Die Bucht in der Ferne war in Nebel gehüllt. Ayaana legte den Kopf an Lai Jins. Sich dem Unbekannten hingeben. Nicht mehr zu verlangen als die Gegenwart. Das Abendessen bestand aus Haferbrei mit Austern, Reis, getrockneten Algen und Instantnudeln. Sie redeten über Welten, die sie kannten, über Bücher, die sie gelesen hatten. Sie sprachen über das Meer und die Geheimnisse der Navigation. Sie redeten bis zum Morgengrauen, dann fiel ihnen wieder ein, dass sie schlafen mussten.

Später trat sie in die Dusche, in der das Wasser an seinem Körper hinunterlief. Sie sagte ihm, er sei dünn geworfen. Fragte ihn, ob er sich an ihren Sturm erinnerte. »Jeden Tag«, erwiderte er. Sie sagte, sie wolle das Wasser in seinem Mund schmecken, seine Augen und die Narbe auf seinem Körper. Er fragte sie, ob sie in China bleiben wolle. Sie antwortete nicht. Sah zu, wie er das Wasser abstellte. Er war erregt, erigiert. Sie sah zu, wie er sich die Haare abtrocknete, sich ein Handtuch um die Hüfte schlang. Sie sah ihm zu und wartete, und er fragte sie wieder, ob sie bleiben würde. »Ich weiß nicht«, sagte sie.

»Komm her«, sagte er.

Mit kleinen, langsamen Schritten ging sie zu dem wartenden Mann.

Exorzismen. Sie reinigte ihr Herz und ihre Haut von der Befleckung durch einen anderen und der Scham darüber. Nahm sich Stück für Stück auseinander, um zu entscheiden, welche Teile sie zu ihren anderen Ichs zusammensetzen sollte. Er weckte sie, um sie zu fragen, ob sie bleiben würde, nicht wegen ihm, sondern um des Meeres willen, und er nutzte ihre Schlaflosigkeit, um sich mit ihr zu vereinen. Geteilte Geister. Dann sagte er ihr, ihre hellbraunen Augen seien wie die Karte einer Galaxie. Ihr fiel wieder ein, dass ihre Mutter schon den Orion für sie vereinnahmt hatte. Er dagegen nannte sie »Haiyan«. So würde es immer sein, und mittlerweile wusste sie, dass der Name etwas mit dem Meer zu tun hatte. Sie hörte ihm zu, nahm seinen Anblick in sich auf, prägte ihn sich genau ein, damit sie die Erinnerung an das Jetzt später wieder aus den Regalen der Zeit hervorholen konnte.

Und als seine Finger ihren Körper leicht wie Daunenfedern Zentimeter für Zentimeter erkundeten, löste sie sich auf und schwebte davon. Als sie träumte, war er immer noch da, wachte über sie. Als er sie weckte, weil die Strahlen des Sonnenaufgangs über ihre nackte Haut wanderten, war er wie hypnotisiert vom Geheimnis einer menschlichen Gestalt, davon, wie das Licht ihren weiblichen Körper liebkoste. Sein Körper war immer noch ausgehungert.

Mit halb geschlossenen Lidern flüsterte sie traurig: »Ich kann nicht sehen, wer ich bin.«

»Mit mir?« Er war bestürzt.

Sofort drehte sie sich zu ihm um, umfasste sein Gesicht und presste sich an ihn. »In diesem Land. Ich bin nicht seine Nachfahrin.« Sie lehnte die Stirn an seine.

Räume schrumpften.

Noch ungeformte Möglichkeiten.

Resonanz.

»Du wirst gehen«, flüsterte er. Die Feststellung einer Tatsache.

Loslösung, dachte sie. *Ein Wort, das eine leichte Trennung versprach.* Und doch wollte sich der Schmerz über den Abschied in einem Schluchzen Bahn brechen. Sie hoffte, er würde widersprechen, sie bitten, zu bleiben, damit sie sich vorstellen konnte, es zu versuchen. Doch er blieb stumm. Und sie ebenfalls.

»Tränen?«, sagte er und kostete mit der Zungenspitze das Salz auf ihrem Gesicht.

Sprachlosigkeit und morgendliche Schatten.

Striemen auf zwei ineinander verschlungenen Körpern.

~

Einem zerfledderten Fahrplan zufolge fuhr der letzte Zug nach Xiamen am Montag um 20:37 Uhr. Lai Jin hatte Ayaana zum Bahnhof von Hangzhou begleitet. Zusammen fühlten sie sich nun unbehaglich. Sie betrieben immer noch Schattenboxen. Am Tag zuvor hatten sie sich gestritten, nicht über die Form ihres Verlangens, das sie immer wieder dazu brachte, sich einander in die Arme zu werfen, sondern über die Bedeutung von Worten. Er hatte nicht erwartet, dass er vor ihrer Abreise solche Angst haben würde, die sich als äußerste Gereiztheit tarnte. »Was willst du denn?«, hatte er sie angefahren, die Finger in ihre Haare gegraben, daran gezogen. »Woher soll ich das wissen?«, hatte sie scharf entgegnet. Wie gewöhnlich zogen sie sich schmollend in die Höhlen des Schweigens zurück, bis die feurigen Unterströmungen sie wieder zueinander hinzogen. Schnell, Mund zu Mund. Wortlos. Atmen, ein Sich-Öffnen. Und die Stille breitete sich in ihnen aus, wirbelte, strudelte, riss sie zu Boden, während die Spatzen unter dem Dach nisteten. Balzen, Lauschen. Sie hatte das Gefühl, in klareren Gewässern zu ertrinken, im Innersten verwandelt zu werden, unterzugehen, darum fing sie an zu strampeln, um wieder an die Oberfläche zu gelangen, floh vor ihm, ging durch die Tür in den Abend hinaus. Sie atmete die kühle Luft ein und schaute zum Leuchtturm zurück. Ein Mann schaute ihr durch ein Fenster nach. Sie starrte zurück, legte alles in ihren Blick, was sie empfand: *Woher soll ich das wissen?*

Er küsste sie wieder und wieder, und diesmal fragte er nicht: »Wirst du zurückkehren?«

Es war der letzte Zug des Tages, der in Richtung Süden fuhr. Es war schon Viertel nach acht. Zwei Menschen saßen aneinandergeschmiegt auf einer fleckigen Stahlbank und beobachteten die geschäftig umhereilenden Menschen.

Lai Jin räusperte sich. »*Haiyan* …« Ayaana blickte ihn an. »Deine Freundin auf dem Schiff, Delaksha …«

Ayaana lächelte. »Ja?«

Der heranbrausende Zug unterbrach ihn. »Wie spät ist es denn?«, rief er erschrocken. Gedränge. Er half Ayaana vorsichtig, den Rucksack aufzusetzen, während sie zusah, wie der Zug zum Stehen kam. Er legte ihr den Arm um die Schulter und sagte ihr ins Ohr: »Ich schicke dir die fertigen Vasen zu.«

Ayaana starrte die vorbeieilenden Passagiere an. Lai Jin nahm ihr Gesicht in beide Hände, damit sie ihn ansah. Sie kniff die Augen zu. Er ignorierte die Schaulustigen, legte die Arme um sie. »Da, schau«, sagte er. »Herbstliche Sperlinge.« Sie öffnete die Augen. Ein schnelles Aufeinanderpressen der Lippen, was alles und nichts bedeuten konnte.

Sie warteten, bis weitere Passagiere eingestiegen waren. Durchsagen wurden gemacht. Ayaana küsste ihn auf die verbrannte Seite seines Gesichts, streichelte sie. Dann wandte sie sich abrupt ab, um in den Zug zu steigen, und stolperte auf der untersten Stufe.

Lai Jin sah Ayaana im Zug verschwinden. Hörte das unheilvoll klingende Zugsignal. Er ließ die Schultern sinken. Eine halbe Minute später straffte er seinen Rücken. Er atmete den Geruch der Nacht nach Salz und Meer ein, der heute auch einen Hauch wilder Rosen enthielt. Mit schweren Schritten machte er sich auf den langen Rückweg in seine Zuflucht.

~

Er hatte keine Ahnung, wann sie es getan hatte, aber als er sich am nächsten Tag auszog, um ins Bett zu gehen, fand er die Basmallah, die sie in schwarzer Tinte auf ein weißes Blatt Papier geschrieben hatte; zierlich wie ein Sperling im Flug.

87

Schlaflosigkeit. In den goldenen Stunden vor dem Sonnenaufgang war es fast ruhig in der Stadt. Ayaana betrachtete den Himmel, während sie von den Strömen des Lebens, die in ihr aufeinandertrafen, mitgerissen wurde: Abwesenheiten, Begehren, Wahlmöglichkeiten, Gewissheiten. Eine Stunde später durchwühlte sie ihren Koffer, in dem sie Andenken aufbewahrte: Muhidins jetzt stumme Uhr, die vergilbte Karte aus Muhidins Truhe, die Duftessenzen ihrer Mutter, die den Raum mit ihrem Leben erfüllten, und Lai Jins Druck von Zao Wou-Ki. Sie setzte sich hin, umschlang die Knie mit den Armen und starrte die Artefakte an, als könnten sie ihr den Weg weisen.

Sie zog ein sittsames rosafarbenes Kostüm und dazu Peeptoes an und band sich die Haare zu einem strengen Zopf zurück. Camouflage. Dann begab sie sich zum Büro der Universitätsverwaltung und wartete. Nach einer Stunde kam eine Frau mit extrem kurz geschorenen schwarzen Haaren heraus, die aussah wie eine animierte Cartoon-Superheldin, um sich mit Ayaanas Fall zu befassen. Sie gab ihr zu verstehen, dass die Behörden über ihren Ausflug sehr verärgert waren. Die Frau musterte Ayaana verstohlen, als sie sie bat, Platz zu nehmen. Ayaana setzte sich, sittsam schweigend und mit demütig gesenktem Kopf. Es würde noch weitere zwei Stunden dauern, bis die für Ayaana zuständige Betreuerin sie zu sich bat.

Mit hängenden Schultern betrat Ayaana den Raum; der Inbegriff der Zerknirschung. Sie begann, in beinahe fehlerfreiem Mandarin ihre vorbereitete Rede vorzutragen: »Ich entschuldige mich dafür, dass ich Ihnen solche Unannehmlichkeiten bereitet habe. Ich habe nur an mich gedacht. Aber ich konnte meine Trauer nicht im Zaum halten. Ich brauchte Hilfe, damit mein Kopf nicht explodierte.« Sie zögerte. *War* explodieren *zu dramatisch*? »Auf der Suche nach dem Geist meines Vaters habe ich Schande über Sie, meine ehrenwerten Gastgeber, gebracht. Dafür bitte ich Sie inständig um Verzeihung.« *Geist meines Vaters?* Vielleicht hätte sie das weglassen sollen, schließlich wollte sie sich keiner psychiatrischen Begutachtung unterziehen müssen. »Ich brauchte den Anblick eines anderen Meers.« Das stimmte. Ihre Stimme versagte. Sie brach ab, hielt den Blick gesenkt und zählte die geschmacklosen beige-weißen Fliesen aus falschem Marmor. In dieser Haltung lauschte sie einem detaillierten Vortrag über die überragende Bedeutung der Einhaltung von Verhaltensregeln und Vorschriften, von Etikette und gutem Benehmen, über die Schande, die eine ungezügelte Person über ihr Land brachte. Ayaanas Gedanken schweiften ab, kehrten zum Leuchtturm zurück und zu Lai Jin, der sie aus einem hoch gelegenen Fenster beobachtete.

Schließlich endete die Tirade. Im Raum war es still. »Mit Ihrer Erlaubnis?«, sagte Ayaana, und ihre Betreuerin nickte. »Ich verpflichte mich, dreimal härter zu arbeiten. Ich werde mein Studium innerhalb eines Jahres abschließen.«

Ihre Betreuerin wirkte ungerührt. »Die Nachfahrin …«, begann sie, dann brach sie ab. Das gesamte »Rückkehr-der-Nachfahrin«-Experiment war ermüdend. Die bürokratische Maschinerie, die Ayaana nach China geholt hatte, hatte mittlerweile andere Wege gefunden, die chinesischen Wurzeln in Afrika auszugraben, sie zu belegen und sie zu vertiefen – archäologische Expeditionen, interkulturelle Zusammenarbeit, Infrastrukturprojekte, Massenmigration und die verführerische Kraft von Krediten. Die Frau seufzte. »Bestehen Sie erfolgreich Ihre Prüfungen.« Ayaana nickte. Sie war gut darin, Prüfungen zu bestehen. »*Xuexi jinbu*«, fügte die Frau hinzu – Lernen Sie gut. Wieder nickte Ayaana. Dann ging sie zur Tür. Sobald sie sich hinter ihr geschlossen hatte, rannte sie los.

~

Zurück in ihrem Zimmer war ihr Herz verstockt. Später, unter der Bettdecke, rief sie mit feuchten Handflächen und angespanntem Gesichtsausdruck ihre Mutter an.

»Tochter!«, rief Munira aus.

»Ma«, sagte Ayaana. Nach kurzem Zögern, fügte sie hinzu: »Irgendwelche Neuigkeiten?«

»Keine.«

»Ma?«, sagte Ayaana.

»Ja?«

»Wer ist mein Vater? Mein leiblicher Vater?«

Es war, als würde sich das Schweigen all der Jahre zuvor in diesem einen Moment konzentrieren. Mutter und Tochter zitterten. »Ich muss es wissen«, fügte Ayaana hektisch hinzu. Munira schwieg. Ayaana rief: »Die Frage ist wie ein Loch in mir. Ich sehe alle Männer an und frage mich …«

»Ich weiß es nicht«, unterbrach Munira sie.

Ayaana wartete.

Dann fragte Munira: »War ich dir denn nicht Vater genug, Ayaana? Und was ist mit Muhidin, den du dir selbst ausgesucht hast? Ist er dir nicht auch Vater genug?«

Munira, die in ihrem Haus in Pemba auf die Knie gesunken war, hörte, wie Ayaana leise »Nein« flüsterte. »*Lulu*, Fragen wie diese sind wie gefräßige Ghule, die Menschen von innen auffressen.«

»Ich lebe mit ihnen. Sie leben in mir!«, rief Ayaana.

Stille. Beunruhigt fragte Munira: »Was ist mit dir passiert?«

»Wieso?«

»Warum jetzt?«

»Ich hab schon vorher gefragt.«

In Pemba, am Meer, kniete Munira immer noch. Irgendwo im Haus begann ein Kind zu weinen. Sie hob den Kopf und lauschte. Hielt inne. Mehr als alles andere war es das schreiende Kind, das sie zu ihren nächsten Worten inspirierte. »*Zamani za kale*« – Es war einmal, stotterte Munira. Dann fing sie noch einmal von vorn an. »Es war einmal eine junge Frau, die glaubte, die Beliebteste von allen zu sein. Sie hielt sich für die Königin der Welt und meinte, sich all ihre Träume erfüllen zu können.« Munira begann zu weinen. »Sie stellte sich vor, sie würde Pate verlassen, nach England gehen, nach Paraguay, nach Italien oder Iran ... alles sehen, was ihr Herz begehrte.«

Ayaana hörte zu.

Unter Tränen fuhr Munira fort: »Sie war die schönste Frau der Insel und der Meere. Sie wurde begehrt. Beneidet. Insgeheim träumte sie von einem verwunschenen Gefährten, der ihrer würdig war und dem sie die Ehre geben würde, sie von der kleinen Insel zu entführen.« Sie schnaubte.

Eine Sekunde lang hörte Ayaana das abendliche Rascheln der Blätter auf einer Insel; die lauernden Schatten, das Raunen ihres Meeres. Leise fuhr Munira fort: »Eines Tages, in Mombasa, wohin man die junge Frau geschickt hatte, um zu studieren, erblickte sie einen strahlenden jungen Mann, der mit verheißungsvoll glänzendem Gold geschmückt war. Und wenn er sprach, hörten die Menschen ihm zu. Sie verliebte sich auf den ersten Blick in ihn.«

»Mein Vater«, sagte Ayaana, als würde sie ihm zum ersten Mal begegnen.

»Ja«, sagte Munira.

»Wie sah er aus?«, fragte Ayaana.

Munira rang mit sich, versuchte sich an das Gesicht zu erinnern, das sie einst mehr zu lieben glaubte als ihr Leben, als ihren Tod. Rückstände von Gefühlen – mehr war nicht von ihm geblieben. Ein Stich des Triumphs: wenigstens ein gelungener Exorzismus. »Ich erinnere mich nicht genau«, sagte Munira. »Ich sehe sein Gesicht nicht mehr vor mir. Er war groß. So wie du.« Unsicherheit.

Munira erzählte Ayaana nichts von Verlassenheit, von existenziellen Ängsten, vom Tod des Ichs. Sie beschränkte sich auf das Minimum. »Wir waren nicht verheiratet. Ich glaubte mehr an ihn als an Gott. Und ihn konnte ich anfassen. Verstehst du?« Das »Ja« kam Ayaana kaum über die Lippen. »Als ich dich empfangen hatte, verließ er mich. Ich habe nach ihm gesucht. Und ich fand heraus, dass nicht einmal der Name, den er mir genannt hatte, sein richtiger war.«

Ayaana seufzte. Etwas in ihr zersplitterte. »Ich war allein mit dir, als du geboren wurdest«, fügte Munira hinzu. »Du warst dazu bestimmt, zu leben. Ich habe gearbeitet. Dann bin ich wieder nach Pate gefahren.« Sie schwieg kurz, dann fuhr sie fort: »Als ich zurückkehrte, verließ meine Familie die Insel.«

Beide warteten darauf, dass die andere etwas sagte.

»Wegen mir?«, fragte Ayaana schließlich.

»Nein, wegen mir«, gab Munira zurück und seufzte leise.

»Warum hast du nicht geheiratet?«

»Was ich von meinem Leben retten konnte, *Mwanangu*, gehörte nur dir.« Schweigen. »Außerdem musste ich erst erwachsen werden«, gab Munira zu.

Ayaana rieb sich das Herz. Einige Abwesenheiten waren, wie sie jetzt begriff, Teil des menschlichen Lebens, würden immer gesichts- und namenlos bleiben. Sie wischte sich die Tränen weg. Sie *hatte* einen Vater. Mit angespannter Stimme fragte sie: »Wird Muhidin je zurückkehren?« Munira begann zu schluchzen. »*Ma-e*«, sagte Ayaana unvermittelt, »du fehlst mir so.«

Munira flüsterte: »Und du mir, meine *Lulu*.«

Nach dem Telefongespräch saß Ayaana fast zwei Stunden lang an ihrem Schreibtisch, verloren im Schweigen.

88

Ayaana fröstelte, während das Wasser die Farbe wechselte, bis es so trübselig und runzlig aussah wie ein unerwünschter Prophet. In einen Mantel eingehüllt, saß sie auf einer Bank in der Nähe eines Brunnens vor einem See, aß Frühlingsrollen und gab ein paar neugierigen Vögeln ein paar Krümel ab. Ihr Fahrrad lag zu ihren Füßen. Sie spürte, wie Koray sich näherte, noch bevor sie ihn sah. Er setzte sich neben sie, die Hände auf die Knie gelegt. »Sag mir, Ayaana«, sagte er, während sie weiter die Vögel fütterte. »Es heißt, du hättest einen Schrein am Meer besucht. War die Expedition erfolgreich?«

Sie antwortete nicht.

»Muss wohl so gewesen sein. Und du hast vor, dein Studium vor allen anderen abzuschließen? Und wolltest mir nichts davon erzählen?«

»Nein«, antwortete Ayaana.

»*Halwa*?«, bot er ihr an.

»Nein, danke«, erwiderte sie.

»*Halwa*?«, insistierte er mit leiser Stimme und legte ihr den Arm um die Schultern. »Geliebte?«

Ayaana schauderte, heuchelte Gleichgültigkeit und aß ihre Frühlingsrollen.

»Verstoß gegen das Ehegelöbnis und Abfall vom Glauben werden mit dem Tod bestraft«, bemerkte er und schmunzelte. »Aus allen möglichen nachweisbaren Gründen habe ich das Recht, Vergeltung zu fordern.« Er lächelte und trommelte mit den Fingern auf die Rückenlehne der Parkbank.

Ayaana dachte kurz über die Drohung nach, dann aß sie weiter.

»Was sagst du, *Liebling*?«

»Geh doch einfach sterben, Koray.«

Er beugte sich vor und flüsterte ihr ins Ohr: »Warst du allein in deinem ›Schrein‹?«

»Natürlich nicht«, sagte sie aus einem boshaften Impuls heraus.

»Ein Mann?«, fragte Koray.

»Jetzt sieh dir nur diese dreisten grünen Vögel an.« Sie deutete mit dem Kopf auf das Wasser.

»Hat er dich angefasst?« Er ließ nicht locker.

»Wie läuft's mit dem Studium, Koray?«, fragte Ayaana mit finsterem Gesicht.

Er zog sie fest an sich. »Wo hast du geschlafen?« Seine Augen verengten sich.

»Hast *du* meine Vasen zerbrochen?«, fragte sie und funkelte ihn an.

Er presste die Nase an ihren Hals. Sie wehrte sich. Koray hielt sie fest und verstärkte seinen Druck auf ihren Arm und ihre Oberschenkel, und als sie sich zu bewegen versuchte, schoss ihr ein stechender Schmerz in den Rücken, und sie krümmte sich. Korays Atem streifte ihr Gesicht. »Wer war er?«

»Aahh!«, wimmerte Ayaana.

Koray drückte noch fester zu. Tränen schossen ihr in die Augen.

»Koray, hör auf!«, schrie sie.

Er zog sie an den Haaren. »Wer?«

Sie biss die Zähne zusammen. »Lass mich los.«

»Falsche Antwort, *Canim*. Ich kann das hier tun« – er umfasste ihren Hals – »und das.« Er drückte zu. »An einem öffentlichen Ort, vor einem See voller Lotusblumen … Und niemand weiß, dass du stirbst, niemand außer mir … und dir natürlich. *Das* ist Macht.«

Ayaana griff ins Leere. Koray lachte. Sie schloss die Augen. Die Empfindung erinnerte sie an ihre Asthmaanfälle. Auch unter Wasser zu sein hätte sich ähnlich angefühlt. Es gab immer einen Moment, in dem das Bedürfnis zu atmen aufhörte. Sie entspannte sich, wartete. Die Zeit trat in den Hintergrund. Koray flüsterte ihr immer noch ins Ohr – scheußliche Worte, um sie zu beschreiben, ihr Volk, ihr Land, ihre Insel, ihren Körper und das, was er mit ihr anstellen würde. »Los, kämpf gegen mich!«, verlangte er.

Niemals!

Es war ihr letzter Gedanke.

Das war Stärke – ihre Distanz.

~

Ayaana kam wieder zu sich. Sie hatte nicht mitbekommen, dass Koray gegangen war. Sie saß allein auf der Bank, fünf weiße Vögel zu ihren Füßen, und der Tag hatte sich orange gefärbt. Ihr Fahrrad lehnte an der Bank. Sie fasste sich an den Hals. Später, in ihrem Wohnheimzimmer in der Dusche, würde sie die Blutergüsse sehen. Sie würde sich einschließen, einen Stuhl unter die Klinke schieben. Sie würde im Bett an die Decke starren, auf Schritte vor der Tür lauschen und an Delaksha denken. Keine Tränen. Sie hatte einen kurzen Blick darauf erhascht, wie eine Frau Heimsuchungen zum Opfer fallen konnte. Die Basmallah kam ihr in den Sinn. Sie würde sie abschreiben, wieder und wieder, wie Muhidin es ihr beigebracht hatte – ein zuverlässiges Werkzeug des Exorzismus.

Am nächsten Tag ging Ayaana mit ihrer Laptoptasche zu einem Abendseminar. Sie trug ein Top und hatte die Haare hochgesteckt, sodass die blauen Flecken an ihrem Hals deutlich sichtbar waren. Koray rief sofort aus: »Oh, *Canim*, bist du gestürzt?« Er ging zu ihr, tat, als wollte er sie umarmen, und flüsterte ihr zu: »Was soll das? Bedeck dich.«

Sie schlang einen Arm um ihn.

Er keuchte auf.

»Ich drücke dir gerade eine lange Stahlspitze gegen die Brust. Sie ist auf dein Herz gerichtet. Wenn du dich rührst, stoße ich zu.«

Er verhielt sich still, sagte mit dünner Stimme: »Du *Miststück*. Du wagst es, mir zu drohen?«

»Nein, *Canim*«, sagte sie. »Das ist keine Drohung, nur eine Warnung.« Dann, nach einer kurzen Pause: »Lächeln, Koray, du wirst ja ganz grün.«

»Und was soll ich jetzt tun?«, fragte er wütend. »Du willst jetzt sicher, dass ich mich entschuldige und schwöre, dich nie wieder zu würgen, oder etwas ähnlich Banales, habe ich recht?«

Ayaana trat einen Schritt zurück und ließ ihre Kalligraphiefeder in der Hand verschwinden. »Nein, ich wollte nur sehen, ob Todesdrohungen eine Wirkung auf dich haben. Und das haben sie.« Sie nickte und ließ die Feder in ihre Tasche gleiten.

Der Blick in Korays gelblichen Augen war kalt. »Du wärst unglaublich leicht zu töten.«

»Stimmt. Aber ich schwöre dir, ich nehme dich mit in den Tod«, sagte sie kühl.

Sie drehte sich auf dem Absatz um, winkte Ari zu und bedeutete Shalom, sie würden telefonieren. Dann setzte sie sich auf einen Stuhl an der Wand, bevor ihr die Beine weich werden konnten. Sie lehnte sich zurück, wie sie es bei Bollywood-Gangstern im Film gesehen hatte. Dann steckte sie sich den Kopfhörer ihres Handys ins Ohr und nickte im nicht existenten Rhythmus des ausgeschalteten Mobiltelefons, während ihr Herz klopfte und sie sich bemühte, sich nicht auf ihre Bücher zu übergeben. Das Seminar über Seekartografie konnte gar nicht früh genug anfangen.

~

Kurz darauf verschwand Koray. Ayaana wurde nervös, schaute ständig über die Schulter. Sie war Tag und Nacht in der Bibliothek, meldete sich freiwillig für Übungen auf See. Wartete zunehmend niedergeschlagen auf Neuigkeiten von Munira. Wo war Muhidin? Sie überlegte, ob sie noch einmal zu einem gewissen Leuchtturm fahren sollte. Tage vergingen, brachten gefilterte Nachrichten einer rastlosen Welt, und nur zu bald kam ihr Geburtstag. Sie hatte vor, ihn nicht zu feiern. Als sie am frühen Morgen ihre Tür öffnete, um nach draußen zu gehen, stand dort ein Picknickkorb mit Pfirsichen, Tee, Datteln, Lotussamen, einem Strauß Lilien und Rosen-*Halwa*, dazu ein roter Umschlag mit einer Karte, auf der stand: »Immer noch bezaubert. *Auf ewig* dein, Koray.«

Lenye mwanzo lina mwisho.

Was einen Anfang hat,
hat auch ein Ende.

89

Sie saß am See und fütterte die Schwäne – zum letzten Mal. Sie erinnerte sich an die Freunde, die sie gefunden hatte, flüchtige Bekanntschaften, die sich in alle vier Winde zerstreuen würden. Sie tauchte die Hände in den See, ließ die Finger durchs Wasser gleiten und beschwor vor ihrem inneren Auge eine Vision von einem Töpfer in einem Leuchtturm herauf.

Ein nächtlicher Anruf hatte ihre Entscheidung, zu gehen, bekräftigt. Koray war ohne Umschweife auf den Punkt gekommen. »Ich bin in Istanbul.« Ayaana blinzelte. »Gestern Abend ist mein Vater Emirhan Terzioğlu gestorben. Wir waren bei ihm.«

Müde sagte Ayaana: »Das tut mir leid.«

»Es war kein schöner Tod.« Ayaanas Gedanken überschlugen sich. »Du wirst sofort herkommen.«

Ayaana hatte das Gefühl, von einem Eisblock begraben worden zu sein. Ein klares Bild von einem Felsvorsprung: der Wunsch, zu springen. Ayaana drehte sich zum Fenster und betrachtete den orange leuchtenden Vollmond. Schweigen.

»Ayaana?«, sagte Koray.

Es gab eine Theorie unter den Fischern, dass bei Vollmond jedes Wesen mit Blut in den Adern große Vorsicht walten lassen müsse, denn Blut werde, wie die Flut, vom Mond angezogen: Je voller der Mond, desto größer der Drang, ihm nahe zu kommen, besonders über das aufgewühlte Wasser. In Kulturen, in denen Exorzismus verbreitet war, bestand der erste Schritt darin, den Dämon nach seinem Namen zu fragen: *Koray.* Dann musste man ihm widersagen, sich von ihm lösen und sich seiner Macht entziehen – *dem Angebot einer vor-*

hersehbaren, sicheren Zukunft –, was ein brutaler, absoluter Akt war. Aus irgendeinem Winkel in Ayaanas Seele stieg eine Kraft auf, die sie dazu brachte, aufzulegen und das Handy auszuschalten.

~

Zwei Tage später öffnete Ayaana nachts ihre Zimmertür und fand ein großes braunes Paket. Sie öffnete es im Morgengrauen nach einer schlaflosen Nacht. Darin befanden sich zwei in Luftpolsterfolie eingepackte Keramikvasen. Der Töpfer hatte Klarlack, Gold und Kupfer benutzt, um sie wieder zusammenzusetzen. Sie waren mit ihren aufpolierten Makeln noch vollkommener als zuvor.

90

Zwei Wochen später kehrte Ayaana zum Ort ihres haarigen Desasters zurück. Der Friseur wich unwillkürlich zurück, als sie sich näherte, und versuchte, seine Panik zu verbergen. »Schneiden sie alles ab«, sagte sie zu ihm und ließ sich auf einen Stuhl sinken, der zu schmal für ihre Hüften war. Die anfängliche Erstarrung des Friseurs wich einem Feuereifer, als er sich mit einer Spezialschere und einem feinen Kamm an die Arbeit machte. Mit neu gewonnenem Selbstvertrauen rief er Lakaien herbei, die ihm bei dem Experiment, das Ayaanas neue Frisur darstellte, zur Hand gehen sollten. Als sie ihr vollendetes Werk begutachteten, waren der Friseur und das Team davon überzeugt, Ayaana in Rihanna verwandelt zu haben. »Liana«, wie er es aussprach. Ayaana erduldete, dass wieder einmal Fotos gemacht wurden; das letzte Zeugnis ihres China-Aufenthalts. Sie sah die Frau auf dem Foto an: Die Welt und ihre Erfahrungen hatten ihr Gesicht umgeformt.

Ayaana verließ Xiamen und China.

Ein Gefühl des Aufbruchs; sie hatte einen Knoten im Magen. Doch während sich die Nase des Kenya-Airways-Flugzeugs himmelwärts reckte, als wollte es nie mehr zur Erde zurückkehren, spürte sie das Leben in sich aufsteigen. Am höchsten Punkt schaute Ayaana durch ihr Fenster zurück auf das Land, über dem ein undurchdringlicher Dunstschleier lag. Dann wandte sie sich ihren Sitznachbarn zu. Das Flugzeug war voller Chinesen. Ayaana lächelte die Flugbegleiterin an, die laut ihrem Namensschild »Achieng« hieß. Stunden später landeten sie in Nairobi. Nichts spielte mehr eine Rolle, als die sanfte kenianische Sonne ihr ins Gesicht schien. Der Geruch des Nachhausekommens. Der Sonnenuntergangstau duftete nach einer Mischung aus Mango, Gewürznelke, Erde und Feuer.

Ein stämmiger Angestellter der Einwanderungsbehörde, der einen schwarzen Anzug mit Krawatte trug, fragte Ayaana: »*Umerudi?*« – Sie sind zurückgekehrt?

Und sie antwortete: »*Nimerudi*« – Ich bin zurückgekehrt.

Mtumbwi wa kafi moja huanza safari mapema.

Das Boot mit einem Paddel
bricht früher auf.

91

Sieben Monate, nachdem Ayaana China verlassen hatte, ereignete sich ein merkwürdiger Vorfall in einer Kunstgalerie in Guangzhou. Dort wurden gerade die neuesten Werke des zurückgezogen lebenden Keramikkünstlers Po Fu unter dem Titel »Über diese Erde, Frau« ausgestellt. Die verschiedenartigen ausgestellten Stücke erinnerten an die Kurven, Formen und Rundungen des weiblichen Körpers. Die Presse lobte sie als »sinnlich, dramatisch und evolutionär«. Schwarze und braune lackierte Gefäße. Es gab auch ein Triptychon, das, wenn man es zusammenstellte, eine liegende Gestalt ergab, deren Rücken mit hennafarbenen Schnörkeln und Linien bedeckt war und die Nachtjasminduft verströmte – was für die Arbeit des Keramikkünstlers typisch war. Ein Kunstkritiker überschlug sich in einem bebilderten Artikel im *China Daily*. Die überschwängliche Kritik zog die Aufmerksamkeit eines Mannes auf sich, der gerade mit dem Flugzeug aus Istanbul nach Xiamen flog und müßig in der Zeitung blätterte. Er las wieder und wieder die Zeile: »Inspiriert von seinen Erfahrungen im Westlichen Ozean, dem Blick und den Berührungen einer Nachfahrin«.

Drei Tage später überschlug sich der Kurator der Ausstellung, als er mit der Galeristin telefonierte. Ein Ausländer sei hereingekommen, um das teuerste Stück zu erwerben, das Triptychon. Vier Tage später betrat die Galeristin, die in Australien lebte und gerade erst zurückgekehrt war, in einem engen schwarzen Designerkleid und klappernden roten diamantbesetzten Plateauschuhen ihre Galerie, um den Käufer zu treffen, der das Triptychon im Voraus bezahlt hatte. Der Scheck war gerade eingelöst worden. Der Käufer kam eine Stunde früher in die Galerie geschlendert, die für die Öffentlichkeit bereits geschlossen war. Sie hatten eine private Besichtigung für ihn organisiert.

***

Der dunkelhaarige Mann im Hugo-Boss-Anzug – die Galeriebesitzerin achtete auf solche Dinge – war kurz angebunden. Er trug eine Sonnenbrille, die Schatten auf seine Wangenknochen warf. Seine maßangefertigte Uhr bestand aus Platin. Die Galeristin musterte den Mann, einen gut aussehenden, ausländischen, *reichen* Mann. Sie lächelte kokett. Ihre Assistenten und der Kurator hielten sich im Hintergrund.

»Scheck in Ordnung?«, sagte der Mann gedehnt.

»Ja, Sir.«

»Das Ding gehört mir?«

»Ja, Sir.«

»Ausgezeichnet.« Der Mann ging zu dem Triptychon, strich mit den langen Fingern über die drei Teile. »Exquisit«, sagte er.

»Wie sollen wir es Ihnen liefern, Sir?«

Der Käufer hob eins der Teile an und ließ es auf den Boden fallen, sodass es zerbrach. Der Kurator schrie auf und wollte zu ihm eilen. Koray bedeutete ihm mit der Hand, fernzubleiben, und starrte den sichtlich erschütterten Mann nieder. Gleich darauf waren auch von dem zweiten und dritten Stück nur noch Scherbenhaufen übrig. Koray begutachtete sein Werk. Die Galeristin stolperte auf ihren hohen Absätzen auf ihn zu, schaute zu ihm auf. »Abendessen?«, schlug sie vor und reichte ihm ihre Visitenkarte.

Koray sah sie mit hochgezogener Augenbraue an und lächelte. Er nahm die Karte. Die Galeristin begleitete Koray zum Ausgang. Er blieb vor dem Kurator stehen und legte ihm die Hand auf die Schulter. »Kurator?« Der Mann verbeugte sich. Korays Hochchinesisch war recht passabel. »Sag dem Töpfer, dass das hier« – er deutete auf die

Scherben – »meine Privatgewässer sind. Dieses Meer und alles, was es enthält ... Widerrechtliche Eindringlinge werden vernichtet.«

Der Kurator nickte eifrig.

»Und jetzt, wiederhole die Nachricht ...«

Der Kurator stolperte ein paarmal über seine Worte, während die Galeristin auffordernd nickte. Kory tätschelte ihm die Schulter, dann drehte er sich um, küsste die Galeristin auf die Wange, bevor er hinausschlenderte und die Melodie eines so eingängigen wie nervtötenden koreanischen Popsongs pfiff.

Die Galeristin schickte Lai Jin seinen Anteil an dem Verkaufserlös, ohne ihn über das Schicksal seines Werks zu informieren. Sie ließ ihre Mitarbeiter und den Kurator Stein und Bein schwören, dass sie niemandem davon erzählen würden.

~

Monate später musste sich Lai Jin die selbstgerechten Zudringlichkeiten von acht Staatsbeamten gefallen lassen, die ihm immer wieder auflauerten und ihn umkreisten wie nervöse Schlangen. Die Bürokraten wedelten mit riesigen Bauplänen und erhoben Anspruch auf den Leuchtturm, die Insel und ihre Umgebung. Es waren Pläne für ein neues Urlaubsresort. Lai Jin hielt seine Töpferscheibe an, wischte sich die Hände ab und starrte die Beamten an. Entfremdung von einem Ort, einem Land war ein langsamer Prozess. Er hatte so etwas erwartet. Draußen schnatterten die Enten zufrieden. Lai Jin entfernte Tonklümpchen von seinem Hemd und dachte an die Sperlinge, die, wenn sie im Frühling zurückkamen, keinen Ort zum Nisten mehr vorfinden würden. Er blickte aus dem Fenster zum nebelverhangenen Horizont und blendete das Gerede der Männer aus. »Am Anfang war das ...« Ein Rückblick. »Ereignisse werfen ihre Schatten voraus«, wie es heißt. »Wasser?«, fragte er die Männer in dem Versuch, höflich zu sein.

Später beobachtete er, wie einer der Männer im Namen des Volkes den Leuchtturm mit einem dicken schwarzen X durchstrich.

Lai Jin verbrachte die Nacht nach dem Besuch damit, den alten Kompass anzustarren, den Ayaana ihm geschenkt hatte. Auf der Suche nach Norden.

Innerhalb eines Monats hatte Lai Jin sein Zuhause in acht Kartons verpackt. Er hatte sich einen hohlen silbernen Armreif schmieden lassen, in dem er das aufgerollte Stück Papier mit der Basmallah aufbewahren konnte. Tage später versuchte er, die überraschten Enten zu verscheuchen. Empört über sein Verhalten watschelten sie ein Stück weg, nur um kurz darauf geschlossen zurückzukehren.

»Alle Mann von Bord!«, befahl er den Enten, den Sperlingen, der Erde, dem Leuchtturm und dem Meer.

Dann machte er sich auf den Weg nach Hongkong.

Er würde mehr als drei Monate brauchen, um seine Vermögenswerte zu liquidieren und sein nächstes Reiseziel zu finden.

Kilichomo baharini, kakingojee ufukoni.

Alles im Meer wird irgendwann
an die Küste gespült.

92

Ayaanas Rückkehr fiel mit der Ankunft eines Meeresbewohners zusammen. Pates Kapitän Mohamed Lali Kombo und zwei Mannschaftsmitglieder hatten ihn aus ihrem Fischernetz befreit und an die Küste mitgenommen. »Seehund«, nannten sie ihn. Sie verfrachteten ihn auf den Anlegesteg, und er beäugte neugierig die Umstehenden. Die Neuigkeit verbreitete sich in Windeseile, wurde sogar im Radio durchgegeben. Dadurch fanden sich Leute, die ihn als Südafrikanischen Seebären identifizieren konnten. Er war weit weg von zu Hause und ein Bote, da war man sich einig. Doch seine Bestimmung lag woanders. Nach vielen Diskussionen einigten sich die Inselbewohner darauf, den Besucher und seine geheimnisvolle Reise zu segnen. Sie verfrachteten ihn wieder in Kapitän Kombos Boot, und er und seine Mannschaft brachten ihn ins Meer zurück. Vorboten – wie die Vögel, die der *Matlai* mitbrachte, mondtrunkene Libellen, Delfinschulen, ein Seebär, die veränderlichen Jahreszeiten der Erde. Sterne verschwanden. Die Zeit und der Monsun spülten die Überreste von Menschen an Pates dunkle Sandstrände. Ayaana kehrte zu dem Archipel zurück, zu dem auch ihre Insel gehörte. Ihr schwirrte der Kopf vor all den vertrauten Eindrücken. Worte. Sprache. Heimat. Das Licht über dem Anlegesteg. Die Haut der Menschen, die dieselben Schattierungen hatte wie ihre eigene. Worte, ein schillernder Fluss. Ihre Sinne erinnerten sich an die Farbe der Gedanken, den Geschmack der Worte, den Geruch der Bilder, die Art, das Hier und Jetzt zu bewohnen.

Ayaana lauschte dem Wind, schnappte Liedfetzen auf. Die Gezeitenvorhersage, Kenia im nicht enden wollenden Wahlzyklus, die Gespräche der Passanten über den Charakter ihrer Politiker: »Aasgeier.« Synonyme: *Wahebeeru, Washenzi, Kingugwa, Adui, Wahuni.* Imperialisten, Barbaren, Hyänen, Terroristen, Hooligans. Ayaana lachte – die Vertrautheit nationaler Unzufriedenheit. Auf dem Anlegesteg trat sie von einem Fuß auf den anderen, ihre beiden Taschen standen neben ihr.

Lauschen. Jene Zwischen-Räume wiedererkennen, die alltägliche Dinge verzauberten: Hyänen konnten mit Hasen tratschen; Fumo Liyongo, legendärer Anführer, konnte immer noch mit feurigen Fußstapfen durch das Land streifen; schreiende Esel waren Boten; und nicht jeder Mensch, der einen anstarrte, war wirklich ein Mensch. Das Flugzeug, das sie auf Lamu abgesetzt hatte, hob mit neuen Passagieren wieder ab. Ayaana sah ihm nach, bevor sie sich wieder ihrem Meer zuwandte, darin las, als wäre es eine Geschichte aus ihrer Kindheit, deren Worte sie unzählige Male gekostet und geschmeckt hatte und die sie jetzt in ihren schönsten Träumen aufbewahrte.

Ayaana stand vor einer uralten Stadt am Meer. Kinder lachten, tauchten im Wasser, und sie merkte, dass sie den Tränen nah war. Unzählige Grüße von Passanten. Farben, so viele Farben, dass sie sich trunken fühlte und ihr schwindelig wurde. Zuhause: ankommende Seelen. Ein paar Touristen. Hauptsächlich Deutsche, die die Reisewarnungen missachteten. Dann *Watu wa bara*, Besucher aus dem Hinterland, humorlose Beamte. *Heimkehrer*. Heute war auch sie eine Heimkehrerin. Sie ging um die Boote herum, Licht auf dem Bug, Licht auf dem Wasser. Blaues Licht, violettes Licht, orangefarbenes Licht. Licht, das Licht erhellte. Sie hatte vergessen, dass Licht so sein kann. Auf einem nahe gelegenen Feld Hühner, Ziegen, Schafe und eine Kuh. Ayaanas Herzschlag beruhigte sich. Der Wind wehte über den Kanal, ließ goldene und braune Blätter in seinem Kielwasser aufwirbeln.

Dann erklang der Gebetsruf:
»*Allahu Akbar* ...«
Bote. Verheißung.
»*Allahu Akbar* ...«

Das Lied schwoll an.

»Hayya alas Salah ...«

Ein zeitlich versetzter Chor von den Moscheen auf der anderen Seite des Meeres. Ayaana atmete auf und hob das Gesicht zum Himmel. Ein Flüstern aus einer anderen Zeit erreichte sie. »Begrüße dich / In deinen tausend anderen Formen / Wenn du dich dem verborgenen Strom anschließt und / Nach Hause reist ...«

Die Fähre nach Pate, die am Anlegesteg von Lamu vor Anker lag, war überladen mit Waren, ein paar Ziegen und Menschen und wartete mit ihrem Kapitän auf die Flut. Geplauder in den poetischen Wendungen der heimischen Sprache. Bilder des Lebens und des Landes, eingewoben in Kiamu-, Kimvita-, Kipate- und Kiunguja-Wörter und die Stimmen anderer, die hier eine Heimat gefunden hatten. Die Fahrt nach Pate dauerte drei bis vier Stunden, zu Fuß nach Pate Town zu laufen eine weitere. Einer plötzlichen Eingebung folgend beschloss Ayaana, stattdessen ein Schnellboot zu mieten. Sie suchte das neueste aus und überredete Ali, den jungen Kapitän, sie ans Steuer zu lassen, sobald sie den Mkanda-Kanal erreicht hatten. Und so fuhr Ayaana volle Kraft voraus nach Hause.

93

Diejenigen, die sie als Kind gekannt hatten, waren geschockt vom Anblick der eleganten ausländisch wirkenden Frau mit den kurzen Haaren, der großen Sonnenbrille und den hohen schwarzen Stiefeln, die in einem der neuen Schnellboote von Lamu zu ihnen zurückkehrte. Sie trat mit einem Selbstbewusstsein und einer Coolness an Land, die vorübergehend Ehrfurcht auslöste.

Ayaana sah sich um, versuchte nur zu atmen, während sich die Willkommens- und Gastfreundschaftsmaschinerie der Insel in Gang setzte: »Bist du das etwa, Ayaana?« Schnell sprach es sich bis in den letzten Winkel der Insel herum: Ayaana war zurückgekehrt. Als Chinesin. Jene, die kamen, um sich selbst davon zu überzeugen, fanden noch Hinweise auf das Mädchen, das sie gewesen war, den Hauch von Rosenduft, der sie umgab.

»Ayaaaana!«

Mwalimu Juma kam ihr entgegen und nahm ihre Hände in seine. Ihre Erfolge bei den Schulabschlussprüfungen hatten sich am Ende doch noch herumgesprochen, was ihm erhebliche Vorteile verschafft hatte. Man hatte ihn sogar zum Bezirksbeauftragten für Bildung ernannt. Mit breitem zahnlosen Grinsen rief er: »Du bist zu uns zurückgekommen!« Ihm fielen die neuen Fältchen in ihrem Gesicht auf, die Aura des Überdrusses, die sie umgab. Die Welt hatte ihr übel mitgespielt. »*Alhamdulillah*«, fügte er hinzu.

Ayaana zog die Sonnenbrille von ihrer Nase, sah ihrem alten Lehrer in die Augen und sagte: »Jetzt bin ich *hier*.«

Ein vorbeigehender Fischer sang: »*Angepaa kipungu, marejeo ni mtini …*« – Der Adler mag hoch in die Luft steigen, aber er muss zu seinem Baum zurückkehren.

Ayaana lachte. Es gab Gebete, Lieder, Seufzer und Ausrufe. *Pole kwa safari* – Beileid für den Reisenden. Pausen in den Gesprächen, um all dem Kummer, all den Verlusten Raum zu geben. Ein junger Imam verkündete, er bete für Muhidins Rückkehr. »Der Ozean ist ein Rätsel.« Zustimmung. »Wir können nur warten.« Das stimmte.

Die Rückkehrerin und ihr Empfangskomitee gingen anderthalb Stunden in südwestliche Richtung nach Pate Town, kletterten über Ruinen und Geröll hinweg. Die Vertrautheit des Verfalls: die Nabahani-Ruinen, die vielen Grabstätten und Grabmale. Die Inschriften von Pates Dichtern, Gelehrten, Heiligen und Streunern.

Ayaana ging auf den Markt, wo eine hohlwangige, modisch in Gold und Braun gekleidete Frau gerade in ein Stück *Oud*-Holz biss. Sie fuhr herum und funkelte Ayaana an. »Du! Du bist zurück?«, schnaubte sie.

Mama Suleiman.

In Ayaana, ein Mosaik aus Gefühlen, Überreste von Kindheitsängsten. Die Frau musterte Ayaana von Kopf bis Fuß. »Du siehst aus wie ein Junge, China«, bemerkte sie. »Viel zu dünn. Was? Sind dir die Schlangen und Hunde etwa nicht bekommen?« Mama Suleiman kicherte. »Haben sie dich deportiert?«

Ayaana schniefte. Die allgegenwärtigen Krähen brachten ihnen von einem Baum aus ein Ständchen. Der Geruch des Meeres mischte sich mit dem des wilden Jasmins; der Rhythmus der Gezeiten war ein vertrautes Lied. Wohlbefinden. Ayaana atmete bewusst aus. »Schön, dich wiederzusehen, Bi Amina. Du siehst gut aus.« Ohne Eile schlenderte sie weiter über den Pfad, der zum verbarrikadierten Haus ihrer Mutter führte. Hudhaifa schloss seinen Laden ab, eilte zu ihr, die klimpernden Hausschlüssel in der Hand, die die Handwerker, die Muhidin engagiert hatte, bei ihm hinterlegt hatten. Wie alle Arbeiter, die nicht überwacht wurden, hatten sie die Renovierungsarbeiten abgebrochen und andere Aufträge angenommen.

Mashallah!, rief Ayaana aus, als sie ihr Elternhaus erblickte. Es sah immer noch so aus, als wäre es aus Korallen erwachsen. Wie klein es war. Wie … alt. In einiger Entfernung verströmten die jetzt verwilderten Pflanzen ihrer Mutter einen überwältigenden Geruch. Der Papayabaum trug schwer an überreifen Früchten. Ayaana steckte den Schlüssel, den sie von Hudhaifa bekommen hatte, ins Schloss und öffnete die Tür. Sie betrat das Haus, und der Staub, der sich angesammelt hatte, salbte ihr Haupt. Im Inneren des dunklen, modrig riechenden Hauses stellte Ayaana ihr Gepäck ab und sank auf den Boden. Sie rang mit Worten, schlang die Arme um ihren Oberkörper. Schmerz: Zuhause.

In Ländern wie diesem, Orten der Ankunft und des Abschieds, gab es viele Wege, das Wiedersehen zu feiern. Eine Umarmung. Lachen.

Gebete. Essen und trinken: Tee, Kokosnusswasser, *Mkate mwa mofa*. Leute kamen vorbei, begrüßten sie, bekundeten ihr Beileid. »Dein Vater«, sagten sie und beließen es dabei. Ein Ältester sprach ein Gebet für Muhidins Rückkehr. Der Tag wurde unbemerkt zur Nacht, und jemand zündete drei Sturmlaternen an. Der Rauchgeruch unsichtbarer Feuer. *Zuhause.*

Eine Frau fragte: »Und, Kind, wie ist es in China?«

Ayaana zögerte. »Gut«, antwortete sie schließlich.

»Mochten sie dich?«

Ayaana lächelte nichtssagend.

»Und sind sie wirklich wie wir?«

Ayaana widerstand dem Drang des Reisenden, zu beschönigen. »Sie sind sie selbst.«

»Wirst du zurückgehen?«

»Ich weiß noch nicht.«

Die Frau schien enttäuscht.

»Es gab dort nichts für mich zu tun«, fügte Ayaana hinzu. In ihren Gedanken, die Wahrheit: *Wenn ich geblieben wäre, hätte ich mich aufgelöst. Mein Herz ist müde. Und meine Träume sprechen in Mandarin zu mir. Selbst meine Dämonen sind zu roten Drachen geworden.*

»Erzähl uns von dem Flugzeug! Das, was sie immer noch nicht gefunden haben.«

Ayaana runzelte die Stirn. Dann fiel ihr der Malaysia-Airlines-Flug 370 ein, dessen Verschwinden in China vielen das Herz gebrochen hatte. Sie hatten im Seminar die Suche mit Unterwasserschallgeräten simuliert, mit denen man versucht hatte, das Flugzeug zu finden.

»Ein Rätsel«, sagte sie.

»Sie sollten unsere Propheten zu Rate ziehen«, sagte ein Mann. »Oder Fischer«, warf eine Frau ein. Alle lachten.

»Hast du gehört, dass wir Besuch von einem Seehund hatten?«

»Ja«, antwortete Ayaana mit leuchtenden Augen.

»Und was wollte dieses China von dir?«

Ayaana blieb stumm.

»Was für einen Abschluss hast du?«

»Einen *Bachelor of Science* in Nautik.«

»Was bedeutet das?«

»Dass ich ein Schiff nach Hause bringen kann.«

»Du?«

»Ja, ich.«

Stille.

Sie starrten sie an.

Und so fragte Ayaana nach alten Bekannten. Ein paar waren gestorben. Andere waren nach Mombasa, Nairobi, Oman, Sansibar, Dubai oder anderswo ausgewandert. Man erzählte ihr von der Hartnäckigkeit der unwissenden, schwerfälligen, tauben, blinden und dummen Staatsmacht, die den unbefristeten »Krieg gegen den Terror« weiterführte. Exekutionen, Morde und Razzien in Mombasa. Die Schafe, die von den Schäfern zur Schlachtbank geführt worden waren, um die Blutgier von Fremden zu stillen. Ja, ein paar der Jüngeren hatten sich in der Hoffnung auf das Paradies al-Qaida, al-Shabaab oder dem IS angeschlossen. Stille: Die Formlosigkeit sinnlosen Zorns. Gedämpfte Stimmen. Ayaana erfuhr von Verrat, Tod und Kummer. Vom Leben, den Kriegen anderer Völker. Ein eisiger Schauer überlief sie, als man sie informierte, dass der uralte Mkanda-Kanal womöglich geschlossen wurde, dass die Chinesen einen neuen Hafen bauen wollten und eine Öl-Pipeline, die über ganz Lamu verlaufen sollte. Ein Kohlebergwerk sollte auf dem unberührten Lamu errichtet werden, die die Insel schwarz und trostlos machen würde, was ebenfalls ein Projekt der Chinesen war. Ayaana erinnerte sich an ihre Vision von einer Spinne, die die ganze Welt mit ihrem Netz überzog.

»Wirst du für uns mit ihnen sprechen?«

Ayaana senkte den Kopf und setzte sich auf ihre Fersen.

Riesenhafte Schatten an der Wand: Die Form der hungrigen Welt, die sie hinter sich gelassen zu haben glaubte. Ein Gespenst, das sie kannte und das mit aufgerissenem, übelriechendem Maul sabbernd nach den Verlockungen ihrer Insel gierte. Gas. Öl. Kohle. Ihr Meer. »Wirst du für uns mit ihnen sprechen?« Ein Blick hoch zu ihren Leuten. Was sollte sie sagen? Welche Sprache sollte sie benutzen? Hier roch es nach Kerosin, hier gurgelte das Süßwasser in den *Djabias,* hier plätscherten Quellen, hier brannten kleine karmesinrote Kohlefeuer, hier roch es nach gebratenem *Mahamri.* Das Timbre des Meeres blieb immer gleich. Sie starrte ihre Leute an, diese Überbleibsel ihrer Seefahrerträume, ihre gastfreundlichen, unkomplizierten Gesichter. Wenn sie vertrieben werden würden, welche fernen Orte würden ihr Leuchten begreifen? Ayaana wandte den Blick ab, wieder brannten Tränen in ihren Augen. Sie wischte sie ab. Sie würde ihnen nichts von den Chaos stiftenden Kräften erzählen, die auf sie zukamen. Sie verdrängte den Gedanken daran und richtete sich auf. Auf Pate gab es immer einen anderen Weg, oder nicht?

»Wirst du für uns mit ihnen sprechen?«

»Ich werde es versuchen«, antwortete sie.

Themenwechsel. Das selbstbewusstere, austauschbare Anti-Lamu-Gemurre, die neueste Seifenopernfolge eines uralten Streits, die genüsslich ausgekostet wurde. In den Erzählungen über die Vergangenheit war Pate ein nobler Ort, bekannt für seine Geschäftstüchtigkeit, seine Zivilisiertheit und seine Gelehrsamkeit – gleichsam der Trendsetter des Swahili-Volks an der Küste. Gäbe es nur nicht diese rücksichtslose Zeit und das perfide Volk von Lamu. Dann senkte sich das Schweigen über die Anwesenden, in dem sich die Geister bemerkbar machen. Draußen kam ein Wind auf, murmelnd wie ein Bach. Ein Vogelruf, dann endlich hörte Ayaana das Rauschen des Meeres, das Heimat bedeutete, und sie wischte sich stille Tränen weg. Diesmal weinte sie jedoch nicht allein. Ihre Insel schmiegte sich an sie, nistete sich wieder in ihrem Herzen ein, gab ihr das Gefühl von Zugehörigkeit zurück. Ein Kind lachte. Es wurde noch mehr Brot gebrochen. *Was wird aus ihnen allen werden?* Sie lauschte dem inzwischen pfeifenden Wind und erinnerte sich an die finsteren Mächte, die Pate schon viele Male zuvor bedroht hatten. Aber Pate hatte ihren Blutdurst überlebt.

Der neue Tag war fast angebrochen, als die letzten von Ayaanas Besuchern gingen. Danach richtete sie sich in Pates spezieller Art von Einsamkeit ein, die von uralten Geistern bevölkert war. Ihnen konnte sie die Konturen ihrer dicht bevölkerten inneren Topografie enthüllen, die Teile von China, die sie mit auf ihre Insel gebracht hatte. In den Nebel greifen … und nichts zu fassen bekommen. Erst jetzt wurde ihr klar, dass sie auf Mandarin gedacht hatte.

Ayaana stand auf und ging in ihr altes Zimmer.

Klein, kahl und nach den Maßstäben des Landes, aus dem sie zurückgekehrt war, rückständig. Sie blieb bei dem alten Schreibtisch stehen: Rabi'as Gedichte, die letzte Basmallah, die sie auf Pate angefertigt hatte, Suleimans Perle, die Plastikente, die sie am Strand gefunden hatte, verblasste Fotos von Munira und Muhidin. Die Nachricht, die er ihr vor vielen, vielen Jahren hinterlassen hatte. Seine Schrift war immer noch dunkel und voller Versprechungen: »Abeerah, ich muss Ziriyab suchen gehen. Ich komme zurück. Sei tapfer. Beschütze deine Mutter. Lern fleißig. Dein Vater, Muhidin.« Ein Gefühl, als würde ihr ein Messer in die Rippen gerammt. Sie begann zu keuchen. Die Worte: »Dein Vater, Muhidin.«

***

Ayaana weinte. Danach legte sie sich nackt schlafen. Das hätte sie zuvor nie getan. Sie lauschte dem Rauschen des Meeres, war versucht, zu ihm zu gehen. Sie wartete. Lauschte, während es im Haus an ungewohnten Stellen knarzte. Nachdem Ayaana die geschwollenen Augen zugefallen waren, schlief sie bis zum Abend des nächsten Tages.

94

Sie ließ die kühle Landschaft auf sich wirken – es hatte genieselt, und die Luft roch nach Meer. Ayaana, die sich in einen pfirsichfarbenen Schal ihrer Mutter gehüllt hatte, sprang über Pfützen und erreichte die nächtliche Küste, ein zerknülltes Stück Papier in der Hand. Andersswelten. Sie watete ins Wasser, sprang auf Felsen, die aus dem Meer ragten. Lauschte. Meeres-Nocturnen, das Donnern weit entfernter Tiefwasserwellen. Wiedererkennen. Als sie die Arme hob, um ihre Fühler über das Meer auszustrecken, um nach Muhidin Baadawi, ihrem Vater – dem einzigen, den sie hatte – zu suchen, war ihr die Geste so vertraut wie ein altes Ritual. Sie spürte die nächtlichen Zuschauer, Lauscher und Beobachter, das Wispern nächtlicher Geister, die die Verstecke der Abwesenden kannten. Sie kletterte auf einen Felsvorsprung, schaute zum Himmel, rief einen Wind herbei. Sie brauchte einen Wirbelwind, der Muhidin seinen Teil des vergilbten Kartenfragments brachte, das zwischen den Seiten eines dunkelbraunen Buches gelegen hatte.

Eine träge Briste wehte ihr das Stück Pergament aus der offenen Hand, wirbelte es im Kreis, bis es davonschwebte in immer größere Höhen und schließlich ins Meer fiel.

Als es Tag geworden war, kam sie wieder, um den Strand nach Spuren abzusuchen – waren das die Fußspuren eines Mannes? –, durch die Dünen zu wandern und in den Felsspalten nach etwas zu stochern, das Muhidin vielleicht aus der Tasche gefallen war. Ihr Herz schlug den Takt zu: *Ich bin hier, bitte komm zurück.*

Sie rief Munira an, um ihr mitzuteilen, dass sie wieder auf Pate war.

Munira lauschte ihrer Tochter, dann fragte sie misstrauisch: »Aber du wirst doch nach China zurückkehren, oder?«

»Ich weiß nicht«, antwortete Ayaana.

Stille. »Du suchst nach ihm, stimmt's?«, murmelte Munira schließlich.

»Ja.«

»Denk an deine Zukunft.«

Ayaana antwortete nicht.

»Was hast du vor?«, fragte Munira.

»Vielleicht finde ich am Hafen Arbeit. Nur für eine Weile. Bis ich mich entschieden habe.«

»Ayaana!« Munira war außer sich. Sie seufzte. »Komm wenigstens nach Mombasa. Nicht, dass du mir auf Pate verrottest, hörst du?«

Ayaana knabberte an ihrer Unterlippe und schwieg.

Am nächsten Tag heuerte Ayaana drei *Ngarawa*-Boote an, damit sie Muhidins Weg nachvollziehen und ihm folgen konnte. Und dort – in der ruhigen blauen See mit Blick auf bewaldete Inseln und weiße Strände, in dem kahlen Himmel, vor dem ein vereinzelter Vogel träge dahinflog, im Rhythmus der Stimmen der Männer, ihrer Leute, die mit ihr die alten Holzboote ruderten, Seelen, die beständig das Wasser nach Hinweisen auf Leben absuchten – lag Schönheit, ein leuchtender Augenblick, der Ayaana bis tief in ihr innerstes Ich erfüllte, und sie nahm ihn in ihrem Herzen auf, wo er sich in ein wortloses Gebet verwandelte.

Auf der Suche nach Muhidin.

Absolute Konzentration.

Sie suchten das Meer den ganzen Tag ab. Kamen am nächsten und übernächsten wieder, dann fuhren sie am frühen Nachmittag an die Küste zurück, weil die See zu aufgewühlt war.

Am fünften Tag nach ihrer Rückkehr ging Ayaana von Haus zu Haus und fragte die Leute, was sie gesehen hatten und was sie wussten. Mwalimu Juma erzählte ihr, Muhidin habe geschworen: »Diese Gefilde werden wieder von sich reden machen«, als er ihm seine alten Bücher für die Schule geschenkt hatte.

Hudhaifa hatte er angeblich erklärt, er habe das Geheimnis des Glücks gefunden. »Er hasste niemanden«, sagte Hudhaifa zu Ayaana.

Der Schneider sagte: »Dein Vater kam zu uns zurück wie die Sonne. Pemba hat ihm gutgetan.«

Dura erzählte Ayaana, wie Muhidin versucht hatte, Bi Amina zu trösten.

Am siebten Tag begab sich Ayaana zu Mehdis Bucht, um mit ihm zu sprechen.

Er hatte am meisten beizutragen.

Almazi Mehdi hatte zwei Stücke Treibholz beiseitegelegt: Eins für Muhidin, das andere für Mzee Kitwana. »Platzhalter«, wie er Ayaana erläuterte. »Muhidin wollte, dass ich ihm eine *Dau* für seine Frau baue. Ich arbeite noch daran.«

Ayaana berührte den Rumpf, dann den Bug. Mehdi fuhr fort: »Wollte, dass ich mit nach Pemba gehe. Aber ich konnte Mzee Kitwana nicht zurücklassen. Er hat niemanden, verstehst du?« Pause. Flüchtige Trauer. »Ich konnte nicht.« Mehdi sah Ayaana nachdenklich an.

Sie beobachteten, wie die Boote bei Sonnenuntergang zurückkehrten, und mit ihnen die Abendstille. Mehdi sagte: »Er hat von Ziriyab gesprochen.« Er hustete. »Hat von seinem Jungen geträumt. Hat ihm im Traum sein Herz übergeben, hat er gesagt.«

Ayaana strich über das Boot. »Die Ankündigung eines Opfers«, sagte Mehdi. »Wie hätten wir es ahnen sollen? Dann hätten wir Kitwana gesagt, er solle warten.« Plötzlich krümmte sich Mehdi, schlug sich die Hände vors Gesicht, und ein Schluchzen entfuhr ihm. Genauso plötzlich, wie der Gefühlsausbruch gekommen war, verschwand er wieder. Sie beobachteten die Rabenfamilie, die sich auf Mehdis Gelände niedergelassen hatte. Drei ausgewachsene Raben und vier Jungvögel stolzierten selbstbewusst durch die Gegend, fühlten sich ganz wie zu Hause. Einer von ihnen hatte sich angewöhnt, Mehdi helle Kieselsteine zu bringen. »Kann sie doch nicht ständig verjagen, oder?«, fragte er Ayaana.

Sie betrachtete die Vögel.

»Dein Vater. Hat vom Meer erzählt. Von seinem Onkel. Schrecklicher Mann. Hat wohl ständig *Zumari* gespielt. Hatte einen frommen Spruch für jede Gelegenheit parat. Aber welcher Mensch kann schon von sich behaupten, die ureigene Wahrheit eines Mannes zu kennen?«

Krächzen.

Mehdi versuchte, die Vögel zu verscheuchen, die kaum einen Flügel rührten. »Dein Vater ist aufs Meer gefahren«, erzählte Mehdi. »Auf der Suche nach Geheimnissen. Mzee Kitwana ist mitgefahren. Da drüben haben sie gesessen, als sie den Entschluss fassten.« Mehdi deutete neben sich. Dann kniff er die Augen zusammen und starrte aufs Meer hinaus. »*Bahari usichungue, utajitia wahaka*«, zitierte er die Worte eines alten Seebarden über das unergründliche Meer. »Sie sind nie zurückgekehrt.«

Stille.

Die beiden sahen auf das silbergestreifte Wasser hinaus. »Hab selbst nach ihnen gesucht.« Mehdi schwieg kurz. »Hab die Winde gefragt. Sie sind stumm geblieben. Musste deine Mutter anrufen. Es ihr erzählen. Schrecklicher Tag.« Mehdi starrte auf den Boden, als die Gezeitenvorhersage begann. Ayaana und Mehdi erfuhren, dass die Flut für 19:47 Uhr erwartet wurde.

Ayaana saß in der Nähe von Muhidins Treibholz und nahm ein zerrissenes Segel in die Hand, das Mzee Kitwana vor seinem Verschwinden ausgebessert hatte. Sie suchte nach einer dicken Nadel, um seine Arbeit zu Ende zu führen. Mehdi beobachtete sie eine Weile. Studierte den gesenkten Kopf, das vom Leben gezeichnete Gesicht, die kurzen Haare, an denen der Wind zupfte – eine zierliche Frau von ungewöhnlicher Schönheit. Sein Blick fiel auf das durchlöcherte Segel und die große Nadel in ihren Fingern. Er sagte nichts. Er sagte auch nichts, als sie nach Sonnenaufgang wiederkam und bis zum Abend an seiner Seite blieb. Die Besitzer des Segels kamen von der Insel Unguja. Er redete sich ein, sie würden nie erfahren, dass eine Frau ihr Segel ausgebessert hatte. Er schmunzelte. Er hatte Ayaanas Gesellschaft immer sehr genossen.

»Wir halten Ausschau«, sagte er zu ihr. »Bis wir Bescheid wissen. Wir halten Ausschau. Selbst über den Tod hinaus.«

Sie machte mit ihrer Arbeit weiter. *Dein Vater, Muhidin.*

95

Boote aus anderen Häfen strandeten auf Pate, um einen rasch näher kommenden Sturm abzuwarten. Ayaana ging wie die anderen Inselbewohner zu ihnen, um Geschichten aus ihrem Teil des Meeres zu hören. Echos derselben Probleme, die auch Pate plagten: schwindende Fischbestände, die Gier der Schleppnetzfischer aus fremden Ländern, die die Ozeane leerfischten, das Schweigen der Behörden, Sehnsucht nach den alten Zeiten der somalischen Piraten, jenen Helden, die die Ozeanplünderer verjagt hatten, sodass die Schwertfischschwärme sich erholen konnten. Ayaana fragte die Besucher, ob sie irgendetwas über einen Seemann namens Mlingoti gehört hätten. Sie sagten, in letzter Zeit nicht. Sie hätten jedoch Gerüchte gehört, dass ein Mann dieses Namens vor zwei Jahren ihm bekannte Seemänner – die auch als Piraten arbeiteten – den Auftrag gegeben hatte, an der ostafrikanischen Küste nach einem Schiff namens *Bathsheba* Ausschau zu halten. Sollte das Schiff je vor der ostafrikanischen Küste gesichtet werden, sollten seine Freunde alle an Bord befindlichen Seelen irgendwo im Verborgenen für einen Hungerlohn Zwangsarbeit leisten lassen, so lange es ihnen gefiel. Ayaana vernahm diese Nachricht mit Freude im Herzen: der schützende Arm eines verlorenen Vaters, der immer noch die Ängste seiner Tochter auszulöschen versuchte. Wa Mashriq würde sich so schnell nicht wieder an dieser Küste zeigen.

~

Zwei Wochen später war Ayaana auf dem Weg nach Nairobi. Sie sah, wie sich von den Chinesen erbaute Normalspurschienen durch die Landschaft schlängelten, flankiert von Schildern, auf denen moralische Botschaften prangten: »Heute noch unterqualifiziert, morgen schon erster Maschinist.« Ayaana hatte am frühen Morgen einen Termin in der Botschaft der Volksrepublik China in der Republik Kenia. Banner am Eingangstor kündigten ein »Seminar zur Vertiefung der chinesisch-afrikanischen Zusammenarbeit« an. Das rot verpackte Geschenk in ihrer großen violetten Handtasche wurde gescannt. Ein Mann brachte sie zum Büro der Referentin für Kultur und Bildung. Zwei Minuten später erschien Shu Ruolan in klappernden spitzen Wildlederschuhen. Ayaana sprang auf.

Sie hielt ihr das Geschenk mit beiden Händen hin. Es war ein grün-weißes *Leso*-Set mit eingesticktem Aphorismus: *Elimu ni kama bahari, haina kuta wala dari.* »*Xie xie nin*« – Vielen Dank, sagte Ayaana.

Shu Ruolan sah Ayaana eindringlich an. »Bu ke qi.« Nach kurzem Zögern nahm sie das Geschenk an.

Ayaana streckte die rechte Hand aus. Shu Ruolan nahm sie und behielt sie kurz in ihrer.

»*Xie xie nin*«, wiederholte Ayaana.

Sie senkte kurz den Kopf, dann verließ sie den Raum.

Lehrerin Ruolan beobachtete, wie Ayaana durch das Tor der Botschaft nach draußen trat. Träge packte sie das Geschenk aus, betrachtete das Muster und die Farbe des Stoffs. Sie las und übersetzte den Aphorismus: »Wissen ist ein Ozean, es hat weder Wände noch ein Dach.« Eine Schülerin sollte ihre Lehrerin ehren.

Usiku mwaka.

Die Nacht
ist ein Jahr.

96

Schicksale. Die Kinder, die nächste Generation von Inselbewohnern, waren den Hügel hinunter zu Mehdis Werkstatt gelaufen, um Ayaana zu suchen, die in einem ölverschmierten Overall beim Schweißen war. »Bi Ayaana!«, riefen sie im Chor. Sie stellte das Schweißgerät aus, nahm ihren verrosteten Helm ab und hörte sich an, was sie zu sagen hatten.

Ayaana rannte aus dem Schuppen, die Kinder hinterher. Dann sah sie ihn, den Riesen. Geschwächt von der Zeit, still und gelassen, ein riesiges in grünes Leinen gewickeltes Objekt neben sich. Er hatte eine einfache schwarze Ledertasche dabei.

Ayaana vergaß sich. »Nioreg!«, rief sie. Als hätte sie nicht schon genug Skandale auf der Insel verursacht, warf sie sich in seine Arme. Nioreg hob sie hoch, das Gesicht in unendlich viele Falten gelegt; seine Haare waren jetzt weiß. »Was machst du hier?«, rief Ayaana. »Wo ist Delaksha?« Sie schaute sich nach ihrer Freundin um.

»Sie ist hier«, sagte Nioreg.

Der Träger händigte ihm seine Tasche aus, und Nioreg steckte ihm etwas Geld zu.

»Wo?«, fragte Ayaana und warf einen Blick auf die Straße hinter ihnen.

Nioreg entfernte das grüne Leinen, unter dem eine gravierte Holzkiste zum Vorschein kam. Sie war mit dunkelblauem Filz ausgeschlagen und enthielt eine bemalte Urne. Er musste nichts weiter sagen. Die Stille enthüllte schonungslose Wahrheiten. In solchen Momenten flüstert die Vergangenheit der Gegenwart das Unausgesprochene zu, aber nicht in Worten. Ayaana wusste Bescheid, aber sie verwehrte der Wahrheit den Zutritt.

Sie sah Nioreg in die Augen und fragte mit brüchiger Stimme: »Was ist das?«

Nioreg hob den Blick und ließ ihn schweifen. Er schaute zum endlosen Himmel hinauf, sah, wie er auf das Meer traf. Das Dazwischen. Er roch das Alter des Landes, dessen Korallensand von Winden mit seltsamen, poetisch klingenden Namen aufgewirbelt wurde. Dann sah er die zierliche junge Frau an, in deren Blick ihr ganzes Leben lag. Er wollte sagen: *Das ist der Weg des Lebens, hier findet er seinen Abschluss. Anders als eure Gezeiten hören wir ihn nicht immer kommen. Kummer ist unser Schicksal, aber manchmal sind wir lebendig genug, ihn als Fingerzeig eines Freundes zu verstehen. Alles löst sich an irgendeinem Punkt des Lebens auf. Sogar das Heimgesuchtwerden. Eine Wahrheit bleibt: Ich wurde geliebt. Und ich habe geliebt. Und wie ich geliebt habe.* Ein sanftes Lächeln breitete sich auf Nioregs Gesicht aus. »Ayaana-*petite*«, sagte er, »ich habe Delaksha nach Hause gebracht. Ich vermute, es gibt einen diskreten Menschen, der uns helfen kann, sie eurer Erde anzuvertrauen?«

Tränen flossen über Ayaanas Gesicht. Sie senkte den Kopf. Schließlich sagte sie: »Ja. Folge mir.« Sie machten sich auf den Weg zu Sheikh Shamums Haus. Der Sheikh hatte eine weit gefasste, kreative Auffassung vom Glauben, der auch die Wechselfälle des menschlichen Lebens mit einbezog. »Was ist passiert?«, fragte Ayaana.

Nioreg warf ihr einen Blick zu. »Mein wunderschönes Mädchen … Sie ist gestürzt.«

»Gestürzt?«, wiederholte Ayaana.

»Schwer.«

Stille.

Sie gingen weiter. Der Sand knirschte unter ihren Füßen.

Etwas war zerborsten, man hatte Metall ächzen gehört, als die Gangway der *MS Qingrui* nach links rutschte und Delaksha auf den Boden stürzte. Ihr Kopf war gegen etwas Metallisches geprallt, und mit einem hörbaren Knacken brach ihr Genick. Nioreg ließ die Taschen fallen, landete mit einem einzigen Sprung neben ihr und hörte sie »Scheiße!« murmeln, bevor sie gurgelnd sagte: »Tut mir so leid, mein geliebter Großer.« Es gab nichts, was er für sie tun konnte. Weil er damals noch nicht wusste, wie man laut weinte, erschauderte er nur.

»Verlass mich nicht«, hatte Delaksha geflüstert. »Bete.«

»Wie …«

»Bevor ich mich zur Ruh begeb …«

»Delaksha …«

»Liebe mich …«

»Delaksha …«

In dieser Atmosphäre einer leisen Katastrophe sahen verblüffte Schaulustige, wie Falten und Schatten das Gesicht eines schwarzen Kolosses überzogen, wie der muskulöse Ausländer die Lippen zusammenpresste und wie er nach und nach immer blasser wurde, als die blutende Frau in seinen Armen zuckte. Zwei Rettungssanitäter kamen mit einer Trage und schritten zur Tat. Und Nioreg, der Delaksha in den Krankenwagen begleitete, sah die Lichter über ihre Gesichter huschen und begriff, dass ihm keine Theorie oder Philosophie erklären konnte, was die Notärzte ihm mitteilen würden: *Delaksha ist tot.*

~

Zwei Wochen nach ihrem Tod wurde ein Bleisarg in ein China-Eastern-Airlines Flugzeug nach Rom verladen. Ein schweigender Mann, der den Sarg begleitete, saß in der Business Class und las ein Dokument auf Mandarin, dem eine schreckliche englische und eine noch viel schrecklichere französische Übersetzung beigefügt waren. Sein Blick blieb an einem Absatz hängen, in dem stand: »Delaksha Tarangini Sudhamsu Ngobila, Ehefrau von Nioreg Marie Ngobila.« Der Tod durchkreuzte nicht die Pläne, die sie geschmiedet hatten. Er würde ihre Reiseroute bis zum Ende leiten. Mit ein paar Änderungen: In Rom stand ein Leichenwagen bereit. Er fuhr ihn selbst, machte sich auf den Weg zu einem Ziel, mit dem er anfänglich gehadert hatte – die Kirche *Sacro Cuore del Suffragio*, in der sich das *Museo delle Anime del Purgatorio* befand. Dort sprach er mit Delaksha. Monate später hatten die ständigen Gespräche mit ihr in seinem Kopf seiner Stimme ein sanftes, eindringliches Timbre verliehen, und alle, die ihn reden hörten, beugten sich unwillkürlich vor, um ihm aufmerksam zu lauschen. Er arbeitete nicht mehr für die Security-Firma. Diejenigen, deren Aufgabe es war, herauszufinden, warum sich einer unerlaubt von der Truppe entfernt hatte, berichteten, dass die Dämonen, die auch ihnen vertraut waren, ihren Bruder Nioreg eingeholt hatten.

»Im *Museo* haben sie für sie gebetet«, erzählte Nioreg Ayaana. Eine Pause. »Eine Liturgie für ihre Seele.« Er lächelte sanft. »Ich konnte sie nicht dalassen. Aber ich konnte sie auch nicht in Kerala lassen. Der Verstand ihrer Mutter ist nicht … unversehrt. Sie wüsste gar nicht, was sie mit ihr anfangen sollte. Wir haben einen weiten Weg hinter uns, Delaksha und ich. Wir haben geweint. An vielen Orten verweilt. Aber ich konnte sie nicht zurücklassen. Hab ihr einen Platz auf einem Friedhof in Spanien mit Blick aufs Meer gekauft. Hab sie dort einäschern lassen. Als sie mir die Urne gebracht haben, konnte ich sie nicht dalassen. Sie muss bei demjenigen sein, der sie liebt, verstehst du? Eines Tages hatte ich einen Traum. Wir waren alle hier.« Er sah sich um. »Ich war mir nicht sicher, ob du hier bist. Aber es ist Vorsehung. Hier wird sie glücklich sein«, fügte er hinzu.

Ayaana nickte. Sie hob die Hand und klopfte an die Tür des Sheikhs, die sich für sie öffnete.

Sie beerdigten Delaksha vor Sonnenuntergang. Sie verbrannten Weihrauch für sie und trösteten sich mit dem Mysterium seines Geruchs. Ihr Ruheplatz wurde von einem hohen Papayabaum überschattet, unter dem auch die kleinen Knochen einem seit langer Zeit toten Kätzchen begraben lagen. Delaksha wurde mit einem zusätzlichen Namen beigesetzt: Ra'abia. Der Name sicherte Delakshas Zugehörigkeit zu Pate und seinem Volk. Nach einer einfachen Zeremonie beschloss Nioreg, am Strand spazieren zu gehen. Er hatte seine Stimme verloren. Er stolperte über eine Fischerhütte, die zuletzt einem Suchenden im Exil Unterschlupf geboten hatte, der jetzt zur langen Liste der »Verschwundenen« von Pate gehörte. Es war ein guter Ort, um eine Weile dazusitzen und nicht zu wissen, was man tun sollte.

~

Am selben Abend rief Ayaana Munira an.

»Wir haben heute eine Freundin zu Grabe getragen.«

»Wen?«

»Delaksha. Ich hab sie auf dem Schiff kennengelernt.« Ayaanas Gedanken überschlugen sich.

»War sie gut zu dir?«

Sie war ein Leuchtturm.

»Ja.«

Mit dünner Stimme sagte Munira: »Diese Sache, der Tod.«

Stille.

Später fügte Munira hinzu. »Bald, Ayaana, bald muss auch ich nach Pate zurückkehren.«

***

Fast einen Monat später tauchte Nioreg wieder auf. Er kam zu Ayaana, um sich von ihr zu verabschieden. Ayaana schwieg, als sie ihn zum Anlegesteg begleitete. Nioreg verließ Pate, versprach jedoch, zurückzukehren. Er fuhr mit dem Schnellboot nach Lamu, von wo er einen Kurzstreckenflug nach Mombasa nahm. Wochen später las Ayaana in der *Coastweek* eine Meldung. Ein angesehener Tycoon von der Küste, ein Mann aus Europa, dessen lebhafte Frau vor ein paar Jahren verschwunden war und von der man annahm, sie sei ertrunken, fuhr nachts von seinem Privatklub nach Hause, als ein anderer Wagen seinen Mercedes unvermittelt seitlich rammte. Er sprang aus dem Wagen, um den anderen Fahrer zu beschimpfen – der Tycoon war für seine Temperamentsausbrüche bekannt. Der andere Mann, der als großer afrikanisch aussehender Mann beschrieben wurde, schlug den Geschäftsmann zusammen und ließ ihn mit Wirbelkörperfraktur, Rippen-, Kiefer- und Nasenbruch am Straßenrand liegen. Der Tycoon erholte sich zwar wieder, konnte jedoch nie wieder richtig gehen oder essen, ohne zu sabbern. Der Täter verschwand in der Nacht und wurde nie gefunden. Wie sich herausstellte, war der andere Wagen nicht registriert. Auf dem Lenkrad fanden sich keine Fingerabdrücke – was merkwürdig war. Aber die Zeiten waren eben unsicher. Ayaana las den Artikel mehrmals durch. Dann ließ sie die Zeitung sinken und wusste, dass Nioreg sich nie wieder in Ostafrika blicken lassen würde.

97

Vorboten. Eine Wolke, in der sich ein Regenbogen befand, tauchte über Pate auf. An Land fielen die Temperaturen für einen kurzen Moment. Einige Inselbewohner schauten nach oben und warteten darauf, dass die Winde kamen und die Nachricht übermittelten.

Einunddreißig Tage später.

Die Dreijährige hatte die hervorquellenden Augen ihres Vaters geerbt und hieß Abeerah. Eigenwillig, wie sie war, tat sie, als wüsste sie genau, was zu tun war, und kletterte noch vor ihrer Mutter aus dem Boot. Doch selbst nachdem sie ins Wasser gefallen war, blieb sie ungerührt und versuchte an Land, ihr klatschnasses Kleid auszuwringen. Ihre Anwesenheit auf der Insel überraschte die Bewohner ebenso wie die ihrer Mutter.

Munira, die wegen des kalten Windes einen auffälligen fuchsiafarbenen Pullover trug, wurde als trauernde, verehrte See-Witwe und als Mutter empfangen. Man behandelte sie, als hätte es ihre Vergangenheit nie gegeben.

Nachdem sie aus dem Boot gestiegen war, drehte sie sich um und starrte aufs Meer hinaus. »Meine Nebenbuhlerin, meine böse Mitehefrau, die See; muss sie mir immer die Männer rauben?« Tränen liefen über ihre Wangen. »Was habe ich dieser Hexe denn getan?« Sie umfasste die Hände des kleinen Mädchens.

»Wer ist unser junger Gast?«, fragte einer der Fischer.

»Sie ist kein Gast. Sie ist seine Tochter.«

»Muhidin hat eine Tochter?«

»Er hat sie Abeerah genannt.«

Und alle Umstehenden, die sich um sie versammelt hatten, begrüßten Abeerah mit Ohs und Ahs und machten ihr Komplimente, während sie hinter dem Rücken ihrer Mutter hervorlugte.

Die Neuigkeit, dass Munira nun endlich, drei Tage später als erwartet, angekommen war, erreichte auch Ayaana. Sie rannte den ganzen Weg zum Anlegesteg und fing an zu rufen, sobald sie ihre Mutter sah. Lachend und weinend klammerten sie sich aneinander, redeten.

Als Ayaana sich umwandte, um Munira mit dem Gepäck zu helfen, bemerkte sie das Kind. Anfangs dachte sie, es gehöre zu einem der anderen Passagiere, doch dann fiel ihr die Ähnlichkeit mit Muhidin auf. Ayaana ließ das Gepäck fallen, und die Zeit zerrann. Sie hatte einen unangenehm metallischen Geschmack im Mund, ihre Handflächen wurden feucht, ihre Augen wurden schmal. Sie fuhr herum und sah Munira an. »Wer ist das?«

Munira beugte sich halb lächelnd vor und berührte Ayaanas Gesicht. »Deine Schwester, Abeerah.«

»Abeerah?«

Ein dichtes Schweigen entstand, dann fragte Ayaana mit angespannt klingender Stimme: »Deine … Tochter?«

»Ja.« Munira streckte die Hände nach Ayaana aus. »Wir wollten …«

Ayaanas Ton war eisig. »Ich verstehe. Lass uns nach Hause gehen. Du bist bestimmt müde.«

Sie schwang sich die Taschen über die Schultern und marschierte, ohne auf ihre Mutter und Schwester zu warten, zum Haus zurück. Ihr Gesicht war rot, und in ihrem Magen rumorte es. *Ich. Werde. Nicht. Weinen.* Ein Gefühl von Unwirklichkeit. Von Auflösung. *Eine Schwester?* Niemand hatte ihr davon erzählt. *Ihre* Tochter. *Abeerah.* Eifersucht: ihr Vater, ihr Name, ihre Mutter. Melancholie. Sie schmeckte nach Einsamkeit und nach dem grauenvollen Gedanken, dass niemand sie mehr brauchte. *Abeerah.* Selbst ihren Namen hatten sie ihr genommen. Als Ayaana das Haus erreicht hatte, ließ sie drinnen das Gepäck fallen, ging in ihr kleines Zimmer und schloss die Tür. Dann sank sie auf das Bett, ohne zu wissen, wie sie das erneute Brechen ihres notdürftig geflickten Herzens verhindern sollte.

~

Wieder musste die Familie Horden von neugierigen, mitfühlenden Besuchern erdulden. Essen wurde gebracht und serviert. Ayaana kam aus ihrem Zimmer, lauschte schweigend den vielen Stimmen. Sie wich dem aufmerksamen Blick ihrer neuen kleinen Schwester aus.

Weit nach Mitternacht, als es im Haus wieder still geworden war, stand Ayaana an der Tür zu Muniras Schlafzimmer und beobachtete, wie sie Abeerah beruhigte, die immer noch aufgekratzt war. Munira sah sie dort stehen. »Wie groß du geworden bist. Und wie gut du aussiehst«, sagte sie. »Welchen Abschluss hast du gemacht?«

»Einen *Bachelor of Science* in Nautik.«

Muniras Augen glänzten.

Ein unbehagliches Schweigen folgte.

»Wir wollten warten und es dir zusammen erzählen, bevor … bevor …« Munira, die Abeerah im Arm hielt, hob flehend eine Hand. Ein Schatten huschte über ihr Gesicht, und sie seufzte. »Was ist denn so schlimm daran, *Lulu*?«

Sie zischte: »Andere haben vor mir …« – sie deutete auf das Kind – »davon erfahren? Ein Baby?«

Munira legte das Kind aufs Bett, ging mit ausgebreiteten Armen auf Ayaana zu. »*Lulu* …«

Ayaana wandte sich von ihr ab.

Munira zuckte mit den Schultern. »Sie hat uns auch überrascht.« Ayaana verdrehte die Augen. »Es kam völlig unerwartet. Ich wusste nicht, ob ich das Kind überhaupt austragen kann. Es lag in Allahs Hand … Dieses Kind ist ein Geschenk. Eine Frau meines Alters … und Muhidin … Das hier … Er war so glücklich. Er hat gesagt, wir müssten es dir zusammen erzählen. Er hat sie nach dir benannt, dem ersten Kind, das ihn wirklich geliebt hat – das hat er über dich gesagt.«

Munira verstummte.

Muhidin war verschwunden.

Taubheit.

In dem Versuch, sich dem Strudel seltsamer Gefühle zu entziehen, sah Ayaana das Kind an und sagte: »Mutter, wir sind zwar blutsverwandt, dieses Kind und ich, aber das ist alles. Sie bedeutet mir nichts.« Dann drehte sie sich auf dem Absatz um, ging zurück in ihr Zimmer und schloss die Tür.

~

Immer, wenn Abeerah Ayaanas Zimmer zu betreten versuchte, schrie Ayaana: »*Toka!*« – Raus hier! Ayaana nahm Abeerah nicht auf den Arm, half nie beim Füttern oder Anziehen und beruhigte sie auch nicht, wenn sie weinte. Sie ging zur Arbeit, wenn es noch dunkel war, und kam erst spätabends nach Hause. Sie nahm ihr Essen mit auf ihr Zimmer und machte die Tür hinter sich zu. Bald erstarrte Abeerah, wenn sie sah, dass Ayaana sich näherte, und wartete darauf, dass sie vorbeiging.

Die Gerüchteküche der Insel brodelte. »Ayaana ist von chinesischen Dschinn besessen!«

»Ayaana!«, ermahnte Munira sie einmal.

»*La kuvunja halina ubani*« – Man kann Fäulnisgeruch nicht mit Weihrauch überdecken, gab Ayaana zurück. Dann verließ sie das Haus. Sie verabscheute sich dafür, die Situation so eskalieren zu lassen, war aber nicht willens, etwas dagegen zu tun.

Verwirrt und in dem Versuch, sich von ihrer Scham und ihren Schuldgefühlen abzulenken, stürzte Munira sich in die Renovierungsarbeiten am Haus. Sie machte sich auf die Suche nach Arbeitern, ließ Zubehör aus Nairobi und Mombasa auf die Insel kommen. Sie und Muhidin besaßen auch ein hochseetüchtiges Schiff, das Passagiere und Waren nach Aden beförderte. Sie überwachte die Überfahrt per Telefon. Sie steckte bis über beide Ohren in Arbeit, war wie gelähmt vor Kummer und wollte sich die Risse in der Beziehung zu ihrer Tochter nicht eingestehen. Es gelang ihr nicht mehr, Ayaanas undurchdringliche Miene zu durchschauen. Der Blick ihrer Tochter war allzu oft nach innen gerichtet, als würde sie mit einem unbekannten Schicksal hadern. All das nagte an Munira. Würde denn immer eine dunkle Wolke über ihrem Leben schweben? Sie hatte das Gefühl, dass man auf der Insel hinter ihrem Rücken wieder »*Kidonda*« flüsterte. Sie arbeitete im Garten, um sich zu beruhigen, flüsterte den Pflanzen und der Erde ihre Ängste zu. Wenn sie in die Moschee ging, um zu beten, begegnete sie Mama Suleiman, und sie nickten sich zu. Schmerz stieg in ihrer Seele auf, wenn sie an Ayaana dachte, Trauer, wenn sie sich an Muhidin erinnerte, und tiefe Dankbarkeit für ihre Tochter Abeerah.

Eines Tages beschloss Munira am frühen Abend, Mehdi aufzusuchen. Er erhob sich, um sie zu begrüßen. Ohne dass sie etwas sagen musste, bemerkte er: »Die Zeit heilt. Ihr fehlt ihr Vater. Mir fehlt ihr Vater, und auch mein Bruder.« Er rieb sich die Augen, dann fügte er hinzu: »*Bi Badaawi, liwapokuwa, lakuwa*« – Was sein wird, wird sein.

Abeerah wagte jetzt, Ayaana heimlich zu folgen. Ihr abweisendes Verhalten machte sie für Abeerah nur noch unwiderstehlicher. Manchmal, wenn Ayaana sich umdrehte, sah sie hinter einem Schrank, einem Eimer oder einem Stuhl ein kleines Gesicht hervorlugen, das sie mit großen Augen bewundernd anstarrte. Wenn sie draußen unterwegs war, erhaschte sie oft einen Blick auf ein kleines Wesen, das von einem Gebüsch zum nächsten huschte, sobald sie sich umdrehte. Sie unterdrückte ein Lachen und schürzte die Lippen. Sie musste das Kind ignorieren.

98

Sechs Wochen später folgte ihr die immer kühner werdende Abeerah zu den Mangroven. Ayaana hatte einen Umweg gemacht, um die Boote zu beobachten, die sich der Küste näherten, bevor sie zurück zu Mehdis Werkstatt ging. Bei der Arbeit entwickelte Ayaana die Idee für eine Handy-App, die Fischer benutzen konnten, um in regelmäßigen Abständen ihre Koordinaten an andere an der Küste zu senden. Sie fragte sich, was es brauchte, um ein derartiges System zu aktivieren, damit die Daten sich von selbst updaten konnten, als plötzlich ein Schrei ertönte, der ihr das Blut in den Adern gefrieren ließ. »Ayaa-aaaana!«

Sie erhob sich und ging ihrer Mutter entgegen, die den Weg hinaufrannte. »Abeerah!« Munira packte Ayaanas Schultern, sah sich hastig um. »Abeerah, wo ist sie? Ist sie nicht bei dir?«

»Neiiin«, antwortete Ayaana empört. Lästiger kleiner Plagegeist!

»Ich habe überall nach ihr gesucht«, schluchzte Munira. »Wo ist sie? Sie folgt dir doch immer. Hast du sie nicht gesehen?«

Ayaana rutschte das Herz in die Hose. Ein Schauder überlief sie. »Gehen wir sie suchen.«

Sie rannten auf der ganzen Insel herum, riefen Abeerahs Namen. Einige Bewohner von Pate Town beteiligten sich an der Suche. Jeder Ruf, jedes »Abeerah!« war wie ein körperlicher Schlag für Ayaana. Sie hatte Abeerah nicht gesehen, hatte sich angewöhnt, blind für das Kind zu sein. »Abeeerah!«, rief sie und kämpfte gegen den Selbsthass. *Was habe ich getan?* »Abeeeraaaah!«, rief sie und versprach ihr innerlich: *Komm zurück. Ich werde dich lieben. Verzeih mir. Ich werde dich lieben.*

Abeerah war einen Abhang hinunter in ein Mangrovendickicht gefallen, das nicht allzu weit von der Stelle entfernt war, an der Ayaana an jenem Morgen gesessen hatte. Die träge Strömung hatte sie gut zwanzig Meter weiter an einen Ort getragen, an dem man sie von oben nicht sehen konnte. Sie steckte bei den dicken Mangrovenwurzeln im Schlamm fest. Ayaana, die die Insel einmal umrundet hatte und jetzt zu den Mangroven zurückkehrte, hörte über das aufgeregte Krächzen der Krähen hinweg ein schwaches Rufen: »Ayayana!« Sie rannte in Richtung der Stimme, ließ sich von ihrem Gefühl leiten und sah die Spuren im Schlamm. Sie sprang in das brackige Wasser. Nun, da Flut herrschte, reichte es ihr bis zu den Oberschenkeln. Auf den Mangrovenzweigen erblickte sie die hauchzarten Flügel Tausender Libellen. Schließlich fand sie ihre schlammverschmierte Schwester, die einen Mangrovenstumpf umklammerte.

Zwielicht.

Schlammverkrustet trug Ayaana ihre Schwester den ganzen Weg zu ihrem Haus. Ihre Abeerah klammerte sich schweigend an sie. Alle, die sie sahen, gingen vom Schlimmsten aus, denn Ayaana blieb stumm.

Alle, die sie sahen, wandten sich von ihr ab, beklagten die Verluste, die die Familie erlitten hatte – es waren einfach zu viele. Munira, weithin sichtbar in ihrem fuchsiafarbenen Pullover, erzählten sie, ihre Tochter sei gefunden worden. Man sagte ihr, sie solle ihr Herz wappnen. Munira hörte Stille, dann hörte sie Ayaana schreien, ein schreckliches Geräusch, als hätte sie etwas unendlich Gutes, Geliebtes für immer verloren. Munira fiel auf die Knie, ignorierte die ausgestreckten Hände, die ihr aufhelfen wollten. Sie kroch zum Haus zurück, ihre Knie waren zerschrammt, doch ihr Körper war taub vor Kummer.

Ayaana wiegte Abeerah in den Armen. Als sie das Mädchen auf den Arm genommen hatte, hatte sie Muhidin loslassen müssen, und unendliche Trauer hatte sie überwältigt. Ihr Schrei galt ihrem Vater – dem, der nie aufgetaucht war, und dem, den sie sich ausgesucht hatte. Sie weinte jedoch nur um Muhidin.

Dann.

Ein federleichtes Flüstern in ihrer Seele: *Ich habe dir doch versprochen, ich würde dich nie verlassen. Siehst du, ich* habe *dich gefunden.* Stille. *Ich werde dich immer lieben.* Selbst Abeerah hörte diese Worte.

»Baba?«, flüsterte sie.

»Ja, Liebes«, flüsterte Ayaana zurück.

Munira schleppte sich zu ihnen. Als ihr klar wurde, dass ihren Kindern nichts fehlte, hörte Pate Town das schreckliche Lachen einer Frau, das Lachen wilden, unberechenbaren, endlosen Lebens.

～

Am nächsten Tag rannte Ayaana noch vor dem Morgengrauen verschleiert und mit rot geweinten Augen aus dem Haus. Sie ging zu dem inzwischen gebeugten ewigen Muezzin Abasi. Sie musste mit jemandem reden. »Ich habe ein Kind gehasst«, erklärte sie mit brüchiger

Stimme. Abasi, zahnlos und mit grauem Star, hörte ihr zu. Sie erzählte von morgens bis abends. Weinte. Erzählte ihm von Koray. Alles. Abasi weinte mit ihr. Dann wischte er ihr mit trockenen, schwieligen Händen die Tränen aus den Augen. Er war ein Mensch geworden. »Also«, sagte er schließlich tröstend zu Ayaana, »du hast das Geschenk des Versagens und des Falls bekommen, du bist dem Mysterium menschlicher Niedertracht und Ohnmacht begegnet.« Seine Augen leuchteten. »Mach weisen Gebrauch davon.« Ayaana starrte ihn sprachlos an. Später fand sie ihren geheimen Schatz aus Wörtern wieder – »Sehnsucht«, »Suche«, »Verlangen«, »Wunsch« –, eine Topografie des Lebens.

~

In der Abenddämmerung aß Ayaana Damaszenerrosen, stopfte sich die kleinen rosafarbenen Blütenblätter und die Hagebutten in den Mund. Sie kaute, in dem Wissen, dass die Dornen, die ihr die Zunge zerkratzten, der Schmerz des Lebens waren. Sie lutschte sich das Rosenwasser von den Fingern. Auf dem Herd köchelte grünes Niembaum-Wasser, mit dem man vierzig Krankheiten behandeln konnte. Ayaana tauchte den Finger in die Flüssigkeit, schmeckte ihre Bitterkeit, den Grundgeschmack der Existenz. Er verband sich mit dem Rosengeschmack, vervollkommnete ihn. Ayaana gab ihrer Schwester ein Blütenblatt und beobachtete Abeerahs Gesicht, als sie seine Essenz schmeckte.

Einen Tag später beobachteten die beiden Schwestern bei Niedrigwasser die Heimkehrer auf einem Boot, erfanden Geschichten über sie. Dann fragte Abeerah Ayaana: »Unser Vater – ist er auch auf dem Boot?«

Ayaana erstarrte. Einen Moment lang war sie wieder ein Kind. Sie antwortete: »Sein Schiff ist das größte. Das Meer, das er überquert, ist der Himmel. Aber zuerst muss er zwei Sterne für dich und mich anschirren. Erst dann kann er zurückkommen.«

Abeerah versuchte, das zu verdauen.

»Und bist du meine Ayaana?«, fragte sie schließlich.

Tränen, ein Lächeln. Ayaana drückte die Schultern des Kindes. »Für immer und immer«, antwortete sie mit rauer Stimme.

Einige Zeit später, als die Flut kam und das Wasser warm wurde, schwammen die Schwestern zusammen, ohne sich darum zu kümmern, ob sie jemand sah. Heute Abend würden sie die Sterne betrachten, um jenen Teil des Himmelsmeers zu finden, den ihr Vater befuhr.

Simba kiwa maindoni, hafunuwi zakawe ndole.

Wenn ein Löwe auf die Jagd geht,
zieht er die Krallen ein.

99

Vor Äonen – was spielte Zeit jetzt noch für eine Rolle? – waren drei Fremde aus dem Meer aufgetaucht und hatten sich auf Ziriyab Raamis gestürzt. Drei schwarz gekleidete Menschen hatten ihn seiner Heimat und seiner *Buthayna*, seiner *Ghazal*, seiner zum Himmel emporfliegenden *Huma* entrissen. Sie hatten ihm die Gliedmaßen verdreht, ihn gefesselt, ihm ein schwarzes Tuch über den Kopf geworfen und ihn in ein Boot gezerrt und nach Diego Garcia gebracht. Er hatte eine lange, grässliche Reise vor sich. Als sie Wochen später zum ersten Mal das Tuch von seinem Kopf genommen hatten, fand er sich zusammengekrümmt, eingeengt und nackt in einer Kaltwasserzelle wieder, die sich in einem Konzentrationslager auf zweckentfremdetem Gebiet in einer namenlosen anonymen Bucht befand.

Brüllende Männer zerrten ihn aus der Dusche. Ein orangefarbener Overall erwartete ihn, der zeitlose Jahre lang sein einziges Kleidungsstück sein würde. Die Männer machten sich über seinen Durchfall, seinen trockenen Husten lustig. Sie ließen ihn zur Ader und ersetzten seinen Namen durch eine Nummer. Sie zwangen ihm Schläuche in den Rachen, um ihn zu ernähren, bis er würgte und zu sterben hoffte. Doch immer, wenn er ganz dahinzuschwinden drohte, beschwor er das Bild seiner *Buthayna*, seiner *Ghazal*, seiner zum Himmel emporfliegenden *Huma* herauf. Dann schloss er die Augen, und ein leises Geräusch erhob sich aus den Schatten. Es war ein einsamer, melancholischer Ton, beruhigend wie der vollkommene Herzschlag seiner Frau. Wenn er die Augen aufschlug, konnte er wieder ins Leben zurückkehren. In einer Nacht, als er dem Tod nah war, blutete seine Seele. Doch dann erschien ihm sein Vater Muhidin, und sie fielen einander in die Arme. Als er aufwachte, schlug sein Herz ruhig. Er hörte die Schreie der Seevögel und stellte sich vor, wie ihre Flügel sein Gesicht streiften. Es war das erste Mal, dass er an diesem Ort lächelte.

Es gab zwei Wörter, an die er sich in dieser Zeit der Dunkelheit klammerte: *Kabsh alfida*, كابش الفداء – das Opferlamm. Der Sündenbock. Dann wurde er, auf ähnlich sinnlose Weise, wie man ihn entführt hatte, wieder freigelassen. Er wurde zu einem wartenden Frachtflugzeug gebracht, das ihn in al-'Ain in Abu Dhabi absetzte. Ohne Erklärung.

»Sie werden mich töten.« Er sprach mit einer Stimme, die von vorzeitiger Alterung und ohnmächtiger Wut rau geworden war, das Offensichtliche aus. Ein stiller Punkt inmitten eines Stroms, den er noch nicht als Menschenstrom erkannte.

»Sie sind frei und dürfen gehen.«

Er stolperte, als wäre er geschlagen worden, und wartete darauf, dass die Lüge den Tod gebären würde, auf den sie ihn vorbereitet hatten, und trauerte um sein Leben.

Eine Träne fiel zu Boden.

»Unsere Ermittlungen sind abgeschlossen. Sie sind frei.«

»…«

»Sie sind frei.«

Er keuchte, beäugte den dichten, ungekämmten roten Bart seines Wärters, die verspiegelte Sonnenbrille. Er sah sein doppeltes Spiegelbild in den Gläsern. Der Mann, der zurückschaute, war ihm unbekannt.

»Frei.«

Der Wärter gab ihm einen schwarzen Rucksack ohne Markenetikett. »Alles, was Sie brauchen, ist da drin«, sagte er mit ausdrucksloser Stimme.

Später fand Ziriyab in dem Rucksack einen brandneuen jemenitischen Pass, ein Bündel Geldscheine in zwei Währungen, die er nicht zählte, eine Jeans, billige Sneakers, ein Hemd und einen neuen glänzenden Anzug. Man tätschelte ihm den Kopf, klopfte ihm auf die Schulter und sagte mit boshaftem Unterton: »*Salaam aleikum*.«

Ziriyab Raamis war wie erstarrt. Er konzentrierte sich auf das Kribbeln, das bis in sein Herz gedrungen war. Als er die Augen öffnete, ließ ihn das, was er sah, straucheln, und wäre er nicht immer noch sprachlos gewesen, hätte er aufgeschrien. Er sah Menschen die Straßen überqueren, Flugzeuge abheben, eine Geschäftigkeit wie aus einem anderen Leben, und er stand mittendrin, frei, ohne Fesseln. Als er sich umdrehte, sah er eine ältere Frau in einem hellblauen Hidschab mit einem Ausdruck von Sorge in den strahlenden Augen.

»*Jaddah-ti*?«, murmelte er.

Meine Großmutter.

Sie hörte ihn. »*Nem, aliabn?*« Eine liebliche, warmherzige Stimme, der Blick einer Mutter.

Sohn.

Er unterdrückte das Schluchzen, das in ihm aufstieg. »*Shukraan*«, brachte er heraus.

Sie war wirklich da, und er sah die zahnlose Freude in dem faltigen Gesicht einer außerordentlichen alten Frau, in deren milder Stimme Neugier lag: »*Min ayn anta?*« – Woher kommst du?

Haawiyah, hätte er sagen können. Doch dann hätte er einen weiteren Menschen mit Details zur Topografie der Hölle belasten müssen. Stattdessen beugte er sich vor und fragte: »*Ayn 'ana?*« – Wo bin ich?

Die Großmutter kicherte und drohte ihm mit dem Finger. »Frecher Junge, deine eigene Mutter so zu ärgern.« Kichernd trottete sie davon. Ihr Lachen hallte in Ziriyabs Kopf wider und landete in seinem Herzen.

Er setzte sich in Bewegung. Ein humpelnder Schritt nach dem anderen, sein Körper hatte einen Rechtsdrall. Auf seinem Stahlbett hatte er immer lieber auf der linken Seite gelegen. Er betrat das Reich der Freiheit, wartete auf die unausweichliche Kugel, hielt sich den

Rucksack vor den Körper, um sein Herz zu schützen. Erst nachdem er eine Stunde lang herumgelaufen war, wagte er, einen Blick auf die Schilder zu werfen, die ihn informierten, dass er sich in der Gartenstadt Al-'Ain befand.

Ziriyab ging weiter, nahm sein neu erworbenes Wissen mit sich: das Wesen der Lüge, Hässlichkeit und Hass, wie man Gut und Böse ins Gegenteil verkehrte, die Verwundbarkeit des Menschen im Angesicht des Getöses der Macht, dass nur wenige der Versuchung widerstehen konnten, mit dem Leben und Tod anderer Menschen zu spielen, mit der täglichen Bedrohung eines schrecklichen Todes zu leben. Er trug frische Erinnerungen an Schlafentzug, Reizentzug, Essensentzug und Wasserentzug mit sich herum. Er begriff, dass Unsicherheit eine Waffe war, um die Masse in Angst zu versetzen. Er trug die Spuren von Augenbinden, die er tagelang nicht abnehmen durfte. Die unsichtbaren Narben, die durch menschliche Schikanen entstehen. Als er weiterging, fiel er in einen Abgrund aus grellem Licht, unvorhersehbaren lauten Geräuschen und den grässlichen musikalischen Ergüssen sogenannter Künstler.

Um zu überleben, hatte er das Konzept Zeit verworfen. Hatte das Bedürfnis, die Uhrzeit zu wissen, abgelegt. Er hatte sich in Erinnerungen verschanzt. Dort hatte er eines Tages in Isolationshaft die Stimme seines Klassenlehrers gehört, der ihn und seine Klassenkameraden im Literaturunterricht daran erinnerte, dass »es die Rolle des Schauspielers ist, die Menschheit zu reflektieren«. Daraufhin hatte er sich ebenfalls eine Rolle ausgesucht und sich den Beinamen *Kabsh al-fida* gegeben.

Der Sündenbock, gespielt von Ziriyab Raamis.

Dann hatte er über sich selbst gelacht. Doch durch diese Rolle hatte er gelernt, Mitleid mit seinen Peinigern zu haben und nach und nach die Seele aus den Augen eines Menschen entweichen zu sehen. Sein Blick streifte die Gesichter von Männern, die ihn festschnallten, um ihn zwangszuernähren, ihn zu schlagen oder halb zu ertränken. Eines Nachts hatten sie gedroht, ihm die Augen herauszureißen, und er schloss sie. Sie hatten vergessen, dass auch die Sinne Augen haben. Er konnte seine Peiniger – diese anderen Kriegsgefangenen – durch die Augen seiner Nase, seiner Ohren, seiner Haut und seines Herzens beobachten.

Doch es hatte Zeiten gegeben, in denen der Ozean des Grauens in seinem Inneren ihn verschlungen hatte und in denen er am liebsten gestorben wäre. Aber es wäre der falsche Tod gewesen, denn unter seinem Kummer floss die Unterströmung einer bösartigen Freude darüber, dass diese Männer, wenn sie nach Hause zurückkehrten, ihren Familien das Geschenk des Bösen bringen würden, das von ihnen Besitz ergriffen hatte.

Irgendwann fiel Ziriyab wieder ein, wie es ihm gelungen war, sein Herz zu verstecken. Er hatte es gleichmäßig verteilt. Einen Teil bewahrte er im Schweigen auf, einen weiteren zwischen den Brüsten seiner *Buthayna*, seiner *Ghazal*, seiner zum Himmel emporfliegenden *Huma*, und den dritten bei den Geistern jener Familie, die er an die Drohnen verloren hatte; den vierten hatte er Gott zugeworfen, der ihn verlassen hatte.

Ziriyab reiste quer durch Abu Dhabi.

Er hörte eine Stimme, die poetische Verse murmelte, um ihm bei der Orientierung zu helfen:

> *Am Ende des Flusses*
> *Schlägt der Wolfsstern eine Schneise in die Schafsherde von Algenib*
> *Der Phönix tanzt*
> *Im Nabel der Stute*
> *Gereizt starrt der Leuchtende*
> *Den Anhänger des Aldebaran an …*

Nachts war es ebenso brütend heiß in der Wüste wie am Tag. Ziriyab genoss die Hitze und die brennende Luft, die er schlucken musste, um atmen zu können. Die Hitze reinigte seine Seele, als er das zerklüftete Land durchquerte. Er war in Musandam im Oman, auf dem Weg zum Hafen von al-Chasab. Er kam durch Bucha, aß dort gewürzten Reis und Konfekt. Fleisch konnte er nicht mehr vertragen. Es erinnerte ihn an die langsame Verwesung von Körpern in dem Gefangenenlager. Die Sterne bei Nacht: Wie schmerzlich er sich nach ihnen gesehnt hatte! Er ließ sich zu Boden sinken, um den Himmel zu betrachten. Doch dann konnte er vor lauter Tränen nichts mehr erkennen. Die Geister in seiner Seele heulten auf.

Er hatte keine andere Wahl, als übers Meer zu reisen, um zu seiner Frau zurückzukehren. Geschlossene Räume hielt er nicht aus. Außerdem wollte er in nächster Zeit keinem Weißen mehr begegnen. Er würde nie wieder ein Flugzeug betreten. Er fand ein Schiff, ein *Jahah-zi*. Ihr Kapitän war ein gewisser Nahodha Aboud Khamis, 1964 in Mombasa geboren. Mit den letzten Ausläufern des *Kaskazi* stachen sie in See. Ziriyab lauschte den Winden seines Ozeans, in deren Lied seine Frau ihn flüsternd nach Hause rief.

Hakuna bahari, isiyo na mawimbi.

Es gibt kein Meer
ohne Wellen.

100

Neun Monate zuvor, im Januar, der Zeit, in der die Libellen die Insel verließen, war ein Mann, der aussah wie ein lebender Leichnam, einer Erscheinung gleich auf der Insel aufgetaucht, auf der er geboren worden war, auf der er nach langem Exil wieder Zuflucht gesucht und von der man ihn entführt hatte. Heute, an einem späten Donnerstagvormittag im Oktober 2016, watete der Mann, der Muniras fuchsiafarbenen Pullover trug, durch einen Süßwassertümpel, in dem es nur so wimmelte vor winzigen C-förmigen Libellenlarven. Das Wasser schwappte ihm warm um die Beine. Er atmete tief ein und schloss die Augen, um den tiefen Akkorden der Sehnsucht zu lauschen, die ihn nach Hause geführt hatten. Auf Pate hatte er seinem abwesenden Vater, der ihn betrogen hatte, zugeschrien: *Warum?*

So war er schon seit Monaten.

Zuhause.

Doch sein Herz war noch nicht zur Ruhe gekommen, hatte noch nicht verstanden, dass es eine neue Sprache brauchte, die sein ganzes Leben umfasste. Alles hatte sich verändert. Nichts hatte sich verändert. Ein blauer Blitz. *Kerem-Kerem.* Ein Bienenfresser. Er beobachtete den Rhythmus seines Flügelschlags. Seine Schönheit lenkte ihn von der Erinnerung an den grässlich-blechernen Klang einer Nationalhymne ab. Er sah dem Vogel nach. Nichts hatte sich verändert. Alles hatte sich verändert, und er schauderte, weil er im Heulen des Windes das Grauen kommen hörte, dem er zu entkommen gehofft hatte.

Alles hatte sich verändert. Er hatte jetzt eine Tochter.

Eine *Schwester*, verbesserte er sich.

Abeerah hatte ihm schon gesagt, Ayaana sei *ihre* Schwester, nicht seine.

Neue Wunden, die der unaufhörliche Kampf mit wechselhaften Gefühlen, mit Desillusionierung geschlagen hatte: Das Kind seines Vaters, die Tochter seiner Frau.

Ziriyab entspannte die zu Fäusten geballten Hände.

Er *war* gestorben.

Der Tod hatte die Leerstellen des Lebens mit anderen Wesen gefüllt.

Das Leben hatte ihn anscheinend nicht vermisst.

Er konnte die Geschichte seines Todes in den Gesichtern jener lesen, die mit seiner Abwesenheit leben mussten, in den Gewohnheiten seiner *Buthayna*, seiner *Ghazal*, seiner zum Himmel emporfliegenden *Huma*, die immer noch voller Schuldgefühle, Scham und Trotz den Blick abwandte wie jemand, der die Treue verraten hatte.

Sie hatte nicht auf ihn gewartet. Sie hatte dem Tod nicht bewiesen, dass die Liebe unfehlbar war.

»Verzeih mir«, hatte sie zu ihm gesagt. Das waren ihre ersten Worte gewesen, als sie ihn sah und er sie.

»Als du verschwunden bist, sind wir gestorben«, hatte sie gesagt.

»Jetzt, wo du zurückgekehrt bist, kannst du sehen, dass wir nicht mehr dieselben sind«, hatte sie hinzugefügt.

»Verzeih mir«, hatte sie wiederholt.

Nach dem Schweigen, das zwei Tage angedauert hatte, erklärte Ziriyab Munira, dass die Erinnerung daran, dass sie existierte, ihn davor bewahrt hatte, verschlungen zu werden.

Dann hatte er sie gefragt: »Warum er?«

Sie schwieg. Dann sagte sie: »Er liebt, was er kennt.«

Er umfasste ihren Oberarm. »Und ich nicht?«

Sie schüttelte den Kopf. »Du liebst, was du nicht kennst.«

»Ist das so falsch?«, rief er.

»Nein«, flüsterte sie. »Aber ich bin beides.«

~

Hudhaifa winkte Ziriyab von der Küste aus zu, eilte jedoch weiter und machte damit deutlich, dass er keinen Wert auf ein Gespräch legte. Ziriyab beobachtete seine Umgebung. Viele Inselbewohner hatten Zweifel an seiner Materialität. Die meisten wollten nicht mit ihm allein sein, schienen zu erwarten, dass er sich in einen Dschinn verwandelte. Der Anflug eines Lächelns – da war er sich selbst nicht ganz sicher.

~

Ayaana beobachtete Ziriyab, wenn sie Gelegenheit dazu hatte. Sie zögerte, ihm ihre Fragen zu stellen, weil sein Gesicht so anders war, als wäre er Ziriyab, aber nicht mehr ganz. Er hatte angefangen, Landvögel zu beobachten. Die Raben, die Tauben. Eines Tages trat Ayaana auf die Veranda hinaus, auf der er hockte und in die Welt hinausstarrte. »Es war ein schlimmer Ort?«, fragte sie.

Er deutete ein Nicken an. Konnte über viele Dinge nicht sprechen. *Es ist eine Wunde, die nie verheilt. Sie durchtränkt einen mit dem anhaltenden Gestank des menschlichen Bösen.*

Tränen flossen ungehindert.

Beide betrachteten schweigend die Welt.

Minuten später erzählte Ziriyab Ayaana: »Ein junger Mann aus dem Jemen – er hat acht Jahre lang nichts gegessen. Sie mussten ihn jeden Tag zwangsernähren.« Seine Stimme wurde leiser. »Er war noch ein Kind, als sie ihn seiner Mutter weggenommen haben.« Sein Gesicht sah eingefallen aus, er schaute sie hohläugig an. Seine Stimme klang belegt, als wäre sie eingerostet. »Sie hungern danach, Seelen ausbluten zu lassen. Sie sind besessen, verstehst du? Wenn sie uns getötet haben, dann haben sie uns nicht für echt gehalten.«

Ein warmer Wind wehte über das Land. In der Ferne brandeten

Wellen an die Küste. *Bahari haishi zingo* – Das Meer hört nie auf, sich zu bewegen.

Ayaana schlang die Arme um sich. »Wir haben lange, lange Zeit nach dir gesucht«, sagte sie. Draußen rauschte der Wind in den Mangroven, und die neue Generation von Inselkindern spielte und sang.

Stille.

Ziriyab lauschte. Dann sagte er: »Ich gehe jetzt ans Meer.«

Munira trug gerade einen Korb mit trockener Wäsche ins Haus. Als sie die Schwelle überquerte, hielt sie den Blick abgewandt.

Ziriyab streckte die Hand aus. »Kommst du mit mir?«, fragte er.

»Bald«, murmelte Munira und starrte konzentriert woandershin.

Der heiße Wind strömte um Ziriyabs Körper, als er in die blassgelbe Abendsonne hinaustrat. Wortlos schauten Munira und Ayaana zu, wie er auf das Meer zuging.

101

Das Flüstern der Dschinn vor dem Morgengrauen und ein entsetzlicher Schrei. Als Ayaana die Wildheit und den Kummer hörte, die darin lagen, warf sie sich etwas über und rannte zum Meer. Sie lief zum Ende des Pfades, trat über die Schwelle zwischen dem roten Land und dem schwarzen Sand und sah – umtost von den Wellen – Ziriyab Raamis, der sich mit den Handflächen gegen das Herz schlug.

102

In der Nacht kehrte Ziriyab in sein Zimmer in Muhidins Haus zurück. *Wenn mein Vater, der Verräter, zurückkehrt, wird er mich hier finden.* Aber als er die Türen schloss, hielt er kurz inne und stellte sich vor, Munira würde anklopfen. An seine Tür gelehnt weinte er oft ungesehen. Er konnte nicht schlafen, zählte die Minuten bis zum Morgenrauen, das ihm die Erlaubnis gab, durch ein Straßenlabyrinth zu Muniras Haus zu gehen und einen Blick auf seine *Buthayna*, seine *Ghazal*, seine noch immer zum Himmel emporfliegende *Huma* zu erhaschen.

Oft streuten sie Salz in ihre kaum verheilten Wunden, um Grenzen auszutesten.

So fragte Munira ihn eines Tages beim Frühstück: »Wird er zurückkehren, so wie du?«

Ziriyab sah sie an und antwortete: »Der Gedanke verfolgt mich jeden Tag.« Das Klappern von Besteck auf Geschirr. Ein Löffel, der Zucker in einen Keramikbecher rührte. »Wie wirst du dich entscheiden?«, fragte er.

Munira wandte sich ihrer spät geborenen Tochter zu, beobachtete ihre Versuche, zu essen. Ihr Schweigen zerriss Ziriyab das Herz von Neuem. Munira deutete auf Abeerah.

Der Löffel fiel ihm aus der Hand und klappernd zu Boden. Er bückte sich, um ihn aufzuheben. »Eine Tochter«, sagte er mit matter Stimme.

»Seine Tochter.« Sie sah ihm in die Augen. »Und deine Schwester.« Danach aßen sie wortlos weiter.

***

Einmal, am frühen Morgen nach dem Frühstück, beschloss Ziriyab, Mehdi zu besuchen. Auf dem Weg wurde er vom Anblick eines kleinen, gelb gekleideten Mädchens abgelenkt, das zu den Mangroven schlich. Aus Besorgnis folgte er ihm.

Direkt hinter den Dünen, unter einem großen alten Mangobaum, wurde sie vom Parlament der Krähen begrüßt, die wie Tauben auf sie zuflatterten, als sie sich näherte. Ziriyab sah zu, wie Abeerah die Essensreste verstreute, die sie an jenem Morgen vom Frühstückstisch mitgenommen hatte. Er hörte, wie sie einen braunen Vogel mit orangefarbenem Schnabel ermahnte, der versuchte, ihr das Futter aus der Hand zu stehlen. Ziriyab wusste, dass die gegenwärtige Bezirksverwaltung am Jamhuri-Tag einen weiteren sinnlosen Krieg gegen die Krähen angefangen hatte. Abeerah war offensichtlich auf der Seite der Rebellen. Während er sie beobachtete, legte sich ein zärtliches, warmes, schmelzendes Gefühl wie Honig um sein Herz, und er gluckste. Sein eigenes Lachen war ihm so fremd geworden, dass er sich verunsichert die Hand vor den Mund schlug.

Abeerah erstarrte, als sie sich umdrehte und Ziriyab dastehen sah. Ihre Augen wurden groß vor Angst, ihr Körper war angespannt. Sie überlegte, ob sie in Tränen ausbrechen sollte, das zögerte die Strafe meistens ein bisschen hinaus. Sie erwartete, dass Ziriyab mit ihr schimpfen würde, aber er legte sich nur den Finger über die Lippen und schlich mit übertriebenen Bewegungen davon. Sie lachte schallend.

Am nächsten Morgen trafen sich Abeerahs und Ziriyabs Blick am Frühstückstisch, und er steckte verstohlen eine Portion *Mahamri* in die Tasche. Von da an gingen sie gemeinsam zu den Vögeln, die sich nach und nach dazu herabließen, sich auch von ihm füttern zu lassen. Ihr schlichtes Vertrauen. Köpfe wandten sich ihm voller Neugier zu: Die Raben fanden ihn besonders interessant. Er merkte, dass er lächelte, und das Kind strahlte ihn an. Stille, die Gezeiten, das Kind und die Vögel. Ein Rabe mit deformiertem Fuß hüpfte zu ihm und pickte gegen den Saum seines *Kikoi,* um Brotkrümel zu bekommen. Erst da erlaubte sich Ziriyab, seine überaus unerwartete Schwester Abeerah richtig anzuschauen. Sie starrte mit zurückgelegtem Kopf zurück, und der Schalk in ihren Augen lud ihn zum Spielen ein.

~

Trotzdem begab sich Ziriyab immer noch jeden Tag zum Meer, als wollte er sein Leben von den Verletzungen reinwaschen, die die Menschen ihm zugefügt hatten. Er hüllte sich in Kleidungsstücke von Munira, trug sie wie einen Talisman – heute war es ihr fuchsiafarbener Pullover. Er wusste noch nicht, wie er sich dem Leben außerhalb des Schutzraums seines Zuhauses und seiner Familie wieder anschließen sollte. Er hatte aufgehört, sich zu fragen, was es mit dem Rest der Welt und ihrem Schweigen über die Dämonen, die ungehindert und unhinterfragt auf der Erde umgingen, auf sich hatte. Und so ging er zum Meer, um es zu fragen, warum er lebte, während bessere, tapferere, kühnere und schönere Männer ermordet worden waren. Wie es wäre, die Welt wieder ganz zu sehen, und nicht gefiltert durch das Bild von Stacheldraht und Gitterstäben, das sich in seine Netzhaut eingebrannt hatte.

Er kratzte sich am Kinn. *Wo seid ihr?*, fragte er die Phantome, als er das Wasser nach den Formen der Männer absuchte, die gestorben waren. Dann gab es noch die Erinnerungen an Alpträume. Und Ängste, die das Licht scheuten, brachten ihn dazu, dreimal in der Nacht hochzufahren wie ein brennender Vogel und dabei zu schreien wie eine Katze, die bei lebendigem Leib geopfert wurde. Und nach den nächtlichen Alpträumen hatte er oft das Gefühl, sein Geist wolle seinen Körper verlassen, und er zerrte ihn zurück in seinen Körper und klammerte sich an seine feurigen Fersen und weigerte sich, ihn loszulassen, sodass er morgens nach Schweiß riechend und keuchend aufwachte.

An einem Donnerstag im Oktober des Jahres 2016, auf einer uralten Insel im westlichen Teil des Indischen Ozeans planschte ein Mann mit unstetem Blick, der aussah wie ein lebender Leichnam und der einen zu engen fuchsiafarbenen Pullover trug, in einem Süßwassertümpel voller winziger C-förmiger Libellenlarven. In zwölf Metern Entfernung gelangte die abendliche Flut an ihr Ziel, die Meeresküste.

Dann schäumte und sprudelte das Meer warm um seine dürren, vernarbten Fußknöchel, während er den salzig-erdigen Geruch nach Algen einatmete. Er schloss die Augen und lauschte auf das Flüstern aus den Schatten. Wie immer hörte er einen einsamen melancholischen Ton, beruhigend wie ein vollkommener Herzschlag: ein tiefer Akkord der Sehnsucht, das Lied seiner Heimat. Nach einer Dreiviertelstunde reinen Lauschens watete er wieder an Land. Aber als er sich der Küste näherte, sah er im flachen Wasser etwas funkeln, das ihm zuzublinzeln schien. Er ging zu dem betreffenden Ort und fand ein rotes Stück Meerglas, das von der See zu einem glänzenden Kiesel glattgeschliffen worden war. Ein Vorzeichen.

103

Jene, die nach einer Antwort suchten, haben schon seltsamere Zeichen vom Meer erhalten. Ein Fischer – kein besonders guter – hatte einen außergewöhnlich guten Fang gemacht. Inmitten der reichen Meeresausbeute aus sich windenden Tintenfischen, *Mkunga, Tengesi, Kilualua, Pono* und *Suli Suli* – Aalen, Barrakudas, Regenbogenmakrelen, Papagei- und Speerfischen – fand er ein rostrotes ausgefranstes Seil, in dem er etwas Rotes funkeln sah. Es war ein Rubinring, den er zuletzt an Muhidins Ringfinger gesehen hatte. Und der Fischer begriff, dass das Meer zu ihm gesprochen hatte. Und er wünschte nur, es hätte nicht ihn ausgewählt, um seine Nachricht zu überbringen. Und wie immer in solchen Situationen machte der Mann, nachdem er angelegt hatte, sich nicht die Mühe, seinen Fang auszuladen, sondern ging sofort zum Sheikh, der, wie er glaubte, besser geeignet war, die Bedeutung dieses Vorfalls für die betroffene Familie zu entschlüsseln.

104

Munira jätete gerade Unkraut in ihrem Garten und lauschte den Grillen und ihrem wehmütigen Paarungsgesang. Der Abend verwandelte nach und nach alles in Silhouetten.

»Wir müssen reden«, flüsterte Ziriyab ihr zu.

Sie drehte sich um und studierte zum wiederholten Mal seine Augen, in denen etwas Gehetztes lag. Es gab ihr einen Stich ins Herz.

»Wo sind die Kinder?«, fragte er.

Munira geriet ins Stottern.

»*Er* wird nicht zurückkommen.« Ziriyab weinte stumm. Sie wischte sich den Schlamm von den Händen. »Du solltest mit Ayaana sprechen.« Munira begann zu zittern. Sie rieb sich die Augen, in denen bittere Tränen brannten. »Hier«, sagte er und legte ihr den Rubinring in die offene Handfläche.

~

Muniras schrecklicher Klageschrei zeigte dem Rest der Insel, dass man nicht länger auf Muhidin zu warten brauchte. Danach sah man Ayaana davonrasen wie einen stummen, zornigen, unaufhaltbaren Sturm. Die Inselbewohner eilten zu Muniras Haus.

Mwalimu Juma wiederholte drei Mal: »Wer durch Ertrinken umkommt, ist ein Märtyrer.«

Der Älteste, Abasi, erklärte den Einwohnern Pates, wie bedeutungsvoll das Auftauchen des Rings war, doch eine Unterströmung aus Unsicherheit riss seine Worte mit sich: Ziriyabs Rückkehr und der Fund von Muhidins Ring bedeuteten nicht unbedingt, dass Muhidin tot war. Diese Vorzeichen konnten auch bedeuten, dass er nur verloren oder verschwunden war.

Die Insel änderte ihre Form, um diesen Anzeichen für ein Unglück Raum zu geben. Sie trauerte mit der Familie, aber nicht zu exzessiv, um dadurch nicht die vage Möglichkeit zunichtezumachen, dass Muhidin doch noch zurückkehrte.

Munira bot den Besuchern ihren mit Rosenessenz verfeinerten Tee und Kokosnuss-*Mahamri* an, ohne zu wissen, was sie denken sollte.

Ayaana hatte Zuflucht bei Fundi Mehdi gesucht, um den Leuten aus dem Weg zu gehen. »Es gab keine Leiche«, erklärte sie Mehdi. »Er wird zurückkehren.«

Am nächsten Tag wurde im Hof der verfallenden Moschee ein Salat-al-Dschanaza-Gebet für Muhidin abgehalten. Ziriyab stand mit den Männern der Insel vorn, als Pate sich vom Schatten des Wartens auf Muhidin und Kitwana Kipifit zu befreien versuchte. Pate befand sich in einem Zustand der Halbtrauer um Muhidin und den Suchenden, der jetzt für immer Kitwana Kipifit heißen würde. Gebete für die Seelenruhe der mutmaßlich Verstorbenen, Gebete für die Hinterbliebenen, Gebete für Schutz, endlose Gebete, die ein Beweis dafür waren, wie widerstrebend man Muhidin – Seefahrer, Bewahrer von Geheimnissen, Heiler intimer Verletzungen, Besitzer von Büchern und anderen Dingen, Ayaanas auserwählter Vater, Muniras Ehemann, Abeerahs und Ziriyabs Vater, Einwohner von Pate und Ziriyabs Geist – gehen ließ. Abasi stimmte die Basmallah an. Winde erhoben sich, es wurde kalt. Das Licht nahm einen reinen orangeroten Farbton an. Zeitenwende. In Abasis Gebet hörte Ayaana ein Echo der Musik aus einer anderen Zeit, in einem großen Haus, das einem Grab glich: »*Voller Tränen wird jener Tag sein / Wenn aus der Asche sich erhebt …*«

Später am Abend nahm Munira den Ring aus ihrem BH und gab ihn Ziriyab. »Er gehörte immer dir.«

»Behalte ihn«, bat Ziriyab sie.

Sie musterte ihn, dann nickte sie.

~

Muhidin.

Inna Llilahi wa inna Ilayhi Raajicuun.

Wir gehören Allah, und zu ihm werden wir zurückkehren.

Vielleicht aber auch noch nicht.

105

Zweieinhalb Monate später hämmerte Munira in einer Dienstag-
nacht an Ziriyabs Tür, nachdem dieser zum dritten Mal aufgeschrien
hatte. Sie rief ihn auf dem Handy an. »Du weinst schon wieder«, hatte
sie gesagt.

»Wenn ich die Augen zumache, sind *sie* da, sie haben rote Augen …«,
gestand er. »Ich kann ihren Atem riechen.« Er schnappte nach Luft.
»Sie sind da.«

Stille.

»Öffne die Tür.« Sie legte auf.

Ziriyab glaubte anfangs, er hätte sie falsch verstanden. Sein Verlangen vernebelte ihm manchmal die Sinne. Er ging trotzdem zur Tür
und schloss sie auf.

Munira war da.

Beide senkten den Blick.

Munira ging ins Haus.

Ziriyab schloss die Tür.

Langsam gingen sie die Treppe hinauf. Ihre Körper berührten sich
fast. Munira betrat sein Schlafzimmer noch vor ihm. Sie streifte die
Pantoffeln ab. Löste das obere *Leso*-Tuch. Öffnete den Reißverschluss
ihres Kleides. Dann hob sie ihre Haare an und band sie zu einem
Knoten.

~

Ziriyab und Munira, Veteranen jener Schlachten, die in Zwischen-Räumen ausgetragen wurden, beide ergrauend und trauriger als zuvor, würden in Frieden gedeihen. Munira flog einmal nach Pemba und kam wieder zurück. Beim nächsten Mal schickte sie Ziriyab vor. Als er nach Pate zurückkehrte, hatte er an Gewicht zugelegt, und sein Gesicht strahlte.

»*Bom dia família*«, verkündete er jeden Morgen und versuchte zu vergessen, dass der erste portugiesische Begriff, den er behalten hatte, *dor da alma* war – Schmerz der Seele. Später, als er und Munira sich lachend gegenseitig Sätze auf Portugiesisch, Xitsonga und ChiMakonde an den Kopf warfen, spürte Ayaana, vielleicht noch vor ihnen, dass sie Pate bald wieder verlassen würden.

106

Eines Nachts gegen vier Uhr saß Ayaana in den Dünen, wartete auf den Morgen und versuchte sich vorzustellen, was sie mit ihrem Leben anfangen wollte, als sich leise Schritte näherten. Sie drehte sich um und sah eine in Grau und Weiß gekleidete hohläugige Frau mit wehendem Schleier, das Gesicht zu einer Maske des Entsetzens verzerrt. Ayaana sprang auf, wollte aufschreien und flüchten, als sie die Frau mit hoher Stimme sagen hörte: »Bitte, hilf mir.«

Ayaana blieb wie angewurzelt stehen. Die Frau sagte: »Meine Augen … Ich kann nichts mehr sehen.« Doch Ayaana erkannte, dass mit den Augen der Frau alles in Ordnung zu sein schien, auch wenn sie aussah wie der Tod. Sie hielt ein leuchtendes Objekt in der Hand: ein Tablet. »Sieh für mich nach«, sagte Mama Suleiman und deutete auf den Bildschirm. »Ist er das?«

Eine der Kriegsszenen des Tages: Paläste mit Einschusslöchern,

Schutt in den Straßen, blutige Krater, wo einst Häuser standen, zu endlosen Schreien erstarrte Gesichter, als würde die Erde selbst aufstöhnen; schwarze ausgebrannte Lastwagen, auf dem Boden Kohlköpfe, Tomaten und Auberginen. Vor der Explosion war dort ein Markt gewesen. Ein verschleierter Mann – war das ein Niqab? – in blutiger Tarnkleidung mit Patronengürtel war dabei, eine Kalaschnikow aus zerfetztem Fleisch zu bergen – Kindmänner und ihre Opfer. Ayaana nahm die grausamen Details wie Handelsobjekte in Augenschein, so wie Koray es getan hätte; die Granaten, Kugeln, Patronen, Gewehre, Raketen, Flugkörper, Uniformen, Teile eines einzigen, von Blut und Hirnmasse gesprenkelten Mosaiks auf einem Tabletbildschirm. Aber was Mama Suleiman wissen wollte, war, ob der lebende Mann im Vordergrund Suleiman sein könnte, ob Ayaana ihr zustimmte, dass der andere – der blutende mit dem Loch im Kopf, dessen Schädel zu sehen war und dessen Augen hervorquollen – *nicht* ihr Sohn war.

»Nein, er ist es nicht«, sagte Ayaana.

»Ich schaue jeden Tag nach«, seufzte Mama Suleiman, deren Stimme jetzt wieder menschlich klang, erleichtert. »Ich schaue nach, aber heute … Ich weiß auch nicht … Heute konnte ich nichts erkennen.«

Ayaana nahm ihr das Tablet aus der Hand.

YouTube, Facebook, Twitter, Erinnerungen: unzuverlässige Landkarten, die eine Mutter und ein Mädchen, das sie verabscheute, benutzten, um nach einem Mann zu suchen, der in einen Krieg der Welten geraten war, der ihrer aller Leben nie hätte berühren sollen. Die beiden starrten auf einen hell erleuchteten Bildschirm, konzentrierten sich auf die Augen von Jungen und Männern, Lebenden und Toten. Sie dachten, sie würden den einzigen Sohn dieser Frau an seinen langen Wimpern erkennen. Er hieß Suleiman, hatte früher mit Murmeln gespielt und Fußball. Eminem war sein Idol gewesen. Ein Tableau menschlichen Elends auf einem Tablet. Jetzt studierten zwei Frauen auf einer beinahe unsichtbaren Insel die Geografie von Ar-Raqqa, Idlib und Homs in Syrien. Sie maßen mit dem Finger die Entfernungen zwischen Dahuk, Falludscha und Samarra. Sie lächelten, als sie auf der Karte eine Stadt namens Sulaimaniyya entdeckten, was wie Suleiman klang.

»Bedeutet das dasselbe?«, fragte sich Mama Suleiman.

»Wahrscheinlich«, antwortete Ayaana.

Andere Bilder aus derselben Hölle: die noch rauchenden Ruinen von Städten, die älter waren als die Zeit selbst und buchstäblich wieder in die Steinzeit zurückversetzt worden waren. Trümmerhaufen. »Es gibt keinen anderen Ort, an den man gehen kann«, sagte Mama Suleiman später, »nur diesen.« Sie strich über den Bildschirm. Dann fügte sie hinzu: »Er ist hier.« Sie betrachteten immer noch die Gesichter auf dem Bildschirm, die der Lebenden und die der Toten.

Ayaana wandte sich von dem Tablet und der Frau ab und betrachtete das Meer. Seine Gischt wusch die Erinnerung an das, was sie gesehen hatten, fort. Das silberblaue Licht des abnehmenden Mondes färbte die Wellenkämme ein. Ayaana bemerkte, dass in dieser Nacht, in der eine Mutter weinte, die Dschinn stumm blieben. Leuchtend brach ein neuer Tag an. Mama Suleiman war jetzt ruhig. »Das bedeutet nicht, dass ich dich jetzt besser leiden kann«, sagte sie zu Ayaana. Die zuckte die Achseln. »Wir sind keine Freundinnen«, beharrte Mama Suleiman. »Nein«, stimmte Ayaana zu. Stille. »Stürzt du dich eigentlich immer noch ins Meer?«, fragte Mama Suleiman schließlich. Ayaana fuhr herum und starrte die Frau an, die ihren Blick erwiderte. Ayaana wandte den Blick ab. Sie betrachtete den jetzt orange und violett getönten Himmel. Dachte über eine Insel nach, die alle Geheimnisse preisgab. Sie machte sich nicht mal die Mühe zu lachen.

»Bald muss ich *meinen* Ozean überqueren. Ich werde meinen Sohn nach Hause holen.« Mama Suleiman erhob sich, das Tablet in der Hand, verließ Ayaana wortlos und verblasste im Licht des neuen Tages. Es war, als wäre sie nie da gewesen.

Mvua haina hodi.

Der Regen braucht keine Erlaubnis,
um zu fallen.

107

Ein Mann aus China mit einem Pferdeschwanz, der eine randlose Brille trug, stieg in Nairobi aus einem Flugzeug. Er würde das Land in all seiner Vielschichtigkeit kennenlernen, bis er ein weiteres Flugzeug und danach ein Boot nehmen würde, um auf die Insel zu gelangen, die sein eigentliches Ziel war.

Überall Vorboten – Vögel, die sich von den *Matlai*-Winden tragen ließen, die das Verschwinden der Gelbflossenthunfische aus den Gewässern und der mondfarbenen Libellen ankündigten. Treibgut strandete an den monsundurchweichten Küsten. Manchmal gehörten auch Fremde dazu: Durchziehende und jene, die dazu bestimmt waren, zu bleiben, traten über Schwellen in die Leben derer, die in letzter Zeit von zu vielen Sonnenfinsternissen des menschlichen Herzens fast zerstört worden waren und die doch das Ritual der Gastfreundschaft zelebrierten.

~

Fast einen Monat später dümpelte eine Fähre, die zwei Mal defekt gewesen war und eine fünfstündige Überfahrt in eine siebzehnstündige Odyssee verwandelt hatte, in Mtangwanda ein. Einem der Männer an Bord machte die Verspätung nichts aus. Er ging mit einem Rucksack und zwei dunkelblauen Metallkoffern von Bord.

Zwei Jungen, die vom Anlegesteg aus ins Wasser gesprungen waren, kamen wieder an die Oberfläche. Sie starrten auf die Neuankömmlinge, doch dieser Mann war eindeutig der offensichtlichste Außenseiter unter jenen, die an diesem Tag nach Pate gekommen waren. Sie lachten, als sie sahen, wie der Mann die Luft einsog wie ein schnüffelnder Hund. Der Mann drehte sich um und ging langsam auf die Stelle zu, an der Sandstrand und Land ineinander übergingen.

***

Schwellen, über die man vorsichtig die geheimnisvollen Leben anderer Menschen betrat. Eine Brise lenkte seine Aufmerksamkeit auf eine verführerische Pflanze mit zarten Blüten. Er ging hinüber, um sie anzuschauen, und da war er: ein Wildrosenbusch. Er umfasste eine der Blüten mit beiden Händen, während sich hinter seinem Rücken Kinder anschlichen und darüber diskutierten, was er wohl vorhatte. Der Mann drehte sich um, und sie rannten lachend davon. Er lächelte. Dann sagte er, langsam und deutlich, in dem Swahili, das er in Nairobi gelernt hatte und das abgehackt und brüsk klang: »*Hamjambo. Ninaitwa Lai Jin. Natafuta mtu wangu. Anaitwa, Hăiyàn. Tafadhali.*«
Die Kinder lachten.

Schließlich hörte er zu seiner Linken, wie eine Stimme »*Masalkheri*« – Guten Abend – krächzte. Der Besucher schaute über die Schulter und sah einen runzeligen, vom Alter gebeugten Seemann mit bronzefarbener Haut in einer weißen *Kanzu*, der ihn mit dem offensten Blick musterte, der ihm je begegnet war.

»*Ni hao*«, platzte es aus ihm heraus, bis ihm wieder einfiel, wo er sich befand. Er senkte den Kopf, als hätte er einen Fauxpas begangen. »*Umekaribishwa*« – Willkommen, verkündete der alte Mann, hielt ihm die Hand hin und bat andere, Lai Jin mit seinem Gepäck zu helfen.

Ein sanftes: »*Pole sana.*«
Es tut uns leid. *Warum?*
Ein vielstimmiges: *Karibu na pole. Pole.* Erst später würde er begreifen, dass sie davon ausgingen, er sei gekommen, um das Leben und Verschwinden von Mzee Kitwana Kipifit zu bezeugen. Und er würde es tun.

~

Zwei Jungen hüpften um Ayaana herum, die gerade das Kettenglied eines Ankers verschweißte, während im Hintergrund die Gezeitenvorhersage lief. Die Kinder unterbrachen sie bei ihrer Arbeit und erzählten ihr in unzusammenhängenden Worten, dass ein Gast auf der Insel angekommen sei, der nach ihr gefragt habe. Man führte ihn gerade zum Haus ihrer Mutter, er werde jedoch bei Mwalimu Juma wohnen. Ayaana schwieg, dann sagte sie zu den Kindern: »Habe ich schon gehört.« Dann arbeitete sie weiter. Fundi Mehdi warf ihr einen Blick zu und zuckte mit den Schultern. Im Radio wurde durchgesagt, dass auf See ein Sturm aufzöge und dass alle Boote zur Küste zurückkehren sollten. Beide schauten gleichzeitig zum Meer hinüber. Silbergefärbte dunkle Schatten in Cumuluswolken.

~

Bei Sonnenuntergang, nach den Gebeten, ging Ayaana zum Haus ihrer Mutter. Sie lauschte dem Klappern der Töpfe, hörte die Stimme ihrer kleinen Schwester, ihr ständiges »Warum?«. Als sie sich näherte, sang Abeerah ihren Namen und lief ihr auf dicken Beinchen entgegen, um sich umarmen zu lassen. Ayaana trug sie zurück ins Haus. Ihre Mutter empfing sie an der Tür und nahm ihr Abeerah ab. »Wasch dich«, sagte Munira, die nervös wirkte.

»Wer?«, flüsterte Ayaana.

Munira zuckte mit den Schultern. »China.«

Ayaana war angespannt. Atmete tief ein. Dann ging sie in die Küche, um sich Hände und Gesicht zu waschen und die Begegnung im Wohnzimmer noch etwas hinauszuzögern. Sie schrubbte sich die Hände, griff nach dem ramponierten Geschirrtuch und lauschte dem Pochen ihres Herzens. Irgendwo plapperte ihre Schwester vor sich hin. Als sie ins Wohnzimmer linste, sah sie Lai Jin vor dem Bild von Zao

Wou-Ki stehen, das sie hatte rahmen lassen und neben eine kleine Mauernische gehängt hatte, in der die beiden reparierten lackierten Vasen standen.

Ayaana trat in den Raum, das Herz auf der Zunge. Ohne sich umzudrehen, sagte Lai Jin auf Mandarin: »Die Rose deiner Haut – jetzt habe ich ihre Blüten gesehen.«

Stille. Er drehte sich um und lächelte sie an. »Ich habe die Nachfahren getroffen.«

»Sie gehören nach Pate«, sagte Ayaana.

Lai Jin beobachtete sie, als sie um ihn herumging. Er genoss ihr Unbehagen. Ayaana streckte ihre Finger. »Nioreg vom Schiff … Er war auch hier.« Lai Jin hob den Kopf. »Er ist gekommen, um Delaksha beizusetzen.« Ayaana ließ ihn nicht aus den Augen. »Wusstest du es?« Sie trat näher an ihn heran. »Dass sie gestorben ist?«

»Ich hätte es dir erzählen sollen«, sagte Lai Jin und neigte den Kopf, als er sich daran erinnerte, wie er sich neben Nioreg am Boden ausgestreckt hatte, dessen Körper über Delakshas lag. Zusammen hatten sie zugesehen, wie sich Delakshas Augen weiteten, wie ihr Blut aus Nase und Ohren lief und ihre Kleidung besudelte. Nioregs Schreie: *Die Sprache des Feuers*, hatte Lai Jin damals gedacht. Dann, erdrückendes Schweigen. Er hatte den Kopf aufgestützt wie einen schweren Stein. Man würde ihn dafür verantwortlich machen und anklagen. Er würde in diese Tragödie hineingezogen werden. Er würde deshalb leiden müssen.

Er wandte Ayaana den Rücken zu und gestikulierte mit nach oben gerichteten Handflächen. Ayaana schaute nach draußen. Das Meer schäumte in Vorfreude auf den Sturm.

Ayaanas Gedanken wirbelten wild durcheinander. Was sollte sie sagen? »Setz dich. Kaffee?«, fragte sie.

Er schüttelte den Kopf. Setzte sich nicht.

Sie sagte: »Auf meinem Flug nach Hause … Da saßen noch mehr von euch als von uns. China ist unser Taifun.« Ihr Geist rang um

Klarheit. Schließlich sah sie ihn zum ersten Mal richtig an. »Warum bist *du* hier?«

Lai Jins Hände öffneten und schlossen, öffneten und schlossen sich. »*Haiyan*«, sagte er leise. »Ich bin nicht ›China‹. Ich bin Lai Jin. Ein Mann. Ich bin hier. Mein Ziel war, dich zu finden. Ein Mann. Der gekommen ist, um *Haiyan* zu finden.« Schmerz in seinen Augen. Er näherte sich ihr.

Sie schaute auf seine Hände.

»Ein Mann«, wiederholte er.

»Ich schulde dir nichts«, stammelte sie, überrascht, wie leicht ihr das Mandarin von der Zunge ging, wie anders sie sich in einer anderen Sprache fühlte.

Lai Jin blieb vor ihr stehen. »Ich habe dir das Leben gerettet.«

»Es war dein Schiff«, entgegnete sie.

Er lächelte. »Deine Schuld.« Er strich über ihr Gesicht. Erinnerungen. »Ich bin durch dein Land gereist. Es ist ein tiefsinniges Land. An einigen Orten … an denen unser China Straßen baut« – ein Aufblitzen in seinen Augen – »habe ich gelogen und behauptet, ich wäre Japaner. Wir bauen gute Straßen.« Er schnaubte. Es tat ihm gut, die Worte auszusprechen, als würde man einer ungeliebten Stiefmutter einen Stich versetzen. Sie waren ihm peinlich, dieses komplizierte Asphaltgewirr, die unfertigen Kanten, die schludrigen Straßenschilder, die seinem Volk keine Ehre machten. Mit der grässlichen Qualität der Projekte seiner Landsleute konfrontiert, hatte Lai Jin sich in Situationen, in denen sich Fragen der Identität mit denen der Infrastruktur mischten, als Nicht-Chinese vorgestellt.

Ayaana zog eine Augenbraue hoch. »Und was bist du hier?«

»Ein Mann«, wiederholte er.

Verlangen und die verwirrende Tatsache seiner Nähe. Sie stotterte: »Wie lang bist du schon in Kenia?«

»Einhundertachtzehn Tage.«

Ayaana stockte der Atem. »Was?«

»Ich versuchte mir ein Bild von dem Ort zu machen, an den ich fahren wollte.«

Aufgewühlt wandte Ayaana sich dem Meer zu. Einhundertachtzehn Tage? »Die Vasen sind wunderschön«, sagte sie hastig mit zitternder Stimme und deutete auf die Mauernische. »Danke, dass du sie wieder zusammengesetzt hast.« Ihre Stimme verebbte. Sie war immer noch verblüfft über seine Anwesenheit im Haus ihrer Mutter. Und sie war sich nicht ganz sicher, ob sie vielleicht schlief. Es konnte auch ein Traum sein, die geistige Ausgeburt der Erinnerungen an verletzende, unverhoffte und verstörende Intimitäten. »Was, wenn ich jetzt nur einen Bruder brauche?«, wandte sie ein.

Lai Jin atmete gleichmäßig, suchte einen Gedanken aus, das Gesicht leicht gerötet. Erstens, entwaffnen. »Der Schatz, den du mir hinterlassen hast«, sagte er. Sie sah zu ihm auf. »Das Gebet«, fügte er hinzu, und sie nickte. »Ich trage es immer bei mir.« Er deutete auf seinen Armreif. »Da drin.« Als er noch Kapitän gewesen war, hatte er sich auf hoher See am wohlsten gefühlt, weit weg von allen bekannten Horizonten entfernt, geborgen in Unsicherheit. Auch das hier waren unbekannte Gewässer. »Und in Bezug auf deine Frage« – ein weiterer Schachzug – »*name wo shi ni di gege*« – in dem Fall bin ich dein älterer Bruder.

~

Von einem Felsvorsprung starrten zwei Menschen auf das Meer hinunter, das sich hektisch in einen Hochwasserrausch hineinsteigerte. Das Lied der Flut, die selbstbewusst und energisch auf die Küste zurollte, nun, da der Sturm sich verflüchtigt hatte. Mondlicht auf dem Wasser. In der Nähe suchte ein merkwürdiges Tier – vielleicht eine Ziege – nach Futter. Ayaana rückte näher und näher an Lai Jin heran, bis ihre Körper sich berührten. Er betrachtete sie aus dem Augenwinkel, versuchte sie in die Landschaft ihrer Heimat und ihrer Gewässer einzuordnen. Er suchte nach dem richtigen Wort, um das Bild zu vervollständigen.

Das seltsame Gefühl, aus der Zeit zu fallen, hatte Lai Jin am Anlegesteg in Lamu überwältigt, als er das violett-silberne Wasser sah, über das bald der Sturm hereinbrechen sollte. Es war, als wäre er irgendwie an einen Ort geraten, der alle räumlichen und zeitlichen Verbindungen mit dem Rest der Welt ignorierte. Er erkannte die Silhouetten einer anderen Vergangenheit und Zukunft in der maroden Infrastruktur, den verführerischen Verfall einer älteren Geschichte, über der die Zukunft schwebte. Geisterhafte Präsenzen streiften seine Haut, die Härchen in seinem Nacken richteten sich auf. Eine Viertelstunde nach seiner Ankunft, als er auf dem Weg zu seiner Unterkunft über uralte Pfade ging, hatte er, geblendet von der Sonne, eine Krähe auf einem Bein auf einem mondförmigen chinesischen Grab stehen sehen. In diesem Moment hatte er begriffen, dass Erinnerungen auch materielle Gestalt annehmen konnten.

Danach hatte er Ayaana gesehen.

Das Gefühl von Unausweichlichkeit verschlug ihm den Atem: das Wissen darum, dass, was auch immer er getan hatte, seine Reise genau hier endete. Er atmete aus, und unter ihnen zersplitterten die Wellen auf den Felsen. Verstohlen musterte Ayaana den ehemaligen Kapitän. Sie beschloss, ihn zu prüfen. »Es gibt da einen Mann. Er heißt Koray. Er und seine Mutter hatten eine Zukunft für mich in der Türkei geplant. Ihre Pläne waren so gewaltig, dass sie sogar mein Schicksal zu verschlingen drohten. So wie sich China Kenia erträumt … ohne unsere Elefanten und Löwen, ohne unser Land, ohne uns.« Sie beobachtete Lai Jin, wartete auf seine Reaktion.

Lai Jin strich ihr über den Arm. Sie lehnte sich an seine Schulter, ließ den Kopf an seine Brust sinken. »Wie lange wirst du bleiben?«, flüsterte sie.

Er antwortete nicht.

»Wie geht es dem Leuchtturm?«, murmelte sie.

»Der ist jetzt nur noch Staub.«

Schweigen.

»Komm.« Ayaana wirbelte im Kreis herum, nahm seinen Arm. »Ich stelle dich meiner Mutter vor … mein lieber *Bruder*.«

Lai Jin zögerte, sah die Herausforderung in ihrem Blick.

Er würde einfach mitspielen.

Als sie die Haustür noch nicht ganz erreicht hatten, rief Ayaana: »*Maee*, unser Bruder aus China ist da.« Sie grinste Lai Jin an. »Siehst du das kleine Mädchen da? Sieht sie mir nicht ähnlich? Genau das richtige Alter für eine Tochter.« Munira tauchte auf, und ihre lachenden Augen sahen mehr, als Ayaana ihr zugetraut hätte. »*Maaaa*, das hier ist Lai Jin«, sagte Ayaana. »Er ist Schiffskapitän. Aber er ist auch Töpfer.«

~

Lai Jin mietete zwei Zimmer im hinteren Teil von Hudhaifas Geschäft an. Nach zwei Wochen zog er aus. Mwalimu Juma hatte eine Abmachung mit einem Vermieter, der in Oman wohnte und ein Haus besaß, das Lai Jin auf unbestimmte Zeit für symbolische fünfzig Dollar im Monat mieten konnte, solange er alle Reparaturen durchführte und es in Stand hielt.

108

Nach und nach stahl sich Pate in Lai Jins Herz. Er fuhr in einem *Matatu* nach Pate Town, zusammen mit Mwalimu Juma, der ihm auch weiterhin zur Seite stand, ihm Fragen über Pate und über das Leben dort, über seine Bedeutung und über seine Schatten beantwortete. Mwalimu Juma fragte ihn, ob er wisse, was er vom Leben wolle. Lai Jin sagte, er sei ein Pilger. Sie führten ihr Gespräch noch lange nach ihrer Ankunft fort und überschritten irgendwann die Schwelle zu den Dingen des Glaubens. Lai Jin sagte, er wisse nicht, was Glauben sei. Es fing an zu regnen, und nachdem sie in einem improvisierten Café Unterschlupf gefunden hatten, lauschten sie dem Prasseln des Regens.

Als Lai Jin das Dorf Shela in der Nähe von Lamu besuchte, wäre er am liebsten bei den Architekten dieser uralten Gebäude in die Lehre gegangen. Doch als er mit einigen Fischern von Pate, die ihn erkannt hatten, dorthin zurückfuhr, half er ihnen dabei, ihre Netze einzuholen, und fragte sie, ob er das Fischereihandwerk erlernen sollte. Er ahmte ihre Worte nach und eignete sich immer mehr von Pates Sprache und Kultur an. An manchen Tagen ging er zum Anlegesteg, unterhielt sich über Motoren, Seewege und diverse Kapitäne und beobachtete den Wechsel der Gezeiten. Der Inselrhythmus machte einen anderen Mann aus ihm. Die Männer, mit denen er sich unterhielt, waren die Ersten, die ihn »Nahodha Jamal« nannten.

***

Der Augenblick kurz vor Sonnuntergang. Libellen huschten über Lai Jins Kopf hinweg, der auf die alten Halbmond-Gräber gestarrt hatte. Tang, vermutete er – nicht Ming, wie angenommen wurde. Er zog die Mundwinkel nach unten, der Wind strich über seine Haut. Gänsehaut. Eine Erkenntnis: Seine Anwesenheit hier war nichts Besonderes. Er fuhr mit der Hand über den halbrunden Grabstein. Ebbe. Flut. Wiederholung. Rhythmus der Ewigkeit. Menschen, die auftauchten oder verschwanden, waren weder hier noch woanders eine Seltenheit. All das gehörte zum Webmuster des Lebens.

Ein Flüstern aus der Ewigkeit umgab Lai Jin: die beharrliche Anwesenheit der Geister. Und Atemzug für Atemzug erlaubte er der Insel, diesem untergegangenen Handelsreich, ihn auszufüllen. Ebbe. Flut. An manchen Tagen wartete er darauf, dass Ayaana ihn in den Dünen oder auf dem Felsvorsprang fand, an anderen wanderte er an der Küste entlang. Er begriff: Je mehr er über das Leben erfuhr, desto weniger Sinn ergab es.

Er verzog das Gesicht.

Wartete.

Sie stand schon auf dem Felsvorsprung, erwartete ihn.

»*Wo de airen!*« – Meine Geliebte, rief er ihr zu.

»Ja?«, antwortete sie, als wäre es ganz normal. Ihm fiel der grüne *Leso* auf, den sie sich um die Hüfte gebunden hatte. »Wo warst du?«, rief sie.

Er war in den Norden gewandert. »Siyu.«

»Allein?« Sie zog eine Augenbraue hoch.

»Ja.« Er lächelte.

Sie hockte sich hin. »Warum?«

»Kuchi.«

Kampfhähne.

Sie runzelte die Stirn. »Um zu wetten?«

»Nein.«

»Warum dann?«

»Um sie zu züchten.«

»Züchten?«

»Sind gute Vögel. Sehr stark, viel Fleisch.«

»Du willst sie essen?«

»Chinesen essen alles.«

Empört funkelte sie ihn an. Doch er zog sie nur auf. »Sehr witzig.«

»Ja.«

Ihre Blicke trafen sich. Die gleiche Anziehungskraft, der gleiche Sturm. Sie berührte seine Lippen. Er sah sie an. Sie senkte den Kopf. Warme Hände, sanfte Berührungen. Der Ozean fragte noch immer: *Ni shi shei?* Insekten schwirrten durch die Luft. Lai Jin sah einer Biene nach. »Bald kommen die Libellen?«

Ayaana nickte. »Der Wind ist ihre Bestimmung. Sie müssen hierher zurückkehren.« Der melodische Kipate-Akzent der Insel schlich sich in ihr Mandarin. »Aber sie bleiben nicht«, fügte sie hinzu.

109

Von der Sonne war nur noch ein rotglühendes Halbrund über dem Horizont zu sehen – es war ein klarer Abend. Lai Jin klopfte an Muniras offene Tür. Seine Haare standen ihm wirr vom Kopf ab. Er fand Ayaana, die das Feuer in einem Kohleofen anfachte, indem sie in die Glut blies, eine Pfanne mit Wasser neben sich. Er bat sie um einen Gefallen. Sie stimmte grinsend zu.

Eine halbe Stunde später schlich sie aus dem Haus, in der Hand einen blauen Eimer Wasser, dem sie etwas Kokosnussöl und eine Tasse Aloe Vera beigemischt hatte. Lai Jin erwartete sie mit nacktem Oberkörper. Er hockte sich vor eine Waschschüssel, die ebenfalls Wasser enthielt, eine große Plastikflasche mit beigefarbenem Shampoo in der Hand. Ayaana erkannte die Marke, die der Friseur bei ihrem haarigen Missgeschick in Xiamen benutzt hatte. Sie schnüffelte daran, dann stellte sie es auf den Boden. Sie legte ihm die warmen Hände auf die Schultern, die Brust. Erinnerungen. Aber sie wusste, zu viele Augen waren auf sie gerichtet. Lai Jins Anwesenheit war vielen ein Rätsel. Ihr Verhalten und ihre Gewohnheiten standen auf dem Prüfstand. Sie streichelte seinen Nacken. Er lehnte den Kopf nach hinten, die Augen geschlossen. Sie ließ die Finger durch seine extrem trockenen langen, graumelierten Haare gleiten.

Bevor er zu Ayaana gegangen war, waren ihm ernsthafte Zweifel gekommen. Er war sich seines Andersseins schmerzlich bewusst und fragte sich, was er auf dieser sich ständig verändernden Insel zu suchen hatte, die zu einem Afrika gehörte, dessen Geschichte aus einem Leichentuch und dessen Nachrichtensendungen aus langweiligen Gerüchten bestanden; das Wasser, das er benutzte, stammte aus einem brackigen Gemeinschaftsbrunnen. Die wohlriechende Vision, der er gefolgt war, behandelte ihn wie eine Fata Morgana, und doch sehnte er sich nach allem, was sie ausmachte und was zu ihr gehörte. Es war, als wäre er von einem anderen Menschen verzehrt worden.

Dann war er aufgestanden, um Ayaana aufzusuchen.

»Ich brauche dich«, hatte er geflüstert.

Und sie war gekommen. Ihre Hand lag auf seiner Stirn. *Berührungen.* »Willst du sie geschnitten haben?«, fragte sie ihn. *Noch nicht*, dachte er. *Berührungen.* Und plötzlich waren seine Ängste wie weggeblasen.

»Was bedeutet dir China?«, fragte er. *China?* Was er eigentlich meinte, war: *Was bedeute* ich *dir?*

Das schmutzige Wasser lief in einer Abflussrinne nach draußen. Ayaana massierte ihm das Shampoo ins Haar und erinnerte sich daran, wie sie mit ihm zusammen übers Meer gefahren war, erinnerte sich an die Welten, die sie entdeckt, die Berufung, die sie gefunden hatte. China hatte sie geprägt, aber auch gezeichnet. Sie wusch ihm weiter die Haare. Sie wollte ihm trauen, dem Leben trauen. Das Leben war wild, verführerisch und gefährlich. Es verscherbelte Begierden, konnte den Geliebten jedoch nach Belieben fortreißen.

Die Sonne ging weiterhin auf, auch wenn jemand verschwunden, gestorben oder ins Exil gegangen war. Sie strich Lai Jin über den Kopf. Er atmete schneller, hielt die Augen geschlossen.

Sie beobachtete ihn – natürlich beobachtete sie ihn, jeden Tag. Sie wollte, dass ihre Insel ihn an sich kettete. Sie begehrte seine Zeit. Wenn sie wusste, dass er bei Mehdi war, rannte sie zu ihm. Sie lauschte seinen Gedanken. Und doch brauchte sie Raum für sich, um aus der Tiefe des Unbekannten aufzutauchen, in das sie sich kopfüber gestürzt hatte. »Was bedeutet *dir* China?«, fragte sie zurück, als sie ihm die Haare ausspülte. »Hast du den Salzbrunnen gesehen, den die Amerikaner gebaut haben? Die Plumpsklos?«

Er feixte. »Die Ziegenställe?«

»Ja«, sagte sie. »Ich war jung, als sie auf die Insel gekommen sind. Sie haben einen Riesenaufruhr veranstaltet.« Sie schnaubte. »Ihr Traum für uns? Ein unbrauchbarer Brunnen.« Sie strich ihm den Schaum vom Kopf und schüttete mehr Wasser über seine Haare. »Die Chinesen sagen, sie sind zurückgekommen als ›alte Freunde‹. Aber als sie damals hier waren, mussten wir auch schon für diese Freundschaft bezahlen. Jetzt sprechen sie mit uns, aber nicht mit den Leuten auf Pate, sondern mit Nairobi, wo über unser Schicksal bestimmt wird, als würden wir gar nicht existieren.«

Stille.

»Wie wir gehört haben, will China einen neuen Hafen bauen, damit Schiffe kommen. Eine Ölpipeline soll quer über die Insel verlaufen. Wir haben gehört, dass eine ganze Stadt im Meer entstehen soll, aber vorher wollen sie unseren Kanal schließen. All das wissen wir nur vom Hörensagen. Mit uns spricht China nicht.«

Lai Jin höre Ayaana zu, tiefbetrübt um ihretwillen, um der Insel willen, doch er mochte sie nicht belügen, um sie zu beruhigen. Draußen hörte man andere nächtliche Stimmen: Mama Suleiman beschwerte sich lautstark über irgendein Ärgernis, Munira rief nach Abeerah, Ziriyab hämmerte ein Stück Holz in Form. Es roch nach gebratenem Fisch, gedämpftem Kokosnussreis, Nachtjasmin, Gewürznelken, Zitronengras und Rosen. Motten und andere schattenhafte Kreaturen, vielleicht Fledermäuse, flatterten durch die Dunkelheit. Lai Jin atmete auf. Ayaana goss ihm etwas von dem pflegenden Wasser über den Kopf und sagte: »Wie wir gehört haben, ist Admiral Zheng He aus der Vergangenheit zurückgekehrt und hat seine Reisen wieder aufgenommen.« Sie verzog den Mund. »Aber ich möchte Pates Träume wiederaufleben lassen.« Sie schwieg. Dann schüttelte sie den Kopf und fuhr leiser fort: »Wenn wir sie denn wiederfinden können. Wir haben sogar die Erinnerungen an den Namen unseres Meers vergessen, verstehst du?« Sie benutzte ein ausgefranstes grünes Handtuch, um ihm die Haare zu trocken. Zikaden fielen in den nächtlichen Chor ein. Lai Jin versuchte, eine bequemere Haltung zu finden. »China ist schon hier«, fügte Ayaana hinzu. »Genauso wie al-Shabaab und alle anderen … China ist wegen China hier.« Sie zuckte mit den Schultern. »Was sollen wir dagegen tun?«

Einen Moment lang spürte Lai Jin das lähmende Gewicht wahnwitziger geschichtlicher Kräfte und ihrer Kakophonie aus politischen Slogans.

Ayaana legte das Handtuch weg und beugte sich über ihn. »Fertig.« Sie legte die Arme um seine Brust, er hielt sie fest. Sie presste die Wange an seine und flüsterte: »Aber vielleicht wird dieses chinesische Erdbeben namens ›Zhongguo‹, das auf uns zukommt, uns die Ehre erweisen, zu erkennen, dass Pate Hüter seiner Gräber ist?«

Lai Jin schauderte, trotzdem hob er ihre Hand an den Mund. »*Xiexie xiao … Meimei*« – Kleine Schwester.

Sie küsste ihn auf die Wange. »Nicht ›*Wo de airen*‹« – Geliebte? Sie lachten.

110

Lai Jin erdete die Familie. Er aß bei ihnen. Die kleine Abeerah war schon im Bett und tat, als würde sie schlafen. Lai Jin fungierte als eine Art Schmelztiegel für ihre Erinnerungen an Muhidin. Über Muhidin zu sprechen öffnete ihre Herzen und veränderte ihre Stimmen, obwohl Lai Jin auffiel, dass die ständige Erwähnung von Muhidins Namen Ziriyab verstummen ließ.

Als Ayaana ihn nach dem Essen ein Stück nach Hause begleitete, warf sie plötzlich die Arme hoch und platzte heraus: »Ich brauche einen Sturm.« Am folgenden Nachmittag ging Lai Jin zu Mehdi. Von den Fischern hatte er erfahren, dass Fundi Mehdi früher zu den legendären Windflüsterern gehört hatte. Lai Jin fragte ihn, was man theoretisch brauchen würde, um bei ihm einen sturmbringenden Wind zu erwerben. »Warum?«, hatte Mehdi zurückgefragt. Lai Jin hatte nur herumgedruckst.

~

Der Ramadan war vorbei, und auf der Insel tauchten neue Flüchtlinge auf. Diesmal waren es Jemeniten, bewaffnet mit gemeinsamen Abstammungslinien, die ihnen Unterschlupf garantierten. Lai Jin ging mit Ayaana, Munira, Mehdi und Abeerah zum *Maulidi* – dem Fest zu Ehren des Propheten – auf Lamu und traute sich zum ersten Mal, in der Öffentlichkeit zu tanzen. Mama Suleiman war ebenfalls dort, um Geschäfte abzuschließen und alte Freunde wiederzusehen. Lai Jin hatte natürlich Mama Suleimans Verachtung auf sich gezogen. Sie liebte es, in Gegenwart von Fremden auf ihn zu zeigen und ihn »Mtu Bandia Made in China« – Chinesische Fälschung eines Mannes – zu nennen. Er ignorierte sie, war in Gedanken mit den E-Mails beschäftigt, die er bekommen hatte: Bitten um neue Keramiken, die verzweifelten Appelle seines Agenten und Interviewanfragen. *Maulidi*. Musik, Gebete und Tanz, die lautstarke Ankunft der Boote und Menschen von anderen Inseln im Indischen Ozean. Zeitlose Rhythmen. Das orangefarbene Licht des Sonnenuntergangs auf den Dünen und um ihn herum das warme, warme Meer. »Ich bin mit dem Westlichen Ozean vermählt, seiner unnachahmlichen Großzügigkeit, auch was das Licht angeht«, schrieb er seinem Agenten zurück. Er spürte die Musik dieses Landes auf der immer brauner werdenden Haut. »Ich kann Ihnen jetzt leider nicht antworten. Ich tanze gerade.«

~

Lai Jin begleitete Ayaana manchmal, wenn sie Rosen- und Jasminessenz für Munira zubereitete. Nach und nach erlaubte sie ihm, inmitten der Ruinen untergegangener Kulturen die Zutaten dafür zu sammeln. Er erfuhr viel über den Boden und das, was darauf wuchs. Einmal sah Mama Suleiman, wie Lai Jin wilde Rosen für Munira pflückte. »*Mtu Bandia!* Stiehlst du wieder unser Wissen?«, warf sie ihm an den Kopf.

Bis zu diesem Moment war der Morgen mild und angenehm gewesen. Lai Jin spürte, wie die frische Brise verebbte, als würde die unerwartete Attacke sie ebenso schmerzen wie ihn. Zur Verteidigung der Morgenruhe beschloss er, sein neues Repertoire an Kiswahili-Beleidigungen auszuprobieren, und sagte bedächtig: »*Umerogwa. Nenda zako*« – Du bist besessen. Verschwinde.

Mama Suleiman erstarrte. Beäugte ihn und wurde rot. Er bedeutete ihr, weiterzugehen. Sie schnaubte empört. Er berührte mit einem Blütenblatt seine Lippen und ignorierte sie. Ja, er wollte die Geheimnisse der Rosenessenz ergründen, mit der die Haut einer Frau besprenkelt war – der Duft war eine ungewöhnliche Landkarte, die einen Seemann an diesen Ort geführt hatte. Schritte, die sich entfernten. Er wagte kaum, sich umzudrehen, um sich zu vergewissern, ob Mama Suleiman wirklich gegangen war.

~

Lai Jin war am glücklichsten, wenn er sich in Fundi Mehdis Schiffsreparaturwerkstatt aufhielt. Umgeben von Booten. In Ayaanas Nähe. Mit Blick auf das Meer. Unbeabsichtigt fand er in Mehdi einen Lehrmeister, der ihm beibrachte, wie man aus Mangrovenholz Boote baute und sie mit in Kokosnussöl getränkten Baumwollseilen reparierte. Er erzählte ihm auch von Mzee Kitwana Kipifit, einem weiteren Geist, mit dem sein Schicksal verwoben war. Wie die anderen, die den Weg zu Fundi Mehdi gefunden hatten, arbeitete Lai Jin am liebsten in der Stille, die nur von der Stimme des Radiosprechers unterbrochen wurde, der die Gezeitenvorhersage verlas.

111

Du betrachtest deine ältere Tochter. Sie ist so viel größer als du, ihre Brüste und Lippen sind voller geworden, ihr Körper üppiger. Sie ist jetzt eine Frau. Sie hat das Gesicht und die Haltung ihrer Großmutter geerbt. Auch du kannst Vorzeichen lesen, und du weißt etwas, das sie noch nicht weiß, dass alles im Leben sich verändert hat, dass eine Ankunft den Lauf der Dinge verändern kann. Aber das ist nicht der Grund, warum du mit ihr reden willst. »Es ist Zeit«, sagst du zu ihr. »Komm mit.« Sie folgt dir, und in ihrem Gesicht siehst du Spuren der Distanziertheit, die China ihr zugefügt hat. Es ist ein Abgrund, der dich ebenfalls verletzt, weil du nicht wolltest, dass eines deiner Kinder einen solchen Schmerz erfahren muss. Aber du hast auch Vertrauen, denn du vertraust dem Mann, der die weite Reise auf sich genommen hat, um in der Nähe deiner Tochter zu sein. Er ist älter, als dir lieb ist, aber du weißt auch, dass dein Mädchen eine alte Seele hat. Du streichelst das Gesicht dieses Kindes, das deiner ersten Begegnung mit dem Feuer des Begehrens entstammt. Sie ist jetzt eine Frau, älter als du, als du ihr das Leben geschenkt hast. Sie hat einen Universitätsabschluss. Spricht Mandarin, Englisch und Kipate. Sie ist an eine Insel gebunden, die für so viele der ihren ein Todesurteil ist. Du weißt nicht, warum; du verstehst vieles nicht. Du hast keine Ahnung, was Ziriyabs Seele heilen wird. Deine Tochter – ah, aber sie ist wunderschön. Du bist in dem Garten, den du angelegt hast, damit sein Duft Vertrauen, Hoffnung und eine Schönheit nährt, die, wie du glaubtest, das Leben wiederherstellen würden. Du knetest die Erde des Gartens, den du dem salzigen Land abgerungen, den du fruchtbar und ertragreich gemacht hast. Die Winde lassen dich dem Wispern deiner Rosen lauschen, die du gepflanzt hast. Sie werfen jetzt ihre Blüten ab. Die Hagebutten färben sich orangerot. Deine Tochter sagt: »Die Kernausbeute ist gut.« Du richtest dich auf. »Woher willst du das wissen?« Zum Spaß machst du ein böses Gesicht. Deine Tochter pflückt und schält eine gelbgrüne Loquatfrucht. Sie saugt das Fleisch aus und spuckt die braunen Kerne auf den Boden. Du folgst ihrem Beispiel und pflückst ebenfalls eine. Sie lacht. »Ich spioniere dich aus.« Das verschmitzte Kind schimmert wieder durch. »Babu …« Sie schweigt kurz, dann lächelt sie. »Er wollte, dass ich ihm das Geheimnis deines *Halwaridi* verrate.« Du kneifst deine Tochter halb scherzhaft in die Wange. »Du raffinierter Falke!« Gespielte Empörung, die Anwesenheit eines geliebten Geistes. Deine Tochter kichert. »Ich hab ihm nichts von den Kernen erzählt. Ich habe nur für mich spioniert.« Jetzt umfasst sie dein Gesicht. »Um dich zu finden.« Ihr Herz liegt in ihren Augen. Du möchtest weinen. Düster sagst du: »Und?« Dein Kind nimmt sich eine Handvoll Hagebutten, schnuppert daran. Nussig, erdig, mild – du kennst den Geruch. »Man muss sie vor Sonnenaufgang ernten.« Dann fügt sie hinzu: »Du singst ihnen etwas vor, du erklärst ihnen, wie unentbehrlich und wunderschön sie sind. Darum wachsen sie für dich.«

Dann fragt sie: »Willst du die Insel bald verlassen?«

»Verlassen?« Du trittst einen Schritt zurück. Betrachtest den Garten, hast Viehdünger aus Mombasa mitgebracht, um diesen Boden zu nähren. Du hast den Dung Zentimeter für Zentimeter untergemischt. Du hast fruchtbare Erde in Papiertüten geschmuggelt. Du hast Kräuter-, Blumen-, Busch- und Baumsamen geborgt, erbettelt und gestohlen. Du hast viel über den Charakter der Pflanzen gelernt, wie menschlich sie sind. Einige nehmen, andere geben, wieder andere teilen und einige beanspruchen alles für sich. Du hast solche gefunden, die das Salz aus der Erde filtern, das Wurzeln austrocknet. Und die Erde hat dir reiche Ernte geschenkt, geholfen, deine Tochter aufzuziehen. »Kannst du dich für mich um sie kümmern? Um diese Mit-

Mutter?«, fragst du deine Tochter. Vielleicht bist du verrückt. Deine Tochter beruhigt dich, indem sie die richtige Frage stellt. »Wie heißt sie?« Deine Tochter hockt sich neben dich. Du willst sie bitten, mit nach Pemba zu kommen. Aber du verstehst auch, dass das Schicksal seine eigenen Pläne hat. Du flüsterst ihr den Namen deiner Erde ins Ohr: »*Bibi Alilat Dhat-Hamin.*« Sie schweigt, nimmt es in sich auf. Jetzt sitzt ihr da, haltet Händchen wie Schwestern, eure ausgestreckten Beine berühren sich, um euch herum singen die Vögel, Bienen summen und im Hintergrund das Rauschen der Gezeiten, Erinnerungen an gemeinsame Welten. Das Lachen kleiner Kinder, der unheimliche Wind, den, wie du vermutest, Mehdi gerufen hat, damit er ihm Gesellschaft leistet. Es ist ein junger Wind, warm und unstet. Er raubt, wie du bemerkst, Düfte aus deinem Garten. Ein Wind mit feiner Nase: Er verharrt zwischen Jasmin, Lavendel und Rosmarin. Der Kopf deiner Tochter liegt an deinem Herzen. Morgen wirst du ihr zeigen, welche deiner Truhen die Samen enthalten, die jetzt ihr gehören. Später wirst du die Geschichte deinen Enkeln erzählen, die nah sind, wie du spürst, denn du hast angefangen, von ihnen zu träumen. Du willst deiner Tochter das erste, blass bernsteinfarbene Hagebuttenöl schenken, das du hergestellt hast. Du bewahrst es in deinem BH, in der Nähe des Herzens auf. Du wirst ihr mit drei Tropfen die Stirn einreiben. Die Flasche ist noch fast voll. Sie wird wissen, was damit zu tun ist. Du wirst ihr Wissen über Kräuter noch erweitern. Ihr erzählen, warum und für wen du was wann mischen musst. Aber nun verharrst du in diesem Moment des Lebens, denn alles ist gut und deine Tochter ist vollkommen.

112

Vorbereitungen. Ein paar Wochen später, Mitte September, schallte das Crescendo des Gebetsrufs über die Insel, während ein paar frühe Libellen auf einem Wind über das Wasser ritten. Der *Kusi* raste seewärts und enthüllte den sturmverdunkelten Himmel. Doch die kleinen Tiere blieben ruhig, und die Fischschwärme tauchten wie erwartet auf, und die Fischer machten sich keine Sorgen. An diesem Tag rezitierte ein Besucher, der jetzt hier lebte – in einem weit entfernten Ausläufer eines unsichtbaren alten, ruinierten Landes –, die Schahada: »*Ash hadu anlla ilaha ilallah, wa ash hadu anna Muhammadan rasul ullah …*« Seine Haare waren kurz geschoren. Er nahm ein reinigendes Bad. Legte ein sauberes weißes Gewand an. Wurde verwandelt, gehörte jetzt zu Gott und zu Pate. Der Imam hatte ihm erklärt, dass er seinen alten Namen nicht ablegen musste. Er konnte immer noch Lai Jin sein. Er erwiderte, er könne auch Jamal sein. Und so war er beides. Und weil das Meer ihm im Blut lag, stellte man seinem Namen ein »Nahodha« voran.

113

Vier Monate später ging Munira mit ihrem einstigen und jetzigen Ehemann Ziriyab und ihrer Tochter Abeerah nach Mosambik. Ayaana geisterte mit traurigem Blick über die Insel. Leerstellen in ihrem Herzen; Familie war Vervollkommnung. Und doch hatte sie sie nicht begleitet, obwohl sie die Chance dazu gehabt hätte. Im Haus blätterte sie in dem ramponierten grüngoldenen Fotoalbum mit den Bildern jener, die vorangegangen waren, das Munira ihr mit den Worten überreicht hatte: »Wir sind immer noch ein Sternbild, mein Kind, mein Liebes.«

~

Sieben Nächte später watete Ayaana ins Meer. Bei Niedrigwasser ließ sie sich von der Strömung hinausziehen.

~

Sie tauchte unter, ließ die Kakophonie der Welt hinter sich. Ließ sich tiefer sinken. Langsam atmete sie aus, verharrte an dem Punkt, an dem es leichter war, sich sinken zu lassen, als zurück an die Oberfläche zu schwimmen. Ließ sich in die Seele des Meeres fallen, wo sie sich endlich wieder vom weiten Ozean eingehüllt fühlte, mit all seinen Dimensionen, um sich darin auszubreiten.

Dahintreiben.

Die Luft anhalten.

Ihre Generation hatte angeblich Geschmack an einer Welt gefunden, die anderswo hergestellt wurde. Sie hatte darin nichts gefunden, das zu besitzen sich lohnte. Es gab Dinge, die sie wollen sollte, Arten, auf die sie sprechen sollte, und Bilder, die sie zu einem Teil ihrer Träume machen sollte. Und doch, je mehr sie in dieser Welt erlebt hatte, desto unsicherer war sie geworden. Sie war – angeblich mit vielen Optionen – nach Kenia zurückgekommen. Sie strampelte sich zurück an die Oberfläche. Sie konnte nach Mosambik ziehen. Sie schlug einen Salto unter Wasser, über ihr eine langsam dahinziehende Delphinschule, alte Freunde, die Mondlicht in die Tiefe brachten. Sie atmete aus, eine Luftblase nach der anderen, verharrte und fragte sich, ob der durchreisende Seehund wieder zu Hause angekommen war.

Ayaana tauchte auf.

Erhaschte einen Blick auf eine menschliche Gestalt am Strand. Sie ließ sich ins Wasser sinken, bis nur noch ihre Schultern herausschauten, und kniff die Augen zusammen, um besser sehen zu können.

~

Nahodha Jamal war zufällig Zeuge von Ayaanas nächtlichem Abstecher ins Meer geworden. Die schwüle Hitze hatte ihn aus dem Haus getrieben, und das Mondlicht auf dem Wasser hatte ihn angelockt. Aus einem inneren Impuls heraus war er zur Bucht gegangen, um allein zu sein und in Ruhe nachzudenken. Was machte er immer noch hier? Und dann war auf einmal Ayaana aufgetaucht, aus dem Wasser, in einen zerrissenen *Kikoi* gehüllt. Mondlicht auf ihrer Haut. Irgendwie war es ganz natürlich, dass sie gleich auf ihn zustürmte. Dass er sie in die Arme schloss. »Was bist du? Ein Meergeist?«, fragte er.

Sie kicherte. Sie wandten sich dem Meer zu, betrachteten den Mond auf dem Wasser, der den Ozean gleichsam von innen zu erleuchten schien.

Mahtabi, Akmar, erinnerte sich Ayaana.

Sie legte den Kopf an seine Brust. »Willst du allein sein?«

Er drückte sie an sich. »Nicht im Geringsten.«

»Das Wasser ist warm«, stotterte sie.

Ernst fragte er: »Brauchst du immer noch einen Bruder?«

Sie sah, wie das silberne Licht von seinem Armreif reflektiert wurde. »Nein.« Sie blickte kurz auf. »Nicht im Geringsten.«

Sie schmiegten sich aneinander. Er presste sie an sich. Atem an Atem, Herz an Herz, und die Flut umspülte ihre Füße, ließ um sie herum Treibgut zurück. Seegras wickelte sich um ihre Knöchel, und sie standen auf dem unbeständigen Sandboden unter einem bläulichen Mond. *In meinen Träumen,* erinnerte sie sich, *reise ich in Sternen und auf Sternen.* Sie schlang die Arme um Lai Jins Hals. *In meinen Träumen bin ich ein Tunnel aus Dunkelheit, aber ich kenne den Weg. Ich bin nicht allein, selbst wenn niemand bei mir ist.* Seine Narben, die Spuren seiner Verbrennungen, auf seinem Gesicht und Rücken. Sie betastete sein Gesicht. Er hatte eine Narbe unter der Unterlippe. Sie zog ihn mit sich zu Boden, um seinen Körper wieder auf ihrem zu spüren. An diesem Ort, wo sie entdeckt, gesehen werden konnten, verwandelte sich die unterdrückte Anspannung in Verlangen. Wieder ins Unbekannte zu driften, einer weiteren Verheißung von Mehr nachzugeben. Wieder umfing sie das Wasser, aber diesmal wusste sie, in welche Richtung die

Strömung sie tragen würde. Wieder tauchte sie ein, spähte in die Dunkelheit, die reglose Weite, und jetzt wusste sie, dass sie nicht ertrinken würde, nicht ertrinken konnte. Atmen. Das Leben war ständig im Übergang: *Hier sind die Schwellen.* Und alles, was Lai Jin gesucht hatte, fand er in ihrer Weichheit, der Feuchtigkeit, dem Stöhnen, dem Pulsieren, den Stößen, dem Rhythmus all dessen; alles, was so schrecklich, so schmerzlich gesucht, gewollt und ersehnt worden war. Landkarten, nicht eines In-Besitz-Nehmens, sondern, wie seltsam, der Zugehörigkeit. Lai Jin stöhnte hemmungslos, und sie umschloss ihn fester mit ihrem Körper, ihren Armen, ihren Schenkeln und ihrem Herzen. Dann herrschte Stille. Nur das Geräusch der an den Strand brandenden Wellen war zu hören.

~

Frühmorgendlicher Nebel filterte das junge Licht.

»*Allahu Akbar* …«

Der Lockruf eines neuen Tages, eine gesungene Aufforderung. Die Erfahrung hatte die Stimme des alten Muezzins milde gemacht, ihr mehr Herz verliehen.

Anderswo, zwischen ihnen, ein gutes Schweigen.

Heimkehr.

Sie gingen zu ihren Häusern zurück, bevor die Fischer sie entdeckten.

Frühstück. Waschen. Ausruhen. Arbeit.

Später hörten sie mit Fundi Mehdi die Gezeitenvorhersage, arbeiteten Seite an Seite, ihre Körper streiften sich. Sie bauten ein Boot für einen Händler aus dem Oman. Mehdi forderte Jamal scherzhaft dazu auf, eine Seeroute aus der Erinnerung nachzuvollziehen. »Fahren wir im März von Kapstadt nach Malakka«, schlug er vor. Und Ayaana und Mehdi lauschten den lyrischen Beschreibungen einer solchen imaginären Reise. Einmal unterbrach Mehdi und erinnerte Jamal daran, dass er vergessen hatte, eine felsige Landzunge und eine jahreszeitlich bedingte Dünung zu erwähnen.

Kipate-Worte, die widerhallten, sich überschnitten.

Mwendo dahari hauishi.

Der Weg endet nie.

114

Es würde noch eine Weile brauchen. Zuerst musste Ayaana dem Meer verzeihen, dass es den geliebten Vater verschlungen hatte. Und sie musste den Mut finden, sich der Wahrheit zu stellen, dass das Leben seinen Sinn selbst bestimmte. Dann mischte sie weiterhin Blüten, Kräuter und Gewürze, wie sie es von ihrer Mutter gelernt hatte, damit sie jenen, die ihr jetzt heimlich von ihren Leiden erzählten, wohlriechende Heilmittel anbieten konnte. So wie früher ihr Vater Muhidin. Es würde noch ein paar Monate dauern, ehe Pate Zeuge der Hochzeit der Seefrau mit dem Seemann Jamal werden konnte.

Das Ereignis wurde von einem höchst unerwarteten Vorkommnis beschleunigt:

An einem Mittag im März hatte Ayaana das Fischerboot festgemacht, das sie von Mehdi geborgt hatte, um an jenem Morgen aufs Meer hinauszufahren. Die Fische, die sie gefangen hatte, zappelten in einem Korb aus Schilfrohr, den sie nach Hause trug. Als der Pfad unter einem alten Niembaum eine Biegung machte, erblickte sie Mama Suleiman, die unter einem breitkrempigen limettengrünen Sonnenhut auf einer violetten Vespa mit laufendem Motor saß. Mama Suleiman hatte die Vespa im vorangegangenen November aus Dubai eingeführt.

»*Shikamoo*«, sagte Ayaana sofort.

»Komm näher, Mädchen«, sagte Mama Suleiman.

Ayaana gehorchte misstrauisch, obwohl sie schwitzte, sonnenverbrannt war und nach Salz und Fisch stank. Mama Suleiman musterte sie und schürzte die Lippen. »Schwimmen ist das eine, junge Dame. *Fischen*« – sie legte eine Kunstpause ein – »und das auch noch in einem ausgehöhlten *Baumstamm*, etwas ganz anderes. Aber du kannst nichts dafür. Du hattest nun einmal keinen Zugang zu *Somo*, Unterricht. Aber das hat jetzt ein Ende.« Mit großer Geste sagte sie: »Ich nehme dich unter meine Fittiche. Sag deiner Mutter, ich verlange dafür acht *Lesos* und drei Flaschen von ihrem *Halwaridi*. Auch wenn das praktisch nur eine symbolische Bezahlung ist, wenn man bedenkt« – wieder musterte sie Ayaana und verzog schmerzlich das Gesicht – »wie viel Arbeit wir vor uns haben.« Sie nahm Ayaanas Gesicht genauer in Augenschein, kniff ihr in die Wange, um die Feinheit ihrer Poren zu prüfen. »Du darfst mich *Shangazi* nennen« – Tante. »Du wirst bei mir einziehen. Wir haben so wenig Zeit. Ich habe Bi Mwadime informiert, und nur die würdigsten Frauen dürfen mir helfen, dich vorzubereiten.« Ayaana machte große Augen, in ihrem Kopf herrschte absolute Leere. »Du wirst eine mustergültige Braut sein, ein Vorbild für alle Frauen. Jetzt darfst du mir die Hand küssen.« Sie hielt sie ihr hin, und Ayaana küsste sie. Dann ließ Amina Mahmoud den Motor ihrer Vespa aufheulen, tuckerte davon und rief über ihre Schulter: »Morgen um neun in meinem Haus. Ich toleriere kein Zuspätkommen.«

Es hatte lange gedauert, aber nun wurde Ayaana in die geheimnisvolle sinnliche Welt der Frauen eingeführt. Sie wurde in die Kunst der Reinigung, der Klärung und des Parfümierens eingeweiht. Sie lernte, in ihrem Körper zu sein, zu wohnen und ihn zu teilen. Sie erfuhr, wie man sich die Kraft der Farben und die Macht von verführerischen Gesängen und intimen Anrufungen zunutze macht, wie man Kokosöl, Rose, Jasmin, Ylang-Ylang, Patschuli, Sandelholz und Gewürznelken verwendet und das Leben in einen einzigen Zauber verwandelt. Ayaana wurde massiert und abgerieben, während die Frauen rituelle Anrufungen rezitierten und Erinnerungen austauschten: wie man den Geliebten betörte, wie man bekam, was man begehrte, wie man die Hoffnung bewahrte, wenn die Winde des Lebens sich drehten, wie man trotzdem mit ganzer Seele liebte. Mama Suleiman bestand darauf, das *Singo* eigenhändig auf die Haut der Braut aufzutragen. Ayaana durfte sich nicht bewegen, als fünf Essenzen tief in ihren

Körper einzogen und ihre Vergangenheit umwandelten. Munira kam gerade rechtzeitig aus Pemba zurück, um den Körper ihrer Tochter mit Henna zu bemalen – ihr Meisterwerk. Wochen später trat eine zart geschminkte und mit Juwelen geschmückte Ayaana in einem fließenden Kleid aus elfenbeinfarbener Seide und Spitze aus Mama Suleimans Haus und schritt als die nach Rosen duftende Verlobte des Jamal über unzählige Schwellen der Insel.

»Unser Mädchen ist wirklich ein hübsches Ding«, sagte Mama Suleiman zu Munira und seufzte. Daraufhin hatten sie sich angestarrt und waren in lautes, gackerndes Gelächter ausgebrochen, das den Gestank einer langen, fast tödlichen Fehde vertrieb.

Am fünften Tag nahmen die Hochzeitsfeierlichkeiten an Fahrt auf, als ein *Jahazi* aus Tumbatu auftauchte. An Bord befand sich eine fröhliche Truppe von Fischern, unter denen sich auch ein zur See fahrender Barde befand. Drei Männer schlugen eine gewaltige Trommel, deren Dröhnen den Einwohnern von Pate durch Mark und Bein ging. Es war die Jahreszeit des *Matlai*. Ein Fotograf auf der Durchreise, der sich auf Hochzeiten spezialisiert hatte, verlor seine Stimme bei dem Versuch, die jüngste Generation vom Meer geformter Menschen dazu zu bewegen, sich nicht zu rühren, während er ein Familienporträt aufnahm. Monate später sortierte die Braut eins der Fotos in ein leicht abgenutztes grüngoldenes Album ein. Nach dem Fototermin entfernte sich ein neugieriges kleines Mädchen von den Feierlichkeiten, um den ersten goldenen Libellen nachzujagen. Als sie einen Wildrosenbusch an der Schwelle zwischen Meer und Zeit erreicht hatte, hörte sie ein Maunzen. Auf allen Vieren suchte sie nach der Quelle und entdeckte ein zitterndes fuchsrotes Kätzchen mit großen grünen Augen, das sich unter einem gestrandeten Boot versteckt hatte. Der blinde Passagier war versehentlich von Vanga nach Pate gereist. Als das Mädchen es auf den Arm nahm, schnurrte es. Das Echo der Stimme ihrer Mutter hallte über den Strand, untermalt vom Rhythmus des Meeres.

Die Wellen zogen sich zurück.

»*Ua langu silioni nani alolichukuwa?*« – Meine Blume, ich sehe dich nicht mehr. Wer hat dich gepflückt?

Als sie das Kätzchen auf ihre Schulter setzte, verspürte sie plötzliche eine schmerzliche Sehnsucht nach ihrem Vater. Sie reckte den Hals und hielt auf dem Meer nach ihm Ausschau.

»*Ua langu lileteni moyo upate kupowa*« – Meine Blume, bring dein Herz zu mir und finde Ganzheit.

Munira sang.

»*Ua langu la zamani ua lililo muruwa*« – Meine Blume von einst, meine anmutige Blume.

Im Rhythmus brandeten die Wellen gegen die Küste.

No mar estava escrita uma cidade.

Im Meer stand
eine Stadt geschrieben.

(Carlos Drummond de Andrade)

Dank

Für die Gelegenheit, die vorliegende Geschichte zu entwickeln, bin ich der *University of Queensland* in Australien, dem Stipendiatenprogramm *UQ Centennial Scholarship*, dem *UQIPS*, der *School of English, Media Studies and Art History* zu großem Dank verpflichtet. Ganz besonders möchte ich Dr. Venero Armanno danken, der mir den Vorschlag gemacht und mir Zeit und Raum gegeben hat, um auf dem fruchtbaren Boden, der Australien für mich war, zu lernen und zu wachsen. Ihre Weisheit, Ihr Gefühl für Geschichten, Ihre Ratschläge und Ihre Ermutigung haben mich dazu motiviert, gewagte Entscheidungen zu treffen. Darüber hinaus danke ich Frau Prof. Gillian Whitlock für die Inspiration, die vielen Fragen und die Motivation.

~

Obwohl diese Geschichte von tatsächlichen Ereignissen und historischen Texten beeinflusst ist, habe ich mich noch von vielen anderen Quellen inspirieren lassen: ein herzliches *Shukraan* dem wunderbaren alten Mann des Meeres, dem Seemann, Minnesänger, Dichter, der wandelnden Bibliothek und dem Weltkulturerbe Mzee Haji Gora Haji, die sonore Stimme des Swahili-Meers, durch den die Figur des Muhidin Gestalt angenommen hat. Weiterhin danke ich der Filmemacherin Sippy Chada, die vor langer Zeit ihre Vision von einem mutigen kleinen Mädchen auf Lamu, das im Ozean schwimmt, in dem poetischen Film *Subira* auf Zelluloid bannte; Ed Pavlić (*But Here Are Small Clear Refractions*, Kwani, 2013), der Pate mit anderen Augen »sieht«; Dr. George Abungu, einem Unterwasserarchäologen, der an den Ausgrabungen zur Erforschung der chinesisch-ostafrikanischen

Geschichte beteiligt war; den Mitarbeitern des *Zanzibar International Film Festivals* (2003 – 2005) und Sansibar, das eine begeisterte Anhängerin der Swahili-Küstenkultur aus mir gemacht hat. Ich danke meinen Freunden vom *Pilgrimages-Projekt* 2010, die dabei waren, als ich am Ufer des gewaltigen Kongo (meine zweite Muse) die Idee zu dieser Geschichte hatte. Die im Buch zitierten Kiswahili-Sprichwörter stammen aus dem allgemeinen Sprachgebrauch und einer großartigen Sammlung von Albert Scheven (*University of Illinois*), die man im Internet abrufen kann; andere stammen von den unten genannten Menschen oder wurden von diversen *Lesos* (*Kangas*) entlehnt.

~

Mea culpa! Ich habe mir erlaubt, mir in Bezug auf Geografie, Sprache und Topografie alle möglichen Freiheiten zu nehmen. Ich habe sogar das eine oder andere von anderen »Ziwa-Kuu«-Inseln entliehen und auf das fiktive Pate verlegt. Meine Muse hat mich dazu gezwungen!

~

Weiterhin möchte ich der *Wylie Agency* and Sarah Chalfant danken, die unglaublich hilfreich waren, ganz besonders Jacqueline Ko, die den Schreibprozess von Anfang an so liebevoll und kämpferisch begleitet hat; du bist ein wahrer Schatz. Alba Ziegler-Bailey und Charles Buchan, treue und enthusiastische Cheerleader, die mit Flutlichtern die dunklen Wolken vertreiben. Dem gesamten Team von Knopf, ganz besonders meiner großartigen, unglaublich geduldigen Lektorin Diana Miller; du bist ein Geschenk für jeden Autor, ein wahrer Segen. Jedes schriftstellerische Abenteuer, das man mit dir zusammen unternimmt, wird zu einer Lektion darin, wie man sich verbessert. Ich danke dir von ganzem Herzen. Herzlichen Dank auch dir, liebe Angela Tsakiris, und der DuMont-Familie dafür, dass ihr mir gezeigt habt, dass aus einer Geschichte neue Welten entstehen können.

~

Zu den vielen anderen, die die Form dieser Geschichte mitgestaltet und beeinflusst haben (dazu braucht es ein ganzes Dorf), gehören Hildegaard Kiel (danke für die Zuflucht), Abdul Sheriff, Khadija Musa (du wirst Variationen deines unglaublich komischen China-Abenteuers wiedererkennen), Angela Köckritz, Ngari Gituku, Abubakr Zein Abubakar, Bettina Ngweno, Samson Opundu, Anya Pala, Aaron Bady, Garnette Oluoch-Olunya, Sheila Ochugboju, Achieng Onyango, Salvina Kelly, Barbara Flynn, Kay und Paul Bertini, Michael Onyango, Clarissa Vierke, Nancy Karanja, Andrea Moraa, Paul Ostwald, Phoebe Boswell, Ken Oloo, Pierre-Emmanuel Maubert, Doreen Strauhs, Margaretta wa Gacheru, Stephanie Wanga, Maryanne Wachira, Ann Gakere, James Ogude, Uni Dyer, Ezekiel ole Katato, Michael Karinga, Lucy Mulli, Taiye Selasi, Oyunga Pala, Pete Tidemann, John Githongo, Rebecca Yeong Ae Corey, Agiso und David Odhuno, Wangechi Gitobu, Raphael Omondi, Pinkie Mekgwe, Subraj Singh, Sharlene Teo, Deirdre Prins-Solani, Wambui Mwangi, Eunice Githae, Hamza Aussiy, Captain Ali (Lamu), Gabeba Baderoon, Marie Kruger, Klaus und Iris Schneider, Farouk Topan, Joe Kobuthi, Emmanuel Iduma, George Wen, Bernd Harbug für die bedingungslose Unterstützung und die Fotos, Abdulatif Abdalla, Françoise Pertat, Munira Humoud, Muhidin Kutenga, meinem lieben Binyavanga Wainaina, dem Wahrheitssager sowie dem vor Kurzem verstorbenen unbezähmbaren Geschichtenerzähler Emerson »Babu« Skeens, der mir als Erster von Admiral Zheng He berichtet hat.

~

Meine Familie! Ich danke euch für die Kraft, die Ermutigung und die Liebe, die ihr mir entgegengebracht habt, als ich sie am nötigsten brauchte. Mary Sero Owuor, dein Vertrauen befeuert mein Herz und versüßt mir das Leben. Dieses Buch ist ganz besonders dir gewidmet, Frau des Feuers. Ich erinnere mich an dich, Daddy; vieles von dir steckt in Muhidin, dem Vater. Meine geliebten Geschwister – Vivian Awiti, Caroline Alango, Rob de Vries, Genevieve Audi, Joseph Alaro Chris Ganda, Joanne Achieng, Frank Laroque, Alison Ojany, John Primrose, Patrick Laja – und die Leuchtfeuer der neuen Generation, die mir Inspiration sind und Informanten über das Wesen eines Kindes, das nach Magie und Licht strebt – Karla, Angie, Gabriella, Taya, Thomas, Nyla und Tahera – ihr seid meine Sonnenscheine.

~

Überaus dankbar bin ich auch dem *Rockefeller Center* in Bellagio in Italien, das für mich zu einem Begegnungsort mit einer Reihe von erlesenen Menschen wurde, die mir neue Anregungen für die Entwicklung der Geschichte gegeben haben: Vielen Dank an Pilar Palacia und ihr wundervolles Team. Andreas Delsett und das *Litteraturhuset* in Oslo, vielen Dank für diesen Ort, an dem ich dieses Buch in Ruhe zu Ende schreiben konnte. Dank auch an die Kollegen des *International Writing Program* 2017, ganz besonders der Zauberstab / Rotstift schwingenden, immer sachlichen, den Himmel anrufenden, unglaublich talentierten Audrey Chin; und den begabten Teilnehmern des Kreatives-Schreiben-Kurses des *Grinnell College*, die mir wieder einmal – ohne Worte – beigebracht haben, worum es beim Geschichtenerzählen geht.

Für die Hilfe an vorderster Front danke ich meinen »Story Darling Assassins«, einer Gruppe von respekteinflößenden, brillanten, konzentrierten, literaturliebenden, geschätzten Freunden, die kein Pardon kennen. Sie haben diverse Entwürfe dieses Buchs gelesen und Zeit und Energie investiert, um sie sorgfältig zu korrigieren, zu hinterfragen, zu verfeinern, zu kürzen und zu bearbeiten; das vorliegende Buch ist das Ergebnis ihrer Bemühungen. Etwaige noch verbliebene Fehler gehen allein auf mein Konto. Ich stehe tief in der Schuld dieser wunderbaren Menschen. Es gibt keine Worte, um euch angemessen zu danken: Keguro Macharia, Leila Sheikh Rutteman (und Naël), Annette Majanja, Mshai Mwangola, Anja Bengelstorff, Ashminder Kaur (und Sahiba), Tina Steiner und Gregor Muischeek.

~

Der inspirierenden Gemeinschaft von Freunden und Fans, Kenias Lesekreisen und jedem einzelnen Leser, der mich auf der Straße, im Restaurant, in öffentlichen Verkehrsmitteln, auf Berggipfeln und unter Wasser (es gibt keinen Ort, an dem man ungestört prokrastinieren kann) mit diesem ganz bestimmten Blick in den Augen fragte: »Und, ist es schon fertig?« Ihr habt mich dazu gebracht, dieses Buch (einigermaßen) rechtzeitig abzugeben! Ich danke euch. Dank auch meinem sicheren Hafen, den *Kwani Trust*. Dem »Fellowship« – Alfajri; dem *Content Creators Collective*, dem *Chimurenga Chronic*, der mich in meinen Swahili-Seemannsgarn-Dummheiten bestätigt und sogar noch angestachelt hat: Ich danke euch. Und allen Lesern und Freunden, denen ich nicht einzeln danken kann, meinen ehrlichen Dank.

Pate, dem Lamu-Archipel, seinen Menschen und Geistern und den vielen Leben ihres Meeres: In Liebe vielen, vielen Dank für die Inspiration.

Zitatnachweis

Zitat auf S. 118 zitiert nach: Mohammed Schemsed-din Hafis, übersetzt von Joseph von Hammer-Purgstall. Aus: »Der Buchstabe Mim« V. (5). http://www.deutsche-liebeslyrik.de/hafis/hafis535.htm

Zitate auf S. 222 und 515 zitiert nach: Daniel Ladinsky, *Ich hörte Gott lachen – Gedichte inspiriert von Hafiz*, aus dem Amerikanischen übersetzt von Dhandravali Divya Schang, Freiburg im Breisgau: Arbor Verlag, 2. Auflage 2016, S. 82.

Zitat auf S. 283 zitiert nach: »Der Landsitz am Zhongnan-Gebirge« aus: *Jenseits der weißen Wolken – Die Gedichte des Weisen vom Südgebirge von Wang Wei*, übersetzt und herausgegeben von Stephan Schumacher, München: Deutscher Taschenbuch Verlag, 2009, S. 156.

Zitat auf S. 380 zitiert nach: Hai Zi, »Der Blick auf's Meer, wenn zur Frühlingszeit die Blumen blühen«, übersetzt von Barbara Maag. www.barbara-maag.de/Hai%20Zi/Hai%20Zi%20Mian%20Chao%20Da%20Hai.htm

Die Übersetzung aus dem Englischen wurde
mit Mitteln des Auswärtigen Amts unterstützt
durch Litprom e.V. – Literaturen der Welt

Von Yvonne Adhiambo Owuor ist bei DuMont außerdem erschienen:
Der Ort, an dem die Reise endet

Oktober 2021
DuMont Buchverlag, Köln
Alle Rechte vorbehalten
© 2020 DuMont Buchverlag, Köln
Umschlaggestaltung: Lübbeke Naumann Thoben, Köln
Umschlagabbildung: © istock/Thoth_Adan
Gesetzt aus der Dante
Druck und Verarbeitung: Druckerei C.H.Beck, Nördlingen
Gedruckt auf säurefreiem und chlorfrei gebleichtem Papier
Printed in Germany
ISBN 978-3-8321-6607-6

www.dumont-buchverlag.de